東坡七集

四部備要

集部

中華書局據匋齋校刊本校刊

桐鄉　陸費逵總勘
杭縣　高時顯
　　　吳汝霖輯校
杭縣　丁輔之監造

東坡集卷第二十九

書十首

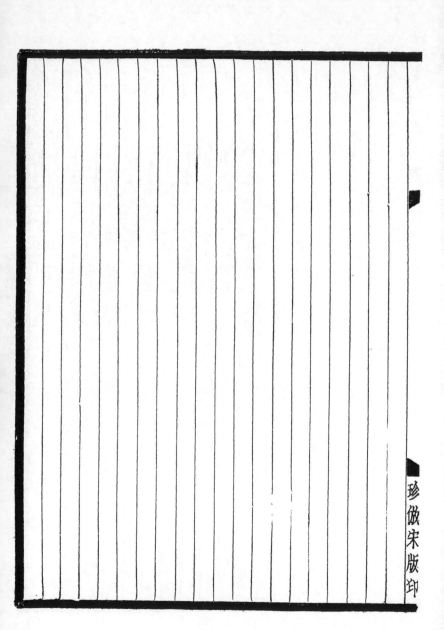

書一十首

上韓丞相論災傷手實書一首

史館相公執事軾到郡二十餘日矣民物椎魯過客稀少真愚拙所宜久處也然災傷之餘民既病矣自入境見民以蒿蔓裹蝗蟲而瘗之道左纍纍相望者二百餘里捕殺之數聞于官者幾三萬斛然吏皆言蝗不爲災甚者或言爲民除草使蝗果爲民除草民將祝而來之豈忍殺乎軾近在錢塘見飛蝗自西北來聲亂浙江之濤上翳日月下掩草木遇其所落彌望蕭然此京東餘波及淮浙者耳而京東獨言蝗不爲災將以誰欺乎郡已上章詳論之矣願公少信其言特與量蠲秋稅或與倚閣青苗錢踈遠小臣腰領不足以薦鐵鉞豈敢以非災之蝗上罔　朝廷乎若必不信方且重復檢按則饑羸之民索之於溝壑間矣且民非獨病旱蝗也方田均稅之患行道之人舉知之稅之不均也久矣然而民安其舊無所歸怨今乃用一切之法成於期月之間奪甲與乙其不均又甚於昔者而民之怨始有所歸矣今又行手實之法雖其條目委曲不一然大抵特告訐耳昔之爲天下

者惡告訐之亂俗也故有不干已之法非盜及強姦
不得捕告其後稍稍失前人之意漸開告訐之門而
今之法揭賞以求人過者十常八九夫告訐之人未
有非凶姦無良者異時州縣所共疾惡多方去之然
後良民乃得而安今乃以厚賞招而用之豈
吾君敦化相公行道之本意歟凡為此者欲以均出
役錢耳免役之法其經久利病輒所不敢言也 朝
廷必欲推而行之尚可擇其簡易為害不深者輒以
為定簿便當即用五等古法惟第四等五等分上中
下昔之定簿者為役役未至雖有不當民不爭也役
至而後訴耳故簿不可用今之定簿者為錢民知當
戶出錢也則不容有大繆矣其名次細別或未盡其
詳然至於等第蓋已略得其實輒以為如是足矣但
當先定役錢所須幾何預為至少之數以賦其下五
等下五等謂第四等上中下第五等上中也此五等舊役至輕須令出錢至少乃可第五等下更不當出分文其餘委自令佐度三
等以上民力之所任者而分與之夫三等以上錢物
之數雖其親戚不能周知至於物力之厚薄則令佐
之稍有才者可以意度也借如某縣第一等凡若干
戶度其力共可以出錢若干則悉召之庭以其數予

之不戸別也令民自相差擇以次分占盡數而已第二等則逐鄉分之凡某鄉之第二等若干戸度其力可以共出錢若干召而分之如第一等第三等亦如之彼其族居相望貧富相悉利害相形不容獨有僥倖者也相推相詰不一二日自定矣若析戸則均分役錢典賣則著所割役錢於契要使其子孫與買者各以其名附舊戸供官至三年造簿則不復用舉從其新如此而 朝廷又何求乎所謂浮財者決不能知其數凡告者亦意之而已意之而中其賞不貲不中杖六十至八十極矣小人何畏而不爲乎近者軍器監須牛皮亦用告賞農民喪牛甚於喪子老弱婦女之家報官稍緩則撻而責之錢數十千以與浮浪之人其歸爲牛皮而已何至是乎軾在錢塘每執筆斷犯鹽者未嘗不流涕也自到京東見官不賣鹽獄中無鹽囚道上無遷鄉配流之民私竊喜幸近者復得漕檄令相度所謂王伯瑜者欲變京東河北鹽法置市易鹽務利害不覺慨然太息也密州之鹽歲收稅錢二千八百餘萬爲鹽一百九十餘萬秤此特一郡之數耳所謂市易鹽務者度能盡買此乎苟不能盡民肯捨而不煎煎而不私賣乎頃者兩浙之民以

鹽得罪者歲萬七千人終不能禁京東之民悍於兩浙遠甚恐非獨萬七千人而已縱使官能盡買又須盡賣而後可苟不能盡其存者與冀土何異其害又未可以一二言也願公救之於未行若已行其孰能已之軾不敢論事久矣今者守郡民之利病其勢有以見及又聞自 京師來者舉言公深有拯救斯民爲社稷長計遠慮之意故不自揆復發其狂言可則行之否則置之願無聞於人使孤危衰廢之蹤重得罪於世也干冒威重不勝戰慄

上文侍中論强盜賞錢書一首

軾再拜軾備員偏州民事甚簡但風俗武悍恃好强劫加以比歲薦饑椎剽之姦殆無虛日自軾至此明立購賞隨獲隨給人用競勸盜亦歛迹準法獲强盜一人至死者給五十千流以下半之近有旨災傷之歲皆降一等既降一等則當復減半自流以下得十二千五百而已凡獲一賊告與捕者率常不下四五人不勝則爲盜所害幸而勝則凡爲盜者舉讎之其難如此而使四五人者分十二千五百以捐其軀命可乎 朝廷所以深惡强盜者爲其志不善張而不已可以馴致勝廣之資也由此言之五十千豈足道

哉夫災傷之歲尤宜急於盜賊今歲之民上戶皆闕食冬春之交恐必有流亡之憂若又縱盜而不捕則郡縣之憂非予不肖所能任也欲具以聞上而人微言輕恐不見省向見報明公所言無不立從東武之民雖非所部明公以天下爲度必不聞也故敢以告比來士大夫好輕議舊法皆未習事之人知其一不知其二者也常竊怪司農寺所行文書措置郡縣事多出於本寺官吏一時之意遂與制勑並行近者令諸郡守根究衙前重難應緣此毀棄官文書者皆科違制且不用赦降原免考其前後初不被旨謹案律文毀棄官文書重害者徒一年今科違制卽是增損舊律令也不用赦降原免卽是衝改新制書也豈有增損舊律令衝改新制書而天子不知三公不與有司得專之者今監司郡縣皆恬然受而行之莫敢辨此軾之所深不識也昔袁紹不肯迎天子以謂若迎天子以自近則每事表聞從之則權輕不從則拒命非計之善也夫不請而行袁紹之所難也而況守職奉上者乎今聖人在上　朝廷清明雖萬無此虞司農所行意其出於偶然或已嘗被旨而失於開坐皆不可知但不請而行其漸不可開耳軾愚惷無狀孤危

之跡日以岌岌夙蒙明公獎與過分竊懷憂國之心
聊復一發於左右猶幸明公密之無重其罪戾也

上文侍中論榷鹽書一首

留守侍中執事當今天下勳德俱高爲主上所倚信
望實兼隆爲士民所責望受恩三世宜與社稷同憂
皆無如明公者今雖在外事有關於安危而非職之
所憂者猶當盡力爭之而況其事關本職而憂及生
民者乎竊意明公必已言之而人不知若猶未也則
願效其愚頃者三司使章惇建言乞榷河北京東鹽
朝廷遣使案視召周革入覲已有成議矣惇之言
曰河北與陝西皆爲邊防而河北獨不榷鹽此 祖
宗一時之誤恩也輒以爲陝西之鹽與京東河北不
同解池廣袤不過數十里既不可捐以予民而官亦
易以籠取青鹽至自虜中有可禁止之道然猶法存
而實不行城門之外公食青鹽今東北循海皆鹽也
其欲籠而取之正與淮南兩浙無異輒在餘杭時見
兩浙之民以犯鹽得罪者一歲至萬七千人而莫能
止姦民以兵仗護送吏士不敢近者常以數百人爲
輩特不爲他盜故上下通知而不以聞耳東北之人
悍於淮浙遠甚平居椎剽之姦常甲於他路一旦榷

鹽則其禍未易以一二數也由此觀之　祖宗以來獨不榷河北鹽者正事之適宜耳何名爲誤哉且榷鹽雖有故事然要以爲非王政也陝西淮浙既未能罷又欲使京東河北隨之此猶患風痺人曰吾左臂既病矣右臂何爲獨完則以酒色伐之可乎今議者曰吾之法與淮浙不同淮浙之民所以不免於私販而竈戶所以不免於私賣者以官之買價賤而賣價貴耳今吾賤買而賤賣借如每斤官以三錢得之則以四錢出之鹽商私買於竈戶利其賤耳賤不能減三錢竈戶均爲得三錢也寧以予官乎將以予私商而犯法乎此必不犯之道也此無異於兒童之見東海皆鹽也苟民力之所及未有捨而不煎煎而不賣者也而近歲官錢常若窘迫遇其急時百用橫生以有限之錢買無窮之鹽竈戶有朝夕薪米之憂而官錢在期月之後則其利必歸於私販無疑也食之於鹽非若饑之於五穀也五穀之乏至於節口并日而況鹽乎故私販法重而官鹽貴則民之貧而懦者或不食鹽往在浙中見山谷之人有數月食無鹽者今將榷之東北之俗必不如往日之嗜鹹也而望官課之不虧疏矣且淮浙官鹽本輕而利重雖有積滯官

未病也今以三錢爲本一錢爲利自祿吏購賞修築
敖庾之外所獲無幾矣一有積滯不行官之所喪可
勝計哉失民而得財明者不爲況民財兩失者乎且
禍莫大於作始作俑之漸至於用人今兩路未有鹽
禁也故變之難遣使會議經年而未果自古作事欲
速而不取衆議未有如今日者也然猶遲久如此以
明作始之難也今旣已榷之矣則他日國用不足添
價貴賣有司以爲熟事行半紙文書而決矣且明公
能必其不添乎非獨明公不能也今之執政能自必
乎苟不可必則兩路之禍自今日始夫東北之蠶衣
被天下蠶不可無鹽而議者輕欲奪之是病天下也
明公可不深哀而速救之歟或者以爲　朝廷旣有
成議矣雖爭之必不從竊以爲不然乃者手實造簿
方赫然行法之際軾嘗論其不可以告今太原韓公
公時在政府莫之行也而手實卒罷民賴以少安凡
今執政所欲必行者青苗助役市易保甲而已其他
猶可以庶幾萬一或者又以爲明公將老矣若猶有
所爭則其請老也難此又軾之所不識也使明公之
言幸而聽屈已少留以全兩路之民何所不可不幸
而不聽是議不中意其於退也尤易矣願少留意軾

一郡守也猶以爲職之所當憂而冒聞於左右明公其得已乎干瀆威重俯伏待罪而已

答舒煥書一首

軾頓首軾天資懶慢自少年筋力有餘時已不喜應接人事其於酬酢往反蓋嘗和矣而未嘗敢倡也近日加之衰病向所謂和者又不能給雖知其勢必爲人所怪怒但弛廢之心不能自克聞足下之賢久矣又知守官不甚相遠加之往來者具道足下雖未相識而相與之意甚厚亦欲作一書相聞然操筆復止者數矣因與賈君飲出足下送行一絕句其語有見及者醉中率爾和答醒後不復記憶其中道何等語也忽辱手示乃知有公沙之語惘然如夢中事愧赧不已足下文章之美固已超軼世俗而追配古人矣豈僕荒唐無實橫得聲名者所能眩乎何其稱述之過也其詞則信美矣豈效鄒衍相如高談馳騖不顧其實苟欲託僕以發其宏麗新語邪歐陽公天人也恐未易過非獨不肖所不敢當也天之生斯人意其甚難非且使之休息千百年恐未能復生斯人也世人或自以爲似之或至以爲過之非狂則愚而已何緣會面一笑爲樂朱支使行忽遽裁謝草草

答黃魯直書一首

軾頓首再拜魯直教授長官足下軾始見足下詩文於孫莘老之坐上聳然異之以爲非今世之人也莘老言此人人知之者尚少子可爲稱揚其名軾笑曰此人如精金美玉不卽人而人卽之將逃名而不可得何以我稱揚爲然觀其文以求其爲人必輕外物而自重者今之君子莫能用也其後過李公擇於濟南則見足下之詩文愈多而得其爲人益詳意其超逸絶塵獨立萬物之表馭風騎氣以與造物者遊非獨今世之君子所不能用雖如軾之放浪自棄與世闊踈者亦莫得而友也今者辱書詞累幅執禮恭甚如見所畏者何哉軾方以此求交於足下而懼其不可得豈意得此於足下乎喜愧之懷殆不可勝然自入夏以來家人輩更卧病忽忽至今裁答甚緩想未深訝也古風二首託物引類真得古詩人之風而軾非其人也聊復次韻以爲一笑秋暑不審起居何如未由會見萬萬以時自重

答宋寺丞書一首

軾自假守彭城卽欲爲一書以問左右久苦多事竟爲足下所先慚悚不可言也來書稱道過當皆非無

狀所能髣髴自少小為學不過以記誦纂刻追世俗之好眞所謂寡見淺聞者也年大來雖所謂寡淺者亦復廢忘至於吏道法令民事簿書期會尤非所長素又不喜從事於此以不喜之心强其所不長其荒唐謬悠可知也而彭城自漢以來號為重地 朝廷過采其虛名不知其實無有也而輕以畀之自到郡以來夏旱秋潦繼之以橫流之災扎瘥之餘百役毛起公私騷然未已也計其不治之聲聞於左右者多矣仁人君子不指其過教其所不逮而更譽之何也孔子曰居是邦也事其大夫之賢者友其士之仁者自今與足下往來相聞知不徒為好而已當有以告我者不勝大願適會夫役起無頃刻閒暇書不能盡意惟深察之

黃州上文潞公書一首

軾再拜孟夏漸熱恭惟留守太尉執事台候萬福承以元功正位兵府備物典冊首冠三公雖曾孫之遇絕口不言而金縢之書因事自顯眞古今之異事聖朝之光華也有自京師來轉示所賜書教一通行草爛然使破甑敝帚復增九鼎之重軾始得罪倉皇出獄死生未分六親不相保然為私心所念不暇及他但

顧平生所存名義至重不知今日所犯爲已見絶於聖賢不得復爲君子乎抑雖有罪不可赦而猶可改也伏念五六日至于旬時終莫能決輒復强顏忍恥飾鄙陋之詞道疇昔之眷以卜於左右遽辱還答恩禮有加豈非察其無他而恕其不及亦如聖天子所以貸而不殺之意乎伏讀洒然知其不肖之軀未死之閒猶可以洗濯磨治復入於道德之塲追申徒而謝子產也軾始就逮赴獄有一子稍長徒步相隨其餘守舍皆婦女幼稚至宿州御史符下就家取文書州郡望風遣吏發卒圍船搜取老幼幾怖死旣去婦女恚罵曰是好著書書成何所得而怖我如此悉取燒之比事定重復尋理十亡其七八矣到黃州無所用心輒復覃思於易論語端居深念若有所得遂因先子之學作易傳九卷又自以意作論語說五卷窮苦多難壽命不可期恐此書一日復淪沒不傳意欲寫數本留人閒念新以文字得罪人必以爲凶衰不祥之書莫肯收藏又自非一代偉人不足託以必傳者莫若獻之明公而易傳文多未有力裝寫獨致論語說五卷公退閒暇一爲讀之就使無取亦足見其窮不忘道老而能學也軾在徐州時見諸郡盜賊爲

患而察其人多凶俠不遜因之以饑饉恐其憂不止於竊攘剽殺也輒草具其事上之會有旨移湖州而止家所藏書既多亡軼而此書本以爲故紙糊籠篋獨得不燒籠破見之不覺惘然如夢中事輒錄其本以獻軾廢逐至此豈敢復言天下事但惜此事粗有益於世既不復施行猶欲公知之此則宿昔之心掃除未盡者也公一讀訖卽燒之而已黃州食物賤風土稍可安既未得去去亦無所歸必老於此拜見無期臨紙於邑惟冀以時爲國自重

謝張太保撰　先人墓碣書一首

軾頓首再拜伏蒙再示先人墓表特載辨姦一篇恭覽涕泗不知所云竊惟　先人早歲汩沒晚乃有聞雖當時學者知師尊之然於其言語文章猶不能盡而況其中之不可形者乎所謂知之盡而信其然者舉世惟公一人雖若不幸然知我者希正老氏之所貴辨姦之始作也自軾與舍弟皆有嘻其甚矣之諫不論他人獨明公一見以爲與我意合公固已論之先朝載之史冊今雖容有不知後世決不可沒而先人之言非公表而出之則人未必信信不信何足深計然使斯人用區區小數以欺天下天下莫覺莫知

恐後世必有秦無人之嘆此墓表之所以作而軾之
所以流涕再拜而謝也黃叔度澹然無作郭林宗一
言至今以爲顏子林宗於人材小大畢取所賢非一
人而叔度之賢無一見於外者而後世猶信徒以林
宗之重也今公之重不減林宗所賢惟先人而其心
迹粗若可見其信於後世必矣多言何足爲謝聊發
一二

與章子厚書一首

子厚參政諫議執事春初辱書尋遞中裁謝不審得
達否比日機務之暇起居萬福軾蒙恩如昨顧以罪
廢之餘人所鄙惡雖公不見棄亦不欲頻通姓名今
茲復陳區區誠義有不可已者軾在徐州日聞沂州
丞縣界有賊何九郎者謀欲劫利國監又有闞溫秦
平者皆猾賊往來沂兗間欲使人緝捕無可使者聞
沂州葛墟村有程棐者家富有心膽其弟岳坐與李
逢往還配桂州牢城棐雖小人而篤於兄弟常欲爲
岳洗雪而無由竊意其人可使因令本州支使孟易
呼至郡喻使自效以刷門戶垢汙苟有成績當爲奏
乞放免其弟棐願盡力因出帖付與不逾月軾移湖
州棐相送出境云公更留兩月棐必有以自效今已

去柰何軾語棐但盡力不可以軾去而廢也苟有所獲當速以相報不以遠近所在仍爲奏乞如前約也是歲七月二十七日棐使人至湖州見報云已告捕獲妖賊郭先生等及得徐州孔目官以下狀申告捕妖賊事如棐言不謬軾方欲具始末奏陳棐所以盡力者爲其弟也乞勘會其弟岳所犯如只是與李逢往還本不與其謀者乞賜放免以勸有功草具未上而軾就逮赴詔獄遂不果發今者棐又遣人至黃州見報云郭先生等皆已鞫治得實行法久矣蒙恩授殿直且錄其告捕始末以相示原棐之意所以孜孜於軾者凡爲其弟以曩言見望也軾固不可以復有言矣然獨念愚夫小人以一言感發猶能奮身不顧以遂其言而軾乃以罪廢之故不爲一言以負其初心獨不愧乎且其弟岳亦豪健絕人者也徐沂間人鷙勇如棐岳類甚衆若不收拾驅使令捕賊卽作賊耳謂宜因事勸獎使皆歆豔捕告之利懲創爲盜之禍庶幾少變其俗今棐必在京師參班公可自以意召問其始末特爲一言放免其弟岳或與一名目牙校鎮將之類付京東監司驅使緝捕其才用當復過於棐也此事至微末公執政大臣豈復治此但棐於

軾本非所部吏民而能自效者以軾爲不食言也今既不可言於朝廷又不一言於公是終不言矣以此愧於心不能自已可否在公獨願祕其事毋使軾重得罪也徐州南北襟要自昔用武之地而利國監去州七十里土豪百餘家金帛山積三十六冶器械所產而兵衞微寡不幸有猾賊十許人一呼其間吏兵皆棄而走耳散其金帛以嘯召無賴烏合之衆可一日得也軾在郡時常令三十六冶每戶點集冶夫數十人持刦刃槍每月兩衙於知監之庭以示有備而已此地蓋常爲京東豪猾之所擬公所宜知因程棐事輒復及之秋令伏冀爲國自重

答李端叔書一首

軾頓首再拜聞足下名久矣又於相識處往往見所作詩文雖不多亦足以髣髴其爲人矣尋常不通書問怠慢之罪猶可闊略及足下斬然在疚亦不能以一字奉慰舍弟子由至先蒙惠書又復懶不卽答頑鈍廢禮一至於此而足下終不棄絕遞中再辱手書待遇益隆覽之面熱汗下也足下才高識明不應輕許與人得非用黃魯直秦太虛輩語眞以爲然耶不肖爲人所憎而二子獨喜見譽如人嗜昌歜羊棗未

易詰其所以然者以二子爲妄則不可遂欲以移之衆口又大不可也軾少年時讀書作文專爲應舉而已既及進士第貪得不已又舉制策其實何所有而其科號爲直言極諫故每紛然誦說古今考論是非以應其名耳人苦不自知既以此得因以爲實能之故譊譊至今坐此得罪幾死所謂齊虜以口舌得官眞可笑也然世人遂以軾爲欲立異同則過矣妄論利害攙說得失此正制科人習氣譬之候蟲時鳥自鳴自已何足爲損益軾每怪時人待軾過重而足下又復稱說如此愈非其實得罪以來深自閉塞扁舟草屨放浪山水間與樵漁雜處往往爲醉人所推罵輒自喜漸不爲人識平生親友無一字見及有書與之亦不答自幸庶幾免矣足下又復創相推與甚非所望木有癭石有暈犀有通以取妍於人皆物之病也謫居無事默自觀省回視三十年以來所爲多其病者足下所見皆故我非今我也無乃聞其聲不考其情取其華而遺其實乎抑將又有取於此也此事非相見不能盡自得罪後不敢作文字此書雖非文然信筆書意不覺累幅亦不須示人必喻此意歲行盡寒苦惟萬萬節哀强食不次

東坡集卷第二十九

東坡集卷第三十

書九首

答秦太虛書一首

軾啓五月末舍弟來得手書勞問甚厚日欲裁謝因循至今遞中復辱教感愧益甚比日履茲初寒起居何如軾寓居粗遣但舍弟初到筠州即喪一女子而軾亦喪一老乳母悼念未衰又得鄉信堂兄中舍九月中逝去異鄉衰病觸目悽感念人命脆弱如此又承見喻中間得疾不輕且喜復健吾儕漸衰不可復作少年調度當速用道書方士之言厚自養鍊謫居無事頗窺其一二已借得本州天慶觀道堂三間冬至後當入此室四十九日乃出自非廢放安得就此太虛他日一爲仕宦所縻欲求四十九日閑豈可復得耶當及今爲之但擇平時所謂簡要易行者日夜爲之寢食之外不治他事但滿此期根本立矣此後縱復出從人事事已則心返自不能廢矣此書到日恐已不及然亦不須用冬至也寄示詩文皆超然勝絶亹亹爲來逼人矣如我輩亦不勞逼也太虛未免求祿仕方應舉求之應舉不可必竊爲君謀宜多著書如所示論兵及盜賊等數篇但似此得數十首皆

卓然有可用之實者不須及時事也但旋作此書亦不可廢應舉此書若成聊復相示當有知君者想喻此意也公擇近過此相聚數日說太虛不離口莘老未嘗得書知未暇通問程公闢須其子履中哀詞軾本自求作今豈可食言但得罪以來不復作文字自持頗嚴若復一作則決壞藩牆今後仍復衮衮多言矣初到黃廩入既絕人口不少私甚憂之但痛自節儉日用不得過百五十每月朔便取四千五百錢斷爲三十塊掛屋梁上平旦用畫叉挑取一塊卽藏去叉仍以大竹筒別貯用不盡者以待賓客此賈耘老法也度囊中尚可支一歲有餘至時別作經畫水到渠成不須預慮以此胷中都無一事所居對岸武昌山水佳絕有蜀人王生在邑中往往爲風濤所隔不能卽歸則王生能爲殺雞炊黍至數日不厭又有潘生者作酒店樊口棹小舟徑至店下村酒亦自醇釅柑橘椑柿極多大芋長尺餘不減蜀中外縣米斗二十有水路可致羊肉如北方猪牛麞鹿如土魚蟹不論錢岐亭監酒胡定之載書萬卷隨行喜借人看黃州曹官數人皆家善庖饌喜作會太虛視此數事吾事豈不既濟矣乎欲與太虛言者無窮但紙盡耳展

讀至此想見掀髯一笑也子駿固吾所畏其子亦可喜曾與相見否此中有黃岡少府張舜臣者其兄堯臣皆云與太虛相熟兒子每蒙批問適會葬老乳母今勾當作墳未暇拜書歲晚苦寒惟萬萬自重李端叔一書託爲達之夜中微被酒書不成字不罪不罪不宣軾再拜

答李琮書一首

軾啓奉別忽然半年思仰無窮近聞公有閨門之戚卽欲作書奉慰旣罕遇的便又以爲書未必能開釋左右往往更益悽悵用是稍緩今辱手教慚負不已竊計高懷遠度必已超然此等情累隨手掃滅猶恐不脫若更反覆尋繹便纏繞人矣望深以明識照之軾凡百如昨愚暗少慮輒復隨緣自娛自夏至後杜門不出惡熱不可過所居又向西多勸遷居遷居非月餘不能定而熱向衰矣亦復不果如聞公以職事當須一赴　闕不知果然否承問及王天常奉職所言邊事天常父齊雄結髮與西南夷戰夷人信畏之天常幼隨其父入夷中近歲王中正入蜀亦令天常招撫近界諸夷夷人以其齊雄子亦信用其言向嘗與軾言瀘州事所以致甫望乞弟作過如此者皆有

條理可聽然皆已往之事雖知之無補又似言人長短故不復錄呈獨論今日事勢揣量夷人情僞似有本末天常正月中與軾言播州首領楊貴遷者俗謂之楊通判最近烏蠻而梟武可用又有宋大郎者乞弟之死黨凶猾有謀略若官中見委說楊貴遷令殺宋大郎必可得也數日前有從蜀中來者言貴遷已殺宋大郎納其首級與銀三千兩以此推之天常之言殆不妄也天常言晏州六縣水路十二村諸夷世與乞弟爲仇向者熊察訪誘殺十二村首領及近歲韓存寶討殺羅狗姓諸夷皆有脣齒之憂貌畏而心貳去年乞弟領兵至羅个年屯殺害兵官王宣等十二人其地去寧遠安夷寨至近涉歷諸夷族帳不少自來自去殊無留難若諸夷不心與之其勢必不能如此也今欲討乞弟必先有以懷結近界諸夷得其心腹而後可今韓存寶等諸軍既不敢與乞弟戰但翺翔於近界百餘里間多殺不作過熟戶老弱而厚以金帛遺乞弟且遣四人爲質然後得乞弟遣人送一封空降書便與打誓卽日班師與運司諸君皆上表稱賀上深照其實已降手詔械存寶獄中遠人無不歡快以謂雖漢光武唐太宗料敵察情於萬里之

外不能過也今雖已械存寶而後來者亦未見有新巧必勝之術但言乞弟不過有兵三千而官軍無慮三萬何往而不克此正如千鈞車弩可以洞犀象而不可以得鼠耳今糧運止於江安縣自江安至乞弟住坐處猶須十二三程吏士以糗餌行其勢不能過一月乞弟但能深自避匿四五十日則免矣而山谷幽嶮林木沮洳賊於溪谷間依叢木自蔽以藥箭射人血濡縷立死戰士數萬人知深入未爲萬全而將吏不敢復稽留此間事不可不深慮天常言國之用兵正如私家之造屋凡屋若干材石之費穀米之用爲錢若干布算而定無所贏縮矣工徒入門斧斤之聲鏗然而百用毛起不可復計此慮不素定之過也既作而復聚糧既斷而復求材其費必十倍其工必不堅故王者之兵當如富人之造屋其慮周其規摹素定其取材積糧皆有方故其經營之常遲而其作之常速計日而成不愆于素費半他人而工必倍之今日之策可且罷諸將兵獨精選一轉運使及一瀘州知州許法外行事與二年限令經畫處置他人更不得與多出錢物茶綵於沿邊博買夷人糧米其費必減倉卒夫運之半使辯士招說十州五團晏州六

縣水路十二村羅氏鬼主播州楊貴遷之類作五六頭項更番出兵以蹂踐乞弟族帳使春不得耕秋不得穫又嘉戎瀘渝四州皆有土豪爲把截將自來雇一私兵入界用銀七兩每得一蕃人頭用銀三十兩買之把截將自以爲功今可召募此四州人每得二十級即與補一三班差使如不及二十級即每級官與絹三十匹出入山谷耐辛苦瘴毒見利則雲合敗則鳥獸散此本蠻夷之所長而中原之所無柰何也今若召募諸夷及四州把截將私兵使迭出迭入則蠻夷之所長我反用之但能積日累月戕殺其丁壯且使終年釋耒而操兵不及二年其族帳必殺乞弟以降如其未也則乞 朝廷差三五千人將下選兵三路入界西路自江安縣進兵先積糧於寧遠寨以十州五團等諸夷爲先鋒以施黔戎瀘四州藥箭弩手繼之中路自納溪寨進兵先積糧於本寨亦以諸夷爲先鋒以將下兵馬繼之三路中惟此路稍平可以用官軍東路自合江縣進兵先積糧於安溪寨亦以諸夷爲先鋒以嘉戎瀘渝四州召募人繼之可以一舉而蕩滅也天常此策雖若不快以蕞爾小醜二年而後定然王者之兵必出於萬全不可以僥倖淮

南王安有言廝輿之卒有一不備而歸者雖得越王之首臣猶竊爲大漢羞之今乞弟譬猶蚤蝨也克之未足以威四夷萬一不克豈不爲鄉大夫之辱也哉趙充國征先零鄧訓征羌及月支胡皆以計磨之數年乃克唐明皇欲取石堡城王忠嗣不奉詔以謂非殺二萬人不可取方唐之盛二萬人豈足道哉而賢將謀國終不肯出此者圖萬全也又漢永和中交趾反議者欲發荊揚兗豫四萬人討之獨李固以謂四州之人遠赴萬里無有還期詔書迫促必致叛亡南州溫瘴死者必多士卒疲勞比至嶺南不復堪鬭前中郎將尹就討益州叛羌益州諺曰虜來尚可尹來殺我後以兵付刺史張喬因其將吏旬月之間破殄寇虜此發將無益州郡可任之明效也今可募蠻夷使自相攻轉輸金帛以爲其資有能反間致頭首者許以封侯之賞因舉祝良爲九真太守張喬爲交趾刺史由此嶺外息平今觀其說乃與天常之言若合符節但天常不學言不能起意耳天常又言烏蠻藥箭中者立死無脫理然不能及遠非三十步內不發發無不中今與烏蠻戰當於百步以下五六十步以上强弓弩射之若稍近則短兵徑進於五七步內相

格則其長技皆廢今乞弟亦未是正烏蠻也諸如此巧便非一不能盡錄畧舉一二以見天常之練習疑可驅使耳又有一圖子雖不甚詳密然大略具是矣按圖以考其說差若易了故以奉呈看訖可却付去人見還也此非公職事然孜孜尋訪如此以見忠臣體國知無不爲之義也軾其可以罪廢不當言而止乎雖然亦不可使不知我者見以爲訴病也知荊公見稱經藏文是未離妄語也便蒙印可何哉圓覺經紙示及得暇爲寫下卷令公擇寫上卷秦太虛維揚勝士固知公喜之無乃亦可令荊公一見之歟子駿初見報奪一官耳不知其罷郡能不鬱鬱否有一書不知其今安在敢煩左右達之江水比去年甚大郡中不爲患見說沙湖鎮頗浸居民亦江淮間常事耳臨皐港既開往來蒙利無窮而居民貿易之入亦不貲但不免少有淤填議者謂歲發少春夫淘之甚易承問輒及之未緣展奉惟冀以時自重謹奉手啓起居熱甚幸恕不謹軾頓首再拜

答陳師仲書一首

軾頓首再拜錢塘主簿陳君足下曩在徐州得一再見及見顏長道輩皆言足下文詞卓瑋志節高亮固

欲朝夕相從適會訟訴偶有相關及者遂不復往來此自足下門中不幸亦豈爲吏者所樂哉想彼此有以相照已而軾又負罪遠竄流離契闊益不復相聞今者蒙書教累幅相屬之厚又甚於昔者知足下釋然果不以前事介意幸甚幸甚自得罪後雖平生厚善有不敢通問者足下獨犯衆人之所忌何哉及讀所惠詩文不數篇輒拊掌太息此自世間奇男子豈可以世俗趣舍量其心乎詩文皆奇麗所寄不齊而皆歸合於大道軾又何言者其間十常有四五見及或及舍弟何相愛之深也處世齟齬每深自嫌惡不論他人及見足下輩猶如此輒亦少自赦詩能窮人所從來尚矣而於軾特甚今足下獨不信建言詩不能窮人爲之益力其詩日已工其窮殆未可量然亦在所用而已不龜手之藥或以封安知足下不以此達乎人生如朝露意所樂則爲之何暇計議窮達云能窮人者固繆云不能窮人者亦未免有意於畏窮也江淮間人好食河豚每與人爭河豚本不殺人嘗戲之性命自子有美則食之何與我事今復以此戲足下想復千里爲我一笑也先吏部詩幸得一觀輒題數字繼諸公之末見爲編述超然黃樓二集爲賜

尤重從來不曾編次縱有一二在者得罪日皆爲家
人婦女輩焚毀盡矣不知今乃在足下許當爲刪去
其不合道理者乃可存耳軾於錢塘人有何恩意而
其人至今見念軾亦一歲率常四五夢至西湖上此
殆世俗所謂前緣者在杭州嘗遊壽星院入門便悟
曾到能言其院後堂殿山石處故詩中嘗有前生已
到之語足下主簿於法得出入當復縱游如軾在彼
時也山水窮絕處往往有軾題字想復題其後足下
所至詩但不擇古律以日月次之異日觀之便是行
記有便以一二見寄慰此惘惘其餘慎疾自重不宣
軾頓首再拜

答畢仲舉書一首

軾啓奉別忽十餘年愚瞽頓仆不復自比於朋友不
謂故人尚爾記錄遠枉手教存問甚厚且審比來起
居佳勝感慰不可言羅山素號善地不應有瘴癘豈
歲時適爾既無所失亡而有得於齊寵辱忘得喪者
是天相子也僕既以任意直前不用長者所教以觸
罪罟然禍福要不可推避初不論巧拙也黃州濱江
帶山既適耳目之好而生事百須亦不難致早寢晚
起又不知所謂禍福果安在哉偶讀戰國策見處士

顏蠋之語晚食以當肉欣然而笑若蠋者可謂巧於居貧者也菜羹菽黍差飢而食其味與八珍等而既飽之餘芻豢滿前惟恐其不持去也美惡在我何與於物所云讀佛書及合藥救人二事以爲閑居之賜甚厚佛書舊亦嘗看但闇塞不能通其妙獨時取其麤淺假說以自洗濯若農夫之去草旋去旋生雖若無益然終愈於不去也若世之君子所謂超然玄悟者僕不識也往時陳述古好論禪自以爲至矣而鄙僕所言爲淺陋僕嘗語述古公之所談譬之飲食龍肉也而僕之所學猪肉也猪之與龍則有間矣然公終日說龍肉不如僕之食猪肉實美而真飽也不知君所得於佛書者果何耶爲出生死超三乘遂作佛乎抑尚與僕輩俯仰也學佛老者本期於靜而達靜似懶達似放學者或未至其所期而先得其所似不爲無害僕常以此自疑故亦以爲獻來書云處世得安穩無病麤衣飽飯不造冤業乃爲至足三復斯言感歎無窮世人所作舉足動念無非是業不必刑殺無罪取非其有然後爲冤業也無緣面論以當一笑而已

與朱鄂州書一首

軾啓近遞中奉書必達比日春寒起居何似昨日武昌寄居王殿直天麟見過偶說一事聞之酸辛爲食不下念非吾康叔之賢莫足告語故專遣此人俗人區區了眼前事救過不暇豈有餘力及此度外事乎天麟言岳鄂間田野小人例只養二男一女過此輒殺之尤諱養女以故民間少女多鰥夫初生輒以冷水浸殺其父母亦不忍率常閉目背面以手按之水盆中咿嚶良久乃死有神山鄉百姓石揆者連殺兩子去歲夏中其妻一產四子楚毒不可堪忍母子皆斃報應如此而愚人不知創艾天麟每聞其側近有此輒馳救之量與衣服飲食全活者非一既旬日有無子息人欲乞其子者輒亦不肯以此知其父子之愛天性故在特牽於習俗耳聞鄂人有秦光亨者今已及第爲安州司法方其在母也其舅陳遵夢一小兒挽其衣若有所訴比兩夕輒見之其狀甚急遵獨念其姊有娠將產而意不樂多子豈其應是乎馳往省之則兒已在水盆中矣救之得免鄂人戶知之準律故殺子孫徒二年此長吏所得按舉願公明以告諸邑令佐使召諸保正告以法律諭以禍福約以必行使歸轉以相語仍錄條粉壁曉示且立賞召人告

官賞錢以犯人及鄰保家財充若客戶則及其地主婦人懷孕經涉歲月鄰保地主無不知者若後殺之其勢足相舉覺容而不告使出賞固宜若依律行遣數人此風便革公更使令佐各以至意誘諭地主豪戶若實貧甚不能舉子者薄有以賙之人非木石亦必樂從但得初生數日不殺後雖勸之使殺亦不肯矣自今以往緣公而得活者豈可勝計哉佛言殺生之罪以殺胎卵爲最重六畜猶爾而況於人俗謂小兒病爲無辜此眞可謂無辜矣悼耄殺人猶不死況無罪而殺之乎公能生之於萬死中其陰德十倍於雪活壯夫也昔王濬爲巴郡太守巴人生子皆不舉濬嚴其科條寬其徭役所活數千人及後伐吳所活者皆堪爲兵其父母戒之曰王府君生汝汝必死之古之循吏如此類者非一居今之世而有古循吏之風者非公而誰此事特未知耳軾向在密州遇饑年民多棄子因盤量勸誘米得出剩數百石別儲之專以收養棄兒月給六斗比期年養者與兒皆有父母之愛遂不失所所活亦數十人此等事在公如反手耳恃深契故不自外不罪不罪此外惟爲民自重不宣軾再拜

答李昭玘書一首

軾啓向得王子中兄弟書具道足下每相見語輒見及意相予甚厚卽欲作書以道區區又念方以罪垢廢放平生不相識而相向如此此人必有以不肖欺左右者軾所以得罪正坐名過實耳年大以來平日所好惡憂畏皆衰矣獨畏過實之名如畏虎也以此未敢相聞今獲來書累幅首尾句句皆所畏者謹再拜詞避不敢當然少年好文字雖自不能工喜誦他人之工者今雖老餘習尚在得所示書反復不知厭所稱道雖不然然觀其筆勢俯仰亦足以粗得足下爲人之一二也幸甚幸甚比日履茲春和起居何似軾蒙庇粗遣每念處世窮困所向輒值牆谷無一遂者獨於文人勝士多獲所欲如黃庭堅魯直晁補之無咎秦觀太虛張耒文潛之流皆世未之知而軾獨先知之今足下又不見鄙欲相從游豈造物者專欲以此樂見厚也耶然此數子者挾其有餘之資而驁於無涯之知必極其所如往而後已則亦將安所歸宿哉惟明者念有以反之魯直旣喪妻絕嗜好蔬食飲水此最勇決舍弟子由亦云學道三十餘年今始粗聞道考其言行則信與昔者有間矣獨軾倀倀焉

未有所得也徐守莘老每有書來亦以此見教想時相從有以發明王子中兄弟得相依甚幸子敏雖失解乃得久處左右想遂磨琢成其妙質也徐州城外有王陵母劉子政二墳向欲爲作祠堂竟不暇此爲遺恨近以告莘老不知有意作否若果作當有記文莘老若不自作者足下當爲作也無由面言臨書惘惘惟順時自愛謹奉手啓爲謝不宣軾再拜

答李廌書一首

軾頓首先輩李君足下別後遞中得一二書皆未果答專人來又辱長牋且審比日孝履無恙感慰深矣惠示古賦近詩詞氣卓越意趣不凡甚可喜也但微傷冗後當稍收斂之今未可也足下之文正如川之方增當極其所至霜降水落自見涯涘然不可不知也錄示孫之翰唐論僕不識之翰今見此書凜然得其爲人至論褚遂良不譖劉洎太子瑛之廢緣張説張巡之敗緣房琯李光弼不當圖史思明宣宗有小善而無人君大略皆舊史所不及議論英發暗與人意合者甚多又讀歐陽文忠公志文司馬君實跋尾益復慨然然足下欲僕別書此文入石以爲之翰不朽之託何也之翰所立於世者雖無歐陽公之文可也

而況欲託字畫之工以求信於後世不以陋乎足下相待甚厚而見譽過當非所以爲厚也近日士大夫皆有僭後無涯之心動輒欲人以周孔譽己自孟軻以下者皆憮然不滿也此風殆不可長又僕細思所以得患禍者皆由名過其實造物者所不能堪與無功而受千鍾者其罪均也深不願人造作言語務相粉飾以益其疾足下所與游者元聿讀其詩知其爲超然奇逸人也緣足下以得元君爲賜大矣唐論文字不少過煩諸君寫錄又以見足下所與游者皆好學喜事甚善甚善獨所謂未得名世之士爲志文則未葬者恐於禮未安司徒文子問於子思喪服既除然後葬其服何服子思曰三年之喪未葬服不變除何有焉昔晉溫嶠以未葬不得調古之君子有故不得已而未葬則服不變官不調今足下未葬豈有不得已之事乎他日有名世者既葬而表其墓何患焉辱見厚不敢不盡冬寒惟節哀自重

答張文潛書一首

頓首文潛縣丞張君足下久別思仰到京公私紛然未暇奉書忽辱手教且審起居佳勝至慰至慰惠示文編三復感歎甚矣君之似子由也子由之文實勝

僕而世俗不知乃以爲不如其爲人深不願人知之其文如其爲人故汪洋澹泊有一唱三歎之聲而其秀傑之氣終不可沒作黃樓賦乃稍自振厲若欲以警發憒憒者而或者便謂僕代作此尤可笑是殆見吾善者機也文字之衰未有如今日者也其源實出於王氏王氏之文未必不善也而患在於好使人同己自孔子不能使人同顏淵之仁子路之勇不能以相移而王氏欲以其學同天下地之美者同於生物不同於所生惟荒瘠斥鹵之地彌望皆黃茅白葦此則王氏之同也近見章子厚言先帝晚年甚患文字之陋欲稍變取士法特未暇耳議者欲稍復詩賦立春秋學官甚美僕老矣使後生猶得見古人之大全者正賴黃魯直秦少游晁無咎陳履常與君等數人耳如聞君作太學博士願益勉之德輶如毛民鮮克舉之我儀圖之愛莫助之此外千萬善愛偶飲卯酒醉來人求書不能復覼縷

答毛滂書一首

軾啓比日酷暑不審起居何如頃承示長牋及詩文一軸日欲裁謝因循至今悚息今時爲文者至多可喜者亦衆然求如足下閑暇自得清美可口者實少

也敬佩厚賜不敢獨饗當出之知者世間唯名實不
可欺文章如金玉各有定價先後進相汲引因其言
以信於世則有之矣至其品目高下蓋付之衆口決
非一夫所能抑揚軾於黃魯直張文潛輩數子特先
識之耳始誦其文蓋疑信者相半久乃自定翕然稱
之軾豈能爲之輕重哉非獨軾如此雖向之前輩亦
不過如此也而況外物之進退此在造物者非軾事
辱見貺之重不敢不盡承不久出都尚得一見否

東坡集卷第三十

東坡集卷第三十一

記十三首

清風閣記 一首

文慧大師應符居成都玉谿上爲閣曰清風以書來求文爲記五返而益勤余不能已戲爲浮屠語以問之曰符而所謂身者汝之所寄也而所謂閣者汝之所以寄所寄也身與閣汝不得有而名烏乎施名將無所施而安用記乎雖然吾爲汝放心遺形而强言之汝亦放心遺形而强聽之木生於山水流於淵山與淵且不得有而人以爲已有不亦惑歟天地之相磨虛空與有物之相推而風於是焉生執之而不可得也逐之而不可及也汝爲居室而以名之吾又爲汝記之不亦大惑歟雖然世之所謂已有而不惑者其與是奚辨若是而可以爲有邪則雖汝之有是風可也雖爲居室而以名之吾又爲汝記之可也非惑也風起於蒼茫之間彷徨乎山澤激越乎城郭道路虛徐演漾以汎汝之軒窗欄楯幔帷而不去也汝隱几而觀之其亦有得乎力生於所激而不自爲力故不勞形生於所遇而不自爲形故不窮嘗試以是觀之

喜雨亭記一首

亭以雨名志喜也古者有喜則以名物示不忘也周公得禾以名其書漢武得鼎以名其年叔孫勝狄以名其子其喜之大小不齊其示不忘一也余至扶風之明年始治官舍爲亭於堂之北而鑿池其南引流種樹以爲休息之所是歲之春雨麥於岐山之陽其占爲有年既而彌月不雨民方以爲憂越三月乙卯乃雨甲子又雨民以爲未足丁卯大雨三日乃止官吏相與慶於庭商賈相與歌於市農夫相與抃於野憂者以樂病者以愈而吾亭適成於是舉酒於亭上以屬客而告之曰五日不雨可乎曰五日不雨則無麥十日不雨可乎曰十日不雨則無禾無麥無禾歲且荐饑獄訟繁興而盜賊滋熾則吾與二三子雖欲優游以樂於此亭其可得耶今天不遺斯民始旱而賜之以雨使吾與二三子得相與優游而樂於此亭者皆雨之賜也其又可忘耶既以名亭又從而歌之曰使天而雨珠寒者不得以爲襦使天而雨玉飢者不得以爲粟一雨三日繄誰之力民曰太守太守不有歸之天子天子曰不然歸之造物造物不自以爲功歸之太空太空冥冥不可得而名吾以名吾亭

鳳鳴驛記一首

始余丙申歲舉進士過扶風求舍於館人既入不可居而出次於逆旅其後六年爲府從事至數日謁客於館視客之所居與其凡所資用如官府如廟觀如數世富人之宅四方之至者如歸其家皆樂而忘去將去既駕雖馬亦顧其皁而嘶余召館吏而問焉吏曰今太守宋公之所新也自辛丑八月而公始至既至逾月而興功五十有五日而成用夫三萬六千木以根計竹以竿計瓦甓坏釘各以枚計秸以石計者二十一萬四千七百二十有八而民未始有知者余聞而心善之其明年縣令胡允文具石請書其事余以爲有足書者乃書曰古之君子不擇居而安安則樂樂則喜從事使人而皆喜從事則天下何足治歟後之君子常有所不屑苟有所不屑則躁否則惰躁則妄惰則廢既妄且廢則天下之所以不治者常出於此而不足怪今夫宋公計其所歷而累其勤使無齟齬於世則今且何爲矣而猶爲此官哉然而未嘗有不屑之心其治扶風也視其卼臲者而安植之求其蒙茸者而疏理之非特傳舍而已事復有小於傳舍者公未嘗不盡心也嘗食芻豢者難於食菜嘗衣

錦者難於衣布嘗爲其大者不屑爲其小此天下之通患也詩曰豈弟君子民之父母所貴乎豈弟者豈非以其不擇居而安安而樂樂而喜從事歟夫修傳舍誠無足書者以傳舍之修而見公之不擇居而安安而樂樂而喜從事者則是眞足書也

凌虛臺記一首

國於南山之下宜若起居飲食與山接也四方之山莫高於終南而都邑之麗山者莫近於扶風以至近求最高其勢必得而太守之居未嘗知有山焉雖非事之所以損益而物理有不當然者此凌虛之所爲築也方其未築也太守陳公杖屨逍遙於其下見山之出於林木之上者纍纍如人之旅行於牆外而見其髻也曰是必有異使工鑿其前爲方池以其土築高出於屋之危而止然後人之至於其上者怳然不知臺之高而以爲山之踊躍奮迅而出也公曰是宜名凌虛以告其從事蘇軾而求文以爲記軾復於公曰物之廢興成毀不可得而知也昔者荒草野田霜露之所蒙翳狐虺之所竄伏方是時豈知有凌虛臺耶廢興成毀相尋於無窮則臺之復爲荒草野田皆不可知也嘗試與公登臺而望其東則秦穆之祈年

槖泉也其南則漢武之長楊五柞而其北則隋之仁壽唐之九成也計其一時之盛宏傑詭麗堅固而不可動者豈特百倍於臺而已哉然而數世之後欲求其髣髴而破瓦頹垣無復存者既已化爲禾黍荆棘丘墟隴畝矣而況於此臺歟夫臺猶不足恃以長久而況於人事之得喪忽往而忽來者歟而或者欲以夸世而自足則過矣蓋世有足恃者而不在乎臺之存亡也既已言於公退而爲之記

中和勝相院記一首

佛之道難成言之使人悲酸愁苦其始學之皆入山林踐荆棘蛇虺袒裸雪霜或刲割屠膾燔燒烹煑以肉飼虎豹鳥烏蚊蚋無所不至茹苦含辛更百千萬億生而後成其不能此者猶弃絶骨肉衣麻布食艸木之實晝日力作以給薪水糞除莫夜持膏火薰香事其師如生務苦瘠其身自身口意莫不有禁其略十其詳無數終身念之寢食見之如是僅可以稱沙門比丘雖名爲不耕而食然其勞苦卑辱則過於農工遠矣計其利害非僥倖小民之所樂今何其弃家毀服壞毛髮者之多也意亦有所便歟寒耕暑耘官又召而役作之凡民之所患苦者我皆免焉吾師之

所謂戒者爲愚夫未達者設也若我何用是爲烈其患專取其利不如是而已又愛其名治其荒唐之說攝衣升坐問答自若謂之長老吾嘗究其語矣大抵務爲不可知設械以應敵匿形以備敗窘則推墮滉漾中不可捕捉如是而已矣吾遊四方見輒反覆折困之度其所從遁而逆閉其塗往往面頸發赤然業已爲是道勢不得以惡聲相反則笑曰是外道魔人也吾之於僧慢侮不信如此今寶月大師惟簡乃以其所居院之本末求吾文爲記豈不謬哉然吾昔者始遊成都見文雅大師惟度器宇落落可愛渾厚人也能言唐末五代事傳記所不載者因是與之遊甚熟惟簡則其同門友也其爲人精敏過人事佛齊衆謹嚴如官府二僧皆吾之所愛而此院又有唐僖宗皇帝像及其從官文武七十五人其奔走失國與其所以將亡而不遂滅者既足以感慨太息而畫又皆精妙冠世有足稱者故強爲記之始居此者京兆人廣寂大師希讓傳六世至度與簡簡姓蘇氏眉山人吾遠宗子也今主是院而度亡矣

四菩薩閣記一首

始吾先君於物無所好燕居如齋言笑有時顧嘗嗜

畫弟子門人無以悅之則爭致其所嗜庶幾一解其顏故雖爲布衣而致畫與公卿等長安有故藏經龕唐明皇帝所建其門四達八版皆吳道子畫陽爲菩薩陰爲天王凡十有六軀廣明之亂爲賊所焚有僧忘其名於兵火中拔其四版以逃既重不可負又迫於賊恐不能　全遂竅其兩版以受荷西奔於岐而寄死於烏牙之僧舍版留於是百八十年矣客有以錢十萬得之以示軾者軾歸其直而取之以獻諸先君先君之所嗜百有餘品一旦以是四版爲甲治平四年先君沒於京師軾自汴入淮泝于江載是四版以歸既免喪所嘗與往來浮屠人惟簡誦其師之言教軾爲先君捨施必所甚愛與所不忍捨者軾用其說思先君之所甚愛軾之所不忍捨者莫若是版故遂以與之且告之曰此明皇帝之所不能守而焚於賊者也而況於余乎余視天下之蓄此者多矣有能及三世者乎其始求之若不及既得惟恐失之而其子孫不以易衣食者鮮矣余惟自度不能長守此也是以與子子將何以守之簡曰吾以身守之吾眼可霍吾足可斮吾畫不可奪若是足以守之歟軾曰未也足以終子之世而已簡曰　又盟於佛而以鬼守

之凡取是者與凡以是予人者其罪如律若是足以守之歟軾曰未也世有無佛而蔑鬼者然則何以守之曰軾之以是予子者凡以爲先君捨也天下豈有無父之人歟其誰忍取之若其聞是而不悛不惟一觀而已將必取之然後爲快則其人之賢愚與廣明之焚此者一也全其子孫多矣而況能久有此乎且夫不可取者存乎子取不取者存乎人子勉之矣爲子之不可取者而已又何知焉既以予簡簡以錢百萬度爲大閣以藏之且畫先君象其上軾助錢二十之一期以明年冬閣成熙寧元年十月二十六日記

墨君堂記一首

凡人相與號呼者貴之則曰公賢之則曰君自其下則爾汝之雖公卿之貴天下貌畏而心不服則進而君公退而爾汝者多矣獨王子猷謂竹君天下從而君之無異辭今與可又能以墨象君之形容作堂以居君而屬余爲文以頌君德則與可之於君信厚矣與可之爲人也端靜而文明哲而忠士之脩絜博習朝夕磨治洗濯以求交於與可者非一人也而獨厚君如此君又疎簡抗勁無聲色臭味可以娛悅人之耳目鼻口則與可之厚君也其必有以賢君矣世之

能寒燠人者其氣燄亦未至若雪霜風雨之切於肌膚也而士鮮不以爲欣戚喪其所守自植物而言之四時之變亦大矣而君獨不顧雖微與可天下其孰不賢之然與可獨能得君之深而知君之所以賢雍容談笑揮灑奮迅而盡君之德稚壯枯老之容披折偃仰之勢風雪凌厲以觀其操崖石犖确以致其節得志遂茂而不驕不得志瘁瘠而不辱羣居不倚獨立不懼與可之於君可謂得其情而盡其性矣余雖不足以知君願從與可求君之昆弟子孫族屬朋友之象而藏於吾室以爲君之別館云

淨因院畫記一首

余嘗論畫以爲人禽宮室器用皆有常形至於山石竹木水波煙雲雖無常形而有常理常形之失人皆知之常理之不當雖曉畫者有不知故凡可以欺世而取名者必託於無常形者也雖然常形之失止於所失而不能病其全若常理之不當則舉廢之矣以其形之無常是以其理不可不謹也世之工人或能曲盡其形而至於其理非高人逸才不能辨與可之於竹石枯木真可謂得其理者矣如是而生如是而死如是而攣拳瘠蹙如是而條達遂茂根莖節葉牙

角脈縷千變萬化未始相襲而各當其處合於天造厭於人意蓋達士之所寓也歟昔歲嘗畫兩叢竹於淨因之方丈其後出守陵陽而西也余與之偕別長老道臻師又畫兩竹梢一枯木於其東齋臻方治四壁於法堂而請於與可與可既許之矣故余并爲記之必有明於理而深觀之者然後知余言之不妄

墨妙亭記一首

熙寧四年十一月高郵孫莘老自廣德移守吳興其明年二月作墨妙亭於府第之北逍遙堂之東取凡境内自漢以來古文遺刻以實之吳興自東晉爲善地號爲山水清遠其民足於魚稻蒲蓮之利寡求而不爭賓客非特有事於其地者不至焉故凡守郡者率以風流嘯咏投壺飲酒爲事自莘老之至而歲適大水上田皆不登湖人大飢將相率亡去莘老大振廩勸分躬自撫循勞來出於至誠富有餘者皆爭出穀以佐官所活至不可勝計當是時 朝廷方更化立法使者旁午以爲莘老當日夜治文書赴期會不能復雍容自得如故事而莘老益喜賓客賦詩飲酒爲樂又以其餘暇罔羅遺逸得前人賦詠數百篇爲吳興新集其刻畫尚存而僵仆斷缺於荒陂野草之

間者又皆集於此亭是歲十二月余以事至湖周覽歎息而華老求文爲記或以謂余凡有物必歸於盡而特形以爲固者尤不可長雖金石之堅俄而變壞至於功名文章其傳世垂後猶爲差久今乃以此託於彼是久存者反求助於速壞此既昔人之惑而華老又將深簷大屋以錮留之推是意也其無乃幾於不知命也夫余以爲知命者必盡人事然後理足而無憾物之有成必有壞譬如人之有生必有死而國之有興必有亡也雖知其然而君子之養身也凡可以久生而緩死者無不用其治國也凡可以存存而救亡者無不爲至於不可柰何而後已此之謂知命是亭之作否無足爭者而其理則不可以不辨故具載其說而列其名物於左云

墨寶堂記一首

世人之所共嗜者美飲食華衣服好聲色而已有人焉自以爲高而笑之彈琴奕棋蓄古法書圖畫客至出而夸觀之自以爲至矣則又有笑之者曰古之人所以自表見於後世者以有言語文章也是惡足好而豪傑之士又相與笑之以爲士當以功名聞於世若乃施之空言而不見於行事此不得已者之所爲

也而其所謂功名者自智效一官等而上之至於伊呂稷契之所營劉項湯武之所爭極矣而或者猶未免乎笑曰是區區者曾何足言而許由辭之以爲難孔丘知之以爲博由此言之世之相笑豈有旣乎士方志於其所欲得雖小物有弃軀忘親而馳之者故有好書而不得其法則捬心歐血幾死而僅存至於剖冢斲棺而求之是豈有聲色臭味足以移人哉方其樂之也雖其口不能自言而况他人乎人特以己之不好笑人之好則過矣毗陵人張君希元家世好書所蓄古今人遺跡至多盡刻諸石築室而藏之屬余爲記余蜀人也蜀之諺曰學書者紙費學醫者人費此言雖小可以喻大世有好功名者以其未試之學而驟出之於政其費人豈特醫者之比乎今張君以兼人之能而位不稱其才優游終歲無所役其心智則以書自娛然以余觀之君豈久閑者蓄極而通必將大發之於政君知政之費人也甚於醫則願以余之所言者爲鑒

錢塘六井記一首

潮水避錢塘而東擊西陵所從來遠矣沮洳斥鹵化爲桑麻之區而久乃爲城邑聚落凡今州之平陸皆

江之故地其水苦惡惟負山鑿井乃得甘泉而所及不廣唐宰相李公長源始作六井引西湖水以足民用其後刺史白公樂天治湖浚井刻石湖上至于今賴之始長源六井其最大者在清湖中爲相國井其西爲西井少西而北爲金牛池又北而西附城爲方井爲白龜池又北而東至錢塘縣治之南爲小方井而金牛之廢久矣嘉祐中太守沈公文通又於六井之南絶河而東至美俗坊爲南井出湧金門並湖而北有水閘三注以石溝貫城而東者南井相國方井之所從出也若西井則相國之派別者也而白龜池小方井皆爲匿溝湖底無所用閘此六井之大略也熙寧五年秋太守陳公述古始至問民之所病皆曰六井不治民不給於水南井溝庳而井高水行地中率常不應公曰嘻甚矣吾在此可使民求水而不得乎乃命僧仲文子珪辦其事仲文子珪又引其徒如正思坦以自助凡出力以佐官者二十餘人於是發溝易甃完緝罅漏而相國之水大至坎滿溢流南注于河千艘更載瞬息百斛以方井爲近於濁惡而遷之少西不能五步而得其故基父老驚曰此古方井也民李甲遷之於此六十年矣疏涌金池爲上中下

使澣衣浴馬不及於上池而列二閘於門外其一赴三池而決之河其一納之石檻比竹爲五管以出之並河而東絕三橋以入于石溝注于南井水之所從來高則南井常厭水矣凡爲水閘四皆垣牆扃鐍以護之明年春六井畢修而歲適大旱自江淮至浙右井皆竭民至以罌缶貯水相餉如酒醴而錢塘之民肩足所任舟楫所及南出龍山北至長河鹽官海上皆以飲牛馬給沐浴方是時汲者皆誦佛以祝公余以爲水者人之所甚急而旱至於井竭非歲之所常有也以其不常有而忽其所甚急此天下之通患也豈獨水哉故詳其語以告後之人使雖至於久遠廢壞而猶有考也

仁宗皇帝御飛白記一首

問世之治亂必觀其人問人之賢不肖必以世考之孟子曰誦其詩讀其書不知其人可乎是以論其世也合抱之木不生於步仞之丘千金之子不出於三家之市臣嘗逮事 仁宗皇帝其愚不足以測知
聖德之所至獨私竊覽觀四十餘年之間左右前後之人其大者固已光明儁偉深厚雄傑不可窺較而其小者猶能敦朴愷悌靖恭持重號稱長者當是之

時天人和同上下驩心才智不用而道德有餘功業難名而福祿無窮升遐以來十有二年若臣若子罔有內外下至深山窮谷老婦稚子外薄四海裔夷君長見當時之人聞當時之事未有不流涕稽首者也此豈獨上之澤歟凡在廷者與有力焉太子少傅安簡王公諱舉正臣不及見其人矣而識其爲人其流風遺俗可得而稱者以世考之也熙寧六年冬以事至姑蘇其子誨出慶曆中所賜公端敏字二飛白筆一以示臣且謂臣記之將刻石而傳諸世臣官在太常職在太史於法得書且以爲抱烏號之弓不若藏此筆寶曲阜之履不若傳此書考追蠡以論音聲不若推點畫以究觀其所用之意存昌歜以追嗜好不若因褒貶以想見其所與之人或藏於名山或流於四方凡見此者皆當聳然而作如望旄頭之塵而聽屬車之音相與勉爲忠厚而恥爲浮薄或由此也夫

大悲閣記一首

羊豕以爲羞五味以爲和秫稻以爲酒麴糵以作之天下之所同也其材同其水火之齊均其寒煖燥溼之候一也而二人爲之則美惡不齊豈其所以美者不可以數取歟然古之爲方者未嘗遺數也能者卽

數以得妙不能者循數以得其略其出一也有能有
不能而精粗見焉人見其二也則求精於數外而弃
迹以逐妙曰我知酒食之所以美也而略其分齊捨
其度數以爲不在是也而一以意造則其不爲人之
所嘔弃者寡矣今吾學者之病亦然天文地理音樂
律歷宮廟服器冠昏喪紀之法春秋之所去取禮之
所可刑之所禁歷代之所以廢興與其人之賢不肖
此學者之所宜盡力也曰是皆不足學學其不可傳
於書而載於口者子夏曰日知其所亡月無忘其所
能可謂好學也已古之學者其所亡與其所能皆可
以一二數而日月見也如今世之學其所亡者果何
物而所能者果何事歟孔子曰吾嘗終日不食終夜
不寢以思無益不如學也由是觀之廢學而徒思者
孔子之所禁而今世之所上也豈惟吾學者至於爲
佛者亦然齋戒持律講誦其書而崇飾塔廟此佛之
所以日夜教人者也而其徒或者以爲齋戒持律不
如無心講誦其書不如無言崇飾塔廟不如無爲其
中無心其口無言其身無爲則飽食而嬉而已是爲
大以欺佛者也杭州鹽官安國寺僧居則自九歲出
家十年而得惡疾且死自誓於佛願持律終身且造

千手眼觀世音像而誦其名千萬口病已而力不給則縮衣節口三十餘年銖積寸累以迄于成其高九仞爲大屋四重以居之而求文以爲記余嘗以斯語告東南之士矣蓋僅有從者獨喜則之勤苦從事於有爲篤志守節老而不衰異夫爲大以欺佛者故爲記之且以風吾黨之士云

東坡集卷第三十一

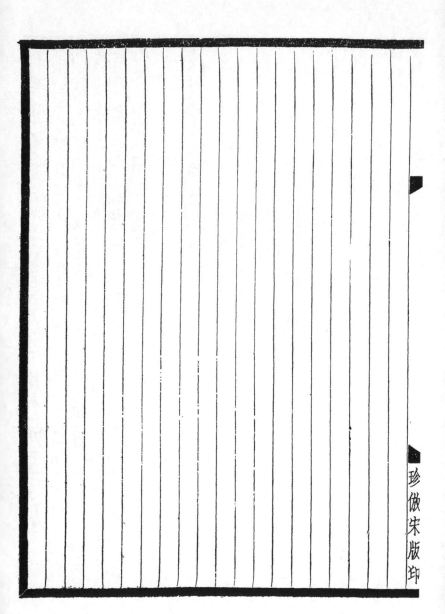

東坡集卷第三十二

記十四首

超然臺記一首

凡物皆有可觀苟有可觀皆有可樂非必怪奇瑋麗者也餔糟啜醨皆可以醉果蔬草木皆可以飽推此類也吾安往而不樂夫所爲求福而詞禍者以福可喜而禍可悲也人之所欲無窮而物之可以足吾欲者有盡美惡之辨戰乎中而去取之擇交乎前則可樂者常少而可悲者常多是謂求禍而詞福夫求禍而詞福豈人之情也哉物有以蓋之矣彼遊於物之內而不遊於物之外物非有大小也自其內而觀之未有不高且大者也彼挾其高大以臨我則我常眩亂反覆如隙中之觀鬬又烏知勝負之所在是以美惡橫生而憂樂出焉可不大哀乎余自錢塘移守膠西釋舟楫之安而服車馬之勞去雕牆之美而蔽采椽之居背湖山之觀而行桑麻之野始至之日歲比不登盜賊滿野獄訟充斥而齋廚索然日食杞菊人固疑余之不樂也處之期年而貌加豐髮之白者日以反黑余既樂其風俗之淳而其吏民亦安予之拙也於是治其園圃絜其庭宇伐安丘高密之木以脩

補破敗爲苟完之計而園之北因城以爲臺者舊矣稍葺而新之時相與登覽放意肆志焉南望馬耳常山出沒隱見若近若遠庶幾有隱君子乎而其東則盧山秦人盧敖之所從遁也西望穆陵隱然如城郭師尚父齊桓公之遺烈猶有存者北俯濰水慨然太息思淮陰之功而弔其不終臺高而安深而明夏涼而冬溫雨雪之朝風月之夕余未嘗不在客未嘗不從擷園蔬取池魚釀秫酒瀹脫粟而食之曰樂哉遊乎方是時余弟子由適在濟南聞而賦之且名其臺曰超然以見余之無所往而不樂者蓋遊於物之外也

雩泉記一首

常山在東武郡治之南二十里不甚高大而下臨城中如在山下雉堞樓觀髣髴可數自城中望之如在城上起居寢食無往而不見山者其神食於斯民固宜也東武濱海多風而溝瀆不留故率常苦旱禱於玆山未嘗不應民以其可信而恃蓋有常德者故謂之常山熙寧八年春夏旱軾再禱焉皆應如響乃新其廟廟門之西南十五步有泉汪洋折旋如車輪清涼滑甘冬夏若一餘流溢去達于山下玆山之所以

能常其德出雲爲雨以信於斯民者意其在此而號稱不立除治不嚴農民易之乃琢石爲井其深七尺廣三之二作亭於其上而名之曰雩泉古者謂吁嗟而求雨曰雩今民吁嗟其所不獲而呻吟其所疾痛亦多矣吏有能聞而哀之答其所求如常山雩泉之可信而恃者乎軾以是愧於神乃作吁嗟之詩以遺東武之民使歌以祀神而勉吏云吁嗟常山東武之望匪石巖巖惟德之常吁嗟雩泉惟山之澈維水作聰我民所噫我歌雲漢于泉之側誰其尸之涌溢赴節堂堂在位有號不聞我愧于中何以籲神神尸其昧我職其著各率爾職神不汝弃酌山之泉言採其蔬跪以薦神神其吐之

醉白堂記一首

故魏國忠獻韓公作堂於私第之池上名之曰醉白取樂天池上之詩以爲醉白堂之歌意若有羨於樂天而不及者天下之士聞而疑之以爲公旣已無愧於伊周矣而猶有羨於樂天何哉軾聞而笑曰公豈獨有羨於樂天而已乎方且願爲尋常無聞之人而不可得者天之生是人也將使任天下之重則寒者求衣飢者求食凡不獲者求得苟有以與之將不勝

其求是以終身處乎憂患之域而行乎利害之塗豈其所欲哉夫忠獻公既已相　三帝安天下矣浩然將歸老於家而天下共挽而留之莫釋也當是時其有羨於樂天無足怪者然以樂天之平生而求之於公較其所得之厚薄淺深孰有孰無則後世之論有不可欺者矣文致太平武定亂略謀安宗廟而不自以爲功急賢才輕爵祿而士不知其恩殺伐果敢而六軍安之四夷八蠻想聞其風采而天下以其身爲安危此公之所有而樂天之所無也乞身于強健之時退居十有五年日與其朋友賦詩飲酒盡山水園池之樂府有餘帛廩有餘粟而家有聲伎之奉此樂天之所有而公之所無也忠言嘉謀效於當時而文采表於後世死生窮達不易其操而道德高於古人此公與樂天之所同也公既不以其所有自多亦不以其所無自少將推其同者而自託焉方其寓形於一醉也齊得喪忘禍福混貴賤等賢愚同乎萬物而與造物者遊非獨自比於樂天而已古之君子其處己也厚其取名也廉是以實浮於名而世誦其美不厭以孔子之聖而自比於老彭自同於丘明自以爲不如顏淵後之君子實則不至而皆有侈心焉臧武

仲自以爲聖白圭自以爲禹司馬長卿自以爲相如
楊雄自以爲孟軻崔浩自以爲子房然世終莫之許
也由此觀之忠獻公之賢於人也遠矣昔公嘗告其
子忠彥將求文於軾以爲記而未果既葬忠彥以告
軾以爲義不得詞也乃泣而書之

蓋公堂記一首

始吾居鄉有病寒而欬者問於醫醫以爲蠱不治且
殺人取其百金而治之飲以蠱藥攻伐其腎腸燒灼
其體膚禁切其飲食之美者期月而百疾作內熱惡
寒而欬不已纍然眞蠱者也又求諸醫醫以爲熱授
之以寒藥旦朝吐之莫夜下之於是始不能食懼而
反之則鍾乳烏喙雜然並進而漂疽癰疥眩瞀之狀
無所不至三易醫而疾愈甚里老父教之曰是醫之
辠藥之過也子何疾之有人之生也以氣爲主食爲
輔今子終日藥不釋口臭味亂于外而百毒戰于內
勞其主隔其輔是以病也子退而休之謝醫却藥而
進所嗜氣完而食美矣則夫藥之良者可以一飲而
效從之期月而病良已昔之爲國者亦然吾觀夫秦
自孝公以來至于始皇立法更制以鑴磨鍛鍊其民
可謂極矣蕭何曹參親見其斲喪之禍而收其民於

百戰之餘知其厭苦憔悴無聊而不可與有爲也是以一切與之休息而天下安始參爲齊相召長老諸先生問所以安集百姓而齊故諸儒以百數言人人殊參未知所定聞膠西有蓋公善治黃老言使人請之蓋公爲言治道貴清靜而民自定推此類具言之參於是避正堂以舍蓋公用其言而齊大治其後以其所以治齊者治天下天下至今稱賢焉吾爲膠西守知公之爲邦人也求其墳墓子孫而不可得慨然懷之師其言想見其爲人庶幾復見如公者治新寢於黃堂之北易其弊陋達其蔽重門洞開盡城之南北相望如引繩名之曰蓋公堂時從賓客僚吏遊息其間而不敢居以待如公者焉夫曹參爲漢宗臣而蓋公爲之師可謂盛矣而史不記其所終豈非古之至人得道而不死者歟膠西東並海南放于九仙北屬之牢山其中多隱君子可聞而不可見可見而不可致安知蓋公不往來其間乎吾何足以見之

李氏山房藏書記一首

象犀珠玉怪珍之物有悅於人之耳目而不適於用金石草木絲麻五穀六材有適於用而用之則弊取之則竭悅於人之耳目而適於用用之而不弊取之

而不竭賢不肖之所得各因其才仁智之所見各隨其分才分不同而求無不獲者惟書乎自孔子聖人其學必始於觀書當是時惟周之柱下史聃爲多書韓宣子適魯然後見易象與魯春秋季札聘於上國然後得聞詩之風雅頌而楚獨有左史倚相能讀三墳五典八索九丘士之生於是時得見六經者蓋無幾其學可謂難矣而皆習於禮樂深於道德非後世君子所及自秦漢以來作者益衆紙與字畫日趨於簡便而書益多世莫不有然學者益以苟簡何哉余猶及見老儒先生自言其少時欲求史記漢書而不可得幸而得之皆手自書日夜誦讀惟恐不及近歲市人轉相摹刻諸子百家之書日傳萬紙學者之於書多且易致如此其文詞學術當倍蓰於昔人而後生科舉之士皆束書不觀遊談無根此又何也余友李公擇少時讀書於廬山五老峯下白石庵之僧舍公擇既去而山中之人思之指其所居爲李氏山房藏書凡九千餘卷公擇既已涉其流探其源採剝其華實而咀嚼其膏味以爲己有發於文詞見於行事以聞名於當世矣而書固自如也未嘗少損將以遺來者供其無窮之求而各足其才分之所當得是以

不藏於家而藏於其故所居之僧舍此仁者之心也余既衰且病無所用於世惟得數年之間盡讀其所未見之書而廬山固所願遊而不得者蓋將老焉盡發公擇之藏拾其餘弃以自補庶有益乎而公擇求余文以爲記乃爲一言使來者知昔之君子見書之難而今之學者有書而不讀爲可惜也

寶繪堂記一首

君子可以寓意於物而不可以留意於物寓意於物雖微物足以爲樂雖尤物不足以爲病留意於物雖微物足以爲病雖尤物不足以爲樂老子曰五色令人目盲五音令人耳聾五味令人口爽馳騁田獵令人心發狂然聖人未嘗廢此四者亦聊以寓意焉耳劉備之雄才也而好結髦嵇康之達也而好鍛鍊阮孚之放也而好蠟屐此豈有聲色臭味也哉而樂之終身不厭凡物之可喜足以悅人而不足以移人者莫若書與畫然至其留意而不釋則其禍有不可勝言者鍾繇至以此嘔血發冢宋孝武王僧虔至以此相忌桓玄之走舸王涯之複壁皆以兒戲害其國凶其身此留意之禍也始吾少時嘗好此二者家之所有惟恐其失之人之所有惟恐其不吾予也既而自

笑曰吾薄富貴而厚於書輕死生而重畫豈不顛倒錯繆失其本心也哉自是不復好見可喜者雖時復蓄之然爲人取去亦不復惜也譬之煙雲之過眼百鳥之感耳豈不欣然接之去而不復念也於是乎二物者常爲吾樂而不能爲吾病駙馬都尉王君晉卿雖在戚里而其被服禮義學問詩書常與寒士角平居攘去膏粱屏遠聲色而從事於書畫作寶繪堂於私第之東以蓄其所有而求文以爲記恐其不幸而類吾少時之所好故以是告之庶幾全其樂而遠其病也熙寧十年七月二十二日記

眉州遠景樓記一首

吾州之俗有近古者三其士大夫貴經術而重氏族其民尊吏而畏法其農夫合耦以相助蓋有三代漢唐之遺風而他郡之所莫及也始朝廷以聲律取士而天聖以前學者猶襲五代文弊獨吾州之士通經學古以西漢文詞爲宗師方是時四方指以爲迂闊至於郡縣胥史皆挾經載筆應對進退有足觀者而大家顯人以門族相上推次甲乙皆有定品謂之江鄉非此族也雖貴且富不通婚姻其民事太守縣令如古君臣既去輒畫像事之而其賢者則記錄其行

事以爲口實至四五十年不忘商賈小民常儲善物而別異之以待官吏之求家藏律令往往通念而不以爲非雖薄刑小罪終身有不敢犯者歲二月農事始作四月初吉穀稚而草壯耘者畢出數十百人爲曹立表下漏鳴鼓以致衆擇其徒爲衆所畏信者二人一人掌鼓一人掌漏進退作止惟二人之聽鼓之而不至至而不力皆有罰量田計功終事而會之田多而丁少則出錢以償衆七月既望穀艾而草衰則仆鼓決漏取罰金與償衆之錢買羊豕酒醴以祀田祖作樂飲食醉飽而去歲以爲常其風俗蓋如此故其民皆聰明才智務本而力作易治而難服守令始至視其言語動作輒了其爲人其明且能者不復以事試終日寂然苟不以其道則陳義秉法以譏切之故不知者以爲難治今太守黎侯希聲軾先君子之友人也簡而文剛而仁明而不苛衆以爲易事既滿將代不忍其去相率而留之　上不奪其請既留三年民益信遂以無事因守居之北墉而增築之作遠景樓日與賓客僚吏游處其上軾方爲徐州吾州之人以書相往來未嘗不道黎侯之善而求文以爲記嗟夫軾之去鄉久矣所謂遠景樓者雖想見其處而

不能道其詳矣然州人之所以樂斯樓之成而欲記焉者豈非上有易事之長而下有易治之俗也哉孔子曰吾猶及史之闕文也有馬者借人乘之今亡矣夫是二者於道未有大損益也然且錄之今吾州近古之俗獨能累世而不遷蓋耆老昔人豈弟之澤而賢守令撫循教誨不倦之力也可不錄乎若夫登臨覽觀之樂山川風物之美軾將歸老於故丘布衣幅巾從邦君於其上酒酣樂作援筆而賦之以頌黎侯之遺愛尚未晚也元豐元年七月十五日記

滕縣公堂記一首

君子之仕也以其才易天下之養也才有大小故養有厚薄苟有益於人雖厲民以自養不爲泰是故飲食必豐車服必安宮室必壯使令之人必給則人輕去其家而重去其國如使衣食菲惡不如吾私宮室弊陋不如吾廬使令之人朴野不足不如吾僮奴雖君子安之無不可者然人之情所以去父母捐墳墓而遠遊者豈厭安逸而思勞苦也哉至於宮室蓋有所從受而傳之無窮非獨以自養也今日不治後日之費必倍而比年以來所在務爲儉陋尤諱土木營造之功欹仄腐壞轉以相付不敢擅易一椽此何義

也滕古邑也在宋魯之間號爲難治庭宇陋甚莫有葺者非惟不敢亦不暇自天聖元年縣令太常博士張君太素實始改作凡五十有三年而贊善大夫范君純粹自公府掾謫爲令復一新之公堂吏舍凡百一十有六間高明碩大稱子男邦君之居而寢室未治范君非慊於奉己也曰吾力有所未暇而已昔毛孝先崔季珪用事士皆變易車服以求名而徐公不改其常故天下以爲泰其後世俗日以奢靡而徐公固自若也故天下以爲嗇君子之度一也時自二耳元豐元年七月二十二日尚書祠部員外郎直史館權知徐州軍州事蘇軾記

莊子祠堂記一首

莊子蒙人也嘗爲蒙漆園吏沒千餘歲而蒙未有祀之者縣令祕書丞王兢始作祠堂求文以爲記謹按史記莊子與梁惠王齊宣王同時其學無所不闚然要本歸於老子之言故其著書十餘萬言大抵率寓言也作漁父盜跖胠篋以詆訾孔子之徒以明老子之術此知莊子之粗者余以爲莊子蓋助孔子者要不可以爲法耳楚公子微服出亡而門者難之其僕操箠而罵曰隸也不力門者出之事固有倒行而逆

施者以僕爲不愛公子則不可以爲事公子之法亦不可故莊子之言皆實予而文不予陽擠而陰助之其正言蓋無幾至於詆訾孔子未嘗不微見其意其論天下道術自墨翟禽滑釐彭蒙愼到田駢關尹老聃之徒以至於其身皆以爲一家而孔子不與其尊之也至矣然余嘗疑盜蹠漁父則若眞詆孔子者至於讓王說劍皆淺陋不入於道反復觀之得其寓言之意終曰陽子居西遊於秦遇老子老子曰而睢睢而盱盱而誰與居太白若辱盛德若不足陽子居蹴然變容其往也舍者將迎其家公執席妻執巾櫛舍者避席煬者避竈其反也舍者與之爭席矣去其讓王說劍漁父盜蹠四篇以合於列禦寇之篇曰列禦寇之齊中道而反曰吾驚焉吾食於十漿而五漿先饋然後悟而笑曰是固一章也莊子之言未終而昧者勦之以入其言余不可以不辨凡分章名篇皆出於世俗非莊子本意元豐元年十一月十九日記

放鶴亭記一首

熙寧十年秋彭城大水雲龍山人張君之草堂水及其半扉明年春水落遷於故居之東東山之麓升高而望得異境焉作亭於其上彭城之山岡嶺四合隱

然如大環獨缺其西十二而山人之亭適當其缺春
夏之交草木際天秋冬雪月千里一色風雨晦明之
間俯仰百變山人有二鶴甚馴而善飛旦則望西山
之缺而放焉縱其所如或立於陂田或翔於雲表莫
則傃東山而歸故名之曰放鶴亭郡守蘇軾時從賓
客僚吏往見山人飲酒於斯亭而樂之挹山人而告
之曰子知隱居之樂乎雖南面之君未可與易也易
曰鳴鶴在陰其子和之詩曰鶴鳴于九皋聲聞于天
蓋其爲物清遠閑放超然于塵垢之外故易詩人以
比賢人君子隱德之士狎而玩之宜若有益而無損
者然衛懿公好鶴則亡其國周公作酒誥衛武公作
抑戒以爲荒惑敗亂無若酒者而劉伶阮籍之徒以
此全其眞而名後世嗟夫南面之君雖清閑遠放如
鶴者猶不得好好之則亡其國而山林遁世之士雖
荒惑敗亂如酒者猶不能爲害而況於鶴乎由此觀
之其爲樂未可以同日而語也山人听然而笑曰有
是哉乃作放鶴招鶴之歌曰
鶴飛去兮西山之缺高翔而下覽兮擇所適翻然斂
翼婉將集兮忽何所見矯然而復擊獨終日於澗谷
之間兮啄蒼苔而履白石鶴歸來兮東山之陰其下

有人兮黃冠草屨葛衣而鼓琴躬耕而食兮其餘以汝飽歸來歸來兮西山不可以久留元豐元年十一月初八日記

思堂記一首

建安章質夫築室於公堂之西名之曰思曰吾將朝夕於是凡吾之所爲必思而後行子爲我記之嗟夫余天下之無思慮者也遇事則發不暇思也未發而思之則未至已發而思之則無及以此終身不知所思言發於心而衝余口吐之則逆人茹之則逆余以爲寧逆人也故卒吐之君子之於善也如好好色其於不善也如惡惡臭豈復臨事而後思計議其美惡而避就之哉是故臨義而思利則義必不果臨戰而思生則戰必不力若夫窮達得喪死生禍福則吾有命矣少時遇隱者曰儒子近道少思寡欲曰思與欲若是均乎曰甚於欲庭有二盎以畜水隱者指之曰是有蟻漏是日取一升而弃之孰先竭曰必蟻漏者思慮之賊人也微而無間隱者之言有會於余心余行之且夫不思之樂不可名也虛而明一而通安而不懈不處而靜不飲酒而醉不閉目而睡將以是記思堂不亦繆乎雖然言各有當也萬物並育而不相

害道並行而不相悖以質夫之賢其所謂思者豈世俗之營營於思慮者乎易曰無思也無爲也我願學焉詩曰思無邪質夫以之元豐二年正月二十四日記

游桓山記一首

元豐二年正月己亥晦春服既成從二三子遊於泗之上登桓山入石室使道士戴日祥鼓雷氏之琴操履霜之遺音曰噫嘻悲夫此宋司馬桓魋之墓也或曰鼓琴於墓禮歟曰禮也季武子之喪曾點倚其門而歌仲尼日月也而魋以爲可得而害也且死爲石椁三年不成古之愚人也余將弔其藏而其骨毛爪齒既已化爲飛塵蕩爲冷風矣而況於椁乎況於從死之臣妾飯含之貝玉乎使魋而無知也余雖鼓琴而歌可也使魋而有知也聞余鼓琴而歌知哀樂之不可常物化之無日也其愚豈不少瘳乎二三子喟然而歎乃歌曰桓山之上維石嵯峨兮司馬之惡與石不磨兮桓山之下維水瀰瀰兮司馬之藏與水皆逝兮歌闋而去從遊者八人畢仲孫舒煥寇昌朝王適王遹王肄軾之子邁煥之子彥舉

靈壁張氏園亭記一首

道京師而東水浮濁流陸走黃塵陂田蒼莽行者勌厭凡八百里始得靈壁張氏之園於汴之陽其外脩竹森然以高喬木蓊然以深其中因汴之餘浸以爲陂池取山之怪石以爲巖阜蒲葦蓮芡有江湖之思椅桐檜柏有山林之氣奇花美草有京洛之態華堂廈屋有吳蜀之巧其深可以隱其富可以養果蔬可以飽鄰里魚鼈筍茹可以饋四方之賓客余自彭城移守吳興由宋登舟三宿而至其下肩輿叩門見張氏之子碩碩求余文以記之維張氏世有顯人自其伯父殿中君與其先人通判府君始家靈壁而爲此園作蘭皐之亭以養其親其後出仕於朝名聞一時推其餘力日增治之於今五十餘年矣其木皆十圍岸谷隱然凡園之百物無一不可人意者信其用力之多且久也古之君子不必仕不必不仕必仕則忘其身必不仕則忘其君譬之飲食適於飢飽而已然士罕能蹈其義赴其節處者安于故而難出出者狃於利而忘返於是有違親絕俗之譏懷祿苟安之弊今張氏之先君所以爲其子孫之計慮者遠且周是故築室藝園於汴泗之間舟車冠蓋之衝凡朝夕之奉燕遊之樂不求而足使其子孫開門而出仕則跬

步市朝之上閉門而歸隱則俯仰山林之下於以養生治性行義求志無適而不可故其子孫仕者皆有循吏良能之稱處者皆有節士廉退之行蓋其先君子之澤也余爲彭城二年樂其土風將去不忍而彭城之父老亦莫余厭也將買田於泗水之上而老焉南望靈壁雞犬之聲相聞幅巾杖屨歲時往來於張氏之園以與其子孫遊將必有日矣元豐二年三月二十七日記

文與可畫篔簹谷偃竹記一首

竹之始生一寸之萌耳而節葉具焉自蜩腹蛇蚹以至于劍拔十尋者生而有之也今畫者乃節節而爲之葉葉而累之豈復有竹乎故畫竹必先得成竹於胷中執筆熟視乃見其所欲畫者急起從之振筆直遂以追其所見如兎起鶻落少縱則逝矣與可之教予如此予不能然也而心識其所以然夫既心識其所以然而不能然者內外不一心手不相應不學之過也故凡有見於中而操之不熟者平居自視了然而臨事忽焉喪之豈獨竹乎子由爲墨竹賦以遺與可曰庖丁解牛者也而養生者取之輪扁斲輪者也而讀書者與之今夫夫子之託於斯竹也而予以爲

有道者則非耶子由未嘗畫也故得其意而已若予
者豈獨得其意并得其法與可畫竹初不自貴重四
方之人持縑素而請者足相躡於其門與可厭之投
諸地而罵曰吾將以爲韤士大夫傳之以爲口實及
與可自洋州還而余爲徐州與可以書遺余曰近語
士大夫吾墨竹一派近在彭城可往求之韤材當萃
於子矣書尾復寫一詩其略曰擬將一段鵝谿絹掃
取寒梢萬尺長予謂與可竹長萬尺當用絹二百五
十匹知公倦於筆硯願得此絹而已與可無以答則
曰吾言妄矣世豈有萬尺竹哉余因而實之答其詩
曰世間亦有千尋竹月落庭空影許長與可笑曰蘇
子辯則辯矣然二百五十匹吾將買田而歸老焉因
以所畫篔簹谷偃竹遺予曰此竹數尺耳而有萬尺
之勢篔簹谷在洋州與可嘗令予作洋州三十詠篔
簹谷其一也予詩云漢川脩竹賤如蓬斤斧何曾赦
籜龍料得清貧饞太守渭濱千畝在胸中與可是日
與其妻遊谷中燒筍晚食發函得詩失笑噴飯滿案
元豐二年正月二十日與可沒於陳州是歲七月七
日予在湖州曝書畫見此竹廢卷而哭失聲昔曹孟
德祭橋公文有車過腹痛之語而予亦載與可疇昔

戲笑之言者以見與可于予親厚無閒如此也

東坡集卷第三十二

東坡集卷第三十三

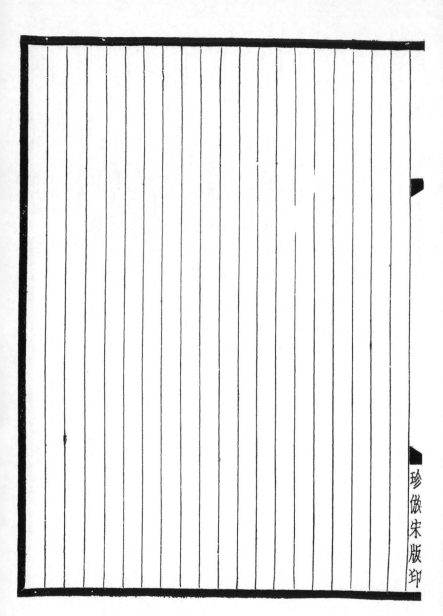

東坡集卷第三十三

記五首

石氏畫苑記一首

石康伯字幼安眉之眉山人故紫微舍人昌言之幼子也舉進士不第即弃去當以蔭得官亦不就讀書作詩以自娛而已不求人知獨好法書名畫古器異物遇有所見脫衣輟食求之不問有無居京師四十年出入閭巷未嘗騎馬在稠人中耳目謖謖然專求其所好長七尺黑而髯如世所畫道人劍客而徒步塵埃中若有所營不知者以爲異人也又善滑稽巧發微中旁人抵掌絕倒而幼安淡然不變色與人游知其急難甚於爲己有客於京師而病者輒舁置其家親飲食之死則棺斂之無難色凡識幼安者皆知其如此而余獨深知之幼安識慮甚遠獨口不言耳今年六十一狀貌如四十許人須三尺郁然無一莖白者此豈徒然者哉爲亳州職官與富鄭公俱得罪者其子夷庚也其家書畫數百軸取其毫末雜碎者以冊編之謂之石氏畫苑幼安與文與可遊如兄弟故得其畫爲多而余亦善畫古木叢竹因以遺之使置之苑中子由嘗言所貴於畫者爲其似也似猶可

貴況其眞者吾行都邑田野所見人物皆吾畫笥也
所不見者獨鬼神耳當賴畫而識然人亦何用見鬼
此言眞有理今幼安好畫乃其一病無足錄者獨著
其爲人之大略云爾元豐三年十二月二日趙郡蘇軾
書

黃州安國寺記一首

元豐二年十二月余自吳興守得罪
上不忍誅以爲黃州團練副使使思過而自新焉其
明年二月至黃舍館粗定衣食稍給閉門却掃收召
魂魄退伏思念求所以自新之方反觀從來舉意動
作皆不中道非獨今之所以得罪者也欲新其一恐
失其二觸類而求之有不可勝悔者於是喟然歎曰
道不足以御氣性不足以勝習不鋤其本而耘其末
今雖改之後必復作盍歸誠佛僧求一洗之得城南
精舍曰安國寺有茂林脩竹陂池亭榭間一二日輒
往焚香默坐深自省察則物我相忘身心皆空求罪
始所從生而不可得一念清淨染汙自落表裏翛然
無所附麗私竊樂之旦往而暮還者五年於此矣寺
僧曰繼連爲僧首七年得賜衣又七年當賜號欲謝
去其徒與父老相率留之連笑曰知足不辱知止不

殆卒謝去余是以媿其人七年余將有臨汝之行連曰寺未有記具石請記之余不得詞寺立於僞唐保大二年始名護國嘉祐八年賜今名堂宇齋閣連皆易新之嚴麗深穩悅可人意至者忘歸歲正月男女萬人會庭中飲食作樂且祠瘟神江淮舊俗也四月六日汝州團練副使員外置眉山蘇軾記

石鐘山記一首

水經云彭蠡之口有石鐘山焉酈元以爲下臨深潭微風鼓浪水石相搏聲如洪鐘是說也人常疑之今以鐘磬置水中雖大風浪不能鳴也而況石乎至唐李渤始訪其遺蹤得雙石於潭上扣而聆之南聲函胡北音清越枹止響騰餘韻徐歇自以爲得之矣然是說也余尤疑之石之鏗然有聲者所在皆是也而此獨以鐘名何哉元豐七年六月丁丑余自齊安舟行適臨汝而長子邁將赴饒之德興尉送之至湖口因得觀所謂石鐘者寺僧使小童持斧於亂石間擇其一二扣之硿硿焉余固笑而不信也至莫夜月明獨與邁乘小舟至絕壁下大石側立千尺如猛獸奇鬼森然欲搏人而山上棲鶻聞人聲亦驚起磔磔雲霄間又有若老人欬且笑於山谷中者或曰此鸛鶴

也余方心動欲還而大聲發於水上噌吰如鐘鼓不絕舟人大恐徐而察之則山下皆石穴罅不知其淺深微波入焉涵澹澎湃而爲此也舟迴至兩山間將入港口有大石當中流可坐百人空中而多竅與風水相吞吐有窾坎鏜鞳之聲與向之噌吰者相應如樂作焉因笑謂邁曰汝識之乎噌吰者周景王之無射也窾坎鏜鞳者魏獻子之歌鐘也古之人不余欺也事不目見耳聞而臆斷其有無可乎酈元之所見聞殆與余同而言之不詳士大夫終不肯以小舟夜泊絕壁之下故莫能知而漁工水師雖知而不能言此世所以不傳也而陋者乃以斧斤考擊而求之自以爲得其實余是以記之蓋歎酈元之簡而笑李渤之陋也

李太白碑陰記一首

李太白狂士也又嘗失節於永王璘此豈濟世之人哉而畢文簡公以王佐期之不亦過乎曰士固有大言而無實虛名不適於用者然不可以此料天下士士以氣爲主方高力士用事公卿大夫爭事之而太白使脫鞾殿上固已氣蓋天下矣使之得志必不肯附權倖以取容其肯從君於昬乎夏侯湛贊東方生

二云開濟明豁包含宏大陵轢卿相嘲哂豪傑籠罩靡前跆藉貴勢出不休顯賤不憂戚戲萬乘若僚友視儔列如草芥雄節邁倫高氣蓋世可謂拔乎其萃游方之外者也吾於太白亦云太白之從永王璘當由迫脅不然璘之狂肆寢陋雖庸人知其必敗也太白識郭子儀之爲人傑而不能知璘之無成此理之必不然者也吾不可以不辯

薦誠禪院五百羅漢記一首

熙寧十年余方守徐州聞河決澶淵入巨野首灌東平吏民恟懼不知所爲有僧應言建策鑿清泠口道積水北入于古廢河又北東入于海吏方持其議言彊力辯口慨然論可決狀甚明吏不能奪卒以其言決之水所入如其言東平以安言有力焉衆欲爲請賞言笑謝去余固異其人後二年移守湖州而言自鄆來見余於宋曰吾鄆人也少爲僧以講爲事始錢公子飛使吾創精舍於鄆之東阿北新橋鎭且造鐵浮屠十有三級高百二十尺既成而趙公叔平請諸朝名吾院曰薦誠歲度僧以守之今將造五百羅漢像於錢塘而載以歸度用錢五百萬自丞相潞公以降皆吾檀越也余於是益知言眞有過人者又六年

余自黃州遷于汝過宋而言適在焉曰像已成請爲我記之嗚呼士以功名爲貴然論事易作事難作事易成事難使天下士皆如言論必作作必成者其功名豈少哉其可不爲一言

碑二首

表忠觀碑一首

熙寧十年十月戊子資政殿大學士右諫議大夫知杭州軍州事臣抃言故吳越國王錢氏墳廟及其父祖妃夫人子孫之墳在錢塘者二十有六在臨安者十有一皆蕪廢不治父老過之有流涕者謹按故武肅王鏐始以鄉兵破走黃巢名聞江淮復以入都兵討劉漢宏并越州以奉董昌而自居於杭及昌以越叛則誅昌而并越盡有浙東西之地傳其子文穆王元瓘至其孫忠顯王仁佐遂破李景兵取福州而仁佐之弟忠懿王俶又大出兵攻景以迎周世宗之師其後卒以國入覲三世四王與五代相終始天下大亂豪傑蜂起方是時以數州之地盜名字者不可勝數既覆其族延及于無辜之民罔有孑遺而吳越地方千里帶甲十萬鑄山煑海象犀珠玉之富甲於天下然終不失臣節貢獻相望於道是以其民至於老

死不識兵革四時嬉遊歌鼓之聲相聞至于今不廢
其有德於斯民甚厚皇宋受命四方僭亂以次削平
而蜀江南負其嶮遠兵至城下力屈勢窮然後束手
而河東劉氏百戰守死以抗 王師積骸爲城釃血
爲池竭天下之力僅乃克之獨吳越不待告命封府
庫籍郡縣請吏于 朝視去其國如去傳舍其有功
於 朝廷甚大昔竇融以河西歸漢光武詔右扶風
脩理其父祖墳塋祠以太牢今錢氏功德殆過於融
而未及百年墳廟不治行道傷嗟甚非所以勸奬忠
臣慰答民心之義也臣願以龍山廢佛祠曰妙因院
者爲觀使錢氏之孫爲道士曰自然者居之凡墳廟
之在錢塘者以付自然其在臨安者以付其縣之淨
土寺僧曰道微歲各度其徒一人使世掌之籍其地
之所入以時脩其祠宇封殖其草木有不治者縣令
丞察之甚者易其人庶幾永終不墜以稱 朝廷待
錢氏之意臣抃昧死以聞 制曰可其妙因院改賜
名曰表忠觀銘曰
天目之山苕水出焉龍飛鳳舞萃于臨安篤生異人
絕類離羣奮挺大呼從者如雲仰天誓江月星晦蒙
强弩射潮江海爲東殺宏誅昌奄有吳越金券玉冊

虎符龍節大城其居包落山川左江右湖控引島巒
歲時歸休以燕父老曄如神人玉帶毬馬四十一年
寅畏小心厥篚相望大貝南金王朝昏亂罔堪託國
三王相承以待　有德既獲所歸弗謀弗咨先王之
志我維行之天祚忠孝世有爵邑允文允武子孫千
億　帝謂守臣治其祠墳毋俾樵牧愧其後昆龍山
之陽巋焉新宮匪私于錢唯以勸忠非忠無君非孝
無親凡百有位視此刻文

宸奎閣碑一首

皇祐中有　詔廬山僧懷璉住京師十方淨因禪院
召對　化成殿問佛法大意奏對稱　旨賜號大覺
禪師是時北方之爲佛者皆留於名相囿於因果以
故士之聰明超軼者皆鄙其言詆爲蠻夷下俚之說
璉獨指其妙與孔老合者其言文而真其行峻而通
故一時士大夫喜從之游遇休沐日璉未盥漱而戶
外之屨滿矣　仁宗皇帝以天縱之能不由師傳自
然得道與璉問答親書頌詩以賜之凡十有七篇至
和中上書乞歸老山中　上曰山即如如體也將安
歸乎不許治平中再乞堅甚　英宗皇帝留之不可
賜詔許自便璉既渡江少留于金山西湖遂歸老于

四明之阿育王山廣利寺四明之人相與出力建大
閣藏所賜頌詩榜之曰宸奎時京師始建寶文閣
詔取其副本藏焉且命歲度僧一人璉歸山二十有
三年年八十有三臣出守杭州其徒使來告曰宸奎
閣未有銘君逮事 昭陵而與吾師游最舊其可以
詞臣謹按古之人君號知佛者必曰漢明梁武其徒
蓋常以藉口而繪其像于壁者漢明以察爲明而梁
武以弱爲仁皆緣名失實去佛遠甚恭惟 仁宗皇
帝在位四十二年未嘗廣度僧尼崇修寺廟干戈斧
質未嘗有所私貸而升遐之日天下歸仁焉此所謂
得佛心法者古今一人而已璉雖以出世法度人而
持律嚴甚 上嘗賜以龍腦鉢盂璉對使者焚之曰
吾法以壞色衣以瓦鐵食此鉢非法使者歸奏上嘉
歎久之銘曰 巍巍仁皇體合自然神耀得道非有
師傳維道人璉逍遙自在禪律並行不相留礙於穆
頌詩我既其文惟佛與佛乃識其眞咨爾東南山君
海王時節來朝以謹其藏

傳二首

陳公弼傳一首

公諱希亮字公弼姓陳氏眉之青神人其先京兆人

也唐廣明中始遷于眉曾祖延祿祖瓊父顯皆不
仕公幼孤好學年十六將從師其兄難之使治息錢
三十餘萬公悉召取錢者焚其券而去學成乃召其
兄之子庸諭使學遂與俱中天聖八年進士第里人
表其閭曰三雋坊始爲長沙縣浮屠有海印國師者
交通權貴人肆爲姦利人莫敢正視公捕寘諸法一
縣大聳去爲雩都老吏曾腆侮法粥獄以公少年易
之公視事之日首得其重罪腆扣頭出血願自新公
戒而捨之會公築縣學腆以家財助官悉遣子弟入
學卒爲善吏而子弟有登進士第者巫覡歲斂民財
祭鬼謂之春齋否則有火災民訛言有緋衣三老人
行火公禁之民不敢犯火亦不作毀淫祠數百區勒
巫爲農者七十餘家及罷去父老送之出境遣去不
可皆泣曰公捨我去緋衣老人復出矣以母老乞歸
蜀得劍州臨津以母憂去官服除爲開封府司錄福
勝塔火官欲更造度用錢三萬萬公言陝西方用兵
願以此饟軍詔罷之先趙元昊未反青州民趙禺上
書論事且言元昊必反宰相以禺爲狂言徙建州而
元昊果反禺自建州逃還京師上書自理宰相怒下
禺開封府獄公言禺可賞不可罪與宰相爭不已

上卒用公言以禹爲徐州推官且欲以公爲御史會外戚沈氏子以姦盜殺人事下獄未服公一問得其情驚仆立死沈氏訴之詔御史劾公及諸掾史公曰殺此賊者獨我耳遂自引罪坐廢期年盜起京西殺守令富丞相薦公可用起知房州州素無兵備民凜凜欲亡去公以牢城卒雜山河戶得數百人日夜部勒聲振山南民恃以安盜不敢入境而殿侍雷甲以兵百餘人逐盜至竹山甲不能戢士所至爲暴或告有大盜入境且及門公自勒兵阻水拒之身居前行命士持滿無得發士皆植立如偶人甲射之不動乃下馬拜請死曰初不知公官軍也吏士請斬甲以徇公不可獨治爲暴者十餘人勞其餘而遣之使甲以捕盜自贖時劇賊黨軍子方張轉運使使供奉官崔德贇捕之德贇既失黨軍子則以兵圍竹山民賊所嘗舍者曰向氏殺其父子三人梟首南陽市曰此黨軍子也公察其冤下德贇獄未服而黨軍子獲於商州詔賜向氏帛復其家流德贇通州或言華陰人張元走夏州爲元昊謀臣詔徙其族百餘口於房譏察出入饑寒且死公曰元事虛實不可知使誠有之爲國者終不顧家徒堅其爲賊耳此又皆其疏屬無罪

乃密以聞詔釋之老幼哭庭下曰今當還故鄉然奈
何去父母乎至今張氏畫像祠焉代還執政欲以爲
大理少卿公曰法吏守文非所願願得一郡以自效
乃以爲宿州州跨汴爲橋水與橋爭率常壞舟公始
作飛橋無柱至今汾汴皆飛橋移滑州奏事殿上
仁宗皇帝勞之曰知卿疾惡無懲沈氏子事未行詔
提舉河北便糴都轉運使魏瓘劾奏公擅增損物價
已而瓘除龍圖閣學士知開封府公乞廷辯既對上
直公奪瓘職知越州且欲用公公言臣與轉運使不
和不得爲無罪力請還滑會河溢魚池埽且決公發
禁兵捍之廬於所當決吏民涕泣更諫公堅臥不動
水亦漸去人比之王尊是歲盜起宛句執濮州通判
井淵　上以爲憂問執政可用者未及對　上曰吾
得之矣乃以公爲曹州不逾月悉禽其黨淮南饑安
撫轉運使皆言壽春守王正民不任職正民坐免詔
公乘傳往代之轉運使調里胥米而蠲其役凡十三
萬石謂之折役米米翔貴民益饑公至則除之且表
其事旁郡皆得除又言正民無罪職事辦治詔復以
正民爲鄂州徙知廬州虎翼軍士屯壽春者以謀反
誅而遷其餘不反者數百人於廬士方自疑不安一

日有竊入府舍將爲不利者公笑曰此必醉耳貸而流之盡以其餘給左右使令且以守倉庫人爲公懼公益親信之士皆指心誓爲公死提點刑獄江東又移河北入爲開封府判官改判三司戶部勾院又兼開拆司榮州煮鹽凡十八井歲久澹竭而有司責課如初民破產籍沒者三百一十五家公爲言還其所籍歲蠲三十餘萬斤三司簿書不治其滯留者自天禧以來未帳六百有四明道以來生事二百一十二萬公日夜課吏凡九月而去其三之二會接伴契丹使還自請補外乃以爲京西轉運使石塘河役兵叛其首周元自稱周大王震動汝洛間公聞之即日輕騎出按吏請以兵從公不許賊見公輕出意色閑和不能測則相與列訴道周公徐問其所苦命一老兵押之曰以是付葉縣聽吾命既至令曰汝已自首皆無罪然必有首謀者衆不敢隱乃斬元以徇而流軍校一人其餘悉遣赴役如初遷京東轉運使濰州參軍王康赴官道博平博平大猾有號截道虎者歐康及其女幾死吏不敢問博平隸河北公移捕甚急卒流之海島而劾吏故縱坐免者數人山東羣盜爲之屏息徐州守陳昭素以酷聞民不堪命他使者不敢

按公發其事徐人至今德之移知鳳翔倉粟支十二年主者以腐敗為憂歲饑公發十二萬石以貸有司憂恐公以身任之是歲大熟以新易陳官民皆便之于闐使者入朝過秦州經略使以客禮享之使者驕甚留月餘壞傳舍什物無數其徒入市掠飲食人戶晝閉公聞之謂其僚曰吾嘗主契丹使得其情虜人初不敢暴橫皆譯者教之吾痛繩以法譯者懼則虜不敢動矣況此小國乎乃使教練使持符告譯者曰入吾境有秋毫不如法吾且斬若取軍令狀以還使者亦素聞公威名至則羅拜庭下公命坐兩廊飲食之護出諸境無一人譁者始州郡以酒相餉例皆私有之而法不可公以遺游士之貧者既而曰此亦私也以家財償之且上書自劾求去不已坐是分司西京未幾致仕卒享年六十四仕至太常少卿贈工部侍郎娶程氏子四人忱今為度支郎中恪卒於滑州推官恂今為大理寺丞慥未仕公善箸書尤長於易有集十卷制器尚象論十二篇辨鉤隱圖五十四篇為人清勁寡欲長不逾中人面瘦黑目光如冰平生不假人以色自王公貴人皆嚴憚之見義勇發不計禍福必極其志而後已所至姦民猾吏易心改行不

改者必誅然實出於仁恕故嚴而不殘以教學養士爲急輕財好施篤於恩義少與蜀人宋輔游輔卒於京師母老子少公養其母終身而以女妻其孤端平使與諸子游學卒與忱同登進士第當蔭補子弟輒先其族人卒不及其子慥公於軾之先君子爲丈人行而軾官於鳳翔實從公二年方是時年少氣盛愚不更事屢與公爭議至形於言色已而悔之竊嘗以爲古之遺直而恨其不甚用無大功名獨當時士大夫能言其所爲公沒十有四年故人長老日以衰少恐遂就湮沒欲私記其行事而恨不能詳得范景仁所爲公墓誌又以所聞見補之爲公傳軾平生不爲行狀墓碑而獨爲此文後有君子得以考覽焉贊曰聞之諸公長者陳公弼面目嚴冷語言確訒好面折人士大夫相與燕游聞公弼至則語笑寡味飲酒不樂坐人稍稍引去其天資如此然所立有絕人者諫大夫鄭昌有言山有猛獸藜藿爲之不採淮南王謀反論公孫丞相若發蒙耳所憚獨汲黯使公弼端委立於朝其威折衝於千里之外矣

方山子傳

方山子光黃間隱人也少時慕朱家郭解爲人閭里

之俠皆宗之稍壯折節讀書欲以此馳騁當世然終不遇晚乃遯於光黃間曰岐亭庵居蔬食不與世相聞棄車馬毀冠服徒步往來山中人莫識也見其所著帽方屋而高曰此豈古方山冠之遺像乎因謂之方山子余謫居于黃過岐亭適見焉曰嗚呼此吾故人陳慥季常也何爲而在此方山子亦矍然問余所以至此者余告之故俯而不答仰而笑呼余宿其家環堵蕭然而妻子奴婢皆有自得之意余既聳然異之獨念方山子少時使酒好劍用財如糞土前十有九年余在岐下見方山子從兩騎挾二矢游西山鵲起于前使騎逐而射之不獲方山子怒馬獨出一發得之因與余馬上論用兵及古今成敗自謂一世豪士今幾日耳精悍之色猶見於眉間而豈山中之人哉然方山子世有勳閥當得官使從事於其間今已顯聞而其家在洛陽園宅壯麗與公侯等河北有田歲得帛千匹亦足以富樂皆棄不取獨來窮山中此豈無得而然哉余聞光黃間多異人往往陽狂垢汙不可得而見方山子儻見之與

東坡集卷第三十三

東坡集卷第三十四

東坡集卷第三十四

青詞二首

鳳翔醮土火星青詞一首

嗚呼天之保佑下民罔不至所資以生罔不蕃育民既不知德天亦維不勸乃朝夕戕取以厚厥躬天既不我咎乃不恭畏于神祇不修勅厥心驕淫矜夸以干上帝威命帝用不赦不降罪疾于下則惟雨暘常以訖我黍稷禾菽麻麥我民用蕩析隕越天亦終哀矜其忍翦棄其命罔孑遺今秦民既不獲于秋乃十旬弗雨曰其尚克有夏走于山川鬼神亦罔不至既不獲乃曰維熒惑鎮星次于井秦民其亦應受多罪茲用卽于齋宮爲壇位以與百姓請命嗚呼其庶幾哀之俾克有夏亦克藝厥秋民今其栗栗朝不能夕

徐州祈雨青詞一首

河失故道遺患及於東方徐居下流受害甲於他郡田廬漂蕩父子流離飢寒頓仆於溝坑盜賊充盈於犴獄人窮計迫理極詞危望二麥之一登救飢民於垂死而天未悔禍歲仍大荒水未落而旱已成冬無雪而春不雨烟塵蓬勃草木焦然今者麥已過期穫不償種禾未入土憂及明年臣等恭循舊章並走羣

望意水旱之有數非鬼神之得專是用稽首告哀籲
天請命若其賦政多僻以謫見于陰陽事神不恭以
獲戾于上下臣實有罪罰其敢詞小民無知大命近
止願下雷霆之詔分勑山川之神朝隮寸雲莫洽千
里使歲得中熟則民猶小康

祝文三十四首

禱雨蟠溪文一首

歲秋矣物之幾成者待雨而已穟者已秀待雨而實
三日不雨則穟者不實矣莢者已孕待雨而秀五日
不雨則莢者不秀矣野有餘士室有閑民待雨而耕
且種七日不雨則餘士不耕閑民不種矣穟者不實
莢者不秀餘士不耕而閑民不種則守土之臣將有
不任職之誅而山川鬼神將乏其祀茲用不敢寧居
齋戒擇日並走羣望而精誠不歆神不顧答吏民無
所請命聞之曰號有周文武之師太公其可以病告
乃用太祲之禮禱而不祠穀梁子曰古之神人有應
上公者通乎陰陽君親帥諸大夫道之而以請焉夫
生而爲上公沒而爲神人非公其誰當之詩曰維師
尚父時維鷹揚涼彼武王肆伐大商會朝清明公之
仁且勇討其神靈無所不能爲也吏民既以雨望公

公亦當任其責敢布腹心公實圖之尚享

鳳翔太白山祈雨文一首

維西方挺特英偉之氣結而爲此山惟山之陰威潤澤之氣又聚而爲湫潭缾罌罐勺可以雨天下而況於一方乎乃者自冬徂春雨雪不至西民之所恃以爲生者麥禾而已今旬不雨卽爲凶歲民食不繼盜賊且起豈惟守土之臣所任以爲憂亦非神之所當安坐而熟視也　聖天子在上凡所以懷柔之禮莫不備至下至於愚夫小民奔走畏事者亦豈有他哉凡皆以爲今日也神其盍亦鑒之上以無負　聖天子之意下以無失愚夫小民之望尚享

奏乞封太白山神狀一首附爲太守宋選作

伏見當府郿縣太白山雄鎭一方載在祀典案唐天寶八年詔封山神爲神應公迨至　皇朝始改封侯而加以濟民之號自去歲九月不雨徂冬及春農民拱手以待饑饉粒食將絕盜賊且與臣採之道塗得於父老咸謂此山舊有湫水試加禱請必獲響應尋令擇日齋戒差官莅取臣與百姓數千人待於郊外風色慘變從東南來隆隆獵獵若有驅導旣至之日陰威凜然油雲蔚興始如車蓋旣日不散遂彌四方

化爲大雨罔不周飫破驕陽於鼎盛起一二麥於垂枯
鬼神雖幽報答甚著臣竊以爲功效至大封爵未充
使其昔公而今侯是爲自我而左降揆以人意殊爲
不安且此山崇高足亞五岳若賜公爵尚虛王稱校
其有功實未爲過伏乞　朝廷更下所司詳酌可否
特賜指揮

告封太白山明應公文一首

天作山川以鎮四方俾食于民以雨以暘惟公聰明
能率其職民以旱告應不踰夕帝謂守臣予嘉乃功
惟新爵號往耀其躬在唐天寶亦賜今爵時惟術士
探符訪藥謂爲公榮實爲公羞中原顛覆神不顧救
今皇神聖惟民是憂民既飽溢　皇無禱求哀衣煌
煌赤舄繡裳捨舊卽新以佑我民尚享

杭州祭諸神文十首

祈雨龍祠

神食于民吏食于　君各思乃事食則無愧吏事農
桑神事雨暘匪農不力雨則時嗇召呼風霆來會我
庭一勺之水膚寸千里尚享

祈雨吳山

杭之爲邦山澤相半十日之雨則病水一月不雨則

病旱故水旱之請瀆神爲甚今者止雨之禱未能踰月又以旱告矣吏以不德爲愧神以不倦爲德願終其賜俾克有秋尚饗

祈晴風伯

維神開闔陰陽鼓舞萬類行巽之權直箕之次陰淫爲霖神能散之下土墊溺神能暵之發軔西北弭節東南風反雨霽神亦不慚尚享

祈晴雨師

天以風雨寒暑付於神亦如人君之設官置吏以治刑政也人君未嘗不欲民之安天亦何嘗不欲歲之豐乎刑政之失中民惟吏之怨雨暘之不時民亦不能無望於神也今淫雨彌月農工告窮歲之豐凶決於朝夕而並走羣望莫肯顧答維天之所以畀於神神之所以食於民者庶其在此尚率厥職俾克有秋尚享

祈晴吳山

歲既大熟惟神之賜害於垂成匪神之意築場爲塗臥穟生耳農泣于野其忍安視生爲楚英沒爲吳豪烈氣不泯視此海濤反雨爲暘何足告勞有潔斯醴匪神孰號尚饗

奉詔禱雨諸廟

噫嗟艱歲胡閔斯雨念我東南餔饟中土迎秋錢伏農不再舉有事郊廟萬方畢助漕溝絶流庭實未旅下書哀痛超軼堯禹矧茲守臣廢食悼懼民之禍福間不容縷今不愍救後訴無所天高莫謁神或可籲尚享

禱雨社稷四首

噫我侯社我民所恃祭于北墉答陰之義陽亢不反自春徂秋迄冬不雨嗣歲之憂吏民嗷嗷謹以病告錫之雨雪民敢無報尚享社神

神食于社蓋數千年更歷聖王訖莫能遷源深流遠愛民宜厚雨不時應亦神之疚社稷惟神我神惟人去我不遠宜軫我民尚享后土

農民所病春夏之際舊穀告窮新穀未穟其間有麥如暍得涼如行千里弛檐得漿今神何心忍此雨雪敢求其他尚憫此麥尚享稷神

維神之生稼穡是力瘽身爲民尚莫顧惜矧今在天與天同功召呼風雲孰敢不從豈惟農田井竭無水我求於神亦云亟矣尚享后稷

密州祭常山文五首

洪惟上帝以斯民屬於山川羣望亦如 天子以斯民屬於守土之臣惟吏與神其職惟通殄民廢職其咎惟均哀我邦人遭此凶旱流殍之餘其命如髮而飛蝗流毒遺種布野使其變躍飛騰則桑柘麥禾舉罹其災民其罔有孑遺吏將獲罪神且乏祀茲用慄慄危懼謹以四月初吉齋居蔬食至于閏月辛丑若時雨沾洽蝗不能生當與吏民躬執牲幣以荅神休嗚呼我州之望不在神乎父老謂神求無不獲克有常德以名茲山其可不荅以愧此名若曰歲之豐凶在天非神之所得專吏將亦曰民之休戚在朝廷我何知焉則誰任其責矣上帝與吾君愛民之心一也凡吏之可以請于 朝者既不敢不盡則神之可以謁于帝者宜無所不爲尚享

峩峩茲山望我東國爲帝司雨涵濡百物自我再禱應不旋轂迨茲有秋歲得中熟嗟此薄禮曷稱其德陶匠並作新其楹桷豈以爲報民苟不怍歲云徂矣麰麥未殖嗣歲之憂旣謝且謁惠然雨我以永休烈尚享

比年以來蝗旱相屬中民以上舉無歲蓄量日計口斂不待熟秋田未終引領新穀如行遠道百里一宿

苟無舍館行旅夜哭自秋不雨霜露殺菽黃糜黑黍不滿囷簏麥田未耕狼顧相目道之云遠飢腸誰續五日不雨民在坑谷徛嗟我侯靈應響速帝用嘉之惟新命服祈而不獲厥愆在僕洗心祗載敢詞屢瀆庶哀斯民朝夕濡足尚享

天子有命閔茲旱暵俾我守臣並走羣望惟神聰明慈惠求無不獲旣再禱矣雖嘗一雨不及膚寸吏實不德不足以蒙神之休導迎善氣以致甘澤洪惟聖天子之意其可不答而飢羸之民將轉于溝壑其可不一救之瀆神之罰吏其敢詞尚享

維熙寧九年歲次丙辰七月某日詔封常山神爲潤民侯十月某日具位蘇軾謹以清酌少牢之奠昭告于侯之廟曰嗚呼旱蝗之爲虐也三年於茲矣東南至于江海西北被于河漢饑饉疾疫靡有遺矣我瞻四方大川喬嶽食于斯民者甚衆而受寵於　吾君者可謂巍巍矣訴之而必聞求之而必獲思我農夫而救其災沴不爲倏雲驟雨苟以應禱之虛名而有膏澤積潤可以及民之實效卓然如侯者幾希矣凡天子之爵命有德而致之則爲榮無功而享之則爲辱今侯澤此一郡而施及于四鄰其受五等之爵而

被七命之服也可謂無愧而有光輝矣願侯益修其實以充其名上以副天子之意而下以塞吏民之望民其奉事有進而無衰矣尚享

徐州祭枯骨文一首

嗟爾士者昔惟何人兵耶氓耶誰其子孫雖不可知孰非吾民暴骨纍纍見之酸辛爲卜廣宅陶穴寬溫相從歸安各反其眞尚享

謝雪文一首

天不吝澤神不忘職胡爲水旱吏則不德失政召災莫知自刻雨則號晴旱則謁雪神既不譴又滿其欲四山暮霰萬瓦晨白驅攘疫癘甲坼麰麥牲酒匪報維以告絜神食無愧吏則慚慄尚享

祭風伯雨師文一首

自秋不雨以至于今夏田將空秋種不入天子命我禱于羣望雲物既合風輒散之吏民皇皇不知所獲罪敢以薄奠訴于有神風若不作雨則隨至當以牲幣報神之賜若格絕天澤弃民乏祀上帝臨視神其不然尚享

湖州謁文宣王廟文一首

至聖文宣王竊惟吏治以仁義爲本教化爲急故以

視事之三日祗見于先聖先師問所所當先於學其所
從來尚矣敢忘其舊尚饗
湖州謁諸廟文一首
某神軾猥以不肖來長此邦實與有神分職幽明謹
以視事之三日祗見于廟惟神保祐斯民俾風雨時
若疫癘屏息吏旣免罪神亦不愧尚饗
杭州謁廟祝文一首
軾以王命來守此邦事神養民敢不祗飭莅政之始
見于祠下安靜無事豐樂有年惟神相之使免罪戾
尚饗
謁文宣王廟祝文一首
軾以諸生誤蒙選擢昔自太史通守此邦今由禁林
出使浙右莅事之始祗見儒官聖神臨之敢忘夙學
尚饗
祭英烈王文一首
欽誦舊史仰瞻高風報楚爲孝徇吳爲忠忠孝之至
實與天通開塞陰陽斡旋濤江保鄣斯民以食此邦
嗟我惷愚所向奇窮豈以其誠有請輒從庚子之禱
海若伏降完我岸閘千夫奏功牲酒薄陋報微施豐
敬陳頌詩侑此一鍾

杭州祝文八首

祈雨祝文

杭州之爲郡負山帶江水澤不留逾旬不雨農有憂色挽舟浚河公私告病吏旣無術莫知所救不敢坐視惟神之求庶幾閔民之窮赦吏之瀆賜以一雨敢忘其報尚饗

謝雨祝文

舊穀不登陳稾已發稍失雨暘之節則懷溝壑之憂惟神至明有禱必應敢陳薄奠少答殊私願推無倦之仁以畢有年之賜尚饗

祈晴祝文

大雪連日凝陰傷春閔惟艱食之民重此常寒之虐役兵墮指行旅摧轂老弱號呼吏旣慚於無術陰陽舒卷神何惜而不爲願掃重雲以昭靈貺使民奉事永歲益虔尚饗

謝雨祝文

軾以憂寄出守此邦歲之不登實任其咎政雖無術心則在民惟神聰明其應如響雨不暴物晴不失時喜愧之心吏民所共式陳菲薦少答神休尚饗

祈晴祝文吳山廟

秋穀未登既食其陳嗣歲之虞當斂其新建此秋賜
載穫載舂陰雨害之穡人罔功我發庫泉以實高廩
曷敕雨官遄止其淫既暵我場萬杵皆作待此坻京
援我溝壑英文烈武雨霽在予稽首告病其忍弗圖

謝晴祝文

敢以清酌庶羞之奠昭告于某神賞罰在朝吏申明
之及其有愆吏得正之雨暘在天神奉行之及其不
時神得請之惟吏與神各率其職有求必獲則無虛
食淫雨既止惟神之功肴酒匪報惟以告衷尚享

開湖祭禱吴山水仙五龍三廟祝文

杭之西湖如人之有目湖生葑葑如目之有翳翳久
不治目亦將廢河渠有膠舟之苦鱗介失解網之惠
六池化爲眢井而千頃無復豐歲矣是用因賑卹之
餘資與開鑿之利勢百日奏功所患者淫雨千夫在
野所憂者疾癘庶神明之陰相與人謀而協濟魚龍
前導以破堅菰葦解拆而迎銳復有唐之舊觀盡四
山而爲際澤斯民於無窮宜事神之益勵我將大合
樂以爲報豈徒用樽酒之薄祭也尚享

謝吴山水仙王五龍三廟祝文

西湖堙塞積歲之患坐閱百吏孰視而歎惟愚無知

妄謂非難禱于有神陰假其便不愆于素咸出幽贊
大堤雲橫老葑席卷歷時未幾功已過半嗣事告終
來哲所繕神卒相之罔咈民願肴酒之報我愧不腆
尚饗

東坡集卷第三十四

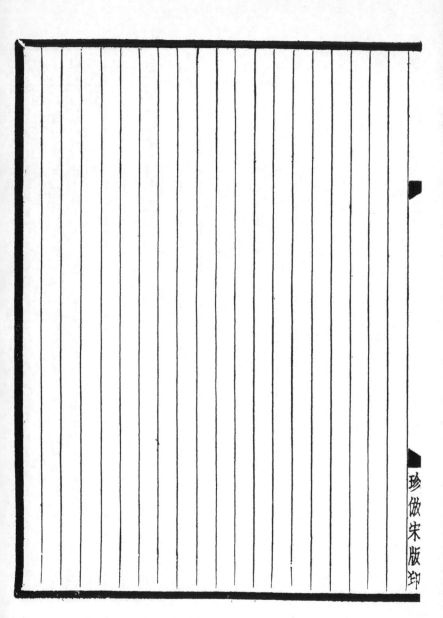

東坡集卷第三十五

祭文二十五首

祭歐陽文忠公文一首

嗚呼哀哉公之生於世六十有六年民有父母國有著龜斯文有傳學者有師君子有所恃而不恐小人有所畏而不爲譬如大川喬嶽不見其運動而功利之及於物者蓋不可以數計而周知今公之沒也赤子無所仰芘朝廷無所稽疑斯文化爲異端而學者至於用夷君子以爲無爲爲善而小人沛然自以爲得時譬如深淵大澤龍亡而虎逝則變怪雜出舞鰌鱓而號狐狸昔其未用也天下以爲病而其既用也則又以爲遲及其釋位而去也莫不冀其復用至其請老而歸也莫不惆悵失望而猶庶幾於萬一者幸公之未衰孰謂公無復有意於斯世也奄一去而莫予遺豈厭世溷濁絜身而逝乎將民之無祿而天莫

之遺昔我先君懷寶遁世非公則莫能致而不肖無狀因緣出入受教於門下者十有六年於茲聞公之喪義當匍匐往救而懷祿不去愧古人以忸怩緘詞千里以寓一哀而已矣蓋上以爲天下慟而下以哭其私嗚呼哀哉尚享

祭魏國韓令公文一首

天生元聖必作之配有神司之不約而會既生堯舜禹稷自至　仁宗龍飛公舉進士妙齡秀發秉筆入侍公於是時仲舒賈誼方將登庸盜起西夏四方騷然帝用不赦授公鈇鉞往督西旅公於是時方叔召虎入贊兵政出殿大邦恩威並行春雨秋霜兵練民安四夷屈降公於是時臨淮汾陽帝在明堂欲行王政羣后奏功罔底于成召自北方付之樞衡公於是時蕭曹魏邴二帝山陵天下悸恟呼吸之間有雷有風有存有亡有兵有戎公於是時伊尹周公功成而退三鎮偃息天下嗷然曷日而復畢公在外心在王室房公且死征遼是卹嗚呼哀哉六月甲寅人之無祿喪我宗臣我有黎民誰與教之我有子孫誰與保之巍巍堂堂寧復有之公之云亡我無日矣慟哭涕流何嗟及矣昔我先子沒于東京公爲二詩以祖其

行文追典誥論極皇王公言一出孰敢改評施及不肖待以國士非我自知公實見謂父子昆弟並出公門公不責報我豈懷恩惟此涕泣實哀斯人有肉在俎有酒在樽公歸在天寧聞我言嗚呼哀哉尚饗

祭柳子玉文一首

猗歟子玉南國之秀甚敏而文聲發自幼從橫武庫炳蔚文囿獨以詩鳴天錫雄咮元輕白俗郊寒島瘦嘹然一吟衆作卑陋凡今卿相伊昔朋舊平視青雲可到寧驟孰云坎軻白髮垂脰才高絕俗性疎來詬謫居窮山遂侶猩狖夜衾不絮朝甑絕餾慨然懷歸投弃纓綬潛山之麓往事神后道味自飴世芬莫齅凡世所欲有避無就謂當乘除併畀之壽云何不淑命也誰咎頃在錢塘惠然我覯相從半歲日飲醇酎朝遊南屏莫宿靈鷲雪窗飢坐清闋閒奏沙河夜歸霜月如晝綸巾鶴氅驚笑吳婦會合之難如次組繡翻然失去覆水何救維子耆老名德俱茂嗟我後來匪友惟媾子有令子將大子後頎然二孫則謂我舅念子永歸涕如懸霤歌此奠詩一樽往侑尚享

祭單君貺文一首

嗚呼維君篤孝自天展如閔子人莫間言內齊于家

外敏于官民謂父兄吏莫容姦信于朋友人得其驩博學工詩數術精研人涉其一君有其全壽考富貴人誰不然君獨何辜所向奇偏志不一遂悵莫歸怨念我孤甥生逢百艱旣嬪于君謂永百年云何不弔啣痛重泉何以慰君千里一樽人生如夢何促何延厄窮何陋官達何妍命也柰何追配牛顏嗚呼哀哉尚享

祭胡執中郎中文一首

胡君執中之靈君少在蜀從先府君凡蜀之士事賢友仁我之知君固不待見從事于岐始識君面相從之歡傾蓋百年見其孺子駒駿雛鶵非罪失官君則先去我徂華州見君逆旅淫雨彌旬道淖沒車他人爲泣君樂有餘其後七年君掾計省雖獲一笑歡不逾頃又復七年我守北徐君從其子徐獄是書雛鶱而翔駒亦千里惟我與君宛其老矣老人無徒相見益親凡昔在岐今存幾人謂君仁人雖疾當壽云何而然命也難究嗚呼執中人誰不死如君之賢不云止此百鍊之剛日贈千牛匣而不用非我之羞孺子肖君世有令問送君一觴永歸無恨尚饗

祭任鈐轄文一首

嗟君結髮從事於兵四十餘年公侯干城更嘗世故練達物情佐我治軍旣嚴且平吏士肅然時靡有爭汴泗橫流郛堞圮傾風埃霧露奔走經營輿疾而歸猶莫敢寧奄忽不救聞者歎驚子孫如林布褐藜羹生知其勤死知其清酹觴告訣與涕俱零尚享

祭歐陽仲純父文一首

仲純父之靈曰嗚呼哀哉文忠公之盛德子孫千億與宋無極人惟曰不足仲純父之賢壽考百年一歲九遷人惟曰當然柰何官止於一命壽不登四十譴其尸之百不償一嗚呼哀哉此不足云也仲純父之生也不以進退得喪有望於人豈其死也乃以死生壽夭有責於神人徒知其文章之世其家操行之稱其門而不知其志氣之豪健議論之剛果使之臨大事立大節不難於殺身以成仁則夫造物者之掀其死生之權也豈能病君也哉雖然往者見君於潁水之上去歲君來見我於國門之東攜被夜語達旦不窮凡所以謀道憂世而教我以保身遠禍者凜乎其有似於文忠今也奄兮忽焉而不復見也能不長號而屢慟乎道之難行蓋難其人豈無其人利害易之如仲純父不畏不慕獨立不懼則死及之嗚呼哀哉

尚饗

祭王君錫文人文一首

公之皇祖孝著閭里迨茲百年世濟其美少相弟長老相慈誨肅雍無間施及娣姒頎然四人厥德罔二軾始婚媾公之猶子允有令德夭閼莫遂惟公幼女嗣執罍篚恩厚義重宜有以報云何不淑契闊生死歛不拊棺葬不親襚豈不懷歸眷此微仕緘詞望哭以致奠餽惟此哀誠一念千里尚享

祭文與可文一首

年月日從表弟蘇軾謹以清酌庶羞之奠致祭于故湖州文府君與可學士兄之靈曰嗚呼哀哉與可能復飲此酒也夫能復賦詩以自樂鼓琴以自侑也夫嗚呼哀哉余尚忍言之氣噎悒而填胸淚疾下而淋衣忽收淚以自問非夫人之為慟而誰為乎道之不行哀我無徒豈無友朋逝莫告余惟余與可匪亟匪徐招之不來麾之不去不可得而親其可得而疏之耶嗚呼哀哉孰能惇德秉義如與可之和而正乎孰能養民厚俗如與可之寬而明乎孰能為詩與楚詞如與可之婉而清乎孰能齊寵辱忘得喪如與可之安而輕乎嗚呼哀哉余聞訃之三日夜不眠而坐喟

夢相從而驚覺滿茵蓆之濡淚念有生之歸盡雖百年其必至惟有文爲不朽與有子爲不死雖富貴壽考之人未必皆有此二者也然余嘗聞與可之言是身如浮雲無去無來無亡無存則夫所謂不朽與不死者亦何足云乎嗚呼哀哉尚饗

祭刁景純墓文一首

嗟我少君四十二歲君不我少謂我昆弟今我已老鬢須蒼然君之永歸不爲無年我獨何憾過期而哭人之云亡哀此風俗涉江而東宛其山川顧瞻萬松蔚乎蒼芊尚想松下幅巾杖屨迎我于門抵掌笑語豈其忽焉斂茲一墳俛仰空山草木再春平生故人幾半天下紛然日中掉臂莫夜我非至人心有往來斗酒隻雞聊寫我哀尚享

祭張子野文一首

年月日蘇軾謹以清酌庶羞之奠昭告于故子野郎中張丈之靈仕而志歸人所共薇有志不果日月其逝惟余子野歸及强銳優遊故鄉若復一世遇人坦率真古愷悌厖然老成又敏且藝清詩絕俗甚典而麗搜研物情刮發幽翳微詞宛轉蓋詩之裔坐此而窮鹽米不繼歗歌自得有酒輒詣我官于杭始獲擁

箠歡欣忘年脫略苛細送我北歸屈指默計死生一訣流涕挽袂我來故國實五周歲不我少須一病遽蛻堂有遺像室無留嬖人亡琴廢帳空鶴唳酹觴再拜淚溢兩眥尚享

祭陳令舉文一首

嗚呼哀哉天之生令舉初若有意厚其學術而多其才能蓋已兼百人之器旣發之以科舉又輔之以令名使取重於天下者若將畀之以位而令舉亦能因天之所予而日新之慨然將以身任天下之事夫豈獨其自任將世之士大夫識與不識莫不望其如是是何一奮而不顧以至於斥一斥而不復以至於死嗚呼哀哉天之所付爲偶然而無意耶將亦有意而人之所以周旋委曲輔成其天者不至耶將天旣生之以畀斯人而人不用故天復奪之而自使耶不然令舉之賢何爲而不立何立而不遂使少見其毫末而出其餘弃必有驚世而絕類者矣予與令舉別二年而令舉沒旣沒三年而予乃始一哭其殯而弔其子也嗚呼哀哉尚饗

祭任師中文一首

年月日眉陽陳慥蘇軾鍵爲王齊愈弟齊萬黃州進

士潘丙古耕道謹以茶果清酌之奠致祭于故瀘州太守任大夫師中之靈曰允義大夫維蜀之珍詩之老成易之丈人去我十年其德日新庶一見之遽沒元身惟慥與軾匪友則親自丙以降昔惟州民旅哭于庭惻焉酸辛禍福之來孰知其因自壽自夭自屈自信天莫爲之矧凡鬼神生榮死哀自昔所難持此令名歸于九原尚饗

祭堂兄子正文一首

維元豐五年歲次壬戌正月癸未朔三日乙酉弟責授黃州團練副使軾謹以家饌酒果之奠昭告于故子正中舍大兄之靈昔我先伯父內行飭修閭里之師不剛不柔允武且文喜慍莫窺歷官十一民到于今涕泣懷思遇其所立仁者之勇雷霆不移篤生我兄和擾而毅甚似不衰與人之周肅雍謹絜喜見于眉人各有心酸鹹異嗜丹素相訾穆穆我兄尊賢容衆無適不宜夭若不僭富貴壽考捨兄畀誰云何不淑而止於是命也可疑我還于南老與病會歸耕無期斂不撫棺葬不執紼永恨何追寤寐東山兩塋相望拱木參差諸父父子平生之好相從歲時兄死而同我生而異斯言孔悲千里一樽兄實臨我尚饗勿

辭嗚呼哀哉尚享

黃州再祭文與可文一首

年月日從表弟具官蘇軾謹以清酌庶羞之奠昭告于亡友湖州府君與可學士文兄之靈嗚呼哀哉我官于岐實始識君甚口秀眉忠信而文志氣方剛談詞如雲一別五年君譽日聞道德爲膏以自濯薰藝學之多蔚如秋蕡脫口成章粲莫可耘馳騁百家錯落紛紜使我羞歎筆硯爲焚再見京師默無所云杳兮清深落其華芬昔蓺我黍今熟其饋啜漓歌呼得淳而醺天力自然不施膠筋坐了萬事氣回三軍笑我皇皇獨違垢紛俯仰三州眷戀桑枌仁施草木信及麏麖昂然來歸獨立無羣俛焉復去初無戚欣大哉死生悽愴蒿焄君沒談笑大鈞徒勤喪之西歸我竄江濆何以薦君採江之芹相彼日月有朝必曛我在茫茫凡幾合分盡此一觴歸安于墳嗚呼哀哉尚享

祭徐君猷文一首

故黃州太守朝請徐公君猷之靈惟公蚤厭綺紈富以三冬之學晚分符竹藹然兩郡之聲家世名臣始終循吏追繼襄陽之耆舊綽有建安之風流無鬼高

談常傾滿坐有功陰德何止一人軾以惷愚自貽放逐妻孥之所竊笑親友幾於絕交爭席滿前無復十漿而五餽中流獲濟實賴一壺之千金曾報德之未皇已與哀於永訣平生髣髴尚陳中聖之觴厚夜渺茫徒挂初心之劍拊棺一慟嗚呼哀哉尚享

祭陳君式文一首

故致政大夫君式之靈猗歟大夫匪直也人矯然不隨以屈莫信大夫安之有命在天十年躬耕以娛其親親亡泣血幾以喪明免喪復仕哀哉爲貧從政于黃急吏緩民食黃之薇飲其水泉我以重罪竄于江濱親舊擯疏我亦自憎君獨願交日造我門我不自愛恐子坫紛君笑絕纓陋哉斯言憂患之至朞與子均示我數詩蕭然絕塵去黃而歸卽安丘園澹然無求抱潔沒身猗歟大夫有死有生如影之隨如環之循富貴貧賤忽如浮雲孰皆有子如二子賢千里一觴侑以斯文尚享

祭蔡景繁文一首

嗚呼哀哉子之爲人清厲孤峻經以仁義緯以忠信才兼百夫斂以靜順子之事君悃款傾盡挺然不倚視退如進持其本心不負堯舜子之從政果藝清愼

緩民急吏不肅而震紛紜滿前理解迎刃子之爲文秀整明潤工於造語恥就餘餕詩尤所長鏘然玉振壽以配德天亦何吝有如子賢五十而盡我還于黃衆所遠擯惟子之故不我藉轔孰云此來乃拊其櫬萬生擾擾寄此一瞬富貴無能俯仰埃燼子有賢子汗血之駿幼亦頎然穎發齠齔天哀子窮以是餽贐我困于旅愧莫子賑歌此奠詩以和虞殯嗚呼哀哉

祭歐陽伯和父文一首

嗚呼哀哉文忠之子譬之孔門則其高弟其材不同而皆有得公之一體惟伯和父得公之學甚敏且埶罔羅幽荒掎摭遺逸馳騁百世有求則應取之左右不擇鉅細如漢伯喈如晉茂先餘子莫繼公薨一紀門人凋喪我老又廢退而講論放失舊聞日月其逝欲操簡牘從伯和父解發疑滯今其亡矣誰助我者投筆掩袂斯文日化躡風系景安所止戾子獨確然求之度數斷以凡例抱其孤學將以安適鑿不諜枘歸從文忠與仲純父孰曰非計而我何爲寓詞千里繼以泣涕嗚呼哀哉

祭石幼安文一首

嗟我去蜀十有八年夢還故鄉親愛滿前覺而無有

淚下迸泉竄流江湖隻影自憐聞人蜀音回首粲然
矧如夫子又戚且賢憂樂同之義不我捐我行過宿
子病已纏顧我而笑自云少痊念子仁人壽骨隱顴
攜手同歸相視華顛孰云此來拊膺號天同驅並馳
俯仰而遷行即此路皇分後先哀哉若人令德世傳
才子文孫森然比肩天不吾欺後將蟬聯永歸無憾
舉我一觴嗚呼哀哉

祭司馬君實文一首

左僕射贈太師温公之靈嗚呼百世一人千載一時
惟時與人鮮偶常奇公事仁宗百未一施獨發大議
惟天我知厚陵之初先事而親帝欲得民一尊無私
母子之間莫如孝慈人所難言我則易之神宗知公
敬如蓍龜專談仁義輔以書詩枉尺直尋願公少卑
公曰天子舜禹之姿我若言利非天誰欺退居于洛
四海是儀化及豚魚名聞乳兒二聖見公曰予得師
付以衡石惟公所爲公亦何爲視民所宜有莠則鋤
有疾則醫問疾所生師老民疲和戎上策決用無疑
此計一定太平可基譬如農夫既闢既菑投種未粒
矧穫而炊賓客滿門公以疾辭不見十日入哭其帷
天爲雨泣路人垂涕畫像于家飲食必祠矧我衆僚

左右疇咨共載一舟喪其楫維終天之訣寧復來思歌此奠章以侑一卮嗚呼哀哉尚享

祭王宜甫文一首

維元祐二年歲次丁卯九月庚戌朔十九日戊辰具位蘇軾謹以酒果之奠昭告于故比部郎中贈光祿大夫王公宜父親家翁之靈嗚呼宜父篤厚寬中德世其家而位莫充充非不能充知有天命直已而行不充何病三公之子所乏非財風雨散之如振浮埃百年夢幻其究何獲不與皆忘令名令德公雖耆舊我尚同時不識其人想見其姿婚姻之好義貫黃壤有愧古人不祖其往往謂趙人子孫其昌蒔其墓檟我言不忘嗚呼哀哉

祭范蜀公文一首

嗚呼仁宗在位四十二年畦而種之有得皆賢既歷三世悉爲名臣今如晨星存者幾人孰如我公碩大光明導日而昇燦焉長庚死生契闊公獨壽考天實者之以殿諸老二聖嗣位仁義是施公昔所言略行無遺維樂未和公寢不寧樂成而薨公往則瞑凡百君子願公無極胡不萬年以重王國責難之忠愛莫助之嗟我後來誰復似之吾先君子秉德不耀與公

弟兄一日之少窮達不齊歡則無間豈以閭里忠信則然先君之終公時在陳宵夢告行晨起訃聞先友盡矣我亦白髮聞公之喪方食哽噎堂堂我公豈其云亡望公凜然猶舉我觴

祭黃幾道文

幾道大夫年兄之靈嗚呼幾道孝友烝烝人無閒言如閔與曾天若成之付以百能超然驥德鳳鶱雲騰入為御史以直自繩身為玉雪不汙青蠅出按百城不緩不絚姦民惰吏實畏靡憎帝亦知之因事屢稱謀之左右有問莫應君聞不悛與道降升吾豈羽毛為人所鷹抱默以老終然不矜環堵蕭然大布疏繒妻子脫粟玉食友朋我還淮南秋穀五登坐閱百吏錐刀相仍有斐君子傳車是乘穆如春風解此陰凌尚有典刑紫髯垂膺魯無君子斯人安承納幣請昏義均股肱別我而東衣袂僅勝一臥永已吾將安憑壽夭在天雖聖莫增君趙魏老老于薛滕天亦愧之其世必興舉我一觴歸安丘陵

祭歐陽文忠公夫人文一首

嗚呼文忠之薨十有八年士無所歸散而自賢我是用懼日登師門既友諸子入拜夫人望之愀然有穆

其言簡肅之肅文忠之文雖無老成典刑則存何以
嗣之使世不忘諸子惟迨好學而剛夫人實使兄弟
吾孫徽福文忠及我先君出守東南往違其顏病不
能見卒以訃聞自斂及葬餽奠莫親匪愧于今有靦
昔人寓詞千里侑此一樽尚饗

東坡集卷第三十五

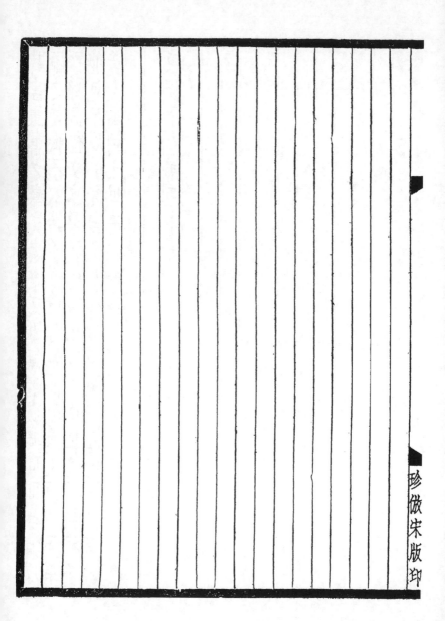

東坡集卷第三十六

行狀一首

司馬温公行狀一首

曾祖政贈太子太保曾祖母薛氏贈温國太夫人祖炫試祕書省校書郎知耀州富平縣事贈太子太傅祖母皇甫氏贈温國太夫人父池尚書吏部郎中充天章閣待制贈太師追封温國公母聶氏贈温國太夫人公諱光字君實其先河內人晉安平獻王孚之後王之裔孫征東大將軍陽始葬今陝州夏縣涑水鄉子孫因家焉自高祖曾祖皆以五代衰亂不仕富平府君始舉進士沒於縣令皆以氣節聞於鄉里而天章公以文學行義事 真宗 仁宗爲轉運使御史知雜事三司副使歷知鳳翔河中同杭虢晉六州以清直仁厚聞於天下號稱一時名臣公自兒童凜然如成人七歲聞講左氏春秋大愛之退爲家人講即了其大義自是手不釋書至不知飢渴寒暑年十五書無所不通文詞醇深有西漢風天章公當任子次及公公推與二從兄然後受補郊社齋郎再奏將作監主簿年二十舉進士甲科改奉禮郎以天章公在杭詞所遷官求簽書蘇州判官事以便親許之未

上丁太夫人憂未除丁天章公憂執喪累年毀瘠如禮服除簽書武成軍判官事改大理評事爲國子直講遷本寺丞故相龐籍名知人始與天章公遊見公而奇之及是爲樞密使薦公召試館閣校勘同知太常禮院中官麥允言死詔以允言有軍功特給鹵簿公言孔子不以名器假人繁纓以朝且猶不可允言近習之臣非有元勳大勞而贈以三公之官給以一品鹵簿其爲繁纓不亦大乎故相夏竦卒詔賜謚文正公言謚之美者極於文正竦何人可以當此書再上改謚文莊遷殿中丞除史館檢討修日曆改集賢校理龐籍爲鄆州徙并州皆辟公通判州事公感籍知已爲盡力時趙元昊始臣河東貧甚官苦貴糴而民疲於遠輸麟州窟野河西多良田皆故漢地公私雜耕天聖中始禁田河西者虜乃得稍蠶食其地俯窺麟州爲河東憂籍請公按視公爲畫五策宜因州中舊兵益禁兵三千廂兵五百築二堡河西可使堡外三十里虜不敢田則州西六十里無虜矣募民有能耕麟州閑田者復其稅役十五年能耕窟野河西者長復之耕者必衆官雖無所得而糴自賤可以漸紓河東之民籍移麟州如公言而兵官郭恩勇且狂

夜開城門引千餘人渡河載酒食不爲戰備遇敵死之議者歸罪於籍罷節度使知青州公守闕三上書乞獨坐其事不報籍初不以此望公而公深以自咎籍既沒升堂拜其妻如母撫其子如昆弟時人兩賢之改太常博士祠部員外郎直秘閣判吏部南曹遷開封府推官賜五品服交趾貢異獸謂之麟公言眞僞不可知使其眞非自然而至不足爲瑞若僞爲遠夷笑願厚賜其使而還其獸因奏賦以諷遷度支員外郎判句院擢修起居注五詞而後受判禮部有司奏六月朔日當食公言故事食不滿分或京師不見皆賀臣以爲日食四方見京師不見天意人君爲陰邪所蔽天下皆知朝廷獨不知其爲災當益甚皆不當賀詔從之後遂以爲常遷起居舍人同知諫院蘇轍舉直言策入第四等而考官以爲不當收公言轍於同科四人中言最切直有愛君憂國之心不可不收時宰相亦以爲當黜 仁宗不許曰求直言以直棄之天下其謂朕何公遂與諫官王陶同上疏願爲宗廟社稷自重卻罷燕飲安養神氣後宮嬪御進見有度左右小臣賜予有節厚味腊毒無益奉養者皆不宜數御上嘉納之初至和三年 仁宗始不豫國

嗣未立天下寒心而不敢言惟諫官范鎮首發其議公時爲幷州通判聞而繼之上疏言禮大宗無子則小宗爲之後爲之後者爲之子也願陛下擇宗室賢者使攝儲貳以待皇嗣之生退居藩服不然則典宿衞尹京邑亦足以係天下之望疏三上其一留中其二付中書公又與鎮書此大事不言則已言一出豈可復反願公以死爭之於是鎮言之益力及公爲諫官復上疏且面言臣昔爲幷州通判所上三章願陛下果斷而力行之時　仁宗簡默不言雖執政奏事首肯而已聞公言沈思久之曰得非欲選宗室爲繼嗣者乎此忠臣之言但人不敢及耳公曰臣言此自謂必死不意陛下開納上曰此何害古今皆有之因令公以所言付中書公曰不可願陛下自以意喻宰相是日公復言江淮鹽事詣中書白之宰相韓琦問公今日復何所言公默計此大事不可不使琦知思所以廣上意者卽曰所言宗廟社稷大計也琦喻意不復言後十餘日有旨令公與御史裏行陳洙同詳定行戶利害洙與公屏語曰日者大饗明堂韓公攝太尉洙爲監祭公從容謂洙聞君與司馬君實善君實近建言立嗣事恨不以所言送中書欲發此議無

自發之行戶利害非所以煩公也欲誅見公達此意耳時嘉祐六年閏八月也至九月公復上疏面言臣向者進說陛下欣然無難意謂卽行矣今寂無所聞此必有小人言陛下春秋鼎盛子孫當千億何遽爲此不祥之事小人無遠慮特欲倉猝之際援立其所厚善者耳唐自文宗以後立嗣皆出於左右之意至有稱定策國老門生天子者此禍豈可勝言哉上大感悟曰送中書公至中書見琦等曰諸公不及今定議異日夜半禁中出寸紙以某人爲嗣則天下莫敢違琦等皆唯唯曰敢不盡力後月餘詔 英宗判宗正寺固詞不就職明年遂立爲皇太子稱疾不入公復上疏言凡人爭絲毫之利至相爭奪今皇子詞不貲之富至三百餘日不受命其賢於人遠矣有識聞之足以知陛下之聖能爲天下得人然臣聞父召無諾君命召不俟駕而禮使者受命不受詞皇子不當詞避使者不當徒反凡召皇子內臣皆乞責降且以臣子大義責皇子宜必入 英宗遂受命兗國公主下嫁李瑋以驕恣聞公上疏言 太宗時姚坦爲兗王翊善有過必諫左右教王詐疾踰月 太宗召王乳母入問起居狀乳母曰王無疾以姚坦故鬱鬱成

疾耳　太宗怒曰王年少不知爲此汝輩教之杖乳
母數十召坦慰勉之齊國獻穆大長公主太宗之子
眞宗之妹　陛下之姑而謙恭率禮天下稱其賢
願陛下教子以　太宗爲法公主事夫以獻穆爲法
已而公主不安於李氏詔瑋出知衛州公主入居禁
中而瑋母楊歸其兄瑋散遣其家人公言陛下追念
章懿皇后故使瑋尚主今乃母子離析家事流落
陛下獨無雨露之感悽惻之心乎瑋既責降公主亦
不得無罪上感悟詔公主降封沂國待李氏恩禮不
衰判檢院權判國子監除知制誥力詞至八九改授
天章閣待制兼侍講賜三品服仍知諫院上疏言經
略安撫使以便宜從事出於兵興權制非永世法及
將相大臣典州者多以貴倨自恃淩忽轉運使不
得舉職朝廷務省事專行姑息之政至於胥史讙譁
而逐御史中丞輦官悖慢而退宰相衛士凶逆而獄
不窮姦澤加於舊軍人詈三司使而法官以爲非犯
堦級於用法疑其餘有一夫流言於道路而爲之變
法推恩者多矣皆陵遲之漸不可以不正充媛董氏
薨追贈婉儀又贈淑妃輟朝成服百官奉慰定謚行
冊禮葬給鹵簿公言董氏秩本微病革之日方拜充

媛古者婦人無謚近制惟皇后有之鹵簿本以賞軍功未嘗施於婦人惟唐平陽公主有舉兵佐高祖定天下之功乃得給至韋庶人始令妃主葬日皆給鼓吹非令典不足法時有司新定後宮封贈法皇后與妃皆贈三代公言別嫌明微妃不當與后同袁盎引卻慎夫人坐正爲此耳天聖親郊太妃止贈二代而況妃乎知嘉祐八年貢舉 仁宗崩 英宗以哀毀致疾慈聖光獻太后同聽政公首上疏言 章獻明肅太后保佑先帝進賢退姦有大功於趙氏特以親用外戚小人故負謗天下今 太后初攝大政大臣忠厚如王曾清純如張知白剛正如魯宗道質直如薛奎者當信用之鄙猥如馬季良讒諂如羅崇勳者當疏遠之則天下服又上疏 英宗言漢宣帝爲昭帝後終不追尊衞太子史皇孫光武起布衣得天下自以爲後元帝亦不追尊鉅鹿都尉南頓君惟哀安桓靈皆自旁親入繼大統追尊其父祖天下非之願以爲戒時公所得 仁宗遺賜珠金直百餘萬率同列三上章言國有大憂中外窘乏不可專用乾興故事若遺賜不可詞則宜許侍從以上進金錢佐山陵費不許公乃以所得珠爲諫院公使錢金以遺其舅氏

義不藏於家　英宗疾既平皇太后還政公上疏言
治身莫先於孝治國莫先於公其言切至皆母子間
人所難言者時有司立法　皇太后有所取用有司
奏覆得御寶乃供公極論以爲不可當直下合同司
移所屬立供如上所取已乃具數奏　太后以防矯
僞曹佾除使相兩府皆遷公言佾無功而得使相陛
下以慰母心耳今兩府皆遷無名若以還政爲功則
宿衛將帥內侍小臣必有覬望已而都知任守忠等
皆遷公復爭之因論守忠大姦陛下爲皇子非守忠
意沮壞大策離間百端賴先帝不聽及陛下嗣位反
覆華面交構兩宮國之大賊人之巨蠹乞斬於都市
以謝天下詔以守忠爲節度副使蘄州安置天下快
之時有詔陝西刺民兵號義勇公上疏極論其害云
康定慶曆間籍陝西民爲鄉弓手已而刺爲保捷指
揮民被其毒兵終不可用遇敵先北正兵隨之每致
崩潰縣官知其坐食無用汰遣歸農而惰游之人不
能復反南畝彊者爲盜弱者轉死父老至今流涕也
今義勇何以異此章六上不從乞罷諫官不許王廣
淵除直集賢院公言廣淵姦邪不可近昔漢景帝爲
太子召上左右飲衞綰獨稱疾不行及卽位待綰有

加周世宗鎮澶淵張美爲三司吏掌州之錢穀世宗
私有求假美悉力應之及卽位薄其爲人不用今廣
淵當　仁宗之世私自結於陛下豈忠臣哉願黜之
以厲天下執政建言濮安懿王德盛位隆宜有尊禮
詔太常禮院與兩制議翰林學士王珪等相顧不敢
先公獨奮筆立議曰爲之後者爲之子不敢復顧其
私親今日所以崇奉濮安懿王典禮宜一準先朝封
贈期親尊屬故事高官大爵極其尊榮議成珪卽敕
吏以公手藁爲案至今存焉時中外訩訩御史呂誨
傅堯俞范純仁呂大防趙鼎趙瞻等皆爭之相繼降
黜公上疏乞留之不可則乞與之皆貶初西戎遣使
致祭而延州指使高宜押伴傲其使者侮其國王使
者訴於朝公與呂誨乞加宜罪不從明年西戎犯邊
殺略吏士趙滋爲雄州專以猛悍治邊公亦論其不
可至是契丹之民有捕魚界河伐柳白溝之南者朝
廷以知雄州李中祐爲不材選將代之公言國家當
戎狄附順時好與之計較末節及其桀傲又從而姑
息之近者西戎之禍生於高宜北狄之隙起於趙滋
朝廷方賢此二人故邊臣皆以生事爲能今若選將
代中祐則來者必以滋爲法而以中祐爲戒漸不可

長宜敕邊吏疆場細故徐以文檄往反若輕以矢刃相加者坐之京師大水公上疏論三事皆盡言無所隱諱除龍圖閣直學士判流內銓改右諫議大夫知治平四年貢舉　神宗即位首擢公爲翰林學士公力詞不許上面諭公古之君子或學而不文或文而不學惟董仲舒楊雄兼之卿有文學何詞爲公曰臣不能爲四六上曰如兩漢制詔可也公曰本朝故事不可上曰卿能舉進士取高等而云不能四六何也公趨出上遣內臣至閤門彊公受告拜而不受趣公入謝曰上坐以待公公入至廷中以告置公懷中不得已乃受遂爲御史中丞初中丞王陶論宰相不押常朝班爲不臣宰相不從陶爭之力遂罷公既繼之言宰相不押班細故也陶言之過然愛禮存羊則不可已自頃宰相權重今陶復以言宰相罷則中丞不可復爲臣願俟宰相押班然後就職上曰可陶既出知陳州謝章詆宰相不已執政議再貶陶公言陶誠可罪然陛下欲廣言路屈己受陶而宰相獨不能容乎乃已公上疏論修心之要三曰仁曰明曰武治國之要三曰官人曰信賞曰必罰其說甚備且曰臣昔爲諫官即以此六言獻　仁宗其後以獻　英宗今

以獻陛下平生力學所得盡在是矣公在　英宗時與呂誨同論　祖宗之制句當御藥院常用供奉官以下至內殿崇班則出近歲居此位者皆暗理官資食其廩給非　祖宗大意又故事年未五十不得爲內侍省押班今除張茂則止四十八不可至是又言之因論高居簡姦邪乞加遠竄章五上上爲盡罷寄資內臣居簡亦補外未幾復留陳承禮劉有方二人公復爭之又言近者王中正往陝西知涇州劉渙等詔事中正而鄜延鈐轄吳舜臣違失其意已而渙等進擢舜臣降黜權歸中正謗歸陛下是去一居簡得一居簡上手詔問公所從知公曰臣得之賓客非一人言事之有無惟陛下知之若無臣不敢避妄言之罪萬一有之不可不察詔用宮邸直省官郭昭選等四人爲閤門祗候公言國初草創天步尚艱故即位之始必以左右舊人爲腹心耳目謂之隨龍非平日法也閤門祗候在文臣爲館職豈可使廝役爲之

英宗山陵公爲儀仗使賜金五十兩銀合三百兩三上章詞從之邊吏上言西戎部將嵬名山欲以橫山之衆取諒祚以降詔邊臣招納其衆公上疏極論以爲名山之衆未必能制諒祚幸而勝之滅一諒祚生

一諒祚何利之有若其不勝必引衆歸我不知何以待之臣恐朝廷不獨失信於諒祚又將失信於名山矣若名山餘衆尚多還北不可入南不受窮無所歸必將突據邊城以救其命陛下獨不見侯景之事乎上不聽遣將种諤發兵迎之取綏州費六十萬萬西方用兵蓋自是始矣兼翰林侍讀學士登州有不成婚婦謀殺其夫傷而不死者吏疑問即承知州事許遵讞之有司當婦絞而詔貸之遵上議準律因犯殺傷而自首者得免所因之罪婦當減二等不當絞詔公與王安石議之安石是遵議公言謀殺猶故殺也皆一事不可分若謀爲所因與殺爲二則故與殺亦可爲二邪自宰相文彥博以下皆附公議然卒用安石言至今天下非之權知審官院百官上尊號公當答詔上疏言　先帝親郊不受尊號天下莫不稱頌末年有建言者國家與契丹有往來書信彼有尊號而我獨無以爲深恥於是羣臣復以非時上尊號昔漢文帝時單于自稱天地所生日月所置匈奴大單于不聞文帝復爲大名以加之也願陛下追用　先帝本意不受此名上大悅手詔答公非卿朕不聞此言善爲答詞使中外曉然知朕至誠非欺衆邀名者

遂終身不復受尊號執政以河朔災傷國用不足乞今歲親郊兩府不賜金帛送學士院取旨公言兩府所賜以匹兩計止二萬未足以救災宜自文臣兩省武臣宗室刺史以上皆減半公與學士王珪王安石同對公言救災節用宜自貴近始可聽兩府詞賜安石曰常衮詞賜饌時議以爲衮自知不能當詞位不當詞祿且國用不足非當今之急務也公曰衮詞祿猶賢於持祿固位者國用不足眞急務安石言非是安石曰不足者以未得善理財者故也公曰善理財者不過頭會箕斂以盡民財民窮爲盜非國之福安石曰不然善理財者不加賦而上用足公曰天下安有此理天地所生財貨百物止有此數不在民則在官譬如雨澤夏澇則秋旱不加賦而上用足不過設法陰奪民利其害甚於加賦此乃桑羊欺漢武帝之言太史公書之以見武帝不明耳至其末年盜賊蠭起幾至於亂若武帝不悔禍昭帝不變法則漢幾亡爭議不已王珪進曰救災節用宜自貴近始司馬光言是也然所費無幾恐傷國體王安石言亦是惟明主裁擇上曰朕意與光同然姑以不允答之會安石當制遂引常衮事責兩府兩府亦不復詞兼史館修

撰上問公可爲諫官者公薦呂誨誨以天章閣待制
知諫院詔公與張茂則同相視二股河及生堤利害
公用都水監丞宋昌言策乞於二股之西置上約約
水東流若東流日深北流自淺薪芻漸備乃塞其北
放出御河胡盧河下流以紓恩冀深瀛以西之患時
議者多不同公於上前反覆論難甚苦卒從之後皆
如公言賜詔奬諭王安石始爲政創立制置三司條
例司建爲青苗助役水利均輸之政置提舉官四十
餘員行其法於天下謂之新法公上疏逆陳其利害
日後當如是行之十餘年無一不如公言者天下傳
誦以公爲真宰相雖田父野老皆號公司馬相公而
婦人孺子知其爲君實也邇英進讀至蕭何曹參事
公曰參不變何法得守成之道故孝惠高后時天下
晏然衣食滋殖上曰漢守蕭何之法不變可乎公曰
何獨漢也使三代之君常守禹湯文武之法雖至今
存可也武王克商曰乃反商政政由舊然則雖周亦用
商政也書曰無作聰明亂舊章漢武帝用張湯言取
高帝法紛更之盜賊半天下元帝改宣帝之政而漢
始衰由此言之祖宗之法不可變也後數日呂惠卿
進講因言先王之法有一年而變者正月始和布法

象魏是也有五年一變者巡狩考制度是也有三十年一變者刑罰世輕世重是也有百年不變者父慈子孝兄友弟恭是也前日光言非是其意以諷朝廷且譏臣爲條例司官耳上問公惠卿言何如公曰布法象魏布舊法也何名爲變若四孟月朔屬民讀法爲時變月變耶諸侯有變禮易樂者王巡守則誅之王不自變也刑新國用輕典亂國用重典平國用中典是爲世輕世重非變也且治天下譬如居室弊則修之非大壞不更造也大壞而更造非得良匠美材不成今二者皆無有臣恐風雨之不庇也公卿侍從皆在此願陛下問之三司使掌天下財不才而黜可也不可使兩府侵其事今爲制置三司條例司何也宰相以道佐人主安用例苟用例而已則胥史足矣今爲看詳中書條例司何也惠卿不能對則詆公曰光爲侍從何不言言而不從何不去公作而答曰是臣之罪也上曰相與論是非耳何至是講畢賜坐戶外將出上命徙坐戶內左右皆避去上曰朝廷每更一事舉朝訩訩何也王珪曰臣疎賤在闕門之外朝廷之事不能盡知借使聞之道路又不知其虛實也上曰聞則言之公曰青苗出息平民爲之尚能以蠶

食下戶至飢寒流離況縣官法度之威乎惠卿曰青苗法願取則與之不願不彊也公曰愚民知取債之利不知還債之害非獨縣官不彊富民亦不彊也臣聞作法於涼其弊猶貪作法於貪弊將若之何昔太宗平河東立和糴法時米斗十餘草束八錢民樂與官爲市其後物貴而和糴不解遂爲河東世世患臣恐異日之青苗猶河東之和糴也上曰陝西行之久矣民不以爲病公曰臣陝西人也見其病不見其利朝廷初不許也而有司尚能以病民況立法許之乎上曰坐倉糴米何如坐者皆起曰不便上已罷之幸甚上曰未罷也公曰京師有七年之儲而錢常乏若坐倉錢益乏米益陳柰何惠卿曰坐倉得米百萬斛則省東南百萬之漕以其錢供京師何患無錢公曰東南錢荒而米狼戾今不糴米而漕錢棄其有餘取其所無農末皆病矣侍講吳申起曰光言至論也公曰此皆細事不足煩人主但當擇人而任之有功則賞有罪則罰此則陛下職也上曰然文王罔攸兼于庶言庶獄庶慎惟有司之牧夫公趨出上曰卿得無以惠卿之言不樂乎公曰不敢韓琦上疏論青苗之害上感悟欲罷其法安石稱疾求去會拜公樞密

副使公上章力詞至六七曰上誠能罷制置條例司追還提舉官不行青苗助役等法雖不用臣臣受賜多矣不然終不敢受命上遣人謂公樞密兵事也官各有職不當以他事爲詞公言臣未受命則猶侍從也於事無不可言者安石起視事青苗法卒不罷公亦卒不受命則以書喻安石三往反開喻苦至猶幸安石之聽而改也且曰巧言令色鮮矣仁彼忠信之士於公當路時雖齟齬可憎後必徐得其力諂諛之人於今誠有順適之快一旦失勢必有賣公以自售者意謂呂惠卿對賓客輒指言之曰覆王氏者必惠卿也小人本以利合勢傾利移何所不至其後六年而惠卿叛安石上書告其罪苟可以覆王氏者靡不爲也由是天下服公先知公求補外上猶欲用公公不可以端明殿學士出知永興軍朝辭進對猶乞免本路青苗助役宣撫使下令分義勇四番欲以更戍邊選諸軍驍勇募閭里惡少爲奇兵調民爲乾糧皺飯雖內郡不被邊皆修城池樓櫓如邊郡且遣兵就糧長安河中邠三輔騷然公上疏極言方凶歲公私困弊不可舉事而永興一路城池樓櫓皆不急乾糧皺飯昔嘗造後無用腐棄之宣撫司令臣皆未敢從

若之軍輿臣坐乏之於是一路獨得免頃之詔移知許州不赴遂乞判西京留司御史臺以歸自是絕口不論事以祀明堂恩加上柱國至熙寧七年上以天下旱蝗詔求直言公讀詔泣下欲默不忍乃復陳六事一青苗二免役三市易四邊事五保甲六水利此尤病民者宜先罷又以書責宰相吳充天子仁聖如此而公不言何也元豐五年公忽得語澀疾自疑當中風乃豫作遺表大略如六事加詳盡感慨親書緘封置臥內且死當以授所善范純仁范祖禹使上之凡居洛十五年再任留司御史臺四任提舉崇福宮官制行改太中大夫加資政殿學士 神宗崩公赴闕臨衞士見公入皆以手加額曰此司馬相公也民遮道呼曰公無歸洛留相天子活百姓所在數千人聚觀之公懼會放辭謝遂逕歸洛 太皇太后聞之詰問主者遣使勞公問所當先者公言近歲士大夫以言爲諱閭閻愁苦於下而上不知明主憂勤於上而下無所訴此罪在羣臣而愚民無知歸怨 先帝宜下詔首開言路從之下詔牓朝堂而當時有不欲者於詔語中設六事以禁切言者曰若陰有所懷犯非其分或扇搖機事之重或迎合已行之令上以觀望

朝廷之意以僥倖希進下以眩惑流俗之情以干取虛譽若此者必罰無赦　太皇太后封詔草以問公公曰此非求諫乃拒諫也人臣惟不言言則入六事矣時太府少卿宋彭年水部員外郞王諤皆應詔言事有欲借此二人以懲天下言者皆以非職而言贖銅三十斤公具論其情且請改賜詔書行之天下從之於是四方吏民言新法不便者數千人公方草具所當行者而　太皇太后已有旨散遣修京城役夫罷減皇城內覘者止御前工作出近侍之無狀者三十餘人戒敕中外無敢苛刻暴斂廢導洛司物貨場及民所養戶馬寬保馬限皆從中出大臣不與公上疏謝當今急務陛下略已行之矣小臣稽慢罪當萬死詔除公知陳州且過闕入見使者勞問相望於道至則拜門下侍郞公力詞不許數賜手詔　先帝新棄天下天子沖幼此何時而君詞位耶公不敢復詞以覃恩遷通議大夫初　神宗皇帝以英偉絕人之資勵精求治凜凜乎漢宣帝唐太宗之上矣而宰相王安石用心過當急於功利小人得乘間而入呂惠卿之流以此得志後者慕之爭先相高而天下病矣先帝明聖獨覺其非出安石金陵天下欣然意法

必變雖安石亦自悔恨其去而復用也欲稍自改而
惠卿之流恐法變身危持之不肯改然　先帝終疑
之遂退安石八年不復召而惠卿亦再逐不用元豐
之末天下多故及　二聖嗣位民日夜引領以觀新
政而進說者以爲三年無改於父之道欲稍損其甚
者毛舉數事以塞人言公慨然爭之曰　先帝之法
其善者雖百世不可變也若安石惠卿等所建爲天
下害非　先帝本意者改之當如救焚拯溺猶恐不
及昔漢文帝除肉刑斬右趾者棄市笞五百者多死
景帝元年即改之武帝作鹽鐵榷酤均輸等法昭帝
罷之唐代宗縱宦官公求賂遺置客省拘滯四方之
人德宗立未三月罷之德宗晚年爲宮市五坊小兒
暴橫鹽鐵月進羨餘順宗即位罷之當時悅服後世
稱頌未有或非之者也況　太皇太后以母改子非
子改父衆議乃定公以爲治亂之機在於用人邪正
一分則消長之勢自定每論事必以人物爲先凡所
進退皆天下所謂當然者然後朝廷清明　人主始
得聞天下利害之實遂罷保甲團教依義勇法歲一
閱保馬不復買見在者還監牧給諸軍廢市易法所
儲物皆鬻之不取息而民所欠錢皆除其息京東鑄

鐵錢河北江西福建湖南鹽及福建茶法皆復其舊獨川峽茶以邊用未即罷遣使相視去其甚者戶部左右曹錢穀皆領之尚書凡昔之三司使事有散隸五曹及寺監者皆歸戶部使尚書周知其數量入以爲出於是天下釋然曰此 先帝本意也非吾君之子不能行吾君之意時獨免役青苗將官之法猶在而西戎之議未決也山陵畢遷公正議大夫公自以不與顧命不敢當詔不許元祐元年正月公始得疾詔公與尚書左丞呂公著朝會與執政異班再拜而已不舞蹈公疾益甚歎曰四患未除吾死不瞑目矣乃力疾上疏論免役五害乞直降敕罷之率用熙寧以前法有未便州縣監司節級以聞爲一路一州一縣法詔即日行之又論西戎大略以和戎爲便用兵爲非時異議者甚衆公持之益堅其後太師文彥博議與公合衆不能奪又論將官之害詔諸將兵皆隸州縣軍政委守令通決之又乞廢提舉常平司以其事歸之轉運使及提點刑獄公謂監司多新進少年務爲刻急天下病之乞自太中大夫待制以上於郡守中舉轉運使提點刑獄於通判中舉轉運判官又以文學德行吏事武略等爲十科以求天下遺才命

文臣升朝以上歲舉經明行脩一人以爲進士高選皆從之拜左僕射疾稍間將起視事詔免朝覲許以肩輿三日一入都堂或門下尚書省公不敢當曰不見君不可以視事詔公肩輿至內東門子康扶入對小殿且曰毋拜公惶恐入對延和殿再拜遂罷青苗錢專行常平糶糴法以歲上中下熟爲三等穀賤及下等則增價糴貴及上等則減價糶惟中等則否及下等而不糴及上等而不糶皆坐之時 二聖恭儉慈孝視民如傷虛己以聽公公知無不爲以身任天下之責數月復病以九月丙辰朔薨於西府享年六十八 太皇太后聞之慟上亦感涕不已時方躬祀明堂禮成不賀 二聖皆臨其喪哭之哀甚輟視朝贈太師溫國公襚以一品禮服賻銀三千兩絹四千匹賜龍腦水銀以斂命戶部侍郎趙瞻入內內侍省押班馮宗道護其喪歸葬夏縣官其親族十人公忠信孝友恭儉正直出於天性自少及老語未嘗妄其好學如飢之嗜食於財利紛華如惡惡臭誠心自然天下信之退居於洛往來陝郊陝洛間皆化其德師其學法其儉有不善曰君實得無知之乎博學無所不通音樂律曆天文書數皆極其妙晚節尤好禮爲

冠婚喪祭法適古今之宜不喜釋老曰其微言不能出吾書其誕吾不信不事生產買第洛中僅庇風雨有田三頃喪其夫人質田以葬惡衣菲食以終其身自以遭遇聖明言聽計從欲以身徇天下躬親庶務不舍晝夜賓客見其體羸曰諸葛孔明二十罰以上皆親之以此致疾公不可以不戒公曰死生命也爲之益力病革諄諄不復自覺如夢中語然皆朝廷天下事也既沒其家得遺奏八紙上之皆手札論當世要務京師民畫其像刻印鬻之家置一本飲食必祝焉四方皆遣人購之京師時畫工有致富者有文集八十卷資治通鑑三百二十四卷考異三十卷歷年圖七卷通歷八十卷稽古錄二十卷本朝百官公卿表六卷翰林詞草三卷注古文孝經一卷易說三卷注繫辭二卷注老子道德論二卷集注太元經八卷大學中庸義一卷集注楊子十三卷文中子傳一卷河外諮目三卷書儀八卷家範四卷續詩話一卷遊山行記十二卷醫問七篇其文如金玉穀帛藥石也必有適於用無益之文未嘗一語及之初公患歷代史繁重學者不能綜況於人主遂約戰國至秦二世如左氏體爲通志八卷以進　英宗悅之命公續其

書置局祕閣以其素所賢者劉攽劉恕范祖禹爲屬
官凡十九年而成起周威烈王訖五代上下一千三
百六十二載其是非疑似之間皆有辨論一事而數
說者必考合異同而歸之一作考異以志之 神宗
尤重其書以爲賢於荀悅親爲製敘賜名資治通鑑
詔邇英讀其書賜潁邸舊書二千四百二卷書成拜
資政殿學士賜金帛甚厚娶張氏禮部尚書存之女
封清河郡君先公卒追封溫國夫人子三人唐童皆
早亡康今爲祕書省校書郎孫二人植桓皆承務郎
公歷事四朝皆爲人主所敬然 神宗知公最深公
思有以報之常摘孟子之言曰責難於君謂之恭陳
善閉邪謂之敬吾君不能謂之賊故雖議論違忤而
神宗識其意待之甚厚及拜資政殿學士蓋有意
復用公也夫復用公者豈徒然哉將必行其所言公
亦識其意故爲政之日自信而不疑嗚呼若 先帝
可謂知人矣其知之也深公可謂不負所知 其報
之也大軾從公遊二十年知公平生爲詳故錄其大
者爲行狀其餘非天下所以治亂安危者皆不載謹
狀

東坡集卷第三十六

神道碑一首

富鄭公神道碑一首

宋興百三十年四方無虞人物歲滋蓋自秦漢以來未有若此之盛者雖所以致之非一道而其要在於兵不用用不久常使智者謀之而仁者守之雖至於無窮可也契丹自晉天福以來踐有幽薊北鄙之警略無寧歲凡六十有九年至景德元年舉國來寇攻定武圍高陽不克遂陷德清以犯天雄眞宗皇帝用宰相寇準計決策親征既次澶淵諸道兵大會行在虜既震動兵始接射殺其驍將順國王撻覽虜懼遂請和時諸將皆請以兵會界河上邀其歸徐以精甲躡其後殲之虜懼求哀於上上曰契丹幽薊皆吾民也何多以殺爲遂詔諸將按兵勿伐縱契丹歸國虜自是通好守約不復盜邊者三十有九年及趙元昊叛西方轉戰連年兵久不決契丹之臣有貪而喜功者以我爲怯且厭兵遂教其主設詞以動我欲得晉高祖所與關南十縣慶曆二年聚重兵境上遣其臣蕭英劉六符來聘兵既壓境而使來非時中外忿之仁宗皇帝曰契丹吾兄弟之國未可弃也其有以

大鎮撫之命宰相擇報聘者時虜情不可測羣臣皆莫敢行宰相舉右正言知制誥富公公即入對便殿叩頭曰主憂臣辱臣不敢愛其死上爲動色乃以公爲接伴英等入境上遣中使勞之英託足疾不拜公曰吾嘗使北病臥車中聞命輒起拜今中使至而公不起此何禮也英矍然起拜公開懷與語不以夷狄待之英等見公傾盡亦不復隱其情遂去左右密以其主所欲得者告公且曰可從從之不可從更以一事塞之公具以聞上命御史中丞賈昌朝館伴不許割地而許增歲幣且命公報聘既至六符館之往反十數皆論割地必不可狀及見虜主問故虜主曰南朝違約塞鴈門增塘水治城隍籍民兵此何意也羣臣請舉兵而南寡人以謂不若遣使求地求而不獲舉兵未晚也公曰北朝忘 章聖皇帝之大德乎澶淵之役若從諸將言北兵無得脫者且北朝與中國通好則人主專其利而臣下無所獲若用兵則利歸臣下而人主任其禍故北朝諸臣爭勸用兵者此皆其身謀非國計也虜主驚曰何謂也公曰晉高祖欺天叛君而求助於北末帝昏亂神人棄之是時中國狹小上下離叛故契丹全師獨克雖虜獲金幣充牣

諸臣之家而壯士健馬物故大半此誰任其禍者今中國提封萬里所在精兵以百萬計法令修明上下一心北朝欲用兵能保其必勝乎曰不能公曰勝負未可知就使其勝所亡士馬羣臣當之歟抑人主當之歟若通好不絕歲幣盡歸人主臣下所得止奉使者歲一二人耳羣臣何利焉虜主大悟首肯者久之公又曰塞鴈門者以備元昊也塘水始於何承矩事在通好前地卑水聚勢不得不增城隍皆修舊民兵亦舊籍特補其缺耳非違約也晉高祖以盧龍一道賂契丹周世宗復伐取關南皆異代事　宋興已九十年若各欲求異代故地豈北朝之利也哉　本朝皇帝之命使臣則有詞矣曰朕爲祖宗守國必不敢以其地與人北朝所欲不過利其租賦耳朕不欲以地故多殺兩朝赤子故屈己增幣以代賦入若北朝必欲得地是志在敗盟假此爲詞耳朕亦安得獨避用兵乎澶淵之盟天地鬼神實臨之今北朝首發兵端過不在朕天地鬼神豈可欺也哉虜大感悟遂欲求婚公曰婚姻易以生隙人命修短不可知不若歲幣之堅久也本朝長公主出降齎送不過十萬緡豈若歲幣無窮之獲哉虜主曰卿且歸矣再來當擇一

授之卿其遂以誓書來公歸復命再聘受書及口傳
之詞于政府既行次樂壽謂其副曰吾爲使者而不
見國書萬一書詞與口傳者異則吾事敗矣發書視
之果不同乃馳還都以晡入見宿學士院一夕易書
而行既至虜不復求婚專欲增幣曰南朝遺我書當
曰獻否則曰納公爭不可虜主曰南朝既懼我矣何
惜此二字若我擁兵而南得無悔乎公曰本朝皇帝
兼愛南北之民不忍使蹈鋒鏑故屈己增幣何名爲
懼哉若不得已而至於用兵則南北敵國當以曲直
爲勝負非使臣之所憂也虜主曰卿勿固執古亦有
之公曰自古惟唐高祖借兵於突厥故臣事之當時
所遺或稱獻納則不可知其後頡利爲太宗所擒豈
復有此禮哉公聲色俱厲虜知不可奪曰吾當自遣
人議之於是留所許增幣誓書復使耶律仁先及六
符以其國誓書來且求爲獻納公奏曰臣既以死拒
之虜氣折矣可勿復許虜無能爲也上從之增幣二
十萬而契丹平北方無事蓋又四十八年矣契丹君
臣至今誦其語守其約不忍敗者以其心曉然知通
好用兵利害之所在也故臣嘗竊論之百餘年間兵
不大用者 真宗 仁宗之德而寇準與公之功也

公諱弼字彥國河南人曾大父內黃令諱處謙大父商州馬步使諱令荀考尚書都官員外郎諱言皆以公貴贈太師中書令尚書令封鄧韓秦三國公曾祖母劉氏祖母趙氏母韓氏封魯韓秦三國太夫人公幼篤學有大度范仲淹見而識之曰此王佐才也懷其文以示王曾晏殊殊卽以女妻之　仁宗復制科仲淹謂公子當以是進天聖八年公以茂材異等中第授將作監丞知河南府長水縣用李迪辟簽書河陽節度判官事丁秦國公憂服除會郭后廢范仲淹爭之貶知睦州公上言朝廷一舉而獲二過縱不能復后宜還仲淹以來忠言通判絳州景祐四年召試館職遷太子中允直集賢院從王曾辟通判鄆州寶元初趙元昊反公上疏陳八事且言元昊遣使求割地邀金帛使者部從儀物如契丹而詞甚倨此必元昊腹心謀臣自請行者宜出其不意斬之都市又言夏守贇庸人也平時猶不當用而況艱難之際可爲樞密乎議者以爲有宰相氣召還爲開封府推官擢知諫院康定元年日食正旦公言請罷燕徹樂雖虜使在館亦宜就賜飲食而已執政以爲不可公曰萬一北虜行之爲朝廷羞後使虜還者云虜中罷燕如公

言　仁宗深悔之初宰相惡聞忠言下令禁越職言事公因論日食以謂應天變莫若通下情遂除其禁元昊寇鄜延殺二萬人破金明擒李士彬延帥范雍鈐轄盧守懃閉門不救中貴人黃德和引兵先走劉平石元孫戰死而雍守懃歸罪於通判計章用都監李康伯皆竄嶺南德和誣奏平降賊詔以兵圍守其家公言平自環慶引兵來援以姦臣不救故敗竟罵賊不食而死宜卹其家守懃德和皆中官怙勢誣人冀以自免宜竟其獄樞密院奏方用兵獄不可遂公言大臣附下罔上獄不可不竟時守懃男昭序爲御藥公奏乞罷之德和竟坐腰斬延州民二十人詣闕告急上召問具得諸將敗士狀執政惡之命邊郡禁民擅赴闕者公言此非陛下意宰相惡上知四方有敗耳民有急不得訴之朝則西走元昊北走契丹矣夏守贇爲陝西都總管又以入內都知王守忠爲都鈐轄公言用守贇既爲天下笑而守忠鈐轄乃與唐中官監軍無異將吏必怨懼盧守懃黃德和覆車之轍可復蹈乎詔罷守忠時又用觀察使魏昭昞爲同州鄭守忠爲殿前都指揮使高化爲步軍都指揮使公言昭昞乳臭兒必敗事守忠與化故親事官皆奴

才小人不可用詔遣侍御史陳洎往陝西督修城且城潼關公言天子守在四夷今城潼關自關以西爲弃之耶語皆侵執政自用兵以來吏民上書者甚衆初不省用公言知制誥本中書屬官可選二人置局中書考其所言可用用之宰相以付學士公言此宰相偷安欲以天下是非盡付他人乞與廷辯又言邊事系國安危不當專委樞密院周宰相魏仁浦兼樞密使國初范質王溥亦以宰相參知樞密院事今兵興宜使宰相以故事兼領　仁宗曰軍國之務當盡歸中書樞密非古官然未欲遽廢內降令中書同議樞密院事且書其檢宰相以內降納上前曰恐樞密院謂臣奪權公曰此宰相避事耳非畏奪權也時西夏首領吹同乞砂吹同山乞各稱僞將相來降補借奉職羈置荆湖公言二人之降其家已族矣當厚賞以勸來者上命以所言送中書公見宰相論之宰相初不知也公嘆曰此豈小事而宰相不知耶更極論之上從公言以宰相兼樞密使除鹽鐵判官遷太常丞史館修撰奉使契丹二年改右正言知制誥糾察在京刑獄時有用僞牒爲僧者事覺乃堂吏爲之開封按餘人而不及吏公白執政請以吏付獄執政指

其坐曰公即居此無爲近名公正色不受其言曰必得吏乃止執政滋不悅故薦公使契丹欲因事罪之歐陽脩上書引顏真卿使李希烈事留公不報使還除吏部郎中樞密直學士懇辭不受始受命聞一女卒再受命聞一男生皆不顧而行得家書不發而焚之曰徒亂人意尋遷翰林學士公見上力辭曰增歲幣非臣本志也特以朝廷方討元昊未暇與虜角故不敢以死爭其敢受乎慶曆三年三月遂命公爲樞密副使辭之愈力改授資政殿學士兼翰林侍讀學士七月復除樞密副使公言虜既通好議者便謂無事邊備漸弛虜萬一敗盟臣死且有罪非獨臣不敢受亦願陛下思夷狄輕侮中原之恥坐薪嘗膽不忘修政因以告納上前而罷逾月復除前命時元昊使辭羣臣班紫宸殿門上俟公綴樞密院班乃坐且使宰相章德象諭公曰此朝廷特用非以使虜故也公不得已乃受時晏殊爲相范仲淹爲參知政事杜衍爲樞密使韓琦與公副之歐陽脩余靖王素蔡襄爲諫官皆天下之望魯人石介作慶曆聖德詩歷頌羣臣皆得其實曰維仲淹弼一夔一契天下不以爲過公既以社稷自任而 仁宗責成於公與仲淹望太

平於期月之間數以手詔督公等條具其事又開天章閣召公等公等坐且給筆札使書其所欲爲者遣中使數人更往督之且命仲淹主西事公主北事公遂與仲淹各上當世之務十餘條又自上河北安邊十三策大略以進賢退不肖止僥倖去宿弊爲本欲漸易諸路監司之不才者使澄汰所部吏於是小人始不悅矣元昊遣使以書來稱男而不臣公言契丹臣元昊而我不臣則契丹爲無敵於天下不可許乃却其使卒臣之四年七月契丹來告舉兵討元昊十二月詔册元昊爲夏國主使將行而止之以俟虜使公曰若虜使未至而行則事自我出旣至則恩歸契丹矣從之是歲契丹受禮雲中且發兵會元昊伐呆兒族於河東爲近上問公曰虜得無與元昊襲我乎公曰虜自得幽薊不復由河東入寇者以河北平易富饒而河東嶮瘠且虞我出鎭定擣燕薊之虛也今兵出無名契丹大國決不爲此就使妄動當出我不意不應先言受禮雲中也元昊本與契丹約相左右以困中國今契丹背約結好於我獨獲重幣元昊有怨言故虜築威塞州以備之呆兒屢殺威塞人虜疑元昊使之故爲是役安能合而寇我哉或請調發爲

備公曰虜雖不來猶欲以虛聲困我若調發正墮其
計臣請任之虜若入寇臣爲罔上且誤國上乃止虜
卒不動公謂契丹異日作難必於河朔旣上十三策
又請守一郡行其事小人怨公不已而大臣亦有以
飛語讒公者上雖不信公懼因保州賊平求爲河北
宣撫使以避之使將還除資政殿學士知鄆州兼京
東西路安撫使讒者不已罷安撫使歲餘讒不驗加
給事中移知青州兼京東東路安撫使河朔大水民
流京東公擇所部豐稔者五州勸民出粟得十五萬
斛益以官廩隨所在貯之得公私廬舍十餘萬區散
處其人以便薪水官吏自前資待闕寄居者皆給其
祿使即民所聚選老弱病瘠者廩之山林河泊之利
有可取以爲生者聽流民取之其主不得禁官吏皆
書其勞約爲奏請使他日得以次受賞於朝率五日
輒遣人以酒肉糗飯勞之出於至誠人人爲盡力流
民死者爲大冢葬之謂之叢冢自爲文祭之明年麥
大熟流民各以遠近受糧而歸凡活五十餘萬人募
而爲兵者又萬餘人上聞之遣使勞公即拜禮部侍
郎公曰救災守臣職也辭不受前此救災者皆聚民
城郭中煑粥食之飢民聚爲疾疫及相蹈藉死或待

次數日不食得粥皆僵仆名爲救之而實殺之自公立法簡便周至天下傳以爲法至于今不知所活者幾千萬人矣王則據貝州叛齊州禁兵馬達張青與姦民張握等得劍印于妖師欲以其衆叛將屠城以應則握之婿楊俊詣公告之齊非公所部恐事泄變生時中貴人張從訓銜命至青公度從訓可使卽以事付從訓使馳至郡發吏卒取之無得脫者且自劾擅遣中使罪 仁宗嘉之再除禮部侍郎公又懇詞不受遷資政殿大學士以明堂恩除禮部侍郎從知鄭州又徙蔡州加觀文殿學士知河陽遷戸部侍郎除宣徽南院使判并州兼河東經略安撫使至和二年召拜同中書門下平章事集賢殿大學士與文彥博並命宣制之日士大夫相慶於朝 仁宗密覘知之歐陽脩奏事殿上上具以語脩且曰古之求相者或得於夢卜今朕用二相人情如此豈不賢於夢卜也哉脩頓首稱賀 仁宗弗豫大臣不得見中外憂恐文彥博與公等直入問疾內侍止之不可因以監視禳禱爲名乞留宿內殿事皆關白而後行禁中肅然嘉祐三年加禮部尚書昭文館大學士監修國史公之爲相守格法行故事而附以公議無心於其間

故百官任職天下無事以所在民力困弊賦役不均
遣使分道相視裁減謂之寬卹民力又弛茶禁以通
商賈省刑獄天下便之六年丁秦國太夫人憂詔爲
罷春燕故事執政遇喪皆起復公以謂金革變禮不
可用於平世 仁宗待公而爲政五遣使起之卒不
從命天下稱焉 英宗卽位拜樞密使同中書門下
平章事遷戸部尚書逾年以足疾求解機務章二十
上拜鎭海軍節度使同中書門下平章事判河陽封
祈國公公五上章辭使相且言 眞宗以前不輕以
此授人 仁宗卽位之初執政欲自爲地故開此比
終 仁宗之世宰相樞密使罷者皆除使相至不稱
職有罪者亦然天下非之今陛下初卽位願立法自
臣始不從 神宗卽位改鎭武寧軍進封鄭國公公
又乞罷使相乃以爲尚書左僕射觀文殿大學士集
禧觀使召赴闕公以足疾固辭復判河陽熙寧元年
移汝州且詔入覲以公足疾許肩輿至殿門上特爲
御內東門小殿見之令男紹隆入扶且命無拜坐語
從容至日昃賜紹隆五品服再對上欲留公爲集禧
觀使力辭赴郡明年二月除司空兼侍中昭文館大
學士賜甲第一區皆詞不受復拜左僕射門下侍郎

同中書門下平章事公既至未見有於上前言災異皆天數非人事得失所致者公聞之歎曰人君所畏惟天若不畏天何事不可爲者去亂亡無幾矣此必姦臣欲進邪說故先導上以無所畏使輔拂諫諍之臣無所復施其力此治亂之機也吾不可以不速救即上書數千言雜引春秋洪範及古今傳記人情物理以明其決不然者羣臣請上尊號及作樂上以久旱不許羣臣固請作樂公又言故事有災變皆徹樂恐上以同天節虜使當上壽故未斷其請臣以爲此盛德事正當以示夷狄乞并罷上壽從之即日而雨公又上疏願益畏天戒遠姦佞近忠良上親書答詔曰義忠言親理正文直苟非意在愛君志存王室何以臻此敢不置之枕席銘諸肺腑終老是戒更願公不替今日之志則天災不難弭太平可立俟也公既上疏謝復申戒不已願陛下待羣臣不以同異爲喜怒不以喜怒爲用捨公始見上上問邊事公曰陛下即位之始當布德行惠願二十年口不言兵因以九事爲戒八月以疾辭位拜武寧軍節度使同中書門下平章事判河南復以公請改亳州時方行青苗息錢法公以謂此法行則財聚於上人散於下且富民

不願請願請者皆貧民後不可復得故持之不行而
提舉常平倉趙濟劾公以大臣格新法法行當自貴
近者始若置而不問無以令天下乃除左僕射判汝
州公言新法臣所不曉不可以復治郡願歸洛養疾
許之尋請老拜司空復武寧節度及平章事進封韓
國公致仕公雖居家而朝廷有大利害知無不言交趾
叛詔郭逵等討之公言海嶠嶮遠不可以責其必進
願詔逵等擇利進退以全王師契丹來爭河東地界
上手詔問公公言熙河諸郡皆不足守而河東地界
決不可許元豐三年官制行改授開府儀同三司是
歲故參知政事王堯臣之子同老上言至和三年
仁宗弗豫其父堯臣嘗與文彥博劉沆及公同決大
策乞立儲嗣　仁宗許之會翊日有瘳故緩其事人
無復知者以其父堯臣所撰詔草上之上以問彥博
彥博言與同老合上嘉公等勳績如此而終不自言
下詔以公爲司徒且以其子紹京爲閤門祗候六年
閏六月丙申薨于洛陽私第之正寢享年八十手封
遺表使其子上之世莫知其所言者上聞訃震悼爲
輟視朝內出祭文遣使至奠所以賻卹其家者甚厚
贈太尉謚曰文忠十一月庚申葬於河南府河南縣

金谷鄉南張里公之配曰周國夫人晏氏後公四年卒子男三人曰紹庭朝奉郎曰紹京供備庫副使後公一月卒曰紹隆光祿寺丞早卒女四人長適保寧軍節度使北京留守馮京卒又以其次繼室封安化郡夫人次適承議郎范大琮次適宣德郎范大珪孫男三人定方承事郎直清承奉郎直亮假承務郎公性至孝恭儉好禮與人言雖幼賤必盡敬氣色穆然終身不見喜慍然以單車入不測之虜廷詰其君臣折其口而服其心無一語少屈所謂大勇者乎其好善疾惡蓋出於天資常言君子小人如冰炭決不可以同器若兼收並用則小人必勝薰蕕雜處終必爲臭其爲宰相及判河陽最後請老家居凡三上章皆言天子無職事惟辨君子小人而進退之此天子之職也君子與小人並處其勢必不勝君子不勝則奉身而退樂道無悶小人不勝則交結構扇千歧萬轍必勝而後已小人復勝必遂肆毒於善良無所不爲求天下不亂不可得也其爲文章辯而不華質而不俚有文集八十卷天聖應詔集十一卷諫垣集三卷制草五卷奏議十三卷表章三十卷河北安邊策一卷奉使錄四卷青州振濟策三卷平生所薦甚衆尤

知名者十餘人如王質與其弟素余靖張瓌石介孫
復吳奎韓維陳襄王鼎張昷之杜杞陳希亮之流皆
有聞於世世以爲知人元祐元年六月有詔以公配
享　神宗皇帝廟庭明年以明堂恩加贈太師紹庭
請于朝曰先臣墓碑未立願有以寵綏之上爲親篆
其首曰顯忠尚德之碑且命臣軾撰次其事謹拜手
稽首而獻言曰世未嘗無賢也自堯舜三代以至於
今有是君則有是臣故　仁宗　英宗至於神考咸
有一德克享天心則天畀以人光明偉傑有如公者
觀公之行事而味其平生則三宗之盛德可不問而
知也古之人臣功高則身危名重則謗生故命世之
士罕能以功名終始者臣觀三宗所以待公全其功
名而保其終始蓋可謂至矣方契丹求割地上命宰
相歷問近臣孰能爲朕使虜者皆以事詞免公獨慨
然請行使事既畢上欲用公公逡巡退避不敢居而
向之辭免者自恥其不行則惟公之怨比而讒公無
所不至及石介爲慶曆聖德詩天下傳誦則大臣疾
公如仇構以飛語必欲致之死地　仁宗徐而察之
盡辨其誣卒以公爲相及　英宗　神宗之世公已
老矣勳在史官德在生民天子虛己聽公西戎北狄

視公進退以爲中國輕重然一趙濟敢搖之惟　神
宗日月之明知公愈深公雖請老有大政事必手詔
訪問又追論定策之勳以告天下寵及其子孫然後
小人不敢復議雍容進退卒爲宗臣古人有言曰爲
君難爲臣不易豈不然哉公旣配食淸廟宜有頌詩
以昭示來世其詞曰五代八姓十有二君四十四年
如絲之棼以人爲嬉以殺爲僊兵交兩河腥聞于天
上帝憎之命我祖宗畀爾鑪椎往銷其鋒孰謂民遠
我聞其呻寧爾小忍無殘我民六聖受命維一其心
敎其後人帝命是承勿劓刵人矧敢好兵百三十年
諱兵與刑惟彼北戎謂帝我驕帝聞其言折其萌芽
篤生萊公尺箠笞之旣服旣馴則擾綏之堂堂韓公
與萊相望再聘于燕北方以寧景德元禩始盟契丹
公生是歲天命則然公之在母秦國寤驚旌旗鶴鴈
降充其庭云有天赦已而生公天欲赦民公啓其衷
北至燕然南至于河億萬維生公手撫摩水潦荐饑
散流而東五十萬人仰哺于公公之在內自泉流瀕
其在四方自葉流根百官維人百度維正相我三宗
重華協明帝謂公來隕星其堂有墳其丘公豈是藏
維嶽降神今歸不留臣軾作頌以配崧高

東坡集卷第二十七

東坡集卷第三十八

神道碑一首

趙清獻公神道碑一首

故太子少師清獻趙公既薨之三年其子岏除喪來告于朝曰先臣既葬而墓隧之碑無名與文無以昭示來世敢以請天子曰嘻茲予先正以惠術擾民如鄭子產以忠言摩士如晉叔向乃以愛直名其碑而又命臣軾爲之文臣軾逮事　仁宗皇帝蓋嘗竊觀天地之盛德而窺日月之光矣未嘗行也而萬事莫不畢舉未嘗視也而萬物莫不畢見非有他術也善於用人而已惟清獻公擢自御史是時將用諫官御史必取天下第一流非學術才行備具爲一世所高者不與用之至重故言行計從有不十年而爲近臣者言不當有不旋踵而黜者是非明辨而賞罰必信故士居其官者少妄而天子穆然無爲坐視其成功姦宄消亡而忠良全安此則清獻公與其僚之功也公諱抃字閱道其先京兆奉天人唐德宗世植爲嶺南節度使植生隱爲中書侍郞隱生光逢光裔並掌內外制皆爲唐聞人五代之亂徙家于越公則植之十世從孫也曾祖諱曇深州司戶參軍祖諱湘廬

州盧江尉始家于衢遂爲西安人考諱亞永廣州南海主簿公旣貴贈曾祖太子太保妣陳氏安國太夫人祖司徒妣袁氏崇國太夫人俞氏光國太夫人考開府儀同三司封榮國公妣徐氏魏國太夫人徐氏越國太夫人公少孤且貧刻意力學中景祐元年進士乙科爲武安軍節度推官民有僞造印者吏皆以爲當死公獨曰造在赦前而用在赦後赦前不用赦後不造法皆不死遂以疑讞之卒免死一府皆服閱歲擧監潭之糧料歲滿改著作佐郎知建州崇安徙通判宜州卒有殺人當死者方繫獄病癰未潰公使醫療之得不瘐死會赦以免公愛人之周類如此未幾以越國喪廬于墓三年不宿于家縣榜其所居里爲孝弟處士孫處爲作孝子傳終喪起知泰州海陵後知蜀州江原還通判泗州泗守昏不事事監司欲罷遣之公獨左右其政而晦其所以然使若權不已出者守得以善去濠守以廩賜不如法士卒謀欲爲變或以告守恐怖日未夕輒閉門不出轉運使徙公治濠公至從容如平日濠以無事會公亮爲翰林學士未識公而以臺官薦召爲殿中侍御史彈劾不避權幸京師號公鐵面御史其言常欲朝廷別白君子

小人以謂小人雖小過當力排而絕之後乃無患君子不幸而有詿誤當保持愛惜以成就其德故言事雖切而人不厭温成皇后方葬始命參知政事劉沆監護其役及沆爲相而領事如故公論其當罷以全國體復言宰相陳執中不學無術且多過失章十二上執中卒罷去王拱辰奉使契丹還爲宣徽使公言拱辰平生所爲及奉使不如法事命遂寢復言樞密使王德用翰林學士李淑不稱職皆罷去是時邵必爲開封推官以前任常州失入徙罪自舉遇赦而猶罷監邵武酒稅吳充鞠真卿發禮院吏代書事吏以贖論而充真卿皆出知軍呂景初馬遵吳中復彈奏梁適適以罷相而景初等隨亦被逐馮京言吳充鞠真卿刁約不當以無罪黜而京亦奪修起居注公皆力言其非是必以復職知軍充真卿約景初遵皆召還京中復皆許補故闕先是呂溱出守徐蔡襄守泉吳奎守壽韓絳守河陽已而歐陽修乞蔡賈黯乞荆南公卽上言近日正人賢士紛紛引去憂國之士爲之寒心侍從之賢如修輩無幾今皆欲請郡者以正色立朝不能諂事權要傷之者衆耳修等由此不去一時名臣賴之以安　仁宗晚歲不豫而太子未定

中外兇懼及上既康復公請擇宗室賢子弟教育於
宮中封建任使以示天下大本已而求郡得睦睦歲
爲杭市羊公爲移文却之民籍有茶稅而無茶地公
爲奏蠲之民至今稱焉移充梓州路轉運使未幾移
益兩蜀地遠而民弱吏恣爲不法州郡以酒食相饋
餉衙前治廚傳破家相屬也公身帥以儉不從者請
以違制坐之蜀風爲之一變窮城小邑民或生而不
識使者公行部無所不至父老驚喜相慰姦吏亦竦
以右司諫召論事不折如前入內副都知鄧保信引
退兵董吉以燒鍊出入禁中公言漢文成五利唐普
思靜能李訓鄭注多依宦官以結主假藥術以市姦
者也其漸不可啓宋庠爲樞密使選用武臣多不如
舊法至有訴於上前者公陳其不可陳升之除樞密
副使公與唐介呂誨范師道同言升之交結宦官進
不以道章二十餘上不省卽居家待罪詔强起之乃
乞補外二人皆相次去位公與言者亦罷公得虔州
地遠而民好訟人謂公不樂公欣然過家上冢而去
既至遇吏民簡易嚴而不苛悉召諸縣令告之爲令
當自任事勿以事諉郡苟事辦而民悅吾一無所問
令皆喜爭盡力虔事爲少獄以屢空改修鹽法疏鑿

瀨石民賴其利度當二廣之衝行者常自我易舟而北公間取餘材造舟得百艘移二廣諸郡曰仕宦之家有父兄沒而不能歸者皆移文以遣當具舟載之至者既悉授以舟復量給公使物歸者相繼於道朝廷聞公治有餘力召知御史雜事不閱月爲度支副使　英宗即位奉使契丹還未至除天章閣待制河北都轉運使時賈昌朝以使相判大名府公欲按視府庫昌朝遣其屬來告曰前此監司未有按視吾事者公雖欲舉職恐事有不應法柰何公曰捨大名則列郡不服矣即往視之昌朝初不說也前此有詔募義勇過期不足者徒二年州郡不時辦官吏當坐者八百餘人公被旨督其事奏言河朔頻歲豐熟故募不如數請寬其罪以俟農隙從之坐者得免而募亦隨足昌朝乃愧服曰名不虛得矣旋除龍圖閣直學士知成都公以寬治蜀蜀人安之初公爲轉運使言蜀人有以妖祀聚衆爲不法者其首既死其爲從者宜特黥配及爲成都適有此獄其人皆懼意公必盡用法公察其無它曰是特坐樽酒至此耳刑其爲首者餘皆釋去蜀人愈愛之會榮諲除轉運使陛辭上面諭曰趙某爲成都中和之政也　神宗即位召知

諫院故事近臣自成都還將大用必更省府不爲諫官大臣爲言上曰用趙某爲諫官賴其言耳苟欲用之何傷及謝上謂公聞卿匹馬入蜀以一琴一龜自隨爲政簡易亦稱是耶公知上意將用其言即上疏論呂誨傅堯俞范純仁呂大防趙瞻趙鼎馬默皆骨鯁敢言久謫不復無以慰縉紳之望上納其說郭逵除簽書樞密院事公議不允公力言之即罷居三月擢右諫議大夫參知政事感激思奮面議政事有不盡者輒密啓聞上手詔嘉之公與富弼曾公亮唐介同心輔政率以公議爲主會王安石用事議論不協既而司馬光辭樞密副使臺諫侍從多以言事求去公言朝廷事有輕重體有大小財利於事爲輕而民心得失爲重青苗使者於體爲小而禁近耳目之臣用捨爲大今不罷財利而輕失民心不罷青苗使者而輕弃禁近耳目去重而取輕失大而得小非宗廟社稷之福臣恐天下自此不安矣言入即求去四上章不許熙寧三年四月復五上章除資政殿學士知杭州公素號寬厚杭之無賴子弟以此逆公皆駢聚爲惡公知其意擇重犯者率黥配他州惡黨相帥遁去未幾徙青州因其俗朴厚臨以清淨時山東旱蝗

青獨多麥蝗自淄齊來及境遇風退飛墮水而盡五年成都以戍卒爲憂朝廷擇遣大臣爲蜀人所愛信者皆莫如公遂以大學士知成都然意公必辭及見上曰近歲無自政府復往者卿能爲我行乎公曰陛下有言卽法也豈顧有例哉上大喜公乞以便宜行事卽日辭去至蜀默爲經略而燕勞閑暇如他日兵民晏然一日坐堂上有卒長在堂下公好諭之曰吾與汝年相若也吾以一身入蜀爲天子撫一方汝亦宜清愼畏戢以帥衆比戍還得餘貲持歸爲室家計可也人知公有善意轉相告語莫敢復爲非者劍州民李孝忠集衆二百餘人私造符牒度人爲僧或以謀逆告獄具公不畀法吏以意決之處孝忠以私造度牒餘皆得不死喧傳京師謂公脫逆黨朝廷取具獄閱之卒無以易也茂州蕃部鹿明玉等蠭聚境上肆爲剽掠公亟遣部將帥兵討之夷人驚潰乞降願殺婢以盟公使喻之曰人不可用用三牲可也使至已縶婢引弓將射心取血聞公命讙呼以聽事訖不殺一人居二歲乞守東南爲歸老計得越州吳越大饑民死者過半公盡所以救荒之術發廩勸分而以家貲先之民樂從焉生者得食病者得藥死者得

藏下令修城使民食其力故越人雖饑而不怨復徙
治杭杭旱與越等其民尤病既而朝廷議欲築其城
公曰民未可勞也罷之錢氏納國未及百年而墳廟
堙圮杭人哀之公奏因其所在歲度僧道士各一人
收其田租爲歲時獻享營繕之費從之且改妙因院
爲表忠觀公年未七十告老于朝不許請之不已元
豐二年二月加太子少保致仕時年七十二矣退居
于衢有溪石松竹之勝東南高士多從之游朝廷有
事郊廟再起公侍祠不至屼通判温州從公游天台
鴈蕩吳越間榮之屼代還得見上顧問公甚厚以屼
提舉浙東西常平以便其養屼復待公游杭始公自
杭致仕杭人留公不得行公曰六年當復來至是適
六歲矣杭人德公逆者如見父母以疾還衢有大星
隕焉二日而公薨實七年八月癸巳也訃聞天子輟
視朝一日贈太子少師十二月乙酉葬于西安蓮華
山謚曰清獻公娶徐氏東頭供奉官度之女封東平
郡夫人先公十年卒子二人長曰屼終杭州於潛縣
令次即屼也今爲尚書考功員外郎公平生不治產
業嫁兄弟之女以十數皆如己女在官爲人嫁孤女
二十餘人居鄉葬暴骨及貧無以斂且葬者施棺給

薪不知其數少育於長兄振振既沒思報其德將遷侍御史乞不還以贈振大理評事公爲人和易溫厚周旋曲密謹繩墨蹈規矩與人言如恐傷之平生不畜聲伎晚歲習爲養氣安心之術翛然有高舉意將薨晨起如平時屼侍側公與之訣詞色不亂安坐而終不知者以爲無意於世也然至論朝廷事分別邪正慨然不可奪宰相韓琦嘗稱趙公眞世人標表蓋以爲不可及也公爲吏誠心愛人所至崇學校禮師儒民有可與與之獄有可出出之治虔與成都尤爲世所稱道　神宗凡擬二郡守必曰昔趙某治此最得其術馮京相繼守成都事循其舊亦曰趙公所爲不可改也要之以惠利爲本然至於治杭誅鋤强惡姦民屏迹不敢犯蓋其學道清心遇物而應有過人者矣銘曰蕭望之爲太傅近古社稷臣其爲馮翊民未有聞黃霸爲潁川治行第一其爲丞相名不迨昔孰如清獻公無適不宜邦之司直民之父師其在官守不專於寬時出猛政嚴而不殘其在言責不專於直爲國愛人掩其疵疾蓋東郭順子之淸孟獻子之賢鄭子產之政晉叔向之言公兼而有之不幾於全乎

東坡集卷第二十八

東坡集卷第三十九

司馬温公神道碑一首

上卽位之三年朝廷清明百揆時敘民安其生風俗一變異時薄夫鄙人皆洗心易德務爲忠厚人人自重恥言人過中國無事四夷稽首請命惟西羌夏人叛服不常懷毒自疑數入爲寇上命諸將按兵不戰示以形勢不數月生致大首領鬼章青宜結闕下夏人十數萬寇涇原至鎮戎城下五日無所得一夕遁去而西羌几征聲延以其族萬人來降黃河始決曹村既築靈平復決小吳橫流五年朔方騷然而今歲之秋積雨彌月河不大溢及冬水入地益深有北流赴海復禹舊迹之勢凡上所欲不求而獲而其所惡不麾而去天下曉然知天意與上合庶幾復見至治

之成家給人足刑措不用如咸平景德間也或以問
臣軾上與 太皇太后安所施設而及此臣軾對曰
在易大有上九自天祐之吉無不利孔子曰天之所
助者順也人之所助者信也履信思乎順又以尚賢
也是以自天祐之吉無不利今 二聖躬信順以先
天下而用司馬公以致天下士應是三德矣且以臣
觀之公仁人也天相之矣何以知其然也曰公以文
章名於世而以忠義自結人主朝廷知之可也四方
之人何自知之士大夫知之可也農商走卒何自知
之中國知之可也九夷八蠻何自知之方其退居於
洛眇然如顏子之在陋巷纍然如屈原之在陂澤其
與民相忘也久矣而名震天下如雷霆如河漢如家
至而日見之聞其名者雖愚無知如婦人孺子勇悍
難化如軍伍夷狄以至於姦邪小人雖惡其害己仇
而疾之者莫不斂衽變色咨嗟太息或至於流涕也
元豐之末臣自登州入朝過八州以至京師民知其
與公善也所在數千人聚而號呼於馬首曰寄謝司
馬丞相慎毋去朝廷厚自愛以活百姓如是者蓋千
餘里不絕至京師聞士大夫言公初入朝民擁其馬
至不得行衞士見公擎跽流涕者不可勝數公懼而

歸洛遼人夏人遣使入朝與吾使至虜中者虜必問公起居而遼人敕其邊吏曰中國相司馬矣慎毋生事開邊隙其後公薨京師之民罷市而往弔鬻衣以致奠巷哭以過車者蓋以千萬數上命戶部侍郎趙瞻內侍省押班馮宗道護其喪歸葬瞻等既還皆言民哭公哀甚如哭其私親四方來會葬者蓋數萬人而嶺南封州父老相率致祭且作佛事以薦公者其詞尤哀炷薌於手頂以送公葬者凡百餘人而畫像以祠公者天下皆是也此豈人力也哉天相之也匹夫而能動天亦必有道矣非至誠一德其孰能使之記曰惟天下之至誠爲能盡其性能盡其性則能盡人之性能盡人之性則能盡物之性能盡物之性則可以贊天地之化育矣書曰惟尹躬暨湯咸有一德克享天心又曰德惟一動罔不吉德二三動罔不凶或以千金與人而人不喜或以一言使人而人死之者誠與不誠故也稽天之潦不能終朝而一綫之溜可以潦石者一與不一故也誠而一古之聖人不能加毫末於此矣而況公乎故臣論公之德至於感人心動天地巍巍如此而蔽之以二言曰誠曰一公諱光字君實其先河內人晉安平獻王孚之後王之裔

孫征東大將軍陽始葬今陝州夏縣涑水鄉子孫因
家焉曾祖諱政以五代衰亂不仕贈太子太保祖諱
炫舉進士試祕書省校書郎終於耀州富平縣令贈
太子太傅考諱池寶元慶曆間名臣終於兵部郎中
天章閣待制贈太師溫國公曾祖妣薛氏祖妣皇父
氏妣聶氏皆封溫國太夫人公始以進士甲科事
仁宗皇帝至天章閣待制知諫院始發大議乞立宗
子爲後以安宗廟宰相韓琦等因其言遂定大計事
英宗皇帝爲諫議大夫龍圖閣直學士論陝西刺義
勇爲民患及內侍任守忠姦蠹乞斬以謝天下守忠
竟以譴死又論濮安懿王當準先朝封贈期親尊屬
故事天下義之事 神宗皇帝爲翰林學士御史中
丞西戎部將嵬名山欲以橫山之衆降公極論其不
可納後必爲邊患已而果然勸帝不受尊號遂爲萬
世法及王安石爲相始行青苗助役農田水利謂之
新法公首言其害以身爭之當時士大夫不附安石
言新法不便者皆倚公爲重帝以公爲樞密副使公
以言不行不受命乃以爲端明殿學士出知永興軍
遂以留司御史臺及提舉崇福宮退居於洛十有五
年及上卽位太皇太后攝政起公爲門下侍郎遷正

議大夫遂稱左僕射公首更詔書以開言路分別邪正進退其甚者十餘人旋罷保甲保馬市易及諸道新行鹽鐵茶法最後遂罷助役青苗方議取士擇守令監司以養民期於富而教之凛凛嚮至治矣而公臥病以元祐元年九月丙辰朔薨于位享年六十八

太皇太后聞之慟上亦感涕不已時方祀明堂禮成不賀二聖皆臨其喪哭之哀甚輟視朝贈太師溫國公襚以一品禮服諡曰文正官其親屬十人公娶張氏禮部尚書存之女封清河郡君先公卒追封溫國夫人子三人童唐皆早亡康今爲祕書省校書郎孫二人植桓皆承奉郎以元祐二年正月辛酉葬于陝之夏縣涑水南原之晁村上以御篆表其墓道曰忠清粹德之碑而其文以命臣軾臣蓋嘗爲公行狀而端明殿學士范鎮取以志其墓矣故其詳不復再見而獨論其大槪議者徒見 上與太皇太后進公之速用公之盡而不知 神宗皇帝知公之深也自士庶人至于卿大夫相與爲賓師朋友道足以相信而權不足以相休戚然猶同己則親之異己則疏之未有聞過而喜受誨而不怒者也而況於君臣之間乎方熙寧中朝廷政事與公所言無一不相違者書

數十上皆盡言不諱蓋自敵以下所不能堪而　先
帝安受之非特不怒而已乃欲以爲左右輔弼之臣
至爲敍其所箸書讀之於邇英閣不深知公而能如
是乎二聖之知公也知之於既同而　先帝之知公
也知之於方異故臣以先帝爲難昔齊神武皇帝寢
疾告其子世宗曰侯景專制河南十四年矣諸將皆
莫能敵惟慕容紹宗可以制之我故不貴留以遺汝
而唐太宗亦謂高宗汝於李勣無恩我今責出之汝
當授以僕射乃出勣爲疊州都督夫齊神武唐太宗
雖未足以比隆　先帝而紹宗與勣亦非公之流然
古之人君所以爲其子孫長計遠慮者類皆如此寧
其身不受知人之名而使其子專享得賢之利　先
帝知公如此而卒不盡用安知其意不出於此乎臣
既書其事乃拜手稽首而作詩曰
於皇上帝子惠我民孰堪顧天惟聖與仁聖子受命
如堯之初神母詔之匪亟匪徐聖神無心孰左右之
民自擇相我與授之其相惟何太師温公公來自西
一馬二童萬人環之如渴赴泉孰不見公莫如我先
二聖忘己惟公是式公亦無我惟民是度民曰樂哉
既相司馬爾賈于途我耕于野士曰時哉既用君實

我後子先時不可失公如麟鳳不鷙不搏羽毛畢朝
雄狡率服爲政一年疾病半之功則多矣百年之思
知公于異識公于微匪公之思神考是懷天子萬年
四夷來同薦于清廟神考之功

墓誌四首

范景仁墓誌銘一首

熙寧元豐間士大夫論天下賢者必曰君實景仁其道德風流足以師表當世其議論可否足以榮辱天下二公蓋相得歡甚皆自以爲莫及曰吾與子生同志死當同傳而天下之人亦無敢優劣之者二公既約史相爲傳而後死者則誌其墓故君實爲景仁傳其略曰呂獻可之先見景仁之勇決皆予所不及也軾幸得游二公間知其平生爲詳蓋其用捨大節皆不謀而同如　仁宗時論立皇嗣　英宗時論濮安懿王稱號　神宗時論新法其言若出一人相先後如左右手故君實常謂人曰吾與景仁兄弟也但姓不同耳然至於論鐘律則反復相非終身不能相一君子是以知二公非苟同者君實之沒軾既狀其行事以授景仁景仁誌其墓而軾表其墓道今景仁之墓其子孫皆以爲君實既沒非子誰當誌之且吾先

君子之益友也其可以辭公姓范氏諱鎮字景仁其
先自長安徙蜀六世祖隆始葬成都之華陽曾祖諱
昌祐妣索氏祖諱璲妣張氏累世皆不仕考諱度贈
開府儀同三司妣李氏贈榮國太夫人龐氏贈昌國
太夫人開府以文藝節行爲蜀守張詠所知有子三
人長曰鎡終隴城令次曰鍇終衛尉寺丞公其季也
四歲而孤從二兄爲學薛奎守蜀道遇鎡求士可客
者鎡以公對公時年十八奎與語奇之曰大范恐不
壽其季廊廟人也還朝與公俱或問奎入蜀所得曰
得一偉人當以文學名於世時故相宋庠與弟祁名
重一時見公稱之祁與爲布衣交由是名動場屋舉
進士爲禮部第一故事殿廷唱第過三人則禮部第
一人者必越次抗聲自陳因擢置上第公不肯自言
至第七十九人乃出拜退就列無一言廷中皆異之
釋褐爲新安主簿宋綬留守西京召置國子監使教
諸生秩滿又薦諸朝爲東監直講用參知政事王舉
正薦召試學士院除館閣校勘充編修唐書官當遷
校理宰相龐籍言公有異材恬於進取特除直祕閣
爲開封推官擢起居舍人知諫院兼管句國子監上
疏論民力困弊請約祖宗以來官吏兵數酌取其中

爲定制以今賦入之數十七爲經費而儲其三以備
水旱非常又言古者冢宰制國用唐以宰相兼鹽鐵
轉運或判戸部度支今中書主民樞密主兵三司主
財各不相知故財已匱而樞密益兵無窮民已困而
三司取財不已請使中書樞密通知兵民財利大計
與三司同制國用葬温成皇后太常議禮前謂之園
後謂之園陵宰相劉沆前爲監護使後爲園陵使公
言嘗聞法吏舞法矣未聞禮官舞禮也請詰問前後
議異同狀又請罷焚瘞錦繡珠玉以紓國用從之時
有敕凡內降不如律令者令中書樞密院及所屬執
奏未及一月而內臣無故改官者一日至五六人公
乞正大臣破詔故違不執奏之罪石全斌以護温成
葬除觀察使凡治葬事者皆遷兩官公言章獻章懿
章惠三太后之葬推恩皆無此比乞追還全斌等告
敕文彥博富弼入相百官郊迎時兩制不得詣宰相
居第百官不得間見公言隆之以虛禮不若開之以
至誠乞罷郊迎而除謁禁以通天下之情議減任子
及每歲取士皆公發之又乞令宗室屬疎者補外官
仁宗曰卿言是也顧恐天下謂朕不能睦族耳公
曰陛下甄別其賢者顯用之不沒其能乃所以睦族

也雖不行至熙寧初卒如公言　仁宗性寬容言事者務訐以爲名或誣人陰私公獨引大體略細故時陳執中爲相公嘗論其無學術非宰相器及執中嬖妾笞殺婢御史劾奏欲逐去之公言今陰陽不和財匱民困盜賊滋熾獄犴充斥執中當任其咎閨門之私非所以責宰相識者韙之　仁宗即位三十五年未有繼嗣嘉祐初得疾中外危恐不知所爲公獨奮曰天下事尚有大於此者乎即上疏曰　太祖捨其子而立　太宗此天下之大公也周王既薨　真宗取宗室子養之宮中此天下之大慮也願陛下以太祖之心行　真宗故事擇宗室賢者異其禮物而試之政事以系天下心章累上不報因闔門請罪會有星變其占爲急兵公言國本未立若變起倉卒禍不可以前料兵孰急於此者乎今陛下得臣疏不以留中而付中書是欲使大臣奉行也臣兩至中書大臣皆設辭以拒臣是陛下欲爲宗廟社稷計而大臣不欲也臣竊原其意特恐行之而陛下中變耳中變之禍不過於死而國本不立萬一有如天象所告急兵之憂則其禍豈獨一死而已哉夫中變之禍死而無愧急兵之憂死且有罪願以此示大臣使自擇而

審處焉聞者爲之股栗除兼侍御史知雜事公以言不從固辭不受執政謂公上之不豫大臣嘗建此策矣今問言已入爲之甚難公復移書執政曰事當論其是非不當問其難易速則濟緩則不及此聖賢所以貴機會也諸公言今日難於前日安知他日不難於今日乎凡見上面陳者三公泣上亦泣曰朕知卿忠卿言是也當更俟三二年凡章十九上待罪百餘日須髮爲白朝廷不能奪乃罷知諫院改集賢殿修撰判流內銓修起居注除知制誥公雖罷言職而無歲不言儲嗣事以 仁宗春秋益高每因事及之冀以感動上心及爲知制誥正謝上殿面論之曰陛下許臣今復三年矣願早定大計明年又因祫享獻賦以諷其後韓琦卒定策立 英宗遷翰林學士充史館修撰改右諫議大夫 英宗卽位遷給事中充仁宗山陵禮儀使坐誤遷宰臣官改翰林侍讀學士復爲翰林學士中書奏請追尊濮安懿王下兩制議以爲宜稱皇伯高官大國極其尊榮非執政意更下尚書省集議已而臺諫爭言其不可乃下詔罷議令禮官檢詳典禮以聞公時判太常寺率禮官上言漢宣帝於昭帝爲孫光武於平帝爲祖則其父容可以

稱皇考然議者猶非之謂其以小宗而合大宗之統也今陛下既考　仁宗又考濮安懿王則其失非特漢宣光武之比矣凡稱帝若皇若皇考立寢廟論昭穆皆非是於是具列儀禮及漢儒論議魏明帝詔爲五篇奏之以翰林侍讀學士出知陳州陳饑公至三日發庫廩三萬貫石以貸不及奏監司繩之急公上書自劾詔原之是歲大熟所貸悉還陳人至今思之

神宗卽位遷禮部侍郎召還復爲翰林學士兼侍讀羣牧使句當三班院知通進銀臺司公言故事門下封駁制敕省審章奏糾舉違滯著於所授敕其後刊去故職寖廢請復之使知所守從之糾察在京刑獄王安石爲政始變更法令改常平爲青苗法公上疏曰常平之法始於漢之盛時視穀貴賤發斂以便農末最爲近古不可改而青苗行於唐之衰亂不足法且陛下疾富民之多取而少取之此正百步與五十步之間耳今有二人坐市貿易一人下其直以相傾奪則人皆知惡之其可以朝廷而行市道之所惡乎疏三上不報邇英閣進讀與呂惠卿爭論上前因論舊法預買紬絹亦青苗之比公曰預買亦敝法也若陛下躬節儉府庫有餘當幷預買去之奈何更以

爲比干韓琦上疏極論新法之害安石使送條例司疏駁之諫官李常乞罷青苗錢安石令常分析公皆封還其詔詔五下公執如初司馬光除樞密副使光以所言不行不敢就職詔許詞免公再封還之上知公不可奪以詔直付光不由門下公奏由臣不才使陛下廢法有司失職乞解銀臺司許之會有詔舉諫官公以軾應詔而御史知雜謝景溫彈奏軾罪公又舉孔文仲爲賢良文仲對策極論新法之害安石怒罷文仲歸故官公上疏爭之不報時年六十三即上言臣言不行無顏復立於朝請致仕疏五上最後指言安石以喜怒賞罰事曰陛下有納諫之資大臣進拒諫之計陛下有愛民之性大臣用殘民之術安石大怒自草制極口詆公落翰林學士以本官致仕聞者皆爲公懼公上表謝其略曰雖曰乞身而去敢忘憂國之心又曰望陛下集羣議爲耳目以除壅蔽之姦任老成爲腹心以養和平之福天下聞而壯之安石雖詆之深人更以爲榮焉公既退居專以讀書賦詩自娛客至輒置酒盡歡或勸公稱疾杜門公曰死生禍福天也吾其如天何同天節乞隨班上壽許之遂著爲令久之歸蜀與親舊樂飲賑施其貧者期年

而後還軾得罪下御史臺獄索公與軾往來書疏文字甚急公猶上書救軾不已朝廷有大事輒言之官制行改正議大夫今上卽位遷光祿大夫初英宗卽位祔仁宗主而遷僖祖及神宗卽位復還僖祖而遷順祖公上言太祖起宋州有天下與漢高祖同僖祖不當復還乞下百官議不報及上卽位公又言乞遷僖祖正太祖東嚮之位時年幾八十矣韓維上言公在仁宗朝首開建儲之議其後大臣繼有論奏先帝追錄其言存沒皆推恩而鎮未嘗以語人人亦莫爲言者雖顏子不伐善介之推不言祿不能過也悉以公十九疏上之拜端明殿學士特詔長子清平縣令百揆改宣德郎且起公兼侍讀提舉中太一宮詔語有曰西伯善養二老來歸漢室卑詞四臣入侍爲我强起無或憚勤公固詞不起天下益高之改提舉嵩山崇福宮公仲兄之孫祖禹爲著作郎謁告省公于許因復賜詔及龍茶一合存問甚厚數月復告老進銀青光祿大夫再致仕初仁宗命李照改定大樂下王朴樂三律皇祐中又使胡瑗等考正公與司馬光皆與公上疏論律尺之法又與光往復論難凡數萬言自以爲獨得於心元豐

三年　神宗詔公與劉几定樂公曰定樂當先正律上曰然雖有師曠之聰不以六律不能正五音公作律尺龠合升斗豆區鬴斛欲圖上之又乞訪求眞黍以定黃鍾而劉几卽用李照樂加用四清聲而奏樂成詔罷局賜賚有加公謝曰此劉几樂也臣何與焉及提舉崇福宮欲造樂獻之自以爲嫌乃先請致仕旣得謝請太府銅爲之逾年乃成比李照樂下一律有奇二聖御延和殿召執政同觀賜詔嘉獎以樂下太常詔三省侍從臺閣之臣皆往觀焉時公已屬疾樂奏三日而薨實元祐三年閏十二月癸卯朔享年八十一訃聞輟視朝一日贈右金紫光祿大夫諡曰忠文公雖以上壽貴顯考終於家無所憾者而士大夫惜其以道德事明主閱三世皆以剛方難合故雖用而不盡及上卽位求人如不及厚禮以起公而公已老無意於世矣故聞其喪哭之皆哀公清明坦夷表裏洞達遇人以誠恭儉愼默口不言人過及臨大節決大議色和而語壯常欲繼之以死雖在萬乘前無所屈篤於行義奏補先族人而後子孫鄉人有不克婚葬者輒爲主之客其家者常十餘人雖僦居陋巷席地而坐飮食必均兄鎡卒于隴城無子聞其有

遺腹子在外公時未仕徒步求之兩蜀間二年乃得
之曰吾兄異於人體有四乳是兒亦必然已而果然
名之曰百常以公蔭今爲承議郎公少受學於鄉先
生龐直溫直溫之子昉卒於京師公娶其女爲孫婦
養其妻子終身其學本於六經仁義口不道佛老申
韓異端之說其文清麗簡遠學者以爲師法凡二入
翰林知嘉祐二年六年八年及治平二年貢舉門生
滿天下貴顯者不可勝數詔修唐書　仁宗實錄玉
牒日曆類篇凡朝廷有大述作大議論未嘗不與契
丹高麗皆知誦公文賦少時嘗賦長嘯却胡騎及奉
使契丹虜相目曰此長嘯公也其後兄子百祿亦使
虜虜首問公安否有文集一百卷諫垣集十卷內制
集三十卷外制集十卷正言三卷樂書三卷國朝韻
對三卷國朝事始一卷東齋記事十卷刀筆八卷積
勳柱國累封蜀郡開國公食邑加至二千六百戶實
封五百戶娶張氏追封清河郡君再娶李氏封長安
郡君子男五人長曰燕孫未名而卒次百揆宣德郎
監中岳廟次百嘉承務郎先公一年卒次百歲太康
主簿先公六年卒次百慮承務郎女一人嘗適左司
諫吳安詩復歸以卒孫男十人祖直襄州司戶參軍

祖朴長社主簿祖野祖平假承務郎祖封右承奉郎祖耕承務郎祖淳祖舒祖京祖恩孫女六人曾孫女三人公晚家于許許人愛而敬之其薨也里人皆出涕以元祐四年八月己未葬于汝之襄城縣汝安鄉推賢里夫人李氏祔公始以詩賦爲名進士及爲館閣侍從以文學稱雖屢諫爭及論儲嗣事朝廷信其忠然事頗祕世亦未盡知也其後議濮安懿王稱號守禮不回而名益重及論熙寧新法與王安石呂惠卿辨論至廢黜不用然後天下翕然師尊之無貴賤賢愚謂之景仁而不敢名有爲不義必畏公知之公旣得謝軾往賀之曰公雖退而名益重矣公愀然不樂曰君子言聽計從消患於未萌使天下陰受其賜無智名無勇功吾獨不得爲此命也夫使天下受其害而吾享其名吾何心哉軾以是愧公銘曰凡物之生莫累於名人顧趨之以累爲榮神人無名欲知者希人顧憂之以希爲悲熙寧以來孰擅茲器嗟嗟先生名所不置君實在洛公在潁昌皆欲忘民民不汝忘君實既來遁歸于洛勢而維之莫之勝脫爲天相君爲君牧民道遠年徂卒徇以身公獨堅臥三詔不起遂解天刑竟以樂死世皆謂公貴身賤名孰知其

功聖人之清貪夫以廉懦夫以立不尸其功無喪無得君實之用出而時施如彼水火寧除渴飢公雖不用亦相其行如彼山川出雲相望公維蜀人乃葬于汝子孫不忘尚告來者

亡妻王氏墓誌銘一首

治平二年五月丁亥趙郡蘇軾之妻王氏卒於京師六月甲午殯于京城之西其明年六月壬午葬於眉之東北彭山縣安鎮鄉可龍里先君先夫人墓之西北八步軾銘其墓曰君諱弗眉之青神人鄉貢進士方之女生十有六年而歸于軾有子邁君之未嫁事父母既嫁事吾先君先夫人皆以謹肅聞其始未嘗自言其知書也見軾讀書則終日不去亦不知其能通也其後軾有所忘君輒能記之問其他書則皆略知之由是始知其敏而靜也從軾官于鳳翔軾有所爲於外君未嘗不問知其詳曰子去親遠不可以不慎日以先君之所以戒軾者相語也軾與客言於外君立屛間聽之退必反覆其言曰某人也言輒持兩端惟子意之所鄉子何用與是人言有來求與軾親厚甚者君曰恐不能久其與人銳其去人必速已而果然將死之歲其言多可聽類有識者其死也蓋年

二十有七而已始死先君命軾曰婦從汝于艱難不可忘也他日汝必葬諸其姑之側未期年而先君沒軾謹以遺令葬之銘曰

君得從先夫人于九原余不能嗚呼哀哉余永無所依怙君雖沒其有與爲婦何傷乎嗚呼哀哉

乳母任氏墓誌銘一首

趙郡蘇軾子瞻之乳母任氏名採蓮眉之眉山人父遂母李氏事先夫人三十有五年工巧勤儉至老不衰乳亡姊八娘與軾養視軾之子邁迨過皆有恩勞從軾官于杭密徐湖謫于黃元豐三年八月壬寅卒于黃之臨皐亭享年七十有二十月壬午葬于黃之東阜黃岡縣之北銘曰

生有以養之不必其子也死有以葬之不必其里也我祭其從與享之其魂氣無不之也

保母楊氏墓誌銘一首

先夫人之妾楊氏名金蟬眉山人年三十始隸蘇氏頽然順善也爲弟轍子由保母年六十八熙寧十年六月己丑卒於徐州屬纊不亂子由官於宋載其柩殯於開元寺後八年軾自黃遷汝過宋葬之於宋東南三里廣壽院之西實元豐八年二月壬午也銘曰

百世之後陵谷易位知其爲蘇子之保母尚勿毀也

東坡集卷第三十九

東坡集卷第四十

釋教二十三首

光道人真贊一首
淨因淨照臻老真贊一首
書楞伽經後一首
書黄魯直李氏傳後一首
書正信和尚塔銘後一首

勝相院經藏記一首

元豐三年歲在庚申有大比丘惟簡號曰寶月修行如幻三摩鉢提在蜀成都大聖慈寺故中和院賜名勝相以無量寶黄金丹砂琉璃真珠旃檀衆香莊嚴佛語及菩薩語作大寶藏湧起于海有大天龍背負而出及諸小龍糾結環繞諸化菩薩及護法神鎮守其門天魔鬼神各執其物以禦不祥是諸衆寶及諸佛子光色聲香自相磨激璀璨芳郁玲瓏宛轉生出諸相變化無窮不假言語自然顯見苦空無我無量妙義凡見聞者隨其根性各有所得如衆飢人入於太倉雖未得食已有飽意又如病人遊於藥市聞衆藥香病自衰減更能取米作無礙飯恣食取飽自然不飢又能取藥以療衆病衆病有盡而藥無窮須臾之間無病可療以是因緣度無量衆時見聞者皆爭捨施富者出財壯者出力巧者出技皆舍所愛及諸

結習而作佛事求脫煩惱濁惡苦海有一居士其先蜀人與是比丘有大因緣去國流浪在江淮間聞是比丘作是佛事卽欲隨衆舍所愛習周視其身及其室廬求可捨者了無一物如焦穀芽如石女兒乃至無有毫髮可捨私自念言我今惟有無始已來結習口業妄言綺語論說古今是非成敗以是業故所出言語猶如鍾磬黼黻文章悅可耳目如人善博日勝日負自云是巧不知是業今捨此業作寶藏偈願我今者作是偈已盡未來世永斷諸業客塵妄想及諸理障一切世間無取無舍無憎無愛無可無不可時此居士稽首西望而說偈言

我遊衆寶山　見山不見寶　巖谷及草木　虎豹諸龍蛇
雖知寶所在　欲取不可得　復有求寶者　自言已得寶
見寶不見山　亦未得寶故　譬如夢中人　未嘗知是夢
既知是夢已　所夢卽變滅　見我不見夢　因以我爲覺
不知眞覺者　覺夢兩無有　我觀大寶藏　如以蜜說甜
衆生未諭故　復以甜說蜜　甜蜜更相說　千劫無窮盡
自蜜及甘蔗　查梨與橘柚　說甜而得酸　以及鹹辛苦
忽然反自味　舌根有甜相　我爾默自知　不煩更相說
我今說此偈　於道亦云遠　如眼根自見　是眼非我有

當有無耳人聽此非舌言於一彈指頃洗我千劫罪

大悲閣記一首

大悲者觀世音之變也觀世音由聞而覺始於聞而能無所聞始於無所聞而能無所不聞能無所聞雖無身可也能無所不聞雖千萬億身可也而況於手與目乎雖然非無身無以舉千萬億身之衆非千萬億身無以示無身之至故散而爲千萬億身聚而爲八萬四千毋陀羅臂八萬四千清淨寶目其道一爾昔吾嘗觀於此吾頭髮不可勝數而身毛孔亦不可勝數牽一髮而頭爲之動拔一毛而身爲之變然則髮皆吾頭而毛孔皆吾身也彼皆吾頭而不能爲頭之用彼皆吾身而不能具身之智則物有以亂之矣吾將使世人左手運斤而右手執削目數飛鴈而耳節鳴鼓首肯旁人而足識梯級雖有智者有所不暇矣而況千手異執而千目各視乎及吾燕坐寂然心念凝默湛然如大明鏡人鬼鳥獸雜陳乎吾前色聲香味交遘乎吾體心雖不起而物無不接接必有道即千手之出千目之運雖未可得見而理則具矣彼佛菩薩亦然雖一身不成二佛而一佛能遍河沙諸國非有它也觸而不亂至而能應理有必至而何獨

疑於大悲乎成都西南大都會也佛事最勝而大悲之像未睹其傑有法師敏行者能讀內外教博通其義欲以如幻三昧爲一方首乃以大旃檀作菩薩像端嚴妙麗具慈愍性手臂錯出開合捧執指彈摩拊千態具備手各有目無妄舉者復作大閣以覆菩薩雄偉壯峙工與像稱都人作禮因敬生悟余游於四方二十餘年矣雖未得歸而想見其處敏行使其徒法震乞文爲道其所以然者且頌之曰

吾觀世間人兩目兩手臂物至不能應狂惑失所措其有欲應者顚倒作思慮思慮非眞實無異無手目菩薩千手目與一手目同物至心亦至曾不作思慮隨其所當應無不得其當引弓挾白羽劍盾諸械器經卷及香華盂水靑楊枝珊瑚大寶炬白拂朱藤杖所遇無不執所執無有疑緣何得無疑以我無心故若猶有心者千手當千心一人而千心內自相攫攘何暇能應物千手無一心手手得其處稽首大悲尊願度一切衆皆證無心法皆具千手目

眞相院釋迦舍利塔銘一首并敘

洞庭之南有阿育王塔分葬釋迦如來舍利嘗有作大施會出而浴之者緇素傳捧涕泣作禮有比丘竊

取其三色如含桃大如薏苡將實之他方爲衆生福田久而不能以授白衣方子明元豐三年軾之弟轍謫官高安子明以畀之七年軾自齊安恩徙臨汝過而見之八年移守文登召爲尚書禮部郎過濟南長清眞相院僧法泰方爲塼塔十有三成峻峙蟠固人天鬼神所共瞻仰而未有以葬軾默念曰予弟所寶釋迦舍利意將止於此耶昔予先君文安主簿贈中大夫諱洵先夫人武昌太君程氏皆性仁行廉崇信三寶捐館之日追述遺意捨所愛作佛事雖力有所止而志則無盡自頃憂患廢而不舉將二十年矣復廣前事庶幾在此泰聞踊躍明年來請於京師探篋中得金一兩銀六兩使歸求之衆人以具棺槨銘曰如來法身無有邊化爲丈六示人天偉哉有形斯有年紫金光聚飛爲煙惟有堅固百億千輪王阿育願力堅役使空界鬼與仙分置衆刹奠山川棺槨十襲閟精圜神光晝夜發層巔誰其取此智且權佛身普現衆目前昏者坐受遠近遷冥行黑月墮坎泉分身來化會有緣流轉至此誰使然并包齊魯窮海壖憒悍柔淑冥愚賢願持此福達我先生生世世離垢纏

大別方丈銘一首

閉目而視視目之所見冥冥蒙蒙掩耳而聽耳之所聞
隱隱隆隆耳目雖廢見聞不斷以搖其中孰能開目
而未嘗視如鑑寫容孰能傾耳而未嘗聽如穴受風
不視而見不聽而聞根在塵空湛然虛明遍照十方
地獄天宮蹈冒水火出入金石無往不通我觀大別
三門之外大江方東東西萬里千溪百谷爲江所同
我觀大別方丈之內一燈常紅門閉不開光出於隙
曄如長虹問何爲然笑而不答寄之盲聾但見厖然
秀眉月面純漆點瞳我作銘詩相其木魚與其鼓鐘

法雲寺鐘銘一首幷敘

元豐七年十月有詔大長老圓通禪師法秀住法雲
寺寺成而未有鐘大檀越駙馬都尉武勝軍節度觀
察留後張敦禮與冀國大長公主唱之從而和者若
干人元祐元年四月鐘成萬斤東坡居士蘇軾爲之
銘曰
有鐘誰爲撞有撞誰撞之三合而後鳴聞所聞爲五
闕一不可得汝則安能聞汝聞竟安在耳視目可聽
當知所聞者鳴寂寂時鳴大圓空中師獨處高廣座
臥士無所著人引非引人二俱無所說而說無說法
法法雖無盡問則應曰三汝應如是聞不應如是聽

邵伯埭鐘銘一首并敘

邵伯埭之東寺僧子康募千人爲千斤銅鐘蜀人蘇軾爲之銘曰

無量智慧火燒此無明銅戒定以爲模鑄成無漏鐘以汝平等手執彼慈悲撞聲從無有出遍滿無邊空

淡軒銘一首

以船撑船船不行以鼓打鼓鼓不鳴子欲察味而辨色何不坐於淡軒之上出淡語以問淡叟則味自味而色自形吾然後知淡叟之不淡蓋將盡口眼之變而起無窮之爭其自謂叢林之一害豈虛名也哉

石恪畫維摩頌一首

我觀衆工工一師人持一藥療一病風勞欲寒氣欲暖肺肝胃腎更相克挾方儲藥如丘山卒無一藥堪施用有大醫王拊掌笑謝遣衆王病隨愈問大醫王以何藥還是衆工所用者我觀三十二菩薩各以意談不二門而維摩詰默無語三十二義一時墮我觀此義亦不墮維摩初不離是說譬如油蠟作燈燭不以火點終不明忽見默然無語處三十二說皆光焰佛子若讀維摩經當作是念爲正念我觀維摩方丈室能受九百萬菩薩三萬二千師子坐皆悉容受不

迨迮又能分布一鉢飯饜飽十方無量衆斷取妙喜佛世界如持鍼鋒一棗葉云是菩薩不思議住大解脫神通力我觀石子一處士麻鞋破帽露兩肘能使筆端出維摩神力又過維摩詰若云此畫無實相毗耶城中亦非實佛子若見維摩像應作此觀爲正觀

阿彌陀佛頌一首幷敘

錢塘圓照律師普勸道俗歸命西方極樂世界阿彌陀佛眉山蘇軾敬捨亡母蜀郡太君程氏遺留簪珥命工胡錫采畫佛像以薦父母冥福謹再拜稽首而獻頌曰

佛以大圓覺充滿河沙界我以顛倒想出沒生死中云何以一念得往生淨土我造無始業本從一念生既從一念生還從一念滅生滅滅盡處則我與佛同如投水海中如風中鼓橐雖有大聖智亦不能分別願我先父母與一切衆生在處爲西方所遇皆極樂人人無量壽無往亦無來

魚枕冠頌一首

瑩淨魚枕冠細觀初何物形氣偶相值忽然而爲魚不幸遭網罟剖魚而得枕方其得枕時是枕非復魚湯火就模範巉然冠五岳方其爲冠時是冠非復枕

成壞無窮已究竟亦非冠假使未變壞送與無髮人
簪導無所施是名爲何物我觀此幻身已作露電觀
而況身外物露電亦無有佛子慈閔故願受我此冠
若見冠非冠卽知我非我五濁煩惱中清浮常歡喜

送壽聖聰長老偈一首并敘

佛說作止任滅是謂四病如我所說亦是諸佛四妙法門我今亦作亦止亦任亦滅滅則無作作則無止止則無任任則無滅是四法門更相掃除火出木盡灰飛煙滅如佛所說不作不止不任不滅是則滅病否卽任病如我所說亦作亦止亦任亦滅是則作病否卽止病我與佛說既同是法亦同是病昔維摩詰默然無語以對文殊而舍利弗亦復默然以對天女此二人者有何差別我以是知苟非其人道不虛行時長老聰師自筠來黃復歸於筠東坡居士爲說偈言

珍重壽聖師聽我送行偈願閔諸有情不斷一切法
人言眼睛上一物不可住我謂如虛空何物住不得
我亦非然我而不然彼義然則兩皆然否則無然者

朱壽昌梁武懺贊偈一首

我觀世間諸得道者多因苦惱苦惱之極無所告訴

則呼父母父母不聞仰而呼天天不能救則當歸命於佛世尊佛以大悲方便開示令知諸苦以愛爲本得愛則喜犯愛則怒失愛則悲傷愛則懼而此愛根何所從生展轉觀察愛盡苦滅得安樂處諸佛亦言愛別離苦父母離別其苦無量於離別中生離最苦有大長者曰朱壽昌生及七歲而母捨去長大懷思涕泣追求刺血寫經禮佛懺悔四十餘年乃見其母念報佛恩欲度衆苦觀諸教門切近周至莫如梁武所說懺悔文既繁重旨亦淵祕一切衆生有不能了乃以韻語諧諸音律使一切人歌詠讚歎獲福無量時有居士蜀人蘇軾見聞隨喜而說偈曰

長者失母常自念言母本生我我生母去有我無母不如無我誓以此身出生入死母若不見我亦隨盡在衆人中猶如狂人終日皇皇四十餘年乃見其母我初不記母之長短大小肥瘠云何一見便知是母母子天性自然冥契如磁石鍼不謀而合我未見母不求何獲既見母已卽無所求諸佛子等歌詠懺文既懺罪已當求佛道如我所說作求母觀

玉石偈一首

嘻嘻呀呀三伏中草木生煙地生火遺君玉石百有

八願君置之白石盆注以碧蘆井中泉遣君肝肺涼如水熱惱既除心自定當觀熱相無去來寒至折膠熱流金是我法身一呼吸寒人者氷熱者火氷火初不自寒熱一切世間我四大畢竟誰受寒熱者願以法水浸摩尼當觀此石如瓦礫

地獄變相偈一首

我聞吳道子初作酆都變都人懼罪業兩月罷屠宰此畫無實相筆墨假合成譬如說食飽何從生怖汗乃知法界性一切惟心造若人了此言地獄自破碎

磨衲贊一首并敘

長老佛印大師了元遊京師 天子聞其名以高麗所貢磨衲賜之客有見而歎曰嗚呼善哉未曾有也嘗試與子攝其齋衽循其鉤絡舉而振之則東盡嵎夷西及昧谷南放交趾北屬幽都紛然在吾箴孔綫蹊之中矣佛印听然而笑曰甚矣子言之陋也吾以法眼視之一箴孔有無量世界滿中衆生所有毛竅所衣之衣箴孔綫蹊悉爲世界如是展轉經八十反吾佛光明之所照與吾君聖德之所被如以大海注一毛竅如以大地塞一箴孔曾何嵎夷昧谷交趾幽都之足云乎當知此衲非大非小非短非長非重

非輕非薄非厚非色非空一切世間折膠墮指此衲不寒爍石流金此衲不熱五濁流浪此衲不垢劫火洞然此衲不壞云何以有思惟心生下劣想於是蜀人蘇軾聞而贊之曰匣而藏之見衲而不見師衣而不匣見師而不見衲惟師與衲非一非兩眇而視之蟣蝨龍象

小篆般若心經贊一首

草隸用世今千載少而習之手所安如舌於言無揀擇終日應對惟所問忽然使作大小篆如正行走值牆壁縱復學之能粗通操筆欲下仰尋索譬如鸚鵡學人語所習則能否則默心存形聲與點畫何暇復求字外意世人初不離世間而欲學出世間法舉足動念皆塵垢而以俄頃作禪律禪律若可以作得所不作處安得禪善哉李子小篆字其間無篆亦無隸心忘其手手忘筆筆自落紙非我使正使忽忽不少暇倏忽千百初無難稽首般若多心經請觀何處非般若

金山長老寶覺師真贊一首

望之儼然卽之也溫是惟寶覺大士之像因是識師是則非師因師識道道亦如是

資福白長老眞贊一首

是是是是資福白老了身如空我如爾無一事長歡喜東坡有老居士見此眞欲擬議未開口落第二有一語略相似門如市心如水

光道人眞贊一首字晏然

海口山顴犀顱鸖肩定眼水止秀眉月弦自一而兩至百億千卽妄而眞是眞晏然

淨因淨照臻老眞贊一首

淨故能照爲照故淨亦如是身孰知其正四大是假此反爲眞從古聖賢所莫能分視彼如此凡賊皆子喜甲怒乙雖子猶賊人方自我物固相物是故東坡卽此爲實

書楞伽經後一首

楞伽阿跋多羅寶經先佛所說微妙第一眞實了義故謂之佛語心品祖師達磨以付二祖曰吾觀震旦所有經教惟楞伽四卷可以印心祖祖相受以爲心法如醫之有難經句句皆理字字皆法後世達者神而明之如槃走珠如珠走槃無不可者若出新意而棄舊學以爲無用非愚無知則狂而已近歲學者各宗其師務從簡便得一句一偈自謂了證至使婦人

孺子抵掌嬉笑爭談禪悅高者爲名下者爲利餘波末流無所不至而佛法微矣譬如俚俗醫師不由經論直授方藥以之療病非不或中至於遇病輒應懸斷死生則與知經學古者不可同日語矣世人徒見其有一至之功或捷於古人因謂難經不學而可豈不誤哉楞伽義趣幽眇文字簡古讀者或不能句而況遺文以得義忘義以了心者乎此其所以寂寥於世幾廢而僅存也太子太保樂全先生張公安道以廣大心得清淨覺慶曆中嘗爲滁州至一僧舍偶見此經入手怳然如獲舊物開卷未終夙障冰解細視筆畫手迹宛然悲喜太息從是悟入常以經首四偈發明心要軾游於公之門三十年矣今年二月過南都見公於私第公時年七十九幻滅都盡惠光渾圓而軾亦老於憂患百念灰冷公以爲可教者乃授此經且以錢三十萬使印施於江淮間而金山長老佛印大師了元曰印施有盡若書而刻之則無盡軾乃爲書之而元使其侍者曉機走錢塘求善工刻之板遂以爲金山常住元豐八年九月日朝奉郎新差知登州軍州兼管內勸農事騎都尉借緋蘇軾書

書黃魯直李氏傳後一首

無所厭離何從出世無所欣慕何從入道欣慕之至亡子見父厭離之極燖雞出湯不極不至心地不淨如飯中沙與飯皆熟若不含糊與飯俱嚥即須吐出與沙俱棄善哉佛子作清淨飯淘米去沙終不能盡不如即用本所自種元無沙米此米無沙亦不受沙非不受也無受處故

書正信和尚塔銘後一首

太安楊氏世出名僧正信表公兄弟三人其一曰仁慶故眉僧正其一曰元俊故極樂院主今太安治平院也皆有高行而表公行解超然晚以靜覺三人皆與吾先大父職方公吾先君中大夫遊相善也熙寧初軾以服除將入朝表公適臥病入室告別霜髮寸餘目光瞭然骨盡出如畫須菩提像可畏也軾盤桓不忍去表曰行矣何處不相見軾曰公能不遠千里相從乎表笑曰佛言生正信家千里從公無不可者然吾蓋未也已而果無恙至六年乃寂是歲軾在錢塘夢表若告別者又十五年其徒法用以其所作偈頌及塔記相示乃書其末

東坡後集目錄

第一卷

詩六十四首

次韻督兩歐陽詩破陳酒戒
勸履常飲
臂痛謁告作三絕句
到潁公帑已竭齋廚索然
兩歐陽許唱和以此句挑之
贈月長老
次韻答錢穆父見寄　答王定國
送歐陽推官赴華州監酒
以病在告獨酌
有懷諸君子望夜月庭招之
歐陽季默以油煙墨見餉
明日復以大魚爲餽　和趙景貺栽檜
葉待制求先墳永慕亭詩
與趙陳同過歐陽叔弼小齋
聚星堂雪
叔弼誦淵明事歎其絕識
喜劉景文至
禱雨龍公既應次韻劉景文
戲書樂天身心問答後　西湖戲作一絕
送歐陽季默赴闕

第三卷

第四卷
詩七十首

第五卷

詩六十七首

第六卷

第七卷

第八卷

第十三卷

表狀劄子

疏文

第十四卷

啓

書

東坡後集目錄

東坡後集卷第一

詩六十四首

次韻劉景文西湖席上一首

二老長身屹兩峯常撞大呂應黃鍾將辭鄴下劉公幹却見雲間陸士龍白髮憐君略相似青山許我定相從吾今官已六百石慚愧當年邴曼容

次前韻答馬忠玉一首

坡陀巨麓起連峯積累當年慶自鍾靈運子孫俱得鳳慈明兄弟孰非龍河梁會作看雲別詩社何妨載酒從秪有西湖似西子故應宛轉爲君容

予去杭十六年而復來留二年而去平生自覺出處老少粗似樂天雖才名相遠而安分寡求亦庶幾焉三月六日來別南北山諸道人而下天竺惠淨師以醜石贈行作三絕句

當年衫鬢兩青青强說重臨慰別情衰髮秪今無可白故應相對話來生

出處依稀似樂天敢將衰朽較前賢便從洛社休官去猶有閑居二十年

在郡依前六百日山中不記幾回來還將天竺一峯

去欲把雲根到處栽

次韻答黃安中兼簡林子中

老去心灰不復然一麾江海意方堅那堪黃散付子度空羨杭蘇養樂天病肺一春難白酒別腸三夜澆朱絃羣仙政欲吾歸去共把清風借玉川

留別蹇道士拱辰

黑月在濁水何曾不清明寸田滿荊棘梨棗無從生何時反吾真歲月今崢嶸屢接方外士早知俗緣輕庚桑託雞鵠未肯化南榮晚識此道師似有宿世情笑指北山雲訶我不歸耕仙人漢陰馬微服方地行咫尺不往見煩子通姓名願持空手去獨控橫江鯨

次韻子由書王晉卿畫山水二首

老去君空見畫夢中我亦曾遊桃花縱落誰見水到人間伏流

山人昔與雲俱出俗駕今隨水不回賴我胸中有佳處一樽時對畫圖開

又書王晉卿畫四首

山陰陳迹

當年不識此清真強把先生擬季倫等是人間一陳迹聚蚊金谷本何人

雪谿乘興

谿山雪月兩佳哉賓主談鋒夜轉雷猶言不見戴安道爲問適從何處來

四明狂客

毫端偶集一微塵何處谿山非此身狂客思歸便歸去更求敕賜枉天真

西塞風雨

斜風細雨到來時我本無家何處歸仰看雲天真蒻笠旋收江海入蓑衣

破琴詩并引

舊說房琯開元中嘗宰盧氏與道士邢和璞出游過夏口村入廢佛寺坐古松下和璞使人鑿地得甕中所藏婁師德與永禪師書笑謂琯曰頗憶此耶琯因悵然悟前生之爲永師也故人柳子玉寶此畫云是唐本宋復古所臨者元祐六年三月十九日予自杭州還朝宿吳松江夢長老仲殊挾琴過予彈之有異聲就視琴頗損而有十三絃予方歎惜不已殊曰雖損尚可修曰柰十三絃何殊不答誦詩云度數形名本偶然破琴今有十三絃此生若遇邢和璞方信秦箏是響泉予夢中了然識其所謂既覺而志之明日

晝寢復夢殊來理前語再誦其詩方驚覺而殊適至意其非夢也問之殊蓋不知是歲六月見子玉之子子文京師求得其畫乃作詩幷書所夢其上子玉名瑾善作詩及行草書復古名迪畫山水草木蓋妙絕一時仲殊本書生棄家學佛通脫無所着皆奇士也

破琴雖未修中有琴意足誰云十三絃音節如佩玉新琴空高張絲聲不附木宛然七絃箏動與世好逐陋矣房次律因循墮流俗懸知董庭蘭不識無絃曲

題王晉卿畫後

醜石半蹲山下虎長松倒臥水中龍試君眼力看多少數到雲峯第幾重

聽武道士彈賀若

清風終日自開簾涼月今宵肯挂簷琴裏若能知賀若詩中定合愛陶潛

元祐六年六月自杭州召還汶公館我於東堂閱舊詩卷次諸公韻三首

半熟黃粱日未斜玉堂陰合手栽花却尋三十年前味未飯鍾聲已飯茶

夢覺還驚屧響廊故人來炷影前香鬢鬚白盡成何事一帖空存老遂良法帖中有褚遂良書云即日遂良鬚髮盡

白
尺一束來喚我歸衰年已迫故山期文章曹植今堪
笑卻卷波瀾入小詩

次韻子由書王晉卿畫山水一首而晉卿
和二首

誤點故教同子敬雜篇真欲擬湯休壠雲寄我山中
信雪月追君溪上舟會看飛僊虎頭篋卻來顛倒拾
遺裘子美詩云天吳與紫鳳顛倒在短褐 王孫辦作玄真子
細雨斜風不濕鷗
此境眼前聊妄想幾人林下是真休我今心似一潭
月君已身如萬斛舟看畫題詩雙鶴鬢歸田送老一
羊裘明年兼與士龍去萬頃蒼波沒兩鷗

感舊詩并引

嘉祐中予與子由同舉 制策寓居懷遠驛時年二
十六而子由二十三耳一日秋風起雨作中夜翛然
始有感槩離合之意自爾宦遊四方不相見者十常
七八每夏秋之交風雨作木落草衰輒悽然有此感
蓋三十年矣元豐中謫居黃岡而子由亦貶筠州嘗
作詩以記其事元祐六年予自杭州召還寓居子由
東府數月復出領汝陰時予年五十六矣乃作詩留

別子由而去
床頭枕馳道雙闕夜未央車轂鳴枕中客夢安得長
新秋入梧葉風雨驚洞房獨行殘月影悵焉感初涼
筮仕記懷遠謫居念黃岡一往三十年此懷未始忘
扣門呼阿同子由一字同叔安寢已太康青山映華髮
歸計三月粮我欲自汝陰徑上潼江章想見冰槃中
石蜜與柿霜予欲請東川而歸一物皆東川所出憐子遇
明主憂患已再嘗報國何時畢我心久已降

西湖秋涸東池魚窘甚因會客呼網師遷
之西池爲一笑之樂夜歸被酒不能寐戲
作放魚一首

東池浮萍半粘塊裂碧跳青出魚背西池秋水尚涵
空舞闌搖深吹荇帶吾僚有意爲遷居老守縱饞那
忍膾縱橫爭看銀刀出瀺灂初驚玉花碎但愁數罟
損鱗鬣未信長堤隔濤瀨濊濊發發須臾間圉圉洋
洋尋丈外安知中無蛟龍種尚恐或有風雲會明年
春水漲西湖好去相忘渺淮海

復次放魚前韻答趙承議陳教授

擾擾萬生同大塊搶榆不羨培風背青丘已吞雲夢
芥黃河復繞天門帶長譏韓子隘且陋一飽鯨魚何

足膽東坡也是可憐人披抉泥沙收細碎逝將歸修
八節灘又欲往釣七里瀨正似此魚逃網中未與造
物游數外且將新句調二子湖上秋高風月會爲君
更喚木腸兒腳扣兩舷歌小海

九月十五日觀月聽琴西湖一首示坐客

白露下衆草碧空卷微雲孤光爲誰來似爲我與君
水天浮四坐河漢落酒樽使我冰雪腸不受麴蘗醺
尚恨琴有絃出魚亂湖紋哀彈本舊曲妙耳非昔聞
良時失俯仰此見寧朝昏懸知一生中道眼無由渾

復次前韻謝趙景貺陳履常見和兼簡歐
叔弼兄弟

能詩李長吉識字楊子雲端能望此府坐歗獲兩君
逝將江湖去浮我五石樽眷焉復少留尚爲世所醺
或勸莫作詩兒輩工織紋朱絃寄三歎未害俗耳聞
共尋兩歐陽伐薪照黃昏是家有甘井汲多終不渾

送歐陽主簿赴官韋城四首

鳳雛驥子日相高白髮蒼顏笑我曹讀遍牙籤三萬
軸卻來小邑試牛刀

出處年來恨不齊一樽臨水記分攜江湖咫尺吾將
老汝潁東流子卻西

白馬津頭春水來白魚猶喜似江淮使君已復氷堂酒更勸重新畫舫齋

道傍垂白定沾巾正似當年綠髮新故國依然喬木在典刑復見老成人

泛頴一首

我性喜臨水得頴意甚奇到官十日來九日河之湄吏民笑相語使君老而癡使君實不癡流水有令姿遶郡十餘里不駛亦不遲上流直而清下流曲而漪畫船俯明鏡笑問汝爲誰忽然生鱗甲亂我須與眉散爲百東坡頃刻復在茲此豈水薄相與我相娛嬉聲色與臭味顛倒眩小兒等是兒戲物水中少磷淄趙陳兩歐陽同參天人師觀妙各有得共賦泛頴詩

六觀堂老人草書詩一首

物生有象象乃滋夢幻無根成斯須方其夢時了非無泡影一失俯仰殊清露未晞電已徂此滅滅盡乃真吾云如死灰實不枯逢場作戲三昧俱化身爲醫忘其軀草書非學聊自娛落筆已喚周越奴蒼鼠奮髯飲松腴剡藤玉板開雪膚遊龍天飛萬人呼莫作羞澁羊氏姝六觀取金剛經夢幻等六物也老人惜了性精於醫而善草書下筆有遠韻而人莫知貴故作此詩

次韻劉景文見寄一首

淮上東來雙鯉魚巧將詩信渡江湖細看落墨皆松瘦想見掀髯正鶴孤烈士家風安用此書生習氣未能無莫因老驥思千里醉後哀歌缺唾壺

次韻趙景貺督兩歐陽詩破陳酒戒一首

商也哀未散歲月忽已秋祥琴雖未調餘悲不敢留矧此乃韻語未入金石流義之生五之總角出銀鉤吾家有二許下筆兩不休君言不能詩此語人信不千鍾斯爲堯百榼斯爲丘陋矣陶士衡當以太白浮酒中那有失醉則不驚鷗明當罰二子已洗兩玉舟

叔弼云履常不飲故不作詩勸履常飲一首

我本畏酒人臨觴未常訴平生坐詩窮得句忍不吐吐酒茹好詩肝胃生滓汙用此較得喪天豈不足付吾儕非二物歲月誰與度悄焉得長愁爲討已大誤二歐非無詩恨子不飲故强爲釂一酌將非作愁具成言如皎日援筆當自賦他年五君詠山王一時數

臂痛謁告作三絕句示四君子

公退清閑如致仕酒餘歡適似還鄉不妨更有安心病臥看縈簾一炷香

心有何求遣病安年來古井不生瀾秖愁戲瓦閑童子卻作泠泠一水看

小閣低窗臥晏温了然非默亦非言維摩示病吾真病誰識東坡不二門

到潁未幾公帑已竭齋廚索然戲作數句

我昔在東武吏方謹新書齋空不知春客至先愁予采杞聊自誑食菊不敢餘歲月今幾何齒髮日向疎幸此一郡老依然十年初夢飲本來空真飽竟亦虛尚有赤腳婢能烹赬尾魚心知皆夢耳慎勿歌歸歟

景貺履常屢有詩督叔弼季默唱和已許諾矣復以此句挑之

君家文律冠西京旋築詩壇按酒兵袖手莫輕真將種致師須得老門生明朝鄭伯降誰受昨夜條侯壁已驚從此醉翁天下樂還應一舉百觴傾文忠公贈蘇梅詩云我亦願助勇鼓旗譟其旁快哉天下樂一釂宜百觴

贈月長老一首

天形倚一笠地水轉兩輪五霸之所連毫端棲一塵功名半幅紙兒女淚苦辛子有折足鐺中容五合陳十年此中過卻是英特人延我地爐坐語軟意甚真白灰如積雪中有紅麒麟勿觸紅麒麟作灰維那瞋

拱手但默坐牆壁方諄諄今宵恨客多汙子白氎巾後夜當獨來不煩主與賓蒲團坐紙帳自要觀我身

次韻答錢穆父以軾得汝陰用杭越唱酬韻作詩見寄一首

大耿疲勞已離羣小馮慈愛且當門（軾本以舍弟親嫌請郡）玉堂不著扶犂手霜鬢偏宜畫鹿轓豪傑雖無兩王繼（子直深父）風流猶有二歐存（叔弼季默）清詩已入新歌舞要使邦人識雅言

韓退之孟郊墓銘云以昌其詩舉此問王定國當昌其身耶昌其詩也來詩下語未契作此答之

昌身如飽腹飽盡還當飢昌詩如膏面爲人作容姿不如昌其氣鬱鬱老不衰雖云老不衰劫壞安所之不如昌其志志一氣自隨養之塞天地孟軻不吾欺人言魏勃勇股栗向小兒何如魯連子談笑却秦師愼勿怨謗讒乃我得道資淤泥生蓮華糞壤出菌芝賴此善知識使我枯生荑吾言豈須多冷暖子自知

送歐陽推官赴華州監酒

我觀文忠公四子皆超越仲也珠徑寸照夜光如月好詩真脫兎下筆先落鶻知音如周郎議論亦英發

文章乃餘事學道探玄窟死爲長白主名字書絳闕熙甯之末仲純父見僕於京城之東曰吾夢道士持告身授吾曰上帝命汝爲長白山主此何祥也明年仲純父沒傷心清頴尾已伴白鷗沒喜見三少年俱有千里骨千里不難到莫遺歷塊蹶臨分出苦語願子書之笏

十月十四日以病在告獨酌一首

翠柏不知秋空庭失搖落幽人得佳蔭露坐方獨酌月華稍澄穆霧氣尤清薄小兒亦何知相語翁正樂銅爐燒柏子石鼎煮山藥一盃賞月露萬象紛醻酢此生獨何幸風纜欣初泊逝逃顏蹠網行赴松喬約莫嫌風有待漫欲戲寥廓泠然心境空髣髴來笙鶴

獨酌試藥玉滑琖有懷諸君子明日望夜月庭佳景不可失作詩招之一首

鎔鉛煑白石作玉真自欺琢削爲酒盃規摹定州瓷荷心雖淺狹鏡面良瀰瀰持此壽佳客到手不容辭曹侯天下平定國豈其師一飲至數石溫克頗似之風流越王孫詩酒屢出奇喜我有此客玉盃不徒施請君詰歐陳問疾來何遲呼兒掃月榭扶病及良時

歐季默以油煙墨二丸見餉各長寸許戲作小詩

書窗拾輕煤佛帳掃餘馥辛勤破千夜收此一寸玉癡人畏老死腐朽同草木欲將東山松涅盡南山竹墨堅人苦脆未用歎不足且當注蟲魚莫草三千牘

明日復以大魚爲餽重二十斤且求詩故復戲之

漢庭九尺人誰似老方朔那將一寸金令足三冬學餉魚欲自洗鱗尾光卓犖我是騎鯨手聊堪充鹿角

和趙景貺栽檜

汝陰多老檜處處屯蒼雲地連丹砂井物化青牛君時有再生枝（潁之靈壇觀亦有再生檜）還作左紐紋王孫有古意書室延清芬應憐四孺子不墮凡木羣體備松柏姿氣含芝朮薰初扶鶴立骨未出龍纏筋巢根白蟻亂網葉秋蟲紛乃知蔽芾初甚要封植勤他年皮三寸狐鼠了不聞

葉待制求先墳永慕亭詩一首

靈區有異產化國無潛珍承平百年間簪纓半齊民建溪富奇偉葉氏初隱淪森然見喬木其下維德人佳哉鬱葱葱氣若鳳與麟聯翩出儒將豈惟十朱輪新松無鹿觸舊柏有烏馴待公歸上冢淚葉乃肯春

與趙陳同過歐陽叔弼新治小齋戲作一

首
江湖渺故國風雨傾舊廬東來三十年愧此一束書
尺椽亦何有而我常客居羨君開此室容膝真有餘
拊床琴動搖弄筆窗明虛後夜龍作雨天明雪塡渠
時方禱雨龍祠作此句時星斗燦然四更風雨大至明日乃雪夢回
聞剝啄誰乎趙陳予添丁走沽酒通德起挽蔬主孟
當啗我玉鱗金尾魚一醉忘其家此身自蘧篨

聚星堂雪一首幷敘

元祐六年十一月一日禱雨張龍公得小雪與客會
飲聚星堂忽憶歐陽文忠公作守時雪中約客賦詩
禁體物語於艱難中特出奇麗爾來四十餘年莫有
繼者僕以老門生繼公後雖不足追配先生而賓客
之美殆不減當時公之二子又適在郡故輒舉前令
各賦一篇

窗前暗響鳴枯葉龍公試手行初雪映空先集疑有
無作態斜飛正愁絕衆賓起舞風竹亂老守先醉霜
松折恨無翠袖點橫斜祇有微燈照明滅歸來尚喜
更鼓暗晨起不待鈴索掣未嫌長夜作衣稜卻怕初
陽生眼纈欲浮大白追餘賞幸有回飈驚落屑模糊
檜頂獨多時歷亂瓦溝裁一瞥汝南先賢有故事醉

翁詩話誰續說當時號令君聽取百戰不許持寸鐵

歐陽叔弼見訪誦陶淵明事歎其絕識叔弼既去感嘆不已而賦此詩

淵明求縣令本緣食不足束帶向督郵小屈未爲辱翻然賦歸去豈不念窮獨重以五斗米折腰營口腹云何元相國萬鍾不滿欲胡椒銖兩多安用八百斛以此殺其身何翅抵鵲玉往者不可悔吾其反自燭

喜劉景文至一首

天明小兒更平傳呼髯劉已到城南隅尺書真是髯手迹起坐尉眼知有無今人不作古人事今世有此古丈夫我聞其來喜欲舞病自能起不用扶江淮旱久塵土惡朝來清雨濯鬢鬚相看握手了無事千里一笑無乃迂平生所樂在吳會老死欲葬杭與蘇過江西來二百日冷落山水愁吳姝新堤舊井各無恙參寥六一豈念吾別後新詩巧摹寫袖中知有錢塘湖

禱雨龍公既應劉景文有詩次韻

張公晚爲龍抑自龍中來伊昔風雲會咄嗟潭洞開精誠苟可貫賓主真相陪洞簫振羽舞白酒浮雲罍言從歸洲妃遠去焦氏臺倒傾瓶中雨一洗麥上埃

破旱不論功乘雲却空回嗟龍與我輩用意豈遠哉
使君今子義英風冠東萊笑說龍爲友幽明莫相猜
劉景文家藏樂天身心問答三首戲書一
絶其後
淵明形神自我樂天身心相物而今月下三人他日
當成幾佛
西湖戲作一絶
一士千金未易償我從陳趙兩歐陽舉鞭拍手笑山
簡秖有并兒一葛彊
送歐陽季默赴闕一首
先生豈止一懷祖郎君不減王文度膝上幾日今白
鬚令我眼中見此父汝南相從三晦朔君去苦早我
來莫霜風淒緊正脫木穎水清淺可立鷺莫辭白酒
瀉香泉已覺扁舟掠新渡坐看士衡執別手更遣夢
得出奇句郎君可是莞庫人乃使驥騄隨蹇步置之
行矣無足道賢愚豈在遇不遇
用前韻作雪詩留景文一首
萬松嶺上黄千葉載酒年年踏松雪劉郎去後誰復
來花下有人心斷絶東齋夜坐搜雪句兩手龜拆霜
須折無情豈亦畏嘲弄穿簾入戸吹燈滅紛紛兒女

爭所似碧海長鯨君未掣朝來雲漢接天流顧我小詩如點綴歐陽趙陳在戶外急掃中庭鋪木屑交遊雖似雪柏堅聚散行作風花瞥晴光融作一尺泥歸有何事眞無說泥乾路穩放君去莫倚馬蹄如踣鐵

和劉景文見贈一首

元龍本志陋曹吳豪氣崢嶸老不除失路今爲噲等伍作詩猶似建安初西來爲我風黧面獨臥無人雪縞廬留子非爲十日飲要令安世誦亡書

和劉景文雪

占雨又得雪龜寧欺我哉似知吾輩喜故及醉中來童子愁冰硯佳人苦膠盃那堪李常侍入蔡夜銜枚

次前韻送劉景文一首

白雲在天不可呼明月豈肯留庭隅怪君西行八百里清坐十日一事無路人不識呼尚書但見凜凜雄千夫（君一馬兩僕率然相訪逆旅多呼尚書意謂君都頭也）豈知入骨愛詩酒醉倒正欲蛾眉扶一篇向人寫肝肺四海知我霜鬢鬚（君前有詩見寄云四海共知霜鬢滿重陽曾插菊花無）歐陽趙陳皆我有豈謂夫子駕復迂爾來又見三黜柳共此暖熱殘氈蘇酒肴酸薄紅粉暗秖有頴水清而姝一朝寂寞風雨散對影誰念月與吾郡

中日與歐陽叔弼趙景貺陳履常相從而景文復至不數日柳戒之亦見過賓客之盛頃所未有然不數日叔弼景文戒之皆去矣何時

歸帆泝江水春酒一變甘棠湖 景文近卜居九江近甘棠湖

以屏山贈歐陽叔弼一首

漫郎天骨清生與世俗異學道新有得爲貧聊復仕
每於紅塵中常起青霞志屏山輟贈子莫遣汙簪珥
寓目紫翠間安眠本非睡夢中化爲鶴飛入長松寺

新渡寺席上次趙景貺陳履常韻送歐陽叔弼比來諸君唱和叔弼但袖手旁睨而已臨别忽出一篇頗有淵明風製坐皆驚歎

神居不自全妙頰惟粧半更刀乃挨庖倚市必醜悍
平生魏公篝忽斵郢人墁詩書亦何用適道須此館
多言雖數窮微中或排難子詩如清風翏翏發將旦
胡爲久閉匿綺語眞自患許時笑我癡隔屋相咏歎
竟識彥道否絕叫呼百萬清朝固多士入門子皆冠
莫言清潁水從此隔河漢異時我獨來得魚楊柳貫
持歸不忍食尺素解悽斷中有清圓句銅丸飛柘彈
春愁結淩澌正待一笑泮百篇儻寄我呻吟鄭人緩

東坡後集卷第一

東坡後集卷第二

詩五十六首

次韻趙景貺春思且懷吳越山水一首

歲華來無窮老眼久已靜春風如繫馬未動意先騁西湖忽破碎鳥落魚動鏡縈城理枯瀆放閘起膠艇願君營此樂官事何時竟（清河西湖三閘督君成之）思吳信偶然出處付前定飄然不繫舟乘此無盡興醉翁行樂處草木皆可敬明朝游北渚急掃黃葉徑白酒真到齊紅裙已放鄭（酒尚有香泉一壺爲欒全先生服不作樂也）

次韻陳履常張公龍潭一首

經明宣城宰家此百尺瀾鄭翁不量力敢以非意干玄黃雜雨戰絳青表雙蟠（事見龍公碑）烈氣斃强敵仁心惻飢寒精誠禱必赴苟簡求亦難蕭條麥麰枯浩蕩日月寬念子無吏責十日勤征鞍春蔬得雨雪少助先生槃龍不憚往來而我獨宴安閉閤默自責神交清夜闌

竹閒亭小酌懷歐陽叔弼季默呈趙景貺陳履常一首

歲莫自急景我閑方緩觴醉餘西湖晚步轉北渚長

地坐略少長意行無澗岡久知薺麥青稍喜榆柳黃
盎盎春欲動瀲瀲夜未央水天鷗鷺靜月霧松檜香
撫景方婉娩懷人重淒涼豈無一老兵坐念兩歐陽
我意正麋鹿君才亦圭璋此會恐難久此歡不可忘

蠟梅一首贈趙景貺

天工點酥作梅花此有蠟梅禪老家蜜蜂採花作黃
蠟取蠟爲花亦其物天工變化誰得知我亦兒嬉作
小詩君不見萬松嶺上黃千葉玉蘂檀心兩奇絕醉
中不覺度千山夜聞梅香失醉眠歸來却夢尋花去
夢裏花仙覓奇句此間風物屬詩人我老不飲當付
君君行適吳我適越笑指西湖作衣鉢

送王竦朝散赴闕

我家衡山公清而畏人知臧否不出口默識如蓍龜
擢子拱把中云有驥騄姿胡爲三十載尚作窮苦詞
丈人不忘語未効此可疑朅來清潁上淚溼中郎詩
怪我一年長而作十年衰同時幾人在豈敢怨白髭
願言指松柏永與霜雪期伯父爲衡州日與君相知有送行
詩

次韻致政張朝奉仍招晚飲

掃白非黃精輕身豈胡麻怪君仁而壽未覺生有涯

曾經丹化米親授棗如瓜雲烝作霧楷火滅噀雨巴
自此養鉛鼎無窮走河車至今許玉斧猶事蕚綠華君曾見水州何仙姑得藥餌之人疑其以此壽也故有丹化米蕚綠華之句皆女仙事我本三生人疇昔一念差前生或草
聖習氣餘驚蛇儒臞謝赤松佛縛慚丹霞時時一篇
出擾擾四座譁清詩得可驚信美詞多夸同車入官
府治具隨貧家萍虀與豆粥亦可成咄嗟

閻立本職貢圖

正觀之德來萬邦浩如滄海吞河江音容傖獰服奇
尨橫絶嶺海逾濤瀧珍禽瑰產爭牽扛名王解辮却
蓋幢粉本遺墨開明窗我喟而作心未降魏徵封倫
恨不雙

次韻王滁州見寄

斯人何似似春雨歌舞農夫怨行路君看永叔與元
之坎軻一生遭口語兩翁當年鬢未絲玉堂揮翰手
如飛教得滁人解吟詠至今里巷嘲輕肥君家聯翩
盡卿相獨來坐歗谿山上笑捐浮利一雞肋多取清
名幾熊掌丈夫自重貴難售兩翁今與青山久後來
太守更風流要伴前人作詩瘦我勸承明苦求出到
處遺蹤尋六一憑君試與問瑯耶許我來游莫難色

趙景貺以詩求東齋榜銘昨日聞都下寄
酒來戲和其韻求分一壺作潤筆也

王孫天驥麟眸子奧而澈囊空學愈富屋陋人更傑我老書益放筆落座爭掣欲求東齋銘要飲西湖雪長餅分未到小硯乾欲裂不似淳于髡一石要燭滅

洞庭春色一首并引

安定郡王以黃柑釀酒謂之洞庭春色色香味三絕以餉其猶子德麟德麟以飲予爲作此詩醉後信筆頗有沓拖風氣

二年洞庭秋香霧長噀手今年洞庭春玉色疑非酒賢王文字飲醉筆蛟蛇走旣醉念君醒遠餉爲我壽餅開香浮座琖凸光照牖方傾安仁醽（潘岳笙賦云披黃苞以授柑傾綠瓷以酌醽）莫遣公遠齅（明皇食柑凡千餘枚皆闕一瓣問進柑使者云中塗嘗有道士齅之蓋羅公遠也）要當立名字未用問升斗應呼釣詩鉤亦號掃愁帚君知蒲萄惡正是嫫姆黜須君灩海盃澆我談天口

送路都曹一首并引

乖崖公在蜀有錄曹參軍老病廢事公責之曰胡不歸明日參軍求去且以詩留別其略曰秋光都似宦情薄山色不如歸意濃公驚謝之曰吾過矣同僚有

詩人而吾不知因留而慰薦之予幼時聞父老言恨不問其姓名今都曹路君以小疾求致仕予誦此語留之不可乃採前人意作詩送之幷送趙德麟陳履常各賦一篇

積雪困桃李春心誰爲容淮光釀山色先作歸意濃我亦倦游者　君恩繫疎慵欲留耿介士伴我衰遲蹤吏課升斗積崎嶇等鉛舂那將露電身坐待收千鍾結髮空百戰市人看先封誰能搔白首抱關望夕烽子意亮已成我言寧復從恨無乖崖老一洗芥蔕胸我田荆谿上伏臘亦粗供懷哉江南路會作林下逢

次韻陳履常雪中一首

可憐擾擾雪中人飢飽終同寓一塵老檜作花真强項凍鳶儲肉巧謀身忍寒吟咏君堪笑得煖讙呼我未貧坐聽屐聲知有路擁裘來看玉梅春

二鮮于君以詩文見寄作詩爲謝

我懷元祐初珪璋滿清班維時南隆老奉使獨未還迂叟向我言青齊歲方艱斯人乃德星遣出虛危閒司馬溫公謂軾曰子駿福星也京東人困甚且令往彼　召用既晚矣天命良復慳一朝失老驥寂寞空帝閑至今清夜

夢枕衾有餘潛喜聞二三子結髮師閔顏高論已河
漢清詩鳴珮環遙知三日雪積玉埋嵩山誰念此幽
桂坐蒙榛與菅故人在潁尾投詩清泠灣

次韻趙德麟雪中惜梅且餉柑酒三首

千花未分出梅餘遣雪摧殘計已疎臥聞點滴如秋
雨知是東風爲掃除

閬苑千葩映玉宸人間秪有此花新飛雲要欲先桃
李散作千林火迫春

蹀躞嬌黃不受韆東風暗與色香歸偶逢白墮爭春
手遣入王孫玉斝飛

和陳傳道雪中觀燈

新年樂事歎何曾閉閣燒香一病僧未忍便傾澆別
酒且來同看照愁燈潁魚躍處新亭近湖雪消時畫
舫升秪恐樽前無此客清詩還有士龍能

閱世亭詩贈任仲微

任公鎮西南嘗贈繞朝策當時若盡用善陣無赫赫
淒涼十年後邪正久已白却留封德彝天意眇難測
象賢真驥種號訴甘百謫豈云報私仇禍福指絡脈
高才食舊德但恐里門窄傷心千騎歸贈印黃壤隔
惟有亭前檜閱世不改色千年與并在記此王粲宅

新渡寺送任仲微

春陰欲落雪野氣方升雲我游清潁尾想見翠被君
古來聚散地與子復言分倦游安稅駕瘦田失歸耘
獨宿古寺中荒雞亂鳴羣送子以曉角幽幽醒時聞

送運判朱朝奉入蜀

藹藹青城雲娟娟峨眉月隨我西北來照我光不滅
我在塵土中白雲呼我歸我游江湖上明月溼我衣
岷峨天一方雲月在我側謂是山中人相望了不隔
夢尋西南路默數長短亭似聞嘉陵江跳波吹枕屏
送君無一物清江飲君馬路穿慈竹林父老拜馬下
不用驚走藏使者我友生聽訟如家人細說爲汝評
若逢山中友問我歸何日爲話腰腳輕猶堪踏泉石

病中夜讀朱博士詩

病眼亂燈火細書數塵沙君詩如秋露淨我空中花
古語多妙寄可識不可誇巧笑在頩頰哀音餘摻檛
曾坑一掬春紫餅供千家懸知貴公子醉眼無真茶
崎嶇爛石上得此一寸芽縅封勿浪出湯老客未嘉

趙德麟餞飲湖上舟中對月一首

老守惜春意主人留客情官餘閑日月湖上好清明
新火發茶乳溫風散粥餳酒闌紅杏闇日落大堤平

清夜除燈坐孤舟擘岸撐逮君憒未墮對此月猶橫

贈朱遜之并引

元祐六年九月與朱遜之會議于潁或言洛人善接
花歲出新枝而菊品尤多遜之曰菊當以黃爲正餘
可鄙也昔叔向聞鬷蔑一言知其爲人予於遜之亦
云

黃花候秋節遠自夏小正坤裳有正色鞠衣亦令名
一從人爲勝遂與天力爭易性寓非族改顏隨所令
新奇既易售粹駁宜相傾疾惡逢伯厚識真似淵明
君言我所印世論誰改評願君爲霜風一掃紫與赬

和趙德麟送陳傳道

二陳既妙士兩歐惟德人王孫乃龍種世有籋雲鱗
五君從我游傾寫出怪珍俗物敗人意茲游實清醇
郙知有聚散佳夢失欠伸我舟下清淮沙水吹玉塵
君行踏曉月踈木挂寸銀尚寄別後詩翦刻淮南春

上巳日與二子迨過游塗山荆山記所見
一首

此生終安歸還軫天下半朅來乘樏廟復作微禹歎
昔自南河赴杭州過此蓋二十二年矣 從祠及彼呱 有啓廟
像設偶此粲 謂塗山氏 秦祖當侑坐 謂伯翳 夏郊亦薦

裸有餘廟可憐淮海人尚記弧矢日淮南人相傳禹以六月六日生是日數萬人會山上雖傳記不載然相傳如此荆山碧相照楚水清可亂刖人有餘坑美石肖温瓚荆山下有卞氏採玉坑石色如玉不受鑱刻取出山下輒變色不復温瑩龜泉木杪出牛乳石池漫龜泉在荆山下色白而甘眞陸羽所謂石池漫流者有石記云唐正元中隨白龜流出小兒强好古侍史笑流汗歸時蝙蝠飛炬火記遠岸

淮上早發

澹月傾雲曉角哀小風吹水碧鱗開此生定向江湖老默數淮中十往來

次韻徐仲車一首仲車耳聾

惡衣惡食詩愈好恰似霜松囀春鳥蒼蠅莫亂遠雞聲世上誰如公覺早八年看我走三州元豐八年予赴登州元祐四年赴杭州今赴揚州皆見仲車月自當空水自流人間擾擾眞螻蟻應笑人呼作鬬牛

次韻林子中春日新堤書事見寄

東都寄食似孤雲幞被眞成一宿賓收得玉堂揮翰手却爲淮月弄舟人羡君湖上齋搖碧笑我花時甑有塵爲報年來殺風景連江夢雨不知春來詩有芍藥春之句揚州近歲率爲此會用花十餘萬枝吏緣爲姦民極病之故

罷此會

送陳伯修察院赴闕

裕陵固天縱筆有雲漢姿嘗重連山象不數秋風辭龍騰與虎變貍豹復何施我窮亶有數文字乃見知聞君射策日妙語發噂沓一日喧萬口驚倒同舍兒豈知二十年道路猶遲遲苦言如藥石瞑眩終見思屈信反覆手獨於君可疑四門方穆穆行矣及此時

送張嘉父長官

都城昔傾蓋駿馬初服輈再見江湖間秋鷹已難韝于今三會合每進不少留豫章既可識瑚璉誰當收微官有民社妙割無雞牛歸來我益敬器博用自周百年子初筵我已迫旅酬但當記苦語高節貫白頭

軾在穎州與趙德麟同治西湖未成改揚州三月十六日湖成德麟有詩見懷次韻一首

太山秋毫兩無窮鉅細本出相形中大千起滅一塵裏未覺杭穎誰雌雄（來詩云與杭爭雄）我在錢塘拓湖淥大堤士女爭昌丰六橋橫絕天漢上北山始與南屏通忽驚二十五萬丈老葑席卷蒼雲空揭來穎尾弄秋色一水縈帶昭靈宮坐思吳越不可到借君月

斧修膧朧二十四橋亦何有換此十頃玻瓈風雷塘
水乾禾黍滿寶釵耕出餘鸞龍明年詩客來弔古伴
我霜夜號秋蟲德麟見約來揚寄居亦有意求揚倅

次韻趙德麟西湖新成見懷絕句一首

壺中春色謂洞庭春色也飲中仙騎鶴東來獨惘然猶
有趙陳同李郭不妨同泛過湖船

再次韻趙德麟新開西湖一首

使君不用山麴窮飢民自逃泥水中欲將百瀆起凶
歲免使甔石愁揚雄西湖雖小亦西子縈流作態清
而來千夫餘力起三閘焦陂下與長淮通十年憔悴
塵土窟清瀾一洗啼痕空王孫本自有仙骨平生宿
衞明光宮一行作吏人不識正似雲月初朦朧時臨
此水照冰雪莫遣白髮生秋風定須卻致兩黃鵠新
與上帝開濯龍湖成君歸侍帝側燈花已綴釵頭蟲
予以潁人苦饑奏乞留黃河夫萬人修境內溝洫詔許之因以餘力
浚治此湖

到官病勸未嘗會客毛正仲惠茶乃以端
午小集石塔戲作一詩爲謝

我生亦何須一飽萬想滅胡爲設方丈養此膚寸舌
爾來又衰病過午食輒噎繆爲淮海帥每愧廚傳缺

爨無欲清人奉使免內熱空煩赤泥印遠致紫玉玦
爲君伐羔豚歌舞菰黍節禪窗麗午景蜀井出冰雪
坐客皆可人鼎器手自絜金釵候湯眼魚蟹亦應訣
遂令色香味一日備三絕報君不虛授知我非輕毀

雙石一首并引

至揚州獲二石其一綠色岡巒迤邐有穴達于背其一玉白可鑒漬以盆水置几案間忽憶在潁州日夢人請住一官府榜曰仇池覺而誦杜子美詩曰萬古仇池穴潛通小有天乃戲作小詩爲僚友一笑

夢時良是覺時非汲水埋盆故自癡但見玉峯橫太
白便從鳥道絕峨眉秋風與作煙雲意曉日令涵草
木安一點空明是何處老人真欲住仇池

次韻和晁無咎學士相迎一首

少年獨識晁新城閉門卻掃卷旆旌胸中自有談天
口坐卻秦軍發墨守有子不爲謀置錐虹霓吞吐忘
寒飢端如太史牛馬走嚴徐不敢連尻脽喪回未用
疑相待枉尺知君有家戒避人聊復去瀛洲伴我直
能老淮海夢中仇池千仞巖便欲攬我青霞襜且須
還家與婦計我本歸路連西南老人飲酒無人佐獨
看紅藥傾白墮每到平山憶醉翁懸知他日君思我

路旁小兒笑相逢齊歌萬事轉頭空賴有風流賢別駕猶堪十里卷春風

次韻范淳父送秦少章一首

宿緣在江海世網如予何西來庾公塵已濯長淮波十年淮海人初見一麥禾但欣爭訟少未覺舟車多秦郎忽過我賦詩如卷阿句法本黃子謂魯直也二豪與揩磨其兄少游與張文潛嗟我久離羣逝將老西河後生多名士欲薦空悲歌小范眞可人獨肯勤收羅瘦馬識騄耳枯桐得雲和近聞館李生李薦方叔病鶴借一柯贈行苦說我妙語慰蹉跎西羌已解仇烽火連朝那坐籌付公等吾將寄潛沱

靈隱前一首贈唐林夫

靈隱前天竺後兩澗春淙一靈鷲不知水從何處來跳波赴壑如奔雷無情有意兩莫測肯向冷泉亭下相縈回我在錢塘六百日山中暫來不暖席今君欲作靈隱居葛衣草屨隨僧蔬能與冷泉作主一百日不用二十四考書中書

滕達道挽詞二首

先帝知公早虛懷第一人至今詩禮將惟數武宣臣材大雖難用時來亦少信高平風烈在威敏典刑新

公少受知於范希文孫元規空試乘邊策寧留相漢身淒涼舊部曲淚濕塚前麟

雲夢連江雨樊山落木秋公方占賈鵩我正買龔牛共有江湖樂俱懷畎畝憂荆溪欲歸老浮玉偶同游骫骳儀刑在驚呼歲月遒回頭雜歌哭挽語不成謳

次韻蘇伯固游蜀岡送李孝博奉使嶺表

新苗未沒鶴老葉方翳蟬綠渠浸麻水白板燒松煙笑窺有紅頰醉臥皆華顛家家機杼鳴樹樹梨棗懸野無佩犢子府有騎鶴仙觀風嶠南使出相山東賢渡江弔很石過嶺酌貪泉與君步徙倚望彼修連娟願及南枝謝早隨北鴈翩歸來春酒熟共看山櫻然

送晁美叔一首

我年二十無朋儔當時四海一子由君來扣門如有求頎然病鶴清而修醉翁遺我從子游翁如退之蹈軻丘尚欲放子出一頭嘉祐初軾與子由寓興國浴室美叔忽見訪云吾從歐陽公游久矣公令我來與子定交謂子必名世老夫亦須放他出一頭地酒醒夢斷四十秋病鶴不病骨愈虯惟有我顏老可羞醉翁賓客散九州幾人白髮還相收我如懷祖拙自謀正作尚書已過優君求會稽實良籌往看萬壑爭交流君近乞越州

王文玉挽詞

才名誰似廣文寒月斧雲斤琢肺肝玄晏一生都臥病子雲三世不遷官幽蘭空覺香風在宿草何曾淚葉乾猶喜諸郎有曹志文章還復富波瀾

送芝上人游廬山

二年閱三州我老不自惜團團如磨牛步步踏陳迹豈知世外人長與魚鳥逸老芝如雲月烱烱時一出比年三見之常若有所適逝將走廬阜計闊道愈密吾生如寄耳出處誰能必江南千萬峯何處訪子室

送程德林赴真州

君爲縣令元豐中吏貪功利以病農君欲言之路無從移書諫臣以自通陳臣蹇受之也元豐天子爲改容我時疋馬江西東問之逆旅言頗同老人愛君如劉寵小兒敬君如魯恭爾來明目達四聰收拾騏驥冀北空君爲赤令有古風政聲直入明光宮天廄如海養羣龍并收其子豈不公君之子祁舉制策文學行義爲時所稱白沙何必煩此翁

谷林堂詩一首

深谷下窈窕高林合扶疎美哉新堂成及此秋風初我來適過雨物至如娛予稺竹真可人霜節已專車

老槐苦無賴風花欲填渠山鴉爭呼號谿蟬獨清虛
寄懷勞生外得句幽夢餘古今正自同歲月何必書

予少年頗知種松手植數萬株皆中梁杜
矣都梁山中見杜輿秀才求學其法戲贈
二首

露宿泥行草棘中十年春雨養髯龍如今尺五城南
杜欲問東坡學種松

君方掃雪收松子我已開榛得伏苓爲問何如插楊
柳明年飛絮作浮萍

行宿泗間見徐州張天驥次舊韻

二年二躡過淮舟款段還逢馬少游無事不妨長好
飲箸書自要且窮愁孤松早偃元非病倦鳥雖還豈
是休更欲河邊幾來往秖今霜雪已蒙頭

次韻劉景文贈傅羲秀才

窈眇文章宜和寡崢嶸肝肺亦交難未能飛瓦彈清
角肯便投泥戲瀫寒忽見秋風吹洛水遙知霜葉滿
長安詩成送與劉夫子莫遣孫郎帳下看

在彭城日與定國爲九日黃樓之會今復
以是日相遇于宋凡十五年憂樂出處有
不可勝言者而定國學道有得百念灰冷

而顏益壯顧予衰病心形俱瘁感之作詩
菊箋萸囊自古傳長房寧復是臞仙應從宋武橫刀日數到劉公戲馬年對玉山人雖老矣見恆河性故依然王郎九日詩十首今賦黃樓第二篇

九日次定國韻一首

朝菌無晦朔蟪蛄疑春秋南柯已一世我眠未轉頭仙人視吾曹何異蜂蟻稠不知蠻觸氏自有兩國憂我觀去來今未始一念留奔馳竟何得而起無窮羞王郎誤涉世屢獻久不讎黃金散行樂清詩出窮愁俛仰四十年始知此生浮軒裳陳道路往往兒童收封侯起大第或是君家騶似聞負販人中有第一流烱然徑寸珠藏此百結裘意行無車馬倏忽略九州邂逅獨見之天與非人謀笑我方醉夢衣冠戲沐猴力盡病騏驥伎窮老伶優北山有雲根寸田自可耰會當無何鄉同作逍遙遊歸來城郭是空有纍纍丘

召還至都門先寄子由一首

老身倦馬河堤永踏盡黃榆綠槐影荒雞號月未三更客夢還家得俄頃歸老江湖無歲月未塡溝壑猶朝請黃門殿中奏事罷詔許來迎先出省已飛青蓋在河梁定餉黃封兼賜茗遠來無物可相贈一味豐

年說淮潁

次韻定國見寄

還朝如夢中雙闕眩金碧復穿鵷鷺行强寄麋鹿迹勞生苦晝短展轉不能夕默坐數更鼓流水夜自逆故人爲我謀此志何由畢越吟知聽否誰念病莊舄時方請越

次韻蔣潁叔錢穆父從駕景靈宮二首

歸來病鶴記城闉舊踏松枝雨露新半白不羞垂領髮軟紅猶戀屬車塵雨收九陌豐登後日麗三元下降辰粗識君王爲民意不才何以助精禋前輩戲語有西湖風月不如東華軟紅香土

與君並直記初元白首還同入禁門玉殿齊班容小語霜廷稽首泫微溫適與穆父並拜廷中地皆流濕相與小語道之病貪賜茗浮銅葉老怯香泉灩寶樽回首鵷行有人傑坐知羌虜是游魂

東坡後集卷第二

詩六十六首

軾近以月石硯屏獻子功中書公復以涵星硯獻純父侍講子功有詩純父未也復以月石風林屏贈之謹和子功詩幷求純父數句

紫潭出玄雲翳我潭中星獨有潭上月倒挂紫翠屏我老不看書默坐養此昏花睛時時一開眼見此雲月眼自明久知世界一泡影大小真僞何足評笑彼三子歐蘇梅無事自作雪羽爭事見三人詩集故將屏硯送兩范要使珠壁棲窗櫺大范忽長謠語出月脅令人驚皇甫湜云穿天心出月脅意外驚人語非尋常小范當繼之說破星心如雞鳴孟郊聞雞詩云似聞孤月口能說落星心牀頭復一月下有風林橫急送小范家護此涵星泓願從少陵博一句山木盡與洪濤傾

次韻范純父涵星硯月石風林屏詩一首

月次于房歷三星斗牛不神箕獨靈簸搖桑榆盡西靡影落蘇子硯與屏天工與我兩厭事孰居無事爲此形與君持槖侍帷幄同到温室觀堯蓂自憐太史牛馬走技等卜祝均倡伶欲留衣冠挂神武便擊雲

水歸南溟陶泓不稱管城沐醉石可助平泉醒故持二物與夫子欲使妙質留天庭但令滋液到枯槁勿遣光景生晦冥上書挂名豈待我獨立自可當雷霆我時醉眠風林下夜與漁火同青熒撫物懷人應獨歎作詩寄子誰當聽

次韻錢穆父會飲一首

彈冠恨不早挂冠常苦遲盛服每假寐角鬬時伏思東門未祖道西山空挂頤逝將江海去安此麋鹿姿要當謀三徑何暇擇一枝與君幾合散得酒忘淳漓君談似落屑我飲如奕棋世有作詩如奕棋奕棋如飲酒飲酒乃天戒之語僕此二事皆不能居官不任事造物真見私主人獨賢勞金穀方流馳行人亦結束秋杜乃歸期公卿雖少安河流正東釃我得會稽去方回良不癡

次韻穆父尚書侍祠郊丘瞻望天光退而相慶引滿醉吟一首

千章杞梓蔭雲天櫟散誰收老鄭虔喜氣到君浮白裏豐年及我挂冠前令嚴鐘鼓三更月野宿貔貅萬竈煙太息何人知帝力歸來金帛看頹肩

郊祀慶成詩一首

帝出乘昌運天心予太平文章三代繼制作七年成

大祀乾坤合剛辰日月明泰壇朝掃地魄寶夜垂精
仰御圓蒼蓋環觀海嶽城北流吞朔易西極落攙搶
升燎靈光答回鑾瑞霧迎需雲徧枯槁解雨達勾萌
可頌非天德因箴亦下情民言知有酌帝謂本無聲
富國由崇儉靳年在好生無心斯格物克己自消兵
化國安新政孤臣反舊耕還將清廟什留與野人賡

次韻奉和錢穆父蔣穎叔王仲至詩四首

見和西湖月下聽琴

謖謖松下風藹藹壠上雲聊將竊比我不堪持寄君
半生寓軒冕一笑當琴尊良辰飲文字晤語無由醺
我有鳳鳴枝背作蛇蚹紋月明委靜照心清得奇聞
當呼玉澗手一洗羯鼓昏請歌南風曲猶作虞書渾
家有雷琴甚奇古玉澗道人崔閑妙於雅聲當呼使彈

見和仇池

上窮非想亦非非下與風輪共一癡翠羽若知牛有
角空缾何必井之眉還朝暫接鵷鸞翼謝病行收麋
鹿姿記取和詩三益友他年弭節過仇池

玉津園

承平苑囿雜耕桑六聖勤民計慮長碧水東流還舊
派玉津分蘗河上流復合於下 紫壇南峙表連岡不逢遲

日鶯花亂空想疎林雪月光千畝何時躬帝藉斜陽
寂歷鎖雲莊

藉田

竊脂方紀瑞布穀未催耕魚沫依蘋渚蝸涎上綵楹
江湖來夢寐蓑笠負平生琴裏思歸曲因君一再行

頃年楊康功使高麗還奏乞立海神廟板橋僕嫌其地湫隘移書使遷之文登因古廟而新之楊竟不從不知定國何從見此書作詩稱道不已僕不復記其云何也次韻答之

退之仙人也遊戲於斯文談笑出偉奇鼓舞南海神
頃年三韓使幾爲鮫鱷吞歸來築祠宇要使百賈奔
板橋商賈所聚 我欲遷其廟下數浮空羣 謂登州海市 移
書竟不從信非磊落人公胡爲拳拳繫此空中雲作
詩頌其美何異刻劍痕我今已括囊象在六四坤

沐浴啓聖僧舍與趙德麟邂逅一首

南山北澗雨非真東穎西湖迹已陳季子來歸初可
喜老聃新沐定非人酒清不醉休休暖睡穩如禪息
息勻自笑塵勞餘一念明年同泛越谿春

次韻王仲至喜雪御筵一首

三軍喜氣鑠飛花睡起空驚月在沙未集驊騮金騕褭故殘鳷鵲玉橫斜偶還仗內身如寄尚憶江南酒可賒宣勸不多心自醉强扶衰白拜君嘉

僕所藏仇池石希代之寶也王晉卿以小詩借觀意在於奪僕不敢不借然以此詩先之

海石來珠宮秀色如蛾綠坡陀尺寸間宛轉陵巒足連娟二華頂空洞三茅腹初疑仇池化又恐瀛洲蹙殷懃嶠南使餽餉淮東牧僕在揚州程德孺自嶺南解官以此石見遺得之喜無寐與汝交不瀆盛以高麗盆藉以文登玉僕以高麗所鑄大銅盆貯之又以登州海石如碎玉者附其足幽光先五夜冷氣壓三伏老人生如寄衡茅久未卜一夫幸可致千里還相逐風流貴公子竄謫武當谷見山應已厭何事奪所欲欲留嗟趙弱寧許負秦曲傳觀愼勿許間道歸更速

次天字韻答岑巖起

一聲清蹕霧開天百辟心莊豈貌虔回顧驚君珠玉側同升愧我秕糠前裴回月色留壇影縹緲松香泛蠟煙近制以林燭松明易林盆莫歎郎潛生白髮聖朝求舊鄙爲肩

石塔寺一首幷引

世傳王播飯後鐘詩蓋揚州石塔寺事也相傳如此戲作此詩

飢眼眩東西詩腸忘蚤晏雖知燈是火不悟鐘非飯
山僧異漂母但可供一莞胡爲三百年記憶作此訕
齋廚養若人無益秖遺患乃知飯後鐘闍黎蓋具眼

次韻蔣穎叔二首

扈從景靈宮

道人幽夢曉初還已覺笙簫下月壇風伯前驅清宿
霧祝融驂乘破朝寒英姿連璧從多士妙句鏘金和
八鑾已向詞臣得頗牧時穎叔集除熙河帥路人莫作老
儒看

凝祥池

似知金馬客時夢碧雞坊冰雪消殘臘煙波寫故鄉
鳴鑾自容與立馬久回翔乞與三韓使新圖到樂浪
時高麗使在都下每至勝境輒圖畫以歸

和叔盎畫馬次韻

天驥德力備馬外龍麟中皇天不遺言兀與圖畫同
駑駘飽官粟未受一洗空十駕均一至何事籋雲風

王晉卿示詩欲奪海石錢穆父王仲至蔣

穎叔皆次韻穆至二公以爲不可許獨穎叔不然今日穎叔見訪親覩此石之妙遂悔前語軾以謂晉卿豈可終閉不予者若能以韓幹二散馬易之者蓋可許也復次前韻

相如有家山縹緲在眉綠誰云千里遠寄此一顰足平生錦綉腸蚤歲藜莧腹從教四壁空未遣兩峯蹙吾今況衰病義不忘樵牧逝將仇池石歸泝岷山瀆守子不貪寶完我無瑕玉故人詩相戒妙語予所伏一篇獨異論三占從兩卜君家畫可數天驥紛相逐風騣掠原野電尾梢澗谷君如許相易是亦我所欲今朝安西守來聽陽關曲勸我留此峯他日來不速

軾欲以石易畫晉卿難之穆父欲兼取二物穎叔欲焚畫碎石乃復次前韻并解三詩之意

春冰無真堅露葉失故綠鷄疑鵬萬里蚿笑夔一足二豪爭攘袂先生一捧腹明鏡旣無臺淨缾何用蹙古蹴蹙通盆山不可隱畫馬無由牧聊將置庭宇何必棄溝瀆焚寶真愛寶碎玉未忘玉久知公子賢出語耆年伏欲觀博物妙故以求馬卜維摩旣復捨天女

還相逐授之無盡燈照此久幽谷定心無一物法樂勝五欲三峨吾鄉井萬里君部曲臥雲行歸休破賊見神速晉卿將種常有此志

生日蒙劉景文以古畫松鶴爲壽且貺嘉篇次韻爲謝

問予一室間寧有千里廓塵心洗長松遠意發孤鶴生朝得此壽死籍疑可落微言在參同妙契藏九籥故人有奇趣逸想寄幽壑霜枝謝寒暑雲翮無前却何須構明堂未羨巢阿閣緬懷別時語復作數日惡詩腴固堪飧字瘦還可愕高標忽在眼清夢了如昨君今噲等伍志與湛輩各豈待相顧言方爲不朽託子雲老執戟長孺終主爵吾嘗追喬松子亦鄙衞霍

程德孺惠海中柏石兼辱佳篇輒復和謝

嵐薰瘴染却膚腴笑飲貪泉獨繼吳未欲連車收薏苡肯教沉網取珊瑚不知庾嶺三年別收得曹谿一滴無但指庭前雙柏石要予臨老識方壺

次秦少游韻贈姚安世

帝城如海欲尋難肯捨漁舟到杏壇剝啄扣君容膝戶巍峨笑我切雲冠問羊獨怪初平在牧豕應同德曜看肯把參同較同異小窗相對爲研丹

次丹元姚先生韻二首

浮生知幾何僅熟一釜羹那於俯仰間用此委曲情
自憐無他腸偶亦得此生懸知當去客中有不亡存
但恐宿緣重每爲習氣昏似聞梅子眞近在吴市門
未能肩拊洪但欲目擊温不敢扣門呼恐作踰垣奔
且令紹介先徐以方便論不學劉更生黄金鑄尚方
不學房次律身事問穎陽王烈亦何人叔夜未可量
獨見神山開遽殘石髓香至道尚聽瑩麤材終蹶張
先生喜而笑幅巾登我堂苦誓指黄壤要言刻青琅
蓬萊在何許弱水空相望且當從嵇阮聊復數山王
達人友四海曲士守一疆愼勿使形諜兒童驚夜光

次韻秦少游王仲至元日立春三首

省事天公厭兩回新年春日併相催殷懃更下山陰雪要與梅花作伴來

己卯嘉辰壽阿同願渠無過亦無功明年春日江湖上回首觚稜一夢中子由亦字同叔元日己卯渠本命也

詞鋒雖作楚騷寒德意還同漢詔寬好遣秦郎供帖子盡驅春色入毫端立春日翰林學士供詩帖子

上元侍飲樓上三首呈同列

淡月疎星遶建章仙風吹下御爐香侍臣鵠立通明

觀一朶紅雲捧玉皇

薄雪初消野未耕賣薪買酒看升平吾君勤儉倡優拙自是豐年有笑聲

老病行穿萬馬羣九衢人散月紛紛歸來一點殘燈在猶有傳柑遺細君侍飲樓上則貴戚爭以黄柑遺近臣謂之傳柑蓋尚矣

送蔣穎叔帥熙河詩并引

穎叔出使臨洮軾與穆父仲至同餞之各賦詩一篇以今我來思爲韻致遄歸之意軾得我字

西方猶宿師論將不及我苟無深入計緩帶我亦可承明正須君文字粲藻火自薦雖云數留行終不果正坐喜論兵臨老付邊瑣新詩出談笑僚友困掀簸我欲歌杕杜楊柳方婀娜邊風事首虜所得蓋幺麽願爲魯連書一射聊城笴陰功在不殺結草酬魏顆

再送二首

使君九萬擊鵬鯤肯爲陽關一斷魂不用寬心九千里安西都護國西門

餘刃西屠橫海鯤應予詩讖是游魂歸來趁別陶洪景看挂衣冠神虎門

次韻穎叔觀燈一首

安西老守是禪僧到處應然無盡燈永夜出遊從萬騎諸羌入看擁千層便因行樂令投甲不用防秋更打冰振旅歸來還侍燕十分宣勸恐難勝

次韻王晉卿奉　詔押高麗燕射

北苑傳呼陛楯郎東夷初識令君香天山自可三箭取海國何勞一葦航宣勸不詞金盌側醉歸爭看玉鞭長錦囊詩草勤收拾莫遣雞林得夜光

次韻錢穆父王仲至同賞田曹梅花

寒廳不知春獨立耿玉雪閉門愁永夜置酒及明發忽驚庭戶曉未受煙雨沒浮光風宛轉照影水方折鬢霜未易掃眉斧真自伐惟當此花前醉臥黃昏月

送襄陽從事李友諒歸錢塘

居杭積五歲自意本杭人故山歸無家欲卜西湖鄰良田不難買靜士誰當親髯張既超然老潛亦絕倫李子冰玉姿文行兩清淳歸從三人游便足了此身公堤不改昨嬈嶺行開新幽夢隨子去松花落衣巾

次韻吳傳正枯木歌一首

天公水墨自奇絕瘦竹枯松寫殘月夢回疎影在東窗驚怪霜枝連夜發生成變壞一彈指乃知造物初無物古來畫師非俗士妙想實與詩同出龍眠居士

本詩人能使龍池飛霹靂君雖不作丹青手詩眼亦自工識拔龍眠胸中有千駟不獨畫肉兼畫骨但當與作少陵詩或自與君拈禿筆東南山水相招呼萬象入我摩尼珠盡將書畫散朋友獨與長鋏歸來乎

送黃師是赴兩浙憲

世久無此士我晚得王孫寧非叔度家豈出次公門白首沈下吏綠衣有公言哀哉吳越人久爲江湖呑官自倒帑廩飽不及黎元近聞海上港漸出水底村願君五袴手招此半菽魂一見刺史天稍忘獄吏尊會稽入吾手鏡湖小於盆比我東來時無復瘡痍存

送范中濟經略侍郎分韻賦詩軾得先字
且贈以魚枕盃四馬箠一

梁李久樂禍自焚豈非天兩鼠鬭穴中一勝亦偶然謀初要百慮善後乃萬全廟堂選世將范氏眞多賢仁風被宿麥綠浪搖秦川號令聳毛羽先聲落虛弦我家天一方去路城西偏投竿困障日賣劍行歸田贈君荊魚盃副以蜀馬鞭一醉可以起毋令祖生先

書晁說之考牧圖後

我昔在田間但知羊與牛川平牛背穩如駕百斛舟舟行無人岸自移我臥讀書牛不知前有百尾羊聽

我鞭聲如鼓鞾我鞭不妄發視其後者而鞭之澤中草木長草長病牛羊尋山跨坑谷騰趠筋骨強煙蓑雨笠長林下老去而今空見畫世間馬耳射東風悔不長作多牛翁

呂與叔學士挽詞

言中謀猷行中經關西人物數清英欲過叔度留終日未識魯山空此生論議凋零三益友功名分付二難兄老來尚有憂時歎此涕無從何處傾

丹元子示詩飄飄然有謫仙風氣吳傳正繼作復次其韻

飛仙亦偶然脫命瞬息中惟詩不可擬如寫天日容夢中哦七言玉丹已入懷一語遭虐綽失身墮蓬萊蓬萊至今空護短不養才上界足官府謫仙應退休可憐吳與蘇骯髒雪滿頭雪滿頭終當却與丹元子笑指東海乘桴浮

次王定國韻書丹元子寧極齋

仙人與吾輩寓迹同一塵何曾五漿餽但有爭席人寧極無常居此齋自隨身人那識鄒鑒天不留封倫誤落世網中俗物愁我神先生忽扣戶夜呼祁孔賓便欲隨子去箸書未絕麟願挂神虎冠往上飲馬鄰

王郎濯紈綺意與陋巷親南游苦不蚤儻及蓴鱸新

王仲至侍郎見惠稚栝種之禮曹北垣下
今百餘日矣蔚然有生意喜而作詩

翠栝東南美近生神嶽陰惜哉不可致霜根絡雲岑
仙風振高標香實隕平林偶隨樗櫟生不爲樵牧侵
忽驚黃茅嶺稍出青玉鍼好事雖力取王城少知音
豈無換鵝手但知覓來禽高懷獨夫子一見捐槖金
得之喜不寐贈我意殊深公堂開後閤凡木愧華簪
栽培一寸根寄子百年心常恐樊籠中摧我鸞鶴衿
誰知積雨後寒芒曉森森恨我迫歸老不見汝十尋
蒼皮護玉骨日莫視古今何人風雨夜臥聽飢龍吟

次韻錢穆父馬上寄蔣穎叔二首

玉關不用一丸泥自有長城鳥鼠西剩與故人尋土
物臘糟紅麴寄駝蹄

多買黃封作洗泥使君來自隴山西高才得兎人人
羨爭欲尋蹤覓舊蹄

表弟程德孺生日一首

仗下千官散紫庭時聞小語説蘇程長身自昔傳甥
舅壽骨遙知是弟兄予與君皆壽骨貞耳班列中多指予二人不問而知其爲中表也曾活萬人寧望報君在楚州予在杭州

皆過飢歲活數萬人祇求五畝却歸耕四朝遺老凋零盡
鶴髪他年幾箇迎

七年九月自廣陵召還復館于浴室東堂
八年六月乞會稽將去汶公乞詩乃復用
前韻

乞郡三章字半斜廟堂傳笑眼昏花上人問我遲留
意待賜頭綱八餅茶尚書學士得賜頭綱龍茶一斤八餅今年綱到最遲
夢遶吳山却月廊白梅盧橘覺猶香杭州梵天寺有月廊數百間寺中多白楊梅盧橘會稽且作須臾意從此歸田
策最良
東南此去幾時歸倦鳥孤雲豈有期斷送一生消底
物三年光景六篇詩

吳子野將出家贈以扇山枕屏一首

峩峩扇中山絶壁信天剖誰施大圓鏡衡霍入戶牖
得之老月師畫者一醉叟常疑若人胸自有雲夢藪
千巖在掌握用捨彈指久低昂不自知恨寄兒女手
短屏雖曲折高枕謝奔走出家非今日法水洗無垢
浮游雲釋嶠燕坐柳生肘忘懷紫翠間相與到白首

東府雨中別子由

庭下梧桐樹三年三見汝前年適汝陰見汝鳴秋雨
去年秋雨時我自廣陵歸今年中山去白首歸無期
客去莫歎息主人亦是客對床定悠悠夜雨空蕭瑟
起折梧桐枝贈汝千里行重來知健否莫忘此時情

謝仲適坐上送王敏仲北使

衝風振河朔飛霧失太行相逢不相識下馬須眉黃
洗眼忽驚笑見此玉節郎喜有賢主人共此燈燭光
聚散一夢中人北鴈南翔吾生如寄耳送老天一方
幸子遇明主陳經入西廂歸期不可緩倚相宜在傍

書丹元子所示李太白真

天人幾何同一漚謫仙非謫乃其游麾斥八極隘九
州化爲兩鳥鳴相酬一鳴一止三千秋開元有道爲
少留縻之不可矧肯求西望太白橫峨岷眼高四海
空無人大兒汾陽中令君小兒天台坐忘真生年不
知高將軍手汙吾足乃敢瞋作詩一笑君應聞

次韻曾仲錫承議食蜜漬生荔支一首

代北寒虀搗韭萍奇苞零落似晨星逢鹽久已成枯
臘得蜜猶應是薄刑欲就左慈求拄杖便隨李白跨
滄溟攀條與立新名字兒女稱呼恐不經（俗有十八娘荔支）

大行太皇太后挽詞二首

至矣吾三后功高漢已還復推元祐冠蓋得永昭全臣嘗於經筵論奏仁宗皇帝謚曰明孝若明而不仁則民畏而不愛仁而不明則民愛而不畏今大行太皇太后亦兼此二德故天下思慕庶幾於仁宗也有作猶非聖無私乃是天侍臣談要道家法信家傳宰相以下嘗於經筵論奏祖宗以來家法十餘事書於記注

却狄安諸夏先王社稷臣固應祠百世何止活千人定策天知我忘家帝念親萬方何以報得疾爲勤民

再和曾仲錫荔支一首

柳花着水萬浮萍荔實周天兩歲星柳至易成飛絮落水中經宿即爲浮萍荔支至難長二十四五年乃實本自玉肌非鵠浴至今丹殼似猩刑侍郎賦詠窮三峽妃子煙塵動四溟莫遣詩人說功過且隨香草附騷經

次韻滕大夫三首

雪浪石

太行西來萬馬屯勢與岱嶽爭雄尊飛狐上黨天下脊半掩落日先黃昏削成山東二百郡氣壓代北三家村千峯右卷矗牙帳崩崖鑿斷開土門揭來城下作飛石一礮驚落天驕魂承平百年烽燧冷此物僵

卧枯榆根畫師爭摹雪浪勢天工不見雷斧痕離堆四面繞江水坐無蜀士誰與論老翁兒戲作飛雨把酒坐看珠跳盆此身自幻孰非夢故園山水聊心存

同前

我頃三章乞越州欲尋萬壑看交流且憑造物開山骨已見天吳出浪頭石中似有海獸形狀履道鑿池雖可致玉川卷地若爲收洛陽泉石今誰主莫學癡人李與牛

沉香石

壁立孤峯倚硯長共疑沉水得頑蒼欲隨楚客紉蘭佩誰信吳兒是木腸山下曾逢化松石玉中還有辟邪香早知百和俱灰燼未信人言弱勝强

石芝詩并引

予昔夢食石芝作詩記之今乃眞得石芝於海上子由和前詩見寄予頃在京師有鑿井得如小兒手以獻者臂指皆具膚理若生予聞之隱者曰此肉芝也與子由烹而食之追記其事復次前韻

土中一掌嬰兒新爪指良是肌骨勻見之怖走誰敢食天賜我爾不及賓旌陽遠游同一許長史玉斧皆門戶我家韋布三百年秖有陰功不知數跪陳八簋

加六瑚化人視之真塊蘇肉芝烹熟石芝老笑唾熊掌嚬雕胡老饕作靈何時脫夢想至人空激烈古來大藥不可求真契當如磁石鐵

鶴歎一首

園中有鶴馴可呼我欲呼之立坐隅鶴有難色側睨予豈欲臆對如鵩乎我生如寄良畸孤三尺長脛閣瘦軀俛啄少許便有餘何至以身爲子娛驅之上堂立斯須投以餅餌視若無嘎然長鳴乃下趨難進易退我不如

送曾仲錫通判如京師

邊城歲莫多風雪强壓春醪與君別玉帳夜談霜月苦鐵騎曉出冰河裂斷蓬飛葉卷黃沙秖有千林髼鬆花應爲王孫朝上國珠幢玉節與排衙左援公孝右孟博我居其間嘯且諾僕夫爲我催歸來要與北海春水爭先回

和錢穆父送別并求頓遞酒 次韻

聯鑣接武兩長身鵷鷺行中語笑親九子羨君門戶壯八州憐我往來頻佇聞東府開賓閣便乞西湖洗塞塵更向青齊覓消息要知從事是何人

東坡後集卷第二

東坡後集卷第四

詩七十首

劉醜廝詩

劉生望都民病羸寄空窰有子曰醜廝十二行操瓢墦間得餘粒雪中拾墮樵飢飽共生死水火同焚漂病翁恃一褐度此積雪宵哀哉二暴客掣去如飢鶵翁既死於寒客亦易此齠崎嶇走亭長不憚雪徑遙我仇祝與苑物色同遮邀行路爲出涕二客竟就梟譊譊訴我庭慷慨驚吾僚曰此可名寄追配郴之蕘恨我非柳子擊節爲爾謠官賜二萬錢無家可歸嬌爲媾他日婦婉然初垂髫洗沐作小史裹頭束其腰筆硯耕學苑戈矛戰天驕壯大隨所好忠孝福可徼相國有折脅封侯或吹簫人事豈易料勿輕此僬僥

題毛女真

霧鬢風鬟木葉衣山川良是昔人非秖應閑過商顏老獨自吹簫月下歸

寄餾合刷缾與子由

老人心事日摧頹宿火通紅手自焙小甑短缾良具足稈兒嬌女共燔煨寄君東閤閑烝粟知我空堂坐畫灰約束家僮好收拾故山梨棗待翁來

次韻子由清汶老龍珠丹

天公不解防癡龍玉函寶方出龍宮雷霆下索無處避逃入先生衣袂中先生不作金椎袖玩世徜徉隱屠酒夜光明月空自投一鍛何勞緯蕭手黄門寡好心易足荆棘不生梨棗熟玄珠白璧兩無求無脛金丹來入腹區區分别笑樂天那知空門不是仙

次韻子由書清汶老所傳秦湘二女圖

春風消氷失瑶玉我本無身安有觸羊生得婦如得風握手一笑未爲辱先生室中無天遊佩環何處鳴風颭隨魔未必皆魔女但與分燈遣歸去胡爲寫真傳世人更要維摩一轉語丹元茅茨祗三間太極老人時往還點檢凡心早除拂方平神鞭常使物

紫團參寄王定國一首

谽谺土門口突兀太行頂豈惟團紫雲實自俯倒景剛風被草木真氣入苕穎舊聞人銜芝生此羊腸嶺纖纖虎豹鬣蹙縮龍蛇癭蠶頭試小嚼龜息變方騁刳予明真子已造浮玉境清宵月挂戶半夜珠落井灰心寧復然汗喘久已靜東坡猶故目北藥致遺秉欲持一椏根往有九轉鼎爲予置齒頰豈不賢酒茗

次韻劉燾撫句蜜漬荔支一首

時新滿座聞名字別久何人記色香葉似楊梅蒸霧雨花如盧橘傲風霜每憐蓴菜下鹽豉肯與蒲萄壓酒漿回首驚塵卷飛雪詩情真合與君嘗

立春日小集呈李端叔

白髮已十載青春無一堪不驚新歲換聊與故人談牛健民聲喜鴉嬌雪意酣霏微不到地和暖要宜蠶歲月斜川似風流曲水慚行吟老燕代坐睡夢江潭丞掾頗哀援歌呼誰怕參衰懷久灰槁習氣尚饞貪白啖本河朔紅消真劍南辛盤得青韭臘酒是黃柑歸臥燈殘帳醒聞葉打庵須煩李居士重說後三三

次韻曾仲錫元日見寄

蕭索東風兩鬢華年年幡勝翦宮花愁聞塞曲吹蘆管喜見春盤得蓼芽吾國舊供雲澤米定武齋酒用蘇州米君家新致雪坑茶近得曾坑茶燕南異事真堪記三寸黃柑擘永嘉

子由生日以檀香觀音像及新合印香銀篆槃爲壽二首

栴檀婆律海外芬西山老臍柏所薰香螺脫黶來相羣能結縹眇風中雲一燈如螢起微焚何時度盡繆篆紋繚繞無窮合復分緜綿浮空散氤氳東坡持是

壽卯君君少與我師皇墳旁資老聃釋迦文共厄中年點蠅蚊晚遇斯須何足云君方論道承華勛我亦旗鼓嚴中軍國恩當報敢不勤但願不爲世所醺爾來白髮不可耘問君何時返鄉枌收拾散亡理放紛此心實與香俱焄聞思大士應已聞

次韻李端叔送保倅翟安常赴闕兼寄子由

中山保塞兩窮邊臥治雍容已百年顧我迂愚分竹使與君談笑用蒲鞭松荒三徑思元亮草合平池憶惠連白髮歸心憑說與古來誰似兩疎賢

中山松醪寄雄守王引進

鬱鬱蒼髯千歲姿肯來盃酒作兒嬉流芳不待龜巢葉唐人以荷葉爲酒盃謂知若筩酒掃白聊須鶴踏枝醉裏便成敧雪舞醒時與作嘯風辭馬軍走送非無意玉帳人閑合有詩

次韻李端叔謝送牛戩鴛鴦竹石圖一首

聞君談西戎廢食忘蚤晚王師本不陣賊壘何足剗守邊在得士此語要而簡知君論將口似我識畫眼笑指塵壁間此是老牛戩平生師衞玠非意常理遣訴君定何人未用市朝顯置之勿復道世俗固多舛

歸去亦何須單車渡殽澠如蟲得羽化巳脫安用蠒
家書空萬軸涼曝困舒卷念當掃長物閉息默自煖
此畫聊付君幽處得小展新詩勿縱筆羣吠驚邑犬
時來未可知妙斲待輪扁

次韻聰上人見寄

前身本同社宿業獨臨邊一悟鏡空老始知圓澤賢
歸心忘犢佩生術寄羊鞭不似歐陽子空留六一泉

次韻王雄州還朝留别

老李威名八十年壁間精悍見遺顏自聞出守風流
似稍覺承平氣象還但遣詩人歌杕杜不妨侍女唱
陽關内朝接武知何日白髮羞歸供奉班

三月二十日多葉杏盛開

零露泫月蘂温風散晴葩春工了不睡連夜開此花
芳心誰翦刻天質自清華惱客香有無弄粧影橫斜
中山古戰國殺氣浮高牙叢臺餘袨服易水雄悲笳
自從此花開玉肌洗塵沙坐令游俠窟化作温柔家
我老念江海不飲空咨嗟明年花開時舉酒望三巴
蓋欲請梓州而歸也

三月二十日開園三首

雪髯霜鬢語猶獰澹蕩園林取次行要識將軍不凡

意從來秖啜小人羹是日散父老酒食

西園牡籥夜沉沉尚有游人臥柳陰鶴睡覺時風露下落花飛絮滿衣襟

鬱鬱蒼髯真道友絲絲紅蕚是鄉人蒼髯松也紅蕚海棠何時翠竹江村路送我柴門月色新

次韻王雄州送侍其涇州

威聲又數中興年二虜行當一矢聯聞道名城得真將故應驚羽落空弦追鋒歸去雄三衞授鉞重來定十連別酒回頭便陳迹號呶端合發初筵

臨城道中作幷引

予初赴中山連日風埃未嘗了了見太行也今將適嶺表頗以是爲恨過臨城內丘天氣忽清徹西望太行草木可數岡巒北走崖谷秀傑忽悟歎曰吾南遷其速返乎退之衡山之祥也書以付邁使志之

逐客何人著眼看太行千里送征鞍未應愚谷能留柳可獨衡山解識韓

過湯陰市得豌豆大麥粥示三兒子一首

朔野方赤地河濡但黃塵秋霖暗豆漆夏旱臞麥人逆旅唱晨粥行庖得時珍青班照七筯脆響鳴牙齦玉食謝故吏風飧便逐臣漂零竟何適浩蕩寄此身

爭勸加飲食實無負吏民何當萬里客歸及三年新

子由新脩汝州龍興寺吳畫壁

丹青久衰工不藝人物尤難到今世每摹市井作公卿畫手懸知是徒隸吳生已與不傳死那復典刑留近歲人間幾處變西方盡作波濤翻海勢細觀手面分轉側妙算毫釐得天契始知真放本精微不比狂花生客慧似聞遺墨留汝海古壁蝸涎可垂涕力捐金帛扶棟宇錯落浮雲卷新霽使君坐歎清夢餘幾疊衣紋數衿袂他年弔古知有人姓名聊記東坡弟

過高郵寄孫君孚一首

過淮風氣清一洗塵埃容水木漸幽茂菰蒲雜游龍可憐夜合花青枝散紅茸美人游不歸一笑當誰供故園在何處已偃手種松我行忽失路歸夢山千重聞君有負郭二頃收橫從卷野畢秋穫殷牀聞夜舂樂哉何所憂社酒粥面醲宦游豈不好毋令到千鍾

僕所至未嘗出遊過長蘆聞天禪師病甚不可不一問既見則有問矣明日阻風復留見之作三絕句呈聞復并請轉呈參寥子各賦數首

亦知壺子不死敢問老聃所游瑟瑟寒松露骨眈眈

病虎垂頭
莫言西蜀萬里且到南華一游扶病江邊送客杖拏
浦口回頭
老去此生一訣與來明日重游臥聞三老白事半夜
南風打頭

六月七日泊金陵阻風得鍾山泉公書寄
詩爲謝
今日江頭天色惡礮車雲起風欲作獨望鍾山喚寶
公林間白塔如孤鶴寶公骨冷喚不聞却有老泉來
喚人電眸虎齒霹靂舌爲子吹散千峯雲南行萬里
亦何事一酌曹谿知水味他年若畫蔣山圖爲作泉
公喚居士

贈清涼寺和長老
代北初辭沒馬塵江南來見臥雲人問禪不契前三
語施佛空留丈六身老去山林徒夢想雨餘鐘鼓更
清新會須一洗黃茅瘴未用深藏白氎巾
予前後守倅餘杭凡五年夏秋之間蒸熱
不可過獨中和堂東南頰下瞰海門洞視
萬里三伏常蕭然也紹聖元年六月舟行
赴嶺外熱甚忽憶此處而作是詩

忠孝王家千柱宮東坡作吏五年中中和堂上東南頰獨有人間萬里風

慈湖夾阻風五首

捍索桅竿立嘯空篙師酣寢浪花中故應菅蒯知心腹弱纜能爭萬里風

此生歸路愈茫然無數青山水拍天猶有小船來賣餅喜聞墟落在山前

我行都是退之詩眞有人家水半扉千頃桑麻在船底空餘石髮挂魚衣

月輪亭千汗珠融誰識南訛長養功暴雨過雲聊一快未妨明月却當空

臥看落月橫千丈起喚清風得半帆且並水村欹側過人間何處不巉巖

過廬山下一首并引

予過廬山下雲物騰涌默有禱焉未午衆峯凜然故作是詩

亂雲欲霾山勢與飄風風南羣隮相應和勇往爭驂驔可憐蒼蔚中時出紫翠嵐鴈沒失東嶺龍騰見西龕一時供坐笑百態變立談暴雨破坱圠清飈掃渾酣廓然歸何處陋矣安足戡亭亭紫霄峯窈窈白石庵

五老數松雪雙谿落天潭雖云默禱應顧有移文慚

壺中九華詩幷引

湖口人李正臣蓄異石九峯玲瓏宛轉若窗櫺然予欲以百金買之與仇池石爲偶方南遷未暇也名之曰壺中九華且以詩記之

清谿電轉失雲峯夢裏猶驚翠掃空五嶺莫愁千嶂外九華今在一壺中天池水落層層見玉女囱明處處通念我仇池太孤絕百金歸買碧玲瓏

江西一首

江西山水眞吾邦白沙翠竹石底江舟行十里磨九瀧篙聲犖确相春撞醉臥欲醒聞淙淙眞欲一口吸老龐何人得儁窺魚矼舉叉絕叫尺鯉雙

秧馬歌一首幷引

過廬陵見宣德郎致仕曾君安止出所作禾譜文既溫雅事亦詳實惜其有所缺不譜農器也予昔游武昌見農夫皆騎秧馬以榆棗爲腹欲其滑以楸桐爲背欲其輕腹如小舟昂其首尾背如覆瓦以便兩髀雀躍于泥中繫束藁其首以縛秧日行千畦較之傴僂而作者勞佚相絕矣史記禹乘四載泥行乘橇解者曰橇形如箕擿行泥上豈秧馬之類乎作秧馬歌

一首附于禾譜之末云

春雲濛濛雨淒淒春秧欲老翠剡齊嗟我婦子行水泥朝分一壠莫千畦腰如箜篌首啄雞筋煩骨殆聲酸嘶我有桐馬手自提頭尻軒昂腹脅低背如覆瓦去角圭以我兩足爲四蹄聳踊滑汰 入聲 如鳧鷖纖纖束藁亦可齎何用繁纓與月題揭從畦東走畦西山城欲閉聞鼓鼙忽作的盧躍檀溪歸來挂壁從高栖了無芻秣飢不啼少壯騎汝逮老黧何曾蹶軼防顛躋錦韉公子朝金閨笑我一生蹋牛犂不知自有木駃騠

八月七日初入贛過惶恐灘

七千里外二毛人十八灘頭一葉身山憶喜歡勞遠夢 蜀道有錯喜歡鋪在大散關上 地名惶恐泣孤臣長風送客添帆腹積雨扶舟減石鱗便合與官充水手此生何止略知津

鬱孤臺 以下四首皆虔州

八境見圖畫鬱孤如舊游山爲翠浪涌水作玉虹流日麗崆峒曉風酣章貢秋丹青未變葉鱗甲欲生洲嵐氣昏城樹灘聲入市樓煙雲侵嶺路草木半炎州故國千峯外高臺十日留他年三宿處準擬繫歸舟

廉泉

水性故自清不清或撓之君看此廉泉五色爛摩尼
廉者爲我廉我以此名爲有廉則有貪有慧則有癡
誰爲柳宗元孰是吳隱之漁父足豈潔許由耳何淄
紛然立名字此水了不知毀譽有時盡不知無盡時
揭來廉泉上捋須看鬢眉好在水中人到處相娛嬉

塵外亭

楚山澹無塵贛水清可厲散策塵外游麾手謝此世
山高惜人力十步輒一憩卻立浮雲端俯視萬井麗
幽人宴坐處龍虎爲斬薙馬駒獨何疑豈墮山鬼計
夜垣非助我謬敬欲其逝戲留一轉語千載起攘袂

天竺寺 幷引

予年十二先君自虔州歸爲予言近城山中天竺寺有樂天親書詩云一山門作兩山門兩寺元從一寺分東澗水流西澗水南山雲起北山雲前臺花發後臺見上界鐘清下界聞遙想吾師行道處天香桂子落紛紛筆勢奇逸墨迹如新今四十七年矣予來訪之則詩已亡有刻石存耳感涕不已而作是詩

香山居士留遺迹天竺禪師有故家空詠連珠吟疊
壁已亡飛鳥失驚蛇林深野桂寒無子雨浥山薑病

有花四十七年真一夢天涯流落涕橫斜
一念失垢汙身心洞淸淨浩然天地間惟我獨也正

過大庾嶺一首

今日嶺上行身世永相忘仙人拊我頂結髮授長生

宿建封寺曉登盡善亭望韶石二首

雙闕浮空照短亭至今猿鳥歗靑熒君王自此西巡
狩再使魚龍舞洞庭
蜀人文賦楚人辭堯在崇山舜九疑聖主若非眞得
道南來萬里亦何爲
嶺海東南月窟西功成天已錫玄珪此方定是神仙
宅禹亦東來隱會稽

月華寺一首 寺鄰岑水場施者皆坑戶也百年間蓋三焚矣

天公胡爲不自憐結土融石爲銅山萬人採斲富媪
泣祇有金帛資豪姦脫身獻佛意可料一瓦坐待千
金還月華二火豈天意至今茇舍依榛菅僧言此地
本龍象興廢反掌曾何艱高巖夜吐金碧氣曉得異
石靑斕斑坑流窟發錢涌地莫施百鎰朝千鍰此山
出寶以自賊地脈已斷天應慳我願銅山化南畝爛
漫黍麥蘇惸鰥道人修道要底物破鐺煮飯茆三間

南華寺一首

云何見祖師要識本來面亭亭塔中人問我何所見可憐明上座萬法了一電飲水旣自知指月無復眩我本脩行人三世積精練中間一念失受此百年譴摳衣禮真相感動淚雨霰借師錫端泉洗我綺語硯

碧落洞一首 在英州下十五里

槎牙亂峯合晃蕩絶壁横遙知紫翠間古來仙釋幷陽崖射朝日高處連玉京陰谷扣白月夢中游化城果然石門開中有銀河傾幽龕入窈窕別戶穿虛明泉旋下珠琲乳蓋交緌纓我行畏人知恐爲仙者迎小語輒響答空山自雷驚策杖歸去來治具煩方平

峽山寺一首 傳奇所記孫恪袁氏事即此寺至今有人見白猿者

天開清遠峽地轉凝碧灣我行無遲速攝衣步孱顏山僧本幽獨乞食況未還雲碓水自舂松門風爲關石泉解娛客琴筑鳴空山佳人劍翁孫游戲暫人間忽憶嘯雲侶賦詩留玉環林空不可見霧雨霾髻鬟

舟行至清遠縣見顧秀才極談惠州風物之美一首

到處聚觀香案吏此邦宜着玉堂仙江雲漠漠桂花

溼海雨翛翛荔子然聞道黃柑常抵鵲不容朱橘更論錢恰從神虎來弘景便向羅浮見稚川

廣州蒲澗寺一首 地產菖蒲十二節相傳安期生之故居始皇訪之於此

不用山僧導我前自尋雲外出山泉千章古木臨無地百尺飛濤瀉漏天舊日菖蒲方士宅後來薝蔔祖師禪而今秪有花含笑笑道秦皇欲學仙 山中多含笑花

贈蒲澗信長老一首

優鉢曇花豈有花問師此曲唱誰家已從子美得桃竹 此山有桃竹可作杖而土人不識子始錄子美詩遺之 不向安期覓棗瓜燕坐林間時有虎高眠粥後不聞鴉勝遊自古兼支許爲採松肪寄一車

發廣州一首

朝市日已遠此身良自如三杯軟飽後 浙人謂飲酒爲軟飽 一枕黑甜餘 俗謂睡爲黑甜 蒲澗疏鐘外黃灣落木初天涯未覺遠處處各樵漁

浴日亭一首 在南海廟前

劒氣崢嶸夜插天瑞光明滅到黃灣坐看暘谷浮金暈遙想錢塘湧雪山已覺滄涼蘇病骨更煩沆瀣洗

衰顏忽驚鳥動行人起飛上千峯紫翠間

游羅浮山一首示兒子過

人間有此白玉京羅浮見日雞一鳴南樓未必齊日觀鬱儀自欲朝朱明劉夢得有詩記羅浮夜半見日事山不甚高而夜見日此可異也山有二石樓今延祥寺在南樓下朱明洞在沖虛觀後云是蓬萊第七洞天東坡之師抱朴老真契蚤已交前生玉堂金馬久流落寸田尺宅今歸耕道華亦嘗啖一棗唐永樂道士侯道華竊食鄧天師藥仙去永樂有無核棗人不可得道華獨得之予在岐下亦嘗得食一枚契虛正欲仇三彭唐僧契虛遇人導游稚川仙府真人問曰汝絕三彭之仇乎契虛不能荅鐵橋石柱連空橫山有鐵橋石柱人罕至者杖藜欲趁飛猱輕雲谿夜逢瘖虎伏山有瘂虎巡山斗壇晝出銅龍獰沖虛觀後有朱真人朝斗壇近於壇上獲銅龍六銅魚一小兒少年有奇志中宵起坐存黃庭近者戲作凌雲賦筆勢髣髴離騷經負書從我盍歸去羣仙正草新宮銘汝應奴隸蔡少霞我亦季孟山玄卿唐有夢書新宮銘者云紫陽真人山玄卿撰其略曰良常西麓原澤東泄新宮宏宏崇軒轘轘又有蔡少霞者夢人遣書碑略曰公昔乘魚車今履瑞雲躅空仰塗綺轄輪囷其末題云五雲書閣吏蔡少霞書還須略報老同叔贏糧萬里尋初平子由一字同叔

十月二日初到惠州一首

髣髴曾游豈夢中欣然雞犬識新豐吏民驚怪坐何事父老相攜迎此翁蘇武豈知還漠北管寧自欲老遼東嶺南萬戶皆春色（嶺南萬戶酒）會有幽人客寓公

寓居合江樓一首

海山葱曨氣佳哉二江合處朱樓開蓬萊方丈應不遠肯爲蘇子浮江來江風初涼睡正美樓上啼鴉呼我起我今身世兩相違西流白日東流水樓中老人日清新天上豈有癡仙人三山咫尺不歸去一盃付與羅浮春（予家釀酒名羅浮春）

白水山佛迹巖一首（羅浮之東麓也在惠州東北二十里）

何人守蓬萊夜半失左股浮山若鵬蹲忽展垂天羽根株互連絡崖嶠爭吞吐神工自爐鞴融夜相綴補至今餘隙罅流出千斛乳方其吹合時天匠麾月斧帝觴分餘瀝山骨醉后土峯巒尚開闔澗谷猶呼舞海風吹未凝古佛來布武當時汪罔氏投足不蓋拇青蓮雖不見千古落花雨雙谿匯九折萬馬騰一鼓奔雷濺玉雪潭洞開水府潛鱗有飢蛟掉尾取渴虎我來方醉後濯足聊戲侮回風卷飛雹掠面過强弩

山靈莫惡劇微命安足賭此山吾欲老慎勿厭求取
谿流變春酒與我相賓主當連青竹竿下灌黃精圃

詠湯泉一首 在白水山

積火焚大槐蓄油災武庫驚然丞相井疑浣將軍布
自憐耳目隘未測陰陽故鬱攸火山裂觱沸湯泉注
豈惟渴獸駭坐使癡兒怖安能長魚鼈僅可尋狐兔
山中惟木客戶外時芒屨雖無傾城浴幸免亡國汙

自笑一首

予石如琢玉遠煙真削黳入我病風手 古語云磨墨如病風手 玄雲渰淒淒是中有何好而我喜欲迷既似
蠟屐阮又如鍛柳嵇醉筆得天全宛宛天投霓多謝
中書君伴我此幽栖

朝雲詩 并引

世謂樂天有粥駱馬放楊柳枝詞嘉其主老病不忍
去也然夢得有詩云春盡絮飛留不得隨風好去落
誰家樂天亦云病與樂天相伴住春隨樊子一時歸
則是樊素竟去也予家有數妾四五年相繼辭去獨
朝雲者隨予南遷因讀樂天集戲作此詩朝雲姓王
氏錢塘人嘗有子曰幹兒未期而夭云

不似楊枝別樂天恰如通德伴伶玄阿奴絡秀不同

老天女維摩總解禪經卷藥爐新活計舞衫歌扇舊因緣丹成逐我三山去不作巫陽雲雨仙

寄虎兒一首

獨倚桄榔樹閑挑蓽撥根謀生看拙否送老此蠻村

十一月二十六日松風亭下梅花盛開一首

春風嶺上淮南村昔年梅花曾斷魂（予昔赴黃州聲風嶺上見梅花有兩絕句明年正月往岐亭道中賦詩云去年今日關山路細雨梅花正斷魂）豈知流落復相見蠻風蜒雨愁黃昏長條半落荔支浦臥樹獨秀桄榔園豈惟幽光留夜色直恐冷豔排冬溫松風亭下荊棘裏兩株玉蕊明朝暾海南仙雲嬌墮砌月下縞衣來扣門酒醒夢覺起繞樹妙意有在終無言先生獨飲勿歎息幸有落月窺清樽

再用前韻一首

羅浮山下梅花村玉雪爲骨冰爲魂紛紛初疑月挂樹耿耿獨與參橫昏先生索居江海上悄如病鶴栖荒園天香國豔肯相顧知我酒熟詩清溫蓬萊宮中花鳥使綠衣倒挂扶桑暾抱叢窺我方醉臥故遣啄木先敲門麻姑過君急洒掃鳥能歌舞花能言酒醒

人散山寂寂惟有落蘂黏空樽 嶺南珍禽有倒挂子綠毛紅喙如鸚鵡而小自海東來非塵埃間物也

新釀桂酒一首

擣香篩辣入缾盆盎盎春谿帶雨渾收拾小山藏社甕招呼明月到芳樽酒材已遣門生致菜把仍叨地主恩爛煮葵羹斟桂醑風流可惜在蠻村

惠守詹君見和復次韻一首

已破誰能惜甑盆頹然醉裏得全渾欲求公瑾一囷米試滿莊生五石樽三盃卯困忘家事萬戶春濃感國恩刺史不須邀半道籃輿未暇走山村

花落復次前韻一首

玉妃謫墮煙雨村先生作詩與招魂人間草木非我對奔月偶桂成幽昏闇香入戶尋短夢青子綴枝留小園披衣連夜喚客飲雪膚滿地聊相溫松明照坐愁不睡井花入腹清而暾先生年來六十化道眼已入不二門多情好事真習氣惜花未忍終無言留連一物吾過矣笑領百罰空罍樽

東坡後集卷第五

詩六十七首

江郊一首并引

惠州歸善縣治之北數百步抵江少西有盤石小潭可以垂釣作江郊詩云

江郊葱曨雲水蒨絢碕岸斗入洄潭輪轉先生悅之布席閒燕初日下照潛鱗俯見意釣忘魚樂此竿綫優哉悠哉玩物之變

詹守攜酒見過用前韻作詩聊復和之一首

箕踞狂歌老瓦盆燎毛燔肉似羌渾傳呼草市來攜客洒掃漁磯共置樽山下黃童爭看舞江干白骨已銜恩時詹方議葬暴骨孤雲落日西南望長羨歸鴉自識村

寄鄧道士一首并引

羅浮山有野人相傳葛稚川之隸也鄧道士守安山中有道者也嘗於庵前見其足迹長二尺許紹聖二年正月十日予偶讀韋蘇州寄全椒山中道士詩云今朝郡齋冷忽念山中客澗底束荊薪歸來煑白石遙持一樽酒遠慰風雨夕落葉滿空山何處尋行迹

乃以酒一壺仍依蘇州韻作詩寄之云

一盃羅浮春遠餉採薇客遙知獨酌罷醉臥松下石
幽人不可見清嘯聞月夕聊戲庵中人空飛本無迹

上元夜一首

前年侍玉輦端門萬枝燈璧月挂罘罳珠星綴觚稜
去年中山府老病亦宵興牙旗穿夜市鐵馬響春氷
今年江海上雲房寄山僧亦復舉膏火松間見層層
散策桄榔林林疎月鬅鬙使君置酒罷簫鼓轉松陵
狂生來索酒（賈道人也）一舉輒數升浩歌出門去我亦
歸瞢騰

正月二十四日與兒子過賴仙芝王原秀才僧曇穎行全道士何宗一同游羅浮道院及棲禪精舍過作詩和其韻寄邁迨一首

斷橋隔勝踐脫屨欣小揭瘴花已繁紅官柳猶疎細
斜川二三子悼歎吾年逝淒涼羅浮館風壁頹雨砌
黃冠常苦飢迎客羞破袂仙山在何許歸鶴時墮毳
崎嶇拾松黃欲救齒髮弊坐令禪客笑一夢等千歲
棲禪晚置酒蠻果粲蕉荔齋廚釜無羹野餉籃有蕙
嬉游趁時節俯仰了此世猶當洗業障更作臨水禊

寄書陽羨兒并語長頭弟門戶各努力先期畢租稅

正月二十六日偶與數客野步嘉祐僧舍東南野人家雜花盛開扣門求觀主人林氏媼出應白髮青裙少寡獨居三十年矣感歎之餘作詩記之一首

縹蔕緗枝出絳房綠陰青子送春忙涓涓泣露紫含笑焰焰燒空紅拂桑落日孤煙知客恨短籬破屋爲誰香主人白髮青裙袂子美詩中黃四娘

龍尾石硯寄猶子遠

皎皎穿雲月青青出水荷文章工點勳忠義老研磨偉節何須怒寬饒要少和吾衰此無用寄與小東坡遠爲人類予

贈王子直秀才一首

萬里雲山一破裘杖端閑挂百錢游五車書已留兒讀二頃田應爲鶴謀水底笙歌蛙兩部山中奴婢橘千頭幅巾我欲相隨去海上何人識故侯

次韻表兄程正輔江行見桃花一首

曲士賦懷沙草木傷莽莽德人無荊棘坐失嶺嶠阻我兄瑚璉姿流落瘴江浦淨眼見桃花紛紛墮紅雨蕭然振衣裓笑問散花女我觀解語花粉色如黃土

一言破千偈況爾初不語可憐一轉話他日如何舉
故復此微吟聊和鷓鴣江邊閑草木閑客當爲主
爾來子美瘦正坐作詩苦袖手焚筆硯清篇眞漫與
願兄理北轅六轡去如組上林桃花開水暖鴻北翥

追餞正輔表兄至博羅賦詩爲別一首

孤臣南游墮黃菅君亦何事來牧蠻蟻舟蜑戶龍岡
窟置酒椰葉桄榔間高談已笑衰語陋傑句尤覺清
詩孱博羅小縣僧舍古我不忍去君忘還君應回望
秦與楚夢涉漢水愁秦關我亦坐念高安客神游黃
蘖參洞山何時曠蕩洗瑕讁與君歸駕相追攀梨花
寒食隔江路兩山遙對雙烟鬟歸耕不用一錢物惟
要兩腳飛孱顏玉牀丹鏃記分我助我金鼎光爛斑

再用前韻賦一首

樂天霜鬢如霜菅始知謝遣素與蠻我兄綠髮蔚如
故已了夢幻齊人間蛾眉勸酒聊爾耳處仲太忍茂
弘孱三盃徑醉便歸臥海上知復幾往還連娟六么
趁蹋鞠杳眇三疊縈陽關酒醒夢斷何所有落花流
水空青山忽驚鐃鼓發半夜明月不許幽人攀贈行
無物惟一語莫遣瘴霧侵雲鬟羅浮道人一傾蓋欲
繫白日留君顏應知我是香案吏他年許綴蓬萊班

眞一酒一首并引

米麥水三一而已此東坡先生眞一酒也

撥雪披雲得乳泓蜜甕又欲醉先生眞一色味頗類予在黄州日所醞蜜酒也稻垂麥仰陰陽足器潔泉新表裏清曉日着顏紅有暈春風入髓散無聲人間眞一東坡老與作青州從事名

游博羅香積寺一首并引

寺去縣七里三山犬牙夾道皆美田麥禾甚茂寺下谿水可作碓磨若築塘百步閘而落之可轉兩輪舉四杵也以屬縣令林抃使督成之

二年流落蠶魚鄉朝來喜見麥吐芒東風搖波舞淨綠初日泫露酣嬌黃汪汪春泥已沒膝剡剡秋穀初分秧誰言萬里出無友見此二美喜欲狂三山屏擁僧舍小一谿雷轉松陰涼要令水力供臼磨與相地脈增隄防霏霏落雪看收麪隱隱疊鼓聞舂糠散流一啜雲子白炊裂十字瓊肌香豈惟牢九薦古味東晳餅賦云漫頭薄持起搜牢九要使眞一流仙漿詩成捧腹便絕倒書生說食眞膏肓

次韻定慧欽長老見寄八首

蘇州定慧長老守欽使其徒卓契順來惠州問予安

否且寄擬寒山十頌語有粲忍之通而詩無島可之寒吾甚嘉之爲和八首

左角看破楚南柯聞長滕鈎簾歸乳燕穴紙出癡蠅爲鼠常留飯憐蛾不點燈崎嶇真可笑我是小乘僧

鐵橋本無柱石樓豈有門舞空五色羽吠雲千歲根松花釀仙酒木客餽山飧我醉君且去陶云吾亦云

羅浮高萬仞下看扶桑卑默坐朱明洞玉池自生肥從來性坦率醉語漏天機相逢莫相問我不記吾誰

幽人白玉觀大士甘露滅根塵各清淨心境兩奇絕真源未純熟習氣餘陋劣譬如已放鷹中夜時掣紲

誰言窮巷士乃竊造物權所見皆我有安居受其全戲作一篇書千古發爭端儒墨起相殺予初本無言

閑居蓄百毒救彼跛與盲依山作陶穴掩此暴骨橫區區效一溉豈能濟含生力惡不已出時哉非汝爭

少壯欲及物老閑餘此心微生山海間坐受瘴霧侵可憐鄧道士攝衣問呻吟覆舟却私渡斷橋費千金

淨名毘耶中妙喜恆沙外初無往來相二士同一在云何定慧師尚欠行腳債請判維摩憑一到東坡界

三月十九日攜白酒鱸魚過詹史君食槐葉冷淘一首

枇杷已熟粲金珠桑落初嘗灩玉蛆暫借垂蓮十分琖一澆空腹五車書青浮卵盌槐芽餅紅點氷盤藿葉魚醉飽高眠真事業此生有味在三餘

江漲用過韻一首

草木生故墟牛羊滿空瀆春江圍草市夜浪浮竹屋已連漲海白尚帶霍山綠坎離更休王魚鼈橫陵陸得非崑崙囚欲報陸渾衄行看北風競來救南國蹙長驅連山燒一掃含沙毒孤吟愍造化何時停倚伏當憐水旱坻不作舟車蓄江流儻席卷社酒期茆縮

連雨江漲二首

越井岡頭雲出山牂柯江上水如天牀牀避漏幽人屋浦浦移家蜑子船龍卷魚鰕幷雨落人隨雞犬上牆眠秖應樓下平堦水長記先生過嶺年

急雨蕭蕭作晚涼臥聞榕葉響長廊微明燈火耿殘夢半溼簾帷浥舊香高浪隱牀吹甕盎闇風驚樹擺琳琅先生不出晴無用留向空堦滴夜長

四月十一日初食荔支一首

南村諸楊北村盧謂楊梅盧橘也白花青葉冬不枯垂黃綴紫煙雨裏特與荔支爲先驅海山仙人絳羅襦紅紗中單白玉膚不須更待妃子笑風骨自是傾城

姝不知天工有意無遣此尤物生海隅雲山得伴松
檜老霜雪自困楂梨麄先生洗琖酌桂醑氷槃薦此
頳虬珠似開江鰩斫玉柱更洗河豚烹腹腴予嘗謂荔
支厚味高格兩絶果中無比惟江鰩柱河豚魚近之耳我生涉世
本爲口一官久已輕蓴鱸人間何者非夢幻南來萬
里眞良圖

桄榔杖寄張文潛一首時初聞黄魯直遷
黔南范淳父九疑也

睡起風清酒在亡身隨殘夢兩茫茫江邊曳杖桄榔
瘦林下尋苗蕐撥香獨步儻逢峋嶁令遠來莫恨曲
江張遙知魯國眞男子猶憶平生盛孝章

答周循州一首

蔬飯藜牀破衲衣掃除習氣不吟詩前生似是盧行
者後學過呼韓退之未敢扣門求夜話時叨送米續
晨炊知君清俸難多輟且覔黄精與療飢

次韻程正輔游碧落洞一首

空山不難到絶境未易名何時謫仙人來作鈞天聲
胸中幾雲夢餘地方恢宏長庚與北斗錯落綴冠纓
黄公獻紫芝赤松餽青精谿山久寂寞請續離騷經
抱枝寒蜩咽繞耳飛蚊清謫仙拊掌笑此羽皇銘

我頃嘗獨游自適孤雲情君今又繼往霧雨愁青冥感君兄弟意尋羊問初平玉牀分箭鏃不忍獨長生詩成輒寄我妙絶陶謝弁孤鴻方避弋老驥猶在坰鳥獸如可羣永寄槁木形何山不堪隱飲水自脩齡

六月十二日酒醒步月理髮而寢一首

羽蟲見月爭翻飄我亦散髮虛明軒千梳冷快肌骨醒風露氣入霜蓬根起舞三人漫相屬停盃一問終無言曲肱薤簟有佳處夢覺瓊樓空斷魂

荔支歎一首

十里一置飛塵灰五里一候兵火催顛坑仆谷相枕藉知是荔支龍眼來飛車跨山鶻橫海風枝露葉如新採宮中美人一破顏驚塵濺血流千載永元荔支來交州天寶歲貢取之涪至今欲食林甫肉無人舉觴酹伯游漢永元中交州進荔支龍眼十里一置五里一候奔馳死亡罹猛獸毒蟲之害者無數唐羌字伯游爲臨武長上書言狀和帝罷之唐天寶中蓋取涪州荔支自子午谷路進入我願天公憐赤子莫生尤物爲瘡痏君不見武夷谿邊粟粒芽前丁後蔡相寵加爭新買寵各出意今年鬭品充官茶吾君所乏豈此物致養口體何陋耶洛陽相君忠孝家可憐亦進姚黃花洛下貢花自錢惟演始大小龍茶始於丁

晉公而成於君謨歐陽永叔聞君謨進小龍團驚歎曰君謨士人也何至作此事今年閩中監司乞進鬬茶許之

江月五首并引

嶺南氣候不常吾嘗云菊花開時乃重陽涼天佳月即中秋不須以日月爲斷也今歲九月殘暑方退既望之後月出愈遲然予常夜起登合江樓或與客游豐湖入栖禪寺扣羅浮道院登逍遥堂逮曉乃歸杜子美云四更山吐月殘夜水明樓此殆古今絕唱也因其句作五首仍以殘夜水明樓爲韻

一更山吐月玉塔臥微瀾正似西湖上涌金門外看冰輪橫海闊香霧入樓寒停鞭且莫上照我一盃殘

二更山吐月幽人方獨夜可憐人與月夜夜江樓下風枝久未停露草不可藉歸來掩關臥唧唧蟲夜話

三更山吐月栖鳥亦驚起起尋夢中游清絕正如此驅雲掃衆宿俯仰迷空水幸可飲我牛不須違洗耳

四更山吐月皎皎爲誰明幽人赴我約坐待玉繩橫野橋多斷板山寺有微行今夕定何夕夢中游化城

五更山吐月窗迥室幽幽玉鈎還挂戶江練却明樓星河澹欲曉鼓角冷知秋不眠翫五詠清切變蠻謳

聞正輔表兄將至以詩迎之

生逢堯舜仁得作嶺海游雖懷跫然喜豈免跕墮憂
莫雨侵重腿曉烟騰鬱攸朝槃見蜜蝍夜枕聞鵂鶹
幾欲烹鬱屈固嘗饌鉤輈舌音漸獠變面汗嘗騂羞
賴我存黃庭有時仍丹丘目聽不任耳踵息殆廢喉
稍欣素月夜遂度黃茆秋我兄清廟器持節瘴海頭
蕭然三家步橫此萬斛舟人言得漢吏天遣活楚囚
惠然再過我樂哉十日留但恨三語賢忽潛九原幽
萬里儻同歸兩鰥當對耰軾喪婦已三年矣正輔近亦有士嫂之戚故云强歌非真達何必師莊周

再和

稚川真長生少從鄭公游孝章偶不死免爲文舉憂
餘齡會有適獨往豈相攸由來警露鶴不羨撮蚤鶹
願加視後鞭同駕躡空輈寧殪墮齒堇勿憶齊眉羞
何時遂縱壑歸路同首丘著意尋彌明長頸高結喉
東岡松柏老西嶺橘柚秋無心逐定遠燕頷飛虎頭
君方卒功名一泛范蠡舟我亦沾沛渥漸解鍾儀囚
寧須張子房萬戶自擇留猶勝嵇叔夜孤憤甘長幽
南窗可寄傲北山早歸耰此語君勿疑老彭跨商周

同正輔表兄游白水山一首

偉哉造物真豪縱攪土摶沙爲此弄擘開翠峽走雲

雷截破奔流作潭洞因隨化人履巨迹得與仙兄躡
飛軿曳杖不知巖谷深穿雲但覺衣裘重坐看鸞鳥
救霜葉知有老蛟蟠石甕金沙玉礫粲可數古鏡寶
奩寒不動念兄獨立與世疎絕境難到惟我共永詞
角上兩蠻觸一洗胸中九雲夢浮來山高回望失武
陵路絕無人送筠籃擷翠爪甲香素綆分碧銀餅凍
歸路霏霏湯谷暗野堂活活神泉涌解衣浴此無垢
人身輕可試雲間鳳

與正輔游香積寺一首

越山少松竹常苦野火厄此峯獨蒼然感荷佛祖力
伏苓無人採千歲化琥珀幽光發中夜見者惟木客
我豈無長鑱眞贋苦難識靈苗與毒草疑似在毫髮
把玩竟不食棄置長太息山僧類有道辛苦常谷汲
我慚作機舂鑿破混沌穴幽尋恐不繼書板記歲月

次韻正輔同游白水山一首

秖知楚越爲天涯不知肝膽非一家此身如綫自縈
繞左回右轉隨繅車誤拋山林入朝市平地咫尺千
褒邪欲從稚川隱羅浮先與靈運開永嘉首參虞舜
款韶石次謁六祖登南華仙山一見五色羽雪樹兩
摘南枝花赤魚白蟹筯屢下黃柑綠橘籩常加糖霜

不待蜀客寄荔支莫信閩人誇忩領白蜜收五稜去
聲細斸黃土栽三椏正輔分人參一苗歸種韶陽來詩本用椏字惠州無書不見此字所出故且從木奉和朱明洞裏得靈草
翩然放杖淩蒼霞豈無軒車駕熟鹿亦有鼓吹號寒
蛙仙人勸酒不用勺石上自有樽罍窪徑從此路朝
玉闕千里莫遣毫釐差故人日夜望我歸相迎欲到
長風沙豈知乘槎天女側獨倚雲機看織紗世間誰
似老兄弟篤愛不復相疵瑕相攜行到水窮處庶幾
一見留子嗟千年枸杞常夜吠無數草棘工藏遮但
令凡心一洗濯神人仙藥不我遐山中歸來萬想滅
豈復回顧雙雲鴉

轍有白髮近二十年矣然止百餘莖不增
不減虔州道人王正彥教令拔去以真水
火養之恐不復更生從其言已數月而白
髮不出更年歲不見豈真不生耶子瞻兄
示我月中梳頭詩戲次來韻言拔白之驗

水上有車車自翻懸流如綫垂前軒霜蓬已枯不再
綠有客勸我抽其根根根一去紫茸茁珍重已試幽
人言紛紛華髮不足道當返六十過去魂

和

夏畦流膏白雨翻北窗幽人臥羲軒風輪曉入春筝節露珠夜上秋禾根或爲予言草木之長常在昧明間蚤作而伺之乃見其枝起數寸竹筍尤甚又夏秋之交稻方含秀黄昏月出露珠起于其根纍纍然忽自騰上若有推之者或入于莖心或垂于葉端稻乃秀實驗之信然此二事與予由養生之說契故以此爲寄從來白髮有公道始信丹經非妄言此身法報本無二他年妙絶兼形魂傳燈錄有形神俱妙者乃不復□解化之事

十一月九日夜夢與人論神仙道術因作一詩八句既覺頗記其語錄呈子由弟後四句不甚明了今足成之耳

析塵妙質本來空夢中於此句若了然有所得者更積微陽一綫功照夜一燈長耿耿閉門千息自濛濛養成丹竈無煙火點盡人間有暈銅寄語山神停伎倆不聞不見我何窮

章質夫送酒六壺書至而酒不達戲作小詩問之

白衣送酒舞淵明急掃風軒洗破觥豈意青州六從事化爲烏有一先生空煩左手持新蟹漫繞東籬齅落英南海使君今北海定分百榼餉春耕

珍倣宋版印

小圃五詠

人參

上黨天下脊遼東眞井底玄泉傾海腴白露灑天醴
靈苗此孕毓肩股或具體移根到羅浮越水灌清泚
地殊風雨隔臭味終祖禰青椏綴紫萼圓實墮紅米
窮年生意足黃土手自啓上藥無炮炙齕齧盡根柢
開心定魂魄憂恚何足洗糜身輔吾生既食首重稽

地黃

地黃飼老馬可使光鑑人吾聞樂天語喻馬施之身
我衰正伏櫪垂耳氣不振移栽附沃壤蕃茂爭新春
沈水得穉根重湯養陳薪投以東阿清和以北海醇
崖蜜助甘冷山薑發芳辛融爲寒食餳嚥作瑞露珍
丹田自宿火渴肺還生津願餉內熱子一洗胸中塵

枸杞

神藥不自閟羅生滿山澤日有牛羊憂歲有野火厄
越俗不好事過眼等茨棘青荑春自長絳珠爛莫摘
短籬護新植紫筍生卧節根莖與花實收拾無棄物
大將玄吾鬢小則餉我客似聞朱明洞中有千歲質
靈厖或夜吠可見不可索仙人儻許我借杖扶衰疾

甘菊

越山春始寒霜菊晚愈好朝來出細粟稍覺芳歲老
孤根蔭長松獨秀無衆草晨光雖照耀秋雨半摧倒
先生臥不出黃葉紛可掃無人送酒壺空腹嚼珠寶
香風入牙頰楚些發天藻新黃蔚已滿宿根寒不槁
揚揚弄芳蝶生死何足道頗訝昌黎翁恨爾生不蚤

薏苡

伏波飯薏苡禦瘴傳神良能除五谿毒不救讒言傷
讒言風雨過瘴癘久亦亡雨俱不足治但愛草木長
草木各有宜珍產駢南荒絳囊懸荔支雪粉剖桄榔
不謂蓬荻姿中有藥與粮舂為芡珠圓炊作菰米香
子美拾橡栗黃精誑空腸今吾獨何者玉粒照生光

雨後行菜一首

夢回聞雨聲喜我菜甲長平明江路溼並岸飛雨槳
天公真富有膏乳瀉黃壤霜根一蕃滋風葉漸俯仰
未任筐筥載已作盃案想艱難生理窄一味敢專饗
小摘飯山僧清安寄真賞芥藍如菌蕈脆美牙頰響
白菘類羔豚冒土出蹯掌誰能視火候小竈當自養

殘臘獨出二首

幽尋本無事獨往意自長釣魚豐樂橋採杞逍遙堂
羅浮春欲動雲日有清光處處野梅開家家臘酒香

路逢眇道士疑是左元放我欲從之語恐復化爲羊
江邊偶徼行詰曲背城市平湖春草合步到栖禪寺
堂空不見人老稺掩關睡所營在一食食已寧復事
客來豈無得施子淨掃地風松獨不靜送我作鼓吹

新年五首

曉雨暗人日春愁連上元水生挑菜渚煙溼落梅村
小市人歸盡孤舟鶴踏翻猶堪慰寂寞漁火亂黃昏
北渚集羣鷺新年何所之盡歸喬木寺分占結巢枝
生物會有役謀身各及時何當禁畢弋看引雪衣兒
海國空自暖春山無限清冰谿結瘴雨雪菌到江城
更待輕雷發先催凍筍生豐湖有藤菜似可敵蓴羹
小邑浮橋外青山石岸東茶槍燒後有麥浪水前空
萬戶不禁酒三年真識翁結茆來此住歲晚有誰同
荔子幾時熟花頭今已繁探春先揀樹買夏欲論園
居士常攜客參軍許扣門明年更有味懷抱帶諸孫

二月八日與黃燾僧曇穎過逍遙堂何道
士宗一問疾一首

安心守玄牝閉眼覓黃庭問疾來三士澆愁有半缾
風松時落蘂病鶴不梳翎樽空我歸去山月照君醒

次韻高要令劉湜峽山寺見寄一首

新聞妙無多舊學閑可束猶當隱季生未遽逃梅福
空腸吐餘思靜似蠶綴簇寸田結初果秀若銅生綠
荊棘掃誠盡梨棗憂不熟高人寧鑄金下士乃服玉
君看嶺嶠隘我欲巾笥蓄曾攀羅浮頂亦到朱明谷
旋觀真歷塊歸臥甘破屋故人老猶仕世味薄如縠
偶從越女笑不怕蠻江浴驚聞尺書到喜有新詩辱
應憐五管客曾作八州督骨消讒口鑠膽破獄吏酷
壠雲不易寄江月乃可掬遙知清遠寺不稱空洞腹
蹇是驢步武碎短瑟絃柱促仰看泉落珮俯聽石響轂
千峯瀉清駛一往無囘跼狂雷失晤語過電不容目
要知僧長飢正坐山少肉人間無南北蝸角空出縮
仇池九十九仇池有九十九泉予嘗夢至有詩嵩山三十六予由近買田陽翟北望嵩山甚近天人同一夢仙凡無兩錄
陋邦真可老生理亦粗足便回爇天燄長作照海燭爇天燄見退之詩近黃魯直寄詩云蓮花合裏一寸燭牝馬海中燒百川魯直蓋近有得也

食荔支二首并引

惠州太守東堂祠故相陳文惠公堂下有公手植荔支一株郡人謂將軍樹今歲大熟賞啖之餘下逮吏卒其高不可致者縱猿取之

丞相祠堂下將軍大樹旁炎雲駢火實瑞露酌天漿爛紫垂先熟高紅挂遠揚分甘徧鈴下也到黑衣郎羅浮山下四時春盧橘楊梅次第新日啖荔支三百顆不妨長作嶺南人

和子由盆中石菖蒲忽生九花一首

春黄秋菊兩須臾神藥人間果有無無鼻何由識薝蔔有花今始信菖蒲芳心未飽兩蛺蝶寒意知鳴幾蟪蛄記取明年十二節小兒休更鑷霜鬚

遷居一首

吾紹聖元年十月二日至惠州寓合江樓是月十八日遷于嘉祐寺二年三月十九日復遷于合江樓三年四月二十日復歸于嘉祐寺時方卜築白鶴峯之上新居成庶幾其少安乎

前年家水東回首夕陽麗去年家水西溼面春雨細東西兩無擇緣盡我輒逝今年復東徙舊館聊一憩已買白鶴峯規作終老計長江在北戶雪浪舞吾砌青山滿牆頭鬖髿幾雲髻雖慚抱朴子金鼎陋蟬蛻猶賢柳柳州廟俎薦丹荔吾生本無待俯仰了此世念念自成劫塵塵各有際下觀生物息相吹等蚊蚋

兩橋詩并引

惠州之東江谿合流有橋多廢壞以小舟渡羅浮道士鄧守安始作浮橋以四十舟爲二十舫鐵鎖石矴隨水漲落榜曰東新橋州西豐湖上有長橋屢作屢壞栖禪院僧希固築進兩岸爲飛閣九間盡用石鹽木堅若鐵石榜曰西新橋皆以紹聖三年六月畢工作二詩落之

東新橋

羣鯨貫鐵索背負橫空霓首搖飜雪江尾插崩雲谿機牙任信縮漲落隨高低轆轤卷巨索青蛟挂長堤奔舟免狂觸脫筏防撞擠一橋何足云讙傳廣東西父老有不識喜笑爭攀躋魚龍亦驚逃雷雹生馬蹄嗟此病涉久公私困留稽姦民食此險出沒如鳧鷖似賣失船壺如去登樓梯不知百年來幾人隕沙泥豈知濤瀾上安若堂與閨往來無晨夜醉病休扶攜使君飲我言妙割無牛雞不云二子勞歎我捐腰犀二士造橋子嘗助施犀帶 我亦壽使君一言聽扶藜常當修未壞勿使後噬臍

西新橋

昔橋本千柱挂湖如斷霓浮梁陷積淖破板隨奔谿笑看遠岸沒坐覺孤城低聊因三農隙稍進百步堤

炎州無堅植潦水輕推擠千年誰在者鐵柱羅浮西
獨有石鹽木白蟻不敢躋似開銅駝峯如鑿鐵馬蹏
岌岌類鞭石山川非會稽嗟我久閣筆不書紙尾鷖
蕭然無尺箠欲構飛空梯百夫下一杙椓此百尺泥
橋柱石礎之下皆有堅木椓入泥中丈餘謂之項樁探囊賴故侯
寶錢出金閨子由之婦史項入內得賜黃金錢數十助施父老
喜雲集簞壺無空攜三日飲不散殺盡西村雞似聞
百歲前海近湖有犀橋下舊名鰐湖蓋嘗有鮫鰐之類那知
陵谷變枯瀆生茭藜後來勿忘今冬涉水過臍

悼朝雲詩并引

紹聖元年十一月戲作朝雲詩三年七月五日朝雲病亡於惠州葬之棲禪寺松林中東南直大聖塔予既銘其墓且和前詩以自解朝雲始不識字晚忽學書粗有楷法蓋嘗從泗上比丘尼義沖學佛亦略聞大義且死誦金剛經四句偈而絕

苗而不秀豈其天不使童烏與我玄駐景恨無千歲藥贈行唯有小乘禪傷心一念償前債彈指三生斷後緣歸臥竹根無遠近夜燈勤禮塔中仙

東坡後集卷第五

詩六十七首

丙子重九二首

三年瘴海上越嶠真我家登山作重九蠻菊秋未花
唯有黃茆根堆壠生物窳蜒酒糵衆毒酸甜如梨楂
何以侑一罇隣翁餽鼃蛇亦復强取醉歡謠雜悲嗟
今年吁惡歲僵仆如亂麻此會我雖健狂風卷朝霞
使我如霜月孤光挂天涯西湖不欲往墓樹號寒鴉

窮途不擇友過眼如亂雲餘子誰復數坐閱兩使君
共飲去年堂俯看秋水紋此水與此人相追兩沄沄
老去各休息造物嗟長勤佳哉此令節不惜與子分
何以娛我客游魚在清濆水師三百指鐵網欲掩羣
獲多雖一快買放尤可欣此樂真不朽明年我歸耘

白鶴峯新居欲成夜過西鄰翟秀才二首

林行婆家初閉戶翟夫子舍尚留關連娟缺月黃昏
後縹緲新居紫翠間繫悶豈無羅帶水韓退之云水作青羅帶山爲碧玉簪割愁還有劍鋩山柳子厚云海上尖峯若劍鋩秋來處處割愁腸皆嶺南詩也中原北望無歸日鄰火
村舂自往還

甕間畢卓防偷酒壁後匡衡不點燈待鑿平江百尺

井要分清暑一壺氷佐卿恐是歸來鶴次律寧非過
去僧他日莫尋王粲宅夢中來往本何曾

次韻子由所居六詠

堂前種山丹錯落馬腦盤堂後種秋菊碎金收辟寒
草木如有情慰此芳歲闌幽人正獨樂不知行路難
詩人故多感花發憶兩京石榴有正色玉樹真虛名
粲粲秋菊花卓爲霜中英萸槃照重九纈蘂兩鮮明
幽居有古意義井分西牆誰言三伏熱上須一盃涼
先生坐忍渴羣囂自披猖衆散徐酌飲逡巡味尤長
先生飯土塯無物與劉叉何以娛醉客時覷砌下花
井水分西鄰竹陰借東家蕭然行腳僧一身寄天涯
東齋手種柏今復幾尺長知有桓司馬榛荊爲遮藏
近聞南臺松新枝出餘僵年來此懷抱豈復驚凡亡
新居已覆瓦無復風雨憂檻栽與籠竹小詩亦可求
尚欲煩貳師刻山出飛流應須鑿百尺兩綆載一牛

吳子野絶粒不睡過作詩戲之芝上人陸
道士皆和予亦次其韻

聊爲不死五通仙終了無生一大緣獨鶴有聲知半
夜老蠶不食已三眠憐君解比人間夢芝有夢齋子由
作銘許我時逃醉後禪會與江山成故事不妨詩酒

樂新年

次韻惠循二守相會一首

共惜相從一寸陰酒盃雖淺意殊深且同月下三人影莫作天涯萬里心東嶺近開松菊徑南堂初絶斧斤音知君善頌如張老猶望攜壺更一臨

又次韻二守同訪新居二首

數畝蓬蒿古縣陰曉窗清快夜堂深也知卜築非真宅聊欲跏趺看此心聞道攜壺問奇字更因登木助微音相娛北戶江千頃直下都無地可臨

此生真欲老牆陰却掃都忘歲月深拔薤已觀賢守政折蔬聊慰故人心風流賀監常吳語憔悴鍾儀獨楚音治狀兩邦俱第一潁川歸去肯重臨

循守臨行出小鬟復用前韻一首

學語雛鶯在柳陰臨行呼出翠帷深通家不隔同年面二守同年家得路方知異日心趁著春衫游上苑要求國手教新音嶺梅不用催歸騎截鐙須防舊所臨循守近爲韶倅

種茶一首

松間旅生茶已與松俱瘦茨棘尚未容蒙翳爭交搆天公所遺棄百歲仍穉幼紫筍雖不長孤根乃獨壽

移栽白鶴嶺土軟春雨後彌旬得連陰似許晚遂茂
能忘流轉苦戢戢出鳥咮未任供白磨且作資摘嗅
千團輸太官百餅衒私鬭何如此一啜有味出吾囿

白鶴山新居鑿井四十尺遇盤石石盡乃
得泉

海國困烝溽新居利高寒以彼陟降勞易此寢處乾
但苦江路峻常慚汲腰酸矻矻煩四夫磽磽斲層巒
彌旬得尋丈下有青石磐終日但迸火何時見飛瀾
豐我粲與酏利汝椎與鑽山石有時盡我意殊未闌
今朝僮僕喜黃土復可摶晨餅得雪乳莫甕渟氷湍
我生類如此何適不艱難一勺亦天賜曲肱有餘歡

三月二十九日二首

南嶺過雲開紫翠北江飛雨送淒涼酒醒夢回春盡
日閑門隱几坐燒香
門外橘花猶的皪牆頭荔子已斕斑樹暗草深人靜
處卷簾欹枕臥看山

吾謫海南子由雷州被命即行了不相知
至梧乃聞其尚在藤也旦夕當追及作此
詩示之

九疑聯綿屬衡湘蒼梧獨在天一方孤城吹角烟樹

裏落月未落江蒼茫幽人拊枕坐歎息我行忽至舜所藏江邊父老能說子白須紅頰如君長莫嫌瓊雷隔雲海　聖恩尚許遙相望平生學道真實意豈與窮達俱存亡天其以我為箕子要使此意留要荒他年誰作輿地志海南萬古真吾鄉

行瓊儋間肩輿坐睡夢中得句云千山動鱗甲萬谷酣笙鐘覺而遇清風急雨戲作此數句

四州環一島百洞蟠其中我行西北隅如度月半弓登高望中原但見積水空此生當安歸四顧真途窮眇觀大瀛海坐詠談天翁茫茫太倉中一米誰雌雄幽懷忽破散永嘯來天風千山動鱗甲萬谷酣笙鐘安知非羣仙鈞天宴未終喜我歸有期舉酒屬青童急雨豈無意催詩走羣龍夢雲忽變色笑雷亦改容應怪東坡老顏衰語徒工久矣此妙聲不聞蓬萊宮

次前韻寄子由一首

我少即多難邅回一生中百年不易滿寸寸彎強弓老矣復何言榮辱今兩空泥丸尚一路（古語云十方薄伽梵一路涅槃門）所向餘皆窮似聞崆峒西仇池迎此翁胡為適南海復駕垂天雄下視九萬里浩浩皆積

風回望古合州屬此琉璃鍾離別何足道我生豈有終渡海十年歸方鏡照兩童還鄉亦何有暫假壺公龍峩眉向我笑錦水爲君容天人巧相勝不獨數子工指點昔游處蒿萊生故宮

安期生一首并引

安期生世知其爲仙者也然太史公曰蒯通善齊人安期生生嘗以策干項羽羽不能用羽欲封此兩人兩人終不肯受亡去予每讀此未嘗不廢書而歎嗟乎仙者非斯人而誰爲之故意戰國之士如魯連虞卿皆得道者歟

安期本策士平日交蒯通嘗干重瞳子不見隆準公應如魯仲連抵掌吐長虹難堪踞牀洗寧挹扛鼎雄事既兩大繆飄然籋遺風乃知經世士出世或乘龍豈比山澤臞忍飢啖柏松縱使偶不死正堪爲僕僮茂陵秋風客望祖猶蟻蠭侮上如瓜棗可聞不可逢

夜夢一首并引

七月十三日至儋州十餘日矣澹然無一事學道未至靜極生愁夜夢如此不免以書自怡

夜夢嬉游童子如父師檢責驚走書計功當畢春秋餘今乃始及桓莊初怛然悸寤心不舒起坐有如挂

釣魚我生紛紛嬰百緣氣固多習獨此偏弃書事君四十年仕不顧留書繞纏自視汝與丘孰賢易韋三絶丘猶然如我當以犀革編

遷居之夕聞鄰舍兒誦書欣然而作

幽居亂蛙黽生理半人禽跫然已可喜況聞弦誦音兒聲自圓美誰家兩青衿日欣習齊咻未敢笑越吟九齡起韶石姜子家日南吾道無南北安知不生今海闊尚挂斗天高欲横參荊榛短牆缺燈火破屋深引書與相和置酒仍獨斟可以侑我醉琅然如玉琴

聞子由瘦一首儋耳至難得肉食

五日一見花豬肉十日一遇黃雞粥土人頓頓食藷芋薦以熏鼠燒蝙蝠舊聞蜜唧嘗嘔吐稍近蝦蟆緣習俗十年京國厭肥羜日日烝花壓紅玉從來此腹負將軍今者固宜安脱粟俗諺云大將軍食飽捫腹而歎曰我不負汝左右曰將軍固不負此腹此腹負將軍未嘗出少智慮也人言天下無正味卽且未遽賢麋鹿海康別駕復何爲帽寬帶落驚僮僕相看會作兩臞仙還鄉定可騎黃鵠

客俎經旬無肉又子由勸不讀書蕭然清坐乃無一事

病怯鮭鹹不買魚爾來心腹一時虛使君不復憐烏攫屬國方將掘鼠餘老去獨收人所弃游哉時到物之初從今免被孫郎笑絳帊蒙頭讀道書

宥老楮一首

我牆東北隅張王維老穀樹先樗櫟大葉等桑柘沃流膏馬乳漲墮子楊梅熟胡爲尋丈地養此不材木蹶之得輿薪規以種松菊靖言求其用略數得五六膚爲蔡侯紙子入桐君錄黃繒練成素黝面頮作玉灌灑烝生菌腐餘光吐燭雖無傲霜節幸免狂酲毒孤根信微陋生理有倚伏投斧爲賦詩德怨聊相贖

觀棋一首 并引

予素不解棋嘗獨游廬山白鶴觀觀中人皆闔戶晝寢獨聞棋聲於古松流水之間意欣然喜之自爾欲學然終不解也兒子過乃粗能者儋守張中日從之戲予亦隅坐竟日不以爲厭也

五老峯前白鶴遺趾長松蔭庭風日清美我時獨游不逢一士誰歟棋者戶外屨二不聞人聲時聞落子紋枰坐對誰究此味空鈎意釣豈在魴鯉小兒近道剝啄信指勝固欣然敗亦可喜優哉游哉聊復爾耳

糴米一首

糴米買束薪百物資之市不緣耕樵得飽食殊少味再拜請邦君願受一廛地知非笑昨夢食力免內愧春秧幾時花夏稗忽已穟悵焉撫耒耜誰復識此意

入寺一首

曳杖入寺門輯杖挹世尊我是玉堂仙謫來海南村多生宿業盡一氣中夜存旦隨老鴉起飢食扶桑暾光圓摩尼珠照耀玻瓈盆來從佛印可稍覺魔忙奔閑看樹轉午坐到鐘鳴昏斂收平生心耿耿聊自温

次韻子由三首

東亭

仙山佛國本同歸世路玄關兩背馳到處不妨閑卜築流年自可數期頤遙知小檻臨廛市定有新松長棘茨誰道茆簷劣容膝海天風雨看紛披

東樓

白髮蒼顏自照盆董生端合是前身獨棲高閣多辭客爲箸新書未絕麟小醉易醒風力軟安眠無夢雨聲新長歌自調眞堪笑底處人間是所欣柳子厚詩云長歌返故室自謂非所欣

椰子冠

天教日飲欲全絲美酒生林不待儀自漉疎巾邀醉

客更將空殼付冠師前漢高紀注云薛有作冠師規摹簡
古人爭看簪導輕安髮不知更著短簷高屋帽東坡
何事不違時

次韻子由月季花再生一首

幽芳本長春暫瘁如蝕月且當付造物未易料枯枿
也知宿根深便作紫筍茁乘時出婉娩爲我暖栗冽
先生蚤貴重廟論推英拔而今城東瓜不記召南茇
陋居有遠寄小圃無闕躡還爲久處計坐待行年匝
子由明年六十臘果綴梅枝春盃浮竹葉誰言一萌動
已覺萬木活聊將玉蘂新世謂此玫瑰花插向綸巾折

次韻子由浴罷一首

理髮千梳淨風晞勝湯沐閉息萬竅通霧散名乾浴
頹然語默喪靜見天地復時令具薪水漫欲濯腰腹
陶匠不可求盆斛何由足海南無浴器故常乾浴而已老
雞臥糞土振羽雙瞑目倦馬驟風沙奮鬣一噴玉垢
淨各殊性快愜聊自沃雲母透蜀紗琉璃瑩蘄竹稍
能夢中覺漸使生處熟楞嚴在牀頭妙偈時仰讀返
流歸照性獨立遺所矚未知仰山禪已就季主卜安
心會自得助長毋相督

借前韻賀子由生第四孫斗老一首

今日散幽憂彈冠及新沐況聞萬里孫已報三日浴朋來四男子大壯泰臨復開書喜見面未飲春生腹無官一身輕有子萬事足舉家傳吉夢殊相驚凡目爛爛開眼電磽磽峙頭玉（李賀詩云頭玉磽磽眉刷翠杜郎生得真男子）但令強筋骨可以耕衍沃不須富文章端解耗紙竹君歸定何日我計久已熟長留五車書要使九子讀（吾與子由共九孫男矣）簞瓢有內樂軒冕無流矚人言适似我窮達已可卜蚤謀二頃田莫待八州督（吾前後典八州）

獨覺一首

瘴霧三年恬不怪反畏北風生體疥朝來縮頸似寒鴉焰火生薪聊一快紅波翻屋春風起先生默坐春風裏浮空眼纈散雲霞無數心花發桃李翛然獨覺午窗明欲覺猶聞醉鼾聲回首向來蕭瑟處也無風雨也無晴

十二月十七日夜坐達曉寄子由一首

燈燼不挑垂暗蕊爐香重撥上餘薰清風欲發鴉翻樹缺月初升犬吠雲閑眼此心新活計隨身孤影舊知聞雷州別乘應危坐跨海幽光與子分

謫居三適三首

日起理髮

安眠海自運浩浩潮黃宮日出露未晞鬱鬱濛霜松
老櫛從我久齒疎含清風一洗耳目明習習萬竅通
少年苦嗜睡朝謁常怱怱爬搔未云足已困冠巾重
何異服轅馬沙塵滿風騣琱鞍響珂月實與杻械同
解放不可期枯柳豈易逢誰能書此樂獻與腰金公

午窗坐睡

蒲團盤兩膝竹几閣雙肘此間道路熟徑到無何有
身心兩不見息息安且久睡蛇本亦無何用鉤與手
神凝疑夜禪體適劇卯酒我生有定數祿盡空餘壽
枯楊下飛花膏澤回衰朽謂我此爲覺物至了不受
謂我今方夢此心初不垢非夢亦非覺請問希夷叟

夜臥濯足

長安大雪年束薪抱衾裯雲安市無井斗水寬百憂
今我逃空谷孤城嘯鵂鶹得米如得珠食菜不敢留
況有松風聲釜鬵鳴颼颼瓦盎深及膝時復冷暖投
明燈一爪翦快若鷹辭韝天低瘴雲重地薄海氣浮
土無重膇藥獨以薪水瘳誰能更包裹冠屨裝沐猴

子由生日一首

上天不難知好惡與我一方其未定間人力破陰隲

少忍待其定報應眞可必季氏生而仁觀過見其實端如柳下惠焉往不三黜天有時而定壽考未易畢兒孫七男子三子四孫次第皆逢吉遙知設羅門獨掩懸磬室回思十年事無愧篋中筆但願白髮兄年年作生日

以黃子木拄杖爲子由生日之壽一首

靈壽扶孔光菊潭飲伯始雖云閑草木豈樂蒙此恥一時偶收用千載相瘢痏海南無佳植野果名黃子堅瘦多節目天材任操倚嗟我始剪裁世用或緣此貴從老夫手往配先生几相從歸故山不愧仙人杞本草枸杞一名仙人杖

過於海舶得邁寄書酒作詩遠和之皆粲然可觀子由有書相慶也因用其韻賦一篇并寄諸子姪一首

我似老牛鞭不動雨滑泥深四蹄重汝如黃犢走卻來海闊山高百程送庶幾門戶有八慈不恨居鄰無二仲他年汝曹笏滿床中夜起舞踏破甕會當洗眼看騰躍莫指癡腹笑空洞譽兒雖是兩翁癖積德已自三世種豈惟萬一許生還尚恐九十煩珍從六子晨耕簞瓢出衆婦夜績燈火共春秋古史乃家法詩

筆離騷亦時用但令文字還照世糞土腐餘安足夢

上元夜過赴儋守召獨坐有感一首 戊寅歲

使君置酒莫相違守舍何妨獨掩扉靜看月窗盤蜴蜥臥聞風幔落蚍蜉燈花結盡吾猶夢香篆消時汝欲歸搔首淒涼十年事傳柑歸遺滿朝衣

海南人不作寒食而以上巳上冢予攜一瓢酒尋諸生皆出矣獨老符秀才在因與飲至醉符蓋儋人之安貧守靜者也

老鴉銜肉紙飛灰萬里家山安在哉蒼耳林中太白過鹿門山下德公回管寧投老終歸去王式當年本不來記取城南上巳日木緜花落刺桐開

新居一首

朝陽入北林竹樹散疎影短籬尋丈間寄我無窮境舊居無一席逐客猶遭屏結茅得茲地翳翳村巷永數朝風雨涼畦菊發新穎俯仰可卒歲何必謀二頃

五色雀一首

海南有五色雀常以兩絳者為長進止必隨焉俗謂之鳳皇云久旱而見輒雨潦則反是吾卜居儋耳城南嘗一至庭下今日又見之進士黎子雲及其弟威

家既去吾舉酒祝之曰若爲吾來者當再集也已而果然乃爲賦詩

粲粲五色羽炎方鳳之徒青黄縞玄服翼衞兩紱朱
仁心知閔農常告雨霽符我窮惟四壁破屋無瞻烏
惠然此粲者來集竹與梧鏘鳴如玉佩意欲相嬉娛
寂寞兩黎生食菜眞臞儒小圃散春物野桃陳雪膚
舉盃得一笑見此紅鸞雛高情如飛仙未易握粟呼
胡爲去復來眷眷豈屬吾回翔天壤間何必懷此都

倦夜一首

倦枕厭長夜小窗終未明孤村一犬吠殘月幾人行
衰鬢久已白旅懷空自清荒園有絡緯虛織竟何成

用過韻冬至與諸生飲酒一首

小酒生黎法乾糟凡盎中芳辛知有毒滴瀝取無窮
凍醴寒初泫春醅暖更饛華夷兩樽合醉笑一歡同
里閈峩山北田園震澤東歸期那敢說安訊不曾通
鶴鬢驚全白犀圍尚半紅愁顔解符老壽耳鬭吳翁
得穀鵝初飽亡猫鼠益豐黄薑收土芋蒼耳斫霜叢
兒瘦緣儲藥奴肥爲種松頻頻非竊食數數尚乘風
河伯方夸若靈媧自舞馮歸途陷泥淖炬火燎茅蓬
膝上王文度家傳張長公和詩仍醉墨戲海亂羣鴻

符吳皆坐客其餘皆即事實錄也

縱筆三首

寂寂東坡一病翁白須蕭散滿霜風小兒誤喜朱顏在一笑那知是酒紅

父老爭看烏角巾應緣曾現宰官身谿邊古路三叉口獨立斜陽數過人

北船不到米如珠醉飽蕭條半月無明日東家知祀竈隻雞斗酒定膰吾

貧家淨掃地一首

貧家淨掃地貧女好梳頭下士晚聞道聊以拙自修扣門有佳客一飯相邀留春炊勿草草此客未易婾慎勿用勞薪感我如薰蕕德人抱衡石銖黍安可廋

次韻子由贈吳子野先生二絕句

馬迹車輪滿四方若爲閉著小茆堂仙心欲捉左元放癡疾還同顧長康

江令蒼苔圍故宅謝家語鷰集華堂先生笑說江南事秖有青山繞建康

被酒獨行徧至子雲威徽先覺四黎之舍三首

半醒半醉問諸黎竹刺藤梢步步迷但尋牛矢覓歸

路家在牛欄西復西

總角黎家三小童口吹葱葉送迎翁莫作天涯萬里意谿邊自有舞雩風

符老風情奈老何朱顏減盡鬢絲多投梭每困東鄰女換扇唯逢春夢婆是日復見符林秀才說換扇之事

夜燒松明火一首

歲莫風雨交客舍淒薄寒夜燒松明火照室紅龍鸞快焰初煌煌碧煙稍團團幽人忽富貴繐帳芬椒蘭珠煤綴屋稍香湍音詰松瀝也出本草注流銅槃坐看十八公俯仰灰燼殘齊奴朝爨蠟萊公夜長歎海康無此物燭盡更未闌

庚辰歲人日作時聞黃河已復北流老臣舊數論此今斯言乃驗

老去仍栖隔海村夢中時見作詩孫天涯已慣逢人日歸路猶欣過鬼門三策已應思賈讓孤忠終未赦虞翻典衣剩買河源米屈指新蒭作上元

不用長愁挂月村檳榔生子竹生孫海南勒竹每節生枝如竹竿大蓋竹孫也新巢語燕還窺硯舊雨來人不到門春水蘆根看鶴立夕陽楓葉見鴉翻此生念念隨泡影莫認家山作本元

庚辰歲正月十二日天門冬酒熟予自漉之且漉且嘗遂以大醉二首

自撥床頭一甕雲幽人先已醉濃芬天門冬熟新年喜淘米春香並舍聞杜子美詩云聞道雲安淘米春酒名也

菜圃漸疎花漠漠竹扉斜掩雨紛紛擁裘睡覺知何處吹面東風散縠紋

載酒無人過子雲年來家醞有奇芬醉鄉杳杳誰同夢睡息齁齁得自聞口業向詩猶小小眼花因酒尚紛紛點鐙更試淮南語泛溢東風有縠紋淮南子云東風至而酒泛溢許慎注云酒泛清酒也

追和戊寅歲上元一首

春鴻社鷰巧相違白鶴峯頭白板扉石建方欣洗牏廁姜龐不解歎蠨蛸一龕京口嗟春夢萬炬錢塘憶夜歸合浦賣珠無復有當年笑我泣牛衣

題過所畫枯木竹石

老可能爲竹寫眞小坡今與石傳神山僧自覺菩提長心境都將付臥輪

散木支離得自全交柯蚴蟉欲相纏不須更說能鳴鴈要以空中得盡年

倦看澀勒暗蠻村亂棘孤藤束瘴根唯有長身六君

子依依猶得似淇園

真一酒歌并引

布算以步五星不如仰觀之捷吹律以求中聲不如耳齊之審鉛汞以爲藥策易以候火不如天造之真也是故神宅空樂出虛蹋踘者以氣升孰能推是類以求天造之藥乎於此有物其名曰真一遠游先生方治此道不飲不食而飲此酒食此藥居此堂予亦竊其一二故作真一之歌其詞曰

空中細莖插天芒不生沮澤生陵岡涉閱四氣更六陽森然不受螟與蝗飛龍御月作秋涼蒼波改色屯雲黃天旋雷動玉塵香起搜十裂照坐光跏趺牛噍安且詳動搖天關出瓊漿壬公飛空丁女藏三伏遇井了不嘗釀爲真一和而莊三杯儼如侍君王湛然寂照非楚狂終身不入無功鄉

東坡後集卷第六

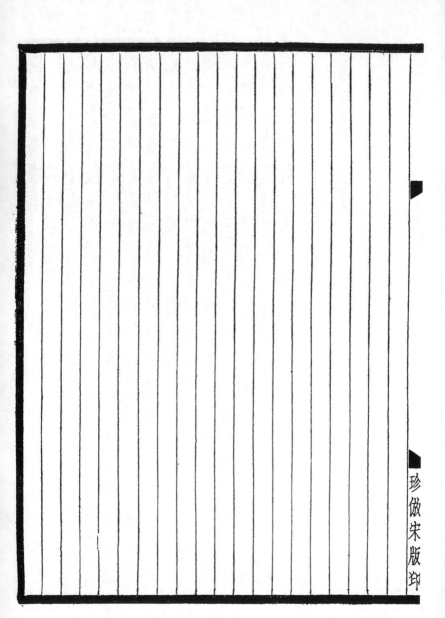

東坡後集卷第七

詩八十九首

汲江煎茶一首

活水還須活火烹唐人云茶須緩火炙活火煎自臨釣石取深清大瓢貯月歸春甕小杓分江入夜缾茶雨已飜煎處脚松風忽作瀉時聲枯腸未易禁三盌坐數荒村長短更

予來儋耳得吠狗曰烏觜甚猛而馴隨予遷合浦過澄邁泅而濟路人皆驚戲爲作此詩

烏喙本海獒幸我爲之主食餘已瓠肥終不憂鼎俎晝馴識賓客夜捍爲門戶知我當北還掉尾喜欲舞跳踉趁僮僕吐舌喘汗雨長橋不肯躡徑度清深浦拍浮似鵝鴨登岸劇虓虎盜肉亦小疵鞭箠當貫汝再拜謝恩厚天不遣言語何當寄家書黃耳定乃祖

澄邁驛通潮閣二首

倦客愁聞歸路遙眼明飛閣俯長橋貪看白鷺橫秋浦不覺青林沒晚潮

餘生欲老海南村帝遣巫陽招我魂杳杳天低鶻沒處青山一髮是中原

洞酌亭詩并引

瓊山郡東衆泉觱發然皆洌而不食丁丑歲六月軾南遷過瓊始得雙泉之甘於城之東北隅以告其人自是汲者常滿泉相去咫尺而異味庚辰歲六月十七日遷于合浦復過之太守承議郎陸公求泉上之亭名與詩名之曰洞酌其詩曰

洞酌彼兩泉挹彼注茲一缾之中有澠有淄以瀹以烹衆喊莫齊自江徂海浩然無私豈弟君子江海是儀既味我泉亦嚌我詩

六月二十日夜渡海

參横斗轉欲三更苦雨終風也解晴雲散月明誰點綴天容海色本澄清空餘魯叟乘桴意粗識軒轅奏樂聲九死南荒吾不恨茲游奇絕冠平生

自雷適廉宿於興廉村淨行院

荒涼海南北佛舍如雞棲忽此榕林中跨空飛栱枅當門洌碧井洗我兩足泥高堂磨新甎洞戶分角圭倒床便甘寢鼻息如虹霓僮僕不肯去我為半日稽晨登一葉舟醉兀十里谿醒來知何處歸路老更迷

廉州龍眼質味殊絕可敵荔支

龍眼與荔支異出同父祖端如柑與橘未易相可否

異哉西海濱琪樹羅玄圃纍纍似桃李一一流膏乳
坐疑星隕空又恐珠還浦圖經未嘗說玉食遠莫數
獨使皴皮生弄色映琱俎蠻荒非汝辱幸免妃子汗

合浦愈上人以詩名嶺外將訪道南嶽留
詩壁上云閑伴孤雲自在飛東坡居士過
其精舍戲和其韻

孤雲出岫豈求伴錫杖凌空自要飛爲問庭松尚西
指不知老奘幾年歸

梅聖俞之客歐陽晦夫使工畫茅庵己居
其中一琴橫牀而已曹子方作詩四韻僕
和之云

寂寞王子猷回船剡溪路超遙戴安道雪夕誰與度
倒披王恭氅半掩袁安戶應調折絃琴自和撚須句

歐陽晦夫惠琴枕

中郎不眠仰看屋得此古椽圍尺竹輪囷濩落非笛
材剖作袖琴徽軫足流傳幾處到淵明臥枕綸巾酒
新漉孤鸞別鵠誰復聞鼻息齁齁自成曲

留別廉守

編萑以苴豬墐塗以塗之小餅如嚼月中有酥與飴
懸知合浦人長誦東坡詩好在眞一酒爲我醉宗資

鉼笙詩并引

庚辰八月二十八日劉幾仲餞飲東坡中觴聞笙簫聲杳杳若在雲霄間抑揚往返粗中音節徐而察之則出於雙鉼水火相得自然吟嘯蓋食頃乃已坐客驚歎得未曾有請作鉼笙詩記之

孤松吟風細泠泠獨繭長繰女媧笙陋哉石鼎逢彌明丘蚓竅作蒼蠅聲鉼中宮商自相賡昭文無虧亦無成東坡醉熟呼不醒但云作勞吾耳鳴

歐陽晦夫遺接羅琴枕戲作此詩謝之

攜兒過嶺今七年晚塗更著黎衣冠白頭穿林要藤帽赤腳渡水須花縵不愁故人驚絕倒但使俚俗相恬安見君合浦如夢寐挽須握手俱汍瀾妻縫接羅霧縠細兒送琴枕冰徽寒無絃且寄陶令意倒載猶作山公看我懷汝陰六一老眉宇秀發如春巒羽衣鶴氅古仙伯岌岌兩柱扶霜紈至今畫像作此服凜如退之加渥丹爾來前輩皆鬼錄我亦帶脫巾攲寬作詩頗似六一語往往亦帶梅翁酸

次韻王鬱林

晚塗流落不堪言海上春泥手自飜漢使節空餘皓首故侯瓜在有頹垣平生多難非天意此去殘年盡

主恩誤辱使君相收拭寧聞老鶴更乘軒

藤州江上夜起對月贈邵道士一首

江月照我心江水洗我肝端如徑寸珠墮此白玉盤
我心本如此月滿江不湍起舞者誰歟莫作三人看
嶠南瘴毒地有此江月寒乃知天壤間何人不清安
床頭有白酒盎若白露溥獨醉還獨醒夜氣清漫漫
仍呼邵道士取琴月下彈相將乘一葉夜下蒼梧灘

徐元用使君與其子端常邀僕與小兒過
同游東山浮金堂戲作此詩

昔與徐使君共賞錢塘春愛此小天竺時來中聖人
松如遷客老酒似使君醇繫舟藤城下弄月鐔江濱
江月夜夜好雲山朝朝新使君有令子眞是石麒麟
我子乃散材有如木輪囷二老白接䍦兩郎烏角巾
醉臥松下石扶歸江上津浮橋半沒水揭此碧鱗鱗

送鮮于都曹歸蜀灌口舊居

籥盡霜須照碧銅依然春雪在長松朝行犀浦催收
芋夜渡繩橋看伏龍莫歎倦游無駟馬要將老健敵
千鍾子雲三世惟身在爲向西南說病容

送邵道士彥肅還都嶠

乞得紛紛擾擾身結茆都嶠與仙鄰少而寡欲顏常

好老不求名語益真許邁有妻還學道陶潛無酒亦從人相隨十日還歸去萬劫清遊結此因

書韓幹二馬

赤髯碧眼老鮮卑回策如縈獨善騎赭白紫騮俱絕世馬中岳湛有妍姿

將至廣州用過韻寄邁迨二子

皇天遣出家臨老乃學道北歸爲兒子破戒堪一笑披雲見天眼回首失海潦蠻唱與黎歌餘音猶杳杳大兒牧衆稺四歲守孤嶠次子病學醫三折乃粗曉小兒耕且養得暇爲書繞我亦困詩酒去道愈茫渺紛紛何時定所至皆可老莫學柳儀曹詩書教氓獠亦莫事登陟谿山有何好安居與我游閉戶淨洒掃

贈鄭清叟秀才

風濤戰扶胥海賊橫泥子胡爲犯二怖博此一笑喜問君奚所欲欲談仁義耳我才不逮人所有聊足已安能相付予過聽君誤矣霜風掃瘴毒冬日稍清美年來萬事足所欠惟一死澹然兩無求滑淨空棐几

和孫叔靜兄弟李端叔唱和一首

病骨瘦欲折霜髯鑷更疎喜聞新國政兼得故人書秉燭真如夢傾盃不敢餘天涯老兄弟懷抱幾時攄

廣倅蕭大夫借前韻見贈復和答之

坐還粗勝處早退不如疎垂死初聞道平生誤信書
風濤驚夜半疾病送災餘賴有蕭夫子幽懷得少攄
心閑詩自放筆老語彌疎贈我皆強韻知君得異書
滔滔沮叟是綽綽孟生餘一笑滄溟側應無憤可攄

王進叔所藏畫跋尾五首

徐熙杏花

江左風流王謝家盡攜書畫到天涯却因梅雨丹青暗洗出徐熙落墨花

趙昌四季

芍藥

倚竹佳人翠袖長天寒猶著薄羅裳揚州近日紅千葉自是風流時世粧

躑躅

楓林翠壁楚江邊躑躅千層不忍看開卷便知歸路近劍南樵叟爲施丹

寒菊

輕肌弱骨散幽葩真是青裙兩髻丫便有佳名配黃菊應緣霜後苦無花

山茶

遊蜂掠盡粉絲黃落蘂猶收蜜露香待得春風幾枝
在年來殺蔌有飛霜

和黃秀才鑒空閣一首

明月本自明無心孰爲境挂空如水鑒寫此山河影
我觀大瀛海巨浸與天永九州居其間無異蛇盤鏡
空水兩無質相照但耿耿妄云桂兔蟇俗說皆可屏
我游鑒空閣缺月正淒冷黃子寒無衣對月句愈警
借君方諸淚一沐管城穎誰言小叢林清絕冠五嶺

韋偃牧馬圖一首

神工妙技帝所收江都曹韓逝莫留人間畫馬唯韋
侯當年爲誰掃驊騮至今霜蹄踏長楸圉人困臥涉
壠頭沙苑茫茫蒺藜秋風髮鬣寒颼颼龍種尚與
駑駘游長稭短豆豈我羞八鑾六轡非馬謀古來西
山與東丘

題靈峯寺壁一首

靈峯山上寶陀寺白髮東坡又到來前世德雲今我
是依希猶記妙高臺

衆妙堂一首

湛然無觀古真人我獨觀此衆妙門夫物芸芸各歸
根衆中得一道乃存道人晨起開東軒趺坐一醉扶

桑暾餘光照我玻瓈盆倒射窗几清而溫欲收月魄餐日魂我自日月誰使吞

題馮通直明月湖詩後一首

老衍清篇墨未枯小馮新作語尤姝呼兒淨洗涵星硯爲子賡歌墮月湖聞道牂江空抱珥年來合浦自還珠請君多釀蓮花酒準擬王喬下履舄南詔有西洱河即古牂柯江也河形如月耳珥故名之西洱云

次韻鄭介夫二首

一落泥塗迹愈深尺薪如桂米如金長庚到曉空陪月太歲今年合守心相與齧氈持漢節何妨振履出商音孤雲倦鳥空來往自要閑飛不作霖

一生憂患萃殘年心似驚蠶未易眠海上偶來期汗漫葦間猶得見寅緣良醫自要經三折老將何妨敗兩甄收取桑榆種梨棗祝君眉壽似增川

昔在九江與蘇伯固唱和其略曰我夢扁舟浮震澤雪浪橫江千頃白覺來滿眼是廬山倚天無數開青壁蓋實夢也昨日又夢伯固手持乳香嬰兒示予覺而思之蓋南華賜物也豈復與伯固相見於此耶今得來書已在南華相待數日矣感歎不已

故先寄此詩

扁舟震澤定何時滿眼廬山覺又非春草池塘惠連夢上林鴻鴈子卿歸水香知是曹谿口眼淨同看古佛衣不向南華結香火此生何處是真依

次韻韶守狄大夫見贈二首

華髮蕭蕭老遂良褚河南帖云即日遂良須髮盡白蓋謫長沙時也一身萍挂海中央無錢種菜爲家業有病安心是藥方才疎正類孔文舉凝絶還同顧長康萬里歸來空泣血七年供奉殿西廊邇英閣在延和殿西廊下

森森畫戟擁朱輪坐詠梁公覺有神白傅閑游空誦句事見樂天吳郡詩石敘拾遺窮老敢論親事見子美贈狄明府詩東海莫懷疎受意西風幸免庾公塵爲公過嶺傳新唱催發寒梅一信春

次韻韶倅李通直二首

一篇瀧吏可書紳莫向長沮更問津老去常憂伴新鬼歸來且喜是陳人曾陪令尹蒼髯古又見郎君白髮新回首天涯一惆悵却登梅嶺望楓宸

青山秖在古城隅萬里歸來卜築初會見四山朝鶴駕更看二李控鯨魚欲從抱朴傳家學應怪中郎得異書待我丹成馭風去借君瓊佩與霞裾僕昔爲開封

幕先公爲赤令暇日相與論內外丹且出其丹示僕今三十年而見
君曲江同遊南華宿山水間數日道舊感歎且勸我卜居于舒故詩
中皆及之

狄韶州煑蔓菁蘆菔羹一首

我昔在田間寒庖有珍烹常支折腳鼎自煑花蔓菁
中年失此味想像如隔生誰知南嶽老解作東坡羹
中有蘆菔根尚含曉露清勿語貴公子從渠醉羶腥

李伯時畫其弟亮功舊宅圖一首

樂天蚤退今安有摩詰長閑古亦無五畝自栽池上
竹十年空看輞川圖近聞陶令開三徑應許揚雄寄
一區晚歲與君同活計如雲鵝鴨散平湖

贈龍光長老一首

斫得龍光竹兩竿持歸嶺北萬人看竹中一滴曹溪
水漲起西江十八灘

贈嶺上老人

鶴骨霜髯心已灰青松合抱手親栽問翁大庾嶺頭
住曾見南遷幾箇回

贈嶺上梅

梅花開盡雜花開過盡行人君不來不趁青梅嘗煑
酒要看細雨熟黃梅

予昔過嶺而南題詩龍泉鐘上今復過而
北次其韻
秋風卷黃落朝雨洗綠淨人貪歸路好節近中原正
下嶺獨徐行艱嶮未敢忘遙知叔孫子已致魯諸生
過嶺二首
暫著南冠不到頭却隨北鴈與歸休平生不作兎三
窟今古何殊貉一丘當日無人送臨賀至今有廟祀
潮州劍關西望七千里乘興眞爲玉局游
七年來往我何堪又試曹谿一勺甘夢裏似曾遷海
外醉中不覺到江南波生濯足鳴空澗霧繞征衣滴
翠嵐誰遣山雞忽驚起半巖花雨落毿毿
留題顯聖寺一首
渺渺疎林集晚鵶孤村烟火梵王家幽人自種千頭
橘遠客來尋百結花浮石已乾霜後水焦坑閑試雨
前茶秖疑歸夢西南去翠竹江村繞白沙
予初謫嶺南過田氏水閣東南一峯豐下
銳上俚人謂雞籠山予更名獨秀峯今復
過之戲留一絕
倚天巉絕玉浮屠肯與彭郎作小姑獨秀江南知有
意要三二別四方壺

乞數珠一首贈南禪湜老

從君覓數珠老境仗消遣未敢轉千佛且從千佛轉
儒生推變化乾策數大衍道士守玄牝龍虎看舒卷
我老安能爲萬劫付一喘默坐閱塵界往來八十反
區區我所寄處縮蠶在繭適從海上回蓬萊又清淺

鬱孤臺再過虔州和前韻

吾生如寄耳嶺海亦閑游贛石三百里寒江尺五流
楚山微有霰越瘴久無秋望斷橫雲嶠魂飛咤雪洲
曉鐘時出寺莫鼓各鳴樓歸路迷千嶂勞生閱百州
不隨猿鶴化甘作賈胡留秖有貂裘在猶堪買釣舟

虔守霍大夫監郡許朝奉見和此詩復次
前韻

大邦安靜治小院得閑游贛水雨已漲廉泉春水流
同烹貢茗雪一洗瘴茅秋秋思生蓴鱠寒衣待橘洲
揚雄未有宅王粲且登樓老境無多日歸心夢幾州
敢因逃酒去端爲和詩留舊篋藏新語清風自滿舟

贈虔州術士謝君

屬國新從海外歸君平且莫下簾帷前生恐是盧行
者後學過呼韓退之死後人傳戒定慧生時宿直斗
牛箕憑君爲算行年看便數生時到死時

虔州景德寺榮師湛然堂一首

卓然精明念不起兀然灰槁照不滅方定之時慧在定定慧寂照非兩法妙湛總持不動尊默然真入不二門語息則默非對語此話要將周易論諸方人人把雷電不容細看真頭面欲知妙湛與總持更問江東三語掾

和陽行先一首用鬱孤臺韻

室空惟法喜心定有天游摩詰元無病須洹不入流苦嫌尋直枉坐待寸田秋雖未麒麟閣已逃鸚鵡洲酒醒風動竹夢斷月窺樓衆謂元德秀自稱陽道州拔葵終相魯辟穀會封留用舍俱無礙飄然不繫舟

用數珠韻贈湜長老

嗣宗雖不言叔寶猶理遣東坡但熟睡一夕一展轉南還昔虞翻却掃今馮衍古佛既手提諸方皆席卷當年清隱老鶴瘦歸不喘和我彈丸詩百發亦百反耆年日凋喪但有犢角璽時來窺方丈共笑虎毛淺

和猶子遲贈孫志舉

軒裳大爐韛陶冶一世人從衡落模範誰復甘飢貧可憐方回癡初不疑嘉賓頗念懷祖黠瞋兒與兵姻失身墮浩渺投老無涯垠回看十年舊誰似數子真

孫郎表獨立霜戟交重闈深居小汝覿豈問親與隣
連枝皆秀傑英氣推伯仁我從海外歸喜及崆峒春
新年得異書西郭有逸民 陽行先以登真隱訣見借 小孫
又過我歡若平生親清詩五百言句句皆絕倫養火
雖未伏要是丹砂銀我家六男子朴學非時新詩詞
各璀璨老語徒周諄願言敦夙好永與竹林均六子
豈可忘從我屢厄陳

南禪長老和詩不已故作六蟲篇答之

鳳凰覽德輝遠引不待遣鶺鴒戀庭宇倏忽來千轉
那將坐井蛙而比談天衍蠹魚著文字槁死猶遭卷
老牛疲耕作見月亦妄喘東坡方三問南禪已五反
老人但目擊侍者應足蠒最後六蟲篇深寄恨語淺

明日南禪和詩不到故重賦數珠篇以督
之二首

未來不可招已過那容遣中間見在心一一風輪轉
自從一生二巧歷莫能衍不如袖手坐六用都懷卷
風雷生謦欬萬竅自號喘詩人思無邪孟子內自反
大珠分一月細綆合兩蠒纍然挂禪床妙用夫豈淺
朝來取飯化乃是維摩遣全鋒雖未露半藏已曾轉
說有陋裴頠談無笑王衍看經聊爾耳遮眼初不卷

三咤故自醒一吷何由喘請歸視故櫝靜夜珠當反
安居三十年古衲磨山璽持珠尚默坐豈是功用淺

用前韻再和霍大夫

文字先生飲(謂劉執中)江山清獻游典刑傳父老尊俎
繼風流度嶺逢梅雨還家指麥秋自慚鴻鴈侶爭集
稻粱洲洲野闊橫雙練城堅聳百樓行看鳳尾詔却下
虎頭州君意已吳越我行無去留歸塗應食粥乞米
使君舟

用前韻再和許朝奉

高門元世舊客路曉追游清絕聞詩語疎通豈法流
傳家有衣鉢斷獄盡春秋邂逅陪車馬尋芳謝眺洲
淒涼望鄉國得句仲宣樓恨賦投湘水悲歌祀柳州
何如五字律相與一樽留更約登塵外歸時月滿舟

用前韻再和孫志舉

人衆者勝天天定亦勝人鄧通豈不富郭解安得貧
驚飛賀廈鷰走散入幕賓醉眠中山酒夢結南柯姻
寵辱能幾何悲歡浩無垠回視人間世了無一事真
灑掃古玉局香火通帝閽我室思無邪我堂德有鄰
所至爲鄉里事賢友其仁之子富經術蔚如井火春
蜿蟺楚南極淑氣生此民唱高和自寡非我誰當親

譬彼嶰谷竹翦裁侍伶倫俗學吁可鄙紙繒配芻銀
聊將調癡鬼亦復爭華新願子事篤實浮言掃譊諄
窮通付造物得喪理本均期子如太倉會當發陳陳

崔文學申攜文見過蕭然有出塵之姿問
之則孫介夫之甥也故復用前韻賦一篇
示志舉

象服盛䯻珥豈是邢夫人弊衣破冠履可憐范叔貧
君看崔員外晚就觀國賓當年頗赫赫翁媪爭爲姻（事見退之贈崔員外詩）蹭蹬阻風水橫斜挂邊垠青衫映
白髮今似梅子眞道存百無害甘守吳市闉自言總
角歲慈母爲擇鄰邦人驚似舅矯矯惡不仁詩文非
他師家法乃富春豈非空同秀爲國產儁民挺然齊
魯生近出姬姜親爲文不在多一頌了伯倫清詩要
鍛鍊乃得鉛中銀自我還嶺外七見槐火新著書已
絕筆一默含千諄蕢桴和葦籥天節非人均時時自
娛嬉豈爲俗子陳

畫車詩二首

何人畫此隻輪車便是當年欹器圖上易下難須審
細左提右挈免疎虞
九衢歌舞頌主明誰惻寒泉獨自清賴有千車能散

福化爲膏雨滿重城

虔州呂倚承奉年八十三讀書作詩不已好收古今帖貧甚至食不足

揚雄老無子馮衍終不遇不識孔方兄但有靈照女家藏古今帖墨色照箱筥飢來據空案一字不堪煑枯腸五千卷磊落相撑拄吟爲蜩蚻聲時有鳥可句爲語里長者德齒敬已古如翁有幾人薄少可時助

王子直去歲送子由北歸往反百舍今又相逢贛上戲用舊韻作詩留别

米盡無人典破裘送行萬里一鄒游解舟又欲攜君去歸舍聊須與婦謀聞道年來丹伏火不愁老去雪蒙頭剩買山田添鶴口廟堂新拜富民侯

次韻江晦叔二首

人老家何在龍眠雨未驚酒船回太白稺子候淵明幸與登仙郭同依坐嘯成小樓看月上劇飲到參横

鐘鼓江南岸歸來夢自驚浮雲世事改孤月此心明雨已傾盆落詩仍飜水成二江爭送客木杪看橋横

次韻江晦叔兼呈器之

潢空初不跨鵬鼇但覺胡床步步高（器之言嘗夢飛自覺身與所坐床皆起空中）一枕晝眠春有夢扁舟夜渡海無

濤歸來又見顛茶陸多病仍逢止酒陶笑說南荒底處所秖今榕葉下亭臯

寒食與器之遊南塔寺寂照堂

城南鐘鼓鬬清新端爲投荒洗瘴塵總是鏡空堂上客誰爲寂照鏡中人紅英掃地風驚曉綠葉成陰雨洗春記取明年作寒食杏花曾與此翁鄰

器之好談禪不喜遊山山中筍出戲語器之可同參玉板長老作此詩

叢林真百丈法嗣有橫枝（玉板橫枝竹筍也）不怕石頭路來參玉板師聊憑柏樹子與問籜龍兒瓦礫猶能說此君那不知

永和清都觀謝道士童顏鬚髮問其年生於丙子蓋與予同求此詩

鏡湖敕賜老江東未似西歸玉局翁羈枕未容春夢斷青都宛在默存中每逢佳境攜兒去試問流年與我同自笑餘生消底物半篙清漲百灘空（予與劉器之同發虔州江水忽清漲丈餘贛石三百里無一見者至永和器之解舟先去予獨游清都作此詩）

贈詩僧道通

雄豪而妙苦而腴秖有琴聰與蜜殊（錢塘僧思聰總角善

琴後捨琴而學詩復棄詩而學道其詩似皎然而加雄放安州僧仲
殊詩敏捷立成而工妙絕人遠甚殊辟穀常啖蜜語帶煙霞從
古少李太白云他人之文如山無煙霞春無草木氣含蔬筍到
公無謂無酸餡氣也香村作喜聞薝蔔古井惟愁斷轆
轤爲報韓公莫輕許從今島可是詩奴

張競辰永康所居萬卷堂

君家四壁如相如卷藏天祿呑石渠豈惟鄴侯三萬
軸家有世南行祕書兒童拍手笑何事笑人空腹談
經義未許中郎得異書且共揚雄說奇字清江縈山
碧玉環下有老龍千古閑知君好事家有酒化爲老
人夜扣關留侯之孫書滿腹玉函寶方何用讀濠梁
空復五車多圯上從來一篇足

劉壯輿長官是是堂

閭燕言仁義是非安可無非非義之屬是是仁之徒
非非近乎訕是是近乎諛當爲感麟翁善惡分錙銖
抑爲阮嗣宗臧否兩含糊劉君有家學三世道益孤
陳古以刺今紬史行天誅皎如大明鏡百陋逢一姝
鷃立時四顧何由擾羣狐作堂名是是自說行坦途
孜孜稱善人不善自遠徂願君置坐右此語禹所謨
予昔作壺中九華詩其後八年復過湖口

則石已爲好事者取去乃和前韻以自解云

江邊陣馬走千峯問訊方知冀北空尤物已隨清夢斷劉夢得以九華爲造物一尤物真形猶在畫圖中道藏有五嶽真形圖歸來晚歲同元亮却掃何人伴敬通賴有銅盆修石供仇池玉色自璁瓏家有銅盆貯仇池石正綠色有洞水達背予又嘗以怪石供佛印師作怪石供一篇

次韻郭功甫二首

蚤知臭腐即神奇海北天南總是歸九萬里風安稅駕雲鵬今悔不卑飛

可憐倦鳥不知時空羨騎鯨得所歸玉局西南天一角萬人沙苑看孤飛

次韻法芝舉舊詩一首

春來何處不歸鴻非復嬴牛踏舊蹤但願老師真似月誰家甕裏不相逢

次舊韻贈清涼長老

過淮入洛地多塵舉扇西風欲汙人但怪雲山不改色豈知江月解分身安心有道年顏好遇物無情句法新送我長蘆舟一葉笑看雪浪滿衣巾

睡起聞米元章到東園送麥門冬飲子一

首
一枕清風直萬錢無人肯買此牕眠開心暖胃門冬
飲知是東坡手自煎
夢中作寄朱行中
舜不作六器誰知貴璵璠哀哉楚狂士抱璞號空山
相如起睨柱頭壁相與還何如鄭子產有禮國自閑
雖微韓宣子鄙夫亦懷環至今不貪寶凜然照塵寰
答徑山琳長老
與君皆丙子各已三萬日一日一千偈電往那容詰
大患緣有身無身則無疾平生笑羅什神咒真浪出

東坡後集卷第七

東坡後集卷第八

詩

何公橋詩一首

天壤之間水居其多人之往來如鷄在河順水而行雲駛鳥疾維水之利千里咫尺亂流而涉過膝則止維水之害咫尺千里沔彼濫觴蛙跳儵游溢而懷山神禹所憂豈無一木支此大壞舞于盤渦冰坼雷解坐使此邦畫爲兩州鷄犬相聞胡越莫救允毅何公甚勇于仁始作石梁其艱其勤將作復止更此百難公心如鐵非石則堅公以身先民以悅使老壯負石如負其子疏爲玉虹隱爲金堤直欄橫檻百賈所栖我來與公同載而出讙呼塡道抱其馬足我歎而言視此滔滔未見剛者孰爲此橋願公千歲與橋壽考

持節復來以慰父老如朱仲卿食于桐鄉我作銘詩子孫不忘

賦

黠鼠賦一首

蘇子夜坐有鼠方齧拊床而止之既止復作使童子燭之有橐中空嘐嘐聱聱聲在橐中曰嘻此鼠之見閉而不得去者也發而視之寂無所有舉燭而索中有死鼠童子驚曰是方齧也而遽死耶向爲何聲豈其鬼耶覆而出之墮地乃走雖有敏者莫措其手蘇子歎曰異哉是鼠之黠也閉于橐中橐堅而不可穴也故不齧而齧以聲致人不死而死以形求脫也吾聞有生莫智於人擾龍伐蛟登龜狩麟役萬物而君之卒見使於一鼠墮此蟲之計中驚脫兎於處女烏在其爲智也坐而假寐私念其故若有告余者曰汝惟多學而識之望道而未見也不一于汝而二于物故一鼠之齧而爲之變也人能碎千金之壁不能無失聲於破釜能搏猛虎不能無變色於蜂蠆此不一之患也言出於汝而忘之耶余俛而笑仰而覺使童子執筆記余之作

秋陽賦一首

越王之孫有賢公子宅於不土之里而詠無言之詩以告東坡居士曰吾心皎然如秋陽之明吾氣肅然如秋陽之清吾好善而欲成之如秋陽之堅百穀吾惡惡而欲刑之如秋陽之隕羣木夫是以樂而賦之子以爲何如居士笑曰公子何自知秋陽哉生於華屋之下而長遊於朝廷之上出擁大蓋入侍幃幄暑至於溫寒至於涼而已矣何自知秋陽哉若予者乃真知之方夏潦之淫也雲烝雨泄雷電發越江湖爲一后土冒沒舟行城郭魚龍入室菌衣生於用器蛙蚓行於几席夜違溼而五遷晝燎衣而三易是猶未足病也耕於三吳有田一廛禾已實而生耳稻方秀而泥蟠溝塍交通牆壁頹穿面垢落塈之塗目泫濕薪之煙釜甑其空四鄰悄然鸛鶴鳴於戶庭婦宵興而永歎計無食其幾何矧有衣於窮年忽釜星之雜出又燈花之雙懸清風西來鼓鐘其鏜奴婢喜而告予此雨止之祥也蚤作而占之則長庚澹其不芒矣浴於暘谷升於扶桑曾未轉盼而倒景飛於屋梁矣方是時也如醉而醒如瘖而鳴如痿而起行如還故鄉初見父兄公子亦有此樂乎公子曰善哉吾雖不身履而可以意知也居士曰日行於天南北異宜赫

然而炎非其虐穆然而温非其慈且今之温者昔之炎者也云何以夏爲盾而以冬爲衰乎吾儕小人輕慍易喜彼冬夏之畏愛乃羣狙之三四自今知之可以無惑居不墐戶出不仰笠暑不言病以無忘秋陽之德公子拊掌一笑而作

洞庭春色賦一首并引

安定郡王以黄柑釀酒名之曰洞庭春色其猶子德麟得之以餉予戲作賦曰

吾聞橘中之樂不減商山豈霜餘之不食而四老人者游戲於其間悟此世之泡幻藏千里於一斑舉棗葉之有餘納芥子其何艱宜賢王之逹觀寄逸想於人寰嫋嫋兮秋風泛天宇兮清閑吹洞庭之白浪漲北渚之蒼灣攜佳人而往游勒霧鬢與風鬟命黄頭之千奴卷震澤而與俱還糅以二米之禾藉以三脊之菅忽雲烝而冰解旋珠零而涕潸翠勺銀罌紫絡青綸隨屬車之鴟夷款木門之銅鐶分帝觴之餘瀝幸公子之破慳我洗盞而起嘗散腰足之痺頑盡三江於一吸呑魚龍之神姦醉夢紛紜始如髦蠻鼓巴山之桂楫扣林屋之瓊關臥松風之瑟縮揭春溜之淙潺追范蠡於渺茫吊夫差之惸鰥屬此觴於西子

洗士國之愁顏驚羅襪之塵飛失舞袖之弓彎覺而賦之以授公子曰烏乎噫嘻吾言夸矣公子其爲我刪之

中山松醪賦一首

始予宵濟於衡漳車徒涉而夜號燧松明而識淺散星宿於亭臯鬱風中之香霧若訴予以不遭豈千歲之妙質而死斤斧於鴻毛效區區之寸明曾何異於束蒿爛文章之糾纆驚節解而流膏嗟搆廈其已遠尚藥石而可曹收薄用於桑榆製中山之松醪救爾灰燼之中免爾螢爝之勞取通明於盤錯出肪澤於烹熬與黍麥而皆熟沸春聲之嘈嘈味甘餘而小苦歎幽姿之獨高知甘酸之易壞笑涼州之蒲萄似玉池之生肥非內府之烝羔酌以瘦藤之紋樽薦以石蟹之霜螯曾日飲之幾何覺天刑之可逃投拄杖而起行罷兒童之抑騷望西山之咫尺欲褰裳以游遨跨超峯之奔鹿接挂壁之飛猱遂從此而入海渺翻天之雲濤使夫嵇阮之倫與八仙之羣豪或騎麟而翳鳳爭榼挈而瓢操顛倒白綸巾淋漓宮錦袍追東坡而不可及歸餔歠其醨糟漱松風於齒牙猶足以賦遠遊而續離騷也

沉香山子賦一首子由生日作

古者以芸爲香以蘭爲芬以鬱鬯爲祼以脂蕭爲焚以椒爲塗以蕙爲薰杜衡帶屈菖蒲薦文麝多忌而本羶蘇合若薌而實葷嗟吾知之幾何爲六入之所分方根塵之起滅常顛倒其天君每求似於髣髴或鼻勞而妄聞獨沉水爲近正可以配詹匐而並云矧儋崖之異産實超然而不羣既金堅而玉潤亦鶴骨而龍筋惟膏液之内足故把握而兼斤顧占城之枯朽宜爨釜而燎蚊宛彼小山巉然可欣如太華之倚天象小孤之插雲往壽子之生朝以寫我之老勤子方面壁以終日豈亦歸田而自耘幸置此於几席養幽芳於帨帉無一往之發烈有無窮之氤氳蓋非獨以飲東坡之壽亦所以食黎人之芹也

酒子賦一首并引

南方釀酒未大熟取其膏液謂之酒子率得十一既熟則反之醅中而潮人王介石泉人許珏乃以是餉予寧其醅之漓以蘄予一醉此意豈可忘哉乃爲賦之

米爲母麴其父烝羔豚出髓乳憐二子自節口餉滑甘輔衰朽先生醉二子舞歸瀹其糟飲其友先生既

醉而醒醒而歌之曰吾觀稺酒之初泫兮若嬰兒之未孩及其溢流而走空兮又若時女之方笄割玉脾於甕室兮酕醄鷄鶵之琶瑟味盎盎其春融兮氣凜冽而秋淒自我皤腹之瓜罌兮入我凹中之荷盃瞰朝霞於霜谷兮濛夜稻於露畦吾飲少而輒醉兮與百榼其均齊游物初而神凝兮反實際而形開顧無以酢二子之勤兮出妙語爲瓊瑰歸懷璧且握珠兮挾所有以傲厥妻遂諷誦以忘食兮殷空腸之轉雷

濁醪有妙理賦一首 神聖功用無捷於酒

酒勿嫌濁人當取醇失憂心於昨夢信妙理之疑神渾盎盎以無聲始從味入杳冥冥其似道徑得天眞伊人之生以酒爲命常因既醉之適方識此心之正稻米無知豈解窮理麴蘖有毒安能發性乃知神物之自然蓋與天工而相並得時行道我則師齊相之飲醇遠害全身我則學徐公之中聖湛若秋露穆如春風疑宿雲之解駮漏朝日之暾紅初體粟之失去旋眼花之掃空酷愛孟生知其中之有趣猶嫌白老不頌德而言功兀爾坐忘浩然天縱如如不動而體無礙了了常知而心不用坐中客滿惟憂百榼之空身後名輕但覺一盃之重今夫明月之珠不可以襦

夜光之璧不可以餔芻豢飽我而不我覺布帛燠我而不我娛惟此君獨游萬物之表蓋天下不可一日而無在醉常醒孰是狂人之藥得意忘味始知至道之腴又何必一石亦醉罔間州閭五斗解酲不問妻妾結襪廷中觀廷尉之度量脫韡殿上夸謫仙之敏捷陽醉逷地常陋王式之褊鳴歌仰天每譏楊惲之狹我欲眠而君且去有客何嫌人皆勸而我不聞其誰敢接殊不知人之齊聖匪昏之如古者晤語必旅之於獨醒者汨羅之道也屢舞者高陽之徒歟惡蔣濟而射木人又何狷淺殺王敦而取金印亦自狂疎故我內全其天外寓於酒濁者以飲吾僕清者以酌吾友吾方耕於渺莽之野而汲於清泠之淵以釀此醪然後舉窪樽而屬無口

天慶觀乳泉賦

陰陽之相化天一爲水六者其壯而一其稺也夫物老死於坤而萌芽於復故水者物之終始也意水之在人也如山川之蓄雲草木之含滋漠然無形而爲往來之氣也爲氣者水之生而有形者其死也死者鹹而生者甘甘者能往能來而鹹者一出而不復返此陰陽之理也吾何以知之蓋嘗求之於身而得其

說凡水之在人者爲汗爲涕爲洟爲血爲溲爲淚爲涎爲沫此數者皆水之去人而外鶩然後肇形於有物皆鹹而不能返故鹹者九而甘者一一者何也唯華池之眞液下涌于舌底而上流於牙頰甘而不壞白而不濁宜古之仙者以是爲金丹之祖長生不死之藥也今夫水之在天地之間者下則爲江湖井泉上則爲雨露霜雪皆同一味之甘是以變化往來有逝而無竭故海洲之泉必甘而海雲之雨不鹹者如涇渭之不相亂河濟之不相涉也若夫四海之水與凡出鹽之泉皆天地之死氣也故能殺而不能生能稿而不能浹也豈不然哉吾謫居儋耳卜築城南鄰於司命之宮百井皆鹹而醪醴湩乳獨發於宮中給吾飲食酒茗之用蓋沛然而無窮吾嘗中夜而起挈鉼而東有落月之相隨無一人而我同汲者未動夜氣方歸鏘瓊佩之落谷灩玉池之生肥吾三嚥而遄返懼守神之訶譏却五味以謝六塵悟一眞而失百非信飛仙之有藥中無主而何依渺松喬之安在猶想像於庶幾

琴操

醉翁操一首并引

琅耶幽谷山水奇麗泉鳴空澗若中音會醉翁喜之把酒臨聽輒欣然忘歸既去十餘年而好奇之士沈遵聞之往遊以琴寫其聲曰醉翁操節奏疎宕而音指華暢知琴者以爲絕倫然有其聲而無其辭翁雖爲作歌而與琴聲不合又依楚詞作醉翁引好事者亦倚其詞以製曲雖粗合均度而琴聲爲詞所絕約非天成也後三十餘年翁既捐館舍而遵亦沒久矣有廬山玉澗道人崔閑特妙於琴恨此曲之無詞乃譜其聲而請於東坡居士以補之云

琅然清圜誰彈響空山無言惟翁醉中知其天月明風露娟娟人未眠荷蕢過山前曰有心也哉此賢泛聲同此醉翁嘯詠聲和流泉醉翁去後空有朝吟夜怨山有時而童巔水有時而回川思翁無歲年翁今爲飛仙此意在人間試聽徽外三兩絃

辭

王大年哀辭

嘉祐末予從事岐下而太原王君諱彭字大年監府諸軍居相鄰日相從也時太守陳公弼馭下嚴甚威震旁郡僚吏不敢仰視君獨偘偘自若未嘗降色詞公弼亦敬焉予始異之問於知君者皆曰此故武寧

軍節度使諱全彬之曾孫而武勝軍節度觀察留後諱凱之子也少時從父討賊甘陵搏戰城下所部斬七十餘級手射殺二人而奏功不賞或勸君自言君笑曰吾爲君父戰豈爲賞哉予聞而賢之始與論交君博學精練書無所不通尤喜予文每爲出一篇輒拊掌歡然終日予始未知佛法君爲言大略皆推見至隱以自證耳使人不疑予之喜佛書蓋自君發之其後君爲將日有聞乞自試於邊而韓魏公文潞公皆以爲可用先帝方欲盡其才而君以病卒其子讜以文學議論有聞於世亦從予游予旣悲君之不遇而喜其有子於其葬也作相挽之詩以餞之其詞曰

君之爲將允武且仁甚似其父而輔以文君之爲士涵詠書詩議論慨然其子似之奔走四方豪傑是友沒而無聞朋友之咎驥墮地走虎生而斑視其父子以考我言

鍾子翼哀辭并引

軾年始十二先君宮師歸自江南曰吾南游至虔有隱君子鍾君與其弟槩從吾游同登馬祖巖入天竺寺觀樂天墨迹吾不飲酒君嘗置醴焉方是時先君

未爲時所知旅游萬里舍者常爭席而君獨知敬異之其後五十有五年軾自海南還過贛上訪先君遺迹而故老皆無在者君之沒蓋三十有一年矣見其子志仁志行志遠相持而泣念無以致其哀者乃追作此詞君諱棐字子翼博學篤行爲江南之秀歐陽永叔尹師魯余安道曾子固皆知之然卒不遇以沒儂智高叛嶺南聲搖江西虔守曹觀欲籍民財爲戰守備謀之於君君曰智高必不能過嶺無事而籍民民懼且走觀曰如緩急何君曰同舟遇風胡越可使爲左右手況吾民乎不幸而至於急則官與民爲一家夫孰非吾財者何以籍爲觀悟而止虔人以安其

詞曰

崆峒摩天章貢激石致兩確高深相臨悍堅相排洶嶽嶽是故其民勇而尚氣巧讋斲而其君子抗志礪節敏於學矯矯鍾君泳于德淵自澡濯貧不怨天困不求人老愈慤嘉言一發排難解紛已殘剝吾先君子南游萬里道阻邈如金未鎔木未繩墨玉未琢君於衆中一見定交陳禮樂曰子不飲我醪甚甘釃此濁覽觀江山扣歷泉石步犖确先君北歸君老于虔望南朔我來易世池臺既平墓木握三子有立移書

問道過我數我亦白首感傷薰心隕涕渥是身虛空俯仰變滅過電雹何以寓哀追頌頌德人詔後覺

頌

桂酒頌

禮曰喪有疾飲酒食肉必有草木之滋焉薑桂之謂也古者非喪食不徹薑桂楚辭曰奠桂酒兮椒漿是桂可以爲酒也本草桂有小毒而菌桂牡桂皆無毒大略皆主温中利肝肺氣殺三蟲輕身堅骨養神發色使常如童子療心腹冷疾爲百藥先無所畏陶隱居云仙經服三桂以葱涕合雲母烝爲水而孫思邈亦云久服可行水上此輕身之效也吾謫居海上法當數飲酒以禦瘴而嶺南無酒禁有隱者以桂酒方授吾釀成而玉色香味超然非人間物也東坡先生曰酒天祿也其成壞美惡世以兆主人之吉凶吾得此豈非天哉故爲之頌以遺後之有道而居夷者其法蓋刻石置之羅浮鐵橋之下非忘世求道者莫至焉其詞曰

中原百國東南傾流膏輸液歸南溟祝融司方發其英沐日浴月百寶生水娠黃金山空青丹砂晨暾珠夜明百卉甘辛角芳馨旃檀沈水乃公卿大夫芝蘭

士薰蘅桂君獨立冬鮮榮無所懾畏時靡爭釀爲我醪淳而淸甘終不壞醉不醒輔安五神伐三彭肌膚渥丹身毛輕泠然風飛罔水行誰其傳者疑方平教我常作醉中醒

銘

四達齋銘幷引

高郵使君趙晦之作齋東園戶牖四達因以名之眉山蘇軾過而爲之銘曰

有藏于中必謀于外惟慢與謹皆盜之誨孰如此間空洞無物戶牖闔開廓焉四達擊去盜易使無盜難我無可攘以守則完趙侯無心得法赤谿四出其齋以達民迷

擇勝亭銘

維古潁城因潁爲隍倚舟于門美哉洋洋如淮之甘如漢之蒼如洛之溫如浚之涼可侑我客可流我觴我欲卽之爲館爲堂近水而構夏潦所襄遠水而築邈焉相望乃作斯亭筵楹欒梁鑿枘交設合散靡常赤油仰承靑幄四張我所欲往一夫可將與水升降除地布牀可使杜蕢洗觶而揚可使莊周觀魚而忘可使逸少祓禊而祥可使太白泳月而狂旣薺我荼

亦醪我漿既濯我纓亦浣我裳豈獨臨水無適不臧
春朝花郊秋夕月場無歷而趨無翼而翔傲又改爲
其費易償榜曰擇勝名實允當維古至人不留一方
虛白爲室無何爲鄉神馬尻輿孰爲輪箱流行坎止
雖觸不傷居之無盜中靡所藏去之無戀如所宿桑
豈如世人生短慮長尺宅不治寸田是荒錫瓦銅雀
石門阿房俯仰變滅與生俱亡我銘斯亭以砭世盲

德威堂銘

元祐之初詔起太師潞公於洛命以重事公惟仁
宗　英宗　神考三聖眷倚之重不敢以既老爲辭
杖而造朝期年乃求去詔曰昔西伯善養老而太公
自至魯穆公無人子思之側則長者去之公自爲謀
則善矣獨不爲朝廷惜乎又曰唐太宗以干戈之事
尚能起李靖於既老而穆宗文宗以燕安之際不能
用裴度於未病治亂之效於斯可見公讀詔聳然不
敢言去蓋復留四年天下無事朝廷尊安乃力請而
歸公之在朝也契丹使耶律永昌劉霄來聘軾奉詔
館客與使者入覲望見公殿門外却立改容曰此潞
公也耶所謂以德服人者問其年曰何壯也軾曰使
者見其容未聞其語其綜理庶務酬酢事物雖精練

少年有不如貫穿古今洽聞強記雖專門名家有不逮使者拱手曰天下異人也公既歸洛西羌首領有溫谿心者請於邊吏願獻良馬於公邊吏以聞詔聽之公心服天下至于四夷書曰德威惟畏德明惟明世所以守伯夷之典用皐陶之法者以其德也若夫非德之威雖猛而人不畏非德之明雖察而人不服公修德於几席之上而其威折衝於萬里之外退居於家而人望之如在廊廟可不謂德威乎公之子及爲河陽守公將往臨之吏民喜甚自洛至三城懽呼之聲相屬及作堂以待公而請銘於軾乃榜之曰德威而銘之曰

德威惟畏德明惟明師潞公展也大成公在洛師嵩洛有光篤言三城河流不揚願公百年子孫千億家于兩河日見顏色西戎來朝秖慄公門豈惟兩河四方其訓之

洗玉池銘

世忽不踐以用爲急秦漢以還龜玉道熄六器僅存五瑞莫輯趙璧婦玩魯璜盜竊亂鄭璞鵲抵晉棘維伯時父吊古啜泣道逢玉人解驂推食劍璏鍼柲錯落其室既獲拱寶遂空四壁哀此命世久就淪蟄

時節沐浴以幸斯石孰推是心施及王國如伯時父瑱然環玦援手之勞終睨莫拾得喪在我匪玉欣戚仲和父銘之維以詠德

雪浪齋銘并引

予於中山後圃得黑石白脈如蜀孫位孫知微所畫石間奔流盡水之變又得白石曲陽爲大盆以盛之激水其上名其室曰雪浪齋云

盡水之變蜀兩孫與不傳者歸九原異哉駁石雪浪飜石中乃有此理存玉井芙蓉丈八盆伏流飛空漱其根東坡作銘豈多言四月辛酉紹聖元

漢鼎銘并引

禹鑄九鼎用器也初不以爲寶象物以飾之亦非所以使民遠不若也武王遷之洛邑蓋已見笑於伯夷叔齊矣方周之盛也鼎爲宗廟之觀靡而已及其衰也爲周之患有不可勝言者匹夫無罪懷璧其罪周之衰也與匹夫何異嗟夫孰知九鼎之爲周之角齒也哉自春秋時楚莊王以問其輕重大小而戰國之際秦與齊楚皆欲之周人惴惴焉視三虎之垂涎而睨已也絕周之祀不足以致寇裂周之地不足以肥國然三國之君未嘗一日而忘周者以寶在焉故也

三國爭之周人莫知所適與得鼎者未必能存周而不得者必碎之此九鼎之所以亡也周顯王之四十二年宋太丘社亡而鼎淪沒於泗水此周人毀鼎以緩禍而假之神妖以爲之說也秦始皇漢武帝乃始萬方以出鼎此與兒童之見無異善夫吾丘壽王之說也曰汾陰之鼎漢鼎也非周鼎夫周有鼎漢亦有鼎此易所謂正位凝命者豈三趾兩耳之謂哉恨壽王小子方以諛進不能究其義予故作漢鼎銘以遺後世君子其詞曰

惟五帝三代及秦漢以來受命之君靡不有兹鼎鼎存而昌鼎亡而亡蓋鼎必先壞而國隨之豈有易姓而猶傳者乎不寶此器而拳拳於一物孺子之智婦人之仁烏乎悲矣

惠州李氏潛珍閣銘

襲九淵之神龍沕淵潛以自珍雖無心於求世亦擇勝而栖神蔚鵝城之南麓擢仙李之芳根因石阜以庭宇跨飲江之鼇黿岌飛簷與鐵柱插清江之奫淪眩古潭之百尺涵萬象於瑤琨耿月魄以終夜湛天容之方春信蒼蒼之非色極深遠而自然疑貝闕與珠宮有玉函之老人予南征其萬里友魚鰕與蛭螾

逝將去而反顧託江流以投文悼此江之獨西歎妙
意之不陳逮公子之東歸寓此懷於一樽雖神龍之
或殺終不殺之爲仁

九成臺銘一首

韶陽太守狄咸新作九成臺玉局散吏蘇軾爲之銘
曰自秦幷天下滅禮樂韶之不作蓋千三百一十有
三年其器存其人亡則韶旣已隱矣而況於人器兩
亡而不傳雖然韶則亡矣而有不亡者存蓋常與日
月寒暑晦明風雨並行於天地之間世無南郭子綦
則耳未嘗聞地籟也而況得聞其天使耳聞天籟則
凡有形有聲者皆吾羽旄干戚管磬匏絃嘗試與子
登夫韶石之上舜峯之下望蒼梧之眇莽九疑之聯
縣覽觀江山之吐吞草木之俯仰鳥獸之鳴號衆竅
之呼吸往來唱和非有度數而均節自成者非韶之
大全乎上方立極以安天下人和而氣應氣應而樂
作則夫所謂簫韶九成來鳳鳥而舞百獸者旣已粲
然畢陳于前矣建中靖國元年正月一日

東坡後集卷第九

書諸公送周梓州詩後一首
趙德麟字說一首
書晁無咎所作杜輿子師字說後一首
書東皐子傳後一首
書黄子思詩集後一首
外曾祖程公逸事一首
藥誦一首 補龍山文二首
東坡酒經一首
書柳子厚牛賦後一首
剛說一首
硯銘十一首
丹石硯銘一首
唐林天遺予丹石硯粲然如芙蕖之出水殺墨而宜筆盡硯之美唐氏譜天下硯而獨不知玆石之所出予蓋知之銘曰彤池紫淵出日所浴烝爲赤霓以貫暘谷是生斯珍非石非玉因材制用璧水環復耕于中洲藝我玄粟投種則穫不炊而熟
王仲儀硯銘一首
汲鄭螽聞頗牧晚用諫草風生羽檄雷動人士器存質小任重施易何常明哲所共

端石硯銘二首 并引

蘇堅伯固之子庠字養直少而好直贈以端硯且銘之曰我友三益取溪之石寒松爲煤孤竹爲筆蓬麻效紙仰泉致滴斬几信 平聲 鈎以全吾直與墨爲入玉靈之食與水爲出陰鑑之液懿矣茲石君子之側匪以玩物維以觀德

黃魯直銅雀硯銘一首

漳濱之埴陶氏我厄受成不化以與真隔人亡臺廢得反天宅遇發丘將復爲麟獲纍然黃子玄豈尚白天實命我使與其蹟

陳公密子石硯銘一首

孰形無情古亦卵生黃胞白絡以孕黝頳己器不死可候雨晴天畀夫子瑞其家庭

龍尾石月硯銘一首

萋萋兮霧縠石宛宛兮黑白月其受水者哉生明而運墨者旁死魄忽玄雲之霮䨴觀玉兔之沐浴集幽光於毫端散妙迹於簡冊照千古其如在耿此月之不沒

邁硯銘 邁往德興書以一硯以此銘之

以此進道常若渴以此求進常若驚以此治財常思

予以此書獄常思生

迨硯銘

有盡石無已求生陰壑閟重湫得之艱豈輕授旌苦學畀長頭

卵硯銘一首

東坡硯龍尾石開鵠卵見蒼璧與居士同出入更嶮夷無燥溼今何者獨先逸從叅寥老空寂

唐陸魯望硯銘一首

噫先生隱唐餘甘杞菊老樵漁是器寶實相予爲散人出叢書

贊八首

九馬圖贊一首幷引

長安薛君紹彭家藏曹將軍九馬圖杜子美所爲作詩者也拳毛師子二駿在焉作九馬贊

牧者萬歲繪者惟霸甫爲作誦偉哉九馬姚宋廟堂李郭治兵帝下毛龍以馭羣英我思開元今爲幾日筋骨應圖至三萬疋云何寂寥跬步山川負鹽挽磨淚溼九泉牝牡驪黃自以爲至駁其一毛棄我千里踶齧是乘脂蠟其鞭道阻且長喟其永歎

顧愷之畫黃初平牧羊圖贊一首

先生養生如牧羊放之無何有之鄉止者自止行者行先生超然坐其旁挾策讀書羊不亡化而爲石起復僵流涎磨牙笑虎狼先生上賓羊服箱號稱雨工行四方莫隨上林芒屩郎覲門舐地尋鹽湯

二疏圖贊一首

惟天爲健而不干時沈潛剛克以變和之於赫漢高以智力王凜然君臣師友道喪孝宣中興以法馭人殺蓋韓楊蓋三良臣先生憐之振袂脫屣使知區區不足驕士此意莫陳千載于今我觀畫圖涕下沾襟

延州來季子贊一首并引

魯襄公十二年吳子壽夢卒延州來季子其少子也以讓國聞於諸侯則非童子矣至哀公十年冬楚子期伐陳季子救陳謂子期曰二君不務德而力爭諸侯民何罪焉我請退以爲子名務德而安民乃還時去壽夢卒蓋七十七年矣而能千里將兵季子何其壽而康也然其卒不書於春秋哀公之元年吳王夫差敗越於夫椒句踐使大夫種因太宰嚭以行成於吳吳王許之子胥諫不聽則吳之亡形成矣季子觀樂於魯知列國之廢興於百年之前方其救陳也去吳之亡十三年耳而謂季子不知可乎闔廬之自立

也曰季子雖至不吾廢也是季子德信於吳人而言行於其國也且帥師救陳不戰而去之以爲敵國名則季子之於吳蓋亦少專矣救陳之明年而子胥死季子知國之必亡而終無一言於夫差知言之無益也夫子胥以闔廬霸而夫差殺之如皁隸豈獨難於季子乎烏乎悲夫吾是以知夫差之不道至於使季子不敢言也蘇子曰延州來季子張子房皆不死者也江左諸人好談子房季札之賢有以也夫此可與知者論難與俗人言也作延州來季子贊曰

泰伯之德鍾於先生棄國如遺委蛻而行坐閱春秋幾五之二古之真人有化無死

偃松屏贊幷引

予爲中山守始食北嶽松膏爲天下冠其木理堅密瘠而不瘁信植物之英烈也謫居羅浮山下地暖多松而不識霜雪如高才勝人生綺紈家與孤臣孽子有間矣士踐憂患安知非福幼子過從我南來畫寒松偃蓋爲護首小屏爲之贊曰

燕南趙北大茂之麓天僵雪峯地裂冰谷凜然孤清不能無生生此偉奇北方之精蒼皮玉骨磽磽齾齾方春不知沍寒秀發孺子介剛從我炎荒霜中之英

以洗我瘴

三馬圖贊一首并引

元祐初　上方閉玉門關謝遣諸將太師文彥博宰相呂大防范純仁建遣諸生游師雄行邊敕武備師雄至熙河蕃官包順請以所部熟戶除邊患師雄許之遂禽猾羌大首領鬼章青宜結以獻百官皆賀且遣使告永裕陵時西域貢馬首高八尺龍顱而鳳膺虎脊而豹章出東華門入天駟監振鬣長鳴萬馬皆瘖父老縱觀以爲未始見也然上方恭默思道八駿在廷未嘗一顧其後圉人起居不以時馬有斃者上亦不問明年羌溫溪心有良馬不敢進請於邊吏願以餽太師潞國公詔許之蔣之奇爲熙河帥西蕃有貢駿馬汗血者有司以非入貢歲月留其使與馬於邊之奇爲請乞不以時入事下禮部軾時爲宗伯判其狀云朝廷方却走馬以糞正復汗血亦何所用事遂寢于時兵革不用海內小康馬則不遇矣而人少安軾嘗私請於承議郎李公麟畫當時三駿馬之狀而使鬼章青宜結效之藏於家紹聖四年三月十四日軾在惠州謫居無事閱相書畫追思一時之事而歎三馬之神駿乃爲之贊曰

吁鬼章世悍驕奔貳師走嫖姚今在廷服虎貂效天驥立内朝八尺龍神超遙若將西燕昆瑤帝念民乃下招籥歸雲逝房妖

李潭六馬圖贊一首

六馬異態以似爲妍畫師何從得所以然相此癢者舉脣見咽方其癢時槁木萬錢絡以全玉非馬所便烏乎各適其適以全吾天乎

李伯時畫李端叔真贊一首

須髮之拳然眉宇之淵然披胷腹之揻然以爲可得而見歟則漠乎其無言以爲不可得而見歟則已見畫于龍眠矣嗚呼將爲既琢之玉以役其天乎其將爲不雨之雲以抱其全乎抑將游戲此世而時出於兩者之閒也伯時號龍眠

雜文十六首

太息一首送秦少章

孔北海與曹公論盛孝章云孝章實丈夫之雄者也游談之士依以成聲今之少年喜謗前輩或譏評孝章孝章要爲有天下重名九牧之人所共稱歎吾讀至此未嘗不廢書太息也曰嗟乎英偉奇逸之士不容於世俗也久矣雖然自今觀之孔北海盛孝章猶

在世而向之譏評者與草木同腐久矣昔吾舉進士試於禮部歐陽文忠公見吾文曰此我輩人也吾當避之方是時士以剽裂爲文聚而見訕且訕公者所在城市曾未數年忽焉若潦水之歸壑無復見一人者此豈復待後世哉今吾衰老廢學自視缺然而天下士不吾棄以爲可以與於斯文者猶以文忠公之故也張文潛秦少游此兩人者士之超逸絕塵者也非獨吾云爾二三子亦自以爲莫及也士駭於所未聞不能無異同故紛紛之言常及吾與二子吾策之審矣士如良金美玉市有定價豈可以愛憎口舌貴賤之歟少游之弟少章復從吾游不及期年而論議日新若將施於用者欲歸省其親且不忍去烏乎子行矣歸而求諸兄吾何加焉作太息一篇以餞其行使藏于家三年然後出之

書王奧所藏　太宗御書後一首

日行于天委照萬物之上光氣所及或流爲慶雲結爲丹砂初豈有意哉　太宗皇帝以武功定禍亂以文德致太平天縱之能溢于筆墨摛藻尺素之上弄翰團扇之中散流人間者幾何矣而三槐王氏得之爲多子孫世守之遂爲希代之寶文正之孫懿敏之

子輿出以示臣軾敬拜手稽首書其後

送錢唐僧思聰歸孤山敘一首

天以一生水地以六成之一六合而水可見雖有神禹不能知其孰爲一孰爲六也子思子曰自誠明謂之性自明誠謂之教誠則明矣明則誠矣誠明合而道可見雖有黃帝孔丘不能知其孰爲誠孰爲明也佛者曰戒生定定生惠惠獨不生定乎伶玄有言惠則通通則流是焉知眞惠哉醉而狂醒而止惠之生定通之不流也審矣故夫有目而自行則褰裳疾走常得大通無目而隨人則車輪曳踵常仆坑穽惠之生定速於定之生惠也錢唐僧思聰七歲善彈琴十二捨琴而學書書既工十年捨書而學詩詩有奇語遂讀華嚴經入法界海慧今年二十有九老師宿儒皆敬愛之秦少游取楞嚴觀世音語字之曰聞復使聰日進而不已自聞思修以至于道則華嚴法界海慧盡爲蘧廬而況書詩與琴乎雖其苦之學道無自虛空入者輪扁斲輪傴僂承蜩苟有以之其巧智物無陋者聰若得道琴與書皆與有力詩其尤也聰能如水鏡以一含萬則書與詩當益奇吾將觀焉以爲聰得道淺深之候

書諸公送周梓州詩後一首

予自元祐之初備位從官日與正孺游三年予旣有江海之意而正孺亦慨然有歸歟之歎遂請梓州得之予時以詩送行有掃棠陰踵畫像之語旋出領杭州二年還朝老病日加方上章請郡曰正孺已及瓜矣盍往代之遂歸老眉山乎或曰不可梓人之安正孺甚矣其去正孺如去父母子其忍奪之乃止不敢乞梓人願復借留正孺數年詔許之而大丞相呂公典領實錄見熙寧中正孺爲御史時所言事歎曰君子哉斯人也因言于上除正孺直祕閣士大夫以才能論議取合一時可也使人於十年之後徐觀其所爲心服而無異議我亦無愧難矣正孺有書來欲刻諸公送行詩于石求余爲跋尾乃記所聞以遺之且使梓人知予前詩卒章之意未始一日忘也

趙德麟字說一首

宋有天下百餘年所與分天工治民事者皆取之疎遠側微而不私其親故宗室之賢未有以勳名聞者神宗皇帝實始慨然欲出其英材與天下共之增立教養選舉之法所以封植而琢磨之者甚備行之二十年而文武之器彬彬稍見焉元祐六年予自禁林

出守汝南始與越王之孫華原公之子簽書君令時
遊得其爲人博學而文篤行而剛信於爲道而敏於
爲政予以爲有杞梓之用瑚璉之貴將必顯聞於天
下非特佳公子而已昔漢武帝幸雍祠五時獲白麟
以薦上帝作白麟之歌而司馬遷班固書曰獲一角
獸蓋麟云蓋之爲言疑之也夫獸而一角固麟矣二
子何疑焉豈求之武帝而未見所以致麟者歟漢有
一汲黯而武帝不能用乃以白麟赤鴈爲祥二子非
疑之蓋陋之也今 先帝立法以出宗室之賢而主
上虛己盡下求人如不及四方之符瑞皆抑而不聞
此眞獲麟者也麟固不求獲不幸而有是德與是形
此麟之所病也今君學道觀妙澹泊自守以富貴爲
浮雲而文章議論載其令名而馳之旣有麟之病矣
又可得逃乎敬字君德麟而爲之說

書晁無咎所作杜輿子師字說後一首

易曰君子得輿民所載也小人剝廬終不可用也夫
君子得輿下完而上未具也小人剝廬上壯而下撓
也下完而上未具吾安寢其中民將載之上壯而下
撓疾走不顧猶懼壓焉今君學修於身行修於家而
祿未及旣完其下矣故予以是名字之與無咎意初

無異者而其文約其義近不足以發夫人之志若無咎者可謂富於言而妙於理者也

書東皋子傳後一首

予飲酒終日不過五合天下之不能飲無在予下者然喜人飲酒見客舉盃徐引則予胷中爲之浩浩焉落落焉酣適之味乃過於客閑居未嘗一日無客客至未嘗不置酒天下之好飲亦無在予上者常以謂人之至樂莫若身無病而心無憂我則無是二者矣然人之有是者接於予前則予安得全其樂乎故所至常蓄善藥有求者則與之而尤喜釀酒以飲客或曰予無病而多蓄藥不飲而多釀酒勞己以爲人何也予笑曰病者得藥吾爲之體輕飲者困於酒吾爲之酣適蓋專以自爲也東皋子待詔門下省日給酒三升其弟靜問曰待詔樂乎曰待詔何所樂但美醞三升殊可戀耳今嶺南法不禁酒予旣得自釀月用米一斛得酒六斗而南雄廣惠循梅五太守間復以酒遺予略計其所獲殆過於東皋子矣然東皋子自謂五斗先生則日給三升救口不暇安能及客乎若予者乃日有二升五合入野人道士腹中矣東皋子與仲長子光游好養性服食預刻死日自爲墓誌予

蓋友其人於千載或庶幾焉

書黃子思詩集後一首

予嘗論書以謂鍾王之迹蕭散簡遠妙在筆畫之外至唐顏柳始集古今筆法而盡發之極書之變天下翕然以爲宗師而鍾王之法益微至於詩亦然蘇李之天成曹劉之自得陶謝之超然蓋亦至矣而李太白杜子美以英瑋絕世之姿淩跨百代古今詩人盡廢然魏晉以來高風絕塵亦少衰矣李杜之後詩人繼作雖間有遠韻而才不逮意獨韋應物柳宗元發纖穠於簡古寄至味於澹泊非餘子所及也唐末司空圖崎嶇兵亂之間而詩文高雅猶有承平之遺風其論詩曰梅止於酸鹽止於鹹飲食不可無鹽梅而其美常在鹹酸之外蓋自列其詩之有得於文字之表者二十四韻恨當時不識其妙予三復其言而悲之閩人黃子思慶曆皇祐間號能文者予嘗聞前輩誦其詩每得佳句妙語反復數四乃識其所謂信乎表聖之言美在鹹酸之外可以一唱而三歎也予既與其子幾道其孫師是游得窺其家集而子思篤行高志爲吏有異材見於墓誌詳矣予不復論獨評其詩如此

外曾祖程公逸事一首

公諱仁霸眉山人以仁厚信於鄉里蜀平中朝士大夫憚遠宦官闕選士人有行義者攝公攝錄參軍眉山尉有得盜蘆菔根者實竊而所持刃誤中主人尉幸賞以劫聞獄掾受賕掠成之太守將慮囚囚坐廡下泣涕衣盡溼公適過之知其冤咋謂盜曰汝冤盍自言吾爲汝直之盜果稱冤移獄公既直其事而尉掾爭不已復移獄竟殺盜公坐誑囚罷歸不及月尉掾皆暴卒後三十餘年公晝日見盜拜庭下曰尉掾未伏待公而決前此地府欲召公暫對我扣頭爭之曰不可以我故驚公是以至今公壽盡今日我爲公荷擔而往暫對卽生人天子孫壽祿朱紫滿門矣公具以語家人沐浴衣冠就寢而卒軾幼時聞此語已而外祖父壽九十舅氏始貴顯壽八十五曾孫皆仕有聲同時爲監司者三人玄孫宦學益盛而尉掾之子孫微矣或謂盜德公之深不忍煩公暫對可也而獄久不決豈主者亦因以苦尉掾也歟紹聖二年三月九日軾在惠州讀陶潛所作外祖孟嘉傳云凱風寒泉之思實鍾厥心意悽然悲之乃記公之逸事以遺程氏庶幾淵明之心也

藥誦一首

嵇中散作幽憤詩知不免矣而卒章乃曰采薇山阿散髮巖岫永嘯長吟頤性養壽者悼此志之不遂也司馬景王既殺中散而悔使悔於未殺之前中散得免於死者吾知其掃迹滅景於人間如脫兎之投林也采薇散髮豈其所難哉孫真人著大風惡疾論曰神仙傳有數十人皆因惡疾而得仙道何者割棄塵累懷頴陽之風所以因禍而取福也吾始得罪遷嶺表不自意全既逾年無後命知不死矣然舊苦痔至是大作呻呼幾百日地無醫藥有亦不效道士教吾去滋味絕薰血以清淨勝之痔有蟲館於吾後滋味薰血既以自養亦以養蟲自今日以往旦夕食淡麪四兩猶復念食則以胡麻伏苓麨足之飲食之外不啖一物主人枯槁則客自棄去尚恐習性易流故取中散真人之言對病爲藥使人誦之日三曰東坡居士汝忘逾年之憂百日之苦乎使汝不幸而有中散之禍伯牛之疾雖欲采薇散髮豈可得哉今食麻麥伏苓多矣居士則歌以答之曰事無事之事百事治兮味無味之味五味備兮伏苓麻麥有時而匱兮有則食無則已者與我無既兮烏乎噫嘻館客不終以

是爲愧今

補龍山文二首并引

丙子重九客有言桓温龍山之會風吹孟嘉帽落温遣孫盛嘲之嘉作解嘲文辭超卓四坐歎伏恨今世不見此文予乃戲爲補之曰

征西大府重九令節駕言龍山燕凱羣哲壺歌雅奏緩帶輕帢胡爲中觴一笑粲發楩楠競秀榆柳獨脫驥騄交騖駑蹇先蹶楚狂醉亂隕帽莫覺戎服囚首枯顱茁髮維明將軍度量閎達容此下士顛倒冠韈宰夫揚觶兕觥舉罰請歌相鼠以侑此爵

吾聞君子蹈常履素晦明風雨不改其度平生丘壑散髮箕踞墜重天全顛沛何懼腰適忘帶足適忘屨不知有我帽復奚數流水莫繫浮雲暫寓飄然隨風非去非取我冠明月被服寶璐不纓而結不簪而附歌詩寧擇請歌相鼠罰此陋人俾出童羖

東坡酒經一首

南方之氓以糯與秔雜以卉藥而爲餅嗅之香嚼之辣揣之枵然而輕此餅之良者也吾始取麫而起肥之和之以薑液烝之使十裂繩穿而風戾之愈久而益悍此麴之精者也米五斗以爲率而五分之爲三

斗者一爲五升者四三斗者以釀五升者以投三投而止尚有五升之贏也始釀以四兩之餅而每投以二兩之麴皆澤以少水取足以散解而勻停也釀者必甕按而井泓之三日而井溢此吾酒之萌也酒之始萌也甚烈而微苦蓋三投而後平也凡餅烈而麴和投者必屢嘗而增損之以舌爲權衡也既溢之三日乃投九日三投通十有五日而後定也既定乃注以斗水凡水必熟而冷者也凡釀與投必寒之而後下此炎州之令也既水五日乃篘得二斗有半此吾酒之正也先篘半日取所謂贏者爲粥米一而水三之揉以餅麴凡四兩二物并也投之糟中熟撋而再釀之五日壓得斗有半此吾酒之少勁者也勁正合爲四斗又五日而飲則和而力嚴而不猛也篘絕不旋踵而粥投之少留則糟枯中風而酒病也釀久者酒醇而豐速者反是故吾酒三十日而成也

書柳子厚牛賦後一首

嶺外俗皆恬殺牛而海南爲甚客自高化載牛渡海百尾一舟遇風不順渴飢相倚以死者無數牛登舟皆哀鳴出涕既至海南耕者與屠者常相半病不飲藥但殺牛以禱富者至殺十數牛死者不復云幸而

不死卽歸德於巫以巫爲醫以牛爲藥間有飲藥者巫輒云神怒病不可復治親戚皆爲卻藥禁醫不得入門人牛皆死而後已地產沈水香香必以牛易之黎黎人得牛皆以祭鬼無脫者中國人以沈水香供佛燎帝求福此皆燒牛肉也何福之能得哀哉予莫能救故書柳子厚牛賦以遺瓊州僧道贇使以曉喻其鄉人之有知者庶幾其少衰乎庚辰三月十五日記

剛說

孔子曰剛毅木訥近仁又曰巧言令色鮮矣仁所好夫剛者非好其剛也好其仁也所惡夫佞者非惡其佞也惡其不仁也吾平生多難常以身試之凡免我于厄者皆平日可畏人也擠我於嶮者皆異時可喜人也吾是以知剛者之必仁佞者之必不仁也建中靖國之初吾歸自海南見故人問存沒追論平生所見剛者或不幸死矣若孫君介夫諱立節者眞可謂剛者也始吾弟子由爲條例司屬官以議不合引去王荊公謂君曰吾條例司當得開敏如子者君笑曰公過矣當求勝我者若我輩人則亦不肯爲條例司矣公不答徑起入戶君亦趨出君爲鎭江軍書記吾

時通守錢塘往來常潤間見君京口方新法之初監司皆新進少年馭吏如束溼不復以禮遇士大夫而獨敬憚君曰是抗丞相不肯爲條例司者謝麟經制溪洞事宜州守王奇與蠻戰死君爲桂州節度判官被旨鞫吏士有罪者麟因收大小使臣十二人付君并按且盡斬之君持不可麟以語侵君君曰獄當論情吏當守法逗撓不進諸將罪也既伏其辜矣餘人可盡戮乎若必欲以非法斬人則經制司自爲之我何與焉麟奏君抗拒君亦奏麟侵獄事刑部定如君言十二人皆不死或以遷官吾以是益知剛者之必仁也不仁而能以一言活十二人於必死乎方孔子時可謂多君子而曰未見剛者以明其難得如此而世乃曰太剛則折士患不剛耳長養成就猶恐不足當憂其太剛而懼之以折耶折不折天也非剛之罪爲此論者鄙夫患失者也君平生可紀者甚多獨書此二事遺其子緫勵明剛者之必仁以信孔子說

續養生論一首

鄭子產曰火烈人望而畏之水弱人狎而玩之翼奉論六情十二律其論水火也曰北方之情好也好行貪狼南方之情惡也惡行廉貞廉貞故爲君子貪狼

故爲小人予參二人之學而爲之說曰火烈而水弱烈生正弱生邪火爲心水爲腎故五藏之性心正而腎邪腎無不邪者雖上智之腎亦邪然上智常不淫者心之官正而腎聽命也心無不正者雖下愚之心亦正然下愚常淫者心不官而腎爲政也知此則知鉛汞龍虎之說矣何謂鉛凡氣之謂鉛或趨或蹶或呼或吸或執或擊凡動者皆鉛也肺實出納之肺爲金爲白虎故曰鉛又曰虎何謂汞凡水之謂汞唾涕膿血精汗便利凡溼者皆汞也肝實宿藏之肝爲木爲青龍故曰汞又曰龍古之眞人論內丹者曰五行顚倒術龍從火裏出五行不順行虎向水中生世未有知其說者也方五行之順行也則龍出於水虎出於火皆死之道也心不官而腎爲政聲色外誘邪淫內發壬癸之英下流爲人或爲腐壞是汞龍之出於水者也喜怒哀樂皆出於心者也喜則攫拏隨之怒則毆擊隨之哀則擗踊隨之樂則抃舞隨之心動於內而氣應於外是鉛虎之出於火者也汞龍之出於水鉛虎之出於火有能出而復返者乎故曰皆死之道也眞人教之以逆行曰龍當使從火出虎當使從水生也其說若何孔子曰思無邪凡有思皆邪也而

無思則土木也孰能使有思而非邪無思而非土木乎蓋必有無思之思焉夫無思之思端正莊栗如臨君師未嘗一念放逸然卒無所思如龜毛兔角非作故無本性無故是之謂戒戒生定定則出入息自住出入息住則心火不復炎上火在易爲离离麗也必有所麗未嘗獨立而水其妃也既不炎上則從其妃矣水火合則壬癸之英上流于腦而溢于玄膺若鼻液而不鹹非腎出故也此汞龍之自火出者也長生之藥內丹之萌無過此者矣陰陽之始交天一爲水凡人之始造形皆水也故五行一曰水得暖氣而後生故二曰火生而後有骨故三曰木骨生而日堅凡物之堅壯者皆金氣也故四曰金骨堅而後肉生焉土爲肉故五曰土人之在母也母呼亦呼母吸亦吸口鼻皆閉而以臍達故臍者生之根也汞龍之出于火流于腦溢于玄膺必歸于根心火不炎上必從其妃是火常在根也故壬癸之英得火而日堅達于四支浹于肌膚而日壯其究極則金剛之體也此鉛虎之自水生者也龍虎生而內丹成矣故曰順行則爲人逆行則爲道道則未也亦可謂長生不死之術矣

東坡後集卷第九

東坡後集卷第十

祕閣試論六首

王者不治夷狄論　劉愷丁鴻孰賢論

禮義信足以成德論　形勢不如德論

禮以養人爲本論　既醉備五福論

御試制科策一道

擬進士對　御試策一道并引狀

王者不治夷狄論

論曰夷狄不可以中國之治治也譬若禽獸然求其大治必至於大亂先王知其然是故以不治治之治之以不治者乃所以深治之也春秋書公會戎于潛何休曰王者不治夷狄錄戎來者不拒去者不追也夫天下之至嚴而用法之至詳者莫過於春秋凡春秋之書公書侯書字書名其君得爲諸侯其臣得爲大夫者舉皆齊晉也不然則齊晉之與國也其書州書國書氏書人其君不得爲諸侯其臣不得爲大夫者舉皆秦楚也不然則秦楚之與國也夫齊晉之君所以治其國家擁衞天子而愛養百姓者豈能盡如古法哉蓋亦出於詐力而參之以仁義是亦未能純爲中國也秦楚者亦非獨貪冒無恥肆行而不顧也

蓋亦有秉道行義之君焉是秦楚亦未至於純爲夷狄也齊晉之君不能純爲中國而春秋之所予者常嚮焉有善則汲汲而書之惟恐其不得聞於後世有過則多方而開赦之惟恐其不得爲君子秦楚之君未至於純爲夷狄而春秋之所不予者常在焉有善則累而後進有惡則略而不錄以爲不足錄也是非獨私於齊晉而疾於秦楚也以見中國之不可以一日背而夷狄之不可以一日嚮也其不純者足以寄其褒貶則其純者可知矣故曰天下之至嚴而用法之至詳者莫如春秋夫戎者豈特如秦楚之流入於戎狄而已哉然而春秋書之曰公會戎于潛公無所貶而戎爲可會是獨何歟夫戎之不能以會禮會公亦明矣此學者之所以深疑而求其說也故曰王者不治夷狄錄戎來者不拒去者不追也夫以戎之不可以化誨懷服也彼其不悍然執兵以與我從事於邊鄙則已幸矣又况乎知有所謂會者而欲行之是豈不足以深嘉其意乎不然將深責其禮彼將有所不堪而發其憤怒則其禍大矣仲尼深憂之故因其來而書之以會曰若是足矣是將以不治深治之也由是觀之春秋之疾戎狄者非疾純戎狄也疾夫以

中國而流入於戎狄者也謹論

劉愷丁鴻孰賢論

論曰君子之爲善非特以適己自便而已其取於人也必度其人之可以與我也其予人也必度其人之可以受於我也我可以取之而其人不可以與我君子不取我可以予之而其人不可受君子不予既爲己慮之又爲人謀之取之必可予予之必可受若己爲君子而使人爲小人是亦去小人無幾耳東漢劉愷讓其弟荆而詔聽之丁鴻亦以陽狂讓其弟而其友人鮑駿責之以義鴻乃就封其始自以爲義而行之其終也知其不義而復之知其始之所行非詐也此范氏之所以賢鴻而下愷也其論稱太伯伯夷未始有其讓也故太伯稱至德伯夷稱賢人及後世徇其名而昧其致於是詭激之行興矣若劉愷之徒讓其弟使弟受非服而已受其名不已過乎丁鴻之心主於忠愛何其終悟而從義也范氏之所賢者固已得之矣而其未盡者請得畢其說夫先王之制立長所以明宗明宗所以防亂非有意私其長而沮其少也天子與諸侯皆有太祖其有天下有一國皆受之太祖而非己之所得專有也天子不敢以其太祖之

天下與人諸侯不敢以其太祖之國與人天下之通義也夫劉愷丁鴻之國不知二子所自致邪將亦受之其先祖邪受之其先祖而傳之於所不當立之人雖其弟之親與塗人均耳夫吳太伯伯夷非所以爲法也太伯將以成周之王業而伯夷將以訓天下之讓而爲是詭時特異之行皆非所以爲法也今劉愷舉國而讓其弟非獨使弟受非服之爲過也將以壞先王防亂之法輕其先祖之國而獨爲是非常之行考之以禮繩之以法而愷之罪大矣然漢世士大夫多以此爲名者安順桓靈之世士皆反道矯情以盜一時之名蓋其弊始於西漢之世韋元成以侯讓其兄而爲世主所賢天下高之故漸以成俗履常而蹈易者世以爲無能而擯之則丁鴻之復於中道尤可以深嘉而屢歎也謹論

禮義信足以成德論

論曰有大人之事有小人之事愈大則身愈逸而責愈重愈小則身愈勞而責愈輕綦大而至天子綦小而至農夫各有其分不可亂也責重者不可以不逸不逸則無以任天下之重責輕者不可以不勞不勞則無以逸夫責重者二者譬如心之思慮於內而手

足之動作步趨於外也是故不耕而食不蠶而衣君子不以爲愧者所職大也自堯舜以來未之有改後世學衰而道散諸子之智不足以見其大而竊見其小者之一偏以爲有國者皆當惡衣糲食與農夫並耕而治一人之身而自爲百工蓋孔子之時則有是說矣夫樊遲親受業於聖人而猶惑於是說是以區區焉欲學稼於孔子孔子知是說之將蔓延於天下也故極言其大而深折其詞以爲上好禮則民莫敢不恭上好義則民莫敢不服上好信則民莫敢不用情夫如是則四方之民襁負其子而至矣安用稼而解者以爲禮義與信足以成德夫樊遲之所爲汲汲於學稼者何也是非以穀食不足而民有苟且之志以慢其上爲憂乎是非以人君獨享其安榮而使民勞苦獨賢爲憂乎是非以人君不身親之則空言不足勸課百姓爲憂乎是三憂者皆世俗之私憂過計也君子以禮治天下之分使尊者習爲尊卑者安爲卑則夫民之慢上者非所憂也君子以義處天下之宜使祿之一國者不自以爲多抱關擊柝者不自以爲寡則夫民之勞苦獨賢者又非所憂也君子以信一天下之惑使作於中者必形於外循其名者必得

其實則夫空言不足以勸課者又非所憂也此三者足以成成德矣故曰三憂者皆世俗之私憂過計也謹論

形勢不如德論

論曰傳有之天時不如地利地利不如人和此言形勢之不如德也而吳起亦云在德不在嶮太史公以爲形勢雖強要以仁義爲本儒者之言兵未嘗不以藉其口矣請拾其遺說而備論之凡形勢之說有二有以人爲形勢者三代之封諸侯是也天子之所以繫於天下者至微且危也歡然而合合而不去則爲君臣其善可得而賞其惡可得而罰其穀米可得而食其功力可得而役使當此之時君臣之勢甚固及其一旦潰然而去去而不返則爲寇讎強者起而見攻智者起而見謀彷徨四顧而不知其所恃當是時君臣之勢甚危先王知其固之不足恃而危之不可以忽也故大封諸侯錯置親賢以示天下形勢劉頌所謂善爲國者任勢而不任人郡縣之察小政理而大勢危諸侯爲邦近多違而遠慮固此以人爲形勢者也然周之衰也諸侯肆行而莫之禁自平王以下其去土無幾也是則德衰而人之形勢不足以救也

以地爲形勢者秦漢之建都是也秦之取天下非天下心服而臣之也較之以富摶之以力而猶不服又以詐囚其君虜其將然後僅得之今之臣服而朝貢皆昔之暴骨於原野之子孫也則吾安得泰然而長有之漢之取天下雖不若秦之暴然要以不本於仁義也當此之時不大封諸侯則無以答功臣之望諸侯大而京師不安則其勢不得不以關中之固而臨之此雖堯舜湯武亦不能使其德一日而信於天下荀卿所謂合其參者此以地爲形勢者也然及其衰也皆以大臣專命危自內起而關中之形勢曾不及施此亦德衰而地之形勢不能救也夫三代秦漢之君慮其後世而爲之備患者不可謂不至矣然至其亡也常出於其所不慮此豈形勢不如德之明效歟易曰神而明之存乎其人人存則德存德存則無諸侯而安無障塞而固矣謹論

禮以養人爲本論

論曰三代之衰至于今且數千歲豪傑有意之主博學多識之臣不可以勝數矣然而禮廢樂墜則相與咨嗟發憤而卒於無成者何也是非其才之不逮學之不至過於論之太詳畏之太甚也夫禮之初始諸

人情因其所安者而爲之節文凡人情之所安而有節者舉皆禮也則是禮未始有定論也然而不可以出於人情之所不安則亦未始無定論也執其無定以爲定論則塗之人皆可以爲禮今儒者之論則不然以爲禮者聖人之所獨尊而天下之事最難成者也牽於繁文而拘於小說有毫毛之差則終身以爲不可論明堂者惑於考工呂令之說議郊廟者泥於鄭氏王肅之學紛紛交錯者累歲而不決或因而遂罷未嘗有一人果斷而決行之此皆論之太詳而畏之太甚之過也夫禮之大意存乎明天下之分嚴君臣篤父子形孝弟而顯仁義也今不幸而聖人遠有如毫毛不合於三代之法固未害其爲明天下之分也所以嚴君臣篤父子形孝弟而顯仁義者猶在也今使禮廢而不脩則君臣不嚴父子不篤孝弟不形仁義不顯反不足重乎昔者西漢之書始於仲舒而至於劉向悼禮樂之不興故其言曰禮以養人爲本如有過差是過而養人也刑罰之過或至殺傷今吏議法筆則筆削則削而至禮樂則不敢是敢於殺人而不敢於養人也而范曄以爲樂非夔襄而新音代作律謝臯蘇而法令亟易而至於禮獨何難歟夫法

者末也又加以慘毒繁難而天下常以爲急禮者本也又加以和平簡易而天下常以爲緩如此而不治則又從而尤之曰是法未至也則因而急之甚矣人之惑也平居治氣養生宣故而納新其行之甚易其過也無大患然皆難之而不爲悍藥毒石以搏去其疾則皆爲之此天下之公患也嗚呼王者得斯說而通之禮樂之與庶乎有日矣謹論

既醉備五福論

論曰君子之所以大過人者非以其智能知之強能行之也以其功與而民樂與之同勞功成而民樂與之同樂如是而已矣富貴安逸者天下之所同好也然而君子獨享焉享之而安天下以爲當然者何也天下知其所以富貴安逸者凡以庇覆我也貧賤勞苦者天下之所同惡也而小人獨居焉居之而安天下以爲當然者何也天下知其所以貧賤勞苦者凡以生全我也夫然故獨享天下之大利而不憂使天下爲己勞苦而不怍耳聽天下之備聲目視天下之備色而民猶以爲未也相與禱祠而祈祝曰使吾君長有吾國也又相與詠歌而稱頌之被於金石溢於竹帛使其萬世而不忘也嗚呼彼君子者獨何修而

得此於民哉豈非始之以至誠中之以不欲速而終之以不懈歟視民如視其身待其至愚者如其至賢者是謂至誠至誠無近効要在於自信而不惑是謂不欲速不欲速則能久久則功成功成則易懈君子濟之以恭是謂不懈行此三者所以得之於民也三代之盛不能加毫末於此矣既醉者成王之詩也其序曰既醉太平也醉酒飽德人有士君子之行焉而說者以爲是詩也實具五福其詩曰君子萬年壽也介爾景福富也室家之壼康寧也高明有融者攸好德也高明令終者考終命也凡言此者非美其有是五福也美其全享是福兼有是樂而天下安之以爲當然也夫詩者不可以言語求而得必將深觀其意焉故其譏刺是人也不言其所爲之惡而言其爵位之尊車服之美而民疾之以見其不堪也君子偕老副笄六珈赫赫師尹民具爾瞻是也其頌美是人也不言其所爲之善而言其冠佩之華容貌之盛而民安之以見其無媿也緇衣之宜兮敝予又改爲兮服其命服朱黻斯皇是也故既醉者非徒享是五福而已必將有以致之不然民將盻盻焉疾視而不能平又安能獨樂乎是以孟子言王道不言其他而獨言

民之聞其作樂見其田獵而欣欣者此可謂知本矣

謹論

御試制科策一道

策問

皇帝若曰朕承祖宗之大統先帝之休烈深惟寡昧未燭於理志勤道遠治不加進夙興夜寐于茲三紀朕德有所未至教有所未孚闕政尚多和氣或盭田野雖闢民多亡聊邊境雖安兵不得徹利入已浚浮費彌廣軍冗而未練官冗而未澄庠序比興禮樂未具戶罕可封之俗士忽胥讓之節此所以訟未息於虞芮刑未措於成康意在位者不以教化爲心治民者多以文法爲拘禁防繁多民不知避敘法寬濫吏不知懼纍纍者衆愁歎者多仍歲以來災異數見六月壬子日食于朔淫雨過節煖氣不效江河潰決百川騰溢永思厥咎深切在予變不虛生緣政而起五事之失六沴之作劉向所傳呂氏所紀五行何修而得其性四時何行而順其令非正陽之月伐鼓救變其合於經乎方盛夏之時論囚報重其考於古乎京師諸夏之根本則王教之淵源百工淫巧無禁豪右僭差不度治當先內或曰何以爲京師政在摘姦或

曰不撓獄市推尋前世孝文尚老子而天下富殖孝武用儒術而海內虛耗道非有弊治奚不同王政所由形于詩道周公豳詩王業也而係之國風宣王北伐大事也而載之小雅周以冢宰制國用唐以宰相兼度支錢穀大計也兵師大衆也何陳平之對謂當責之內史韋賢之言不宜兼於宰相錢貨之制輕重之相權命秩之差虛實之相養水旱蓄積之備邊陲守禦之方圜法有九府之名樂語有五均之義富人强國尊君重朝弭災致祥改薄從厚此皆前世之急政而當今之要務子大夫其悉意以陳毋悼後害

臣謹對曰臣聞天下無事則公卿之言輕於鴻毛天下有事則匹夫之言重於泰山非智有所不能而明有所不察緩急之勢異也方其無事也雖齊桓之深信其臣管仲之深得其君以握手丁寧之間將死深悲之言而不能去其區區之三豎及其有事且急也雖唐代宗之庸程元振之用事柳伉之賤且疏而一言以入之不終朝而去其腹心之疾夫言之於無事之世者足以有所改爲而常患於不信言之於有事之世者易以見信而常患於不及改爲此忠臣志士之所以深悲天下之所以亂亡相尋而世主之所以

不悟也今 陛下處積安之時乘不拔之勢拱手垂裳而天下嚮風動容變色而海內震恐雖有一事之失常一物之不獲固未足以憂 陛下也所爲親策賢良之士者以應故事而已豈以臣言爲真足以有感於 陛下耶雖然君以名求之臣以實應之 陛下爲是名也臣敢不爲是實也伏惟制策有念 祖宗先帝大業之重而自處於寡昧以爲志勤道遠治不加進臣竊以爲 陛下卽位以來歲歷三紀更於事變審於情僞不爲不熟矣而治不加進雖臣亦疑之然以爲志勤道遠則雖臣至愚亦未敢以明詔爲然也夫志有不勤而道無遠 陛下苟知勤矣則天下之事粲然無不畢舉又安以訪臣爲哉今也猶以道遠爲歎則是 陛下未知勤也臣請言勤之說夫天以日運故健日月以日行故明水以日流故不竭人之四肢以日動故無疾器以日用故不蠹天下者大物也久置而不用則委靡廢放日趨於弊而已矣 陛下深居法宮之中其憂勤而不息邪臣不得而知也其宴安而無爲邪臣不得而知也然所以知道遠之歎由 陛下之不勤者誠見 陛下以天下之大欲輕賦稅則財不足欲威四夷則兵不强欲興利

除害則無其人欲敦世厲俗則無其具大臣不過遵用故事小臣不過謹守簿書上下相安以苟歲月此臣所以妄論 陛下之不勤也臣又竊聞之自頃歲以來大臣奏事 陛下無所詰問直可之而已臣始聞而大懼以爲不信及退而觀其效見則臣亦不敢謂不信也何則人君之言與士庶不同言脫於口而四方傳之捷於風雨故 太祖太宗之世天下皆諷誦其言語以爲聳動之具今 陛下之所震怒而賜譴者何人也合於聖意誘而進之者何人也所與朝夕論議深言者何人也越次躐等召而問訊之者何人也四者臣皆未之聞焉此臣所以妄論 陛下之不勤也臣願 陛下條天下之事其大者有幾可用之人有幾某事未治某人未用雞鳴而起曰吾今日爲某事用某人他日又曰吾所爲某事其果濟矣乎所用某人其人果才矣乎如是孜孜焉不違於心屏去聲色放遠善柔親近賢達遠覽古今凡此者勤之實也而道何遠乎伏惟 制策有夙興夜寐于今三紀德有所未至教有所未孚闕政尚多和氣或盭田野雖闢民多亡聊邊境雖安兵不得徹利入已浚浮費彌廣軍冗而未練官冗而未澄庠序比興禮樂未

具戶罕可封之俗士忽皆讓之節此所以訟未息於
虞芮刑未措於成康意在位者不以教化爲心治民
者多以文法爲拘禁防繁多民不知避赦法寬濫吏
不知懼纍繫者衆愁歎者多凡此　陛下之所憂數
十條者臣皆能爲　陛下歷數而備言之然而未敢
爲　陛下道也何者　陛下誠得御臣之術而固執
之則嚮之所憂數十條者皆可以捐之大臣而已不
與今　陛下區區以嚮之數十條爲己憂者則是
陛下未得御臣之術也天下所謂賢者　陛下既得
而用之矣方其未用也常若有餘而其既用也則不
足是豈其才之有變乎古之用人者日夜提策之武
王用太公其相與問答百餘萬言今之六韜是也桓
公用管仲其相與問答亦百餘萬言今之管子是也
古之人君其所以反覆窮究其臣者若此今　陛下
默默而聽其所爲則夫嚮之所憂數十條者無時而
舉矣古之忠臣其受任也必先自度曰吾能辨是矣
乎度能辨是也則又曰吾君能忘己而任我乎能無
以小人間我乎度其能忘己而任我也能無以小人
間我也然後受之既已受之矣則以身任天下之責
而不辭享天下之利而不愧今也內不度己外不度

君而輕受之受之而衆不與也則引身而求去　陛
下又爲美辭而遣之加之重祿而慰之夫引身而求
退者非果廉節而有讓也是邀君以自固也是自明
其非我之欲留以逃謗也是不能辨其事而以其患
遺後人也　陛下奈何聽之臣故曰　陛下未得御
臣之術也若夫德有所未至教有所未孚者此實不
至也德之必有以著其德之之形教之必有以顯其
教之之狀德之之形莫著於輕賦教之之狀莫顯於
去殺此二者今皆未能焉故曰實不至也夫以選舉
之重而不取才行官吏之衆而不行考課農末之相
傾而平糴之法不立貧富之相役而占田之數無限
天下之闕政則莫大乎此而和氣安得不消乎田野
闢者民之所以富足之道也其所以無聊則吏政之
過也然臣聞天下之民常偏聚而不均吳蜀有可耕
之人而無其地荊襄有可耕之地而無其人由此觀
之則田野亦可謂盡闢也夫以吳蜀荊襄之相形而
飢寒之民終不能去狹而就寬者世以爲懷土而重
遷非也行者無以相羣則不能行居者無以相友則
不能居若輩徙飢寒之民則無有不聽矣邊境已安
而兵不得徹者有安之名而無安之實也臣欲小言

之則自以爲愧大言之則世俗以爲笑臣請略言之古之制北狄者未始不通西域今之所以不能通者是夏人爲之障也　朝廷置靈武於度外幾百年矣議者以爲絕域異方義不敢近而況於取之乎然臣以爲事勢有不可不取者不取靈武則無以通西域西域不通則契丹之強未有艾也然靈武之所以不可取者非以數郡之能抗吾中國吾中國自困而不能舉也其所以自困而不能舉者以不生不息之財養不耕不戰之兵塊然如巨人之病瘇非不枵然大矣而手足不能以自舉欲去是疾也則莫若捐秦以委之使秦人斷然如戰國之世不待中國之援而中國亦未始有秦者有戰國之全利而無戰國之患則夏人舉矣其便莫如稍徙緣邊之民不能戰守者於空閑之地而以其地益募民爲屯田屯田之兵稍益則向之戍卒可以稍減使數歲之後緣邊之民盡爲耕戰之夫然後數出兵以苦之要以使之厭戰而不能支則折而歸吾矣如此而北狄始有可制之漸中國始有息肩之所不然將濟師之不暇而又何徹乎所謂利入已浚而浮費彌廣者臣竊以爲外有不得已之二虜內有得已而不已之後宮後宮之費不下

一敵國金玉錦繡之工日作而不息朝成夕毀務以相新主帑之吏日夜儲其精金良帛而別異之以待倉卒之命其爲費豈可勝計哉今不務去此等而欲廣求利之門臣知所得之不如所喪也軍冗而未練者臣嘗論之曰此將不足恃之過也然以其不足恃之故而擁之以多兵不蒐去其無用則多兵適所以爲敗也官冗而未澄者臣嘗論之曰此審官吏部與職司無法之過也夫審官吏部是古者考績黜陟之所也而特以日月爲斷今縱未能復古可略分其郡縣不以遠近爲差而以難易爲等第其人之所堪而別異之才者常爲其難而不才者常爲其易及其當遷地難者常速而易者常久然而爲此者固有待也內之審官吏部與外之職司常相關通而爲職司者不惟舉有罪察有功而已必使盡第其屬吏之所堪以詔審官吏部審官吏部常從內等其任使之難易職司常從外第其人之優劣才者常用不才者常閑則冗官可澄矣庠序興而禮樂未具者臣蓋以爲庠序者禮樂既興之所用非所以興禮樂也今禮樂鄙野而未完則庠序不知所以爲教又何以興禮樂乎如此而求其可封責其皆讓將以息訟而措刑者是

卻行而求前也夫上之所嚮者下之所趨也而況從
而賞之乎上之所背者下之所去也而況從而罰之
乎　陛下責在位者不務教化而治民者多拘文法
臣不知　朝廷所以爲賞罰者何也無乃或以教化
得罪而多以文法受賞歟夫禁防未至於繁多而民
不知避者吏以爲市也敘法不爲寬濫而吏不知懼
者不論其能否而論其久近也纍繫者衆愁歎者多
凡以此也伏惟　制策有仍歲以來災異數見乃六
月壬子日食于朔淫雨過節煖氣不效江河潰決百
川騰溢永思厥咎深切在予變不虛生緣政而起此
豈非　陛下厭聞諸儒牽合之論而欲聞其自然之
說乎臣不敢復取洪範傳五行志以爲對直以意推
之夫日食者是陽氣不能履險也何謂陽氣不能履
險臣聞五月二十三分月之二十是爲一交交當朔
則食交者是行道之險者也然而或食或不食則陽
氣之有強弱也今有二人並行而犯霧露其疾者必
其弱者其不疾者必其強者也道之險一也而陽氣
之強弱異故夫日之食非食之日而後爲食其虧也
久矣特遇險而見焉　陛下勿以其未食也爲無災
而其既食而復也爲免咎臣以爲未也特出於險耳

夫淫雨大水者是陽氣融液汗漫而不能收也諸儒或以爲陰盛臣請得以理折之夫陽動而外其於人也爲嘘嘘之氣温然而爲溼陰動而內其於人也爲噏噏之氣冷然而爲燥以一人推天地天地可見故春夏者其一嘘也秋冬者其一噏也夏則川澤洋溢冬則水泉收縮此燥溼之效也是故陽氣汗漫融液而不能收則常爲淫雨大水猶人之嘘而不能吸也今　陛下以至仁柔天下兵驕而益厚其賜戎狄桀傲而益加其禮蕩蕩然與天下爲咻呴温煖之政萬事惰壞而終無威刑以堅凝之亦如人之嘘而不能噏此淫雨大水之所由作也天地告戒之意陰陽消復之理殆無以易此矣而　制策又有五事之失六診之作劉向所傳呂氏所紀五行何修而得其性四時何行而順其令非正陽之月伐鼓救變其合於經乎方盛夏之時論囚報重其考於古乎此　陛下畏天恐懼求端之過而流入於迂儒之說此皆愚臣之所學於師而不取者也夫五行之相診本不至於六六診者起於諸儒欲以六極分配五行於是始以皇極附益而爲六夫皇極者五事皆得不極者五事皆失非所以與五事並列而別爲一者也是故有眊而又

有蒙有極而無福曰五福皆應此亦自知其疎也呂氏之時令則柳宗元之論備矣以爲有可行者有不可行者其可行者皆天事也其不可行者皆人事也若夫禜社伐鼓本非有益於救災特致其尊陽之意而已書曰乃季秋月朔辰弗集于房瞽奏鼓嗇夫馳庶人走由此言之則亦何必正陽之月而後伐鼓救變如左氏之說乎盛夏報囚先儒固已論之以爲仲尼誅齊優之月固君子之所無疑也伏惟　制策有京師諸夏之表則王教之淵源百工淫巧無禁豪右僭差不度此在　陛下身率之耳後宮有大練之飾則天下以羅紈爲羞大臣有脫粟之節則四方以膏粱爲汙雖無禁令又何憂乎伏惟　制策有治當先內或曰何以爲京師政在擿姦或曰不可撓獄市此皆一偏之說不可以不察也夫見其一偏而輒舉以爲說則天下之說不可以勝舉矣自通人而言之則曰治內所以爲京師也不撓獄市所以爲擿姦也如使不撓獄市而害其爲擿姦則夫曹參者是爲逋逃主也伏惟　制策有推尋前世深觀治迹孝文尚老子而天下富殖孝武用儒術而海內虛耗道非有弊治奚不同臣竊以爲不然孝文之所以爲得者是儒

術略用也其所以得而未盡者是用儒之未純也而其所以爲失者是用老也何以言之孝文得賈誼之說然後待大臣有禮御諸侯有術而至于興禮樂係單于則曰未暇故曰儒術略用而未純也若夫用老之失則有之矣始以區區之仁壞三代之肉刑而易之以髡笞髡笞不足以懲其罪則又從而殺之用老之失豈不過甚矣哉且夫孝武亦可謂用儒之主也博延方士而多興妖祠大興宮室而甘心遠略此豈儒者教之今夫有國者徒知徇其名而不考其實見孝文之富殖而以爲老子之功見孝武之虛耗而以爲儒者之罪則過矣此唐明皇之所以溺於宴安徹去禁防而爲天寶之亂也伏惟

制策有王政所由形于詩道周公豳詩王業也而係之國風宣王北伐大事也而載之小雅臣聞豳詩言后稷公劉所以致王業之艱難者也其後累世而至文王之時則王業既已大成矣而其詩爲二南二南之詩猶列於國風而至於豳獨何怪乎昔季札觀周樂以爲大雅曲而有直體小雅思而不貳怨而不言夫曲而有直體者寬而不流也思而不貳怨而不言者狹而不迫也由此觀之則大雅小雅之所以異者取其辭之廣狹非

取其事之大小也伏惟　制策有周以冢宰制國用
唐以宰相兼度支錢穀大計也兵師大衆也何陳平
之對謂當責之內史韋賢之言不宜兼於宰相臣以
爲宰相雖不親細務至於錢穀兵師固當制其贏虛
利害陳平所謂責之內史者特以宰相不當治其簿
書多少之數耳昔唐之初以郎官領度支而職事以
治及兵興之後始立使額參佐既衆簿書益繁百弊
之源自此而始其後裴延齡皇甫鎛皆以剝下媚上
至於希世用事以宰相兼之誠得防姦之要而韋賢
之議特以其權過重歟故李德裕以爲賤臣不當議
令臣常以爲有宰相之風矣伏惟　制策有錢貨之
制輕重之相權命秩之差虛實之相養水旱蓄積之
備邊陲守禦之方圜法有九府之名樂語有五均之
義此六者亦方今之所當論也昔召穆公曰民患輕
則多作重以行之若不堪重則多作輕以行之亦不
廢重輕可改而重不可廢不幸而過寧失於重此制
錢之本意也命者人君之所擅出於口而無窮秩者
民力之所供取於府而有限以無窮養有限此虛實
之相養也水旱蓄積之備則莫若復隋唐之義倉邊
陲守禦之方則莫若依秦漢之更卒周官有太府天

府泉府玉府內府外府職內職金職弊是謂九府太
公之所行以致富古者天子取諸侯之士以爲國均
則市不二價四民常均是謂五均獻王之所致以爲
法皆所以均民而富國也凡　陛下之所以策臣者
大略如此而於其末復策之曰富人强國尊君重朝
弭災致祥改薄從厚此皆前世之急政而當今之要
務此臣有以知　陛下之聖意以爲向之所以策臣
者各指其事恐臣不得盡其辭是以復舉其大體而
槩問焉又恐其不能切至也故又詔之曰悉意以陳
而無悼後害臣是以敢復進其猖狂之說夫天下者
非君有也天下使君主之耳　陛下念　祖宗之重
思百姓之可畏欲進一人當同天下之所欲進欲退
一人當同天下之所欲退今者每進一人則人相與
誹曰是進於某也是某之所欲也每退一人則又相
與誹曰是出於某也是某之所惡也臣非敢以此爲
舉信也然而致此言者則必有由矣今無知之人相
與謗於道曰聖人在上而天下之所以不盡被其澤
者便嬖小人附於左右而女謁盛於內也爲此言者
固妄矣然而天下或以爲信者何也徒見諫官御史
之言矻矻乎難入以爲必有間之者也徒見蜀之美

錦越之奇器不由方貢而入於官也如此此而向之所謂急政要務者　陛下何暇行之臣不勝憤懣謹復列之於末惟　陛下寬其萬死幸甚幸甚謹對

擬進士對御試策一道并引狀

右臣准宣命差赴集英殿編排舉人試卷竊見　陛下始革舊制以策試多士厭聞詩賦無益之語將求山林朴直之論聖聽廣大中外歡悅而所試舉人不能推原　上意皆以得失爲慮不敢指陳闕政而阿諛順旨者又率據上第　陛下之所以求於人至深切矣而下之報上者如此臣竊悲之夫科場之文風俗所繫所收者天下莫不以爲法所弃者天下莫不以爲戒昔　祖宗之朝崇尚辭律則詩賦之工曲盡其巧自嘉祐以來以古文爲貴則策論盛行於世而詩賦幾至於熄何者利之所在人無不化今始以策取士而士之在甲科者多以諂諛得之天下觀望誰敢不然臣恐自今以往相帥成風雖直言之科亦無敢以直言進者風俗一變不可復返正人衰微則國隨之非復詩賦策論迭興迭廢之比也是以不勝憤懣退而擬進士對御試策一道學術淺陋不能盡知當世之切務直載所聞上將以推廣聖言庶有補於

萬一下將以開示四方使知　陛下本不諱惡切直之言風俗雖壞猶可以少救其所撰策謹繕寫投進于冒　天威臣無任戰恐待罪之至

策問

問朕德不類託於士民之上所與待天下之治者惟萬方黎獻之求詳延于廷評以世務豈特考子大夫之所學且以博朕之所聞蓋聖王之御天下也百官得其職萬事得其序有所不爲爲之而無不成有所不革革之而無不服田疇闢溝洫治草木暢茂鳥獸魚鱉無不得其性其富足以備禮其和足以廣樂其治足以致刑子大夫以謂何施而可以臻此方今之弊可謂衆矣救之之道必有本末所施之宜必有先後子大夫之所宜知也生民以來所謂至治必曰唐虞成周之時詩書所稱其迹可見以至後世賢明之君忠智之臣相與憂勤以營一代之業雖未盡善要其所以成就亦必有可言者其詳著之朕將親覽焉

擬進士對御試策一道

對臣伏見　陛下發德音下明詔以天下安危之至計謀及於布衣之士其求之不可謂不切其好之不可謂不篤矣然臣私有所憂者不知　陛下有以受

之斆禮曰甘受和白受采故臣願 陛下先治其心
使虛一而靜然後忠言至計可得而入也今臣竊恐
陛下先入之言已實其中邪正之黨已貳其聽功
利之說已動其欲則雖有皐陶益稷爲之謀亦無自
入矣而況於疏遠愚陋者乎此臣之所以大懼也若
乃盡言以招過觸諱以亡軀則非臣之所恤也 聖
策曰聖王之御天下也百官得其職萬事得其序臣
以爲 陛下未知此也是以所爲顛倒失序如此苟
誠知之曷不尊其所聞而行其所知歟百官之所以
得其職者豈聖王人人而督責之歟萬事之所以得
其序者豈聖王事事而整齊之歟亦因能以任職因
職以任事而已官有常守謂之職施有先後謂之序
今 陛下使兩府大臣侵三司財利之權常平使者
亂職司守令之治刑獄舊法不以付有司而取決於
執政之意邊鄙大慮不以責帥臣而聽計於小吏之
口百官可謂失其職矣王者之所宜先者德也所宜
後者刑也所宜先者義也所宜後者利也而 陛下
易之萬事可謂失其序矣然此猶其小者其大者則
中書失其政也宰相之職古者所以論道經邦今
陛下但使奉行條例司文書而已昔邴吉爲丞相蕭

望之爲御史大夫望之言陰陽不和咎在臣等而宣
帝以爲意輕丞相終身薄之今政事堂忿爭相詬流
傳都邑以爲口實使天下何觀焉故臣願 陛下首
還中書之政則百官之職萬事之序以次得矣 聖
策曰有所不爲爲之而無不成有所不革革之而無
不服 陛下之及此言是天下之福也今日之患正
在於未成而爲之未服而革之耳夫成事在理不在
勢服人以誠不以言理之所在以爲則成以禁則止
以賞則勸以言則信古之人所以鼓舞天下綏之斯
來動之斯和者蓋循理而已今爲政不務循理而欲
以人主之勢賞罰之威刼而成之夫以斧析薪可謂
必克矣然不循其理則斧可缺薪不可破是以不論
尊卑不計强弱理之所在則成理所不在則不成可
必也今 陛下使農民舉息與商賈爭利豈理也哉
而怪其不成乎禮曰微之顯誠之不可掩也如此夫
陛下苟誠心乎爲民則雖或謗之而人不信苟誠
心乎爲利則雖自解釋而人不服且事有決不可欺
者吏受賄枉法人必謂之贓非其有而取之人必謂
之盜苟有其實不敢辭其名今青苗有二分之息而
不謂之放債取利可乎凡人爲善不自譽而人譽之

爲惡不自毀而人毀之如使爲善者必須自言而後信則堯舜周孔亦勞矣今天下以爲利　陛下以爲義天下以爲貪　陛下以爲廉不勝其紛紜也則使二三臣者極其巧辯以解答千萬人之口附會經典造爲文書以曉告四方四方之人豈如嬰兒鳥獸而可以美言小數眩惑之哉且夫未成而爲之則其弊必至於不敢爲未服而革之則其弊必至於不敢革蓋世有好走馬者一爲墜傷則終身徒行何者愼重則必成輕發則多敗此理之必然也　陛下若出於愼重則屢作屢成不惟人信之　陛下亦自信而曰以勇矣若出於輕發則每舉每敗不惟人不信　陛下亦不自信而曰以怯矣文宗始用訓注其志豈淺也哉而一經大變則憂沮喪氣不能復振文宗亦非有失德徒以好作而寡謀也愼重者始若怯終必勇輕發者始若勇終必怯迺者橫山之人未嘗一日而忘漢雖五尺之童子知其可取然自慶曆以來莫之敢發誠未有以善其後也近者邊臣不計其後而遽發之一發不中則內帑之費以數百萬計而關輔之民困於飛輓者二年而未已雖天下之勇者敢復爲之歟爲之固不可敢復言之歟由此觀之則橫山之

功是邊臣欲速而壞之也近者青苗之政助役之法
均輸之策併軍蒐卒之令卒然輕發又甚於前日矣
雖　陛下不卹人言持之益堅而勢窮事礙終亦必
變他日雖有良法美政　陛下能復自信乎人君之
患在於樂因循而重改作今　陛下春秋鼎盛天錫
勇智此萬世一時也而羣臣不能濟之以慎重養之
以敦朴譬如乘輕車馭駿馬冒險夜行而僕夫又從
後鞭之豈不殆哉臣願　陛下解轡秣馬以須東方
之明而徐行於九軌之道甚未晚也　聖策曰田疇
闢溝洫治草木暢茂鳥獸魚鼈莫不各得其性者此
百工有司之事也曾何足以累　陛下陛下操其要
治其本恭己無爲而物莫不盡其理以生以死若夫
百工有司之事自宰相不肯爲之而況於　陛下乎
　聖策曰其富足以備禮其和足以廣樂其治足以
致刑何施而可以臻此孔子曰百姓足君孰與不足
兎首瓠葉可以行禮掃地而祭可以事天禮之不備
非貧之罪也管子曰倉廩實而知禮節臣不知　陛
下所謂富者富民歟抑富國歟陸賈曰將相和則士
豫附劉向曰衆賢和於朝則萬物和於野今朝廷可
謂不和矣其咎安在　陛下不返求其本而欲以力

勝之力之不能勝衆也久矣古者刀鋸在前鼎鑊在後而士猶犯之今　陛下躬蹈堯舜未嘗誅一無罪欲弭衆言不過斥逐異議之臣而更用人耳必未忍行士秦偶語之禁起東漢黨錮之獄多士何畏而不言哉臣恐逐者不已而爭者益多煩言交攻愈甚於今日矣欲望致和而廣樂豈不踈哉古之求治者將以措刑也今　陛下求治則欲致刑此又羣臣誤

陛下也臣知其說矣是出於荀卿荀卿者喜爲異論至以人性爲惡則其言治世刑重亦宜矣說者又以爲書稱唐虞之隆刑故無小而周之盛時羣飲者殺臣請有以詰之夏禹之時大辟二百周公之時大辟五百豈可謂周治而禹亂耶秦爲法及三族漢除肉刑豈可謂秦治而漢亂耶致之言極也天下幸而未治使一日治安　陛下將變今之刑而用其極歟天下幾何其不叛也徒聞其語而懼者已衆矣臣不意異端邪說惑誤　陛下至於如此宥過無大刑故無小此用刑之常理也至于今守之豈獨唐虞之隆而周之盛時哉所以誅羣飲者意其非獨羣飲而已如今之法所謂夜聚曉散者使後世不知其詳而徒聞其語則凡夜相過者皆執而殺之可乎夫人相與飲

酒而輒殺之雖桀紂之暴不至於此而謂周公行之歟　聖策曰方今之弊可謂衆矣救之之道必有本末所施之宜必有先後臣請論其本與其所宜先者而　陛下擇焉方今救弊之道必先立事立事之本在於知人則所施之宜當先觀大臣之知人與否耳古之欲立非常之功者必有知人之明苟無知人之明則循規矩蹈繩墨以求寡過二者皆審於自知而安於才分者也道可以講習而知德可以勉强而能惟知人之明不可學必出於天資如蕭何之識韓信此豈有法而可傳者哉以諸葛孔明之賢而知人之明則其所短是以失之於馬謖而孔明亦審於自知是以終身不敢用魏延我　仁祖之在位也事無大小一付之於法人無賢不肖一付之於公議事已効而後行人已試而後用終不求非常之功者誠以當時大臣不足以與於知人之明也古之爲醫者聆音察色洞視五臟則其治疾也有剖胸決脾洗濯胃腎之變苟無其術不敢行其事今無知人之明而欲立非常之功解縱繩墨以慕古人則是未能察脉而欲試華佗之方其異於操刀而殺人者幾希矣房琯之稱劉秩關播之用李元平是也至今以爲笑矣　陛

下觀今之大臣爲知人歟爲不知人歟乃者推用衆才皆其造室握手之人要結審固而後敢用蓋以爲其人可與勠力同心共致太平曾未安席而交口攻之者如蝟毛而起　陛下以此驗之其不知人也亦審矣幸今天下無事異同之論不過瀆亂聖聽而已若邊隅有警盜賊竊發俯仰成敗呼吸變故而所用之人皆如今日乍合乍散臨事解體不可復知則無乃誤社稷歟華佗不世出天下未嘗廢醫蕭何不世出天下未嘗廢治　陛下必欲立非常之功請待知人之佐若猶未也則亦詔左右之臣安分守法而已

聖策曰生民以來稱至治者必曰唐虞成周之世詩書所稱其迹可見以至後世賢明之君忠智之臣相與憂勤以營一代之業雖未盡善然要其所成就亦必有可言者其詳著之臣以爲此不可勝言也其施設之方各隨其時而不可知其所可知者必畏天必從衆必法　祖宗故其言曰戒之戒之天惟顯思命不易哉又曰稽于衆舍己從人又曰丕顯哉文王謨丕承哉武王烈詩書所稱大略如此未嘗言天命不足畏衆言不足從　祖宗之法不足用也符堅用王猛而樊世仇騰席寶不悅魏鄭公勸太宗以仁義

而封倫不信凡今之人欲　陛下違衆而自用者必
以此藉口而　陛下所謂賢明忠智者豈非意在於
此等歟臣願考二人之所行而求之於今王猛豈嘗
設官而牟利魏鄭公豈嘗貸錢而取息歟且其不悅
者不過數人固不言天下之信且服也今天下有心
者怨有口者謗古之君臣相與憂勤以營一代之業
者似不如此古語曰百人之衆未有不公而說況天
下乎今天下非之而　陛下不回臣不知所稅駕矣
詩曰譬彼舟流不知所屆心之憂矣不遑假寐區區
之忠惟　陛下察之臣謹昧死上對

東坡後集卷第十

東坡後集卷第十一

志林十三首

武王克殷以殷遺民封紂子武庚祿父使其弟管叔鮮蔡叔度相祿父治殷武王崩祿父與管蔡作亂成王命周公誅之而立微子於宋蘇子曰武王非聖人也昔者孔子蓋罪湯武顧自以爲殷之子孫而周人也故不敢然數致意焉曰大哉巍巍乎堯舜也禹吾無間然其不足於湯武也亦明矣曰武盡美矣未盡善也又曰三分天下有其二以服事殷周之德其可謂至德也已矣伯夷叔齊之於武王也蓋謂之弑君至恥之不食其粟而孔子予之其罪武王也甚矣此孔氏之家法也世之君子苟自孔氏必守此法國之存亡民之死生將於是乎在其孰敢不嚴而孟軻始亂之曰吾聞武王誅獨夫紂未聞弑君也自是學者以湯武爲聖人之正若當然者皆孔氏之罪人也使當時有良史如董狐者南巢之事必以叛書牧野之事必以弑書而湯武仁人也必將爲法受惡周公作無逸曰殷王中宗高宗及祖甲及我周文王茲四人迪哲上不及湯下不及武王亦以是哉文王之時諸侯不求而自至是以受命稱王行天子之事周之王

不王不討紂之存亡也使文王在必不伐紂紂不見伐而以考終或死於亂殷人立君以事周命爲二王後以祀殷君臣之道豈不兩全也哉武王觀兵於孟津而歸紂若改過否則殷人改立君武王之待殷亦若是而已矣天下無王有聖人者出而天下歸之聖人所不得辭也而以兵取之而放之而殺之可乎漢末大亂豪傑並起荀文若聖人之徒也以爲非曹操莫與定海內故起而佐之所以與操謀者皆王者之事也文若豈教操反者哉以仁義救天下天下既平神器自至將不得已而受之不至不取也此文王之道文若之心也及操謀九錫則文若死之故吾常以文若爲聖人之徒者以其才似張子房而道似伯夷也殺其父封其子其子非人也則可使其子而果人也則必死之楚人將殺令尹子南子南之子棄疾爲王馭士王泣而告之既殺子南其徒曰行乎曰吾與殺吾父行將焉入然則臣王乎曰棄父事讎吾弗忍也遂縊而死武王親以黃鉞誅紂使武庚受封而不叛豈復人也哉故武庚之必叛不待智者而後知也武王之封蓋亦有不得已焉耳殷有天下六百年賢聖之君六七作紂雖無道其故家遺民未盡滅也三

分天下有其二殷不伐周而周伐之誅其君夷其社稷諸侯必有不悅者故封武庚以慰之此豈武王之意哉故曰武王非聖人也

太史公曰學者皆稱周伐紂居洛邑其實不然武王營之成王使召公卜居九鼎焉而周復都豐鄗至犬戎敗幽王周乃東徙于洛蘇子曰周之失計未有如東遷之繆者也自平王至於亡非有大無道者也顯王之神聖諸侯服享然終以不振則東遷之過也昔武王克商遷九鼎于洛邑成王周公復增營之周公既沒蓋君陳畢公更居焉以重王室而已非有意於遷也周公欲葬成周而成王葬之畢此豈有意於遷哉今夫富民之家所以遺其子孫者田宅而已不幸而有敗至於乞假以生可也然終不敢議田宅今平王舉文武成康之業而大棄之此一敗而鬻田宅者也夏商之王皆五六百年其先王之德無以過周而後王之敗亦不減幽厲然至桀紂而後亡其未亡也天下宗之不如東周之名存而實亡也是何也則不鬻田宅之效也盤庚之遷也復殷之舊也古公遷于岐方是時周人如狄人也逐水草而居豈所難哉衛文公東徙渡河恃齊而存耳齊遷臨菑晉遷于新田

皆其盛時非有所畏也其餘避寇而遷都未有不亡雖不即亡未有能復振者也春秋時楚大饑羣蠻叛之申息之北門不啓楚人謀徙於阪高蔿賈曰不可我能往寇亦能往於是乎以秦人巴人滅庸而楚始大蘇峻之亂晉幾亡矣宗廟宮室盡爲灰燼溫嶠欲遷都豫章三吳之豪欲遷會稽將從之矣獨王導不可曰金陵王者之都也王者不以豐儉移都若弘衞文大帛之冠何適而不可不然雖樂土爲墟矣且北寇方强一旦示弱竄於蠻越望實皆喪矣乃不果遷而晉復安賢哉導也可謂能定大事矣嗟夫平王之初周雖不如楚之强顧不愈於東晉之微乎使平王有一王導定不遷之計收豐鎬之遺民而脩文武成康之政以形勢臨東諸侯齊晉雖强未敢貳也而秦何自霸哉魏惠王畏秦遷于大梁楚昭王畏吳遷于鄀頃襄王畏秦遷于陳考烈王畏秦遷于壽春皆不復振有亡徵焉東漢之末董卓劫帝遷于長安漢遂以亡近世李景遷于豫章亦亡故曰周之失計未有如東遷之繆者也

秦始皇帝十八年取韓二十二年取魏二十五年取趙取楚二十六年取燕取齊初并天下蘇子曰秦并

天下非有道也特巧耳非幸也然吾以爲巧於取齊而拙於取楚其不敗於楚者幸也烏乎秦之巧亦創知伯而已魏韓肘足接而知伯死秦知創知伯而諸侯終不知師魏韓秦幷天下不亦宜乎齊湣王死法章立君王后佐之秦猶伐齊也法章死王建立六年而秦攻趙齊楚救之趙乏食請粟於齊而齊不予秦遂圍邯鄲幾亡趙趙雖未亡而齊之亡形成矣秦人知之故不加兵於齊者四十餘年夫以法章之才而秦伐之建之不才而秦不伐何也太史公曰君王后事秦謹故不被兵夫秦欲幷天下耳豈以謹故置齊也哉吾故曰巧於取齊者所以慰齊之心而解三晉之交也齊秦不兩立秦未嘗須臾忘齊也而四十餘年不加兵者豈其情乎齊人不悟而與秦合故秦得以其間取三晉三晉亡齊蓋岌岌矣方是時猶有楚與燕也三國合猶足以拒秦秦大出兵伐楚伐燕而齊不救故二國亡而齊亦虜不閱歲如晉取虞虢也可不謂巧乎二國既滅齊乃發兵守西界不通秦使烏乎亦晚矣秦初遣李信以二十萬人取楚不克乃使王翦以六十萬攻之蓋空國而戰也使齊有中主具臣知士之無日而掃境以伐秦以久安之齊而入

厭兵空虛之秦覆秦如反掌也吾故曰拙於取楚然則柰何曰古之取國者必有數如取齲齒也必以漸故齒脫而兒不知今秦易楚以爲是齲齒也可拔遂抉其口一拔而取之兒必傷吾指必齧故秦之不亡者幸也非數也吳爲三軍迭出以肄楚三年而入郢晉之平吳隋之平陳皆是物也惟符堅不然使堅知出此以百倍之衆爲迭出之計雖韓白不能支而況謝玄牢之之流乎吾以是知二秦之一律也始皇幸勝而堅不幸耳

秦初并天下丞相綰等言燕齊荊地遠不置王無以填之請立諸子始皇下其議羣臣皆以爲便廷尉斯曰周文武所封子弟同姓甚衆然後屬疏遠相攻擊如仇讎諸侯更相誅伐天子弗能禁止今海內賴陛下神靈一統皆爲郡縣諸子功臣以公賦稅重賞賜之甚足易制天下無異意則安寧之術也置諸侯不便始皇曰天下共苦戰鬬不休以有侯王賴宗廟天下初定又復立國是樹兵也求其寧息豈不難哉廷尉議是分天下爲三十六郡郡置守尉監蘇子曰聖人不能爲時亦不失時時非聖人之所能爲也能不失時而已三代之興諸侯無罪不可奪削因而君之雖

欲罷侯置守可得乎此所謂不能爲時者也周衰諸侯相幷齊晉秦楚皆千餘里其勢足以建侯樹屏至於七國皆稱王行天子之事然終不封諸侯不立强家世卿者以魯三桓晉六卿齊田氏爲戒也久矣世之畏諸侯之禍也非獨李斯始皇知之始皇旣幷天下分郡邑置守宰理固當然如冬裘夏葛時之所宜非人之私智獨見也所謂不失時者而學士大夫多非之漢高祖欲立六國後張子房以爲不可世未有非之者李斯之論與子房何異世特以成敗爲是非耳高帝聞子房之言吐哺罵酈生知諸侯之不可復明矣然卒王韓彭英盧豈獨高帝子房亦與焉故柳宗元曰封建非聖人意也勢也昔之論封建者曹元首陸機劉頌及唐太宗時魏徵李伯藥顏師古其後有劉秩杜佑柳宗元之論出而諸子之論廢矣雖聖人復起不能易也故吾取其說而附益之曰凡有血氣必爭爭必以利利莫大於封建封建者爭之端而亂之始也自書契以來臣弑其君子弑其父父子兄弟相賊殺有不出於襲封而爭位者乎自三代聖人以禮樂教化天下至刑措不用然終不能已篡弑之禍至漢以來君臣父子相賊虐者皆諸侯王子孫其

餘鄉大夫不世襲者蓋未嘗有也近世無復封建則此禍幾絕仁人君子忍復開之歟故吾以爲李斯始皇之言柳宗元之論當爲萬世法也

越既滅吳范蠡以爲句踐爲人長頸烏喙可與共患難不可與共逸樂乃以其私徒屬浮海而行至齊以書遺大夫種曰蜚鳥盡良弓藏狡兔死走狗烹子可以去矣蘇子曰范蠡獨知相其君而已以吾相蠡蠡亦烏喙也夫好貨天下賤士也以蠡之賢豈聚斂積實者何至耕于海濱父子力作以營千金屢散而復積此何爲者哉豈非才有餘而道不足故功成名遂身退而心終不能自放者乎使句踐有大度能始終用蠡蠡亦非清淨無爲以老於越者也故曰蠡亦烏喙也魯仲連既退秦軍平原君欲封連以千金爲壽笑曰所貴於天下士者爲人排難解紛而無所取也卽有取是商賈之事連不忍爲也遂去終身不復見逃隱於海上曰吾與富貴而詘於人寧貧賤而輕世肆志焉使范蠡之去如魯連則去聖人不遠矣嗚呼春秋以來用捨進退未有如蠡之全者也而不足於此吾是以累歎而深悲焉蘇子曰子胥種蠡皆人傑而揚雄曲士也欲以區區之學疵瑕此三人者以三

諫不去鞭尸藉館爲子胥之罪以不強諫句踐而栖之會稽爲種蠡之過雄聞古有三諫當去之說卽欲以律天下士豈不陋哉三諫而去爲人臣交淺者言也如宮之奇洩治乃可耳至如子胥吳之宗臣與國存亡者也去將安往哉百諫不聽繼之以死可也孔子去魯未嘗一諫又安用三父不受誅子復讎禮也生則斬首死則鞭尸發其至痛無所擇也是以昔之君子皆哀而恕之雄獨非人子乎至於藉館闔廬與羣臣之罪非子胥意也句踐困於會稽乃能用二子若先戰而強諫以死之則雄又當以子胥之罪罪之矣此皆兒童之見無足論者不忍三子之見誣故爲一言

魯定公十三年孔子言於公曰臣無藏甲大夫無百雉之城使仲由爲季氏宰將墮三都於是叔孫氏先墮郈季氏將墮費公山不狃叔孫輒率費人襲公公與三子入于季氏之宮孔子命申句須樂頎下伐之費人北二子奔齊遂墮費將墮成公斂處父以成叛公圍成弗克或曰殆哉孔子之爲政也亦危而難成矣孔融曰古者王畿千里寰內不封建諸侯曹操疑其論建漸廣遂殺融融特言之耳安能爲哉操以爲

天子有千里之畿將不利己故殺之不旋踵季氏親逐昭公公死于外從公者皆不敢入雖子家羈亦亡季子之忌克忮害如此雖地勢不及曹氏然君臣相猜蓋不減操也孔子安能以是時墮其名都而出其藏甲也哉考於春秋方是時三桓雖若不悅然莫能違孔子也以爲孔子用事於魯得政與民而三桓畏之歟則季桓子之受女樂也孔子能却之矣彼婦之口可以出走是孔子畏季氏季氏不畏孔子也孔子盍姑修其政刑以俟三桓之隙也哉蘇子曰此孔子之所以聖也蓋田氏六卿不服則齊晉無不亡之道三桓不臣則魯無可治之理孔子之用於世其政無急於此者矣彼晏嬰者亦知之曰田氏之僭惟禮可以已之在禮家施不及國大夫不收公利齊景公曰善哉吾今而後知禮之可以爲國也嬰能知之而莫能爲之嬰非不賢也其浩然之氣以直養而無害塞乎天地之間者不及孔孟也孔子以羈旅之臣得政期月而能舉治世之禮以律亡國之臣墮名都出藏甲而三桓不疑其害己此必有不言而信不怒而威者矣孔子之聖見於行事至此爲無疑也嬰之用於齊也久於孔子景公之信其臣也愈於定公而田氏

之禍不少衰吾是以知孔子之難也孔子以哀公十六年卒十四年陳恆弑其君孔子沐浴而朝告於哀公請討之吾是以知孔子之欲治列國之君臣使如春秋之法者至於老且死而不忘也或曰孔子知哀公與三子之必不從而以禮告也歟曰否孔子實欲伐齊孔子旣告公公曰魯爲齊弱久矣子之伐之將若之何對曰陳恆弑其君民之不予者半以魯之衆加齊之半可克也此豈禮告而已哉哀公患三桓之偪常欲以越伐魯而去之夫以蠻夷伐國民不予也皐如出公之事斷可見矣豈若從孔子而伐齊乎若從孔子而伐齊則凡所以勝齊之道孔子任之有餘矣旣克田氏則魯之公室自張三桓不治而自服也此孔子之志也

商鞅用於秦變法定令行之十年秦民大悅道不拾遺山無盜賊家給人足民勇於公戰怯於私鬭秦人富强天下致胙於孝公諸侯畢賀蘇子曰此皆戰國之游士邪說詭論而司馬遷闇於大道取以爲史吾常以爲遷有大罪二其先黃老後六經退處士進姦雄蓋其小小者耳所謂大罪二則論商鞅桑弘羊之功也自漢以來學者恥言商鞅桑弘羊而世主獨甘

心焉皆陽諱其名而陰用其實甚者則名實皆宗之
庶幾其成功此則司馬遷之罪也秦固天下之强國
而孝公亦有志之君也修其政刑十年不爲聲色畋
游之所敗雖微商鞅有不富强乎秦之所以富强者
孝公務本立穡之效非鞅流血刻骨之功也而秦之
所以見疾於民如豺虎毒藥一夫作難而子孫無遺
種則鞅實使之至於桑弘羊斗筲之才穿窬之智無
足言者而遷稱之曰不加賦而上用足善乎司馬光
之言也曰天下安有此理天地所生財貨百物止有
此數不在民則在官譬如雨澤夏澇則秋旱不加賦
而上用足不過設法陰奪民利其害甚於加賦也二
子之名在天下者如蛆蠅糞穢也言之則汙口舌書
之則汙簡牘二子之術用於世者滅國殘民覆族亡
軀者相踵也而世主獨甘心焉何哉樂其言之便己
也夫堯舜禹世主之父師也諫臣拂士世主之藥石
也恭敬慈儉勤勞憂畏世主之繩約也今使世主日
臨父師而親藥石履繩約非其所樂也故爲商鞅桑
弘羊之術者必先鄙堯笑舜而陋禹也曰所謂賢主
專以天下適己而已此世主之所以人人甘心而不
悟也世世有食鍾乳烏喙而縱酒色以求長年者蓋始

於何晏晏少而富貴故服寒食散以濟其欲無足怪者彼其所爲足以殺身滅族者日相繼也得死於寒食散豈不幸哉而吾獨何爲效之世之服寒食散疽背嘔血者相踵也用商鞅桑弘羊之術破國亡宗者皆是也然而終不悟者樂其言之便美而忘其禍之慘烈也

漢用陳平計間疎楚君臣項羽疑范增與漢有私稍奪其權增大怒曰天下事大定矣君王自爲之願賜骸骨歸卒伍歸未至彭城疽發背死蘇子曰增之去善矣不去羽必殺增獨恨其不蚤耳然則當以何事去增勸羽殺沛公羽不聽終以此失天下當於是去耶曰否增之欲殺沛公人臣之分也羽之不殺猶有君人之度也增曷爲以此去哉易曰知幾其神乎詩曰相彼雨雪先集維霰增之去當於羽殺卿子冠軍時也陳涉之得民也以項燕扶蘇項氏之興也以立楚懷王孫心而諸侯叛之也以弒義帝也且義帝之立增爲謀主矣義帝之存亡豈獨爲楚之盛衰亦增之所與同禍福也未有義帝亡而增獨能久存者也羽之殺卿子冠軍也是弒義帝之兆也其弒義帝則疑增之本心也豈必待陳平哉物必先腐也而後蟲

生之人必先疑也而後讒入之陳平雖智安能間無疑之主哉吾嘗論義帝天下之賢主也獨遣沛公入關而不遣項羽識卿子冠軍於稠人之中而擢以爲上將不賢而能如是乎羽既矯殺卿子冠軍義帝必不能堪非羽弒帝則帝殺羽不待智者而後知也增始勸項梁立義帝諸侯以此服從中道而弒之非增之意也夫豈獨非其意將必力爭而不聽也不用其言而殺其所立羽之疑增必自是始矣方羽殺卿子冠軍增與羽比肩而事義帝君臣之分未定也爲增計者力能誅羽則誅之不能則去之豈不毅然大丈夫也哉增年已七十合則留不合則去不以此時明去就之分而欲依羽以成功陋矣雖然增高帝之所畏也增不去項羽不亡烏乎增亦人傑也哉

春秋之末至于戰國諸侯卿相皆爭養士自謀夫說客談天雕龍堅白同異之說下至擊劍扛鼎雞鳴狗盜之徒莫不賓禮靡衣玉食以館于上者何可勝數越王句踐有君子六千人魏無忌齊田文趙勝黃歇呂不韋皆有客三千人而田文招致任俠姦人六萬家於薛齊稷下談者亦千人魏文侯燕昭王太子丹皆致客無數下至秦漢之間張耳陳餘號多士賓客

廝養皆天下豪傑而田橫亦有士五百人其略見於傳記者如此此度其餘當倍官吏而半農夫也此皆姦民蠹國者民何以支而國何以堪乎蘇子曰此先王之所不能免也國之有姦也猶鳥獸之有鷙猛昆蟲之有毒螫也區處條理使各安其處則有之矣鋤而盡去之則無是道也吾考之世變知六國之所以久存而秦之所以速亡者蓋出於此不可以不察也夫智勇辯力此四者皆天民之秀傑者也類不能惡衣食以養人皆役人以自養者也故先王分天下之富貴於此四者共之此四者不失職則民靖矣四者雖異先王因俗設法使出于一三代以上出於學戰國至秦出於客漢以後出於郡縣吏魏晉以來出於九品中正隋唐至今出於科舉雖不盡然取其多者論之六國之君虐用其民不減始皇二世然當是時百姓無一人叛者以凡民之秀傑者多以客養之不失職也其力耕以奉上皆椎魯無能爲者雖欲怨叛而莫爲之先此其所以少安而不即亡也始皇初欲逐客用李斯之言而止既并天下則以客爲無用於是任法而不任人謂民可以恃法而治謂吏不必才取能守吾法而已故墮名城殺豪傑民之秀異者散而

歸田畝向之食於四公子呂不韋之徒者皆安歸哉不知其能槁項黃馘以老死於布褐乎抑將輟耕太息以俟時也秦之亂雖成於二世然使始皇知畏此四人者有以處之使不失職秦之士不至若是速也縱百萬虎狼於山林而飢渴之不知其將噬人世以始皇爲智吾不信也楚漢之禍生民盡矣豪傑宜無幾而代相陳豨從車千乘蕭曹爲政莫之禁也至文景武之世法令至密然吳濞淮南梁王魏其武安之流皆爭致賓客世主不問也豈懲秦之禍以爲爵祿不能盡縻天下士故少寬之使得或出於此也耶若夫先王之政則不然曰君子學道則愛人小人學道則易使也烏乎此豈秦漢之所及也哉

秦始皇帝時趙高有罪蒙毅案之當死始皇赦而用之長子扶蘇好直諫上怒使北監蒙恬兵於上郡始皇東游會稽竝海走琅邪少子胡亥李斯蒙毅趙高從道病使蒙毅還禱山川未反而上崩李斯趙高矯詔立胡亥殺扶蘇蒙恬蒙毅卒以亡秦蘇子曰始皇制天下輕重之勢使內外相形以禁姦備亂者可謂密矣蒙恬將三十萬人威振北方扶蘇監其軍而蒙毅侍帷幄爲謀臣雖有大姦賊敢睥睨其間哉不幸

道病禱祠山川尚有人也而遣蒙毅故高斯得成其謀始皇之遣毅毅見始皇病太子未立而去左右皆不可以言智然天之亡人國其禍敗必出於智所不及聖人爲天下不恃智以防亂恃吾無致亂之道耳始皇致亂之道在用趙高夫閹尹之禍如毒藥猛獸未有不裂肝碎首者也自書契以來惟東漢呂彊後唐張承業二人號稱善良豈可望一二於千萬以儌必亡之禍哉然世主皆甘心而不悔如漢桓靈唐肅代猶不足深怪始皇漢宣皆英主亦湛於趙高恭顯之禍彼自以爲聰明人傑也奴僕薰腐之餘何能爲及其亡國亂朝乃與庸主不異吾故表而出之以戒後世人主如始皇漢宣者或曰李斯佐始皇定天下不可謂不智扶蘇親始皇子秦人戴之久矣陳勝假其名猶足以亂天下而蒙恬持重兵在外使二人不即受誅而復請之則斯高無遺類矣以斯之智而不慮此何哉蘇子曰烏乎秦之失道有自來矣豈獨始皇之罪自商鞅變法以殊死爲輕典以參夷爲常法人臣狼顧脅息以得死爲幸何暇復請方其法之行也求無不獲禁無不止鞅自以爲軼堯舜而駕湯武矣及其出亡而無所舍然後知爲法之弊夫豈獨鞅

悔之秦亦悔之矣荆軻之變持兵者熟視始皇環柱而走莫之救者以秦法重故也李斯之立胡亥不復忌二人者知威令之素行而臣子不敢復請也二人之不敢請亦知始皇之鷙悍而不可回也豈料其僞也哉周公曰平易近民民必歸之孔子曰有一言而可以終身行之其恕矣乎夫以忠恕爲心而以平易爲政則上易知而下易達雖有賣國之姦無所投其隙倉卒之變無自發焉然其令行禁止蓋有不及商鞅者矣而聖人終不以彼易此商鞅立信於徙木立威於棄灰刑其親戚師傅積威信之極以及始皇秦人視其君如雷電鬼神不可測也古者公族有罪三宥然後制刑今至使人矯殺其太子而不忌太子亦不敢請則威信之過也故夫以法毒天下者未有不反中其身及其子孫者也漢武與始皇皆果於殺者也故其子如扶蘇之仁則寧死而不請如戾太子之悍則寧反而不訴知訴之必不察也戾太子豈欲反者哉計出於無聊也故爲二君之子者有死與反而已李斯之智蓋足以知扶蘇之必不反也吾又表而出之以戒後世人主之果於殺者

魯隱公元年不書卽位攝也公子翬請殺桓公公曰

爲其少故也吾將授之矣使營菟裘吾將老焉翬懼反譖公於桓而使賊殺公歐陽子曰隱公非攝也使隱而果攝也則春秋不書爲公春秋書爲公則隱非攝無疑也蘇子曰非也春秋信史也隱攝而桓弑著於史也詳矣周公攝而克復子者也以周公薨故不稱王隱公攝而不克復子者也以魯公薨故稱公史有謚國有廟春秋獨得不稱公乎然則隱公之攝也禮與曰禮也何自聞之曰聞之孔子曾子問曰君薨而世子生如之何孔子曰卿大夫士從攝主北面於西階南何謂攝主曰古者天子諸侯卿大夫之世子未生而死則其弟若兄弟之子次當立者爲攝主子生而女也則攝主立男也則攝主退此之謂攝主古之人有爲之者季康子是也季桓子且死命其臣正常曰南孺子之子男也則以告而立之女也則肥也可桓子卒康子卽位既葬康子在朝南氏生男正常載以如朝告曰夫子有遺言命其圉臣曰南氏生男則以告於君與大夫而立之今生矣男也敢告康子請退康子之謂攝主古之道也孔子行之自秦漢以來不脩是禮也而以母后攝孔子曰惟女子與小人爲難養也使與聞外事且不可牝雞之晨惟家之索

而況可使攝位而臨天下乎女子爲政而國安惟齊之君王后吾宋之曹高向也蓋亦千一矣自東漢馬鄧不能無譏而漢呂后魏胡武靈唐武氏之流蓋不勝其亂王莽楊堅遂因以易姓由此觀之豈若攝主之庶幾乎使母后而可信也攝主亦可信也若均之不可信則攝主取之猶吾先君之子孫也不猶愈於異姓之取哉或曰君薨百官總己以聽于冢宰三年安用攝主曰非此之謂也嗣天子長矣宅憂而未出令則以禮設冢宰若太子未生主而弱未能君也則三代之禮孔子之學決不以天下付異姓其付之攝主也夫豈非禮而周公行之歟故隱公亦攝主也鄭玄儒之陋者也其傳攝主也曰上卿代君聽政者也使子生而女則上卿豈繼世者乎蘇子曰攝主先王之令典孔子之法言也而世不知習見母后之攝也而以爲當然故吾不可不論以待後世之君子

公子翬請殺桓公以求太宰隱公曰爲其少故也吾將授之矣使營菟裘吾將老焉翬懼反譖公於桓公而弒之蘇子曰盜以兵擬人人必殺之夫豈獨其所擬塗之人皆捕擊之矣塗之人與盜非仇也以爲不擊則盜且并殺己也隱公之智曾不若是塗人也哀

哉隱公惠公繼室之子也其爲非嫡與桓均耳而長
於桓隱公追先君之志而授國焉可不謂仁人乎惜
乎其不敏於智也使隱公誅翬而讓桓雖夷齊何以
尚茲驪姬欲殺申生而難里克則施優來之二世欲
殺扶蘇而難李斯則趙高來之此二人之智若出一
人而其受禍亦不少異里克不免於惠公之誅李斯
不免於二世之虐皆無足哀者吾獨表而出之爲世
戒君子之爲仁義也非有計於利害然君子之所爲
義利常兼而小人反是李斯聽趙高之謀非其本意
獨畏蒙氏之奪其位故勉而聽高使斯聞高之言卽
召百官陳六師而斬之其德於扶蘇豈有旣乎何蒙
氏之足憂釋此不爲而具五刑於市非下愚而何嗚
乎亂臣賊子猶蝮蛇也其所螫草木猶足以殺人況
其所噬齧者歟鄭小同爲高貴鄉公侍中嘗詣司馬
師師有密疏未屏也如廁還問小同見吾疏乎曰不
見師曰寧我負卿無卿負我遂酖之王允之從王敦
夜飮辭醉先寢敦與錢鳳謀逆允之已醒悉聞其言
慮敦疑己遂大吐衣面皆汙敦果照視之見允之臥
吐中乃已哀哉小同殆哉岌岌乎允之也孔子曰危
邦不入亂邦不居有以也夫吾讀史得魯隱公晉里

克秦李斯鄭小同王允之五人感其所遇禍福如此
故特書其事後有君子可以覽觀焉
鄭太子華言於齊桓公請去三族而以鄭爲內臣公
將許之管仲不可公曰諸侯有討於鄭未捷苟有釁
從之不亦可乎管仲曰君若綏之以德加之以訓辭
而率諸侯以討鄭鄭將覆亡之不暇豈敢不懼而總
其罪人以臨之鄭有辭矣公辭子華鄭伯乃受盟蘇
子曰大哉管仲之相桓公也辭子華之請而不違曹
沬之盟皆盛德之事也齊可以王矣恨其不學道不
自誠意正身以刑其國使家有三歸之病而國有六
嬖之禍故桓公不王而孔子小之然其予之也亦至
矣曰桓公九合諸侯不以兵車管仲之力也如其仁
如其仁曰仲尼之徒無道桓文之事者孟子蓋過矣
吾讀春秋以下史而得七人焉皆盛德之事可以爲
萬世法又得八人焉皆反是可以爲萬世戒故具論
之太公之治齊也舉賢而上功周公曰後世必有簒
殺之臣天下誦之齊其知之矣田敬仲之始生也周
史筮之其奔齊也齊懿氏卜之皆知其當有齊國也
簒弒之疑蓋萃於敬仲矣然桓公管仲不是廢之乃
欲以爲卿非盛德能如此乎故吾以謂楚成王知晉

之必霸而不殺重耳漢高祖知東南之必亂而不殺吳王濞晉武帝聞齊王攸之言而不殺劉元海苻堅信王猛而不殺慕容垂唐明皇用張九齡而不殺安祿山皆盛德之事也而世之論者則以爲此七人者皆失於不殺以啓亂吾以謂不然七人者皆自有以致敗亡非不殺之過也齊景公不繁刑重賦雖有田氏齊不可取楚成王不用子玉雖有晉文公兵不敗漢景帝不害吳太子不用晁錯雖有吳王濞無自發晉武帝不立孝惠雖有劉元海不能亂苻堅不貪江左雖有慕容垂不能叛明皇不用李林甫楊國忠雖有安祿山亦何能爲秦之由余漢之金日磾唐之李光弼渾瑊之流皆蕃種也何負於中國哉而獨殺元海祿山乎且夫自今而言之則元海祿山死有餘罪自當時而言之則不免爲殺無罪豈有天子殺無罪而不得罪於天者上失其道塗之人皆敵國也天下豪傑其可勝既乎漢景帝以鞅鞅而殺周亞夫曹操以名重而殺孔融晉文帝以臥龍而殺嵇康晉景帝亦以名重而殺夏侯玄宋明帝以族大而殺王彧齊後主以謠言而殺斛律光唐太宗以讖而殺李君羨武后以謠言而殺裴炎世皆以爲非也此八人者當

時之慮豈非憂國備亂與憂元海祿山者同乎久矣世之以成敗爲是非也故夫嗜殺人者必以鄧侯不殺楚子爲口實以鄧之微無故殺大國之君使楚人舉國而仇之其亡不愈速乎吾以謂爲天下如養生愛國備亂如服藥養生者不過慎起居飲食節聲色而已節慎在未病之前而服藥在已病之後今吾憂寒病而先服烏喙憂熱病而先服甘遂則病未作而藥殺人矣彼八人者未病而服藥者也

東坡後集卷第十一

東坡後集卷第十二

表狀劄子

詞免翰林學士承旨第一狀

右臣今月二十八日奉勑巳除臣翰林學士承旨左朝奉郎知制誥詔書到日可依條交割公事訖乘遞馬疾速發來赴闕臣巳於當日依條交割公事訖伏念臣頃以兩目昏暗左臂不仁堅詞禁林得請便郡庶緣靜退少養衰殘二年于兹一事無補才有限而難强病不減而益增但以東南連被災傷不敢陳乞別求安便敢謂仁聖尚賜恩憐召還故官復加新寵不惟朝廷公議未允實亦衰病勉强不前兼竊覩邸報臣弟轍巳除尚書右丞兄居禁林弟爲執政在公朝旣合迴避於私門實懼滿盈計此誤恩必難安處伏望　聖慈除臣一郡以息多言臣見起發前去至宿泗間聽候指揮謹錄奏聞伏候勑旨

第二狀

右臣近蒙恩除翰林學士承旨臣以衰病不才難居禁近兼以弟轍忝與執政理合迴避奏乞除臣一郡今奉詔書未賜開允恩威之重霈若雷雨豈臣孱陋所敢固違伏念臣自去闕庭日加衰白故疾不愈舊學巳荒更冒寵榮必速顛躓而況清要之地衆所奔趨兄弟迭居勢難安處正使緣力辭而獲譴猶賢於忝冒而致災伏望　聖慈察臣誠懇特賜除臣知揚

越陳蔡一郡臣今已到揚州迤邐前去南京以來聽候指揮干冒天威臣無任戰恐待罪之至謹錄奏聞伏候勅旨

第二狀

右臣近蒙恩除翰林學士承旨臣以衰病不才難居禁近兼以弟轍備位執政理合回避尋兩次奏乞除臣一郡準尚書省劄子三省同奉 聖旨依前降詔書不允者臣之愚慮終以弟轍親嫌於義未安竊見仁宗朝王洙爲學士以其從子堯臣參知政事故罷臣今來欲乞依王洙故事回避仍乞檢會前奏除臣揚越陳蔡一郡屢犯天威臣無任戰恐待罪之至謹錄奏聞伏候勅旨

乞候坤成節上壽訖復遂前請狀一首

右臣近奏乞依王洙故事罷翰林學士承旨仍乞一郡奉 聖旨依累降指揮不允者銜戴恩慈怵迫威命已經三却其敢固違已於今月二十九日赴閤門祗受告命訖然臣衰病日加心力難强親嫌之避愚守不移伏見坤成節在近欲候上壽訖復遂前請勉强供職庶表見臣子恭順之心逡巡力詞蓋終存典刑分義之守謹錄奏聞謹奏

謝宣召入學士院二首

右臣今月十一日翰林待詔梁迪至臣所居奉宣
聖旨召臣入院充學士承旨使星下燭生蓬蓽之光
華天澤旁流失桑榆之枯槁國有用儒之盛士知稽
古之榮伏以翰墨之林號稱內相文章之外不取他
才至於用人可以觀政文武並用或成頗牧之功邪
正雜居至有伾文之患惟貴且近故難其人而況金
鑾玉堂親被絲綸之密北廳東閤獨稱年德之高必
有異人以齊衆口而臣本緣衰病出守江湖以一方
凋弊之餘當二年水潦之厄戴星而治僅免流離及
瓜而還恍如夢寐交親迎勞都邑聚觀驚華髮之半
空笑丹心之未折宜投閑散以養衰殘豈期過採於
虛名復使榮加於舊物此蓋伏遇　皇帝陛下德如
乾健明配日中既祖述於堯仁復躬行於舜孝才難
之歎人誦斯言緣　先帝之德音收孤臣於散地言
雖直而無罪身愈遠而益親委曲保全始終錄用臣
敢不更磨朽鈍少補涓埃難得者時未有捐軀之會
勿欺而犯誓無患失之心臣無任感天荷聖激切屏
營之至謹錄奏謝以聞謹奏

又

右臣今月十一日翰林待詔梁迪至臣所居奉宣
聖旨召臣入院充學士承旨者衰遲無用寵旣溢於
當年眷待有加恩復隆於晚節使華臨賁天語丁寍
聳里巷之驚觀歎朝廷之用舊伏以禁林分直法本
六人帝語親承舊惟一老不緣名次之先後斷自上
心之簡求冠內朝供奉之班極儒者遭逢之盛凡膺
此選宜得異材而臣本以愚忠累塵器使初無已試
之效但有過實之名千里闕庭二年江海憂深投杼
豈無三至之言詔復賜環不待一人之譽此蓋伏遇
太皇太后陛下道無私載公生至明以七年之照
臨觀羣臣之邪正知臣剛褊自用雖有寬饒之狂察
臣招麾不移庶幾長孺之守故還舊物益茂新恩臣
敢不早夜以思死生不易雖桑榆之景已迫殘年而
犬馬之心猶思後效

謝賜對衣金帶馬狀二首

右臣伏蒙　聖慈以臣入院特賜衣一對金腰帶一
條幷魚袋鍍金銀鞍轡馬一匹者漢官三服已分密
麗之珍唐監八坊復下權奇之駿拜嘉甚寵省己何
功伏念臣受材迂疎賦命寒蹇幼師季路止服縕袍
長慕少游欲乘下澤目眩重金之耀神驚四牡之良

俛仰自惟周章失次此蓋伏遇　皇帝陛下憂勤黎庶寤寐雋賢故損廄庫之儲以廣英雄之彀致兹孱陋亦被寵光臣敢不求稱于衷益鞭其後薄德盛服當戒維鵜之篇强力安邦庶幾有駜之頌臣無任感天荷聖激切屏營之至謹錄奏謝以聞謹奏

又

右臣伏蒙　聖慈以臣入院特賜衣一對金腰帶一條幷魚袋金鍍銀鞍轡馬一匹者鏤錫金靴示有馳驅之勞寶帶襲衣豈無約束之義上既循名而責實下當因物以責誠伏念臣少則賤貧長而困阨仲卿龍具追晏子之一裘伯厚雞栖陋景公之千駟無功拜賜服寵汗顏顧惟何人膺此異數此蓋伏遇
太皇太后陛下躬行慈儉德貫天人約於奉己而後於養賢嚴於私親而寛於馭衆憐其朽鈍借以光華臣敢不衣被訓詞服勤鞭箠惟德其物永觀不易之言思馬斯徂更厲無邪之志

笏記二首

臣蒙恩授翰林學士承旨知制誥兼侍讀者出膺閫寄入長禁林皆儒者之極榮豈駑材之所稱此蓋伏遇　皇帝陛下法天凝命稽古象賢總攬羣英兼收

小器欲效涓塵之報未知糜隕之期臣無任感天荷
聖激切屏營之至

又

臣蒙恩授翰林學士承旨知制誥兼侍讀者出守無功方期竄逐召還何幸復玷清華此蓋伏遇　太皇太后坤載沉潛母慈均一既陶甄於頑鑛復封植於散材誓卒餘生少圖來效臣無任感天荷聖激切屏營之至

詞免兼侍讀劄子

臣近準閤門告報已降告命除臣兼侍讀者臣以迂愚本無學術出從吏役益復空疎竊位禁林已難久處而況天縱之學已集大成非臣膚微所可仰望伏望
聖慈追寢成命以授能者所有告命未敢祗受
取進止

謝兼侍讀表二首

臣軾言今月四日伏奉告命除臣兼侍讀者用非其分寵至若驚滿溢之憂逡巡莫避臣某誠惶誠恐頓首頓首伏念臣與弟轍同登進士并擢賢科內外分掌於制書先後迭居於翰苑今臣以經史入侍司言行于中轍以丞轄立朝督綱條于外恭承明詔不許

固辭以爲兄弟之同升自是朝廷之盛事承明三入僅此古人大雅一門無慚舊史人非木石恩重丘山恭惟 太皇太后陛下明明極照臨憂深付託欲爲社稷之衞莫如臣僕之賢以帝堯之哲而甚畏於壬人以孔子之聖而思見於狷者致茲選擢驟及迂愚臣敢不淬厲初心激昂晚歲誓堅必死之節少報不貲之恩臣無任感天荷聖激切屛營之至謹奉表稱謝以聞臣某誠惶誠恐頓首謹言

又

臣軾言今月四日伏奉告命除臣兼侍讀者叨承新命祗服訓詞薄技已窮舊恩未替臣某誠惶誠恐頓首頓首伏念臣志大而才短論迂而性剛以自用不回之心處衆人必爭之地不早退縮安能保全是以三年翰墨之林屢遭飛語再歲江湖之上粗免煩言豈此身愚智之殊蓋所居閑劇之致臣之自處何者爲宜而況講讀之司帷幄最近分章摘句則何以報非常之知因事獻言又必貽前日之患雖仰恃天日之照實常負氷淵之虞恭惟 皇帝陛下大德庇民小心順帝雖天覆地載以聖不可知爲神而日就月將以學而不厭爲智曲收舊物以廣多聞臣敢不

職思其憂本無分於中外欲報之德誓不易於死生臣無任感天荷聖激切屏營之至謹奉表稱謝以聞臣某誠惶誠恐頓首頓首謹言

謝三伏早休表二首

大火既中三庚云伏炎熇之病貴賤所同忽蒙退食之恩遂失流金之酷恭惟皇帝陛下仁均動植明燭幽微上有無逸之勤下無獨賢之歎臣等逢時多暇竊祿安居共揚扇暍之風以安黎庶更勵飲冰之節少答生成臣等無任仰天荷聖激切屏營之至

又

星火見而金微日方可畏朝氣銳而晝惰恩獲少休上既知勞下皆忘暑恭惟太皇太后陛下勞謙恭己內恕及人雖天地無一物之私而父母有至誠之愛臣等仰蒙寬假動獲便安未明無顛倒之衣省循何幸夙退有委蛇之食歌詠而歸臣等無任仰天荷聖激切屏營之至

謝除龍圖閣學士知潁州表二首

臣軾言伏蒙聖恩以臣累章乞郡除臣龍圖閣學士知潁州者引嫌求避顧舊典之甚明易職寵行荷新恩之至厚踈愚自省慚悚交幷中謝伏念臣學陋

無聞性迂難合受四朝之知遇竊五郡之蕃宣吳會二年但坐靡於廩祿禁林數月曾未補於絲毫敢冀殊私復還舊物恭惟　太皇太后陛下仁涵動植明燭幽微知臣獨受於聖知欲使曲全於晚節憐其無用許以少安凡力請八章而後從使不爲一乞而遽去在臣進退可謂光榮雖老病懷歸已功名之無望而衷誠思報尚生死之不移臣無任感天荷聖激切屏營之至謹奉表稱謝以聞

又

臣軾言伏蒙　聖恩以臣累章乞郡除臣龍圖閣學士知潁州者備員經席幸依日月之光引避親嫌實有簡書之畏恩還舊職寵寄近藩衰朽增華省循知愧中謝伏念臣生無他技天與愚忠雖所向之奇窮獨受知於仁聖力求便郡蓋常懷老退之心伏讀訓詞有不爲朕留之語殊私難報危涕自零恭惟
皇帝陛下緝熙光明剛健篤實方收文王之四友以集孔子之大成而臣苟念餘生之安莫伸一割之用桑榆暮齒恐遂齎至而莫償犬馬微心猶恐蓋棺而後定臣無任

謝賜對衣金帶馬狀二首

右臣伏蒙　聖慈特賜臣對衣一襲金腰帶一條銀鞍轡馬一匹者錫之上駟敢忘致遠之勞佩以良金無復忘腰之適執鞭請事顧影知慚恭惟　皇帝陛下禹儉中脩堯文外煥長轡以御率皆四牡之良所寶惟賢豈徒三品之貴出捐車服收輯事功而臣衰不待年寵常過分枯羸之質匪伊垂之而帶有餘斂退之心非敢後也而馬不進徒堅晚節難報深恩臣無任

又

右臣伏蒙　聖慈特賜臣對衣一襲金腰帶一條銀鞍轡馬一匹者出笥之珍以旌有德在坰之駟豈及無功而臣首尾四年叨塵三錫省躬內灼服寵汗流恭惟　太皇太后陛下慈儉自居龍光四達德被海宇豈惟一襲之衣恩結華夷何止十圍之帶羣賢在馭六轡自調而臣頑以衰羸止求安便奉宣德意庶幾五袴之謠收斂壯心無復千里之志更期力報有愧空言臣無任

潁州謝到任表二首

臣軾言伏蒙　聖恩除臣龍圖閣學士知潁州臣已於今月二十二日到任訖者避嫌引疾慚無國士之

風識分知難冀粗守人臣之節曲蒙溫詔遂假名邦已見吏民惟知感怍臣某中謝伏念臣早緣多難無意軒裳晚以虛名偶塵侍從雖云時可每與願違既未決於歸田故力求於治郡慈母愛子但憐其無能明君知臣終護其所短自欣投老漸獲安身此蓋伏遇

太皇太后陛下慈儉臨民剛柔布政參天地而有信喜怒不陳體水鏡之無心忠邪自辨致茲愚直亦克保全雖任職居官無過人者而見危授命蓋有志焉臣無任

又

臣軾言伏蒙 聖恩除臣龍圖閣學士知潁州臣已於今月二十二日到任訖者支郡責輕未卽滿盈於小器豐年事簡非徒飽暖於一家覽几席之溪湖雜簿書於魚鳥平生所樂臨老獲從臣某誠惶誠恐頓首頓首伏以汝潁爲州邦畿稱首土風備於南北人物推於古今賓主俱賢蓋宗資范孟博之舊治文獻相續有晏殊歐陽脩之遺風顧臣何人亦與茲選此蓋伏遇 皇帝陛下丕承六聖總攬羣英生知仁孝之全學識文武之大謂臣簪履之舊物嘗忝帷幄之近臣奉事七年崎嶇一節意其忠義許國故暫召

還察其老病畏人復許補外置之安地養此散材更少勉於桑榆誓不忘於畎畝臣無任

賀德音表二首

臣軾言伏覩九月二十七日德音以上清儲祥宮成減決四京及諸道見禁罪人者靈光下燭慶新宮之落成霈澤旁流洗庶獄之多罪散爲和氣坐致豐年臣某誠懽誠抃頓首頓首臣聞舜禹之心以奉先爲孝本釋老之道以損己爲福田永惟坤作之成每辭天下之養卑宮何陋大練爲安故能捐萬金之資以成二聖之意爲國迎祥而國無所費與民祈福而民不知勞鑾輅親臨神靈昭格覩士女之和會既同其休念囹圄之幽囚或非其罪用孚大號以逹惠心恭惟太皇太后陛下恭儉以仁明哲作則愛惜帑廩不供浮費之私重慎典刑每存數赦之戒一寬湯網衆識堯心臣以從官出臨近甸率吏民而拜慶助父老之歡謠永望闕庭實同咫尺臣無任

又

臣軾言伏覩九月二十七日德音以上清儲祥宮成減決四京及諸道見禁罪人者琳館告成神人交慶綸音下霈過故盡除臣某誠懽誠抃頓首頓首臣聞

漢武築通天之臺魏明作淩雲之觀皆厲民而私己或祕祝以蘄年然猶形於詠歌被之金石而況文孫繼志神毋考祥追六聖之心本枝百世均萬方之慶囹圄一空豈惟洗濯於丹書固已光華於青史恭惟

皇帝陛下知人堯哲克己禹勤積德之宮以文章爲藻飾庇民之廈以仁義爲基局眷樸斲之成能亦聖神之餘事臣久參法從夙侍經幃樂石銘詩雖幸執太史之筆大圭薦祼不獲踐屬車之塵徒與吏民共茲慶澤臣無任

賀興龍節表一首

臣軾言天佑我邦祥開是日山川貢瑞日月增華臣某誠懽誠抃頓首頓首伏以上聖所儲有慈儉不爭之寶輿情共獻蓋憂勤無逸之龜不待禱祠而求自然天人之應恭惟　皇帝陛下堯仁舜孝禹勤湯寬德莫大於好生故以不殺爲神武道莫尊於問學故以所聞爲高明錫厥庶民嚮用五福臣備員內閣出守近畿雖違咫尺天威乃身在外而上千萬歲壽此意則同臣無任

賀駕幸太學表二首

臣軾言恭聞十月十五日　駕幸太學者輦回原廟

既崇廣孝之風幄次儒宮復示右文之化禮行一日風動四方臣某誠歡誠抃頓首頓首臣聞五學之臨三代所共蓋天子不敢自聖而盛德必有達尊在漢永平始舉是禮雖臨雍拜老有先王之規而正坐自講非人主之事豈如允哲退託不能奠爵伏與意默通於先聖橫經問難言各盡於諸儒恭惟 皇帝陛下文武憲邦聰明齊聖大度同符於 藝祖至仁追配於 昭陵故舉舊章以興盛節臣早塵法從久侍經幃永矣馳誠想聞合語於東序斐然作頌行觀獻馘於西戎臣無任

又

臣軾言恭聞十月十五日 皇帝駕幸太學者濟濟多士靈承上帝之休雍雍在宮服膺文母之教風傳海宇慶溢臣工臣某誠歡誠抃頓首頓首臣聞學校太平之文而以得士爲實經術致治之具而以愛民爲心心既立而具乃行實先充而文斯應永惟坤載之厚輔成天縱之能惟使文子文孫莫不仁故於先聖先師無所愧恭惟 太皇太后陛下憂深祖構德燕孫謀黃裳之文斧藻萬物青衿之政長育羣材豈惟鼓舞於士夫實亦光華於史冊臣冒榮滋久被

遇最深外告成功行喜鶚音之革中脩潛德孰知麟趾之風臣無任

謝賜曆日表二首

迎日推筴雖曰百王之常後天奉時惟我二后之德伏讀詔旨灼知聖心中謝伏以嗣歲將興舊章畢舉三朝受海內之圖籍七月陳王業之艱難冬有祁寒知民言之可畏陽居大夏識天道之至仁故於頒朔之初更下布新之詔恭惟太皇太后陛下視民如子以國爲家振廩勸分人自忘於艱歲消兵去殺天必報之豐年臣敢不省事清心貴農時之不奪思患預備期歲計之有餘庶竭微誠少裨洪造臣無任

又

歲頒正朔蓋春秋統始之經郡賜璽書亦漢家寬大之詔實爲令典豈是空文臣某誠惶誠懼頓首頓首伏以望歲者生民之至情畏天者人君之大戒所以常言報應而不言時數每奏水旱而不奏嘉祥上有消復之心下有燮調之道固資共理同底純熙恭惟皇帝陛下祗敬三靈憂勤萬宇爲仁一日自然天下之歸教民七年豈無善人之效臣敢不仰遵堯典寅奉夏時謹堤防溝洫之修行勞來安定之政庶

殫縣力少助至仁臣無任

揚州謝到任表二首

臣軾言伏蒙聖恩除臣知揚州臣已於今月二十六日到任訖者支郡養痾裁能免咎通都移牧自愧何功屢玷恩榮實深慚汗臣某中謝伏念臣早緣竊祿稍習治民在 先帝日已歷三朝近八年間復忝四郡平生所願滿足無餘志大才疎信天命而自遂人微地重特聖眷以少安恭惟 太皇太后陛下子惠萬民器使多士以謂朝廷之德澤付於郡縣與監司乃眷江淮之間久罹水旱之苦鄰封二浙飢疫相薰積欠十年豐凶皆病臣敢不上推仁聖之意下盡疲駑之心庶復流亡少寬憂軫臣無任

又

一麾出守方愧媮安十國爲連復膺寵寄恩榮既溢慚汗靡寍臣某中謝伏念臣本以鯫生冒居禁從頃緣多病力求潁尾之行曾未半年復有廣陵之請蓋以魚鳥之質老於江湖之間習與性成樂居其舊天從民欲許擇所安恭惟 皇帝陛下欽明文思剛健純粹天功默運灼知萬化之情人材並收各取一長之用如臣衰朽尚未遐遺命至蹇而祿已盈每懷

憂懼志雖大而才不副莫報恩私臣無任

謝賜卹刑詔書表二首

臣軾言伏蒙聖恩賜臣欽卹刑獄詔書一道者時令舉行雖云故事天心惻怛本出至誠德旣洽於好生民雖死而無憾臣某誠惶誠懼頓首頓首伏以刻木畫地志士不居鑠石流金平人猶病宜軫聖神之念實爲哀敬之先訓誥丁寧吏民感動恭惟　皇帝陛下禹湯罪己堯舜性仁以不忍人之心行若稽古之政豈止緩獄實期無刑臣敢不推廣上恩厚風俗於無犯申嚴法意消盜賊於未萌少假歲時庶空囹圄臣無任

又

暑雨其咨旣軫小民之病麥秋已至復虞輕繫之淹祗服訓詞灼知天意臣某中謝伏以仁聖之德哀矜爲先常內恕以及人故深居而念遠齋戒處掩則知暴露之勤絺綌袢延不忘纍紲之苦吏旣罔儆民知無冤恭惟　太皇太后陛下事法祖宗德參天地凱風養物散爲扇暍之涼靈雨應時同沾執熱之濯臣敢不盡其哀敬濟以寬明奉漢律之嚴毋令瘐死推慈母之意務在平反庶竭愚忠少行德意臣無任

賀立皇后表二首

臣軾言伏覩制書今月十六日皇后受冊禮成者纘女維莘俔天之妹事關廟社喜溢人神 中賀 臣聞三代之興皆有內助二南之化實本人倫維關睢正始之風具既醉太平之福民有所恃邦其永昌恭惟
皇帝陛下自誠而明惟睿作聖輯寧夷夏德既茂於治朝輔順陰陽政兼修於內職既膺大慶益廣至仁下逮海隅夫婦無於愁歎上符天造日月爲之光明受祿無疆與民同樂臣無任

又

吉日既涓柔儀允正轂珪往聘象服來朝 中賀 臣聞周姜任姒之賢位非皆極漢陰馬鄧之貴德或有慚盛哉六禮之陳襲此三宮之慶恭惟 太皇太后
陛下任付託之重躬保佑之勞公天下不私其親配
宸極必先以德徽音不墜嗣成慈孝之風仁壽無疆坐享雲來之養臣限以官守不獲躬詣闕庭臣無任

賀坤成節表一首

臣軾言歲復六壬襲嘉祥於太史火流七月紀令節於詩人盡海宇之含生舉欣榮於茲日臣某 中賀 臣聞君以民爲心體天用民爲聰明未有心胖而體不

紓民悅而天不應故好生惡殺是爲仁壽之基捐利
與民斯獲豐年之慶恭惟　太皇太后陛下恭儉
一德勤勞百爲推天覆地載之心阜成民物盡父教
母憐之道誨養臣鄰共知難報之恩必享無疆之福
臣以出守淮海無由躬詣闕庭無任瞻天望聖激切
屏營之至謹奉表稱賀以聞

東坡後集卷第十二

東坡後集卷第十三

表狀劄子

疏文

景靈宮祈福道場功德疏文一首

表狀劄子

謝除兵部尚書賜對衣金帶馬狀

蒙　恩賜臣衣一對金帶一條并魚袋金鍍銀鞍轡
馬一匹者盛服在躬無復曳婁之歎名駒出廐遂忘
奔走之勞施重丘山身輕毫末伏念臣少賤而鄙性
椎少文衣敝緼袍未嘗有恥乘款段馬自以爲安豈
意晚年屢膺此寵此蓋伏遇
皇帝陛下紹隆景命揔攬羣英無競維人勢已加於
九鼎惟德其物恩有重於千金臣敢不上體眷懷勉
思報稱贈繞朝之策愧不能謀振屈原之衣期於自
潔臣無任

又

伏以在笥之珍本出於民力脫驂之賜以結於士心
顧臣何人屢膺此寵伏念臣學本爲己材不適時乘
伯厚之車雖云疾惡東公西之帶愧不能言而二年
之間三拜是賜此蓋伏遇　太皇太后陛下心存
社稷德協天人以長策駕馭四方以盛德藩飾多士
故令衰朽猶玷光華豈曰無衣蓋獨求於安吉慨然
攬轡敢有志於澄清臣無任

謝兼侍讀表

伏奉制書除臣守兵部尚書兼侍讀者重地隆名不擇所付清資厚祿以養不才中謝伏念臣以草木之微當天地之澤七典名郡再入翰林兩除尚書三忝侍讀雖當世之豪傑猶未易居矧如臣之孤危其何能副恭惟皇帝陛下聖神格物文武憲邦重離繼明何煩爝火之助大廈既構尚求一木之支而臣白首復來丹心已折望西清之帷幄久立徬徨聞長樂之鼓鐘恍如夢寐莫報丘山之施猶貪頃刻之榮臣無任

又

流汗恩榮再詞莫獲强顏衰朽一節以趨臣軾中謝恭惟先帝復六卿之名本欲後人識三代之舊古今殊制閑劇異宜武選隸於天官兵政揔於樞輔故司馬之職獨省文書而師氏之官職在論說命臣兼領聖意可知恭惟太皇太后陛下約己裕民忘家憂國知先王之兵必本於道德故以儒臣爲七兵知人主之學必通於民情故自郡守爲五學而臣迂疏不可强合早緣衰病難以久居終當自効於所長之間或可報恩於未死之日臣無任

進郊祀慶成詩表

伏覩今月十四日郊祀禮成者親奠璧琮始見天地兼陳祖宗六廟之典參用漢唐三代之文夷夏來同人神允答臣某中賀恭惟　皇帝陛下聿追來孝對越在天外修神考之文章內服文母之慈儉四方觀禮百辟宅心雪止風恬驗神祇之來饗雲黃歲美知豐凶之在天臣以藝文入侍帷幄考事而知天意陳詩以達民言雖無足觀亦各其志臣無任瞻天望聖懽懼屏營之至所撰郊祀慶成詩一首謹繕寫陳表上進以聞

任兵部尚書乞外郡劄子

臣向在揚州蒙恩除臣今任臣於本州及緣路附遞入文字辭免准　聖旨劄子指揮爲已差充鹵簿使大禮日迫不許遷延臣以此不敢堅辭尋於南京附遞奏乞候過南郊依前除臣一郡今來已過郊禮伏乞檢會累次奏狀除臣知越州一次取進止

辭兩職并乞郡劄子

臣近奏乞越州伏蒙　聖恩降詔不允續准閤門告報已除臣端明殿學士兼翰林侍讀學士守禮部尚書聞命悸恐不知所措臣本以寵祿過分衰病有加

故求外補實欲自便而榮名驟進兩職薦加不獨於臣有非據之羞亦恐朝廷無以待有勞之士豈徒內愧必致人言伏望聖慈特賜追寢仍乞檢會前奏除臣一郡若越州無闕乞自朝廷除授取進止

第二劄子

臣近奏乞辭免端明殿學士兼翰林侍讀學士守禮部尚書恩命仍乞檢會前奏除臣一郡蒙降詔不允聖恩隆厚天旨丁寧顧臣何人敢守微意但本緣請外更蒙陞擢兼帶兩職近歲所無有何勞能被此光寵欲乞追寢新命令臣且依舊供職則臣更不敢請郡若朝廷必欲臣受此職名卽乞除臣一重難邊郡令臣盡力報稱猶可少安臣非敢自謂知兵若朝廷有開邊伐國之謀求深入敢戰之帥則非臣所能辦若欲保境安民宣布威信使吏士用命無所失亡則承乏之際猶可備數伏望朝廷於此二者擇一以處臣非獨在臣分義當然亦朝廷名器不爲虛授取進止

謝除兩職守禮部尚書表

伏蒙聖恩除臣端明殿學士兼翰林侍讀學士守禮部尚書者衰年自引久抱此心異數併加實爲非

意辭不獲命愧何以堪臣軾 中謝 竊惟以殿命官本緣麟趾之舊因時修廢近正金華之名歷代所榮於今為甚自元豐之末官制以來若非身兼數器之人未有名冠兩職之重而況秩宗之任邦禮是司豈臣迂愚所當兼領此蓋伏遇

太皇太后陛下憂深

社稷慮極安危求忠臣於愚直之中論治道於文字之外知臣難進而易退或非患失之鄙夫故授以禮樂清閑之司使專於論說琢磨之事此恩難報願輸歲月之勤度己所宜終遂江湖之請臣無任

又

備員西學已愧空疎易職東班尤驚忝冒遂領宗卿之事併為儒者之榮臣軾 中謝 始臣之學也以適用為本而恥空言故其仕也以及民為心而慚尸祿乃者屢請治郡兼乞守邊欲及殘年少施實効而有志莫遂負愧何言今乃以文字為官常語言為職業下無所見其能否上無所考其幽明循省初心有靦面目故於拜恩之日少陳有益之言孔子曰一言可以興邦而孟子亦曰一正君而天下定昔漢文帝悅張釋之長者之言則以德化民輔成刑措之功而孝景帝入晁錯數術之語則以智馭物馴致七國之禍乃

知爲國安危之本秪在聽言得失之間恭惟皇帝陛下即位以來學如不及問道八年寒暑不廢講讀之官談王而不談霸言義而不言利八年之間指陳文理何啻千萬雖所論不同然其要不出六事一曰慈二曰儉三曰勤四曰愼五曰誠六曰明慈者謂好生惡殺不喜兵刑儉者謂約己費省不傷民財勤者謂躬親庶政不邇聲色愼者謂畏天法祖不輕人言誠者謂推心待下不用智數明者謂專信君子不雜小人此六者皆先王之陳迹老生之常談言無新奇人所忽易譬之飲膳則爲穀米羊豕雖非異味而有益於人譬之藥石則爲耆朮參苓雖無近効而有益於命若陛下信受此言如御飲膳如服藥石則天人自應福祿難量而臣等所學先王之道亦不爲無補於世若陛下聽而不受受而不信信而不行如聞春禽之聲秋蟲之鳴過耳而已則臣等雖三尺之喙日誦五車之書反不如醫卜執技之流簿書奔走之吏其爲尸素死有餘誅伏願陛下一覽臣言少留聖意天下幸甚

謝賜對衣金帶馬狀

蒙恩賜衣一對金帶一條幷魚袋金鍍銀鞍轡馬一

匹服官奠鑣轡動佩章圍士効牽光生韉策伏以三
賜之重莫隆於車馬五采之貴兼施於衣裳汝必有
功服之無斁而臣衰年弱幹固難强於馳驅枯木朽
株本不願於文繡寵加意外愧溢顔閒此蓋伏遇
皇帝陛下因能任官稱物平施操名器以勵士上有
誠心正銜勒以馭人下無遺力臣敢不思稱其服益
勵厥躬雖愧立朝乏能言之近用猶希辨道輸老智
於莫年臣無任

又

蒙恩賜衣一對金帶一條并魚袋金鍍銀鞍轡馬一
匹服章在笥賁及衰殘銜勒過庭喜先徒御伏以物
生有待天施無窮草木何知冒慶雲之渥采魚鰕至
陋借滄海之榮光雖若可觀終非其有妻孥相顧驚
屢致於匪頒道路竊窺或反增於指目此蓋伏遇
太皇太后陛下聰明齊聖陳錫載周含垢匿瑕而察
於求賢卑宮菲食而後於養士士豈輕於千里念非
其人言有重於兼金當思所報

笏記

榮兼兩職寵與六卿豈伊衰朽之餘有此遭逢之異
此蓋伏遇　太皇太后陛下坤元利正天造無私

靡求備於一人將曲成於萬物文章小技縱有効於涓埃草木微生終難酬於雨露臣無任

又

陛榮祕殿列職西清併此光華付之衰朽此蓋伏遇
皇帝陛下剛健純粹緝熙光明曲搜已棄之材將建無窮之業顧慚淺陋將何補於盛明惟有朴忠誓不回於生死臣無任

定州謝到任表

兵民重寄本禦侮以折衝疆場久安但坐嘯而畫諾才微祿厚恩重命輕臣軾 中謝 伏念臣一去闕庭三換符竹坐席未暖召節已行筋力疲於往來日月逝於道路未經周歲復典兩曹朝廷非不用臣愚惷自不安位所宜竄逐更冒寵榮此蓋伏遇 皇帝陛下離明正中乾健獨運追述東朝之遺意收此散材眷言西學之舊臣付之善地致此衰朽尚未棄捐臣敢不勤卹民勞密修邊備苟無大過以及朞年漸還魚鳥之鄉以畢桑榆之景臣無任

慰正日表

嗣歲將興雖有作新之慶舊穀既沒共深追遠之思凡在照臨舉增懷慕臣軾 中謝 恭惟 皇帝陛下

道躋堯禹行比騫參方受圖於二朝明發不寐念御簾於雙日孝思奈何幸寬罔極之哀少副有生之望臣限以官守不獲躬詣闕庭無任瞻天望聖激切屏營之至

謝賜曆日表

夙頒温詔寵拜新書吏得承宣民知蚤晚臣軾 中謝 臣聞言天道者有數故閏以正時訓農事者在人則王無罪歲豈獨典常之舊必存忠利之心恭惟 皇帝陛下輔相財成聰明時憲居德刑於冬夏意與天同暨聲教於朔南責在臣等敢不時使薄斂思患預防勤卹鰥孤幸流亡之盡復兼明威惠庶戎夏以皆安臣無任

慰宣仁聖烈皇后山陵禮畢表

恭聞今月七日大行宣仁聖烈太皇太后山陵禮畢者日月有時義當卽遠雨露既降思則無窮遙知穆穆之光尚起皇皇之望臣軾 中謝 恭惟 皇帝陛下道循祖武德契天心大哉孔子之仁泫然流涕至矣顯宗之孝夢若平生願寬舜慕之心少副堯封之祝臣限以官守不獲躬詣闕庭無任瞻天望聖激切屏營之至

慰宣仁聖烈皇后祔廟禮畢表

恭聞今月十七日宣仁聖烈皇后升祔禮畢者反寢而虞既盡飾終之典宅神于廟益隆追遠之思凡在照臨舉增悲慕臣軾中謝竊以六朝繼聖並傳家法之餘三后御簾高出古人之右逮此登配廓然永懷恭惟　皇帝陛下奉順母慈表章坤德四謚哀榮之詔簡策有光數詩挽餞之音道塗垂涕日月云遠典禮告成顧寬無益之悲少副有生之望臣限以官守不獲躬詣闕庭無任瞻天望聖激切屏營之至

謝賜衣襖表

十一月九日翰林醫官王宗古至伏蒙　聖慈傳宣存問賜臣等敕及初冬衣襖者齊官三服已寬卒歲之憂漢札十行更佩先春之煖恩均吏士聲動華夷臣軾中謝伏以禮著始裘詩歌無褐邊陲更戍本爲臣子之常朔易早寒特軫聖神之念惟德其物豈曰無衣恭惟　皇帝陛下廣運聰明力行恭儉威風旁振方戰栗於天驕温詔下融遂流澌於河凍既無功而坐食實有愧於解衣敢不推廣朝廷之仁益收凍餒申嚴祖宗之法少肅惰媮庶收汗馬之勞以解濡鶉之誚臣無任

到惠州謝表

先奉告命落兩職追一官以承議郎知英州軍州事續奉告命責授臣寧遠軍節度副使惠州安置已於今月二日到惠州公參訖者仁聖曲全本欲畀之民社羣言交擊必將致之死亡尚荷寛恩止投荒服臣軾中謝伏念臣性資褊淺學術荒唐但信不移之愚遂成難赦之咎迹其狂妄久合誅夷方尚口乃窮之時蓋擢髮莫數其罪豈謂天幸得存此生此蓋伏遇
皇帝陛下以大有爲之資行不忍人之政湯網開其三面舜干舞于兩階念臣奉事有年少加憐愍知臣老死無日不足誅鋤明降德音許全餘息故使虺隤之馬猶獲蓋帷觳觫之牛得違刀几臣敢不服膺嚴訓託命至仁洗心自新沒齒無怨但以瘴癘之地魑魅爲鄰衰疾交攻無復首丘之望精誠未泯空餘結草之忠臣無任

到昌化軍謝表

今年四月十七日奉被告命責授臣瓊州別駕昌化軍安置臣尋於當月十九日起離惠州至七月二日已至昌化軍訖者竝鬼門而東騖浮瘴海以南遷生無還期死有餘責臣軾中謝伏念臣頃緣際會偶竊

寵榮曾無毫髮之能而有丘山之罪宜三黜而未已跨萬里以獨來恩重命輕咎深責淺此蓋伏遇
皇帝陛下堯文炳煥湯德寬仁赫日月之照臨廓天地之覆育譬之蠕動稍賜矜憐俾就窮途以安餘命而臣孤老無託瘴癘交攻子孫慟哭於江邊已爲死別魑魅逢迎於海上寧許生還念報德之何時悼此心之永已俯伏流涕不知所云臣無任

提舉玉局觀謝表

臣先自昌化軍貶所奉勅移廉州安置又自廉州奉勅授臣舒州團練副使永州居住今行至英州又奉勅授臣朝奉郎提舉成都府玉局觀在外州軍任便居住者七年遠謫不自意全萬里生還適有天幸驟從縲紲復齒搢紳臣軾中謝伏念臣才不逮人性多忤物剛褊自用可謂小忠狷狂妄行乃蹈大難皆臣自取不敢怨尤會真人之勃興與萬物而更始而臣獨在幽遠最爲冥頑迨茲起廢之初倍費生成之力終蒙記錄不遂棄捐此蓋伏遇 皇帝陛下正位龍飛對時虎變神武不殺豈非受命之符清淨無爲坐獲消兵之福聰明不作邪正自分使臣得同草木之微共霑雷雨之解臣敢不益堅素守深念往愆沒

齒何求不厭飯蔬之陋蓋棺未已猶懷結草之忠臣
無任

慰皇太后上仙表

伏覩正月十四日大行皇太后遺誥者慟發六宮悲
纏九土奉諱哀殞不知所云臣軾中謝大行皇太后
德冠三朝化刑四海獨決大策措天下於太山之安
退避東朝復明辟爲萬世之法奄終壽祿莫曉天心
恭惟 皇帝陛下仁孝自天哀傷過禮惟聖達節
豈復行曾閔之難以民爲心則當法舜禹之大願少
寬於追慕庶下荅於臣民臣以外郡居住不獲奔赴
闕庭無任哀痛隕越之至

疏文

興龍節功德疏文五首

右伏以上帝垂休真人誕降乾坤合契永爲慶喜之
辰草木何知舉有欣榮之意矧惟遭遇獲侍清閑不
緣梵釋之因曷致涓塵之效伏願 皇帝陛下受
天之祿如川方增奄有漢唐之封疆倍萬唐虞之壽
考永均介福下及函生

右伏以三王之樂固常與天下同四海之心莫不欲
吾君壽以茲願力扣彼佛乘仰惟無礙之慈副我必

從之欲伏願　皇帝陛下配天而治如日之中安樂延年錫帝齡之無算寅畏享福過周曆以常新下及海隅同躋壽域

右伏以上帝立子將開太平之基下民歸仁自享延鴻之壽不假龍天之會曷旌臣子之心伏願　皇帝陛下受祿無疆如川方至五兵不用同萬國之車書多士克生達四門之耳目永均介福普及函生

右伏以候嘉平之臘協氣充流歌長發之祥羣心踊躍華夷交慶草木增榮矧惟扈從之私獲在封疆之守敢緣願力低叩佛乘仰惟無礙之慈副我必從之欲伏願　皇帝陛下配天而治如日之中安樂延年錫帝齡之無算寅畏享福過周曆以常新下及海隅同躋壽域

右伏以瑞乙來翔共紀生商之兆羣龍下集適同浴佛之辰爰崇勝因以薦多祉伏願　皇帝陛下立民之極先天天不違福如南山之不騫壽等西方之無量集寧海宇永庇神天

坤成節功德疏文七首

右伏以功存社稷慶鍾高密之門澤及本枝天作大任之德候西風之協應占南極之嘉祥特啓真壇仰

祈睿算順帝之則固不待於禱求應地無疆亦難忘
於祝頌臣無任懇禱激切之至
右伏以慈儉之化無得而名保佑之功云何可報仰
首雲天之望傾心草木之微至哉坤元德既超於載
籍養以天下福宜冠於古今敢冀神休永爲民極臣
無任
右伏以寶儉與慈地無私載履信思順天且不違眷
惟江海之邦日蒙雨露之施民心所祝神聽必臨祈
萬壽於無疆庶羣生之永賴臣無任
右伏以上帝儲休遺寶龜而降聖羣方仰德執瑞玉
以來賓恪修臣子之誠虔奉天人之禱供精藍塞文
演貝多致海衆之莊嚴廣潮音之清淨勝因所集睿
算日隆恭惟 太皇太后陛下伏願大安大榮永
對無窮之問時萬時億獨觀有道之長臣無任
右伏以玉勝發祥金行正候合天人之寶運實華夏
之昌辰已格鴻休猶資善禱展祇園之淨供發祕藏
之真乘庶假良因益崇睿算恭惟 太皇太后陛
下伏願威神有截盡龍象以瞻依壽考無疆等乾坤
之久大臣無任
右伏以神聖在御天地無可報之恩臣子何知佛老

有歸誠之法敢緣淨供仰祝遐齡　太皇太后陛下伏願日照月臨海涵岳峙帝簡好生之德錫壽無疆民銜既富之仁保邦何極臣無任

右伏以星火西流方歲功之平秩夕月既望昭陰德之致隆凡我有生歸誠玆日佛身充滿天監聰明
太皇太后陛下伏願享德三靈齊光兩曜坐俟雲來之養受祿無疆屢觀甲子之周與民同樂臣無任

太皇太后本命歲功德疏文

右伏以天人合契輔成繼照之明歲月襲祥允協重坤之象肇臨正旦寅奉德音盡海宇之無疆集緇黃而來會旁推舜孝仰叩佛乘伏願　太皇太后陛下下順民心仰膺天保配西方之無量與南山而不傾豈獨五音六律之旋再臨此歲將推三統九會之復以卜其年永與函生共玆人福謹疏

景靈宮祈福道場功德疏文

右伏以仁心浹物自然憂樂之同孝治格天宜爾感通之速庶殫精懇仰叩上真恭以　太皇太后陛下保佑聖神勤勞夙夜偶倦東朝之御未復太官之常爰即殊庭大陳妙供法音上達雖有假於雲章民志下同自不勞於祕祝願膺勿藥之喜永保無疆之

休

東坡後集卷第十三

東坡後集卷第十四

啓

書

答潮州吳秀才書一首

答謝民師書

答劉沔都曹書一首

啓

答杭州交代啓一首

伏審知府鈐轄待制新易節旄光臨督府舊政已孚於千里先聲坐振於七州軾偶以庸虛適相前後愧無毫髮之善可紀斯民惟有凋瘵之餘以遺君子即諧瞻奉尤切詠思

答館職啓一首

伏審奉詔明庭陞華冊府國有得賢之慶士知稽古之榮虎觀石渠極諸儒之妙選鼇宮金闕笑方士之遠求自喜衰年獲觀盛事某官學本自得道惟造深溫故爲君子之儒多聞推益者之友奇字可學知子雲之苦心亡書復存賴安世之默識不試而用知賢則深軾方此賜環遽承枉駕沐誨音之已厚愧馳謁之未遑

潁州到任謝執政啓一首

入參兩禁每玷北扉之榮出典二邦輒爲西湖之長皆緣天幸豈復人謀惟汝水之名邦乃裕陵之故國

人淳事簡地壤泉甘豈惟暫養於不才抑亦此生之可老恭惟某官嘉猷經世茂德範時元老廟堂自有權衡之信餘生江海得同品物之安感佩之私筆舌難既

與京西運使劉昱啓一首

衰病倦游久懷歸意聖神寬假特乞守符條教闊疎溪湖清遠但坐糜於廩祿顧難繼於賢豪所幸仁明曲垂鎮撫特先蒙於顧眄使增重於吏民伏惟運使郎中才簡上心名高省戶暫屈外臺之寄一蘇右輔之民日望車塵按臨封部少奉誨言之末足爲衰朽之光感佩之私筆舌難既

揚州到任謝執政啓一首

擇地而安本非臣子之達節有求必獲足見廟堂之兼容釋汝潁之清閑當江淮之衝要舊游所樂習俗相諳已見吏民具述朝廷之意不爲條教自然獄市之清此蓋伏遇某官師保斯民蓍龜當代折衝禦侮已獲萬人之英補隙輔疎更收一木之用輒敢不益求民瘼勉盡鄙才但未歸田之須臾猶思報國之萬一

答晁發運及諸郡啓一首

衰病交攻已安僻壤寵光薦及復付名邦雖見吏民敢違條教尚緣大庇使獲少安此蓋伏遇某官忠厚有容高明畢照樂善忘勢稍霽外臺之威講舊論心曲敦同牓之好餘人某官忠厚有容通明畢照朝高雅望流風采之聳聞士誦德言借光華於枯朽致茲疎拙粗免曠瘝愧展奉之未皇但緘藏之無斁

賀彭發運啓一首

伏審拜詔十行觀風六路允符公論克振先聲恭承曩契之隆得與屬城之末瞻依有素感慰居多伏惟發運吏部年兄士聳英風時推舊德用久淹而未盡才歷試而愈高船滿潭中行奏韋堅之課錢流地上佇觀劉晏之能喜抃之深力占難盡

答杜侍郎啓一首

伏審薦膺天寵榮貳卿曹士友喜於彙征朝廷爲之增重伏惟兵部侍郎温文亮達宏遠清通直道不回貫今昔而無愧處躬自厚蹈世俗之所難事愈練而益明用雖晚而必濟自聞休命實起懦衷遽承問訊之先益佩謙光之過

定州到任謝執政啓一首

燕南趙北昔稱謀帥之難尺短寸長今以乏人而授

幸此四夷之守忘其一障之乘坐食何功捫心知愧

伏念軾愚忠自信朴學無華孔融意廣才疎訖無成効嵇康性不傷物頻致怨憎叨逢聖世之休明未分昔人之憂患故求散地以養衰年終成命之莫回悼此心之未亮伏惟某官躬行周孔力致唐虞燮和天人方遂萬物之性虛受海宇固容一介之微眷此餘生實無他望老如安國既倦北平之還慙比方回終有會稽之請歸依之至筆舌難周

謝本路監司啓一首

多病早衰屢有江湖之請誤恩過聽遂分疆埸之憂才無取於折衝愧已深於臥護敢緣厚德尚許兼容伏惟某官名重搢紳望隆中外承宣帝澤民忘流殍之災肅振臺風吏若親臨之畏顧惟朽鈍得奉教條但交欣悚之懷莫罄瞻依之頌

謝諸郡啓一首

燕南趙北昔爲百戰之場地利人和今乃四夷之守覩累朝之命帥皆一代之名臣豈謂寵榮曲加疲陋顧吏民之易治幸衰拙之少安此蓋伏遇某官碩德庇民宏才緯世餘膏所燭常分無盡之光蒙霧而行坐獲不知之潤眷言朽鈍未遂顛擠勉加策勵之勤

少答吹揚之賜

賀鄰帥及監司冬至啓一首

月臨天統首冠於三正氣兆黃宮復來於七日候微陽之協應知君子之彙征伏惟某官碩德庇民傑才經世踐揚中外之寄益推望實之隆旣醉大平實具周詩之福大有上吉允符羲易之占軾限以守邊未皇稱慶徒云善頌莫罄鄙懷

賀鄰帥及監司正旦啓一首

新曆旣頒蓋履端歸餘之歲羣情交泰正贊陽出滯之辰恭惟某官厚德鎮浮高名華國非獨疇咨之用已簡上心更膺難老之祥以符民望官守所限展慶無由欣頌之深敷陳罔旣

答丁連州啓一首

七年遠謫不知骨肉之存亡萬里生還自笑音容之改易久恬颶霧稍習蛙蛇自疑本儋崖之人難復見魯衞之士而況清時雅望令德高標固已聞名而自慚蓋欲通書而未敢豈謂知郡朝奉仁無擇物義有違時每憐遷客之無歸獨振孤風而愈厲固無心於集苑而有力於嘘枯遠移一紙之書何啻百朋之錫過情之譽雖知無其實而愧于中起廢之文猶欲借

此言以華其老窮途易感永好難忘

答陳提刑啓一首

久竄島夷偶未書於鬼錄逃歸空谷固喜聞於足音況清廟瑚璉之姿爲明堂杞梓之用欲聞名而未敢豈流問之或先恭惟提刑刑部才高一時望重多士魯諸儒之德業緣飾政刑漢循吏之風流本源經術暫屈雲霄之步一蘇嶺嶠之民憐遷客之無歸墜尺書而起廢助其羽翼借以齒牙但憂枯朽之餘難副吹噓之力既感且怍不知所云

答彭賀州啓一首

竄流海國脫身羈鬼之林洒掃真祠拜賜散人之號喜歸田之有漸悼報國之無期方自愧於心顏敢聞名於左右豈謂某官曲敦雅好深軫窮途賜以尺書借之餘論溫詞曲盡賢於十部之見臨陋質增華果已五縠之先餽但慚衰朽虛辱品題敬佩至言永以爲好

答王承議啓一首

泮水受成繆膺桑梓之敬海邦晝諾又觀枳棘之栖多難百罹流年半世恍如昨夢復見故人伏惟知郡承議居以才稱進由德選淵源師友舊仰鄭公之高

歌詠風流近傳邵父之繼不忘疇昔曲賜拊存豈獨憐衰朽而借寵光蓋將敦風義以勵世俗感佩之至筆舌難周

答王幼安宣德啓一首

俯仰十年忽焉如昨間關百罹何所不有頃者海外澹乎蓋將終焉偶然生還置之勿復道也方將求田問舍爲三百指之養杜門面壁觀六十年之非豈獨江湖之相忘蓋已寂寥而喪我不謂某官講修舊好收錄陳人粲然雲漢之章被此枯朽之質欲其洗濯宿負激昂晚節粗行平生之志少慰朋友之望此意厚矣我心悠哉如焦穀牙如伏櫪馬非吹噓之所及縱鞭策以何加藏之不忘永以爲好

書

杭州上執政書二首

十二月二十七日龍圖閣學士朝奉郎知杭州軍州事充兩浙西路兵馬鈐轄蘇軾謹頓首百拜上書門下僕射相公閣下去年浙中冬雷發洪太湖水溢春又積雨蘇湖常秀皆水民就高田秧稻以待水退及五六月稍稍分種十不及四五而又繼之以旱以故旱晚皆傷高下並損自元豐以來民之艱食未有如

今歲者也軾已三奏其事至今未報蓋人微言輕理自當爾然亦恐監司諸郡不盡以實奏而廟堂所訪問往來之人或揣所樂聞不盡以實告故朝廷以軾言爲過耳不然豈有仁聖在上羣賢並用而肯恬不爲意乎入冬以來緣諸郡閉糴而稅務用例違條收五穀力勝錢放米價斗至八九十價睦等州至百餘錢皆月錢炎炎可畏軾用印板出榜千餘道止絕此兩事自半月來米穀通流價亦稍平然浙中無麥青黃之交當在來秋而熟不熟又未可知民懲熙寧流殍之禍上戶有米者皆靳借不肯出其勢非大出官米不能救此患自正月至七月本州裏外九縣日糶官米千五百石乃可以平價救飢計當用米三十一萬五千石今本州常平除兌充軍粮外止有十七萬石漕司許於鄰郡運致三萬石尚少十一萬五千石計窮理迫須至控告軾近以本州廨宇弊壞奏乞度牒二百道修完未蒙開允意欲以此度牒募人於諸縣納米度可得二萬五千石然後減價出賣每斗六十度可得錢萬五千貫且以此錢修完廨宇雖不及元計料錢數先且修完緊要處亦粗可足用則是此度牒一出而兩利也伏望相公深念本州廨宇弊壞已甚不可不

修及今完葺所費尚少後日大壞其費必倍又因以募人納米出糶救飢設使不因修完廨宇朝廷以飢民之故特出聖恩乞與二百道度牒猶不爲過而況救飢修屋兩用而並濟乎軾愚惷少慮仰恃廟堂諸公仁賢卹民必不忍拒此請意此度牒可以必得以此不候回降指揮輒已一面告喻商旅令儲峙米斛具水陸腳乘以須度牒之至深望果斷不疑於一兩日內降付急遞日與吏民延頸企踵雖大旱望雲執熱思濯未喻其急也若不蒙哀察則是使軾失信商旅坐視流殍其爲慚惶狼狽未易遽言至時朝廷雖加誅殛何補於事兼軾近者奏爲本路轉運司今年合起年額米斛百六十萬乞特許且起一半或三分之二其餘候豐熟日隨年額起發未蒙恩許今年漕司窘迫實倍常歲異時預買紬絹錢常於歲前散絕今尚闕太半刻刷之急蓋不遺餘力矣若非朝廷少加矜察則督迫之極害必及民近蒙朝廷許輟上供二十萬石出糶此大惠也然望更輟留三十萬石若無米可糶秖乞以此錢收買銀絹上供雖無補於飢民而散幣在民少解錢荒之患亦良策也此外秖有勸誘富民出穀助官賑貸及用常平錢米募民工役

二事然皆難行勸誘之利未及貧民而誅求之禍先及上戶浙中富民欠官錢者十人而九決無可勸誘之理至於募民工役亦非實惠若散募飢貧不堪工役鳥獸聚散得錢便走熙寧中嘗行此事名爲召募其實不免於等第上差科官支錢米盡入役夫而本戶又須貼錢雇人凶年人戶重有此擾皆虛名無實利少害多惟有多糴官米一事簡而易行米價既低民無貧富均享其利惟望相公留意則一路幸甚軾拙於言語不能盡寫憂危之狀以曉左右惟有發書之日西向再拜扣頭默禱庶幾區區丹誠可以感動萬一也不宣

月日龍圖閣學士左朝奉郎知杭州軍州事充兩浙西路兵馬鈐轄蘇軾謹頓首再拜上書門下僕射相公閤下軾近上章論浙西淫雨颶風之災伏蒙恩旨使與監司諸人議所以爲來歲之備者謹已條上二事軾才術淺短禦災無策但知叫號朝廷乞寬減額米截賜上供言狂計拙死罪死罪然三吳風俗自古浮薄而錢塘爲甚雖室宇華好被服粲然而家無宿舂之儲者蓋十室而九自經熙寧饑疫之災與新法聚斂之害平時富民殘破略盡家家有市易之欠人

人有鹽酒之債田宅在官房廊傾倒商賈不行市井蕭然譬如衰羸久病之人平時僅自支持更遭風寒暑濕之變便自委頓仁人君子當意外將護未可以壯夫常理期也今年錢塘賣常平米十八萬石得米者皆叩頭誦佛云官家將十八萬石米於烏鳶狐狸口中奪出數十萬人此恩不可忘也夫以區區戰國公子尚知焚券市義今以十八萬石米易錢九萬九千緡而能活數十萬人此豈下策也哉竊惟仁聖在上輔以賢哲一聞此言理無不可但恐世俗諂薄成風揣所樂聞與所忌諱不以仁人君子期左右爭言無災或言有災而不甚積衆口之驗以惑聰明此軾之所私憂過慮也八月之末秀州數千人訴風災吏以爲法有訴水旱而無訴風災拒閉不納老幼相騰踐死者十一人方按其事由此言之吏不喜言災者蓋十人而九不可不察也軾既條上二事且以關白漕憲兩司官吏皆來見軾曰此固當今之至計也然恐朝廷疑公爲漕司地柰何軾曰吾爲數十萬人性命言也豈䘏此小小悔吝哉去年秋冬諸郡閉糴商賈不行軾既劾奏通之又舉行災傷法約束本路不得收五毀力勝錢三郡米大至施及浙東而漕司官

吏緣此愠怒幾不見容文符往來僚吏恐悚以軾之私意其不爲漕司地也審矣力勝之免去歲已有成法然今歲未敢舉行者實恐再忤漕司怨咎愈深此則軾之疲懦畏人不免小有回屈之罪也伏望相公一言檢舉成法自朝廷行下使五穀通流公私皆濟上以明君相之恩下以安孤危之迹不勝幸甚去歲朝旨免力勝錢止於四月浙中無麥須七月初間見新穀故自五月以來米價復增軾亦曾奏乞展限至六月終不報今者若蒙施行則乞以六月爲限去歲恩旨寬減上供額米三分之一而戶部必欲得見錢浙中遂有錢荒之憂軾奏乞以錢和買銀絹上供三請而後可今者若蒙施行即乞一時行下軾竊度事勢若不且用愚計來歲恐有流殍盜賊之憂或以其狂淺過計事難施行即乞別除一小郡仍選才術有餘可以坐消災沴者使任一路之責幸甚幸甚干冒台重伏紙慄戰不宣

揚州上呂相書一首

軾再拜伏蒙手書見謂勇於爲義不當在外奬飾過分悚息之至軾竊謂士在用不用不在內外也自揣所宜在外不惟身安耳靜至於束吏養民亦粗似所

便又不自量每有所建請蒙相公主張施行使軾常在外爲朝廷採摭四方利病而相公擇其可行者行之豈非學道者平生之至願也哉頃者所論積欠蒙示俞已有定議此殆一洗天下瘡痏也近復建言綱運折欠利害乞申明編敕嚴賜約束行下而罷眞揚楚泗轉般倉斗子倉法必已關覽此事若行不過歲失淮南商稅萬緡而數年之後所得必却過之但綱梢飽暖餽運辦集必無三十萬石之欠而能使六路運卒保完背頰使臣人員千百人保完身計此豈小事乎其餘綱運弊害小小枝葉亦不住講求續上其事又軾自入淮南界聞二三年來諸郡稅務刻急日甚行路咨怨商賈幾於不行有稅物者旣無脫遺其無稅物及雖有不多者皆不與點檢但多喝稅錢商旅不肯認納則苛留十日半月人船旣衆貲用坐竭則所喝惟命州郡轉運司皆力主此輩無所告訴竊聞東南物貨全不通行京師坐致枯涸若不及相公在位救解此患恐遂滋長至於不可救矣祗如揚州稅額已增不虧而數小吏爲虐不已原其情蓋爲有條許酒稅監官分請增剩賞錢此元豐中一小人建議羞汚士風莫此爲甚如酒務行此法雖士人所恥

猶無大害若稅務行之則旣增之外刻剝不已行路被其虐矣軾日夕欲上此奏乞罷之亦望相公留念軾已買田陽羨歸計已成紛紛多言深可憫笑但貪及相公在位求治繩墨之外故時効區區庶小有益於世耳不宣

答虔倅俞括奉議書一首

軾頓首資深使君閣下前日辱訪寵示長牋及詩文一編伏讀數日廢卷拊掌有起予之歎孔子曰辭達而已矣物固有是理患不知知之患不能達之於口與手所謂文者能達是而已文人之盛莫如近世然私所敬慕者獨陸宣公一人家有公奏議善本頃侍講讀嘗繕寫進御區區之忠自謂庶幾於孟軻之敬王且欲推此學於天下使家藏此方人挾此藥以待世之病者豈非仁人君子之至情也哉今觀所示議論自東漢以下十篇皆欲酌古以馭今有意於濟世之用而不志於耳目之觀美此正平生所望於朋友與凡學道之君子也然去歲在都下見一醫工頗藝而窮慨然謂僕曰人所以服藥端爲病耳若欲以適口則莫如芻豢何以藥爲今孫氏劉氏皆以藥顯孫氏期於治病不擇甘苦而劉氏專務適口病者宜安

所去取而劉氏富倍孫氏此何理也使君斯文未必售於世然售不售豈吾儕所當挂口哉聊以發一笑耳進宣公奏議有一表輒錄呈不須示人也餘俟面謝不宣

答王庠書一首

軾啓遠蒙差人致書問安否輔以藥物眷意甚厚自二月二十五日至七月十三日凡一百三十餘日乃至水陸蓋萬餘里矣罪戾遠黜既爲親友憂又使此兩人者跋涉萬里比其還家幾盡此歲此君愛我之過而重其罪也但喜比來侍奉多暇起居佳勝軾罪大責薄居此固宜無足言者瘴癘之邦僵仆者相屬於前然亦有以取之非寒暖失宜則飢飽過度苟不犯此者亦未遽病也若大期至固不可逃又非南北之故矣以此居之泰然不煩深念前後所示箸述文字皆有古作者風力大略能道意所欲言者孔子曰辭達而已矣辭至於達止矣不可以有加矣經說一篇誠哉是言也西漢以來以文設科而文始衰自賈誼司馬遷其文已不逮先秦古書況其下者文章猶爾況所謂道德者乎若所論周勃則恐不然平勃未嘗一日忘漢陸賈爲之謀至矣彼視祿產猶几上肉

但將相和調則大計自定若如君言先事經營則呂后覺悟誅兩人而漢亡矣某少時好議論古人既老涉世更變往往悔其言之過故樂以此告君也儒者之病多空文而少實用賈誼陸贄之學殆不傳於世老病且死獨欲教子弟豈意姻親中乃有王郎乎三復來貺喜抃不已應舉者志於得而已今程試文字千人一律考官亦厭之未必得也如君自信不回必不爲時所棄也又況得失有命決不可移乎勉守所學以卒遠業相見無期萬萬自重而已人還謹奉手啓少謝萬一

答潮州吳秀才書一首

軾啓遠辱專人惠教具審比來起居佳勝感慰之至與子野先生游幾二十年矣始以李六丈待制師中之言知其爲人李公人豪也於世少所屈伏獨與子野書云白雲在天引領何及而子野一見僕便諭出世間法以長生不死爲餘事而以練氣服藥爲土苴也僕雖未能行然喜誦其言蓋嘗作問養生一篇爲子野出也近者南遷過眞揚間見子野無一語及得喪休戚事獨謂僕曰邯鄲之夢猶足以破妄而歸眞子今目見而身履之亦可以少悟矣夫南方雖號爲

瘴癘地然死生有命初不曰南北也且許過我而歸自到此日夜望之忽得來教乃知子野尚在北不遠當來赴約也幸甚幸甚長書稱道過實讀之赧然所論孟揚申韓諸子皆有理詞氣翛然又以喜子野之有佳子弟也然昆仲以子野之故雖未識面懸相喜者則附遞一書足矣何至使人蠒足遠來又致酒麪海物荔子等僕豈以口腹之故千里勞人哉感愧厚意無以云諭過廣州買得檀香數斤定居之後杜門燒香閉目清坐深念五十九年之非耳今分一半非以爲往復之禮但欲昆仲知僕汎掃身心澡瀹神氣兀然灰槁之大略也有書與子野更督其南歸相過少留爲印可其已得而訶策其所未至也此外萬萬自愛

答謝民師書一首

軾啓近奉違亟辱問訊具審起居佳勝感慰深矣軾受性剛簡學迂材下坐廢累年不敢復齒搢紳自還海北見平生親舊惘然如隔世人況與左右無一日之雅而敢求交乎數賜見臨傾蓋如故幸甚過望不可言也所示書教及詩賦雜文觀之熟矣大略如行雲流水初無定質但常行於所當行常止於不可不

止文理自然姿態橫生孔子曰言之不文行之不遠又曰詞達而已矣夫言止於達意則疑若不文是大不然求物之妙如係風捕景能使是物了然於心者蓋千萬人而不一遇也而況能使了然於口與手乎是之謂詞達詞至於能達則文不可勝用矣揚雄好爲艱深之詞以文淺易之說若正言之則人人知之矣此正所謂琱蟲篆刻者其太玄法言皆是物也而獨悔於賦何哉終身琱蟲而獨變其音節便謂之經可乎屈原作離騷經蓋風雅之再變者雖與日月爭光可也可以其似賦而謂之琱蟲乎賈誼見孔子升堂有餘矣而乃以賦鄙之至與司馬相如同科雄之陋如此比者甚衆可與知者道難與俗人言也因論文偶及之耳歐陽文忠公言文章如精金美玉市有定價非人所能以口舌貴賤也紛紛多言豈能有益於左右愧悚不已所須惠力法雨堂字軾本不善作大字强作終不佳又舟中局迫難寫未能如教然軾方過臨江當往遊焉或僧欲有所記錄當作數句留院中慰左右念親之意今已至峽山寺少留卽去愈遠惟萬萬以時自愛不宣

答劉沔都曹書一首

軾頓首都曹劉君足下蒙示書教及編錄拙詩文二十卷軾平生以言語文字見知於世亦以此取疾於人得失相補不如不作之安也以此常欲焚棄筆硯爲瘖默人而習氣宿業未能盡去亦謂隨手雲散鳥沒矣不知足下默隨其後掇拾編綴略無遺者覽之慚汗可爲多言之戒然世之蓄軾詩文者多矣率真僞相半又多爲俗子所改竄讀之使人不平然亦不足怪識真者少蓋從古所病梁蕭統集文選世以爲工以軾觀之拙於文而陋於識者莫統若也宋玉賦高唐神女其初略陳所夢之因如子虛亡是公相與問答皆賦矣而統謂之敘此與兒童之見何異李陵蘇武贈別長安而詩有江漢之語及陵與武書詞句儇淺正齊梁間小兒所擬作決非西漢文而統不悟劉子玄獨知之范曄作蔡琰傳載其二詩亦非是董卓已死琰乃流落方卓之亂伯喈尚無恙也而其詩乃云以卓亂故流入於胡此豈真琰語哉其筆勢乃效建安七子者非東漢詩也李太白韓退之白樂天詩文皆爲庸俗所亂可爲太息今足下所示二十卷無一篇僞者又少謬誤及所示書詞清婉雅奧有作者風氣知足下置力於斯文久矣軾窮困本坐文字

蓋願刳形去皮而不可得者然幼子過文益奇在海外孤寂無聊過時出一篇見娛則爲數日喜寢食有味以此知文章如金玉珠貝未易鄙棄也見足下詞學如此又喜吾同年兄龍圖公之有後也故勉作報書忽忽不宣

東坡後集卷第十四

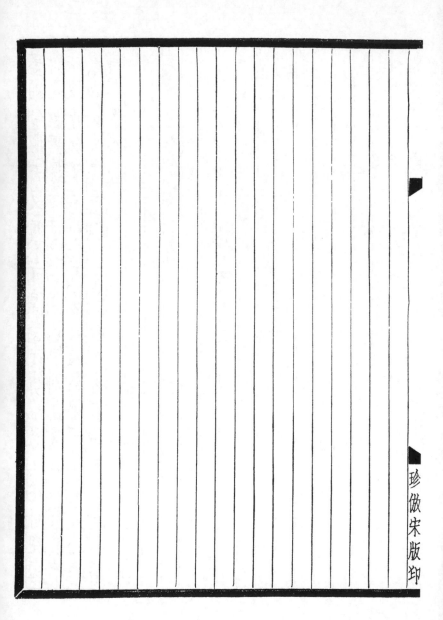

東坡後集卷第十五

記

碑

記

衆妙堂記一首

眉山道士張易簡教小學常百人予幼時亦與焉居天慶觀北極院予蓋從之三年謫居海南一日夢至其處見張道士如平昔汎治庭宇若有所待者曰老先生且至其徒有誦老子者曰玄之又玄衆妙之門予曰妙一而已容有衆乎道士笑曰一已陋矣何妙之有若審妙也雖衆可也因指灑水薙草者曰是各一妙也予覆視之則二人者手若風雨而步中規矩蓋煥然霧除霍然雲消予驚歎曰妙蓋至此乎庖丁

之理解郢人之鼻斲信矣二人者釋用而上曰子未覩真妙庖郢非其人也是技與道相半習與空相會非無挾而徑造者也子亦見夫蜩與雞乎夫蜩登木而號不知止也夫雞俯首而啄不知仰也其固也如此然至蛻與伏也則無視無聽無飢無渴默化於荒忽之中候伺於毫髮之間雖聖知不及也是豈技與習之助乎二人者出道士曰少安須老先生至而問焉二人者顧曰老先生未必知也子往見蜩與雞而問之可以養生可以長年廣州道士崇道大師何德順作堂榜曰衆妙以書來海南求文以記之予不暇作也獨書夢中語以示之戊寅三月十五日

瓊州惠通井記一首

禹貢濟水入于河溢爲滎河南曰滎陽河北曰滎澤沇潛本梁州二水亦見于荆州水行地中出沒數千里外雖河海不能絶也唐相李文饒好飲惠山泉置驛以取水有僧言長安昊天觀井水與惠山泉通雜以他水十餘缶試之僧獨指其二缶曰此惠山泉也文饒爲罷水驛瓊州之東五十里曰三山庵庵下有泉味類惠山東坡居士過瓊庵僧惟德以水餉焉而求爲之名名之曰惠通元符三年六月十七日記

南安軍學記一首

古之爲國者四井田也肉刑也封建也學校也今士矣獨學校僅存耳古之爲學者四其大者則取士論政而其小者則絃誦也今士矣直誦而已舜之言曰庶頑讒說若不在時侯以明之撻以記之書用識哉欲並生哉工以納言時而颺之格則承之庸之否則威之格之言改也論語曰有恥且格承之言薦也春秋傳曰奉承齊犧庶頑讒說不率是教者舜皆有以待之夫化惡莫若進善故擇其可進者以射侯之禮舉之其不率教甚者則撻之小則書其罪以記之非疾之也欲與之並生而同憂樂也此士之有罪而未可終棄者故使樂工採其謳謠諷議之言而颺之以觀其心其改過者則薦之且用之其不悛者則威之屏之僰之寄之類是也此舜之學政也射之中否何與於善惡而曰侯以明之何也曰射所以致衆而論士也衆一而後論定孔子射於矍相之圃蓋觀者如堵使弟子揚觶而敘黜者三則僅有存者由此觀之以射致衆衆集而後論士蓋所從來遠矣詩曰在泮獻囚又曰在泮獻馘禮曰受成於學鄭人游于鄉校以議執政或謂子產毀鄉校何如子產曰不可善者

吾行之不善者吾改之是吾師也孔子聞之謂子產仁古之取士論政者必於學有學而不取士不論政猶無學也學莫盛於東漢士數萬人噓枯吹生自三公九卿皆折節下之三府辟召常出其口其取士議政可謂近古然卒爲黨錮之禍何也曰此王政也王者不作而士自以私意行之於下其禍敗固宜朝廷自慶曆熙寧紹聖以來三致意於學矣雖荒服郡縣必有學況南安江西之南境儒術之富與閩蜀等而太守朝奉郎曹侯登以治郡顯所至必建學故南安之學甲於江西侯仁人也而勇於義其建是學也以身任其責不擇劇易期於必成士以此感奮不勸而力費於官者爲錢九萬三千而助者不貲爲屋百三十間禮殿講堂視大邦君之居凡學之用莫不嚴具又以其餘增置廩給食數百人始於紹聖二年之冬而成於四年之春學成而侯去今爲潮州軾自海南遂過南安見聞其事爲詳士既德侯不已乃具列本末贏粮而從軾者三百餘里願紀其實夫學王者事也故首以舜之學政告之然舜遠矣不可以庶幾有賢太守猶可以爲鄭子產也學者勉之無愧於古人而已

順濟王廟新獲石砮記一首

建中靖國元年四月甲午軾自儋耳北歸艤舟吳城山順濟龍王祠下既進謁而還逍遙江上得古箭鏃槊鋒而劍脊其廉可劌而其質則石也曰異哉此孔子所謂楛矢石砮肅愼氏之物也何爲而至此哉傳觀左右失手墜于江中乃禱于神願復得之當藏之廟中爲往來者駭心動目詭異之觀既禱則使沒人求之一探而獲謹按禹貢荆州貢礪砥砮丹及箘簵楛梁州貢璆鐵銀鏤砮磬則楛矢石砮自禹以來貢之矣然至春秋時隼集于陳廷楛矢貫之石砮長尺有咫時人莫能知而問於孔子孔子不近取之荆梁而遠取之肅愼則荆梁之不貢此久矣顏師古曰楛木堪爲笴今豳以北皆用之以此考之用楛爲矢至唐猶然而用石爲砮則自春秋以來莫識矣可不謂異物乎兌之戈和之弓垂之竹矢陳于路寢孔子履藏于武庫皆以古見寶此矢獨非寶乎順濟王之威靈南放于洞庭北被于淮泗乃特爲出此寶軾不敢私有而留之廟中與好古博雅君子共之以昭示王之神聖英烈不可不敬者如此

碑

上清儲祥宮碑一首

元祐六年六月丙午制詔臣軾上清儲祥宮成當書其書之右臣軾拜手稽首言曰臣以書命待罪北門記事之成職也然臣愚不知宮之所以廢興與凡材用之所從出敢昧死請乃命有司具其事以詔臣軾始 太宗皇帝以聖文神武佐 太祖定天下旣卽位盡以 太祖所賜金帛作上清宮朝陽門之內旌興王之功且爲五代兵革之餘遺民赤子請命上帝以至道元年正月宮成民不知勞天下頌之至慶曆三年十二月有司不戒于火一夕而燼自是爲荆棘瓦礫之場凡三十七年元豐二年二月 神宗皇帝始命道士王太初居宮之故地以法籙符水爲民禳禬民趨歸之稍以其力修復祠宇詔用日者言以宮之所在爲國家子孫地乃賜名上清儲祥宮且賜度牒與佛廟神祠之遺利爲錢一千七百四十七萬又以官田十四頃給之刻玉如漢張道陵所用印及所被冠佩劍履以賜太初所以寵之者甚備宮未成者十八而太初卒 太皇太后聞之喟然歎曰民不可勞也兵不可役也太司徒錢不可發也而 先帝之意不可以不成乃勑禁中供奉之物務從約損斥賣

珠玉以巨萬計凡所謂以天下養者悉歸之儲祥積會所賜爲錢一萬七千六百二十八萬而宮乃成內出白金六千三百餘兩以爲香火瓜華之用召道士劉應眞嗣行太初之法命入內供奉官陳衍典領其事起四年之春訖六年之秋爲三門兩廡中大殿三旁小殿九鐘經樓二石壇一建齋殿于東以待臨幸築道館于西以居其徒凡七百餘間雄麗靖深爲天下偉觀而民不知有司不與焉嗚呼其可謂至德也已矣臣謹按道家者流本出於黃帝老子其道以清淨無爲爲宗以虛明應物爲用以慈儉不爭爲行合於周易何思何慮論語仁者靜壽之說如是而已自秦漢以來始用方士言乃有飛僊變化之術黃庭大洞之法太上天眞木公金母之號延康赤明龍漢開皇之紀天皇太一紫微北極之祀下至於丹藥奇技符籙小數皆歸於道家學者不能必其有無然臣嘗竊論之黃帝老子之道本也方士之言末也修其本而末自應故仁義不施則韶濩之樂不能以降天神忠信不立則射鄉之禮不能以致刑措漢興蓋公治黃老而曹參師其言以謂治道貴清靜而民自定以此爲政天下歌之曰蕭何爲法講若畫一曹參代之

守而勿失載其清靜民以寧壹其後文景之治大率
依本黃老清心省事薄斂緩獄不言兵而天下富臣
觀　上與　太皇太后所以治天下者可謂至矣檢
身以律物故不怒而威捐利以予民故不藏而富屈
己以消兵故不戰而勝虛心以觀世故不察而明雖
黃帝老子其何以加此本既立矣則又惡衣菲食卑
宮室陋器用斥其贏餘以成此宮上以終　先帝未
究之志下以為子孫無疆之福宮成之日民大和會
鼓舞謳歌聲聞于天天地喜答神祇來格祝史無求
福祿自至時萬時億永作神主故曰修其本而末自
應豈不然哉臣既書其事　皇帝若曰大哉　太祖
之功　太宗之德　神宗之志而聖母成之汝作銘
詩而朕書其首曰上清儲祥宮碑臣軾拜手稽首獻
銘曰
天之蒼蒼正色非耶其視下也亦若斯耶我作上清
儲祥之宮無以來之其肯我從元祐之政媚于上下
何修何營曰是四者民懷其仁吏服其廉鬼畏其正
神予其謙帝既子民維子之視云何事帝而瘠其子
允哲　文母以公滅私作宮千柱人初不知於皇
祖宗在帝左右風馬雲車從帝來狩閱視新宮察民

之言佑我　文母及其孝孫孝孫來饗左右耆耇無競惟人以燕我後多士爲祥　文母所培我膺受之篤其成材千石之鍾萬石之虡相以銘詩震于四海

昭靈侯廟碑一首

昭靈侯南陽張公諱路斯隋之初家潁上縣百社村年十六中明經第唐景龍中爲宣城令以才能稱夫人石氏生九子自宣城罷歸常釣于焦氏臺之陰一日顧見釣處有宮室樓殿遂入居之自是夜出旦歸輒體寒而濕夫人驚問之公曰我龍也蓼人鄭祥遠者亦龍也與我爭此居明日當戰使九子助我領有絳綃者我也青綃者鄭也明日九子以弓矢射青綃者中之怒而去公亦逐之所過爲谿谷以達于淮而青綃者投于合淝之西山以死爲龍穴山九子皆化爲龍而石氏葬關洲公之兄爲馬步使者子孫散居潁上其墓皆存焉事見于唐布衣趙耕之文而傳于淮潁間父老之口載于歐陽文忠公之集古錄云自景龍以來潁人世祠之于焦氏臺乾寧中刺史王敬蕘始大其廟有宋乾德中蔡州大旱其刺史司超聞公之靈築祠于蔡既雨翰林學士承旨陶穀爲記其事蓋淮南至于蔡許陳汝皆奔走奉祠景德中諫議

大夫張秉奉詔益新潁上祠宇而熙寧中司封郎中張徽奏乞爵號詔封公昭靈侯石氏柔應夫人廟有穴五往往見變異出雲雨或投器穴中則見于池而近歲有得蛻骨于池者金聲玉質輕重不常今藏廟中元祐六年秋旱甚郡守龍圖閣學士左朝奉郎蘇軾迎致其骨于西湖之行祠與吏民禱焉其應如響乃益治其廟作碑而銘之銘曰

維古至人泠然乘風變化往來不私其躬道本於仁仁故能勇有殺有生以仁爲終相彼幻身何適不通地行爲人天飛爲龍惠于有生我則從之淮潁之間篤生張公跨歷隋唐顯于有宋上帝寵之先帝封之昭于一方萬靈宗之哀哉潁民處瘠而窮地傾東南潦水所鍾忽焉歸壑千里一空公居其間拯溺弔凶救藥疾癘驅攘螟蟲開闔抑揚孰知其功坎坎擊鼓巫師老農斗酒隻雞四簋其饛度公之居貝闕珠宮揆公之食瓊醴玉饔何以稱之我愧于中公之所饗惟誠與恭誠在愛民無傷農工恭不在外洗濯厥胸以此事神神聽則聰敢有不然上帝恫之

潮州韓文公廟碑一首

匹夫而爲百世師一言而爲天下法是皆有以參天

地之化關盛衰之運其生也有自來其逝也有所爲矣故申呂自嶽降而傳說爲列星古今所傳不可誣也孟子曰吾善養吾浩然之氣是氣也寓於尋常之中而塞乎天地之間卒然遇之則王公失其貴晉楚失其富良平失其智賁育失其勇儀秦失其辯是孰使之然哉其必有不依形而立不恃力而行不待生而存不隨生而亡者矣故在天爲星辰在地爲河嶽幽則爲鬼神而明則復爲人此理之常無足怪者自東漢以來道喪文弊異端並起歷唐正觀開元之盛輔以房杜姚宋而不能救獨韓文公起布衣談笑而麾之天下靡然從公復歸於正蓋三百年於此矣文起八代之衰而道濟天下之溺忠犯人主之怒而勇奪三軍之帥豈非參天地關盛衰浩然而獨存者乎蓋嘗論天人之辨以謂人無所不至惟天不容僞智可以欺王公不可以欺豚魚力可以得天下不可以得匹夫匹婦之心故公之精誠能開衡山之雲而不能回憲宗之惑能馴鱷魚之暴而不能弭皇甫鎛李逢吉之謗能信於南海之民廟食百世而不能使其身一日安於朝廷之上蓋公之所能者天也所不能者人也始潮人未知學公命進士趙德爲之師自是

潮之士皆篤于文行延及齊民至于今號稱易治信乎孔子之言君子學道則愛人小人學道則易使也潮人之事公也飲食必祭水旱疾疫凡有求必禱焉而廟在刺史公堂之後民以出入爲艱前守欲請諸朝作新廟不果元祐五年朝散郎王君滌來守是邦凡所以養士治民者一以公爲師民既悅服則出令曰願新公廟者聽民讙趨之卜地於州城之南七里朞年而廟成或曰公去國萬里而謫于潮不能一歲而歸沒而有知其不眷戀于潮審矣軾曰不然公之神在天下者如水之在地中無所往而不在也而潮人獨信之深思之至焄蒿悽愴若或見之譬如鑿井得泉而曰水專在是豈理也哉元豐七年詔封公昌黎伯故榜曰昌黎伯韓文公之廟潮人請書其事于石因作詩以遺之使歌以祀公其詞曰

公昔騎龍白雲鄉手抉雲漢分天章天孫爲織雲錦裳飄然乘風來帝旁下與濁世掃粃糠西游咸池略扶桑草木衣被昭回光追逐李杜參翱翔汗流籍湜走且僵滅沒倒景不可望作書詆佛譏君王要觀南海窺衡湘歷舜九疑弔英皇祝融先驅海若藏約束鮫鱷如驅羊鈞天無人帝悲傷謳吟下招遣巫陽犦

牲雞卜羞我觴於桑荔丹與蕉黃公不少留我涕滂翩然被髮下大荒

峻靈王廟碑一首

古者王室及大諸侯國皆有寶周有琬琰大玉魯有夏后氏之璜皆所以守其社稷鎮撫其人民也唐代宗之世有比丘尼若夢恍惚見上帝者得八寶以獻諸朝且傳帝命曰中原兵久不解腥聞于天故以此寶鎮之則改元寶應以是知天亦分寶以鎮世也自徐聞渡海歷瓊至儋又西至昌化縣西北二十里有山秀峙海上石峯巉然若巨人冠帽西南向而坐者俚人謂其山胳膊而僞漢之世封山神爲鎮海廣德王五代之末南夷有知望氣者曰是山有寶氣上達于天艤舟其下斵山發石以求之夜半大風浪驚其舟空中碎之石峯下夷皆溺死儋之父老猶有及見敗舟山上者今獨有砢石存焉耳天地之寶非人所得睥睨者張華使其客雷煥發酆城獄取寶劍佩之華終以忠遇禍坐此也夫今此山之上上帝賜寶以奠南極而貪冒無知之夷欲以力取而已有之其誅死宜哉皇宋元豐五年七月詔封山神爲峻靈王用部使者承議郎彭次雲之請紹聖四年七月瓊州別

駕蘇軾以罪謫于儋至元符三年五月有詔徙廉州自念謫居海南三歲飲鹹食腥陵暴颶霧而得還者山川之神實相之再拜稽首西嚮而辭焉月書其事碑而銘之山有石池產紫鱗魚民莫敢犯石峯之側多荔支黃柑得就食持去則有風雹之變其銘曰

瓊崖千里塊海中民夷錯居古相容方壺蓬萊此別宮峻靈獨立秀且雄爲帝守寶甚嚴恭庇廕嘉穀歲屢豐小大逍遙遠鰕龍鷄鵰安栖不避風我浮而西今復東銘碑曄然照無窮

伏波將軍廟碑一首

漢有兩伏波皆有功德於嶺南之民前伏波邳離路侯也後伏波新息馬侯也南越自三代不能有秦雖稍通置吏旋復爲夷邳離始伐滅其國開九郡然至東漢二女子側貳反嶺南震動六十餘城世祖初平天下民勞厭兵方閉玉關謝西域況南荒何足以辱王師非新息苦戰則九郡左衽至今矣由此論之兩伏波廟食於嶺南者均也古今之傳莫能定于一自徐聞渡海適朱崖南望連山若有若無杳杳一髮耳艤舟將濟眩栗喪魄海上有伏波祠元豐中詔封忠顯王凡濟海者必卜焉曰某日可濟乎必吉而後敢

濟使人信之如度量衡石必不吾欺者嗚呼非盛德其孰能然自漢以來朱崖儋耳或置或否揚雄有言朱崖之棄捐之之力也否則介鱗易我衣裳此言施於當時可也自漢末至五代中原避亂之人多家於此今衣冠禮樂蓋斑斑然矣其可復言棄乎四州之人以徐聞爲咽喉南北之濟者以伏波爲指南事神其敢不恭軾以罪謫儋耳三年今乃獲還海北往返皆順風念無以答神貺者乃碑而銘之銘曰

至險莫測海與風至幽不仁此魚龍至信可恃漢兩公寄命一葉萬仞中自此而南洗汝胸撫育民夷必清通自此而北端汝躬屈信窮達常正忠生爲人英沒愈雄神雖無言意我同

東坡後集卷第十五

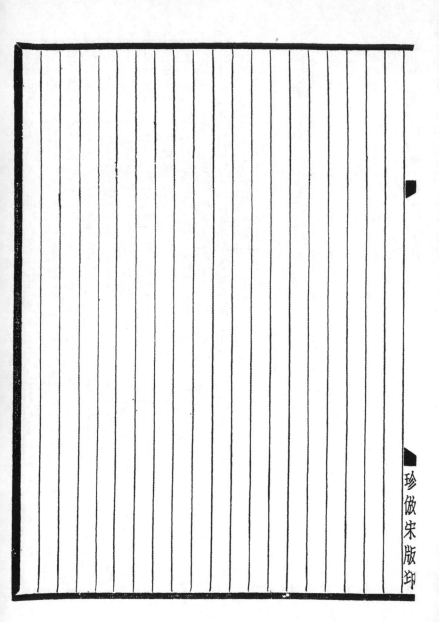

東坡後集卷第十六

傳

祝文

祭文

傳

率子廉衡山農夫也愚朴不遜衆謂之率牛晚隸南嶽觀爲道士觀西南七里有紫虛閣故魏夫人壇也道士以荒寂莫肯居者惟子廉樂之端默而已人莫見其所爲然頗嗜酒往往醉臥山林間雖大風雨至不知虎狼過其前亦莫害也故禮部侍郎王公祐出守長沙奉詔禱南嶽訪魏夫人壇子廉方醉不能起

直視公曰村道士愛酒不能常得得輒徑醉官人怒之公察其異載與俱歸居月餘落漠無所言復送還山曰尊師韜光內映老夫所不測也當以詩奉贈既而忘之一日晝寢夢子廉來索詩乃作二絕句書板置閣上衆道士驚曰率牛何以得此太平興國五年六月十七日忽使謂觀中人曰吾將有所適閣不可無人當速遣繼我者衆道士自得王公詩稍異之矣及是驚曰天暑如此率牛安往狼狽往視則死矣衆始大異之曰率牛乃知死日耶葬之嶽下未幾有南臺寺僧守澄自京師還見子廉南薰門外神氣清逸守澄問何故出山笑曰閑遊耳寄書與山中人澄歸乃知其死驗其書則死日也發其冢杖屨而已東坡居士曰士中有所挾雖小技不輕出也況至人乎至人固不可得識至人者豈易得哉王公非得道不能知率牛之異也居士嘗作三槐堂記意謂公非獨慶流其子孫庶幾身得道者及見率子廉事益信其然公詩不見全篇書以遺其曾孫鞏使求之家集而補之或刻石置紫虛閣上

祝文

潁州謁文宣王廟祝文一首

軾以諸生遭遇入侍帷幄出典民社莅事之始祗見于學先聖先師實臨之敬行所聞敢忘其舊尚饗

謁諸廟祝文一首

軾以侍臣出守承宣上意以民爲本祗敬事神所以芘民莅事之始祗見祠下尚饗

德音到州祭諸廟祝文一首

維年月日具位蘇軾謹以清酌庶羞之奠敢昭告于某神上清儲祥宮成敷宥四海均福于下有詔守臣凡在秩祀罔不祗薦維神導和却沴保民無疆以稱朝廷至仁之意尚饗

祈雨迎張龍公祝文

維元祐六年歲次辛未十月丙辰朔二十五日庚辰龍圖閣學士左朝奉郎知潁州軍州事蘇軾謹請州學教授陳師道并遣□承務郎迨以清酌庶羞之奠敢昭告于昭靈侯張公之神稽首龍公民所祗威德博而化能潛能飛食于潁人淮潁是依受命天子命服有輝爲國庇民凡請莫違歲旱夏秋秋穀旣微冬又不雨麥槁而腓閔閔農夫望歲畏飢並走羣望莫哀我欷於赫遺蛻靈光照煒惠肯臨我言從其妃翺舞雩詠薦其絜肥雨雪在天公執其機游戲俛仰

千里一麾被及淮甸三輔王畿積潤滂流浹日不晞
我率吏民鼓鐘旄旂拜送于郊以華其歸尚饗

送張龍公祝文一首

維元祐六年歲次辛未十二月乙酉朔十日甲午龍圖閣學士左朝奉郎知潁州軍州事兼管內勸農使輕車都尉賜紫金魚袋蘇軾謹以清酌庶羞之奠敢昭告于昭靈侯張公之神赫赫龍公甚武且仁赴民之急如謀其身有不應祈惟汝不虔我自洗濯齋居誠陳旱我之罪勿移於民公顧聽之如與我言玉質金相其重千鈞惠然肯來共者四人眷此行宮爲留浹辰再雨一雪既洽且均何以報之榜銘皆新詔公之德于億萬年惟師道迨復餞公還咨爾庶邦益敬事神尚饗

立春祭土牛祝文一首

三陽既應庶草將興爰出土牛以戒農事丹青設象蓋惟風俗之常耕穫待時必有陰陽之助仰惟靈德佑我穡人尚饗

謝晴祝文一首

吏既不德致災病民一雨一霽輒號于神風回雪止農事並作神則有功吏亦知怍凍餒之蘇其賜不貲

嗟我吏民爲報之微尚饗

祈雨僧伽塔祝文一首

維元祐七年歲次壬申三月甲申朔十二日乙未龍圖閣學士左朝奉郎新知揚州軍州事充淮南東路兵馬鈐轄蘇軾謹以香燭茶果之供敢昭告于大聖普照王之塔淮東西連歲不稔農末皆病公私並竭重以浙右大荒無所仰食望此夏田以日爲歲大麥已秀小麥已孕時雨不至垂將焦枯凶豐之決近在旬日軾移守廣陵所部十郡民窮爲盜職所當憂才短德薄救之無術伏願大聖普照王以解脫力行平等慈噫欠雲雷咳唾雨澤救焚拯溺不待崇朝敬瀝肝膽尚鑒聽之

定州謁諸廟祝文一首

惟皇上帝分命羣祀降鑒下土惟我元后臨遣近臣鎮撫一方幽明雖殊保民惟均莅事之始祗見祠下若賦政疵纇敢逃其罰雨暘以時疾疫不作亦竊有望于神尚饗

謁文宣王廟祝文一首

軾以諸生進位于朝入參侍從出典方面莅事之始祗見廟下居敬行簡以臨其民軾雖不敏請事斯語

尚饗

北嶽祈雨祝文一首

維元祐九年歲次甲戌四月壬寅朔十六日丁巳端明殿學士兼翰林侍讀學士左朝奉郎定州路安撫使兼馬步軍都總管知定州軍州及管內勸農使輕車都尉賜紫金魚袋蘇軾敢以制幣茶果清酌之奠敢昭告于北嶽安天元聖帝都城以北燕薊之南既徂歲而不登又歷時而未雨公私並竭農末皆傷麥將槁而禾未生民既流而盜不止豐凶之決近在浹辰溝壑之憂上貽當宁仰止喬嶽食于朔方卷舒雲霓呼吸雨霽若其安視小民之急何以仰符上帝之仁軾以短才謬膺重寄儻有罪以致旱寧降罰于微躬今者得請于朝齋居以禱日夕是望吁嗟而求雨我夏田兼致西成之富實茲邊廩少寬北顧之憂拜賜以時敢忘其報尚饗

立春祭土牛祝文一首

敢昭告于勾芒之神木鐸傳音官師相儆土牛示候稼穡將興敢徼福于有神庶保民于卒歲無作水旱以登麥禾尚饗

春祈北嶽祝文一首

西起太行東屬碣石南至于河皆神所食吏謹刑政農畢其力風雨時若則神之職方此東作敬薦其絜錫之豐歲以昭靈德尚饗

春祈諸廟祝文一首

天既佑民必期於無害農惟望歲敢請于有神願疾沴之不興庶風雨之時若敢忘舊典以報豐年尚饗

祈雨諸廟祝文一首

某神之靈去歲之秋民苦飢饉望此一麥以日爲歲不雨彌月敢以病告與其救之於已竭不若起之於未枯敢冀有神時賜甘澤豐登之報我其敢忘尚饗

定州辭諸廟祝文一首

軾得罪于朝將適嶺表雖以謫去敢不告行區區之心神所鑒聽尚饗

祭文

祭大覺禪師文一首

維年月日具位蘇軾謹以香茶蔬果致奠故大覺禪師器之之靈於穆　仁祖威神在天山陵之成二十九年當時遺老存者幾人矧如禪師方外之臣頌詩往來月璧星珠昭回之光下燭海隅昔本無生今亦無滅人懷　昭陵涕泗哽噎我在壯歲屢覩法筵餽

奠示別豈免悽然尚饗

祭歐陽文忠公文一首潁州

維元祐六年歲次辛未九月丙戌朔從表姪具位蘇軾謹以清酌肴果之奠昭告于故太師兗國文忠公安康郡夫人之靈嗚呼軾自齠齔以學爲嬉童子何知謂公我師晝誦其文夜夢見之十有五年乃克見公公爲拊掌歡笑改容此我輩人餘子莫羣我老將休付子斯文再拜稽首過矣公言雖知其過不敢不勉契闊艱難見公汝陰多士方譁而我獨南公曰子來實獲我心我所謂文必與道俱見利而遷則非我徒又拜稽首有死無易公雖云亡言如皎日元祐之初起自南遷叔季在朝如見公顏入拜夫人羅列諸孫敢以中子請婚叔氏夫人曰然師友之義凡二十年再升公堂深衣廟門垂涕失聲白髮蒼顏復見潁人潁人思公曰此門生雖無以報不辱其門清潁洋洋東注于淮我懷先生豈有涯哉尚饗

祭張文定公文三首

維元祐六年歲次辛未十二月乙卯朔八月壬戌門生龍圖閣學士左朝奉郎知潁州軍州事兼管內勸農使輕車都尉賜紫金魚袋蘇軾謹以清酌庶羞之

奠昭告于故太子太保樂全先生張公之靈嗚呼道大如天見存乎人小智自私莫識其真公生而悟得其全淳久乃妙物凜然凝神初如龍鳳不可擾馴游于帝郊尚以其仁可望可見而不可親師心而行自屈自信八十五年以沒元身我先大夫古之天民被褐懷寶陸沉峨岷公曰惜哉王國之珍此太史公筆回千鈞獨置一榻不延餘賓時我兄弟尚未冠紳得交于公先子是因我晚聞道困于垢塵每從公談棄故服新頃獨怪公倒廩傾囷盡發其秘有懷畢陳曰再見子恐無復辰出戶遲遲默焉銜辛穆穆 昭陵二三元臣惟公終始高節邁倫一慟永已山摧川堙公視富貴如賤與貧公視生死如夕與晨老不惰媮疾不嚬呻有化非亡有隱非淪我獨何爲涕流于巾嗚呼哀哉尚饗

軾於天下未嘗誌墓獨銘五人皆盛德故偉與我公實浮於聲知公者天寧俟此銘今公永歸我留淮海寓辭千里濡袂有灌尚饗

我游門下三十八年如俯仰中十五年間六過南都而五見公升堂入室問道學禮靡求不供有契于心如水傾海如橐鼓風風水之合豈特無異將初無同

孰云此來慟哭不聞高堂莫空斂不拊棺葬不執紼我愧于胷公知我深我豈不知公之所從生不求人沒不求天自與天通天不吾欺壽考之餘報施亦豐一子四孫鸞鵠在庭以華其終自我先子逮今三世爲好無窮以我此心與此一觴達于幽宮尚饗

祭龍井辯才文一首

嗚呼孔老異門儒釋分宮又於其間禪律相攻我見大海有北南東江河雖殊其至則同雖大法師自戒定通律無持破垢淨皆空講無辯訥事理皆融如不動山如常撞鐘如一月水如萬竅風八十一年生雖有終遇物而應施則無窮我初適吳尚見五公講有辯臻禪有璉嵩後二十年獨餘此翁今又往矣後生誰宗道俗欷歔山澤改容誰持一盃往吊井龍我去杭時白叟黃童要我復來已許于中山無此老去將安從噫參寥子往奠必躬豈無他人莫寫我胷

祭亡妻同安郡君文一首

維元祐八年歲次癸酉八月丙午朔初二日丁未具位蘇軾謹以家饌酒果致奠于亡妻同安郡君王氏二十七娘之靈嗚呼昔通義君沒不待年嗣爲兄弟莫如君賢婦職既修母儀甚敦三子如一愛出于天

從我南行菽水欣然湯沐兩郡喜不見顏我曰歸哉
行返丘園曾不少須棄我而先孰迎我門孰餽我田
已矣柰何淚盡目乾旅殯國門我實少恩惟有同穴
尚蹈此言嗚呼哀哉尚饗

祭韓忠獻公文一首定州

維元祐八年歲次癸酉十一月初一日乙亥端明殿
學士兼翰林侍讀學士左朝奉郎定州路安撫使兼
馬步軍都總管知定州軍州事上輕車都尉賜紫金
魚袋蘇軾謹以清酌庶羞之奠昭告于魏國忠獻公
之靈嗚呼我生雖晚尚及昔人堂堂魏公河嶽之神
四十餘年其德日新鐘鼎有盡竹帛莫陳惟其大節
赧以一言忠以事君允也上臣我與弟轍來自峨岷
公因羅之若獲鳳麟契闊艱難手書見存勿以大匠
笑彼汗顏援手拯溺期我於仁豈知無用既老益頑
意廣才疏將歸丘園上未忍棄畀之中山公治此邦
汲食其民我獨何幸敬踐後塵公惟人傑而不自賢
堂名閱古以古律身況我小生罕見寡聞敢不師公
治民與軍雖無以報不辱其門尚饗

大行太皇太后靈駕發引文一首定州

因山告成同軌畢至玉衣永閟風馭莫追萬國山河

尚憑於坤載四方老穉遽失於母慈欲强名言難形
德化積此九年之澤輔成百世之安乃眷中山控臨
朔野華戎異服涕慕同聲目斷東朝永絶簾帷之望
神馳西洛想聞笳鼓之音臣等各守邊垂莫親饋奠
徒因僚吏遠致攀號尚饗

祭滕大夫母楊夫人文一首

維元祐九年歲次甲戌三月壬申朔端明殿學士兼
翰林侍讀學士左朝奉郎知定州軍州事蘇軾謹以
清酌庶羞之奠昭告于近故長安縣太君楊氏之靈
嗚呼士盛慶曆如漢武宣用兵西方故西多賢惟時
滕公實顯于西文武殿邦尹范是齊功名不終有命
有義我時童子知爲公嗣四十餘年墓木十圍乃識
其子傾蓋不疑忠厚且文前人是似秉心平反慈訓
則爾仰止德人如岡如陵升堂而拜我愧未能豈其
徼疾一慟永已胡不百年以慰其子壽祿在天考終
非亡鵲巢之應子孫其昌尚饗

惠州祭枯骨文一首

爾等暴骨于野莫知何年非兵則民皆吾赤子恭惟
朝廷法令有掩骼之文監司舉行無吝財之意是用
一新此宅永安厥居所恨犬豕傷殘螻蟻穿穴但爲

蔡家罕致全軀幸雜居而靡爭義同兄弟或解脫而無戀超生人天

祭亡妹德化縣君文一首

嗚呼宮傅之孫十有六人契闊死生四人僅存維我令妹慈孝溫文事姑如母敬夫如賓玉立二甥實華我門一秀不實何辜於神謂當百年覩此騰振云何俯仰一嚬再呻救藥靡及奄爲空雲萬里海涯百日訃聞拊棺何在夢淚濡茵長號北風寓此一樽

祭柳仲遠文二首

嗚呼哀哉我生多故愈老愈艱親朋幾人日化日遷逝者如風訃來逾年一慟海徼摧胸破肝痛我令妹天獨與賢德如召南壽甫見孫剝我仲遠孝友恭溫天若成之從致有聞富以學術又昌以言久而不試理豈其然崎嶇有求凡以爲親雖不負米實勞且勤知止于此不如歸閑哀我孤甥孝如閔顏銜痛遠訴誰撫誰存逝者已矣存者何寃慎勿致毀以全汝門以慰我仲遠永歸之魂嗚呼哀哉尚饗

我厄于南天降罪疾方之古人百死有溢天不我亡亡其朋戚如柳氏妹夫婦連璧云何兩逝不慭遺一我歸自南宿草再易哭墮其目泉壤咫尺閟也有立

氣貫金石我窮且老似舅何益易其墓側可置萬室
天定勝人此語其必尚饗

祭吳子野文一首

嗚呼子野道與世違寂默自求闔門垂幃兀爾坐忘
有似子微或似壺子杜氣發機徧交公卿靡所求希
急人緩己忘其渴飢道路爲家惟義是歸卒老于行
終不自非送我北還中道弊衣有疾不藥但却甘肥
問以後事一笑而麾飄然脫去雲散露晞我獨何爲
感歎歔欷一酹告訣逝舟東飛尚饗

東坡後集卷第十六

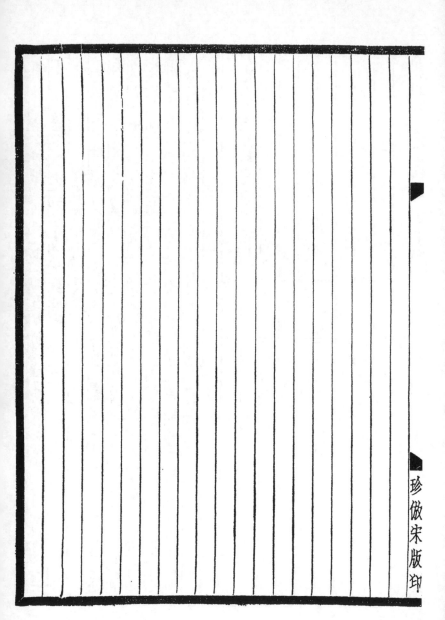

東坡後集卷第十七

墓誌

張文定公墓誌銘

仁宗皇帝在位四十二年蒐攬天下豪傑不可勝數旣自以爲股肱心膂敬用其言以致太平而其任重道遠者又留以爲三世子孫百年之用至于今賴之孔子曰惟天爲大惟堯則之天下未嘗一日無士而仁宗之世獨爲多士者以其大也賈誼歎細德之嶮徵知鳳鳥之不下閔溝瀆之尋常知呑舟之不容傷時無是大者以容己也故嘗竊論之天下大器也非力兼萬人其孰能舉之非 仁宗之大其孰能容此萬人之英乎蓋卽位八年而以制策取士一舉而得富弼再舉而得公公姓張氏諱方平字安道其先宋人也後徙揚州高祖克唐末爲亳州刺史曾祖文熙亳州軍事推官贈太師娶蘇氏追封武功郡太夫人祖嶠以進士及第 太宗嘗召對選知鄆州賜親扎給全俸終於尚書都官員外郎娶劉氏追封沛國太夫人考堯卿生而端默寡言有出世間意以父命勉娶非其意也父沒遂居一室家人莫得見其面者十有七年與祖考皆贈太師開府儀同三司皆封魏國

公娶嵇氏追封譙國太夫人公年十三入應天府學穎悟絕人家貧無書嘗就人借三史旬日輒歸之曰吾已得其詳矣凡書皆一閱終身不再讀屬文未嘗起草宋綬蔡齊見之曰天下奇材也與范諷皆以茂材異等薦之以景祐元年中選授校書郎知崑山縣蔣堂爲蘇州得公所箸芻蕘論五十篇上之以賢良方正能直言極諫薦公射策優等遷箸作佐郎通判睦州時趙元昊欲叛而未有以發則爲嫚書求大名以怒朝廷規得譴絕以激使其衆公以謂朝廷自景德以來既與契丹盟天下忘備將不知兵士不知戰民不知勞蓋三十年矣若驟用之必有喪師蹶將之憂兵連民疲必有盜賊意外之患當含垢匿瑕順適其意使未有以發得歲月之頃以其間選將厲士堅城除器爲不可勝以待之雖元昊終於必叛而兵出無名吏士不直其上難以決勝小國用兵三年而不見勝負不折則破我以全制其後必勝之道也是時士大夫見天下全盛而元昊小醜皆欲發兵誅之惟公與吳育同議議者不深察以二人之論爲出於姑息遂決用兵天下騷動公獻平戎十策大略以邊城千里我分而賊專雖屯兵數十萬然賊至常以一擊

十必敗之道也既敗而圖之則老師費財不可爲已宜及民力之完屯重兵河東示以形勢賊入寇必自延渭而興州巢穴之守必虛我師自麟府渡河不十日可至此所謂攻其所必救形格勢禁之道也宰相呂夷簡見之謂宋綬曰君能爲國得人矣然不果用其策召對賜五品服直集賢院遷太常丞知諫院首論　祖宗以來雖分中書樞密院而　三聖英武獨運斷歸于一今陛下謙德仰成二府不可以不合　仁宗嘉之會富弼亦論此遂命宰相兼樞密使方元昊之叛也禁兵皆西而諸路守兵多揀赴闕郡縣無備命調額外弓手公在睦州條上利害八事及是有旨遣使於陝西河東京西四路刺弓手爲宣毅保捷指揮公連上疏爭之甚力不從宣毅十四萬人保捷九萬人皆市人不可用而宣毅驕甚所在爲寇自是民力大困國用一空識者以不從公言爲恨時夏竦并護四路劉平石元孫任福之敗皆貶主帥而竦獨不問賊圍麟府詔竦出兵牽制竦逗留不出使賊平豐州夷靈遠而去公極言之　詔罷竦節制自是四路各得專達人人自効邊備修完賊至無所得及慶曆元年西方用兵蓋六年矣　上既厭兵而賊

亦困弊不得耕牧休息虜中疋布至十餘千元昊欲
自通其道無由公慨然上疏曰　陛下猶天地父
母也豈與此犬豕豺狼較勝負乎願因今歲郊赦引
咎示信開其自新之路申敕邊吏勿絕其善意若猶
不悛亦足以怒我而怠彼雖天地鬼神必將誅之
仁宗喜曰是吾心也命公以疏付中書呂夷簡讀之
拱手曰公之及此是社稷之福也是歲赦書開諭如
公意明年元昊始請降自元昊叛公謀無遺策雖不
盡用然西師解嚴公有力焉修起居注假起居舍人
知制誥使契丹戎主雅聞公名與其母后族人微行
觀公於范陽門外及燕親詣前酌玉巵以飲公顧左
右曰有臣如此佳哉騎而擊毬于公前以其所乘馬
賜公朝廷知之自是虜使挾事至者輒命公館之尋
召試知制誥遷右正言賜三品服誥命簡嚴四方誦
之兼史館修撰章得象監國史以日曆自乾興至慶
曆廢不修以屬公於是粲然復完權知開封府府事
至繁爲尹者皆書板以記事公獨不用默記數百人
以次決遣不遺毫氂吏民大驚以爲神不敢復欺拜
翰林學士領羣牧使牧事久不治公始整齊之元昊
遣使求通已在境上而契丹與元昊搆隙使來約我

請拒絕其使時議者欲遂納元昊故爲答書曰元昊若盡如約束則理難拒絕　仁宗以書示公與宋祁公上議曰書詞如此是拒契丹而納元昊得新附之小羌失久和之强虜也若已封冊元昊而契丹之使再至能終不聽乎若不聽契丹之怨必自是始聽而絕之則中國無復信義永斷招懷之理矣是一舉而失二虜也宜賜元昊詔曰朝廷納卿誠款本緣契丹之請今聞卿招誘契丹邊户失舅甥之歡契丹遣使爲言卿宜審處其事但嫌隙朝除則封冊暮行矣如此於西北爲兩得時人伏其精識拜諫議大夫爲御史中丞中外之事知無不言至於宮妾宦官濫恩橫賜皆力爭裁抑之尋知貢舉士方以游詞嶮語爲高公上疏以謂文章之變實關盛衰不可長也詔以公言曉諭學者宰相賈昌朝與參知政事吳育忿爭上前公將對昌朝使人約公當以代育公怒叱遣曰此言何爲至於我哉既對極論二人邪正曲直然育卒罷高若訥代之時當郊而費用未具中外以爲憂宰相欲以是危公復拜翰林學士爲三司使公領使未幾以辦聞　仁宗大喜至于今計司先郊告辦蓋自公始前三司使王拱辰請榷河北鹽既立法矣

而未下公見上問曰河北再榷鹽何也 仁宗驚
曰始立法非再也公曰周世宗榷河北鹽犯輒處死
世宗北伐父老遮道泣訴願以鹽課均之兩稅錢而
弛其禁世宗許之今兩稅鹽錢是也豈非再榷乎且
今未榷也而契丹常盜販不已若榷之則鹽貴虜鹽
益售是爲我斂怨而虜獲福乎虜鹽滋多非用兵莫
能禁也邊隙一開所獲利能補用兵之費乎 仁
宗大悟曰卿與宰相立罷之公曰法雖未下民已戶
知之當直以手詔罷不可自有司出也 仁宗大
喜命公密撰手詔下之河朔父老相率拜迎于澶州
爲佛老會七日以報 上恩且刻詔書北京至今
父老過其下必稽首流涕南京鴻慶宮成奉安三聖
像當遣柄臣特命公爲禮儀使鄉黨榮之 仁宗
遂欲用公而公以目疾求去甚力乃加端明殿學士
歸院判尚書都省兼領銀臺司審刑院太常寺事慶
曆中衞士夜逾宮垣爲變 仁宗曰語二府以貴
妃張氏有扈蹕之功樞密使夏竦倡言宜講求所以
尊異貴妃之禮宰相陳執中不知所爲公見執中言
漢馮婕妤身當猛獸不聞有所尊異且皇后在尊貴
妃古無是禮若果行之天下謗議必大萃於公終身

不可雩也執中聳然敬從公言而罷修宗正寺玉牒
補綴失亡爲書數百卷自陝右用兵公私困乏士大
夫爭言豐財省費之道然多不得其要公自爲諫官
御史中丞三司使皆爲上精言之一日 仁宗御
資政殿召兩府侍從賜坐手詔問天下事公退直禁
林是日有旨鎖院公旣草制書又條對所問數千言
夜半與制書皆上 仁宗驚異又手詔獨策公明
日復出數千言大略以謂 太祖定天下用兵不
過十五萬今百餘萬而更言不足自祥符以來萬事
墮弛務爲姑息漸失 祖宗之舊取士任子磨勘
遷補之法旣壞而任將養兵皆非舊律國用旣窘則
政出一切大商姦民乘隙射利而茶鹽香礬之法亂
矣此治亂盛衰之本不可以不急治公旣明習歷代
損益又周知祖宗法度悉陳其本末贏虛所以然之
狀及當今所宜救治施行之略而其末乃論古今治
亂在上下離合之間比年已來朝廷頗引輕嶮之人
布之言路違道干譽利口爲賢內則臺諫外則監司
下至胥吏僮奴皆可以搆危其上自將相公卿宿貴
之人皆爭屈體以收禮後輩有不然者則謗毀隨之
惴惴焉惟恐不免何暇展布心體爲國立事哉此風

不華天下無時而治也上益異之書文儒二字以賜
月餘御迎陽門召兩制近侍復賜問目曰朕之闕失
國之姦蠹朝之憸諛皆直言其狀獨引公近御榻密
訪之且有大用語公歎曰暴人之私迫人於嶮而攘
之我不爲也終無所言公旣剛簡自信不卹毀譽故
小人思有以中之會三司判官楊儀以請求得罪公
坐與儀厚善遂罷職出知滁州不數月上悟還端明
殿學士知江寧府明年加龍圖閣學士遷給事中知
杭州公平生學道虛一而靜故所至皆不言而治旣
去人必思之自杭丁太夫人憂服除以舊職還朝判
流內銓建言畿內稅重非所以示天下是歲郊赦減
畿內稅三分遂爲定制秦州叛羌斷古渭路帥張昪
發兵討賊而副總管劉渙不受命皆罷之拜公侍讀
學士知秦州公力詞不拜曰渙與昪有階級今互言
而兩罷帥不可爲也昪以故得不罷以公爲禮部侍
郎知滑州改戶部侍郎移鎮西蜀始李順以甲午歲
叛蜀人記之至是方以爲憂而轉運使攝守事西南
夷有邛部川首領者妄言蠻賊儂智高在南詔欲來
寇蜀攝守妄人也聞之大驚移兵屯邊郡益調額外
弓手發民築城日夜不得休息民大驚擾爭遷居城

中男女昏會不復以年賤粥穀帛市金銀埋之地中朝廷聞之發陝西步騎戍蜀兵仗絡繹相望於道詔促公行且許以便宜從事公言南詔去蜀二千餘里道嶮不通其間皆雜種不相役屬安能舉大兵爲智高寇我哉此必妄也臣當以靜鎮之道遇戍卒兵仗輒遣還入境下令邛部川曰寇來吾自當之妄言者斬悉歸屯邊兵散遣弓手罷築城之役會上元觀燈城門皆通夕不閉蜀遂大安已而得邛部川之譯人始爲此謀者斬之梟首境上而配流其餘黨於湖南西南夷大震先是朝廷獲智高母子留不殺欲以招智高至是乃伏法復以三司使召還奏罷蜀橫賦四十萬減鑄鐵錢十餘萬蜀人至今紀之初主計京師有三年粮而馬粟倍之至是馬粟僅足一歲而粮亦減半因建言今之京師古所謂陳留天下四通五達之郊非如雍洛有山河形勝足恃也特依重兵以立國耳兵恃食食恃漕運汴河控引江淮利盡南海天聖以前歲發民浚之故河行地中有張君平者以疏導京東積水始輟用汴夫其後淺妄者爭以裁減費役爲功河日以堙塞今仰而望河非祖宗之舊也遂畫漕運十四策宰相富弼讀公奏上前晝漏盡十刻

侍衛皆跛倚　仁宗太息稱善猶曰此國計大本非常奏也悉如所啓施行退謂公曰自慶曆以來公論食貨詳矣朝廷每有所損益必以公奏爲議本凡除主計未嘗敢先公也其後未朞年而京師有五年之蓄遷吏部侍郎復以目疾請郡遷尚書左丞知南京未幾以工部尚書知秦州時亮祚方驕僭閱士馬築堡篳篥城之西壓秦境上屬戸皆逃匿山林公即料簡將士聲言出塞實按軍不動賊既不至言者因論公無賊而輕舉宰相曾公亮昌言於朝曰兵不出塞何名爲輕舉張公豈輕者哉賊所以不至者以有備故也有備而賊不至則以輕舉罪之邊臣自是不敢爲先事之備也議者乃服初命公秦州有旨再任當除宣徽使議者欲以是沮撓之公笑曰吾於死生禍福未嘗擇也宣徽使於我何有哉力請解復知南京封清河郡公　英宗即位遷禮部尚書知陳州過都留判尚書都省請知鄆州陛辭論天下事

英宗歎曰學士其可以去朝廷哉公力請行加侍讀學士徙定州乞歸養改徐州　英宗屢欲召還而左右無助公者一日謂執政曰吾在藩邸時見其芻蕘論及所對策近者代言之臣未嘗副吾意若使居

典誥之任亦國華也執政乃始奉詔拜翰林學士承旨問治道體要公以簡易誠明爲對言近而指遠不覺前席曰吾昔奉朝請望侍從大臣以謂皆天下選人今乃不然聞學士之言始知有人矣胡宿罷樞密副使上欲以公代之而執政請用郭逵　英宗以語公公曰自慶曆以後擢任二府必參之中書臣知事君而已遷刑部尚書　英宗不豫學士王珪當直不召召公赴福寧殿上憑几不言賜公坐出書一幅八字曰來日降詔立皇太子公抗聲曰必潁王也嫡長而賢請書其名上力疾書以付公公既草制尋充冊立皇太子禮儀使　神宗即位召見側門公曰　仁宗崩厚葬過禮公私騷然請損之上曰奉先可損乎公曰遺制固云以先志行之天子之孝也上歎曰是吾心也公又奏百官遷秩恩已過厚若錫賚復用嘉祐近比恐國力不能支乞追用乾興例足矣從之省費十七八遷戶部尚書御史中丞王陶擊宰相參知政事吳奎與之辨上欲罷奎公適對上曰奎罷當以卿代公力辭上曰卿歷三朝無所阿附左右莫爲先容可謂獨立傑出矣　先帝已欲用卿今復何辭公曰韓琦久在告意保全奎奎免必不復

起琦勳在王室願陛下復奎位手詔諭琦以全始終之分上嗟歎久之繼出小紙曰奎位執政而擊中司謂朕手詔爲內批持之三日不下不去可乎公復論如初上從之賜琦詔如公言久之琦求去堅甚夜召公議公復申前論上曰琦志不可奪也公遂建議宜寵以兩鎮節鉞且虛府以示復用從之面命公爲參知政事以親疾辭上曰受命以慰親意庶有瘳也是夕復召知制誥鄭獬內東門別殿諭以用公意制詞皆出上旨制出公以親疾在告召對押赴中書御史中丞缺會公亮欲用王安石公極論安石不可用不數日魏公捐館上歎息不已命近璫及內司賓存問日至虛位以待公尋詔起復四上章乃免服除以安石不悅拜觀文殿學士留守西京入覲請南京留臺上欲以爲宣徽使修國史不可則欲以爲提舉集禧觀判都省所以留公者百方公皆力詞遂知陳州時方置條例司行新法大率欲豐財而强兵公因陛辭極論其害皆深言危語曰水所以載舟亦所以覆舟兵猶火也不戢當自焚若行新法不已其極必有覆舟自焚之憂上雅敬公不甚其言曰能復少留乎公曰退即行矣上亦悵然至陳陜西方用兵卒叛慶州

聲搖關輔京西漕檄捕盜官以兵會所屬州白刃橫野民大惶駭公收其檄不行而奏之上謂執政曰守臣不當爾耶臨事乃見人詔京西兵各歸其舊吏方以苛察爲能小不中意輒置司推治一州至數獄追逮數千里死者甚衆公以事聞詔立條約下諸路時監司皆新進邀時興利長吏初不與聞公曰吾衰矣雅不能事人歸歟以全吾志卽力請留臺而歸未幾復知陳州暇日坐西軒聞外板築喧甚曰民築嘉應侯張太尉廟公曰巢賊亂天下趙犨以孤城力戰保此邦捍大患者也此而不祀張侯何爲者哉命夷其廟立趙侯祠佛舍中未幾改南京且命入覲不待次對前殿曰　先帝嘗言卿不立交黨退朝掩關終日無一客命坐賜茶尋拜宣徽北院使檢校太尉判應天府公曰宣徽使非寄任不除臣求鄉鄰自便而得之恐啓僥倖路上曰朕未之思改判青州告免延和殿賜坐問　祖宗禦戎之策孰長公曰　太祖不勤遠略如夏州李彝興靈武馮暉河西折御卿皆因其酋豪許以世襲故邊圉無事董遵誨捍環州郭進守西山李漢超保關南皆十餘年優其祿賜寬其文法而少遣兵諸將財力豐而威令行間諜精審

吏士用命賊所入輒先知併兵禦之戰無不克故以
十五萬人而獲百萬之用終　太祖之世邊鄙不
聳天下安樂及　太宗平并州欲遂取燕薊自是
歲有契丹之虞曹彬劉廷讓傅潛等數十戰各亡士
卒十餘萬又內徙李彝興馮暉之族繼遷之變三邊
皆擾而朝廷始旰食矣　真宗之禮趙德明納款
及澶淵之克遂與契丹盟至今人不識兵革可謂盛
德大業　祖宗之事大略如此亦可以鑒矣近歲
邊臣建開拓之議皆行險僥倖之人欲以天下安危
試之一擲事成則身蒙其利不成則陛下任其患不
可聽也上曰慶曆以來卿知之乎元昊初臣何以待
之公曰臣時爲學士誓詔封册皆臣所草具言本末
上驚曰爾時已爲學士可謂舊德矣時契丹遣泛使
蕭禧來上問虜意安在公曰虜自與中國通好安於
豢養吏士驕情實不欲用兵昔蕭英劉六符來
仁宗命二府置酒殿廬與語英頗泄其情六符色目
之英歸竟以此得罪今禧黠虜願如故事令大臣與
議無屈帝尊與虜交口上曰朕念慶曆再和之後中
國不復爲善後之備故修戎事爲應兵耳公曰應兵
者兵禍之已成者也消變於未成善之善者也公每

辭去上輒還延之三易其期遂詔公歸院供職蕭禧至以河東疆事爲辭上復以問公公曰嘉祐二年虜使蕭扈嘗言之朝廷討論之詳矣命館伴王洙詰之扈不能對錄其條目付扈以歸因以稾上之禧當辭偃蹇臥驛中不起執政未知爲言公班次二府因朝謂樞密使吳充曰禧不卽行使主者日致饋而勿問且使邊吏以其故檄虜中可也充啓用其說禧卽日行除中太一宮使進對禮秩凡皆與執政同公在朝雖不任職然多建明上數欲廢易汴渠公曰此祖宗建國之本不可輕議餉道一梗兵安所仰食則朝廷無置足之地矣非老臣誰敢言此自王安石爲政始罷銅禁姦民日銷錢爲器邊關海舶不復譏錢之出故中國錢日耗而西南北三虜皆山積公極論其害請詰問安石舉累朝之令典所以保國便民者一日削而除之其意安在有星孛于軫詔求直言公上疏論所以致變之故人皆爲恐慄上皆優容之求去愈力上曰卿在朝豈有所好惡者歟何欲去之速也公曰臣平生未嘗與人交惡但欲歸老耳上知不可留乃以爲宣徽南院使檢校太傅判應天府上曰朕初欲卿與韓絳共事而卿論政不同又欲除樞密

使而卿論兵復異卿受　先帝末命卒無以副朕
意乎因泫然泣下賜帶如嘗任宰相者高麗使過南
京長吏當送迎公言臣班視二府不可爲陪臣屈詔
獨遣少尹使者見公恐慄不敢仰視師征安南公以
謂舉西北壯士從馬棄之南方其患有不可勝言者
若社稷之福則老師費財無功而還因論交阯氣俗
與諸夷不類自建隆以來吳昌文丁部黎桓李公緼
四易姓矣皆以大校篡立有唐末五代藩鎮傾奪之
風此可以討破者也逐條上九事習知蠻事者皆服
其精鍊師還如公言新法既粥坊場河渡司農又幷
祠廟粥之官既得錢聽民爲賈區廟中褻侮穢踐無
所不至公言宋王業所基也而以火王閼伯封於商
丘以主大火微子爲宋始封二祠者獨不可免於鬻
乎上震怒批出曰慢神辱國理甚於斯於是天下祠
廟皆不得鬻公自念將老無以報上論事益切至於
論兵起獄尤爲反復深言曰老臣且死見　先帝
地下有以藉口矣上爲感動至永樂之敗頗思其言
公請老不已拜東太一宮使就第章數十上拜太子
少師以宣徽使致仕官制行罷宣徽院獨命公領使
如舊　今上即位執政輒罷公使以太子太保致

仕元祐六年詔復置宣徽使乃命公復南院章四上不拜璽書嘉之以其年十二月二日薨享年八十五訃聞輟視朝一日特贈司空制服苑中官其親屬五人　太皇太后對輔臣嗟歎其忠正公遺令不請諡尚書右丞蘇轍爲請詔有司議諡曰文定娶馬氏太常少卿絳之女追封永嘉郡夫人四子邦彥大理評事邦直邦傑太常寺太祝皆先公卒恕今爲右朝散郎通判應天府信厚敦敏篤學朝廷數欲用之以公老不忍去左右詔聽之三女長適殿中丞蔡天申次適右朝奉郎王鞏其季已嫁而復歸孫男四人欽咨欽亮欽弼欽憲孫女三人並幼公晚日謂樂全居士有樂全集四十卷玉堂集二十卷注　仁宗樂書一卷　神宗嘗賜親扎曰卿文章典雅煥然有三代之風書之典誥無以加焉西漢所不及也所與交者范仲淹吳育宋祁三人皆敬憚之曰不動如山安道有焉晚與軾先大夫游論古今治亂及一時人物皆不謀而同軾與弟轍以是皆得出入門下軾嘗論次其文曰孔北海志大而論高功烈不見於世然英偉豪傑之氣自爲一時所宗其論盛孝章郗鴻豫書慨然有烈丈夫之風諸葛孔明不以文章自名而開物成

務之姿總練名實之意自見於言語至出師表簡而
盡直而不肆大哉言乎與伊訓說命相表裏非秦漢
已來以事君爲說者所能至也常恨二人之文不見
其全公其庶幾乎嗚乎士不以天下之重自任久矣
言語非不工也政事文學非不敏且博也然至於臨
大事鮮不忘其故失其守者其器小也公爲布衣則
頎然已有公輔之望自少出仕至老而歸未嘗以言
徇物以色假人雖對人主必同而後言毀譽不動得
喪若一真孔子所謂大臣以道事君者世遠道散雖
志士仁人或少貶以求用公獨以邁往之氣行正大
之言曰用之則行捨之則藏上不求合於人主故雖
貴而不用用而不盡下不求合於士大夫故悅公者
寡不悅公者衆然至言天下偉人則必以公爲首世
以軾爲知言公始爲諫官薦劉夔王質自代卽日擢
用及貝州軍叛上欲遣公出征舉明鎬自代卽以爲
將而貝州平熙寧中軾將往見公於陳宰相曾公亮
謂軾曰吾受知張公所以至此者公恩也軾以問公
公悵然久之曰吾密薦公亮人無知者豈 仁宗
以語之乎軾以是知公雖不偶於世而人主信之蓋
如此公性與道合得佛老之妙屬纊之日凜然如平

生有星隕於北牖及甍赤氣自寢而升里人望驚焉以七年八月九日庚申葬于宋城縣永安鄉仁孝里其子恕使以王鞏之狀來求銘銘曰

大道之行士貴其身維人求我匪我求人秦漢以來士賤君肆區區僕臣以得爲喜功利之趨謗毀是逃我觀其身夏畦之勞紛紜叢脞千載一律帝閔下俗異人乃出是生我公龍章鳳姿翔于千仞世挽留之浩然直前有礙則止放爲江河匯爲沼沚穆穆三聖如天如淵前席惟誼見黯必冠豈不用公道有不契出其緒餘則已驚世公之所能我不敢知乘雲馭風與汁漫期噫天何時復生此傑我作銘詩以詔王國

東坡後集卷第十七

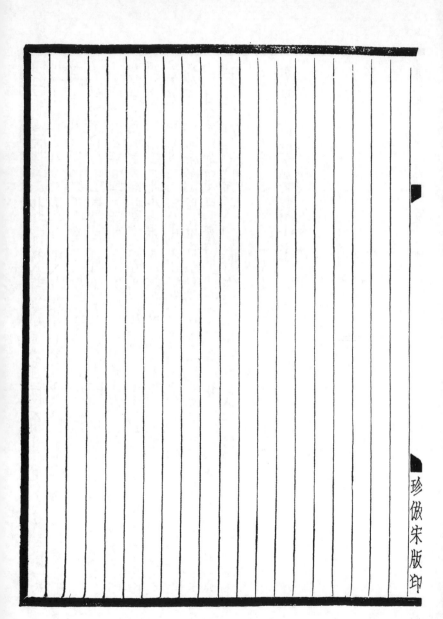

東坡後集卷第十八

墓誌銘

神道碑

墓誌銘

故龍圖閣學士滕公墓誌銘一首代張文定公作

神宗英文烈武聖孝皇帝初臨海內厲精爲治旁求天下以出異人得英偉大度之士滕公元發始見知于　英祖而未及用書其姓名藏于禁中帝以是知之既見公姿度雄爽問天下所以治亂不思而對曰治亂之道如黑白東西所以變色易位者朋黨亂之也帝曰卿知君子小人之黨乎公曰君子無黨譬之草木綢繆相附者必蔓草非松柏也朝廷無朋黨雖中主可以濟不然雖上聖不治帝太息曰天下名言

也遂以右正言知制誥諫院開封府拜御史中丞翰林學士且大用矣而公性疎達不疑在帝前論事如家人父子言無文飾洞見肝鬲帝知其誠盡事無鉅細人無親疎輒以問公或中夜降手詔使者旁午公隨事解答不自嫌外而執政方立新法天下洶洶恐公有言而帝信之故相與造事謗公帝雖不疑然亦出公于外以翰林侍讀學士知鄆州移定與青留守南都徙齊鄧二州用公之意蓋未衰也而公之妻黨有犯法至大不道者小人因是出力擠公必欲殺之帝知其無罪落職知池州徙蔡未行改安州既罷入朝未對而左右不悅者又中以飛語復貶筠州士大夫爲公危慄或以爲且有後命公談笑自若曰天知吾直 上知吾忠吾何憂哉乃上書自明帝覽之釋然即以爲湖州方且復用而帝升遐公讀遺詔僵仆頓絕久之乃蘇曰已矣吾無所自盡矣今上即位徙公爲蘇揚二州除公龍圖閣直學士復以爲鄆州徙真定河東治邊凜然威行西北號稱名將而宦官爲走馬者誣公病不任職詔徙許州御史論公守邊奇偉之狀且言其不病詔復留河東而公已老蓋年七十有一矣即力求淮南上不得已乃以龍圖閣學士

知揚州未至而薨蓋元祐五年十月二十四日也方平歷事三宗逮與天聖景祐間賢公卿遊公雖爲晩進而開濟之資邁往之氣蓋有前人風度以先帝神武英斷知公如此而終不大用每進小人輒讒之公嘗上章自訟有曰樂羊無功謗書滿篋卽墨何罪毀言日聞天下聞而悲之嗚呼命也夫公諱甫字元發其後避高魯王諱以字爲名而字達道東陽人也滕氏出周文王之子錯封於滕所謂滕叔繡者十一代祖令琮爲唐國子司業令琮生太常博士翼翼生贈戶部侍郎伉伉生贈禮部侍部蓋蓋生戶部尚書贈右僕射珦珦生太中大夫睦州刺史邁邁生越州觀察推官紬紬生祠部郎中文規文規生公之曾祖諱仁俊爲溫州永嘉令祖諱鑒不仕皇考諱高贈中大夫曾祖母祖母皆范氏繼祖母陳氏皇妣王氏追封太原郡君生公之夕夢虎行月中而墮其室九歲能賦敏捷過人范希文皇考舅也見公而奇之教以爲文希文爲蘇州而安定胡先生瑗居于蘇公往從之門人以千數第其文公常爲首嘗舉進士試于庭宋子京奇其文擢爲第三人而以聲韻不中法罷之其後八年復中第第三授大理評事通判湖州時孫元

規守錢塘一見公曰名臣也後當爲賢將授以治劇守邊之要召試學士院充集賢校理判吏部南曹除開封府推官三司鹽鐵戶部判官同修起居注判戶部勾院公在館閣未嘗就第見執政故宰相不悅不遷者十年既遇知 神宗爲諫官知無不言然御史中丞王陶論宰相不押班爲跋扈上以問公公曰宰相固有罪然以爲跋扈則臣爲欺天陷人矣爲開封府三獄皆滿公視事之日理出數百人快遣殆盡京師翕然稱之爲御史中丞中書密院議邊事多不合趙明與西人戰中書賞功而密院降約束郭逵修堡樞密院方詰之而中書已下褒詔矣公言戰守大事也安危所寄今中書欲戰密院欲守何以令天下願敕大臣凡戰守除帥議同而後下上善之諫官楊繪言宰相不當以其子判鼓院上曰繪不習朝廷事鼓院傳達而已何與於事公曰人有訴宰相者使其子傳達之可乎且天下見宰相子在是豈敢復訴事上悟爲罷之种諤擅築綏州且與薛向發諸路兵環慶保安皆出剽掠西人復誘殺將官楊定公上疏極言亮祚已納款不當失信邊隙一開兵連民疲必爲內憂京師郡國地震公三上疏指陳致災之由大臣不

悅出公知秦州上面謂曰秦州非朕意也留不遣詔
館伴契丹使前此館伴非其人使者議神塔子事往
復紛然是歲契丹遣蕭林牙楊興公來聘朝廷憂之
公見興公開懷與語問其家世父祖事委曲詳盡興
公驚且喜不復論去歲事將去與公馬上泣別林牙
謂與公曰君與滕公耆豈將留此乎　上聞之大喜
因公奏事殿中歎曰朕欲擢卿執政卿逾月不對而
大臣力薦用唐介矣公曰臣恨未有死所報陛下知
遇豈愛官職者唐淑問孫覺言公短上不信悉以其
言示公所以慰勞公者甚厚公頓首曰陛下無所疑
臣無所愧足矣河朔地大震涌沙出水壞城池廬舍
命公爲安撫使官吏皆幄寢居民恐懼棄家而茇舍
公獨臥屋下曰民恃吾以生屋摧民死吾當以身同
之民始歸安其室乃命葬死者食飢者除田稅察情
吏修堤防繕甲兵督盜賊河朔遂安使還大臣將除
公并州上復留公開封府民有王頴者爲鄰婦隱其
金閱數尹不能辨頴憤悶至病傴杖而訴於公公呼
鄰婦一問得其情取金還頴頴奮身仰謝失傴所在
投杖而出一府大駭除翰林學士夏國王秉常被篡
公言繼還死時李氏幾不立矣當時大臣不能分建

諸豪乃以全地王之至今爲患今秉常失位諸將爭權天以此遺陛下若再失此時悔將無及請擇一賢將假以重權使經營分裂之可不勞而定百年之計也　上奇其策然不果用欲以公爲三司使力辭已而除公瀛州安撫使公入頓首曰臣知事陛下而已不能事黨人願陛下少回昔日之眷無使臣爲黨人所快則天下皆知事君爲得而事黨人爲無益矣上爲改容公以皇考諱辭高陽開乃除鄆州治盜有方不獨用威猛時有所縱捨盜爲屏息移定州許入覲力言新法之害曰臣始以意度其不可耳今爲郡守親見其害民者具道所以然之狀至定州以上巳宴郊外有報契丹入寇邊民來逃者將吏大駭請起治兵公笑曰非爾所知也益置酒作樂遣人諭逃者曰吾在此虜不敢動使各歸業明日問之果妄諸將以是服公韓忠彥使契丹楊興公迎勞問公所在且曰滕公可謂開口見心矣忠彥歸奏上喜進公禮部侍郎使再任詔曰寬嚴有體邊人安焉公因作堂以安邊名之公去國既久而心在王室著書五篇一曰尊主勢二曰本聖心三曰校人品四曰破朋黨五曰贊治道上之其略曰陛下聖神文武自足以幹運六合

譬之青天白日不必點綴自然清明識者韙其言天下大旱詔求直言公上疏曰新法害民者陛下既知之矣但下一手詔應熙寧二年以來所行新法有不便者悉罷則民氣和而天意解矣富彥國之守青州也嘗置教閱馬步軍九指揮彥國既去軍稍缺不補公至青復完之至溢額數千其後朝廷屢發諸路兵或喪失不還惟青州兵至今爲盛其謫守池安皆以靜治聞飲酒賦詩未嘗有遷謫意侍郎韓丕旅殯于安五十年矣學士鄭獬安人也既沒十年貧不克葬公皆葬之著作佐郎木炎居喪以毀卒公既助其葬又爲買田賙之敕使謝謹市物于安因緣爲姦民被其毒公密疏姦狀上爲罷黜謹自安定先生之亡公常割俸以賙其子及爲湖州祭其墓哭之慟東南之士歸心焉自揚徙鄆歲方飢乞淮南米二十萬石爲備鄆有劇賊數人公悉知其所舍遣吏掩捕皆獲吏民不知所出郡學生食不給民有爭公田二十年不決者公曰學無食而以良田飽頑民乎乃請以爲學田遂絕其訟學者作新田詩以美之時淮南京東皆大飢公獨有所乞米爲備召城中富民與約曰流民且至無以處之則疾疫起并及汝矣吾得城外廢營

地欲爲席屋以待之民曰諾爲屋二千五百間一夕而成流民至以次授地井竈器用皆具以兵法部勒少者炊壯者樵婦女汲老者休民至如歸上遣工部郎中王古按視之廬舍道巷引繩棋布肅然如營陣古大驚圖上其事有詔褒美蓋活五萬人云徙真定乞以便宜除盜許之然訖公之去無一人死法外者秋大熟積飢之民方賴以生而有司爭糴穀貴公奏邊廩有餘請罷糴二年從之徙知太原府河東兵勞民貧而土豪將吏皆利於有警故喜作邊事民不堪命公始至蕃族來賀令曰謹斥候無開邊隙有寇而失備與無寇而生事者皆斬自軍司馬沿邊安撫以下皆勒以軍法西人獵境上河外請益兵公曰寇來則死之吾不出一兵也河東十二將其四以備北其八以備西八將更休爲上下番是歲八月邊郡稱有警請八將皆上謂之防秋公曰賊若并兵犯我雖八將不敵也若其不來四將足矣卒遣更休而將吏懼甚扣閤爭之公指其頸曰吾已捨此矣頸可斷兵不可出卒無寇省芻粟十五萬河東之所患者鹽與和糴也公稍更其法明著稅額而通鹽商配率粮草視物力高下而不以占田多少爲差民以爲便陽曲縣

舊治城西汾決徙城中縣廢爲荒田公奏還之使縣治堤防如黃河民復成市諸將駐列城者長吏或不悅捃摭以事有至死者公奏立法將有罪徙他郡訊驗諸將聞之喜曰公保吾生當報以死西夏請復故地詔賜以四寨而葭蘆隸河東公曰取城易棄城難昔棄囉兀西人襲我不備喪金帛不貲且爲夷狄笑乃命部將訾虎蕭士元以兵護遷號令嚴整寇不敢近無一瓦之失將賜寨公請先畫界而後棄不從西人已得地則請凡畫界以綏德城爲法從之公曰若法綏德以二十里爲界則吳堡去葭蘆百二十里爲失百里矣兵家以進退尺寸爲強弱今一舉而失百里不可力爭之已而諜者得西人之謀曰吾將出勁兵於義吳二寨之間劫漢使不得出兵則二寨亦棄矣公遂復前議章九上至數萬言議者謂近世名將無及公者公爲文與詩英發妙麗每出一篇學者爭誦之篤於行義事父母撫諸弟以孝友聞臨大事決大議毅然不計死生至於己私則小心莊栗惟恐有過其事上及與人交馭將吏待妻子奴婢一以至誠仕至大理評事至右光祿大夫職至龍圖閣學士勳至上柱國爵至南陽郡開國侯食邑至一千六百戶

實封至八百戶贈銀青光祿大夫有文集二十卷娶李氏唐御史大夫栖筠之後晉卿之女累封建安郡君先公卒贈永寧郡君子三人祐祁皆承奉郎裕尚幼女五人長適朝請郎知楚州何洵直次適宣德郎祕書省正字王炳早卒次適宣德郎太學博士王渙之次復適王炳季適方平之子朝散郎南京通判恕孫男六人將以元祐七年八月二十二日癸酉葬于蘇州長洲縣彭華鄉陽山之栗塢銘曰

天之降材千夫一人人之逢時千載一君生之既難得之豈易而彼讒人曾不少置昔在帝堯甚畏巧言讒說震驚雖堯亦然偉哉滕公廊廟之具帝欲用公將起輒仆賴帝之明雖仆復興小試于邊戎狄是膺日月逝矣歲不我與老成云亡吾誰與處若古有訓無競維人公之治邊折衝精神猛虎在山藜藿茂遂及其既亡樵牧所易公官三品以壽考終我銘之悲夫豈爲公

王子立墓誌銘一首

子立諱適趙郡臨城人也始予爲徐州子立爲州學生知其賢而有文喜怒不見得喪若一曰是有類子由者故以其子妻之與其弟遹子敏皆從子於吳興

學道日進東南之士稱之予得罪於吳與親戚故人皆驚散獨兩王子不去送予出郊曰死生禍福天也公其如天何返取余家致之南都而子立又從子由謫於高安績溪同其有無賦詩絃歌講道箸書於席門茅屋之下者五年未嘗有慍色予與子由有六男子皆以童子從子立游學文有師法人人自重不敢嬉宕子立實使然元祐四年冬自京師將適濟南未至卒于奉高之傳舍蓋十月二十五日也享年三十五曾祖諱璘贈中書令妣田氏楚國夫人祖讞工部侍郎知樞密院贈太尉謚忠穆妣宋氏仁壽郡夫人考諱正路比部郎中知濮州贈光祿大夫妣李氏壽安縣君一女初伏有遺腹子斋文集十五卷其學長於禮服子由謂其文朱絃疏越一唱而三歎者也七年十一月五日其兄遽子開葬于臨城龍門鄉兩口村先塋之側銘曰

知性以爲存不壽非其怨也知義以爲榮不貴非其羡也而未能忘於文則猶有意於傳也嗚呼百世之後其姓名與我皆隱顯也

寶月大師塔銘一首

寶月大師惟簡字宗可姓蘇氏眉山人於予爲無服

兄九歲事成都中和勝相院慧悟大師十九得度二
十九賜紫三十六賜號其同門友文雅大師惟慶爲
成都僧統所治萬餘人鞭笞不用中外肅伏度博學
通古今善爲詩至於持律總衆酬酢事物則師密相
之也凡三十餘年人莫知其出於師者師清亮敏達
綜練萬事端身以律物勞己以裕人人皆高其才服
其心凡所欲爲趨成之更新其精舍之在成都與郫
者凡二百七十三間經藏一盧舍那阿彌陀彌勒大
悲像四塼橋二十七皆談笑而成其堅緻可支一世
師於佛事雖若有爲譬之農夫畦而種之待其自成
不數數然也故余嘗以爲修三摩鉢提者蜀守與使
者皆一時名公卿人人與師善然師常罕見寡言務
自卻遠蓋不可得而親疎者喜施藥所活不可勝數
少時瘠黑如梵僧既老而晳若復少者或曰是有陰
德發於面壽未可涯也紹聖二年六月九日始得微
疾卽以書告於往來者勑其子孫皆佛法大事無一
語私其身至二十二日集其徒問日蚤暮及辰曰吾
行矣遂化年八十四是月二十六日歸骨于城東智
福院之壽塔弟子三人海慧大師士瑜先亡次士隆
次紹賢爲成都副僧統孫十四人悟遷悟清悟文悟

眞悟緣悟深悟微悟開悟通悟誠悟益悟權悟緘曾孫三人法舟法榮法原以家法嚴故多有聞者師少與蜀人張隱君少愚善吾先君宮師亦深知之曰此子才用不滅澄觀若事當有立於世爲僧亦無出其右者已而果然予謫居惠州舟實來請銘銘曰

大師寶月古字簡名出趙郡蘇東坡之兄自少潔齊老而彌剛領袖萬僧名聞四方壽八十四臘六十五瑩然摩尼歸眞于土錦城之東松柏森然子孫如林蔽芾其陰

陸道士墓誌銘一首

道士陸惟忠字子厚眉山人家世爲黃冠師子厚獨狷潔精苦不容於其徒去之遠游始見予黃州出所作詩論內外丹指略蓋自以爲決不死者然予嘗告之曰子神清而骨寒其清可以仙其寒亦足以死其後十五年復來見予惠州則得瘦疾骨見衣表然詩益工論內外丹益精曰吾眞坐寒而死矣每從事於養生輒有以敗之類物有害吾生者予曰然子若死必復爲道士以究此志予時適得美石如黑玉曰當以是志子墓子厚笑曰幸甚久之子厚去予之河源開元觀客於縣令馮祖仁而予亦謫海南是歲五月

十九日竟以疾卒年五十祖仁葬之觀後蓋紹聖四年也銘曰

嗚呼多藝此黃冠詩棋醫卜內外丹無求於世宜堅完龜飢鶴瘦終難安哀哉六巧坐一寒祝子復來少宏寬毋復清詩助痟酸龍虎九成無或奸往駕赤螭驂青鸞

惠州官葬暴骨銘一首

有宋紹聖二年官葬暴骨于是是豈無主仁人君子斯其主矣東坡居士銘其藏曰

人耶天耶隨念而徂有未能然宅此枯顱後有君子無廢此心陵谷變壞復棺衾之

神道碑

趙康靖公神道碑一首代張文定公作

宋有天下百二十有五年六聖相師專用一道曰仁不雜他術刑以不殺爲能兵以不用爲功財以不聚爲富人以不作聰明爲賢雖有絕人之材而德不至終不大用六聖一心守之不移故自建隆以來至于今卿相大臣號多長者記人之功忘人之過含垢匿瑕犯而不校以爲常德是以四方乂安兵革不試民之戴宋有死無二自漢以來未有如今日之盛者此

六聖之德而衆長者之助也易曰師正丈人吉詩曰雖無老成人尚有典刑書曰如有一介臣斷斷猗無他技其心休休焉其如有容人之有技若己有之人之彥聖其心好之不啻若自其口出寔能容之以保我子孫黎民故太子少師趙公服事三朝四十餘年其德合於易之所謂丈人詩之所謂老成書之所謂一介臣者公諱槩字叔平其先河朔人也徙於宋之虞城七世矣曾祖著後唐國子毛詩博士贈太師中書令兼尚書令韓國公妣李氏燕國太夫人父幹尚書駕部員外郎贈太師中書令兼尚書令魯國公妣張氏魯國太夫人高氏唐國太夫人公七歲而孤篤學自力年十七舉進士當時聞人劉筠咸綸黃宗旦皆稱其文詞必顯於時而其器識宏遠則皆自以爲不及當赴禮部試楚守胡令儀醵黃金以贈之公不受天聖五年擢進士第三人授將作監丞通判海州歸見父老故人幅巾徒步人人至其家召試學士院除著作郎集賢校理出知漣水軍公爲進士時鄧餘慶守漣水館公於官舍以教其子餘慶所爲多不法公謝去數月餘慶以贓敗及公爲守將至或榜其所館曰豹隱堂賦者三十餘人歲飢公勸誘富民得米

萬石所活不可勝數漣水有魚池利入公帑歲殺魚十餘萬公始罷之作放生碑池上移守通州入爲開封府推官奏事殿中賜五品服且欲以爲直集賢院宰相以例不可出知洪州屬吏有鄭陶饒奭者杖持郡事肆爲不法前守莫能制州有歸化兵皆故盜賊配流已而選充者奭與郡人胡順之共造飛語以動公曰歸化兵得稟米陳惡有怨言不更給善米且有變公笑不答會歸化卒有自容州戍所逃還犯夜者公即斬以徇收陶下獄得其姦贓且奏徙奭歙州一郡股栗城西南隅當大江之衝水歲爲民患公建爲石堤高丈五尺長二百丈用石九千段取之有方民不以爲勞明年夏堤成而水大至度與城平恃堤以全至于今賴之遷刑部員外郎同知宗正寺出知青州改直集賢院賦稅未入中限敕縣不得輒催科是歲夏稅先一月辦坐失舉張誥奪官罷歸起監密州酒徙楚州糧料院以郊赦還官職知滁州山東大賊李小二過境上告人曰我東人也公嘗爲青州東人愛之如父母我不忍犯遂寇盧壽犬牙不入境召修起居注朝廷欲用修玉牒久之除歐陽脩起居注朝廷欲驟用脩而難於躐公公聞之乃請郡自便以爲

天章閣待制賜三品服糾察在京刑獄遷兵部員外郎遂知制誥句當三班院會郊禮當進階封且任一子京官乞以母封郡太君宰相謂公學士擬封不久矣公曰母年八十一朝夕不可期願及今以爲榮後遂以爲例改知審官院判祕閣與高若訥同判流內銓若訥言往嘗知貢舉聞母病不得出幾不能生公矍然即請郡以便親宰相謂公曰旦夕爲學士可少待也公不聽遂除蘇州明年丁母憂服除召入翰林爲學士知貢舉館伴契丹泛使遂報聘焉會獵于與雲山之西請公賦詩詩成契丹主親酌玉盃以勸公且以素扇授其近臣劉六符寫公詩置之懷袖使還加侍讀學士歷右司郎中中書舍人提舉在京諸司庫務姦人冷清詐稱皇子遷之江南公曰清言不妄不可遷若詐亦不可不誅詔公與包拯雜治之得其實乃誅清李參爲河北轉運使職事辦治進秩二等且官其一子郭申錫爲諫官爭之曰參職事所當辦無功不可賞上怒欲罪申錫公言陛下始面諭申錫毋面從吾過今黜之何以示天下乃止以龍圖閣學士禮部侍郎知鄆州徙南京留守拜御史中丞中官鄧保吉引剩員禁中燒銀公力言其不可遂出之又

言張茂實不宜典兵衛未行會公拜樞密副使復言
之乃出茂實知曹州拜參知政事方是時皇嗣未立
天下以爲憂 仁宗命 英宗領宗正公言宗正未
足爲重遂與執政建言宜立爲皇太子從之 英宗
即位遷戶部侍郎又遷吏部熙寧初遷左丞公年七
十矣求去位不許章數上乃以爲觀文殿學士吏部
尚書知徐州遂請老不已以太子少師致仕居睢陽
十五年猶以讀書箸文憂國愛君爲事集古今諫爭
爲諫林一百二十卷奏之上甚喜賜詔曰士大夫請
老而去者皆以聲問不至朝廷爲高得卿所奏書知
有志愛君之士雖退休山林未嘗一日忘也當置坐
右以時省閱上祠南郊明堂率嘗召公陪祀每辭以
老疾問嘗一至都下亦以足疾不入見詔中貴人撫
問二府就所館宴勞之累階至特進勳上柱國封天
水郡開國公賜號推忠保德翊戴功臣元豐初省功
臣號三年官制改解特進六年正月十五日薨于永
安坊里第享年八十八輟視朝一日贈太師謚康靖
前作遺範以戒子孫纖悉必具以某年月日葬于宋
城縣天巡鄉地與日皆公所自卜也娶李氏封汝陰
郡夫人先公二十五年卒于鄆州子榮緒殿中丞敦

緒將作監主簿皆早亡元緒宣德郎公緒校書郎女二人長適光祿寺丞王力臣幼適朝奉大夫程嗣恭孫男四人嗣徽通直郎嗣眞宣義郎嗣賢試校書郎嗣光未命曾孫男六人韡太廟齊郎餘未名公爲人樂易深中恢然偉人也平生與人實無所怨怒非特不形於色而已專務掩惡揚善以德報怨出於至誠非勉強者天下稱之庶幾漢劉寬唐婁師德之徒云始歐陽脩躐公爲知制誥人意公不能平及脩坐累對詔獄人莫敢爲言公獨抗章言脩無罪爲仇人所中傷陛下不可以天下法爲人報仇上感悟脩以故得全公既老脩亦退居汝南公自睢陽往從之游樂飲旬日蘇舜欽爲進奏院以羣飲得罪公言與會者皆一時名人若舉而棄之失士大夫望非朝廷福張誥以贓敗竄海上公坐貶累年而憐誥終不衰間使人至海上勞問賙給之代馮浩爲鄆州吏舉按浩侵用公使錢三十萬當以浩職田租償官公曰浩吾同年也且知其貧不可以己俸償之公所爲大略如此至於敦尚契舊葬死養孤蓋不可勝數余於公爲里人少相善也退而老於鄉日從公游蓋知之詳矣元緒以墓碑爲請義不可以詞銘曰

維古任人仁義是圖仁近於弱義近於迂課其功利歲計有餘在漢孝文發政之初欲以利口登進嗇夫有臣釋之實矢厥謨世謂長者絳侯相如皆訥於言有口若無豈効此子喋喋巧諛帝用感悟老成是親清淨無爲鑒于暴秦歷祀四百世載其仁赫赫我宋以聖繼神於穆 仁宗如歲之春招延朴忠屏遠佞人豈獨左右刑于庶民維時趙公含德不發如圭如璧如金如錫置之不愠用之不懌帝識其心長者之傑遂授以政歷任三葉濟于艱難不疐不跋公在朝廷靖共寡言不忮不求孰知其賢望其容貌有恥而悛薄夫以敦鄙夫以寬今其亡矣吾誰與存作此銘詩以詔後昆

東坡後集卷第十八

東坡後集卷第十九

釋教五十首

請淨慈法涌禪師入都疏一首

京師禪學之盛發於本秀二公本既還山秀復入寂

駙馬都尉張君予來聘法涌繼揚宗風東坡居士適在錢塘實爲敦勸太丘道廣廣則難周仲舉性峻峻則少通法涌童子畫沙已具佛智維摩無語猶涉二門雖吾先師不異是說質之孔孟蓋有成言不爲穿鑿仁義不可勝用博施濟衆堯舜其猶病諸我願法涌廣大慈悲印宗仁得仁之侶深嚴峻峙訶未證謂證之人本自不然伏惟珍重

捨銅龜子文一首

蘇州報恩寺重造古塔諸公皆捨所藏舍利予無舍利可捨獨捨盛舍利者敬爲四恩三有捨之故人王頤爲武功宰長安有修古塔者發舊葬得之以遺余余以藏私印成壞者有形之所不免而以藏舍利則可以久存藏私印或以速壞貴舍利而賤私印樂久存而悲速壞物豈有是哉余其并是捨之

書若逵所書經後一首

懷楚比丘示我若逵所書二經經爲幾品品爲幾偈偈爲幾句句爲幾字字爲幾畫其數無量而此字畫平等若一無有高下輕重大小云何能一以忘我故若不忘我一畫之中已現二相而況多畫如海上沙是誰磋磨自然匀平無有麄細如空中雨是誰揮灑

自然蕭散無有疎密咨爾楚逵若能一念了是法門於刹那頃轉八十藏無有忘失一句一偈東坡居士說是法已復還其經

重請戒長老住石塔疏一首

大士未曾說法誰作金毛之聲衆生各自開堂何關石塔之事去無作相住亦隨緣長老戒公開不二門施無盡藏念西湖之久別本是偶然爲東坡而少留無不可者一時作禮重聽白推渡口船回依舊雲山之色秋來雨過一新鍾鼓之音

書孫元忠所書華嚴經後一首

余聞世間凡富貴人及諸天龍鬼神具大威力者修無上道難造種種福業易所發菩提心旋發旋忘如飽滿人厭棄飲食所作福業舉意便成如一滴水流入世間卽爲江河是故佛說此等真可畏怖一念差失萬劫墮壞一切龍服地行天飛佛在依佛佛成依僧皆以是故維鎮陽平山子龍靈變莫測常依覺實二大比丘有大檀越孫温靖公實能致龍與相賓友曰雨曰霽惟公所欲公之與此二大比丘及此二龍必同事佛皆受佛記故能於未來世各以願力而作佛事觀公奏疏本欲爲龍作廟又恐血食與龍增業

故上乞度僧以奉祠宇公之愛龍如愛其身秖令作福不令造業若推此心以及世間待物如我待我如物予知此人與佛無二覺旣圓寂公亦棄世其子元忠爲公親書華嚴經八十卷累萬字無有一點一畫見怠墮相人能攝心一念專靜便有無量應感而元忠此心盡八十卷終始若一予知諸佛悉已見聞若以此經置此山中則公與二士若龍在在處處皆當相見共度衆生無有窮盡而元忠與予亦當與焉

觀音贊一首

興國浴室院法眞大師慧汶傳寶禪月大師貫休所書十六大阿羅漢左朝散郎集賢校理歐陽棐爲其女爲軾子婦者捨所服用裝新之軾亦家藏度州小孟畫觀世音捨爲中尊各作贊一首爲亡者追福滅罪

衆生墮八難身心俱喪失惟有一念在能呼觀世音火坑與刀山猛獸諸毒藥衆苦萃一身呼者常不痛呼者若自痛則必不能呼若其了不痛何用呼菩薩當自救痛者不煩觀音力衆生以二故一身受衆苦若能眞不二則是觀世音八萬四千人同時俱赴救

羅漢贊十六首

第一

正坐歛眉扼腕立拂問此大士爲言爲默默如雷霆
言如牆壁非言非默百祖是式

第二

旃檀非煙火亦無香是從何生俯仰在亡彈指贊歎
善思念之是一炷香是天人師

第三

一劫七日剎那三世何念之深屈指默計屈者已往
信者未然孰能住此屈信之閒

第四

我觀西方度無量國諸佛陀耶在我掌握右顧曄然
汝則皆西隨我所印識道不迷

第五

耆年何者粲然復少我知其心佛不妄笑瞋喜雖幻
笑則非瞋施此無憂與無量人

第六

袖手不言跏趺終日兩眉雖舉六用皆寂寂不爲身
動不爲人天作時雨山川出雲

第七

以惡駭物如火自爇以信入佛如水自涇垂眉捧手

爲誰虔恭導師無德水火無功

第八

六塵既空出入息滅松摧石隕路迷草合逐獸于原
得已亡弓偶然汲水忽焉相逢

第九

以口誦經以手數法是二道場各自起滅孰知毛竅
八萬四千皆作佛事說法熾然

第十

掌中浮圖舍利所宅放大光明照十方剎櫝而藏之
了無見聞衆所發心與佛皆存

第十一

左手持經右手引帶爲卷爲開是義安在已讀則卷
未讀則開我無所疑其音如雷

第十二

面門月圓瞳子電爛示和猛容作威喜觀龍象之姿
魚鳥所驚以是幻身爲護法城

第十三

手中竹根所指如意〻云何不動無意可指食已宴坐
便腹果然是中空洞以受世間

第十四

梵書旁行俛首注視不知有經而況字義佛子云何
飽食晝眠勤苦功用諸佛亦然

第十五

衆生顛倒爲物所轉我轉是珠以一貫萬過現不住
未則未來舉珠示人孰爲輪迴

第十六

以口說法法不可說以手示人手去法滅生滅之中
了然眞常是故我法不離色聲

水陸法像贊幷引

蓋聞淨名之鉢屬饜萬口寶積之蓋徧覆十方若知法界本造於心則雖凡夫皆具此理昔在梁武皇帝始作水陸道場以十六名盡三千界用狹而施博事約而理詳後生莫知隨世增廣若使一二而悉數雖至千萬而靡周惟我蜀人頗存古法觀其像設猶有典刑虔召請於三時分上下者八位但能起一念於慈悲之上自然撫四海於俛仰之間輒敬發願心具嚴繪事而大檀越張侯致禮樂聞其事共結勝緣請法雲寺法涌禪師善本善擇其徒修營此會永爲無礙之施同守不刊之儀軾拜手稽首各爲之贊凡十六首

上八位

一切常住佛陀耶衆

謂此爲佛是事理鄣謂此非佛是斷滅相事理既融
斷滅亦空佛自現前如日之中

一切常住達摩耶衆

以意爲根是謂法塵以佛爲體是謂法身風止浪靜
非有別水放爲江河匯爲沼沚

一切常住僧伽耶衆

佛既强名法亦非真神而明之存乎其人惟佛法僧
非三非一如雲出雨如水現日

一切常住大菩薩衆

神智無方解脫無礙以何因緣得大自在障盡願滿
反于自然無始以來亡者復存

一切常住大辟支迦衆

現無佛處修第二乘如日入時膏火爲燈我說二乘
如應病藥敬禮辟支即大圓覺

一切常住大阿羅漢衆

大不可知山隨綫移小入無間澡身軍持我雖不能
能設此供知一切人具此妙用

一切五通神仙衆

孰云飛仙高舉違世湛然神凝物不疵癘爲同爲異
本自無同契我無生長生之宗

一切護法龍神衆

外道壞法如刀截風風壞者既妄護者亦空偉兹龍神
威而不怒示有四友佛之禦侮

下八位

一切官寮吏從衆

至難者君至憂者臣以衆生故現宰官身以難爲易
以憂爲樂樂兼萬人禍倍衆惡

一切天衆

苦極則修樂極則流禍福無窮糾纏相求遂超欲色
至非非想不如一念真發無上

一切阿修羅衆

正念淳想則爲飛行毫釐之差遂墮戰爭以此爲道
穴胸隕首是真作家當師子吼

一切人衆

地獄天宮同一念頭涅槃生死同一法性抱寶號窮
鑽穴索空今夕何夕當選大雄

一切地獄衆

汝一念起業火熾然非人燔汝乃汝自燔觀法界性

起滅雷速知惟心造是破地獄
一切餓鬼衆
說食無味涎流妄蘗真食無火中虛妄見美從妄生
惡亦幻成知幻卽離旣飽且寧
一切畜生衆
欲人不知心則有負此念未成角尾已具集我道場
一洗濯之盡未來劫愧者勿爲
一切六道外者衆
陋劣之極蕩於杳冥胎卵溼化莫從而生聞吾法音
颷起雷動如夢覺人不復見夢

釋迦文佛頌并引

端明殿學士兼翰林侍讀學士蘇軾爲亡妻同安郡君王氏閏之請奉議郞李公麟敬畫釋迦文佛及十大弟子元祐八年十一月十一日設水陸道場供養軾拜手稽首而作頌曰

我願世尊足指按地三千大千淨琉璃色其中衆生
靡不解脫如日出時眠者皆作如雷震時蟄者皆動
同證無上永不退轉

僧伽贊一首

盲人有眼不自知忽然見日喜而舞非謂日月有在

亡實自慶我眼根在泗濱大士誰不見見而有熟視不見者彼豈無眼業障故以知見者皆希有若能便作希有見從此成佛如反掌傳摹世間千萬億皆自大士法身出麻田供養東坡贊見者無數悉成佛

阿彌陀佛贊

蘇軾之妻王氏名閏之字季章年四十六元祐八年八月一日卒于京師臨終之夕遺言捨所受用使其子邁迨過爲畫阿彌陀像紹聖元年六月九日像成奉安于金陵清涼寺贊曰

佛子在時百憂繞臨行一念何由了口誦南無阿彌陀如日出地萬國曉何況自捨所受用畫此圓滿天日表見聞隨喜悉成佛不擇人天與蟲鳥但當常作平等觀本無憂樂與壽夭丈六全身不爲大方寸千佛夫豈小此心平處是西方閉眼便到無魔嬈

無名和尚頌觀音偈一首 徐因饒州人

我觀諸佛及菩薩皆以六塵作佛事雖有妙智如觀音根性亦自聞思復佛子流淚無始劫未空言語文字性譬如多財石季倫知財爲害不早散手揮金寶棄溝壑不如施與貧病者纍纍三百五十珠持與觀音作纓絡

無名和尚傳贊一首

道無分成佛無滅生如影外光孰在孰亡如井中空孰虛孰盈無名和尚蓋名無名

蘇程庵銘并引

程公庵南華長老辯公爲吾表弟程德孺作也吾南遷過之更其名曰蘇程且銘之曰

辯作庵寶林南程取之不爲貪蘇後到住者三蘇既住程則去一彈指三世具如我說無是處百千燈同一光一塵中兩道場齊說法不相妨本無通安有礙程不去蘇亦在各徧滿無雜壞

思無邪齋銘一首

東坡居士問法於子由子由報以佛語曰本覺必明無明明覺居士欣然有得於孔子之言曰詩三百一言以蔽之曰思無邪夫有思皆邪也無思則土木也吾何自得道其惟有思而無所思乎於是幅巾危坐終日不言明目直視而無所見攝心正念而無所覺於是得道乃名其齋曰思無邪而銘之曰

大患緣有身無身則無病廓然自圓明鏡鏡非我鏡如以水洗水二水同一淨浩然天地間惟我獨也正

虔州崇慶禪院新經藏記一首

如來得阿耨多羅三藐三菩提曰以無所得故而得舍利弗得阿羅漢道亦曰以無所得故而得如來與舍利弗若是同乎曰何獨舍利弗至于百工賤技承蜩意鉤履狶畫墁未有不同者論道之大小雖至於大菩薩其視如來猶若天淵然及其以無所得故而得則承蜩意鉤履狶畫墁未有不與如來同者也以吾之所知推至其所不知嬰兒生而導之言稍長而教之書口必至於忘聲而後能言手必至於忘筆而後能書此吾之所知也口不能忘聲則語言難於屬文手不能忘筆則字畫難於刻琱及其相忘之至也則形容心術酬酢萬物之變忽然而不自知也自不能者而觀之其神智妙達不既超然與如來同乎故金剛經曰一切賢聖皆以無爲法而有差別以是爲技則技疑神以是爲道則道疑聖古之人與人皆學而獨至於是其必有道矣吾非學佛者不知其所自入獨聞之孔子曰詩三百一言以蔽之曰思無邪夫有思皆邪也善惡同而無思則土木也云何能使有思而無邪無思而非土木乎烏乎吾老矣安得數年之暇託於佛僧之字盡發其書以無所思心會如來意庶幾於無所得故而得者謫居惠州終歲無事宜

若得行其志而州之僧舍無所謂經藏者獨榜其所居室曰思無邪齋而銘之致其志焉始吾南遷過虔州與通守奉議郎俞君括游一日訪廉泉入崇慶院觀寶輪藏君曰是於江南壯麗爲第一其費二千餘萬前長老曇秀始作之幾於成而寂今長老惟湜嗣成之奔走二老之間勸導經營銖積寸累十有六年而成者僧知錫也子能愍此三士之勞爲一言記之乎吾蓋心許之俞君博學能文敏於從政而恬於進取數與吾書欲棄官相從學道自虔罷歸道病卒於廬陵虔之士民有巷哭者吾亦爲出涕故作此文以遺湜錫幷論孔子思無邪之意與吾有志無書之歎使刻于石且與俞君結未來之因乎紹聖二年五月二十七日記

書柳子厚大鑒禪師碑後一首

釋迦以文教其譯于中國必託於儒之能言者然後傳遠故大乘諸經至楞嚴則委曲精盡勝妙獨出者以房融筆授故也柳子厚南遷始究佛法作曹谿南嶽諸碑妙絕古今而南華今無刻石者長老重辯師儒釋兼通道學純備以謂自唐至今頌述祖師者多矣未有通亮簡正如子厚者蓋推本其言與孟軻氏

合其可不使學者晝見而夜誦之故具石請予書其文唐史元和中馬摠自虔州刺史遷安南都護徙桂管經略觀察使入爲刑部侍郎今以碑考之蓋自安南遷海南非桂管也韓退之祭馬公文亦云自交州抗節番禺曹谿謚號決非桂帥所當請以是知唐史之誤當以碑爲正紹聖二年六月九日

書金光明經後一首

軾之幼子過其母同安郡君王氏諱閏之字季章享年四十有六以元祐八年八月一日卒于京師殯于城西惠濟院過未免喪而從軾遷于惠州日以遠去其母之殯爲恨也念將祥除無以申罔極之痛故親書金光明經四卷手自裝治送虔州崇慶禪院新經藏中欲以資其母之往生也泣而言於軾曰書經之勞微矣不足以望豐報要當口誦而心通手書而身履之乃能感通佛祖升濟神明而小子愚冥不知此經皆眞實語耶抑寓言也當云何見云何行軾曰善哉問也吾嘗聞之張文定公安道曰佛乘無大小言亦非虛實顧我所見如何耳萬法一致也我若有見寓言卽是實語若無所見實寓皆非故楞嚴經云若一衆生未成佛終不於此取涅槃若諸菩薩急於度

人不急於成佛盡三界衆生皆成佛已我乃涅槃若諸菩薩覺知此身無始以來皆衆生相寃親拒受內外障護卽卵生相壞彼成此損人益己卽胎生相愛染留連附記有無卽溼生相一切物變爲己主宰卽化生相此四衆生相者與我流轉不覺不知勤苦修行幻力成就則此四相伏我諸根爲涅槃相以此成佛無有是處此二菩薩皆是正見乃知佛語非寓非實今汝若能爲流水長者以大願力象取無礙法水以救汝流淚渴涸之魚又能觀諸世間雖甚可愛而虛幻無實終非我有者汝卽捨離如薩埵王子捨身雖甚可惡而業所驅迫深可憐閔者汝卽布施如薩埵王子施虎行此捨施如飢就食如渴求飲則道可得佛可成毋可拔也過再拜稽首願書其末紹聖二年八月一日

金剛經跋尾一首

聞昔有人受持諸經攝心專妙常以手指作捉筆狀於虛空中寫諸經法是人去後此寫經處自然嚴淨雨不能溼凡見聞者孰不贊歎此希有事有一比丘獨拊掌言惜此藏經止有半藏乃知此法有一念在卽爲塵勞而況可以聲求色見今此長者譚君文初

以念親故示入諸相取黃金屑書金剛經以四句偈悟入本心灌流諸根六塵清淨方此之時不見有經而況其字字不可見何者爲金我觀譚君孝慈忠信內行純備以是衆善莊嚴此經色相之外炳然煥發諸世間眼不具正見使此經法缺陷不全是故我說應如是見東坡居士說是法已復還其經

廣州東莞縣資福寺舍利塔銘一首

自有生人以來人之所爲見於世者何可勝道其鼓舞天下經緯萬世有偉於造物者矣考其所從生實出於一念巍乎大哉是念也物復有烈於此者乎是以古之眞人以心爲法自一身至一世界自一世界至百千萬億世界於屈信臂須作百千萬億變如佛所言皆眞實語無可疑者至於持身厲行練精養志或乘風而仙或解形而去使枯槁之餘化爲金玉時出光景以作佛事者則多有矣其見伏去來皆有時會非偶然者予在惠州或示予以古舍利狀若覆盂圓徑五寸高三寸重一斤一兩外密而中疎其理如芭蕉舍利生其中無數五色具意必眞人大士之遺體蓋腦之在顱中顱亡而腦存者予曰是當以施僧與衆共之藏私家非是其人難之適有東莞資福長

老祖堂來惠州見而請之曰吾方建五百羅漢閣壯
麗甲於南海舍利當棲我閣上則以犀帶易之有自
京師至者得古玉璧試取以薦舍利若合符契堂喜
遂并璧持去曰吾當以金銀琉璃爲峚堵波置閣上
銘曰
真人大士何所脩心精妙明含九洲此身性海一浮
漚委蛻如遺不自收戒光定力相烝休結爲寶珠散
若旒流行四方獨此留帶犀微矣何足酬璧來萬里
端相投我非予堂堂非求共作佛事知誰由瑞光一
起三千秋永照南海通羅浮

東坡後集卷第十九

東坡後集卷第二十

釋教二十五首

海月辯公真贊一首并引

錢塘佛者之盛蓋甲天下道德才智之士與妄庸巧僞之人雜處其間號爲難齊故於僧職正副之外別

補都僧正一員簿帳案牒奔走將迎之勞專責正副以下而都師領略其要實以行解表衆而已然亦通號爲僧官故高舉遠引山栖絕俗之士不屑爲之惟清通端雅外涉世而中遺物者乃任其事蓋亦難矣予通守錢塘時海月大師惠辯者實在此位神宇澄穆不見慍喜而緇素悅服予固喜從之遊時東南多事吏治少暇而予方年壯氣盛不安厥官每往見師清坐相對時聞一言則百憂冰解形神俱泰因悟莊周所言東郭順子之爲人人貌而天虛緣而葆眞清而容物物無道正容以悟之使人之意也消蓋師之謂也歟一日師臥疾使人請予入山適有所未暇旬餘乃往則師之化四日矣遺言須予至乃闔棺趺坐如生頂尚溫也予在黃州夢至西湖上有大殿榜曰彌勒下生而故人辯才海月之流皆行道其間師沒後二十一年予謫居惠州天竺淨惠師屬參寥子以書遺予曰檀越許與海月作眞贊久不償此願何也予矍然而起爲說贊曰

人皆趨世出世者誰人皆遺世世誰爲之爰有大士處此兩間非濁非清非律非禪惟是海月都師之式庶復見之衆縛自脫我夢西湖天宮化城見兩天竺

宛如平生雲披月滿遺象在此誰其贊之惟東坡子

夢齋銘一首

至人無夢或曰高宗武王孔子皆夢佛亦夢夢不異覺覺不異夢夢卽是覺覺卽是夢此其所以爲無夢也歟衞玠問夢於樂廣廣對以想曰形神不接而夢此豈想哉對曰因也或問因之說東坡居士曰世人之心

而有未嘗獨立也塵之生滅無一念住夢覺之間塵塵相授數傳之後失其本矣則以爲形神不接豈非因乎人有牧羊而復者因羊而念馬因馬而念車因車而念蓋遂夢曲蓋鼓吹身爲王公夫牧羊之與王公亦遠矣想之所因豈足怪乎居士始與芝相識於夢中日以所夢求而得之今二十四年矣而五見之每見輒相視而笑不知是處之爲何方今日之爲何日我爾之爲何人也題其所寓室曰夢齋而子由爲之銘曰

法身充滿處處皆一幻身虛妄所至非實我觀世人生非實中以寤爲正以寐爲夢忽寐所遇執寤所遭積執成堅如丘山高若見法身寤寐皆非知其皆非寤寐無爲遨遊四方齋則不遇南北東西法身本然

十八大阿羅漢頌

蜀金水張氏畫十八大阿羅漢軾謫居儋耳得之民間海南荒陋不類人世此畫何自至哉久逃空谷如見師友乃命過躬易其裝標設燈塗香果以禮之張氏以畫羅漢有名唐末蓋世擅其藝今成都僧敏行其玄孫也梵相奇古學術淵博蜀人皆曰此羅漢化生其家也軾外祖父程公少時游京師還遇蜀亂絕粮不能歸困臥旅舍有僧十六人往見之曰我公之邑人也各以錢二百貸之公以是得歸竟不知僧所在公曰此阿羅漢也歲設大供四公年九十凡設二百餘供今軾雖不親覩其人而困厄九死之餘鳥言卉服之間乃獲此奇勝豈非希闊之遇也哉乃各卽其體像而窮其思致以為之頌

第一尊者結跏正坐蠻奴側立有鬼使者稽顙于前侍者取其書通之頌曰

月明星稀孰在孰亡煌煌東方惟有啓明咨爾上座及阿闍梨代佛出世惟大弟子

第二尊者合掌趺坐蠻奴捧犢于前老人發之中有琉璃缾貯舍利十數頌曰

佛無滅生通塞在人牆壁瓦礫誰非法身尊者斂手不起于坐示有敬耳起心則那

第三尊者扶烏木養和正坐下有白沐猴獻果侍者執盤受之頌曰

我非標人人莫吾識是雪衣者豈具眼隻方食知獻何愧於猿爲語柳子勿憎王孫

第四尊者側坐屈三指答胡人之問下有蠻奴捧函童子戲捕龜者頌曰

彼問云何計數以對爲三爲七莫有知者雷動風行屈信指間汝觀明月在我指端

第五尊者臨淵濤抱膝而坐神女出水中蠻奴受其書頌曰

形與道一道無不在天宮鬼府奚往而礙婉彼奇女躍于濤瀧神馬尻輿攝衣從之

第六尊者右手支頤左手拊稺師子顧視侍者擇瓜而剖之頌曰

手拊雛猊目視瓜獻甘芳之意若達于面六塵並入心亦徧知即此知者爲大摩尼

第七尊者臨水側坐有龍出焉吐珠其手中胡人持短錫杖蠻奴捧鉢而立頌曰

我以道眼爲傳法宗爾以願力爲護法龍道成願滿見佛不怍盡取玉函以畀思邈

第八尊者立漆而坐加肘其上侍者汲水過前有神人涌出于地捧槃獻寶頌曰
爾以捨來我以慈受各獲其心寶則誰有視我如爾取與則同我爾福德如四方空

第九尊者食已襆鉢持數珠誦咒而坐下有童子構火具茶又有理筒注水蓮池中者頌曰
飯食已畢襆鉢而坐童子茗供吹籥發火我作佛事淵乎妙哉空山無人水流花開

第十尊者執經正坐有仙人侍女焚香于前頌曰
飛仙玉潔侍女雲眇稽首炷香敢問至道我道大同有覺無脩豈不長生非我所求

第十一尊者趺坐焚香侍者拱手胡人捧函而立頌曰
前聖後聖相喻以言口如布穀而意莫傳鼻觀寂如諸根自例孰知此香一炷千偈

第十二尊者正坐入定枯木中其神騰出于上有大蟒出其下頌曰
默坐者形空飛者神二俱非是孰爲此身佛子何爲懷毒不已願解此相問誰縛爾

第十三尊者倚杖垂足側坐侍者捧函而立有虎過

前有童子怖匿而竊窺之頌曰
是與我同不噬其妃一念之差墮此髬髵導師
悲愍爲爾顰歎以爾猛烈復性不難
第十四尊者持鈴杵正坐誦咒侍者整衣于右胡人
橫短錫跪坐于左有虬一角若仰訴者頌曰
彼髯而虬長跪自言特角亦來身移怨存以無
言音誦無說法風止火滅無相仇者
第十五尊者須眉皆白袖手趺坐胡人拜伏于前蠻
奴手持拄杖侍者合掌而立頌曰
聞法最先事佛亦久耄然衆中是大長老薪水
井臼老矣不能摧伏魔軍不戰而勝
第十六尊者橫如意趺坐下有童子發香篆侍者注
水花盆中頌曰
盆中浮紅篆煙繚青無問無答如意自橫點瑟
既希昭琴不鼓此間有曲可歌可舞
第十七尊者臨水側坐仰觀飛鶴其一既下集矣侍
者以手拊之有童子提竹籃取果實投水中頌曰
引之浩茫與鶴皆翔藏之幽深與魚皆沉大阿
羅漢入佛三昧俯仰之間再拊海外
第十八尊者植拂支頤瞪目而坐下有二童子破石

榴以獻頌曰
植拂支頤寂然跏趺尊者所游物之初耶聞之
於佛及吾子思名不用處是未發時

跋尾

佛滅度後閻浮提衆生剛狠自用莫肯信入故
諸賢聖皆隱不現獨以像設遺言提引未悟而
峨眉五臺廬山天台猶出光景變異使人了然
見之軾家藏十六羅漢像每設茶供則化爲白
乳或凝爲雪花桃李芍藥僅可指名或云羅漢
慈悲深重急於接物故多現神變儻其然乎今
於海南得此十八羅漢像以授子由弟使以時
修敬遇夫婦生日輒設供以祈年集福并以前
所作頌寄之子由以二月二十日生其婦德陽
郡夫人史氏以十一月十七日生是歲中元日
題

藥師琉璃光佛贊一首并引

佛弟子蘇籥與其妹德孫病久不愈其父過母范氏
供養祈禱藥師琉璃光佛遂獲痊損其大父軾特爲
造畫尊像敬拜稽首爲之贊曰
我佛出現時衆生無病惱世界悉琉璃大地皆藥草

我今衆稽孺仰佛如翁媼面頤既圓平風末亦除埽
弟子籥與德前世衲衣老敬造世尊像壽命仗佛保

廣州資福寺羅漢閣碑一首

衆生以愛故入生死由於愛境有逆有順而生喜怒造種種業展轉六趣至千萬劫本所從來唯有一愛更無餘病佛大醫王對病爲藥唯有一捨更無餘藥常以此藥而治此病如水救火應手當滅云何衆生不滅此病是導師過非衆生咎何以故衆生所愛無過身體父母有疾割肉刺血初無難色若復鄰人從其求乞一爪一髮終不可得有二導師其一清淨不入諸相能知衆生生死之本能使衆生了然見知不生不死出輪迴處是處安樂堪永依怙無異父母支體可捨而況財物其一導師以有爲心行有爲法縱不求利卽自求名譬如鄰人求乞爪髮終不可得而況肌肉以此觀之愛吝不捨是導師過設如有人無故取米投坑穽中見者皆恨若以此米施諸鳥雀見者皆喜鳥雀無知受我此施何異坑穽而人自然有喜有慍如使導師有心有爲則此施者與棄何異以此觀之愛吝不捨非衆生咎四方之民皆以勤苦而得衣食所得毫末其苦無量獨此南越嶺海之民貿

遷重寶坐獲富樂得之也易享之也愧是故其人以
愧故捨海道幽險死生之間曾不容髮而況飄墮羅
刹鬼國呼號神天佛菩薩僧以脫須臾當此之時身
非己有而況財物實同糞土是故其人以懼故捨愧
懼二法助發善心是故越人輕施樂捨甲於四方東
莞古邑資福禪寺有老比丘祖堂其名未嘗戒也而
律自嚴未嘗求也而人自施人之施堂如物在衡損
益銖黍了然覺知堂之受施如水涵影雖千萬過無
一留者堂以是故創作五百大阿羅漢嚴淨寶閣涌
地千柱浮空三成壯麗之極實冠南越東坡居士見
聞隨喜而說偈言

五百大士棲此城南珠大貝皆東傾衆心回春柏再
榮鐵林東來閣乃成寶骨未到先通靈赤蛇自璧珠
夜明三十襲吉誰敢爭層簷飛空俯日星海波不搖
颶無聲天風徐來韻流鈴一洗瘴霧冰雪清人無南
北壽且寧

靜安縣君許氏繡觀音贊一首

太岳之裔邑于靜安學道求心妙湛自觀觀觀世音
凜不違顏三年之後心法自圓聞思脩王如日現前
心識其容口莫能言發于六用以所能傳自手達鍼

自鍼達綫爲鍼幾何巧歷莫算鍼若是佛佛當千萬
若其非佛此相曷緣孰融此二爲不二門拜手敬贊
東坡老人

繡佛贊一首

凡作佛事各以所有富者以財壯者以力巧者以技
辯者以言若無所有各以其心見聞隨喜禮拜讚歎
曾未及彼一鍼之勞而其獲報等無有二若復緣此
得度成佛則此繡者乃是導師

東莞資福堂老柏再生贊一首

生石首肯𡚁松肘回是心苟真金石爲開堂去柏枯
其留復生此柏無我誰爲枯榮方其枯時不枯者存
一枯一榮皆方便門世人不聞瓦礫說法今聞此柏
熾然常說

補禪月羅漢贊九首

羙很惡婉自昔所聞不圓其輔有圓者存現六極相
代衆生報使諸佛子具佛相好
聃耳屬肩綺眉覆顴佛在世時見此者年開口誦經
四十餘齒時聞雷雹出一彈指
白氎在膝貝多在巾目視超然忘經與人面顱百皺
不受刀鑷無心掃除留此殘雪

右手扶杖左手拊右爲手持杖爲杖持手宴坐石上
安以杖爲無用之用世人莫知
兩眼方用兩手自寂用者注經寂者寄膝二一法相忘
亦不相捐是四句偈在我指端
勞我者晳休我者黠如晏如岳鮮不僻淫是哀鮐它
澹臺滅明各妍于心得法眼正
善心爲男其室法喜背癢孰爬有木童子高下適當
輕重得宜使真童子能如茲乎
佛子三毛髮眉與須既芸其二一則有餘因以示衆
物無兩遂既得無得無生則無無生死
捧經持珠杖則倚肩植杖而起經珠乃閑不行不立
不坐不臥問師此時經杖何在

談妙齋銘一首

南華老明端靜簡潔浮雲掃盡但挂孤月吾宗伯固
通亮英發大圭不瑑天驥超絕室空無有獨設一榻
空毗耶城奔走蝎蹶二士共談必說妙法彈指千偈
卒無所說有言皆幻無起不滅問我何爲鏤冰琢雪
人人造語一一說法孰知東坡非問非答

南華長老重辯師逸事一首

契嵩禪師常瞋人未嘗見其笑海月慧辯師常喜人

未嘗見其怒予在錢塘親見二人皆趺坐而化嵩既茶毗火不能壞益薪熾火有終不壞者五海月比葬面如生且微笑乃知二人以瞋喜作佛事也世人視身如金玉不旋踵爲糞土至人反是予以是知一切法以愛故壞以捨故常在豈不然哉予遷嶺南始識南華重辯長老語終日知其有道也予自海南還則辯已寂久矣過南華弔其衆問塔墓所在衆曰我師昔作壽塔南華之東數里有不悅師者葬之別墓既七百餘日矣今長老明公獨奮不顧發而歸之壽塔改棺易衣舉體如生衣皆鮮芳衆乃大服東坡居士曰辯視身爲何物棄之尸陁林以飼烏鳥何有安以壽塔爲明公知辯者特欲以化服同異而已乃以茗果奠其塔而書其事以遺其上足南華塔主可與師時元符三年十二月十九日

南華長老題名記一首

學者以成佛爲難乎累土畫沙童子戲也皆足以成佛以爲易乎受記得道如菩薩大弟子皆不任問疾是義安在方其迷亂顚倒流浪苦海之中一念正眞萬法皆具及其勤苦功用爲山九仞之後毫釐差失千劫不復嗚呼道固如是也豈獨佛乎子思子曰夫

婦之不肖可以能行焉及其至也雖聖人亦有所不能焉孟子則以爲聖人之道始於不爲穿窬而穿窬之惡成於言不言人未有欲爲穿窬者雖穿窬亦不欲也自其不欲爲之心而求之則穿窬足以爲聖人可以言而不言不可以言而言雖賢人君子有不能免也因其不能免之過而遂之則賢人君子有時而爲盜是二法者相反而相爲用儒與釋皆然南華長老明公其始蓋學於子思孟子者其後棄家爲浮屠氏不知者以爲逃儒歸佛不知其猶儒也南華自六祖大鑒示滅其傳法得眼者散而之四方故南華爲律寺至吾宋天禧三年始有詔以智度禪師普遂住持至今明公蓋十一世矣明公告東坡居士曰宰官行世間法沙門行出世間法世間即出世間等無有二今宰官傳授皆有題名壁記而沙門獨無有矧吾道場實補佛祖處其可不嚴其傳子爲我記之居士曰諾乃爲論儒釋不謀而同者以爲記建中靖國元年正月一日

南安軍常樂院新作經藏銘一首

佛以一口而說千法千佛千口則爲幾說我法不然非千非一如百千燈共照一室雖各徧滿不相壞雜

咨爾學者二云何覽閱自非正眼表裏洞達已受將受則相陵奪惟囘屢空無所不悅是名耳順亦號莫逆以此轉經有轉無竭道人山居僻介楚越常樂我靜一食破衲達磨耶藏勤苦建設我無一錢檀波羅密施此法水以灌爾睫

靈感觀音偈一首并引

或問居士佛無不在云何僧榮所常供養觀世音像獨稱靈感居士答言譬如靜夜天清無雲我目無病未有舉頭而不見月今此畫像方其畫時工適清淨又此僧榮方供養時秉心端嚴不入諸相無有我人衆生壽者則觀世音廓然自現爾時居士作此言已心開形解隨其所得而說偈言

夫物芸芸各升其英爲天蒼蒼爲日月星無在不在容光則明矧我大士淵兮淨神妙湛生光積光爲形亭亭空中靡所倚憑眷此幻身如鬼如坻生則囿物軒昂權衡地所不載而能空行滅則蕩空附離四生不可控摶矧此亭亭涕淚請救博頰頓纓如月下照著心寒清不因脩爲得法眼淨碎身微塵莫報聖靈

湜長老眞贊一首

道與之貌天與之形雖同乎人而實無情彼眞清隱

何殊丹青日照月明雷動風行夫孰非幻忽然而成此畫清隱可謁雨晴

清隱堂銘一首

已去清隱而老崇慶崇慶亦非何者爲正清者其行隱者其言非彼非此亦非中間在清隱時念念不住今者何人補清隱處八萬四千劫火洞然但隨他去何處不然

觀世音菩薩頌一首幷引

金陵崇因禪院長老宗襲自以衣鉢造觀世音像極相好之妙予南遷過而禱焉曰吾北歸當復過此而爲之頌建中靖國元年五月　日自海南歸至金陵乃作頌曰

慈近乎仁悲近乎義忍近乎勇憂近乎智四者似之而卒非是有大圓覺平等無二無冤故仁無親故義無人故勇無我故智彼四雖近有作有止此四本無有取無匱有二長者皆樂檀施其一天富千金日費其一甚貧百錢而已我說二人等無有異吁觀世音淨聖大士徧滿空界挈攜天地大解脫力非我敢議若其四無我亦如此

東坡後集卷第二十

東坡奏議目錄

第一卷

第二卷

第三卷

第四卷

第六卷

第十一卷

第十二卷

第十五卷

東坡奏議目錄

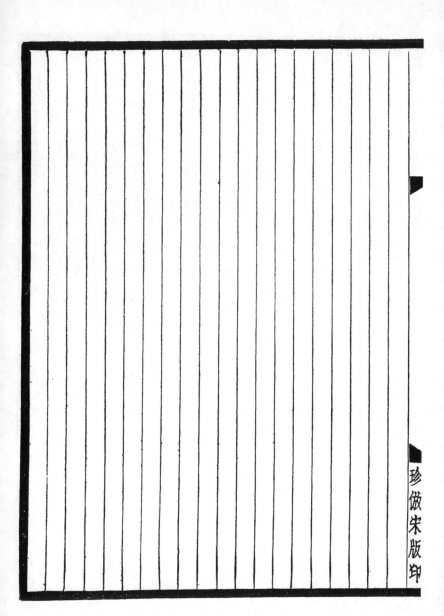

東坡奏議卷第一

議學校貢舉狀

熙寧四年正月　日殿中丞直史館判官告院蘇軾狀奏准敕講求學校貢舉利害令臣等各具議狀聞奏者右臣伏以得人之道在於知人知人之法在於責實使君相有知人之才朝廷有責實之政則胥吏皁隸未嘗無人而況於學校貢舉乎雖因今之法臣以爲有餘使君相無知人之才朝廷無責實之政則公卿侍從常患無人況學校貢舉乎雖復古之制臣以爲不足矣夫時有可否物有廢興方其所安雖暴君不能廢及其既厭雖聖人不能復故風俗之變法制隨之譬如江河之徙移順其所欲行而治之則易爲功强其所不欲而復之則難爲力使三代聖人復生於今其選舉養才亦必有道矣何必由學且天下固嘗立學矣慶曆之間以爲太平可待至於今日惟有空名僅存今　陛下必欲求德行道藝之士責九

年大成之業則將變今之禮易今之俗又當發民力以治宮室斂民財以食游士百里之內置官立師獄訟聽于是軍旅謀于是又當以時簡不率教者屏之遠方終身不齒則無乃徒爲紛亂以患苦天下耶若乃無大變改而望有益于時則與慶曆之際何異故臣以謂今之學校特可因循舊制使先王之舊物不廢於吾世足矣至於貢舉之法行之百年治亂盛衰初不由此 陛下視 祖宗之世貢舉之法與今爲孰精言語文章與今爲孰優所得文武長才與今爲孰多天下之事與今爲孰辨較此四者而長短之議決矣今議者所欲變改不過數端或曰鄉舉德行而略文章或曰專取策論而罷詩賦或欲舉唐室故事兼採譽望而罷封彌或欲罷經生朴學不用貼墨而攷大義此數者皆知其一不知其二者也臣請歷言之夫欲興德行在於君人者脩身以格物審好惡以表俗孟子所謂君仁莫不仁君義莫不義君之所向天下趨焉若欲設科立名以取之則是教天下相率而爲僞也上以孝取人則勇者割股怯者廬墓上以廉取人則弊車羸馬惡衣菲食凡可以中上意無所不至矣德行之弊一至於此乎自文章而言之則策

論爲有用詩賦爲無益自政事言之則詩賦策論均爲無用矣雖知其無用然自 祖宗以來莫之廢者以爲設法取士不過如此也豈獨吾 祖宗自古堯舜亦然書曰敷奏以言明試以功自古堯舜以來進人何嘗不以言試人何嘗不以功乎議者必欲以策論定賢愚能否臣請有以質之近世士大夫文章華靡者莫如楊億使楊億尚在則忠清鯁亮之士也豈得以華靡少之通經學古者莫如孫復石介使孫復石介尚在則迂闊矯誕之士也又可施之於政事之間乎自唐至今以詩賦爲名臣者不可勝數何負於天下而必欲廢之近世士人纂類經史綴緝時務謂之策括待問條目搜抉略盡臨時剽竊竄易首尾以眩有司有司莫能辨也且其爲文也無規矩準繩故學之易成無聲病對偶故考之難精以易學之士付難考之吏其弊有甚於詩賦者矣唐之通牓故是弊法雖有以名取人厭伏衆論之美亦有賄賂公行權要請託之害一使恩去王室權歸私門降及中葉結爲朋黨之論通牓取人又豈足尚哉諸科舉取人多出三路能文者既已變而爲進士曉義者又皆去以爲明經其餘皆朴魯不化者也至於人才則有定分

施之有政能否自彰今進士日夜治經傳子史貫穿馳騖可謂博矣至於臨政曷嘗用其一二顧視舊學已爲虛器而欲使此等分別注疏粗識大義而望其才能增長亦已疎矣臣故曰此數者皆知其一而不知其二也特願　陛下留意其遠者大者必欲登俊良黜庸回總覽衆才經略世務則在　陛下與二三大臣下至諸路職司與良二千石耳區區之法何預焉然臣竊有私憂過計者敢不以告昔王衍好老莊天下皆師之風俗凌夷以至南渡王縉好佛捨人事而修異教大曆之政至今爲笑故孔子罕言命則爲知者少也子貢曰夫子之文章可得而聞也夫子之言性與天道不可得而聞也夫性命之說自子貢不得聞而今之學者恥不言性命此可信也哉今士大夫至以佛老爲聖人粥書於市者非莊老之書不售也讀其文浩然無當而不可窮觀其貌超然無著而不可挹豈此眞能然哉蓋中人之性安於放而樂於誕耳使天下之士能如莊周齊死生一毀譽輕富貴安貧賤則人主之名器爵祿所以礪世摩鈍者廢矣
陛下亦安用之而況其實不能而竊取其言以欺世者哉臣願　陛下明勑有司試之以法言取之以

實學博通經術者雖朴不廢稍涉浮誕者雖工必黜則風俗稍厚學術近正庶幾得忠實之士不至蹈衰季之風則天下幸甚謹錄奏 聞伏候 勑旨

諫買浙燈狀

熙寧四年正月 日殿中丞直史館判官告院權開封府推官蘇軾狀奏右臣嚮蒙召對便殿親奉德音以爲凡在館閣皆當爲深思治亂指陳得失無有所隱者自是以來臣每見同列未嘗不爲道 陛下此語非獨以稱頌盛德亦欲 朝廷之間如臣等輩皆知 陛下不以疏賤間廢其言共獻所聞以輔成太平之功業然竊謂空言率人不如有實而人自勸欲知 陛下能受其言之實莫如以臣試之故臣願以身先天下試其小者上以輔助聖明之萬一下以爲賢者卜其可否雖以此獲罪萬死無悔臣伏見中使傳宣下府市司買浙燈四千餘盞有司具實直以聞陛下又令減價收買見已盡數拘收禁止私買以須上令臣始聞之驚愕不信咨嗟累日何者竊爲 陛下惜此舉動也臣雖至愚亦知 陛下游心經術動法堯舜窮天下之嗜慾不足以易其樂盡天下之玩好不足以解其憂而豈以燈爲悅者哉此不過以奉

二宮之歡而極天下之養耳然大孝在乎養志百姓
不可戸曉皆謂陛下以耳目不急之玩而奪其口體
必用之資賣燈之民例非豪民舉債出息畜之彌年
衣食之計望此旬日　陛下爲民父母唯可添價貴
買豈可減價賤酬此事至小體則甚大凡　陛下所
以減價者非欲以與此小民爭此豪末豈以其無用
而厚費也如知其無用何以更索惡其厚費何如勿
買且內廷故事每遇放燈不過令內東門雜物務臨
時收買數目既少又無拘收督迫之嚴費用不多民
亦無憾故臣願追還前命凡悉如舊京城百姓不慣
侵擾恩德已厚怨讟易生可不慎歟可不畏歟近日
小人妄造非語士人有展年科場之說商賈有京城
榷酒之議吏憂減俸兵憂減廩雖此數事　朝廷所
決無而此紛紛亦有以見　陛下勤恤之德未信於
下而有司聚斂之意或形于民方當責己自求以消
讒慝之口而臺官又勸　陛下以嚴刑悍吏捕而戮
之虧損　聖德莫大於此而又重以買燈之事使得
因緣以爲口實臣實惜之方今百冗未除物力凋弊
陛下縱出內帑財物不用大司農錢而內帑所儲孰
非民力與其平時耗於不急之用曷若留貯以待乏

絶之供故臣願　陛下將來放燈與凡游觀苑囿宴
好賜予之類皆飭有司務從儉約頃者　詔旨裁減
皇族恩例此實　陛下至明至斷所以深計遠慮割
愛爲民然竊揆其間不能無少望於　陛下惟當痛
自刻損以身先之使知人主且猶如此而況於吾徒
哉非惟損費亦且弭怨昔唐太宗遣使往涼州諷李
大亮獻其名鷹大亮不可太宗深嘉之詔曰有臣若
此朕復何憂明皇遣使江南採鵁鶄汴州刺史倪若
水論之爲反其使又令益州織半臂背子琵琶捍撥
鏤牙合子等蘇許公不奉詔李德裕在浙西詔造銀
盝子粧具二十事織綾二千疋德裕上疏極論亦爲
罷之使　陛下內之臺諫有如此數人者則買燈之
事必須力言外之有司有如此數人者則買燈之事
必不奉詔　陛下聰明睿聖追迹堯舜而羣臣不以
唐太宗明皇事　陛下竊嘗深咎之臣忝備府寮親
見其事若又不言臣罪大矣　陛下若赦之不誅則
臣又有非職之言大於此者忍不爲　陛下盡之若
不赦亦臣之分也謹錄奏　聞伏候　敕旨

上皇帝書

熙寧四年二月　日殿中丞直史館判官告院權開

封府推官臣蘇軾謹昧萬死再拜上書　皇帝陛下
臣近者不度愚賤輒上封章言買燈事自知瀆犯天
威罪在不赦席藁私室以待斧鉞之誅而側聽逾旬
威命不至問之府司則買燈之事尋已停罷乃知
陛下不惟赦之又能聽之驚喜過望以至感泣何者
改過不吝從善如流此堯舜禹湯之所勉强而力行
秦漢以來之所絕無而僅有顧此買燈毫髮之失豈
能上累日月之明而　陛下翻然改命曾不移刻則
所謂智出天下而聽於至愚威加四海而屈於匹夫
臣今知　陛下可與爲堯舜可與爲湯武可與富民
而措刑可與强兵而伏戎虜矣有君如此其忍負之
惟當披露腹心捐棄肝腦盡力所至不知其它乃者
臣知天下之事有大於買燈者矣而獨區區以此爲
先者蓋未信而諫聖人不與交淺言深君子所戒是
以試論其小者而其大者固將有待而後言今　陛
下果赦而不誅則是既已許之矣許而不言臣則有
罪是以願終言之臣之所欲言者三願　陛下結人
心厚風俗存紀綱而已人莫不有所恃人臣恃　陛
下之命故能役使小民恃　陛下之法故能勝服强
暴至於人主所恃者誰歟書曰予臨兆民凜乎若朽索

之馭六馬言天下莫危於人主也聚則爲君民散則爲仇讎聚散之間不容毫釐故天下歸往謂之王人各有心謂之獨夫由此觀之人主之所恃者人心而已人心之於人主也如木之有根如燈之有膏如魚之有水如農夫之有田如商賈之有財木無根則槁燈無膏則滅魚無水則死農無田則飢商賈無財則貧人主失人心則亡此理之必然不可逭之災也其爲可畏從古以然苟非樂禍好亡狂易喪志則孰敢肆其胸臆輕犯人心昔子產焚載書以弭衆言賂伯石以安巨室以爲衆怒難犯專欲難成而孔子亦曰信而後勞其民未信則以爲厲己也唯商鞅變法不顧人言雖能驟至富强亦以召怨天下使其民知利而不知義見刑而不見德雖得天下旋踵而失也至於其身亦卒不免負罪出走而諸侯不納車裂以徇而秦人莫哀君臣之間豈願如此宋襄公雖行仁義失衆而亡田常雖不義得衆而强是以君子未論行事之是非先觀衆心之向背謝安之用諸桓未必是而衆之所樂則國以乂安庾亮之召蘇峻未必非而勢有不可則反爲危辱自古及今未有和易同衆而不安剛果自用而不危者也今 陛下亦知人心之

不悅矣中外之人無賢不肖皆言　祖宗以來治財用者不過三司使副判官經今百年未嘗闕事今者無故又創一司號曰制置三司條例使六七少年日夜講求於內使者四十餘輩分行營幹於外造端宏大民實驚疑創法新奇吏皆惶惑賢者則求其說而不可得未免於憂小人則以其意度　朝廷遂以爲謗謂　陛下以萬乘之主而言利謂執政以天子之宰而治財商賈不行物價騰踊近自淮甸遠及川蜀喧傳萬口論說百端或言京師正店議置監官夔路深山當行酒禁拘收僧尼常住減刻兵吏廪祿如此等類不可勝言而甚者至以爲欲復肉刑斯言一出民且狼顧　陛下與二三大臣亦聞其語矣然而莫之顧者徒曰我無其事又無其意何恤於人言夫人言雖未必皆然而疑似則有以致謗人必貪財也而後人疑其盜人必好色也而後人疑其淫何者未置此司則無其謗豈去歲之人皆忠厚而今歲之人皆虛浮孔子曰工欲善其事必先利其器又曰必也正名乎今　陛下操其器而諱其事有其名而辭其意雖家置一喙以自解市列千金以購人人必不信謗亦不止夫制置三司條例司求利之名也六七少年

與使者四十餘輩求利之器也驅鷹犬而赴林藪語人曰我非獵也不如放鷹犬而獸自馴操罔罟而入江湖語人曰我非漁也不如捐罔罟而人自信故臣以爲消讒慝以召和氣復人心而安國本則莫若罷制置三司條例司夫 陛下之所以創此司者不過以興利除害也使罷之而利不興害不除則勿罷罷之而天下悅人心安興利除害無所不可則何苦而不罷 陛下欲去積弊而立法必使宰相熟議而後行事若不由中書則是亂世之法聖君賢相夫豈其然必若立法不免由中書熟議不免使宰相此司之設無乃冗長而無名智者所圖貴於無迹漢之文景紀無可書之事唐之房杜傳無可載之功而天下之言治者與文景言賢者與房杜蓋事已立而迹不見功已成而人不知故曰善用兵者無赫赫之功豈惟用兵事莫不然今所圖者萬分未獲其一也而迹之布於天下已若泥中之鬭獸亦可謂拙謀矣 陛下誠欲富國擇三司官屬與漕運使副而 陛下與二三大臣孜孜講求磨以歲月則積弊自去而人不知但恐立志不堅中道而廢孟軻有言其進銳者其退速若有始有卒自可徐徐十年之後何事不立孔子

曰欲速則不達見小利則大事不成使孔子而非聖
人則此言亦不可用書曰謀及卿士至于庶人翕然
大同乃底元吉若違多而從少則靜吉而作凶今上
自宰相大臣既已辭免不爲則外之議論斷亦可知
宰相人臣也且不欲以此自汙而　陛下獨安受其
名而不辭非臣愚之所識也君臣宵旰幾一年矣而
富國之効茫如捕風徒聞內帑出數百萬緡祠部度
五千餘人耳以此爲術其誰不能且遣使縱橫本非
令典漢武遣繡衣直指桓帝遣八使皆以守宰狼籍
盜賊公行出於無術行此下策宋文帝元嘉之政比
於文景當時責成郡縣未嘗遣使至孝武以爲郡縣
遲緩始命臺使督之以至蕭齊此弊不革故景陵王
子良上疏極言其事以爲此等朝辭禁門情態卽異
暮宿村縣威福便行驅迫郵傳折辱守宰公私勞擾
民不聊生唐開元中宇文融奏置勸農判官使裴寬
等二十九人並攝御史分行天下招攜戶口檢責漏
田時張說楊瑒皇甫璟楊相如皆以爲不便而相繼
罷黜雖得戶八十餘萬皆州縣希旨以主爲客以少
爲多及使百官集議都省而公卿以下懼融威勢不
敢異辭　陛下讀之觀其所行爲是爲否近者均稅

寬恤冠蓋相望　朝廷亦旋覺其非而天下至今以
爲謗曾未數歲是非較然臣恐後之視今亦猶今之
視昔且其所遣尤不適宜事少而員多人輕而權重
夫人輕而權重則人多不服或致侮慢以與爭事少
而員多則無以爲功必須生事以塞責　陛下雖嚴
賜約束不許邀功然人臣事君之常情不從其令而
從其意今　朝廷之意好動而惡靜好同而惡異指
趣所在誰敢不從臣恐　陛下赤子自此無寧歲矣
至於所行之事行路皆知其難何者汴水獨流自生
民以來不以種稻秦人之歌曰涇水一石其泥數斗
且漑且糞長我禾黍何嘗言長我粳稻耶今欲陂而
清之萬頃之稻必用千頃之陂一歲一淤三歲而滿
矣　陛下遂信其說卽使相視地形萬一官吏苟且
順從真謂　陛下有意興作上糜帑廩下奪農時隄
防一開水失故道雖食議者之肉何補於民天下久
平民物滋息四方遺利蓋略盡矣今欲鑿空訪尋水
利所謂卽鹿無虞豈惟徒勞必大煩擾凡有擘畫不
問何人小則隨事酬勞大則量才錄用若官私格沮
並行黜降不以赦原若才力不辦興修便許申奏替
換賞可謂重罰可謂輕然並終不言諸色人妄有申

陳或官私誤興功役當得何罪如此則妄庸輕剽浮浪姦人自此爭言水利矣成功則有賞敗事則無誅官司雖知其疎豈可便行抑退所在追集老少相視可否吏卒所過雞犬一空若非灼然難行必須且為興役何則格沮之罪重而誤興之過輕人多愛身勢必如此且古陂廢堰多為側近冒耕歲月既深已同永業苟欲興復必盡追收人心或搖甚非善政又有好訟之黨多怨之人妄言某處可作陂渠規壞所怨田產或指人舊業以為官陂冒田之訟必倍今日臣不知 朝廷本無一事何苦而行此哉自古役人必用鄉戶猶食之必用五穀衣之必用絲麻濟川之必用舟楫行地之必用牛馬雖其間或有以他物充代然終非天下所可常行今者徒聞江浙之間數郡雇役而欲措之天下是猶見燕晉之棗栗岷蜀之蹲鴟而欲以廢五穀豈不難哉又欲官賣所在坊場以充衙前雇直雖有長役更無酬勞長役所得既微自此必漸衰散則州郡事體憔悴可知士大夫捐親戚棄墳墓以從官於四方者用力之餘亦欲取樂此人之至情也若彫弊太甚廚傳蕭然則似危邦之陋風恐非太平之盛觀 陛下誠慮及此必不肯為且今法

令莫嚴於御軍軍法莫嚴於逃竄禁軍三犯廂軍五犯大率處死然逃軍常半天下不知雇人爲役與廂軍何異若有逃者何以罪之其勢必輕於逃軍則其逃必甚於今日爲其官長亦不難乎近者雖使鄉戶頗得雇人然至於所雇逃亡鄉戶猶任其責今遂欲於兩稅之外別立一科謂之庸錢以備官雇則雇人之責官所自任矣自唐楊炎廢租庸調以爲兩稅取大曆十四年應下賦斂之數以定兩稅之額則是租調與庸兩稅既兼之矣如雇柰何復欲取庸聖人之立法必慮後世豈可於兩稅之外生出科名萬一後世不幸有多欲之君輔之以聚斂之臣庸錢不除差役仍舊使天下怨毒推所從來則必有任其咎者矣又欲使坊郭等第之民與鄉戶均役品官形勢之家與齊民並事其說曰周禮田不耕者出屋粟宅不毛者有里布而漢世宰相之子不免戍邊此其所以藉口也古者官養民今者民養官給之以田而不耕勸之以農而不力於是有里布屋粟夫家之征而民無所爲生去爲商賈事勢當耳何名役之且一歲之戍不過三日三日之雇其直三百今世三大戶之役自公卿以降毋得免者其費豈特三百而已大抵事若

可行不必皆有故事若民所不悅俗所不安縱有經
典明文無補於怨若行此二者必怨無疑女戶單丁
蓋天民之窮者也古之王者首務恤此而今 陛下
首欲役之此等苟非戶將絕而未亡則是家有丁而
尚幼若假之數歲則必成丁而就役老死而沒官富
有四海忍不加恤孟子曰始作俑者其無後乎春秋
書作兵甲用田賦皆重其始爲民患也青苗放錢自
昔有禁而 陛下始立成法每歲常行雖云不許抑
配而數世之後暴君汙吏 陛下能保之歟異日天
下恨之國史記之曰青苗錢自 陛下始豈不惜哉
東南買絹本用見錢陝西糧草不許折兌 朝廷旣
有著令職司又每舉行然而買絹未嘗不折鹽糧草
未嘗不折鈔乃知青苗不許抑配之說亦是空文只
如治平之初揀刺義勇當時詔言慰諭明言永不戍
邊著在簡書有如盟約于今幾日議論已搖或以代
還東軍或欲抵換弓手約束難恃豈不明哉縱使此
令決行果不抑配計其間願請之戶必皆孤貧不濟
之人家若自有贏餘何至與言交易此等鞭撻已急
則繼之逃亡逃亡之餘則均之鄰保勢必有至理有
固然且夫常平之爲法也可謂至矣所守者約而所

及者廣借使萬家之邑已有千斛而穀貴之際千斛在市物價自平一市之價既平一方之民自足無專㪷乞匄之弊無里正催驅之勞今若變爲青苗家貸一斛則千户之外孰救其飢且常平官錢常患其少若盡數收糴則無借貸若留充借貸則所糴幾何乃知常平青苗其勢不能兩立壞彼成此所喪愈多虧官害民雖悔何逮臣竊計　陛下欲考其實必然問人人知　陛下方欲力行必謂此法有利無害以臣愚見恐未可憑何以明之臣在陝西見刺義勇提舉諸縣臣常親行愁怨之民哭聲振野當時奉使還者皆言民盡樂爲希合取容自古如此不然則山東之盜二世何緣不覺南詔之敗明皇何緣不知今雖未至於此亦望　陛下審聽而已昔漢武之世財力匱竭用賈人桑羊之說買賤賣貴謂之均輸于時商賈不行盜賊滋熾幾至於亂孝昭既立學者爭排其說霍光順民所欲從而予之天下歸心遂以無事不意今者此論復興立法之初其說尚淺徒言徙貴就賤用近易遠然而廣置官屬多出緡錢豪商大賈皆宜而不敢動以爲雖不明言販賣然既已許之變易變易既行而不與商賈爭利未之聞也夫商賈之事曲

折難行其買也先期而與錢其賣也後期而取直多方相濟委曲相通倍稱之息由此而得今官買是物必先設官置吏簿書廩祿爲費已厚非良不售非賄不行是以官買之價比民必貴及其賣也弊復如前商賈之利何緣而得 朝廷不知慮此乃捐五百萬緡以予之此錢一出恐不可復縱使其間薄有所獲而征商之額所損必多今有人爲其主牧牛羊不告其主而以一牛易五羊一牛之失則隱而不言五羊之獲則指爲勞績 陛下以爲壞常平而言青苗之功虧商稅而取均輸之利何以異此 陛下天機洞照聖略如神此事至明豈有不曉必謂已行之事不欲中變恐天下以爲執德不一用人不終是以遲留歲月庶幾萬一臣竊以爲過矣古之英主無出漢高酈生謀撓楚權欲復六國高祖曰善趣刻印及聞留侯之言吐哺而罵曰趣銷印稱善未幾繼之以罵刻印銷印有同兒嬉何嘗累高祖之知人適足明聖人之無我 陛下以爲可而行之知其不可而罷之至聖至明無以加此議者必謂民可與樂成難於慮始故 陛下堅執不顧期於必行此乃戰國貪功之人行險僥倖之說 陛下若信而用之則是徇高論而

逆至情持空名而邀實禍未及樂成而怨已起矣臣之所願結人心者此之謂也士之進言者爲不少矣亦嘗有以國家之所以存亡曆數之所以長短告陛下者乎國家之所以存亡者在道德之淺深不在乎強與弱曆數之所以長短者在風俗之厚薄不在乎富與貧道德誠深風俗誠厚雖貧且弱不害於存而長道德誠淺風俗誠薄雖強且富不救於短而亡人主知此則知所輕重矣是以古之賢君不以弱而亡道德不以貧而傷風俗而智者觀人之國亦以此而察之齊至強也周公知其後有篡弒之臣衞至弱也季子知其後亡吳破楚入郢而陳大夫逢滑知楚之必復晉武既平吳何曾知其將亂隋文既平陳房喬知其不久元帝斬郅支朝呼韓功多於武宣矣偷安而王氏之釁生宣宗收燕趙復河湟力強於憲武矣消兵而龐勛之亂起故臣願 陛下務崇道德而厚風俗不願 陛下急於有功而貪富強使 陛下富如隋強如秦西取靈武北取燕薊謂之有功可也而國之長短則不在此夫國之長短如人之壽夭人之壽夭在元氣國之長短在風俗世有尫羸而壽考亦有盛壯而暴亡若元氣猶存則尫羸而無害及其

已耗則盛壯而愈危是以善養生者慎起居節飲食
道引關節吐故納新不得已而用藥則擇其品之上
性之良可以久服而無害則五臟和平而壽命長不
善養生者薄節慎之功遲吐納之効厭上藥而用下
品伐真氣而助強陽根本以空僵仆無日天下之勢
與此無殊故臣願　陛下愛惜風俗如護元氣古之
聖人非不知深刻之法可以齊衆勇悍之夫可以集
事忠厚近於迂闊老成初若遲鈍然終不肯以彼易
此者知其所得小而所喪大也曹參賢相也曰慎無
擾獄市黃霸循吏也曰治道去泰甚或譏謝安以清
談廢事安笑曰秦用法吏二世而亡劉晏爲度支專
用果銳少年務在急速集事好利之黨相師成風德
宗初卽位擢崔祐甫爲相以道德寬大推廣上意故
建中之政其聲蕩然天下想望庶幾正觀及盧杞爲
相諷上以刑名整齊天下馴致澆薄以及播遷我仁
祖之馭天下也持法至寬用人有敘專務掩覆過失
未嘗輕改舊章然考其成功則曰未至以言乎用兵
則十出而九敗以言乎府庫則僅足而無餘徒以德
澤在人風俗知義是以升遐之日天下如喪考妣社
稷長遠終必賴之則仁祖可謂知本矣今議者不察

徒見其末年吏多因循事不振舉乃欲矯之以苛察齊之以智能招來新進勇銳之人以圖一切速成之效未享其利澆風已成且天時不齊人誰無過國君含垢至察無徒若 陛下多方包容則人材取次可用必欲廣置耳目務求瑕疵則人不自安各圖苟免恐非朝廷之福亦豈 陛下所願哉漢文欲拜虎圈嗇夫釋之以爲利口傷俗今若以口舌捷給而取士以應對遲鈍而退人以虚誕無實爲能文以矯激不任爲有德則先王之澤遂將散微自古用人必須歷試諸難有卓異之器必有已試之功一則使其更變而知難事不輕作一則待其功高望重人自無辭昔先主以黄忠爲後將軍而諸葛亮憂其不可以爲忠之名望素非關張之倫若班爵遽同則必不悦其後關羽果以爲言以黄忠豪勇之資以先主君臣之契尚須慮此況其他乎世嘗謂漢文不用賈生以爲深恨臣嘗推究其旨竊謂不然賈生固天下之奇才所言亦一時之良策然請爲屬國欲以係單于則是處士之大言少年之銳氣昔高祖以三十萬衆困於平城當時將相羣臣豈無賈生之比三表五餌人知其疎而欲以困中行説尤不可信矣兵凶器也而易言

之正如趙括之輕秦李信之易楚若文帝亟用其說則天下殆將不安使賈生常歷艱難亦必自悔其說用之晚歲其術必精不幸喪亡非意所及不然文帝豈棄材之主絳灌豈蔽賢之士至於晁錯尤號刻薄文帝之世止於太子家令而景帝既立以爲御史大夫申屠賢相發憤而死紛更政令天下騷然及至七國發難而錯之術亦窮矣文景優劣於斯可見大抵名器爵祿人所奔趨必使積勞而後遷以明持久而難得則人各安其分不敢躁求今若多開驟進之門使有意外之得公卿侍從跬步可圖其得者既不肯以僥倖爲名則其不得者必皆以沉淪爲歎使天下常調舉生妄心恥不若人何所不至欲望風俗之厚豈可得哉選人之改京官常須十年以上薦更險阻計析豪釐其間一事齟牙常至終身淪棄今乃以一人之薦舉而與之猶恐未稱章服隨至使積勞久次而得者何以厭服哉夫常調之人非守則令員多闕少久已患之不可復開多門以待巧者若巧者侵奪已甚則拙者迫隘無聊利害相形不得不察故近歲樸拙之人愈少巧進之士益多惟　陛下重之惜之哀之救之如近日三司獻言使天下郡選一人催驅

三司文字許之先次指射以酬其勞則數年之後審官吏部又有三百餘人得先占闕常調待次不其愈難此外勾當發運均輸按行農田水利已振監司之體各懷進用之心轉對者望以稱旨而驟遷奏課者求爲優等而速化相勝以力相高以言而名實亂矣惟　陛下以簡易爲法以清淨爲心使姦無所緣而民德歸厚臣之所願厚風俗者此之謂也古者建國使內外相制輕重相權如周如唐則外重而內輕如秦如魏則外輕而內重內重之末必有姦臣指鹿之患外重之弊必有大國問鼎之憂聖人方盛而慮衰常先立法以救弊我國家租賦籍於計省重兵聚於京師以古揆今則似內重恭惟　祖宗所以深計而預慮固非小臣所能臆度而周知然觀其委任臺諫之一端則是聖人過防之至計歷觀秦漢以及五代諫爭而死蓋數百人而自建隆以來未嘗罪一言者縱有薄責旋即超升許以風聞而無官長風采所繫不問尊卑言及乘輿則天子改容事關廊廟則宰相待罪故　仁宗之世議者譏宰相但奉行臺諫風旨而已聖人深意流俗豈知臺諫固未必皆賢所言亦未必皆是然須養其銳氣而借之重權者豈徒然哉

將以折姦臣之萌而救內重之弊也夫姦臣之始以
臺諫折之而有餘及其既成以干戈取之而不足今
法令嚴密　朝廷清明所謂姦臣萬無此理然而養
猫以去鼠不可以無鼠而養不捕之猫畜狗以防姦
不可以無姦而畜不吠之狗　陛下得不上念　祖
宗設此官之意下爲子孫立萬一之防　朝廷紀綱
孰大於此臣自幼小所記及聞長老之談皆謂臺諫
所言常隨天下公議公議所與臺諫亦與之公議所
擊臺諫亦擊之及至英廟之初始建稱親之議本非
人主大過亦無禮典明文徒以衆心未安公議不允
當時臺諫以死爭之今者物論沸騰怨讟交至公議
所在亦可知矣而相顧不發中外失望夫彈劾積威
之後雖庸人亦可奮揚風采消委之餘雖豪傑有所
不能振起臣恐自茲以往習慣成風盡爲執政私人
以致人主孤立紀綱一廢何事不生孔子曰鄙夫可
與事君也歟其未得之也患不得之既得之患失之
苟患失之無所不至矣臣始讀此書疑其太過以爲
鄙夫之患失不過備位而苟容及觀李斯憂蒙恬之
奪其權則立二世以亡秦盧杞憂懷光之數其惡則
誤德宗以再亂其心本生於患失而其禍乃至於喪

邦孔子之言良不爲過是以知爲國者平居必有士軀犯顏之士則臨難庶幾有徇義守死之臣若平居尚不能一言則臨難何以責其死節人臣苟皆如此天下亦曰殆哉君子和而不同小人同而不和和如和羹同如濟水孫寶有言周公大聖召公大賢猶不相悅著於經典晉之王導可謂元臣每與客言舉坐稱善而王述不悅以爲人非堯舜安得每事盡善導亦斂衽謝之若使言無不同意無不合更唱迭和何者非賢萬一有小人居其間則人主何緣得知覺臣之所願存紀綱者此之謂也臣非敢歷詆新政苟爲異論如近日裁減皇族恩例刊定任子條式修完器械閱習鼓旗皆 陛下神算之至明乾剛之必斷物議既允臣敢有詞至於所獻之三言則非臣之私見中外所病其誰不知昔禹戒舜曰無若丹朱傲惟慢遊是好舜豈有是哉周公戒成王曰毋若商王受之迷亂酗於酒德成王豈有是哉周昌以漢高爲桀紂劉毅以晉武爲桓靈當時人君曾莫之罪書之史冊以爲美談使臣所獻三言皆 朝廷未嘗有此則天下之幸臣與有焉若有萬一似之則 陛下安可不察然而臣之爲計可謂愚矣以螻蟻之命試雷霆之

威積其狂愚豈可數赦大則身首異處破壞家門小則削籍投荒流離道路雖然　陛下必不爲此何哉臣天賦至愚篤於自信向者與議學校貢舉首違大臣本意已期竄逐敢意自全而　陛下獨然其言曲賜召對從容久之至謂臣曰方今政令得失安在雖朕過失指陳可也臣卽對曰　陛下生知之性天縱文武不患不明不患不勤不患不斷但患求治太速進人太銳聽言太廣又俾具述所以然之狀　陛下頷之曰卿所獻三言朕當熟思之臣之狂愚非獨今日　陛下容之久矣豈其容之於始而不赦之於終恃此而言所以不懼臣之所懼者譏刺既衆怨仇實多必將詆臣以深文中臣以危法使　陛下雖欲赦臣而不得豈不殆哉死亡不辭但恐天下以臣爲戒無復言者是以思之經月夜以繼書表成復毀至於再三感　陛下聽其一言懷不能已卒進其說惟
陛下憐其愚忠而卒赦之不勝俯伏待罪憂恐之至

再上皇帝書

熙寧四年三月　日殿中丞直史館判官告院權開封府推官臣蘇軾謹昧萬死再拜上書　皇帝陛下
臣聞之益戒于禹曰任賢勿貳去邪勿疑仲虺言湯

之德曰用人惟己改過不吝秦穆喪師于崤悔痛自誓孔子錄之自古聰明豪傑之主如漢高帝唐太宗皆以受諫如流改過不憚號爲秦漢以來百王之冠也孔子曰君子之過如日月食焉過也人皆見之更也人皆仰之聖賢舉動明白正直不當如是邪所用之人有邪有正所作之事有是有非是非邪正兩言而足正則用之邪則去之是則行之非則破之此理甚明猶飢之必食渴之必飲豈有別生義理曲加粉飾而能欺天下哉書曰與治同道罔不興與亂同事罔不亡 陛下自去歲以來所行新政皆不與治同道立條例司遣青苗使斂助役錢行均輸法四海騷動行路怨咨自宰相以下皆知其非而不敢爭臣愚惷不識忌諱洒者上疏論之詳矣而學術淺陋不足以感動 聖明近者故相舊臣藩鎮侍從雜然爭言不便以至臺諫二三人本其所與締交唱和表裏之人也然猶不免一言其非者豈非物議沸騰事勢迫切而不可止歟自非見利忘義居之不疑者孰肯終始膠固不自湔洗如吳師孟乞免提舉胡宗愈不願檢詳如逃垢穢惟恐不脫之人情畏惡一至於此近者中外讙言 陛下已有悔悟意道路相慶如蒙大

賚實望　陛下於旬日之間渙發德音洗蕩乖僻追
還使者而罷條例司今者側聽所爲蓋不過使監司
體量抑配而已比之未悟所較幾何此孟子所謂知
兄臂之不可紾而姑勸以徐知鄰雞之不可攘而月
取其一帝王改過豈如是哉臣又聞　陛下以爲此
法且可試之三路臣以爲此法譬之醫者之用毒藥
以人之死生試其未効之方三路之民豈非　陛下
赤子而可試以毒乎今日之政小用則小敗大用則
大敗若力行而不已則亂亡隨之臣非敢過爲危論
以聳動　陛下也自古存亡之所寄者四人而已一
曰民二曰軍三曰吏四曰士此四人者一失其心足
以生變今　陛下一舉而兼犯之青苗助役之法成
則農不安均輸之令出則商賈不行而民始憂矣併
省諸軍迫逐老病至使戍兵之妻與士卒雜處其間
貶殺軍分有同降配遷徙淮甸僅若流放年近五十
人人懷憂而軍始怨矣內則不敢取謀於元臣侍從
而專用新進小生外則不責成於守令監司而專用
青苗使者多置閑局以擯老成而吏始解體矣　陛
下臨軒選士天下謂之龍飛牓而進士一人首削舊
恩示不復用所削者一人而已然士莫不悵恨者以

陛下有厭薄其徒之意也今用事者又欲漸消進士純取明經雖未有成法而小人招權自以爲功更相扇搖以謂必行而士始失望矣今進士半天下自二十以上便不能誦記注義爲明經之學若法令一行則士各懷廢棄之憂而人材短長終不在此昔秦禁挾書而諸生皆抱其業以歸勝廣相與出力而士秦者豈有它哉亦以失業而士所歸也故臣願 陛下勿復言此民憂而軍怨吏解體而士失望禍亂之原有大於此者乎今未見也一旦有急則致命之士必寡矣方是之時不知希合苟容之徒能爲 陛下收板蕩止土崩乎去歲諸軍之始併也左右之人皆以士心樂併告 陛下近者放停軍人李興告虎翼吏率錢行賂以求不併則士卒不樂可知矣夫諂諛之人苟務合意不憚欺罔者類皆如此故凡言百姓樂請青苗錢樂出助役錢者皆不可信 陛下以爲青苗抑配果可禁乎不惟不可禁迺不當禁也何以言之若此錢放而不收則州縣官吏不免責罰若此錢果不抑配則願請之戶後必難收索前有抑配之禁後有失陷之罰爲 陛下官吏不亦難乎故臣以爲既行青苗使則不當禁抑配其勢然也人皆謂

陛下聖明神武必能徙義修慝以致太平而近日之事乃有文過遂非之風此臣所以憤懣太息而不能已也昔賈充用事天下憂恐而庾純任愷戮力排之及充出鎮秦涼忠臣義士莫不相慶屈指數日以望維新之化而馮紞之徒更相告語曰賈公遠放吾等失勢矣於是相與獻謀而充復留則晉氏之亂成於此矣自古惟小人爲難去何則去一人而其黨破壞是以爲之計謀遊說者衆也今天下賢者亦將以此觀

陛下爲進退之決或再失望則知幾之士相率而逝矣豈皆如臣等輩偷安懷祿而不忍去哉猖狂不遜忤

陛下多矣不敢復望寬恩俯伏引領以待誅殛臣軾誠惶誠恐頓首頓首謹言

東坡奏議卷第一

東坡奏議卷第二

論河北京東盜賊狀

熙寧七年十一月　日太常博士直史館權知密州軍州事蘇軾狀奏臣伏見河北京東比年以來蝗旱相仍盜賊漸熾今又不雨自秋至冬方數千里麥不入土竊料明年春夏之際寇攘爲患甚於今日是以輒陳狂瞽庶補萬一謹按山東自上世以來爲腹心根本之地其與中原離合常係社稷安危昔秦幷天下首收三晉則其餘强敵相繼滅亡漢高祖殺陳餘走田橫則項氏不支光武亦自漁陽上谷發突騎席卷以幷天下魏武帝破殺袁氏父子收冀州然後四方莫敢敵宋武帝以英雄絕人之資用武歷年而不能幷中原者以不得河北也隋文帝以庸夫穿窬之智竊位數年而一海內者以得河北也故杜牧之論

以爲山東之地王者得之以爲王霸者得之以爲霸
猾賊得之以爲亂天下自唐天寶以後姦臣譖峙於
山東更十一世竭天下之力終不能取以至於亡近
世賀德倫挈魏博降後唐而梁亡周高祖自鄴都入
京師而漢亡由此觀之天下存亡之權在河北無疑
也　陛下即位以來北方之民流移相屬天災譴告
亦甚於四方五六年間未有以塞大異者至於京東
雖號無事亦當常使其民安逸富强緩急足以灌輸
河北缾竭則罍恥脣亡則齒寒而近年以來公私匱
乏民不堪命今流離饑饉議者不過欲散賣常平之
粟勸誘蓄積之家盜賊縱横議者不過欲增開告賞
之門申嚴緝捕之法皆未見其益也常平之粟累經
振發所存無幾矣而飢寒之民所在皆是人得升合
官費丘山蓄積之家例皆困乏貧者未蒙其利富者
先被其災昔季康子患盜問於孔子孔子對曰苟子之不
欲雖賞之不竊乃知上不盡利則民有以爲生苟有
以爲生亦何苦而爲盜其間凶殘之黨樂禍不悛則
須敕法以峻刑誅一以警百今中民以下舉皆闕食
冒法而爲盜則死畏法而不盜則飢飢寒之與棄市
均是死亡而賒死之與忍飢禍有遲速相率爲盜正

理之常雖日殺百人勢必不止苟非　陛下至明至
聖至仁至慈較得喪之孰多權禍福之孰重特於財
利少有所捐衣食之門一開骨髓之恩皆徧然後信
賞必罰以威克恩不以僥倖廢刑不以災傷撓法如
此而人心不革盜賊不衰者未之有也謹條其事畫
一如左
一臣所領密州自今歲秋旱種麥不得直至十月
十三日方得數寸雨雪而地冷難種雖種不生
比常年十分中只種得二三竊聞河北京東例
皆如此尋常檢放災傷依法須是檢行根苗以
定所放分數今來二麥元不曾種卽根苗可檢
官吏守法無緣直放若夏稅一例不放則人戶
必至逃移尋常逃移猶有逐熟去處今數千里
無麥去將安往但恐良民舉爲盜矣且天上無
雨地下無麥有眼者共見有耳者共聞決非欺
罔　朝廷豈可坐觀不放欲乞河北京東逐路
選差臣僚一員體量放稅更不檢視若未欲如
此施行卽乞將夏稅斛𣁽取今日以前五年酌
中一年實直令三等已上人戶取便納見錢或
正色其四等以下且行倚閣緣今來麥田空閑

若春雨調勻却可以廣種秋稼候至秋熟並將秋色折納夏稅若是已種苗麥委有災傷仍與依條檢放其闕麥去處官吏諸軍請受且支白米或支見錢所貴小民不致大段失所

一河北京東自來官不榷鹽小民仰以為生近日臣僚上章輒欲禁榷賴　朝廷體察不行其言兩路吏民無不相慶然臣勘會近年鹽稅日增元本兩路祖額三十三萬二千餘貫至熙寧六年增至四十九萬九千餘貫七年亦至四十三萬五千餘貫顯見刑法日峻告捕日繁是致小民愈難興販　朝廷本為此兩路根本之地而煮海之利天以養活小民是以不忍盡取其利濟惠鰥寡陰銷盜賊舊時孤貧無業惟務販鹽所以五六年前盜賊稀少是時告捕之賞未嘗破省錢惟是犯人催納役人量出今鹽課浩大告訐如麻貧民販鹽不過一兩貫錢本偷稅則賞重納稅則利輕欲為農夫又值凶歲若不為盜惟有忍飢所以五六年來課利日增盜賊日衆臣勘會密州鹽稅去年一年比祖額增二萬貫却支捉賊賞錢一萬一千餘貫其餘未獲賊

人尚多以此較之利害得失斷可見矣欲乞特
敕兩路應販鹽小客截自三百斤以下並與權
免收稅仍官給印本空頭關子與籠戶及長引
大客令上曆破使逐旋書填月日姓名斤兩與
小客限十日更不行用如敢借名爲人影帶分
減鹽貨許諸人陳告重立賞罰候將來秋熟日
仍舊并元降勑牓明言出自　聖意令所在雕
印散牓鄉村人非木石寧不感動一飲一食皆
誦　聖恩以至舊來貧賤之民近日飢寒之黨
不待驅率一歸於鹽奔走爭先何暇爲盜人情
不遠必不肯捨安穩衣食之門而趨冒法危亡
之地也議者必謂今用度不足若行此法則鹽
稅大虧必致闕事臣以爲不然凡小客本少力
微不過行得三兩程若三兩程外須藉大商興
販決非三百斤以下小客所能行運無緣大段
走失且平時大商所苦以鹽遲而無人買小民
之病以僻遠而難得鹽今小商不出稅錢則所
在爭來分買大商既不積滯則輪流販賣收稅
必多而鄉村僻遠無不食鹽所賣亦廣損益相
補必無大虧之理縱使虧失不過却只得祖額

元錢當時官司有何闕用苟　朝廷捐十萬貫
錢買此兩路之人不爲盜賊所獲多矣今使
朝廷爲此兩路飢饉特出一二十萬貫見錢散
與人戶人得一貫只及二十萬人而一貫見錢
亦未能濟其性命若特放三百斤以下鹽稅半
年則兩路之民人人受賜貧民有衣食之路富
民無盜賊之憂其利豈可勝言哉若使小民無
以爲生舉爲盜賊則　朝廷之憂恐非十萬貫
錢所能了辦又況所支捉賊賞錢未必少於所
失鹽課臣所謂較得喪之孰多權禍福之孰重
者爲此也
一勘會諸處盜賊太半是按問減等災傷免死之
人走還舊處挾恨報讎爲害最甚盜賊自知不
死既輕犯法而人戶亦憂其復來不敢告捕是
致盜賊公行切詳按問自言皆是詞窮理屈勢
必不免本無改過自新之意有何可改獨使從
輕同黨之中獨不免死其災傷勑雖不下與行
不同而盜賊小民無不知者但不傷變主免死
無疑且不傷變主情理未必輕於偶傷變主之
人或多聚徒衆或廣置兵仗或標異服飾或質

劫變主或驅虜平人或賂遺貧民令作耳目或書寫道店恐動官私如此之類雖偶不傷人情理至重非止闕食之人苟營餱糧而已欲乞令後盜賊贓證未明但已經考掠方始承認者並不爲按問減等其災傷地方委自長吏相度情理輕重內情理重者依法施行所貴凶民稍有畏忌而良民敢於捕告臣所謂衣食之門一開骨髓之恩皆偏然後信賞必罰以威克恩不以僥倖廢刑不以災傷撓法者爲此也

右謹具如前自古立法制刑皆以盜賊爲急盜竊不已必爲强劫强劫不已必至戰攻或爲豪傑之資而致勝廣之漸而況京東之貧富係河北之休戚河北之治亂係天下之安危識者共知非臣私說願 陛下深察此事至重所捐小利至輕斷自 聖心決行此策臣聞天聖中蔡齊知密州是時東方饑饉齊乞放行鹽禁 先帝從之一方之人不覺飢旱臣愚且賤雖不敢望於蔡齊而 陛下聖明度越堯禹豈不能行此小事有愧 先朝所以越職獻言不敢自外伏望 聖慈察其區區之意赦其狂僭之誅臣無任悚懷待罪之至謹錄奏 聞伏候 勑旨

上皇帝書

元豐元年十月　日尚書祠部員外郎直史館權知徐州軍州事臣蘇軾謹昧萬死再拜上書　皇帝陛下臣以庸材備員冊府出守兩郡皆東方要地私竊以爲守法令治文書赴期會不足以報塞萬一輒伏思念東方之要務　陛下之所宜知者得其一二草具以聞而　陛下擇焉臣前任密州建言自古河北與中原離合常係社稷存亡而京東之地所以灌輸河北缾竭則罍恥脣亡則齒寒而其民喜爲盜賊爲患最甚因爲　陛下畫所以待盜賊之策及移守徐州覽觀山川之形勢察其風俗之所上而考之於載籍然後又知徐州爲南北之襟要而京東諸郡安危所寄也昔項羽入關既燒咸陽而東歸則都彭城夫以羽之雄略捨咸陽而取彭城則彭城之險固形便足以得志於諸侯者可知矣臣觀其地三面被山獨其西平川數百里西走梁宋使楚人開關而延敵材官騶發突騎雲縱真若屋上建瓴水也地宜宿麥一熟而飽數歲其城三面阻水樓堞之下以汴泗爲池獨其南可通車馬而戲馬臺在焉其高十仞廣袤百步若用武之世屯千人其上聚櫑木砲石凡戰守之

具以與城相表裏而積三年糧於城中雖用十萬人不易取也其民皆長大膽力絕人喜爲剽掠小不適意則有飛揚跋扈之心非止爲盜而已漢高祖沛人也項羽宿遷人也劉裕彭城人也朱全忠碭山人也皆在今徐州數百里間耳其人以此自負凶桀之氣積以成俗魏太武以三十萬人攻彭城不能下而王智興以卒伍庸材恣睢於徐 朝廷亦不能討豈非以其地形便利人卒勇悍故耶州之東北七十餘里卽利國監自古爲鐵官商賈所聚其民富樂凡三十六冶冶戸皆大家藏鏹巨萬常爲盜賊所窺而兵衞寡弱有同兒戲臣中夜以思卽爲寒心使劇賊致死者十餘人白晝入市則守者皆棄而走耳地旣產精鐵而民皆善鍛散冶戸之財以嘯召無賴則烏合之衆數千人之仗可以一夕具也順流南下辰發巳至而徐有不守之憂矣不幸而賊有過人之才如呂布劉備之徒得徐而逞其志則京東之安危未可知也近者河北轉運司奏乞禁止利國監鐵不許入河北朝廷從之昔楚人亡弓不能忘楚孔子猶小之況天下一家東北二冶皆爲國興利而奪彼與此不已隘乎自鐵不北行冶戸皆有失業之憂詣臣而訴者數

矣臣欲因此以征冶戶爲利國監之捍屏今三十六冶冶各百餘人採鑛伐炭多飢寒亡命強力鷙忍之民也臣欲使冶戶每冶各擇有材力而忠謹者保任十人籍其名於官授以郤刃刀槊教之擊刺每月兩衙集於知監之庭而閱試之藏其刃於官以待大盜不得役使犯者以違制論冶戶爲盜所擬久矣民皆知之使冶出十人以自衞民所樂也而官又爲除近日之禁使鐵得北行則冶戶皆悅而聽命姦猾破膽而不敢謀矣徐城雖嶮固而樓櫓敝惡又城大而兵少緩急不可守今戰兵千人耳臣欲乞移南京新招騎射兩指揮於徐此故徐人也嘗屯於徐營壘材石旣具矣而還於南京異時轉運使分東西路畏餽餉之勞而移之西耳今兩路爲一其去來無所損益而足以爲徐之重城下數里頗產精石無窮而奉化廂軍見闕數百人臣願募石工以足之聽不差出使此數百人者常採石以甃城數年之後舉爲金湯之固要使利國監不可窺則徐無事徐無事則京東無虞矣沂州山谷重阻爲逋逃淵藪盜賊每入徐州界中

陛下若採臣言不以臣爲不肖願復三年守徐且得兼領沂州兵甲巡檢公事必有以自效京東惡盜

多出逃軍逃軍爲盜民則望風畏之何也技精而法重也技精則難敵法重則致死其勢然也自　陛下置將官修軍政士皆精銳而不免於逃者臣嘗考其所由蓋自近歲以來部送罪人配軍者皆不使役人而使禁軍軍士當部送者受牒即行往返常不下十日道路之費非取息錢不能辦百姓畏法不敢貸貸亦不可復得惟所部將校乃敢出息錢與之歸而刻其糧賜以上下相持軍政不脩博奕飲酒無所不至窮苦無聊則逃去爲盜臣自至徐即取不係省錢百餘千別儲之當部送者量遠近裁取以三月刻納不取其息將吏有敢貸息錢者痛以法治之然後嚴軍政禁酒博比期年士皆飽煖練熟技藝等第爲諸郡之冠　陛下遣勑使按閱所具見也臣願下其法諸郡推此行之則軍政脩而逃者衰亦去盜之一端也

臣聞之漢相王嘉曰孝文帝時二千石長吏安官樂職上下相望莫有苟且之意其後稍稍變易公卿以下轉相促急司隸部刺史發揚陰私吏或居官數月而退二千石益輕賤吏民慢易之知其易危小失意則有離叛之心前山陽亡徒蘇令從橫吏士臨難莫肯伏節死義者以守相威權素奪故也國家有急取

辦於二千石尊重難危乃能使下以王嘉之言而考
之於今郡守之威權可謂素奪矣上有監司伺其過
失下有吏民持其長短未及按問而差替之命已下
矣欲督捕盜賊法外求一錢以使人且不可得盜賊
凶人情重而法輕者守臣輒配流之則使所在法司
覆按其狀劾以失入惴惴如此何以得吏士死力而
破姦人之黨乎由此觀之盜賊所以滋熾者以 陛
下守臣權太輕故也臣願 陛下稍重其權責以大
綱闊略其小過凡京東多盜之郡自青鄆以降如徐
沂齊曹之類皆慎擇守臣聽法外處置强盜頗賜緡
錢使得以布設耳目畜養爪牙然緡錢多賜則難常
少又不足於用臣以爲每郡可歲別給一二百千使
以釀酒凡使人葺捕盜賊得以酒予之敢以爲他用
者坐贓論賞格之外歲得酒數百亦足以使人矣此
又治盜之一術也然此皆其小者其大者非臣之所
當言欲默而不發則又私自念遭值 陛下英聖特
達如此若有所不盡非忠臣之義故昧死復言之昔
者以詩賦取士今 陛下以經術用人名雖不同然
皆以文詞進耳考其所得多吳楚閩蜀之人至於京
東西河北河東陝西五路蓋自古豪傑之場其人沈

鷙勇悍可任以事然欲使治聲律讀經義以與吳楚閩蜀之人爭得失於毫釐之間則彼有不仕而已故其得人常少夫惟忠孝禮義之士雖不得志不失爲君子若德不足而才有餘者困於無門則無所不至矣故臣願　陛下特爲五路之士別開仕進之門漢法郡縣秀民推擇爲吏考行察廉以次遷補或至二千石入爲公卿古者不專以文詞取人故得士爲多黃霸起於卒史薛宣奮於書佐朱邑選於嗇夫邴吉出於獄吏其餘名臣循吏由此而進者不可勝數唐自中葉以後方鎮皆選列校以掌牙兵是時四方豪傑不能以科舉自達者皆爭爲之往往積功以取旄鉞雖老姦巨盜或出其中而名卿賢將如高仙芝封常清李光弼來瑱李抱玉段秀實之流所得亦已多矣王者之用人如江河江河所趨百川赴焉蛟龍生之及其去而之他則魚鼈無所還其體而鯢鰍爲之制今世胥史牙校皆奴僕庸人者無他以　陛下不用也今欲用胥史牙校而胥史行文書治刑獄錢穀其勢不可廢鞭撻鞭撻一行則豪傑不出於其間故凡士之刑者不可用用者不可刑故臣願　陛下採唐之舊使五路監司郡守共選士人以補牙職皆取

人材心力有足過人而不能從事於科舉者祿之以
今之庸錢而課之鎮稅場務督捕盜賊之類自公罪
杖以下聽贖依將校法使長吏得薦其才者第其功
閥書其歲月使得出仕比任子而不以流外限其所
至朝廷察其尤異者擢用數人則豪傑英偉之士漸
出於此塗而姦滑之黨可得而籠取也其條目委曲
臣未敢盡言惟　陛下留神省察昔晉武平吳之後
詔天下罷軍役州郡悉去武備惟山濤論其不可帝
見之曰天下名言也而不能用及永寧之後盜賊蠭
起郡國皆以無備不能制其言乃驗今臣於無事之
時屢以盜賊爲言其私憂過計亦已甚矣　陛下縱
能容之必爲議者所笑使天下無事而臣獲笑可也
不然事至而圖之則已晚矣干犯天威罪在不赦臣
軾誠惶誠恐頓首頓首謹言

乞醫療病囚狀

元豐二年正月　日尚書祠部員外郎直史館權知
徐州軍州事蘇軾狀奏右臣聞漢宣帝地節四年詔
曰令甲死者不可生刑者不可息此先帝之所重而
吏未稱今繫者或以掠辜若飢寒瘐死獄中何用心
逆人道也朕甚痛之其令郡國歲上繫囚以掠笞若

瘐死者所坐名縣爵里丞相御史課殿最以聞此漢之盛時宣帝之善政也　朝廷重惜人命哀矜庶獄可謂至矣因以掠笞死者法甚重惟病死者無法官吏上下莫有任其責者苟以時言上檢視無他故雖累百人不坐其飲食失時藥不當病而死者何可勝數若本罪應死猶不足深哀其以輕罪繫而死者與殺之何異積其寃痛足以感傷陰陽之和是以治平四年十二月二十四日手詔曰獄者民命之所繫也比聞有司歲考天下之奏而瘐死者甚多竊懼乎獄吏與犯法者旁緣爲姦檢視或有不明使吾元元橫罹其害良可憫焉書不云乎與其殺不辜寧失不經其具爲今後諸處軍巡州司理院所禁罪人一歲內在獄病死及兩人者推司獄子並從杖六十科罪每增一名加罪一等至杖一百止如係五縣以上州每院歲死及三人開封府府司軍巡院歲死及七人卽依上項死兩人法科罪加等亦如之典獄之官推獄經兩犯卽坐本官仍從違制失入其縣獄亦依上條若三萬戶以上卽依五縣以上州軍條其有養療不依條貫者自依本法仍仰開封府及諸路提點刑獄每至歲終會聚死者之數以聞委中書門下點檢或

死者過多官吏雖已行罰當議更加黜責行之未及數年而中外臣僚爭言其不便至熙寧四年十月二日中書劄子詳定編勑所狀令衆官參詳獄囚不因病死及不給醫藥飲食以至非理慘虐或謀害致死自有逐一條貫及至捕傷格鬭實緣病死則非獄官之罪況有不幸遭遇瘴疫死者或衆而使獄官濫被黜罰未爲允當今請只行舊條外其上件獄囚病死條貫更不行用奉 聖旨依所申臣竊惟治平四年十二月二十四日手詔乃 陛下好生之德遠同漢宣方當推之無窮而郡縣俗吏不能深曉聖意因其小不通輒爲駁議有司不能修其缺通其礙乃舉而廢之豈不過甚矣哉臣愚以謂獄囚病死使獄官坐之誠爲未安何者獄囚死生非人所能必責吏以其所不能必吏且懼罪多方以求免囚中有疾則責保門留不復療治苟無親屬與雖有而在遠者其捐瘠致死者必甚在獄臣謹按周禮醫師歲終則稽其醫事以制其食十全爲上十失一次之十失二次之十失三次之十失四爲下臣愚欲乞軍巡院及天下州司理院各選差衙前一名醫人一名每縣各選差曹司一名醫人一名專掌醫療病囚不得更充他役以

一周年爲界量本州縣囚繫多少立定傭錢以免役寬剩錢或坊場錢充仍於三分中先給其一俟界滿比較除罪人拒捕及鬬致死者不計數外每十人失一以上爲上等失二爲中等失三爲下等失四以上爲下下上等全支中等支二分下等不支下下科罪自杖六十至杖一百止仍不分首從其上中等醫人界滿願再管司者聽人給曆子以書等第若醫博士助教有闕則比較累歲等第最優者補充如此則人人用心若療治其家人緣此得活者必衆且人命至重朝廷所甚惜而寬剩役錢與坊場錢所在山積其費甚微而可以全活無辜之人至不可勝數感人心合天意無善於此者矣獨有一弊若死者稍衆則所差衙前曹司醫人與獄子同情使囚詐稱疾病以張人數臣以謂此法責罰不及獄官縣令則獄官縣令無緣肯與此等同情欺罔欲乞每有病囚令獄官縣令且保明以申州委監醫官及本轄干繫官吏覺察如詐稱病獄官縣令皆科杖六十分故失爲公私罪伏望 朝廷詳酌早賜施行謹錄奏聞伏候 勅
旨

登州召還議水軍狀

元豐八年十二月　日朝奉郎前知登州軍州事蘇
軾狀奏右臣竊見登州地近北虜號爲極邊虜中山
川隱約可見便風一帆奄至城下自　國朝以來常
屯重兵教習水戰旦暮傳烽以通警急每歲四月遣
兵戍駞基島至八月方還以備不虞自景德以後屯
兵常不下四五千人除本州諸軍外更於京師南京
濟鄆袞單等州差撥兵馬屯駐至慶曆二年知州郭
志高爲諸處差來兵馬頭項不一軍政不肅擘畫奏
乞創置澄海水軍弩手兩指揮并舊有平海兩指揮
並用教習水軍以備北虜爲京東一路捍屏虜知有
備故未嘗有警議者見其久安便謂無事近歲始差
平海六十人分屯密州信陽板橋濤洛三處去年本
路安撫司人更差澄海一百人往萊州一百人往密
州屯駐檢會景德三年五月十二日聖旨指揮今後
宣命抽差本城兵士往諸處只於威邊等指揮內差
撥即不得抽差平海兵士其平海兵士雖無不許差
出指揮蓋緣元初創置本爲抵替諸州差來兵馬豈
有却許差往諸處之理顯是不合差撥不惟兵勢分
弱以啓戎心而此四指揮更番差出無處學習水戰
武藝惰廢有誤緩急伏乞　朝廷詳酌明降指揮今

後登州平海澄海四指揮兵士並不得差往別州屯駐謹錄奏 聞伏候 勑旨

乞罷登萊榷鹽狀

元豐八年十二月 日朝奉郎前知登州軍州事蘇軾狀奏右臣竊聞議者謂近歲京東榷鹽旣獲厚利而無甚害以謂可行以臣觀之蓋比之河北淮浙用鹽稀少因以爲便不知舊日京東販鹽小客無以爲生太半去爲盜賊然非臣職事所當言者故不敢以聞獨臣所領登州計入海中三百里地瘠民貧商賈不至所在鹽貨只是居民喫用今來旣榷入官官買價賤比之竈戶賣與百姓三不及一竈戶失業漸以逃亡其害一也居民咫尺大海而令頓食貴鹽深山窮谷遂至食淡其害二也商賈不來鹽積不散有入無出所在官舍皆滿至於露積若行配賣卽與福建江西之患無異若不配賣卽一二年間舉爲糞土坐弃官本官吏被責專副破家其害三也官無一毫之利而民受三害決可廢罷竊聞萊州亦是元無客旅興販事體與此同欲乞 朝廷相度不用行臣所言只乞出自 聖意先罷登萊兩州榷鹽依舊令竈戶賣與百姓官收鹽稅其餘州軍更委有司詳講利害

施行謹錄奏 聞伏候 勑旨

論給田募役狀

元豐八年十二月 日朝奉郎禮部郎中蘇軾狀奏

臣竊見先帝初行役法取寬剩錢不得過二分以備災傷而有司奉行過當通計天下乃十四五然行之幾十六七年常積而不用至三千餘萬貫石 先帝聖意固自有在而愚民無知因謂 朝廷以免役爲名實欲重斂斯言流聞不可以示天下後世臣謂此錢本出民力理當還爲民用不幸 先帝升遐聖意所欲行者民不知也徒見其積未見其散此乃今日太皇太后陛下 皇帝陛下所當追探其意還於役法中散之以塞愚民無知之詞以興長世無窮之利臣伏見熙寧中嘗行給田募役法其法亦係官田 如退攤戶絶沒納之類及用寬剩錢買民田以募役人大略如邊郡弓箭手臣知密州親行其法先募弓手民甚便之曾未半年此法復罷臣聞之道路本出 先帝聖意而左右大臣意在速成且利寬剩錢以爲它用故更相駮難遂不果行臣謂此法行之蓋有正利朝廷若依舊行免役法則每募一名省得一名雇錢因積所省益買益募要之數年雇錢無幾則役錢可

以大減若行差役法則每募一名省得一名色役色役既減農民自寬其利一也應募之民正與弓箭手無異舉家衣食出於官田平時重犯法緩急不逃亡其利二也今者穀賤傷農農民賣田常苦不售若官與買則田穀皆重農可小紓其利三也錢積於官常苦幣重若散以買田則貨幣稍均其利四也此法既行民享其利追悟 先帝所以取寬剩錢者凡以爲我用耳疑謗消釋恩德顯白其利五也獨有二弊貪吏狡胥與民爲姦以瘠薄田中官雇一浮浪人暫出應役一年半歲即棄而走此一弊也愚民寡慮見利忘患聞官中買田募役即爭以田中官以身充役業不離主既初無所失而驟得官錢必爭爲之充役之後永無休歇患及子孫此二弊也但當設法以防二弊而先帝之法決不可廢今日既欲盡罷寬剩錢將來無繼而繫官田地數目不多見在寬剩錢雖有三千萬貫石而兵興以來借支幾半臣今擘畫欲於內帑錢帛中支還兵興以來所借錢斛復完三千萬貫石上於河北河東陝西被邊三路行給田募役法使五七年間役減大半農民完富以備緩急此無窮之利也今弓箭手有甲馬者給田二頃半以軀命賞官

且猶可募則其餘色役召募不難臣謂良田二頃可
募一弓手一頃可募一散從官則三千萬貫石可以
足用謹具合行事件畫一如左

一給田募役更不出租依舊納兩税免支移折變

一今來雖有一頃二頃爲率若所在田不甚良即
臨時相度添展畝數務令召募得行但役人所
獲稍優則其法堅久不壞

一今若立法便令三路官吏推行若無賞罰則官
吏不任其責繆悠滅裂有名無實若有賞罰則
官吏有所趨避或抑勒買田或召募浮浪或多
買瘠薄或取辦一時不顧後患臣今擘畫欲選
才幹朴厚知州三人令自辟屬縣令每路一州
先次推行令一年中略成倫理一州既成倫理
一路便可推行仍委轉運提刑常切提舉若不
切推行或推行乖方　朝廷覺察重賜行遣

一應募役人大抵多是州縣百姓所買官田去州
縣大遠即久遠難募召募欲乞所買田並限去
州若干里去縣若干里

一出牓告示百姓賣田如係所限去州縣里數內
仍及所定頃畝或兩戸及三戸相近共及所定頃畝數目

亦可卽須先申官令佐親自相驗委是良田方得收買如官價低小卽聽賣與其餘人戸不得抑勒如買瘠薄田致久遠召募不行卽官吏並科違制分故失定斷仍不以去官赦降原減

一預先具給田頃畝數出牓召人投名應役第二等已上人戸許充弓手仍依舊條揀選人材第三等以上許充散從官以下色役更不用保如等第不及卽召第一等一戸或第二等兩戸委保如充役七年內逃亡卽勒元委保人承佃充役

一每買到田未得交錢先召投名人承佃充役方得支錢仍不得抑勒

一賣田入官須得交業與應募人不許本戸內人丁承佃充役

一募役人老病走死或犯徒以上罪卽須先勒本戸人丁充役如無丁方別召募

一應募人交業承佃後給假半年令葺理田業

一退攤戸絕沒納等係官田地今後不許出賣更不限去州縣里數仍以肥瘠高下品定頃畝務令召募得行

一條官田若是人戶見佃者先問見佃人如無丁可以應募或自不願充役者方得別行召募

右所陳五利二弊及合行事件一十二條伏乞　朝廷詳議施行然議者必有二說一謂召募不行二謂欲留寬剩錢斛以備它用臣請有以應之富民之家以三十二畝田中分其利役屬佃戶有同僕隸今官以兩頃一頃良田有稅無租而人不應募豈有此理又弓箭手已有成法無可疑者寬剩役錢本非經賦常入亦非國用所待而後足者今付有司逐旋支費終不能卓然立一大事建無窮之利如火鑠薪日減日亡若用買田募役譬如私家變金銀爲田產乃是長久萬全之策深願　朝廷及此錢未散立此一事數年之後錢盡而事不立深可痛惜臣聞孝子者善繼人之志善述人之事武王周公所以見稱於萬世者徒以能行文王之志也昔蘇綽爲魏立征稅之法號爲煩重已而歎曰此猶張弓也後之君子誰能解之其子威侍側聞之慨然以爲己任及威事隋文帝爲民部尚書奏減賦役如綽之言天下便之威爲人臣尚能成父之志今給田募役真　先帝本意　陛下當優爲武王周公之事而況蘇威區區人臣之孝

何足道哉臣荷　先帝之遇保全之恩又蒙　陛下
非次拔擢思慕感涕不知所報冒昧進計伏惟哀憐
裁幸謹錄奏　聞伏候　敕旨

東坡奏議卷第二

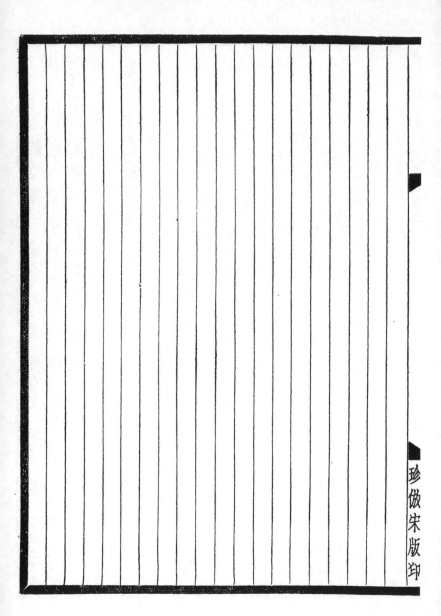

東坡奏議卷第三

薦布衣陳師道狀
乞留顧臨狀
繳詞頭奏狀六首
范子淵
元祐元年二月二十八日朝奉郎試中書舍人蘇軾狀奏今月二十八日准吏房送到詞頭一道司農少卿范子淵知兗州者右臣謹按子淵見爲殿中侍御史呂陶彈奏爲脩堤開河糜費巨萬及護堤壓埽之人溺死無數自元豐六年興役至七年功用不成其罪甚於吳居厚蹇周輔乞行廢放今來差知兗州臣欲作責詞又緣呂陶奏狀已進呈訖別無行遣其兗州又是節鎮自來係監司以上差遣卽非責降有罪去處臣欲不爲責詞又緣子淵無故罷司農少卿出領外郡似緣上件彈奏有此疑惑伏乞明降指揮合與不合作責詞謹錄奏 聞伏候 勑旨
吳荀
元祐元年三月十六日朝奉郎試中書舍人蘇軾狀奏今月十六日准吏房送到詞頭一道朝散郎吳荀可廣東運判者右臣聞孟子曰觀遠臣以其所主近日朝廷進監司全用舉主如吳荀者名迹無聞而

舉主三人乃呂惠卿楊汲黃履履之爲人朝論不以正人待之如惠卿汲窮姦積惡不待臣言而知今乃擢其所舉使臨按一道臣實未曉其說所有告詞臣未敢撰謹錄奏 聞伏候 勑旨

沈起

元祐元年三月二十二日朝奉郎試中書舍人蘇軾狀奏今月二十二日准刑房送到詞頭一道三省同奉 聖旨沈起與敘朝散郎監嶽廟者右臣伏見熙寧以來王安石用事始求邊功搆隙四夷王韶以熙河進章惇以五溪用熊本以瀘夷奮沈起劉彝聞而效之結怨交蠻兵連禍結死者數十萬人蘇緘一家坐受屠滅至今二廣創痍未復先帝始欲戮此二人以謝天下而王安石等曲加庇護得全首領已爲至幸元豐六年三月二十四日 聖旨沈起所犯深重永不敘用天下傳誦以爲至當此乃先帝不刊之語非今日以卽位之恩所得赦也沈起與彝各負天下生靈數十萬性命雖廢錮終身猶未塞責近者只因稍用劉彝起不自量輒敢披訴妄以罪釁併歸於彝攀援把持期於必得臣謂安南之役起實造端而彝繼之法有首從而彝吏幹學術猶有可取如起人材

猥下素行憸嶮慶州兵叛起守永與流言始聞被甲乘城驚動三輔幾致大變所至治狀人以爲笑知杭州日措置爲乖方致災傷之民死倍他郡與張靚等違法燕飲交歡靡所不至　朝廷用彝旣不允公議而況於起萬無可赦之理今以一朝散郎監嶽廟誠不足計較竊哀　先帝至明至當不刊之語輕就改易誠不忍下筆草詞遂使四方羣小陰相慶幸呂惠卿沈括之流亦有可起之漸爲害不細伏望　聖明深念　先帝永不敘用之詔未可改易而數十萬人性命之寃亦未可忽忘　明詔有司今後有敢爲起等輩乞敘用者坐之所有告詞臣未敢撰謹錄奏
聞伏候　勑旨

陳繹

元祐元年四月二十三日朝奉郎試中書舍人蘇軾同朝請大夫試中書舍人范百祿狀奏今月二十二日准吏房送到詞頭內知建昌軍陳繹奉　聖旨差知兗州者右臣等勘會陳繹知廣州日私自取索用市舶庫乳香斤兩至多本犯極重以元勘不盡至薄其罪外買生羊寄屠行令供肉計虧價錢三十七貫有餘州宅元供養檀木觀音一尊繹別造紗木胎者

貨易入己計虧官錢二一貫文係自盜贓一疋二丈合准例除名縱男役將下禁軍織造坐褥不令赴教縱男與道士何德順游從繹曲庇何德順弟何迪偷稅金四百兩事不斷抽罰不覺察公使庫破男弁隨行助教供給食錢以公使轂養白鷳係竊盜自首不盡贓罪杖其餘罪犯難以悉陳奉勑陳繹落職降官知建昌軍其詞略曰赦罪至於除名論贓至於自盜臣等謹按繹資性傾險士行鄙惡當時所犯自合除名建昌之命已犯公議豈宜收錄復與大邦非惟必致人言亦恐姦邪復用其漸可畏所有告命不敢依例撰詞謹錄奏 聞伏候 勑旨

貼黃再詳陳繹元犯若依法斷自盜除名雖後來累該霈恩登極大赦其敘法止於散官卽與其他贓犯不同既以貸其除名今復與之大郡將使貪墨無恥復蠹兗民非 朝廷爲民設官愼選守長之意

張誠一

元祐元年五月十八日朝奉郎試中書舍人蘇軾同范百祿狀奏今月十八日准本省刑房送到詞頭一道奉 聖旨張誠一邪險害政有虧孝行追觀察使

遙郡防禦團練使刺史依舊客省使提舉江州太平
觀發赴本任者右臣等看詳張誠一無故多年不葬
親母既非身在遠官又非事力不及冒寵忘親清議
所弃猶獲提舉宮觀已駭物聽況諫官本言誠一開
父棺槨掠取財物使誠有之雖肆諸市朝猶不爲過
使誠無之亦當爲誠一辨明緣事係惡逆不道非同
尋常罪犯可以不盡根究今既體量未見歸着即合
置司推鞫盡理施行所有告命臣等未敢撰詞謹錄
奏 聞伏候 勅旨
貼黃據京西提刑司體量文字稱誠一取父排
方犀腰帶緣葬埋歲久須令工匠重行裝釘是
時誠一任密院副都承旨當直人從皆可考驗
及慮棺柩內更有賊人盜不盡物爲誠一等私
竊收藏其族人當有知者臣等欲乞詳酌依上
件事理根究施行

李定

元祐元年五月十八日朝奉郎試中書舍人蘇軾同
范百祿狀奏今月十八日准本省刑房送到詞頭一
道奉 聖旨李定備位侍從終不言母爲誰氏强顏
匿志冒榮自欺落龍圖閣直學士守本官分司南京

許於揚州居住者右臣等看詳李定所犯若初無人
言卽止是身負大惡今旣言者如此　朝廷勘會得
實而使無母不孝之人猶得以通議大夫分司南京
卽是　朝廷亦許如此等類得據高位傷敗風教爲
害不淺兼勘會定乞侍養時父年八十九歲於禮自
不當從定若不乞必致人言獲罪不輕豈可便將侍
養折當心喪考之禮法須合勒令追服所有告命臣
等未敢撰詞謹錄奏　聞伏候　勅旨

貼黃准律諸父母喪匿不舉哀者流二千里今
定所犯非獨匿而不舉又因人言遂不認其所
生若舉輕明重卽定所坐難議於流二千里已
下定斷

乞罷詳定役法劄子

元祐元年五月二十五日朝奉郎試中書舍人蘇軾
劄子奏臣近奏爲論招差衙前利害所見偏執乞罷
詳定役法尋奉　聖旨依所乞今來給事中胡宗愈
却封還上件　聖旨切緣　聖旨本緣臣自知偏執
乞罷卽非　朝廷以臣異議罷臣胡宗愈不知悞有
論奏重念臣前來議論委是疎闊又況衙前招之與
差所繫利害至重非止是役法中一事臣旣不同決

難隨衆簽書伏乞依前降指揮早賜罷免取　進止

申省乞罷詳定役法狀

元祐元年五月空日朝奉郎試中書舍人蘇軾狀申
右軾近奏言招差僱前利害蓋緣所見偏執是致所
議不同理當黜責若　朝廷察其愚忠非是固立異
論即乞早賜罷免詳定役法差遣所貴議論歸一謹
具申三省伏候　指揮

薦朱長文劄子

元祐元年六月二十五日朝奉郎試中書舍人蘇軾
同鄧温伯胡宗愈孫覺范百祿等劄子奏臣等伏見
前許州司戸參軍蘇州居住朱長文經明行脩嘉祐
四年乙科登第隨墮馬傷足隱居不仕僅三十年不以
勢利動其心不以窮約易其介安貧樂道闔門著書
孝友之誠風動閭里廉高之行著于東南本路監司
本州長吏前後累奏稱其士行經術乞　朝廷旌擢
差充蘇州州學教授未蒙施行近奉　詔中外臣僚
自監察御史已上並舉堪充內外學官二人此實
朝廷博求人才廣育士類之意如長文者誠不可多
得其人行年五十餘昔苦足疾今亦能履臣等欲望
聖慈褒難進之節收久廢之材量能而使之特賜就

差充蘇州州學教授非惟祿餼賙養一鄉之善士實使道義模範彼州之秀民取 進止

貼黃伏乞特賜檢會新除楚州州學教授徐積體例施行

論椿管坊場役錢劄子

元祐元年六月空日朝奉郎試中書舍人蘇軾白劄子應坊場河渡錢及坊郭人戶鄉村單丁女戶官戶寺觀所出役錢及量添酒錢並作一處椿管通謂之坊場等錢並用支酬衙前召募綱運官吏接送雇人及應緣衙役人諸般支使如本州不足即申本路於別州移用如本路不足即申戶部於別路移用如府縣即縣申提點司提點司申戶部其有餘去處不得爲見有餘分外支破其不足去處亦不得爲見不足將合招募人却行差撥乞詳酌指揮

論諸處色役輕重不同劄子

元祐元年六月空日朝奉郎試中書舍人蘇軾白劄子勘會逐處色役各隨本處土俗事宜輕重不同借如盜賊多處以弓手耆長爲重賦稅難催處以戶長爲重士人不閑書算處以曹司爲重難以限定等第一概立法今來若是衙前召募得足即須將以次重

役於第一等戶內差撥欲乞立下項條貫諸處色役
委本路監司與逐處官吏同共相度立本處色役輕
重高下次第將最重役從上差撥乞詳酌指揮

議富弼配享狀

元祐元年六月空日朝奉郎試中書舍人蘇軾同孫
永李常韓忠彥王存鄧温伯劉摯陸佃傅堯俞趙瞻
趙彥若崔台符王克臣謝景温胡宗愈孫覺范百祿
鮮于侁梁燾顧臨何洵直孔文仲范祖禹辛公祐呂
希純周秩顏復江公著狀奏近准勅節文中書省尚
書省送禮部狀本部勘會　英宗配享功臣係神主
祔廟後降勅以韓琦曾公亮配享所有　神宗皇帝
神主祔廟所議配享功臣今乞待制以上及祕書省
長貳著作與禮部郎官并太常寺博士以上同議奏
聖旨依右臣等謹按商書茲予大享于先王爾祖其
從與享之周官凡有功者名書於王之太常祭于大
烝司勳詔之　國朝祖宗以來皆以名臣侑食清廟
歷選勳德實難其人　神宗皇帝以上聖之資恢累
聖之業尊禮故老共圖大治輔相之臣有若司徒贈
太尉謚文忠富弼秉心直諒操術閎遠歷事三世計
安宗社熙寧訪落眷遇特隆匪躬正色進退以道愛

君之志雖沒不忘以配享　神宗皇帝廟廷實爲宜
稱謹錄奏　聞伏候　勑旨

再乞罷詳定役法狀

元祐元年七月二日朝奉郎試中書舍人蘇軾狀奏
右臣先曾奏論衙前一役只當招募不當定差執政不以爲然臣等奏乞罷免臣詳定役法奉　聖旨不許經今月餘前所論奏並不蒙施行而臣愚惷終執所見近又竊見吏部尚書孫永奏駁臣所論蓋是臣愚闇無狀上與執政不同下與本局異議若不罷免即執政所欲立法無緣得成況今來季限已滿諸路立法文字節次到局全藉通曉協同之人共力裁定如臣乖異必害成法乞早賜指揮罷免所有臣固違
聖旨之罪亦乞施行謹錄奏　聞伏候　勑旨

申省乞不定奪役法議狀

元祐元年七月空日朝奉郎中書舍人蘇軾狀申軾
近奏乞罷詳定役法已奉　聖旨依奏竊見孫給事
奏繳前件　聖旨乞取孫尚書及軾所議付臺諫給
舍郎官定其是否然後罷其不可者須至申乞指揮
右軾前後所論役法事軾已自知疎繆決難施行所有是否更無可定奪只乞依前降指揮行下軾自今

日巳後更不敢赴詳定所簽書公事伏乞早賜施行
謹具申中書省伏候指揮

乞留劉攽狀

元祐元年七月二十三日朝奉郎試中書舍人蘇軾同胡宗愈孫覺范百祿等狀奏右臣等伏見朝議大夫直龍圖閣劉攽近自襄陽召還祕省旋以病乞出守蔡州自受命以來日就痊損假以數月必復康强謹按攽名聞一時身兼數器文章爾雅博學强記政事之美如古循吏流離困躓守道不回此皆　朝廷之所知不待臣等區區誦說但以人才之難古今所病舊臣日已衰老而新進長育未成如攽成材反在外服此有志之士所宜為　朝廷惜也欲望　聖慈留攽京師更賜數月之告稍加任使必有過人臣等備員侍從懷不能已冒昧陳論伏候誅譴謹錄奏
聞伏候　勑旨

繳楚建中戶部侍郎詞頭狀

元祐元年七月二十九日朝奉郎試中書舍人蘇軾狀奏今月二十八日准中書吏房送到詞頭一道正議大夫充天章閣待制致仕楚建中可戶部侍郎者
右臣竊惟七十致仕古今通議非獨人臣有始終進

退之分亦在　朝廷爲禮義廉耻之風若起之於旣謝之年待之以不次之任即須　朝廷有非常之政而其人有絶俗之資才望旣隆中外自服近者起文彥博天下屬目四夷華心豈有凡才之流亦塵盛德之舉如建中輩決非其人竊料除目一傳必致羣言交上幸其未布可以追囘所有前件告詞臣未敢撰謹錄奏　聞伏候　勅旨

乞不給散青苗錢斛狀

元祐元年八月四日朝奉郎試中書舍人蘇軾狀奏准中書錄黃先朝初散青苗本爲利民故當時指揮並取人戶情願不得抑配自後因提舉官速要見功務求多散諷脅州縣廢格詔書名爲情願其實抑配或舉縣勾集或排門抄劄亦有無賴子弟謾昧尊長錢不入家亦有他人冒名詐請莫知爲誰及至追催皆歸本戶　朝廷深知其弊故悉罷提舉官不復立額考校訪聞人情安便昨於四月二十六日有勅令給常平錢斛限二月或正月只爲人戶欲借請者及時得用又令半留倉庫半出給者只爲所給不得輒過此數至於取人戶情願亦不得抑配一遵　先朝本意慮恐州縣不曉　朝廷本意將爲　朝廷復欲

多散青苗錢糓廣收利息勾集抑配督責嚴急一如
向日置提舉官時八月二日三省同奉　聖旨令諸
路提點刑獄司告示州縣並須候人戶自執狀結保
赴縣乞請常平錢糓之時方得勘會依條支給不得
依前勾集鈔劄强行抑配仍仰提點刑獄常切覺察
如有官吏似此違法騷擾者即時取勘施行若提點
刑獄不切覺察委轉運安撫司覺察聞奏仍先次施
行者右臣伏見熙寧以來行青苗免役二法至今二
十餘年法日益弊民日益貧刑日益煩盜日益熾田
日益賤糓帛日益輕細數其害有不可勝言者今廊
廟大臣皆異時痛心疾首流涕太息欲已其法而不
可得者況　二聖恭己惟善是從免役之法已盡革
去而青苗一事乃獨因舊稍加損益欲行𥇙臂徐徐
月攘一雞之道如人服藥病日益增體日益羸飲食
日益減而終不言此藥不可服但損其分劑變其湯
使而服之可乎熙寧之法本不許抑配而其害至此
今雖復禁其抑配其害故在也農民之家量入爲出
縮衣節口雖貧亦足若令分外得錢則費用自廣何
所不至況子弟欺謾父兄人戶冒名詐請如詔書所
云以此之類本非抑勒所致昔者州縣並行倉法而

給納之際十費二三今旣罷倉法不免乞取則十費五六必然之勢也又官吏無狀於給散之際必令酒務設鼓樂倡優或關撲賣酒牌子農民至有徒手而歸者但每散青苗卽酒課暴增此臣所親見而爲流涕者也二十年間因欠青苗至賣田宅雇妻女投水自縊者不可勝數 朝廷忍復行之歟臣謂四月二十六日指揮以散及一半爲額與熙寧之法初無小異而今月二日指揮猶許人戶情願請領未免於設法網民使快一時非理之用而不慮後日催納之患二者皆非良法相去無幾也今者已行常平糶糴之法惠民之外官亦稍利如此足矣何用二分之息以賈無窮之怨或云議者以爲帑廩不足欲假此法以贍邊用臣不知此言虛實若果有之乃是小人之邪說不可不察昔漢宣帝世西羌反議者欲使民入穀邊郡以免罪蕭望之以爲古者藏於民不足則取有餘則與西邊之役雖戶賦口斂以贍其乏古之通議民不以爲非豈可遂開利路以傷旣成之化 仁宗之世西師不解蓋十餘年不行青苗有何妨闕況二聖恭儉清心省事不求邊功數年之後帑廩自溢有何危急而以萬乘君父之尊負放欠取利之謗雖

刀之末所得幾何臣雖至愚深爲　朝廷惜之欲乞特降指揮青苗錢斛今後更不給散所有已請過錢斛候豐熟日分作五年十料隨二稅送納或乞聖慈念其累歲出息已多自第四等以下人戶並與放免庶使農民自此息肩亦免後世有所譏議兼近日謫降呂惠卿告詞云首建青苗力行助役若不盡去其法必致姦臣有詞流傳四方所損不細所有上件錄黃臣未敢書名行下謹錄奏　聞伏候　勑旨

論每事降詔約束狀

元祐元年九月　日翰林學士朝奉郎知制誥蘇軾狀奏右臣聞之孔子曰天何言哉四時行焉百物生焉天何言哉天子法天恭己正南面守法度信賞罰而天下治三代令王莫不由此若天下大事安危所係心之精微法令有不能盡則天子乃言在三代爲訓誥誓命自漢以下爲制詔皆所以鼓舞天下不輕用也若每行事立法之外必以王言隨而丁寧之則是　朝廷自輕其法以爲不丁寧則未必行也言既屢出雖復丁寧人亦不信今者十科之舉乃　朝廷政令之一耳況已立法或不如所舉舉主從貢舉非其人律犯正入己贓舉主減三等坐之若受賄徇私

罪名重者自從重雖見爲執政亦降官示罰臣謂立法不爲不重若以爲未足又從而降詔則是詔不勝降矣臣請略舉今年　朝廷所行薦舉之法凡有七事舉轉運提刑一也舉館職二也舉通判三也舉學官四也舉重法縣令五也舉經明行修六也與十科爲七七事輕重略等若十科當降詔則六事不可不降今後一事一詔則褻慢王言莫甚於此若但取諫官之意或降或否則其義安在臣願戒勅執政但守法度信賞罰重惜王言以待大事而發則天下聳然敢不敬應所有前件降詔臣不敢撰謹錄奏　聞伏候　勅旨

乞加張方平恩禮劄子

元祐元年十月　日翰林學士朝奉郎知制誥蘇軾劄子奏臣伏見太子太保致仕張方平以高才絕識博學雄文出入中外四十餘年號稱名臣　仁宗皇帝眷遇至重特以受性剛簡論高寡合故齟齬於世然趙元昊反西方用兵累歲不解公私疲極方平首建和戎之策　仁宗從之民以息肩書之國史又於熙寧之初首論王安石不可用及新法之行方平皆逆陳其害大節如此其餘政事文學有補於世未易

悉數 神宗皇帝知人之明擢爲執政會丁憂服除爲安石等不悅而方平亦不爲少屈故不復用今已退老南都以患眼不出灰心槁形與世相忘臣竊以爲國之元老歷事四朝耄期稱道爲天下所服者獨文彥博與方平范鎮三人而已今彥博在廷鎮亦復用方平雖老杜門難以召致猶當加恩勞問表異其人以示 二聖貴老尊賢之義今獨置而不問有識共疑以爲闕典願因大禮之後以向者召陪祠不至特出 聖意少加恩禮或遣使就問國事覲其所論必有過人臣忝備禁近不敢自外冒昧陳列戰越待罪取 進止

論冗官劄子

元祐元年十月二十三日翰林學士朝奉郎知制誥蘇軾劄子奏臣伏見近日言者以吏部員多闕少欲清入仕之源救官冗之弊裁減任子及進士累舉之恩流外入官之數已有旨下吏部禮部與給舍詳議臣竊謂此數者行之則人情不悅不行則積弊不去要當求其分義務適厥中使國有去弊之實人無失職之歎然後爲得也欲乞應任子及進士累舉免解恩例並一切如舊只行下項

一奏廕文官人每遇科場依進士法試大義策論如係武官卽試弓馬或試法並三人中解一人仍年及二十五已上方得出官內已舉進士得解者免試如三試不中年及二十五已上亦許出官應試大義策論及試法者在京隨進士赴國學在外赴轉運司試弓馬者在京隨武舉人赴武學在外轉運司差官

一進士累舉免解合推恩者並約嘉祐以前內中數目立爲定額如所試優長係額內人數卽等第推恩並許出官如係額外卽並與一不出官名銜

一流外入官人除近已有旨裁減三省恩例外其餘六曹寺監等處及州郡監司人吏出職者並委官取索文字看詳有無僥倖定奪酌中恩例

右若行此數者則任子雖有三試滯留之艱而無終身絕望之歎亦使人人務學文臣知經術時務武臣閑弓馬法律皆有益於事而進士累舉有詞學人自得出官若無所能得虛名一官免爲白丁亦無所恨如有可採乞降下與前文字一處詳議取　進止

辯試館職策問劄子二首

元祐元年十二月十八日翰林學士朝奉郎知制誥蘇軾劄子奏臣竊聞諫官言臣近所撰試館職人策問有涉諷議 先朝之語臣退伏思念其略曰今朝廷欲師 仁祖之忠厚而患百官有司不舉其職或至於媮欲法 神考之勵精而恐監司守令不識其意流入於刻臣之所謂媮與刻者專指今之百官有司及監司守令不能奉行恐致此病於 二帝何與焉至於前論周公太公後論 文帝宣帝皆是爲文引證之常亦無比擬 二帝之意況此策問第一第二首鄧温伯之詞末篇乃臣所撰三首皆臣親書進入蒙 御筆點用第三首臣之愚意豈逃 聖鑒若有毫髮諷議 先朝則臣死有餘罪伏願少回天日之照使臣孤忠不爲衆口所鑠臣無任伏地待罪戰恐之至取 進止

又

元祐二年正月十七日翰林學士朝奉郎知制誥蘇軾劄子奏臣近以試館職策問爲臺諫所言臣初不敢深辯蓋以自辯而求去是不欲去也今者竊聞明詔已察其實而臣四上章四不允臣子之義身非己有詞窮理盡不敢求去是以區區復一自言臣所撰

策問首引周公太公之治齊魯後世皆不免衰亂者以明子孫不能奉行則雖大聖大賢之法不免於有弊也後引文帝宣帝仁厚而事不廢核實而政不苛者以明臣子若奉行得其理無觀望希合之心則雖文帝宣帝足以無弊也中間又言六聖相受爲治不同同歸於仁其所謂媮與刻者專謂今之百官有司及監司守令不識　朝廷所以師法　先帝之本意或至於此也文理甚明粲若黑白何嘗有毫髮疑似議及先朝非獨　朝廷知臣無罪可放臣亦自知無罪可謝也然臣聞之古人曰人之至信者心目也相親者母子也不惑者聖賢也然至於竊斧而知心目之可亂於投杼而知母子之可疑於拾煤而知聖賢之可惑今言臣者不止三人交章累上不啻數十而聖斷確然深明其無罪則是過於心目之相信母子之相親聖賢之相知遠矣德音一出天下頌之史冊書之自耳目所聞見明智特達洞照情僞未有如陛下者非獨微臣區區欲以一死上報凡天下之爲臣子者聞之莫不欲碎首糜軀效忠義於　陛下也不然者亦非獨臣受曖昧之謗凡天下之爲臣子者聞之莫不以臣爲戒崇尚忌諱畏避形迹觀望雷仝

以求苟免豈　朝廷之福哉臣自聞命以來一食三
歎一夕九興身口相謀未知死所然臣所撰策問以
實亦有罪若不盡言是欺　陛下也臣聞聖人之治
天下也寬猛相資君臣之間可否相濟若上之所可
不問其是非下亦可之上之所否不問其曲直下亦
否之則是晏子所謂以水濟水誰能食之孔子所謂
惟予言而莫予違足以喪邦者也臣昔於　仁宗朝
舉制科所進策論及所答聖問大抵皆勸　仁宗勵
精庶政督察百官果斷而力行也及事　神宗蒙召
對訪問退而上書數萬言大抵皆勸　神宗忠恕仁
厚含垢納汙屈己以裕人也臣之區區不自量度常
欲希慕古賢可否相濟蓋如此也伏覩　二聖臨御
已來聖政日新一出忠厚大率多行　仁宗故事天
下翕然銜戴恩德固無可議者然臣私憂過計常恐
百官有司矯枉過直或至於媮而　神宗勵精核實
之政漸致惰壞深慮數年之後馭吏之法漸寬理財
之政漸疎備邊之計漸弛則意外之意有不可勝言
者雖　陛下廣開言路無所諱忌而臺諫所擊不過
先朝之人所非不過先朝之法正是以水濟水臣竊
憂之故輒用此意撰上件策問實以譏諷今之　朝

廷及宰相臺諫之流欲　陛下覽之有以感動　聖
意庶幾兼行二帝忠厚勵精之政也臺諫若以此言
臣　朝廷若以此罪臣則斧鉞之誅其甘如薺今乃
以爲譏諷　先朝則亦疎而不近矣且非獨此策問
而已今者不避煩瀆盡陳本末臣前歲自登州召還
始見故相司馬光光卽與臣論當今要務條其所欲
行者臣卽答言公所欲行者諸事皆上順天心下合
人望無可疑者惟役法一事未可輕議何則差役免
役各有利害免役之害掊斂民財十室九空錢聚於
上而下有錢荒之患差役之害民常在官不得專力
於農而貪吏猾胥得緣爲姦此二害輕重蓋略相等
今以彼易此民未必樂光聞之愕然曰若如君言計
將安出臣卽答言法相因則事易成事有漸則民不
驚昔三代之法兵農爲一至秦始分爲二及唐中葉
盡變府兵爲長征之卒自爾以來民不知兵兵不知
農農出穀帛以養兵兵出性命以衞農天下便之雖
聖人復起不能易也今免役之法實大類此公欲驟
罷免役而行差役正如罷長征而復民兵蓋未易也
先帝本意使民戶率出錢專力於農雖有貪吏猾
胥無所施其虐坊場河渡官自出賣而以其錢雇募

衙前民不知有倉庫綱運破家之禍此萬世之利也決不可變獨有二弊多以供他用實封取寬剩役錢爭買坊場河渡以長不實之價此乃王安石呂惠卿之陰謀非　先帝本意也公若盡去二弊而不變其法則民悅而事易成今寬剩役錢名爲十分取二通計天下乃及十五而其實一錢無用公若盡去此五分又使民得從其便以布帛穀米折納役錢而官亦以爲雇直則錢荒之弊亦可盡去如此而天下便之則公又何求若其未也徐更議之亦未晚也光聞臣言大以爲不然臣又與光言熙寧中常行給田募役法其法以係官田及以寬剩役錢買民田以募役人大略如邊郡弓箭手臣時知密州推行其法先募弓手民甚便之此本　先帝聖意所建推行未幾爲左右異議而罷今略計天下寬剩錢斛約三千萬貫石兵興支用僅耗其半此本民力當復爲民用今內帑山積公若力言於上索還此錢復完三千萬貫石而推行　先帝買田募役法於河北河東陜西三路數年之後三路役人可減大半優裕民力以待邊鄙緩急之用此萬世之利社稷之福也光尤以爲不可此二事臣自別有畫一利害文字甚詳今此不敢備言及去年二月

六日勅下始行光言復差役法時臣弟轍爲諫官上疏具論乞將見在寬剩役錢雇募役人以一年爲期令中外詳議然後立法又言衙前一役可卽用舊人仍一依舊數支月給重難錢以坊場河渡錢總計諸路通融支給皆不蒙施行及蒙差臣詳定役法臣因得伸弟轍前議先與本局官吏孫永傅堯俞之流論難反復次於西府及政事堂中與執政商議皆不見從遂上疏極言衙前可雇不可差 先帝此法可守不可變之意因乞罷詳定役法當此之時臺諫相視皆無一言決其是非今者差役利害未易一二遽言而弓手不許雇人天下之所同患也 朝廷知之已變法許雇天下皆以爲便而臺諫猶累疏力爭由此觀之是其意專欲變熙寧之法不復校量利害參用所長也臣爲中書舍人刑部大理寺列上熙寧已來不該赦降去官法凡數十條盡欲刪去臣與執政屢爭之以謂 先帝於此蓋有深意不可盡改因此得存留者甚多臣每行監司守令告詞皆以奉守 先帝約束毋敢弛廢爲戒文案具在皆可復按由此觀之臣豈謗議先朝者哉所以一一屢陳者非獨以自明誠見士大夫好同惡異泯然成俗深恐 陛下深

居法宮之中不得盡聞天下利害之實也願因臣此言警策在位救其所偏損所有餘補所不足天下幸甚若以其狂妄不識忌諱雖賜誅戮死且不朽臣無任感恩思報激切戰恐之至取　進旨

繳進給田募役議劄子 前連元豐八年十二月奏狀

元祐二年二月一日翰林學士朝奉郎知制誥蘇軾劄子奏臣前年十二月自登州召還草此奏狀而未果上近因論事已具奏聞其略切謂今日尚可推行輒備錄前狀繳連申奏臣前來過鄆州本與京東轉運使范純粹同建此議純粹今臣發之已當繼之已而聞執政議不合故不復言然純粹講此事尤爲精詳臣所不及若　朝廷看詳此狀可以施行即乞更下純粹令具利害條奏取　進止

論改定受冊手詔乞罷劄子

元祐二年二月七日翰林學士朝奉郎知制誥蘇軾劄子奏臣近被　旨撰太皇太后將來只於崇政殿受冊手詔臣愚亦恐有是今非昔之嫌故其略云　朝廷損益之文各從宜稱所以推廣　聖明謙抑退託之意言此文德受冊之禮於今爲過於昔爲稱也

不悟文詞鄙淺未盡　聖意致煩改定謹按故事凡詞命有所改易爲不稱職皆當罷去伏望　聖慈察其衰病廢學特賜解職以安微分臣無任待罪之至取　進止

乞錄用鄭俠王斿狀

元祐二年三月　日翰林學士朝奉郎知制誥蘇軾狀奏右臣聞國之興衰繫于習俗若風節不競則朝廷自卑故古之賢君必厲士氣當務求難合自重之士以養成禮義廉恥之風臣等伏見英州別駕鄭俠向以小官觸犯權要冒死不顧以獻直言而祕閣校理王安國以布衣爲　先皇帝所知擢至館閣召對便殿而兄安石爲相若少加附會可立至富貴而安國挺然不屈不獨納忠于　先帝亦嘗以苦言至計規戒其兄竟坐與俠遊從同時被罪呂惠卿首興大獄鄧綰舒亶之徒搆成其罪必欲置此人于死賴先帝仁聖止加竄逐曾未數年逐惠卿而起安國今來　朝廷赦俠之罪復其舊官經今踰年而俠終不赴吏部參選考其始終出處之大節合於古之君子殺身成仁難進易退之義　朝廷若不少加優異則臣等恐俠浩然江湖往而不返若溘先朝露則有識

必爲　朝廷興失士之歎至于安國不幸短命尤爲忠臣義士之所哀惜臣等嘗識其少子斿敏而篤學直而好義頗有安國之風養成其才必有可用欲望聖慈召俠赴闕及考察斿行實與俠並賜錄用不獨旌直臣於九泉之下亦所以作士氣于當代也謹錄奏　聞伏候　勑旨

薦布衣陳師道狀

元祐二年四月十九日翰林學士朝奉郎知制誥蘇軾同傅堯俞孫覺狀奏右臣等伏見徐州布衣陳師道文詞高古度越流輩安貧守道若將終身苟非其人義不往見過壯未仕實爲遺才欲望　聖慈特賜錄用以獎士類兼臣軾臣堯俞皆嘗以十科薦師道伏乞檢會前奏一處施行謹錄奏　聞伏候　勑旨

乞留顧臨狀

元祐二年四月二十日翰林學士朝奉郎知制誥蘇軾同李常王存鄧溫伯孫覺胡宗愈狀奏右臣等竊見給事中顧臨資性方正學有根本慷慨中立無所阿撓自供職以來封駁論議凜然有古人之風僥倖之流側目畏憚近聞除天章閣待制充河北都轉運使遠去　朝廷衆所嗟惜方今　二聖臨御肅正紀

綱如臨等輩正當置之左右以輔闕遺或者謂緣黃河輟臨幹治臨之所學實有大於治河治河之才固有出臨之上者欲望 朝廷別選深知河事者以使河北且留臨在 朝廷以盡忠亮補益之節臣等備位侍從懷有所見不敢不盡謹錄奏 聞伏候 敕旨

東坡奏議卷第三

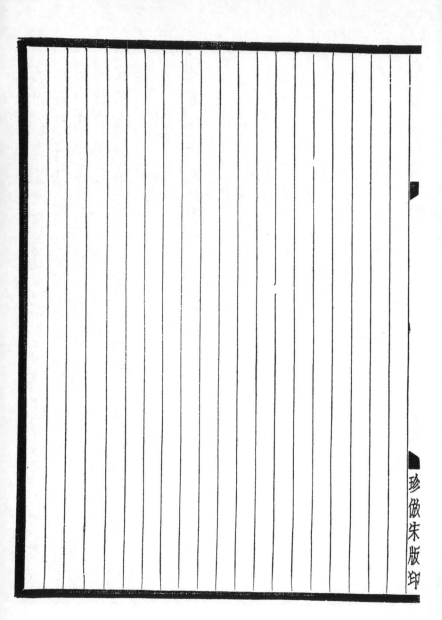

西元二〇二二年一月一日重製一版

東坡七集 冊二（宋蘇軾撰）

平裝四冊基本定價參仟陸佰元正
（郵運匯費另加）

發行人 張敏君
發行處 中華書局
臺北市內湖區舊宗路二段一八一巷八號五樓（5FL., No. 8, Lane 181, JIOU-TZUNG Rd., Sec 2, NEI HU, TAIPEI, 11494, TAIWAN）
客服電話：886-8797-8396
公司傳真：886-8797-8909
匯款帳戶：華南商業銀行西湖分行
179100026931
印刷：維中科技有限公司
海瑞印刷品有限公司

No. N3061-2

國家圖書館出版品預行編目(CIP)資料

東坡七集/(宋)蘇軾撰. -- 重製一版. -- 臺北市 : 中華書局, 2022.01

冊 ;　公分

ISBN 978-986-5512-78-1(全套 : 平裝)

845.16　　110021472